U0506262

恩古吉·瓦·提安哥
文集

血色花瓣

〔肯尼亚〕恩古吉·瓦·提安哥 著

吴文忠 译

人民文学出版社

图书在版编目(CIP)数据

血色花瓣/(肯尼亚)恩古吉·瓦·提安哥著;吴文忠译.—北京:人民文
学出版社,2021
(恩古吉·瓦·提安哥文集)
ISBN 978-7-02-012122-9

Ⅰ.①血… Ⅱ.①恩…②吴… Ⅲ.①长篇小说—肯尼亚—现代 Ⅳ.
①I424.45

中国版本图书馆 CIP 数据核字(2016)第 248212 号

责任编辑　张海香
装帧设计　李思安
责任印制　任　祎

出版发行　**人民文学出版社**
社　　址　北京市朝内大街 166 号
邮政编码　100705

印　　刷　三河市宏盛印务有限公司
经　　销　全国新华书店等

字　　数　370 千字
开　　本　880 毫米×1230 毫米　1/32
印　　张　16.375　插页 3
印　　数　1—6000
版　　次　2021 年 5 月北京第 1 版
印　　次　2021 年 5 月第 1 次印刷

书　　号　978-7-02-012122-9
定　　价　69.00 元

如有印装质量问题,请与本社图书销售中心调换。电话:010-65233595

目　次

献给我的母亲和尼雅姆布拉

纪念于 1974 年 6 月 4 日逝世的恩金宇·瓦·提安哥

弯曲得令人恐怖却极有创意！
每一棵红树苗都如蟒蛇腾起，
树根淫秽，犹如手掌长有六指。

后背生着青苔的蟾蜍隐藏在树窝里，
毒菌，强有力的野姜花展示着魅力，
血色花瓣鲜血欲滴。

虎头兰的阴户带有斑点；
奇异的生殖器官
萦绕在这唯一路径上旅行者的心间。

　　　　　　　　——德里克·沃尔科特《沼泽地》

欢迎来肯尼亚,欢迎来非洲(代序)

1959 年,恩古吉做了一次改变其一生的前往乌干达的火车之行。这是他众多远离家乡的旅行中的第一次。这些旅行让他暂时离开了他所热爱的家园、人民和国家。他身后的家园被战争的硝烟所摧残,战争的一方是肯尼亚土地自由军,也叫茅茅,另一方是强大的殖民政府。这场战争激活了人民的想象力,并将永远地改变英国统治下的肯尼亚及其他许多国家的命运。有史以来第一次,农民——地球上最可怜的一群人,对一个高度发达并具有长久军事历史的国家发起了挑战。很多人估计这场造反将很快结束。英国会取得胜利。然而,尽管采取了紧急状态法,尤其是发起了一场极为残酷的军事行动,这在恩古吉的一部书中有过详尽的描述:"这是一个对肯尼亚人进行大规模审判、大规模谋杀和大规模折磨的时代",但是英国并没有取得胜利。

听到茅茅这个名字,会让人心中一颤,因为它给人带来了梦想、希望和恐惧。恩古吉的哥哥加入了自由战士之列,他的母亲被捕并受到严刑拷打,他的村子被夷为平地。茅茅运动的领袖德丹·吉玛蒂,在恩古吉和许多肯尼亚人的心中,犹如天神一般神通广大。最神的是,据说他可以变成一只鸟,一块石头,一个白人,任何东西。只有那些在战争创伤时代长大的人才知道,在最核心处,战争永远不会结束;战争只不过发生了变化,实际上仍然以其他的形式存在着。对于恩古吉来说,战争仍在继续,从战争中诞生的使命感使得文学变得更加丰富多彩。阅读恩古吉的作品,犹如在感受一场大火,这场大火在炙烤着你的灵魂,你的心,你的人。

对于一个致力于将中心从欧洲移到世界其他地方的人来说,他的写作生涯始于乌干达,这再合适不过了。他在乌干达写了两部小说,在其中的《置换中心》一书里,恩古吉称其前往乌干达的旅行为归乡之旅。乌干达帮助他理解了他作为肯尼亚人的归属感,最重要的是,他理解了肯尼亚是一个黑人国家,而不是他顿悟之前所认为的那样,是一个白人国家,所以,殖民主义就是强奸,就是犯罪,而不是某些辩护士所辩解的那样,是什么自慰行为,因为殖民主义通过践踏黑人的文化,通过强加给黑人白人殖民主义者的文化,剥夺、扰乱并毁灭了黑人对自己的看法。这也意味存在着两套历史:统治阶级所兜售的经过官方粉饰美化的历史,以及农民和工人抗击外国统治的真正的活的历史。牢牢地掌握了这些事实之后,恩古吉踏上了他旅途的下一个阶段,他来到了英格兰的利兹,在这里,他又写了一部小说,并且经历了一场宇宙中心从欧洲迁徙的经历,因为这时,非洲人和亚洲人开始维护自己的权利,或者说努力维护自己的权利,认为自己有权利阐述自己,有权利从非洲和亚洲的中心来阐述自己和宇宙的关系。弗朗兹·法农就是这场惊天动地运动的预言家。非洲正在获得独立,对于恩古吉来说,这意味着,非洲即将甩掉其殖民主义的文化稳定剂。离家更近时,他体会到,非洲、亚洲和南美洲文学必须要走上前台,必须要融入世界文学中。但是在1967年,他却震惊地发现,内罗毕大学英语系的构成竟然如此雷人,似乎在表明什么也没有发生过,或者没有任何事情在发生。他和几个同事呼吁废除英语系并进行重组。绝不可能只有一个中心。"这是一个中心与其他中心之间关系的世界。"1977年,恩古吉决定使用吉库尤语来写其大部分作品,这样,他所描述的农民们就可以阅读他的书;这样,在这场风起云涌的文化战争中,他就可以与他最宝贵的步兵战士、他的支持者、他的历史根源,保持紧密的联系。在他的《扣押》一书中,他称其为一次归乡,称其为一次再生,因为这使他跨越了那道他多年所受到的殖民主义教育的隔离带。

《血色花瓣》反映了恩古吉在写这部书之前所经历的许多次心路历程。这部作品与他之前作品的不同之处是,小说具有更为复杂的人物,更尖锐的政治、心理和文化背景,更坚实的韵律,更深刻的主题。小说结构更为紧凑,情节更为紧张,犹如一辆赛车飞驰在熟悉的跑道上,让人丝毫不怀疑他的技巧、他的决心、他的目的地或者命运。书中反映了他所参加过并幸免于难的连续不断的战争,以及他预见的连续不断的战争。他破茧成蝶,抛弃了自己的一部分,因为那部分的他对于新的冲突和战斗已经疲惫不堪,继而用一种新的视野武装了自己,赋予了自己紧迫感和一种毫不妥协的立场,如同他在宣布他自己的紧急状态法,因为时间并没有愈合英勇作战却被无情出卖了的肯尼亚人民大众身上的伤口。恩古吉所书写的肯尼亚、无人能从他手里夺走的肯尼亚,就是"各族劳动人民的肯尼亚,就是数百年来人民英勇地战天斗地、抗击外族侵略的肯尼亚"。这是一个巨大的肯尼亚,然而却被诸如罗伯特·鲁瓦克和凯伦·布里克森等早期殖民时代的作家们所践踏了,因为他们所赞颂的是殖民者的文化,是"合法化了的残暴、恐怖、寂静、压迫"。我们看到,这个肯尼亚的脸庞反映在了伊乌莫罗格这个村庄,也就是《血色花瓣》的活动中心。恩古吉选择了肯尼亚一处贫瘠、干旱肆虐的地区,这里的农民和牧民像他们的祖先一样,一方面要与恶劣的大自然战斗;另一方面还要与抛弃了他们的政客们做斗争。伊乌莫罗格之旅就是独立后的肯尼亚之旅,因为此时的肯尼亚披上了新殖民主义的外衣,把外国人的利益和叛徒们的利益放在了首位,却抛弃了为争取土地而受苦受难甚至死去的人民。和恩古吉以前的小说一样,在这本书中,土地的问题也非常重要。土地被作为众多的主题展示给了读者:自救,灵魂,女人,上帝,预言的主题,文化和政治身份认同的基础。为了得到土地或者收复土地,人们不惜付出任何代价。在《十字架上的魔鬼》一书里,恩古吉再次触及了这个问题,小说背景依然是伊乌莫罗格,这里的一伙窃贼、强盗、前生意人,在大张旗鼓地庆祝偷窃和抢劫,并且在制定一个更有效的制度,以便更多地掠夺人民的土地、其他的财产和资源。两部小说都显示了作者对祖国炽热的关爱之情,因为这个国度里的政治精英们在享用饕餮大餐、大快朵颐,而农民们和工人们则在悲惨中、在监狱里、在边缘处煎熬,而且"女人的大腿就是签署合同的桌子"。

此外,《血色花瓣》还是一部关于身份认同的书:关于被压迫者的身份认同,关于无名英雄的身份认同,因为城堡里有一个邪恶的王子,这位无名英雄从没有得到他应得的报酬,关于他的欲望,他的憧憬,他的绝望,直到苦难结局之前的他的数次斗争。恩古吉用三个小资本家被谋杀这个案子向我们介绍的世界是:高尚的人与卑鄙的人之间的关系,工人与老板之间的关系,政客与选民之间的关系,而且所有这些关系都已经腐烂得令人作呕。有谁想杀掉(用报纸毫无创意的说法)这个国家的克虏伯们、洛克菲勒们和德拉米尔们呢?这个国家可是崇拜金钱的新殖民主义国家啊!到底是谁呢?警察当局就像一群被喷了驱蚊剂的大猩猩,拼命地上蹿下跳,但是在这么一个充满了抢劫盗窃、罢工罢课、关闭工厂、谋杀和谋杀未遂、警察突袭和烈酒泛滥的地方,答案是不会轻易找到的。恩古吉运用这个谋杀案例的目的,是为了嘲笑,为了诱惑,为了打开一个潘多拉盒子,里面故事中套着故事,有众多的历史阶段,有歌曲、悲伤、突然呐喊、虚构和谎言,让人不禁回首数百年的沧桑。

故事伊始,伊乌莫罗格是一个人人都要逃离的地方。除了某些不可告人的原因之外,进城的人没有一个回来的。派到这里来的老师都没有逗留长久,玩世不恭的风气甚嚣尘上,以至于今天许多人都认为非洲的风气就是这样,但是恩古吉却使用了一些外来移民将这个地方赋予了生气。谋杀案嫌疑人之一的戈弗雷·木尼拉,来自于一个拥有大量土地的家庭,自己则牢牢地委身于中产阶级之中。他来伊乌莫罗格是为了办学校,然而留在身后的却是一个失败者的名声。没有人认为他会成功,甚至还有人在他的学校院子里拉了一大摊屎。然而,对于木尼拉来说,这却是最后一站,他已经厌倦了拖延症;他想要做事情,哪怕只做一件事情,他的决心之大,任何困难都无法撼动。他的学校倒是运作起来了,但是却未能融入社区生活中。当人们谈起敏感的政治问题时,那些追随他的魔鬼终于暴跳了出来。他的父亲,他未能支撑自己的家庭,他最喜欢的妹妹自杀身亡,这些糗事都冒了出来。木尼拉在努力地与同仁和社会建立联系,这不禁让人想起在新殖民主义的社会中,知识分子难遂人意的角色。很显然,木尼拉的身上反映出了中产阶级的特点:他们在大是大非面前摇摆不定,他们陷身于统治阶级和农民之间,他们有极端的民族主义思想,他们心里对进步阶级政治感到恐惧。他们宁可高谈阔论也不立刻站队,他们要等待最完美时刻来做出选择。然而这一时刻却迟迟不来。可怜的小猪们，他们唯一剩下的寄托就是宗教了。一切早已注定，木尼拉的结局就是在那片沼泽地里痛苦地挣扎。

这时，万佳进入了木尼拉在伊乌莫罗格的生活。万佳的祖母妮娅金娃是一位英雄的老太太，她在积极地参与为自由的战斗。万佳与木尼拉发展了关系，这种关系貌似前景美好，但后来却变了质，而且变得扑朔迷离起来，既不能完全解决他从前的问题，又不能在眼下航行无阻。她是一个神秘的女人，受过磨难，一生负有一个重担。和其他许多女人一样，她受过许多苦难，最初和一位干爹似的男人在一起，后来遭到抛弃；在许多酒吧里她也出卖自己，但是恩古吉却不允许我们鄙视她，因为鄙视她，就等于鄙视肯尼亚女性中一个巨大的部分，或者鄙视肯尼亚本身。恩古吉笔下的那位干爹犹如一头长满了胸毛的老公猪，他只沉迷于年轻女性大腿中间的温柔之乡。我们在书中发现，当这位干爹将万佳抛弃时，万佳将孩子扔进了厕所里。与剥削者们不同的是，她做出了忏悔。像肯尼亚本身一样，为了生存，万佳必须要战斗，而毁灭从来离她不远。恩古吉利用万佳和妮娅金娃这两个人物要表明的是，女性受尽了苦难，女性为斗争做出了贡献，因此女性也值得拥有与男性平等的地位来分享成功的辉煌。

外来移民人物的塑造由卡雷加的到来得到了巩固。卡雷加的母亲在木尼拉父亲的农场上打工并寄居在那里。木尼拉和卡雷加两人的过去有许多共同之处，但是这并没有使得他们俩关系紧密。卡雷加逃离了"没有灵魂的、腐朽的内罗毕"，因为那里贫民窟的"沟渠充满了屎尿、死狗死猫、危险的气体和讨厌的啤酒"，那简直就是人间地狱的写照，至少是恩古吉所关注的人间地狱。卡雷加被悲愤所折磨，因为被学校开除之后，他辜负了自己，辜负了母亲，辜负了社会。有他这种精力和抱负的人在教师的岗位上是不会待得长久的;他想改变的不仅是伊乌莫罗格,而且是整个国家。他是个实干家,感觉有如使命在身一般地要改变农民和工人的现状。最初,卡雷加拯救了一头驴子的性命,并带领伊乌莫罗格人踏上了前往大城市的征程,目的是要求本地区的议员给予答复。卡雷加也是提出大问题的人物。都是些貌似没有答案和性质严酷的问题:"远在瓦斯科·达·伽马来之前,远在他借助火药迎来了血腥、恐怖和动乱时代之前,肯尼亚人就与中国、印度和阿拉伯有了贸易往来,可是这些人都哪里去了呢?""为了获得他在地球上真正的王国,为了将他的身心灵魂带回到他的家园,黑人做了什么呢?""如何才……? 为什么……? 什么时候才……?"

另一个少言寡言但是却坐拥无数秘密的外来移民人物是阿卜杜拉。阿卜杜拉是独腿店主,驴子的主人,而且早在茅茅运动的日子里,他就认识卡雷加的哥哥。他因未能给死去的战友报仇而耿耿于怀。在他的身上体现了"亚裔肯尼亚工人为独立斗争所做出的积极贡献,以及统治阶级和某些知识分子蓄意贬低这种贡献的企图"。他是战斗英雄,全身心地参加了独立之后为解放被压迫者而进行的斗争。这个人物坚定了恩古吉的信念:多民族参与政治的方法就是肯尼亚前进的道路。

在一部充满了征程和返程的故事里,伊乌莫罗格开启了前往大城市的征程。大城市是一只张开血盆大口的猛兽:它吞没了年轻人,它施以苛捐杂税,它派出流氓收钱参加冒牌的宣誓仪式。对于朝圣者来说,它恶毒苛刻。大城市的居住者们,尤其是这里的统治阶级,已经变态丑陋。在《十字架上的魔鬼》里,一个这样的男人说:"汽车就是一个男人的身份。有一次我走路去见我的妻子。我没有认出她来。"另一个人这样说:"想想吧,他的脸开始变成了标致 504 汽车的形状。"

　　正如所料,大城市并没有给这些朝圣者滚出红地毯,用以欢迎他们的是空洞的《圣经》里面的段落、浮夸的演讲、骇人的枪声、鞭挞声和凶恶看门狗的黄牙。这就像当年殖民定居者和总督们称霸这座大城市、称霸全国的时代一样。有殖民者,就有新殖民统治阶级。万佳以身赎友,向她很久以前的那头老公猪妥协,才使得这伙人脱离了魔爪。后来,当木尼拉想鄙视她、骂她是婊子时,卡雷加提醒他,婊子的定义已经变了:"我们都是娼妓……他之所以有这样的决定权,是因为他坐拥着数十亿的资产,而他那些资产都是从穷人那里剥削而得的,总之,在这样一个世界里,我们都沦为了娼妓。"

　　资本主义的到来,使得伊乌莫罗格发生了很大的变化,或者说变得奇形怪状起来。资本主义这条狗带着狂犬病和身上所有的寄生虫跑到了这里,将旧伊乌莫罗格埋葬,用一个新的伊乌莫罗格取而代之。统治阶级及其走狗们成了这里的主人。因为开发计划的失败,农民们贷款领了,结果土地却没了。一切都成为富人所有,包括工人和农民所住的棚户房。农民和工人组成了工会来奋起反击,但这却是一程困难的爬坡。历经多次流浪的卡雷加,致力于工人之间的团结,并且帮助组织工会。为此,他被牵扯进了这起谋杀案中。他就是恩古吉信念的化身:"帝国主义,死亡资本的力量,尽管穿着新殖民主义的外衣,却不能消灭非洲农民和工人阶级的战斗文化,理由很简单,因为这种文化是今天在非洲现实生活中,如火如荼进行着的斗争的产物和反映。"卡雷加在监狱中无畏的表现,使人们想起了恩古吉未经审判的被羁押经历,使人想起了统治阶级众多反对者的被羁押。这并非是个人恩怨。在《扣押》一书中,恩古吉说:"这是更广泛历史的一部分。在这段历史中,为了创造一种勇敢、直言不讳、英雄爱国主义的人民革命文化,他们在努力唤醒处在沉默和恐惧的反动文化中的肯尼亚人民,肯尼亚人民也在与反动势力进行着激烈的斗争。"我们知道,一旦卡雷加被释放出狱,他还会继续战斗的。正是这一点,《血色花瓣》才充满了伟大的乐观主义。当中产阶级对农民和工人绝望时,当中产阶级在伊乌莫罗格、在肯尼亚、在非洲只看到了毁灭和悲伤时,他却看到了希望;他看到了未来的前景。

《血色花瓣》写得如此深刻和详尽,当读者读到结尾时,没有人会在意那三个小"克虏伯、洛克菲勒和德拉米尔"的命运了,因为在时间的长河中,他们仅是叛徒和剥削者长链中几个粗劣的环节,也不会有人在意杀掉他们的到底是万佳,是卡雷加,是阿卜杜拉,还是木尼拉了。《血色花瓣》是一部伟大的历史教材,编撰得充满了激情,阶级斗争政治浸透其中,头号大问题有如咄咄逼人的副歌,重磅袭来:整个国家怎么会被几个贪婪的大肚子给欺骗了呢?怎么会呢?答案很清楚:并非因为人们不努力去铲除这些大腹便便的家伙,并非人们甘愿躺下来分开双腿被强奸。而是因为,这些大腹便便的家伙简直就是学霸,而且武装着殖民者的三位一体:枪、《圣经》和硬币。这是因为,他们在教堂里唱着:"洗涤我吧,救世主,之后我就会比白雪还要洁白",可是与此同时,谁反对他们,他们就会将魔爪伸向谁。这是因为,他们在美国、欧洲和日本有着强大的帝国主义同盟,而且在他们使用的美化了的官方版本中,英雄变成了恶棍,恶棍变成了英雄。

写作《血色花瓣》,恩古吉像玩杂耍一般,手里抛接着众多的球体,其中之一就是纠正欧洲人小说中所描述的非洲,纠正鲁瓦克和布里克森之流所赞颂的非洲。他认为布里克森的种族偏见非常危险,因为那种种族偏见是以爱情的形式展示出来的,他宁可用一吨炸药把它给炸飞。在《走出非洲》里，布里克森说："当你抓住了非洲的节奏时，你就会发现，那个节奏与她所有的音乐都完全相同。我从这个国家的猎物所学到的东西，对我与土著人打交道很有用处。"恩古吉明确地表示，布里克森错把为狩猎者和游客们单调地制作出来的垃圾音乐，当成了这里人民的真正音乐，而且一个利用动物来阅读人心灵的白种女人，就是反动的殖民者文化的重要部分，这种文化就是鞭子、枪炮、拘留和压迫。《圣经》作为真理的源泉一说，恩古吉也是将其抛在了一边；对于他来说，《圣经》此时就是一个山洞，他可以进洞探取各种寓言故事来植入他的世界，而在他世界的天堂里，对压迫被动地容忍以换取死后的再生，那绝对是不可能的。恩古吉着手烧毁那片愚昧之丛林，因为躲在这片丛林后面的是许多人的懒散和不作为。正是出于这个原因，该书才能够不拘一格，展开其翅膀穿越诸多体裁——狱中日记、推理小说、史书、纯文学小说，并运用了讽喻、寓言故事、回忆录、内心独白、对话和戏剧，以强烈地传递信息。如果有谁还没有听懂这个信息，且看："求求您了，先生，我可以再来点儿吗？"的日子，已经让位于"快给我我该得的那份儿，要不我会宰了你，混账东西！"的日子。

　　金钱已经被抬到了世界宗教的高度；全球化的要义是跨国公司主宰世界的地位神圣不可侵犯，且被视为解决所有问题的灵丹妙药。在这样一个世界里，我们应该珍视恩古吉这样的作家，因为他在警示，他在目睹，他在撞击心灵被锁住的大门，尤其是在一段令人毛骨悚然的时期内，世人普遍认为，第三次世界大战（被讥讽地称作冷战）的结束，即意味着不美化富人作家的终结——如果不美化富人，那他们将连同这个富人帝国的遗骸一起被烧成灰烬。此刻的恩古吉是会当凌绝顶，一览众山小，因为对于他来说，历史绝不像臭气熏天的死臭鼬那样,反映的是数百年的绝望,历史是一头恐怖的庞然巨兽,它发出的咆哮令人胆寒,那声音是:改变,改变,改变;斗争,斗争,斗争。恩古吉一生中大部分时间都在与生命中普遍重大的问题,尤其是肯尼亚的重大问题角逐,当他走出竞技场,他献给世人的《血色花瓣》定义了二十世纪的非洲。

欢迎来伊乌莫罗格,欢迎来肯尼亚,欢迎来非洲。

摩西·伊沙加瓦
2001 年 6 月

卷一：前行……

瞧啊！我看见了一匹白马，

马上的骑者手挽弓箭，头上戴着王冠：

他一路摧城拔寨，征服不断……

这时，又飞奔过来一匹马，一匹红马：

马上的骑者却要夺去地球的和平，他们就要相互杀戮，

因为他手里持着一把长剑……

瞧啊，我又看到了一匹黑马：

马上的骑者手里持着一架天平……

瞧啊，我又看到了一匹浅色马：

马上的骑者，名字叫死神……

他们对地球的第四部分，被授予了生杀大权，

他们用刀剑，用饥荒，用死亡，来主宰这个区域。

——《启示录》第六章

人民对国王们的残暴嗤之以鼻……

但是仁慈宽恕之美却酝酿了毁灭，

惊恐的君主们卷土重来；

每一个君主的归来都是前呼后拥，随行人员甚众，

有刽子手，有牧师，有收税官，

还有士兵、律师、领主、监狱长以及阿谀奉承之徒。

——沃尔特·惠特曼

第一章

1

那个星期日,他们过来抓捕他。他在山里度过了一个不眠之
夜,刚刚归来。他正躺在床上休息,《圣经》翻到了《启示录》,这
时,一高一矮两个警官敲响了他的门。

"你就是木尼拉先生吧?"矮个子警官问道。他左眼眉上有一
块星状的伤疤。

"是的。"

"你是在新伊乌莫罗格小学教书吗?"

"那么你们以为自己来到了什么地方呢?"

"啊,是这样。我们是想把事情做得把握些。谋杀毕竟不是
吃些美食这么简单。"

"你在说什么?"

"新伊乌莫罗格警察局要传讯你。"

"为什么?"

"当然了,是谋杀罪,是在伊乌莫罗格发生的谋杀罪。"

一直没有说话的高个子警官这时立即补充说:"也不是什么

紧要的事情,木尼拉先生。只是例行公事问讯一下。"

"不用解释了。你们也是在执行公务而已。让我穿上外套吧。"

两名警官相互看了一眼,都为眼前这个人的镇定感到惊讶。他穿上外套走了出来,一只手拿着《圣经》。

"你是从来放不下你的《圣经》吧,木尼拉先生。"矮个子警官说。他又是钦佩,对《圣经》的力量又有些恐惧。

"在基督第二次圣临之前这最后的日子里,我们必须时刻准备好播下种子。所有的迹象,纠纷,杀戮,战争,血腥,都在这里预言到了。"

"你在伊乌莫罗格待多久了?"高个子警官问道,将世界末日和基督第二次圣临的话题转移开了。每个星期都去教堂的他,可不想被人揪住什么把柄。

"你已经开始例行公事的问讯了,这不?"

"不是,不是,这个不做笔录,木尼拉先生。这就是普通的谈话。我们不会对你不利的。"

"十二年了!"他告诉他们。

"十二年了!"两位警官重复道。

"是的,我在这块荒土地上一待就是十二年。"

"哦,就是说,在新伊乌莫罗格小学建校之前,你一定就在这里了……"

2

阿卜杜拉坐在伊乌莫罗格一个叫作新耶路撒冷地段的自己棚屋外面的椅子上。他看了看自己缠着绷带的左手。他们并没有让他在医院里逗留多久。经历了一个夜晚的折磨之后,此时的他感觉自己镇定得有些怪异。但是对于所发生的一切,他仍然不能理解。他想,随着时间的流逝,他会理解吧,但是他如何能够解释,他仅仅的一个愿望,一个想法,所变成的这种现实呢?他的愿望到底有多大呢?他抬起头,看到一位警官在看着他。

"阿卜杜拉?"

"是的。"

"我过来是执行公务。你被警方通缉了。"

"现在吗?"

"是的。"

"会花很久吗?"

"这我不知道。他们要做笔录,要求你回答几个问题。"

"那好吧。等我把椅子放回屋子里。"

但是到了警察局之后,他们却把他关进了牢房里。阿卜杜拉对这一欺骗行为表示抗议。一个警察扇了他一记耳光。等有一天,等有一天,突然间,他感到了新仇旧恨一起涌上了心头,对于警方最新的这次挑衅行为愤恨不已。

3

一位警官前往万佳所住进的医院。

"恐怕你还不能见她,"医生说,"她现在的身体状况还不能回答问题。她现在仍神志不清,不断喊叫:'救火啊……救火啊……我母亲的姐姐……我亲爱的姨妈……快去救火,快去救火啊!'她总是在喊这类胡话。"

"把她喊叫的话记录下来。或许我们能从中得到某种线索……"

"不是的,她并未出现危险状况⋯⋯只是因为受到了惊吓而产生了幻觉。再过十天⋯⋯"

4

卡雷加睡得正香。昨晚,他参加了伊乌莫罗格腾溢塔酿酒公司工人联合会举行的通宵执委会议,回来很晚。他听到了敲门声。他穿着睡衣跳下了床。他打开门,发现门口站着一队全副武装的警察。一位穿着卡其服饰的警官向前走了一步。

"怎么回事?"

"警察局在通缉你。"

"为什么?"

"例行公事的问讯。"

"能不能等到明天?"

"恐怕不能。"

"让我换下衣服⋯⋯"

他回到卧室,换了衣服。他在想如何跟其他人取得联系。他刚听了六点钟的新闻,知道罢工已经被禁止。但是他希望,即使他被捕了,罢工也该继续下去的。

他被强行推进了一辆等待的"路虎"警车里,然后警车开走了。

阿金伊正准备去伊乌莫罗格教堂做早礼拜,碰巧朝他家房子的方向看了一眼。她总是朝这个方向看上一两眼,犹如鬼使神差,她也决心戒掉这个习惯。她看见路虎车开了过去。她急匆匆地赶到他的住处(她从来没有去过他那里),却发现一把铁锁拴住了门。

几个小时之后，消息就传开了。愤怒的工人们游行到了警察局，要求放人。一位警官从里面走出来对大家讲话，其表现出的和解态度令人惊讶不已。

"请大家安静地散去。我们把卡雷加带到这里来，是为了例行公事地问讯他几个问题。这和你们昨晚决定要举行罢工的事情没有关系。这事关一件谋杀案，在伊乌莫罗格所发生的谋杀案。"

"被谋杀的是工人们！"有人吼道。

"被谋杀的是工人运动！"

"工人斗争万岁！"

"请你们散去吧……"警官绝望地呼吁道。

"还是你自己解散吧……解散外国公司的暴政！解散外国公司的走狗！"

"外国统治者滚回去！黑皮肤走狗警察滚蛋！停止一切对我们血汗的剥削！"

人群里整个气氛变得越来越愤怒，越来越具有威胁性。警官向警察们发出了信号。警察局里所有的警察都倾巢出动，手里挥舞着枪支驱赶着抗议的工人，一直将他们驱赶到了伊乌莫罗格的市中心。在混乱中，有一两个工人受了重伤，后被送到了医院。

工人们正在觉醒，继而发现了自己强大的力量。这种与当局公然对抗的局面以前在伊乌莫罗格从来没有发生过。

5

一家名为《每日喉舌》的报纸刊载了一期大字标题的特刊：莫奇戈、储伊、基莫里亚被谋杀！

据认为是工会煽动者的一名男子被警方逮捕，事件的焦点是一位著名的实业家和两位教育家,三人均为国际著名的腾溢塔酿酒公司及企业有限公司的非洲裔知名董事,昨晚被人纵火烧死在伊乌莫罗格,而仅在几个小时之前,他们刚刚通过了一项直言不讳的不提高工资的决定。

据认为,他们是被骗到了一座房子里,随后,一群花钱雇来的流氓恶棍向他们发动了攻击。

三个人的死亡给伊乌莫罗格带来了无法挽回的损失。当年,是他们将伊乌莫罗格从一个十九世纪克拉夫和雷布曼时代的小村庄,建设成了今天这座现代化的工业城镇,就连加加林和阿姆斯特朗之后出生的数代人来到此处参观都颇感自豪……基莫里亚和储伊是卡姆温文化组织的著名创始人……

第二章

1

　　但是所有这些都是十二年之后所发生的事情了。话说十二年前，戈弗雷·木尼拉骑着一辆自行车，身后卷起一溜尘烟，第一次穿过伊乌莫罗格，来到一座长满了青苔的两室房子的门前。这个院子曾经是一座校园。他下了车子，静静地站了一会儿，右手叉腰，左手扶着车，微红的眼睛审视着曾经是白赭相间的墙壁上那些灰色干枯的苔藓。然后，他慢慢地将车倚靠在墙壁上，弯下腰，将裤脚抖开，用双手拍打了一阵（这只是一种象征性的做法，因为裤脚上和鞋子上的灰尘是轻易弹不掉的），接着他后退了几步，重新审视这道门，这些残垣断壁以及被太阳晒得走了形的铝制屋顶。突然，他决心已定，走到门前，手拧门把手，同时用右肩使劲撞门。撞开门之后他走进了屋子，屋子里四壁的蜘蛛网上满是死亡的蜘蛛和苍蝇的翅膀，从地面一直到天花板。

　　有人来到这个村子里了，这消息在伊乌莫罗格一下子就传开了。孩子们在偷偷地跟着他，监视他的一举一动，看着他整理这个地方，除草平地。孩子们把看到的一切都告诉了村里的老者们。

老人们说,他会一样随风飘走的,在他来之前不是有人已经飘走了吗?除了那些缺胳膊少腿的(但愿魔鬼把阿卜杜拉吞噬掉)和那些下体已经不中用的女人(但愿上帝保佑老太太妮娅金娃),谁还愿意来到这块兔子不拉屎的地方居住呢?

这所学校是一个有着四间屋子的废弃营房,土坯垒起来的墙壁残缺不全,铝制的房顶露着许多窟窿,还有数不尽的蜘蛛网,上面满是死苍蝇的翅膀和脑袋。老师们第一眼看到这种情形,如果跑掉了,还有什么奇怪的吗?学生们大多数都是放羊娃,往往学习不到一个学期就辍学了,原因是跟随父亲为自家牛羊去寻找新的牧场和水源。

但是木尼拉没有走。一个月之后,我们都在窃窃私语:他是不是有点儿疯了?可是他并不是那么老啊!他是不是带来了邪恶?尤其是,当他开始在金合欢树丛下上课,人们更是怀疑他会带来邪恶,因为据谣传,那附近就是传奇人物恩德米的墓地。据谣传,在帝国主义到来之前,恩德米的灵魂就守卫着伊乌莫罗格的国土,并且改变了形势的格局。他简直就是在嘲讽恩德米!说此话的人叫作穆瓦迪·瓦·穆格,他能够为此处的山岭和平原占卜吉凶,如果是凶,他能够略施计谋使其逢凶化吉。在夜色的掩护下,有一位老太太在学校校舍和金合欢树丛之间,拉了山一般的一大摊臭屎。第二天早上,孩子们发现了一堆还没有干透的臭屎。他们赶紧都跑回家,给自己的父母讲述了一个关于这位新来老师的滑稽故事。大约有一个星期的时间,木尼拉骑着自行车奔行在山岭和平原之间,挨个追寻他失去的学生们。最后,他追到了一个。他下了车子,将车子摔到了地上,徒步追赶这个学生。

"你叫什么名字?"他抓住他的肩膀问道。

"穆里乌吉。"

"是谁的儿子？"

"娃姆布伊。"

"那是你母亲？"

"是的。"

"你父亲呢？"

"他在很远的地方打工。"

"告诉我，你为什么不喜欢学校？"

男孩用右脚的脚趾在地上划着道道儿，头侧向一边，强忍着才没有笑出来。

"我不知道，我不知道。"男孩故意装出要哭的样子。木尼拉让这个叫穆里乌吉的男孩保证来上学，甚至还要带其他的孩子们来上学，这才松开手放他走。孩子们小心翼翼地回来了，他们仍然认为他有点儿怪异，却不敢逃学了。

她在学校外面的小苹果树下等他。他下了车，站到了一侧给她让路，以为她要从这里经过。她却站在这条狭窄小路的中央，手里拄着用一根粗树枝做成的拐杖。

"你来的地方有柏油路吗？"

"有的。"

"有高高的干枯树干上挂着的电灯吗？有能使黑夜变得像白天一样的路灯吗？"

"有的，有的。"

"有穿着高跟鞋的女人吗？"

"有的。"

"有头发抹油、烧焦成羊皮的味儿吗？"

"有的。"

他看着她满是皱纹的脸，看着她眼睛里的光芒。接着他把目光移向了别处,望着空空如也的学校,因为此时已经过了四点钟。他想,她这是什么意思呢?

"按照白人的标准来看,她们很是美丽而且聪明,是不是?"

"是的,她们很聪明,有时候太聪明了。"

"我们这里年轻的男男女女都抛下我们走了。闪闪发光的金属制造业在吸引着他们。都走了,年轻女人只是时不时地生了孩子才回来,把孩子扔给母亲,可是她们年迈的母亲靠着从土里掘食,生活已经够苦的了。年轻女人们说,在城里,屋子里只能住一个人……人多了老板不让……在狭窄的屋子里,狭小的院子里,根本没有小孩子待的地方。这你听说过吗?你听过孩子没人要了的事情吗?年轻小伙子也是一样。有些人走了就再也没有回来过。有些人回来看望他们留守的老婆,把她们肚子弄大了之后又急匆匆地走了,好像是被皮肤病或者瘟疫赶出了伊乌莫罗格似的。我们应该管他们叫什么呢?新的一代皮肤病和瘟疫人,是不是?因为从前,在欧洲白人的侵略面前,难道不是同样的皮肤病和瘟疫削弱了我们人民的战斗力吗?你告诉我,是什么原因让你来到这个连兔子都不拉屎的荒芜地方呢?看看阿卜杜拉。他就是从城里来的,但是他给我们带来了什么呢?一头驴。你想想啊,是一头驴!你来到我们这个村子,真正的意图是要带走什么呢?是要带走我们剩下的孩子们吗?"

他对这一问话考虑了几秒钟。他摘下了一颗熟透了的黄色小苹果,用手指将其捏碎。难道就没有一个安全的角落能够让他藏身、做些工作并播下种子结出能让人看得到果实吗?熟透了的小苹果发出了一股刺鼻的气味儿。他突然感到一阵恶心,愿主拯救我们脱离我们的过去吧,想着想着,他赶紧从口袋里摸出来一块手绢捂住要打喷嚏的嘴。然而为时已晚。一股黏液直喷到老太太满是皱纹的脸上。老太太尖叫起来，嗷嗷呜，嗷嗷呜！太不吉利了，我倒大霉了！边喊叫边神色惊慌地逃走了。他把头扭向一侧，想止住第二个喷嚏。片刻之后，他朝小路上望去，小苹果树丛后面，任何地方，都不见了她的踪影。她消失得无影无踪。

真是邪门，真是神秘，他自言自语地嘟囔道。他一抬腿骑上了自行车，慢慢地向阿卜杜拉的小店骑去。

在伊乌莫罗格，阿卜杜拉也是个新来户。他和瘦小的约瑟夫是坐着驴车来到这个村子的。驴车上装满了大大小小的包裹，包裹里面塞满了锅碗瓢盆、破旧毯子和肮脏床单。当老人恩约古看到这三个奇怪的生灵，并听到他们更为怪异的请求说要住在这个半倒塌的房子里时，他就满是讥讽地解释说，今年将会是一个多事之年：在这样一个兔子不拉屎的沙丘荒漠之地，有谁会想去拯救这个残垣断壁的破土坯小店呢？因为这个小破店曾经属于伊乌莫罗格的传奇人物达拉马沙。老恩约古指着这座破房子说，这里的幽灵……这里的记忆、这里的诅咒和一切，都属于你了！这座破屋子的房盖和墙壁都歪向了一侧，颜色与周围的干草和红土地没有什么区别。我们曾结伴挤进这个小店，好奇地观看他那条瘸腿和他那张可怜的脸庞，听他不停地咒骂小约瑟夫。很快地，我们感到了高兴，因为我们终于有个地方可以买到盐和辣椒了。但是他的那头驴却让我们感到震惊，它太能吃草、太能喝水了！没出一个月，在原来销售作料、盐和辣椒的基础上，阿卜杜拉又增加了酒吧项目。在星期五或者星期六，伊乌莫罗格四周平原的牧民们就会来到这家小店喝酒聊天，谈论歌唱自己的牛羊。他们偶尔在鲁瓦伊尼市场上卖掉一些羊羔赚了许多钱，钱又没有什么其他的用途，平时都是用红布包好藏在铁盒子里，用绳子挂在脖子上。之后，他们会一连几天甚至几个星期都不露面，然后突然间，又再次聚集到阿卜杜拉的小店。

木尼拉从后面走进了小店，在一条吱吱作响的长凳上坐了下来。当他等待约瑟夫给他拿来"塔斯克"啤酒时，他再次自言自语地嘟囔起来，这真是怪异啊，他再次想起了与那位老太太的邂逅。他刚拿起啤酒来喝，三个强壮的老者走了过来，和他坐在了一张桌子上。穆图利、恩巨古纳和罗洛都是当地富有的农民，又是这个农业社区的智者。他们不仅给各个邻里之间解决纠纷，还在这个社区与草原上的牧民之间充当仲裁者。至于更严重的纠纷和问题，他们就去找占卜者穆瓦迪·瓦·穆格。他们和木尼拉打了招呼之后，就开始谈论天气。

"你来的地方有我们这里干燥吗？"

"那里，哦，一月份总是很热。"

"当然了，那是同样的季节，金钱癣季。"

"那是这个季节的名字吗？"

"这些孩子……你的脑子里外国人的东西太多了。你来的地方庄稼收成好吗？我们这里的庄稼收成可不好，真不知道玉米和豆子能否帮助我们度过雨季。也就是说，如果雨季还能来临……"

"其实我不是农民。"木尼拉赶紧解释。他们所说的什么庄稼啊收成啊让他感到困惑。

"我们知道，我们知道……城里人的手本身就是一本书。这些城里人来这里访问，难道我没见过他们吗？手上连个土坷垃都不沾，好像手上一直戴着手套。"

恩巨古纳一直都有这样一个抱负，有一天，作为象征，他手上戴着手套，说他永远不再弄脏自己的双手了。到那时，他就会像他年轻时代所见过的某些领主了。有些大户大院牛羊成群，富得流油，根本不用自己伸手做任何事情，因为他们雇用了人手来为他们打工。那些为他们打工的人呢，当然也希望获得一头羊，并开始在无人问津的荒草地上开辟出属于自己的一片天地。其他大户人家的户主和族长老婆儿子众多，都能干活，或者有许多女儿能够带来更多的财富。但是这种运气总是与恩巨古纳擦肩而过。土地似乎总不能给他带来好的收成，而现在也不像殖民主义之前的时代，已经没有可供开垦的处女地了。他的儿子们都离家去了欧洲人开的农场或者去了大城市。至于女儿，他一个也没有；就算有了女儿，今天又有什么用处呢？老恩约古倒是有好几个女儿，她们不但没有给他带来羊只，反倒带来了痛苦。所以，和伊乌莫罗格各地所有农舍里居住的农民一样，恩巨古纳也不得不接受拥有一小块土地、破旧的农具和有限的家庭劳动力这一现实。他却依然怀有希望。

"上一个雨季我们的雨水不多，"穆图利解释说，"现在，我们看着太阳，望着风向和空中飞翔的鸟儿，我们担心雨季甚至不会到来。当然，雨季仍然还有两个月的时间才能到来……但是看到这些鸟儿，我们真的很担心。"

木尼拉对于种庄稼并不感兴趣。而且这种关于可能发生的干旱和雨季的谈话他从小就听过了。农民们总是谈论来自于干旱的威胁，好像把自己的恐惧说出来了，他们就可以避免遇到这种灾难了。

"我确信天会下雨。"他这么说只不过是为了让他们相信，他对他们的话题感兴趣。他试图将话题转移到别的方面，最后替他解围的却是阿卜杜拉。

"你觉得你一个人能够弄好这所学校吗？"阿卜杜拉问。

"我希望等一年级和二年级开起来的时候，我能请到更多的老师。"

"一年级和二年级,怎么开起来?"

"哦,二年级只在上午上课。一年级下午上课。"他说。

"那你一定很敬业。"阿卜杜拉说。木尼拉不知道他这句话是讽刺挖苦还是真心赞扬。但是他仍然努力给出真诚的回答。

"我们某些受过教育的人……我们从前都习惯于把争取民族独立的斗争留给普通人去做。我们曾置身事外……我该说,我们缺席了这场战斗歌曲。但是现在,我们独立了,我们有了机会来回馈……来表明……我们并非总是选择站在一边儿袖手旁观……就是为了这个原因……哦……我才选择调到了这个……伊乌莫罗格这个地方。"

"没准儿有些人已经开始只为自己的肚子着想了。"阿卜杜拉说,说话的语气再次让木尼拉感到了一丝的不舒服。好像阿卜杜拉已经开始怀疑,或者说,对他的这种类似于传教士的行为和热情开始产生了敌意。

"我不能代表所有人说话,但情形似乎是这样,人们仍然拥有热情和信仰,认为我们都能够为我们的真正独立做些事情……"他说。

"这话说得对,"木尼拉赞许地说,"说得好。"

木尼拉抓住机会,详细地阐述了学校未来的前景,并请求他们给予合作。团结就是力量,他自己根本不信地说着这句话,但是注意到这句话给他们留下了好感。后来,黄昏之后,三位农民摇摇晃晃地回到家里,但是回到家里之前仍少不了去向妮娅金娃汇报他们的发现。也多亏了他们有拐杖才得以走路。他们的眼睛微红,嗓音有些含混不清:这个人不错。他们对聚集在妮娅金娃家里的一众人等宣布说:他这个人不错,边说边会意地相互交流眼神。

他成了我们当中的一员。孩子们大声地唱着歌,边想着啃啃他们脚指头的螨虫，认真地蹭着地面以解刺痒。有些孩子逃学，跑到草原上给自己的牛儿吹起真正的牧民曲调，或者干脆跑到田野上的大树那里爬上爬下。还有些孩子愁眉苦脸地挨了一个星期左右，最后也跑回到了他们的牛羊那里。这可是二十世纪的六十年代啊，木尼拉有些失望地想，已经不是那个十九世纪的六十年代了。

他再次来往奔波，堵住了几个孩子，并要求他们告诉其他孩子，他要召集全校大会。来开会的仅有五个学生。他站在用土坯垒起来的主席台上向学生们讲话："听我说，你们能来参加这个会议，这已经表现出你们高于普通人的勤奋甚至是智慧。因此，我将你们升级到英语初级班。要当你们的老师可不容易，他必须能够忍受来自于整个人群的敌意和麻木不仁，而这个人群却反对光明和进步。"他的第一次全校大会结束时，他心里暗暗发誓，再也不回到这个连上帝都遗弃了的鬼地方。他试图践行理想之歌的第一次努力似乎再次遭到了失败。

他快骑，慢骑，身后留下一溜烟尘。木尼拉能够感觉到树丛后面人们的目光在嘲笑他的失败。老太太妮娅金娃站在土路中央，冲着他的正面以及他疾驰而过的背面大声叫喊。在远处的田野里，女人们用讥讽的音调哼唱着一首关于一个骑手的古老歌曲，那时的伊乌莫罗格可是原汁原味的伊乌莫罗格。她们这样唱道：木瑙鲁的儿子们我们见到，恩德米的后代却到哪里去了？

他并不在乎。足有一个月的时间，他们愚弄他，嘲笑他。就连阿卜杜拉也不给他解围，尽管他天天去他的小店和酒吧。"这里的人们对陌生人和陌生的东西都有点儿怀疑。最初，他们不喜欢我的驴子。现在仍然不喜欢。为什么呢？是因为草啊！你想想吧。"他停下来，对约瑟夫咒骂了一阵子，身子向木尼拉靠近了一些,压低了声音,继续说,"老师,那个老太太在你的校园里拉了一大摊屎,这是真的吗?这样做太丢人了。哈哈!哈哈!约瑟夫,你他妈的动作快点儿!再给老师拿个啤酒来!但这确实是真的吗?"说完这句话,这位瘸腿的伙计就对木尼拉的窘态放声大笑起来。

人们的讥笑,其他的记忆,加上现在通往赤利地区首府鲁瓦伊尼的这条路,所有这些都没有改善木尼拉的心情。这条道路崎岖险恶,凸凹不平,和那些母夜叉、顽劣儿童和瘸子没有什么两样,他想。

这条路曾经是连接伊乌莫罗格和鲁瓦伊尼两地之间的一条铁路。这条铁路曾将伊乌莫罗格森林的木材、木炭以及树皮编制的农产品运输到鲁瓦伊尼的工业和工人们那里。铁路吞噬了森林,使命完成之后铁轨被拆除,显出一条路来。这是某种形式的道路,根本看不出昔日剥削时代鼎盛之日的任何痕迹。

他嘴角上露出一丝微笑,因为他来到了铁路线尽头柏油铺设的路面。蜿蜒的柏油小路通向从前白人拥有的咖啡种植园。即使在这样的路面上,他仍然不能掉以轻心。他不断地紧急靠向路边的林丛,以躲避迎面驶过来的大货车。大货车司机也根本没有任何同情心,还发出了狂笑,做出了下流的手势:让你的自行车来我大货车奶头嘴儿这里吸点儿奶水吧。

鲁瓦伊尼的高楼建筑跃入眼帘。他突然感到,自己竟然没有想到任何其他的选择。他想起来为什么他是那么兴高采烈地选择了伊乌莫罗格的,因为再愤怒的心情也比恐惧心理强,他最怕的就是去他父亲所在的利穆鲁那里工作,因为他不想在父亲成功的羽翼之下蛰伏。跟父亲相比,他就是个失败者,他也承认失败。

突然的回忆让他停了下来。他下了车,靠在车上观看树篱那侧的风景。在鲁瓦伊尼市以外足有一英里长的高尔夫球场,绿草如茵,修剪整洁。三个非洲人正在嘲笑第四个大腹便便的家伙,因为那个胖子挥杆几次,总也打不着球。远处站着几个破衣烂衫的球童,肩上背负着沉重的高尔夫白球和球杆的袋子。啊,这个世界!木尼拉从回忆中惊醒过来,迅速跨上自行车,向鲁瓦伊尼骑去。

莫奇戈的办公室干净得一尘不染,收文盘里放的是寄过来的邮件,发文盘里放的是要寄出的邮件,还有一个放着各种书信的文件盘,嵌在写字台上的三个巨大的墨水池旁边,还有无数的钢笔和铅笔。墙上挂着一幅赤利区的地图,区地图上各个学校的所在地都用图钉做有标记。

"你的学校怎样?"莫奇戈问道,在转椅上稍微侧了下身子,目光扫向用图钉标示的地图。

"你派我去的学校在唱空城计。根本没有老师。"

"我原以为你是要去一个安静的地方? 一个具有挑战的地方?"

"连学生都没有。"

"我真的不知道那所学校有什么不好。老师都不愿意留在那里。待一年两年,之后他们就走了。如果你能找到一个老师,即使是临时代课老师,我们肯定都会聘用他们。"

"可是……"

"我很快就会去那里的,我很快就会去的。去你们那里的路好走吗?你知道这些讨厌的汽车,真是令人烦,这是黑人真正的负担,相信我的话,那个,那个,木尼拉先生,如果骑自行车麻烦就少多了。"

此时,他的目光盯住了木尼拉,嘴唇现出讥讽的微笑,好像在说:这你早该知道,想逃跑……可是,木尼拉想,莫奇戈怎么会知道呢？突然,他想起他骑来的路上,那些给他逼到了树丛里的大货车和面包车司机,他发现莫奇戈故作亲切地赞扬他骑车过来,这可是了不起的智慧。他心里的一股火变成了笑声。他笑得停不下来,直到他笑得肋骨生疼,这时却感觉心里舒服多了,轻松多了。"你不信我的话?"莫奇戈问他。木尼拉此时想的是瘸子阿卜杜拉、老太太妮娅金娃以及那些宁可去放牛和爬树也不来上学的孩子。他心里开始做起了比较:他们的直言不讳,与他的浮华不实相比较;他们的好奇表情,与坐在豪华奔驰轿车后排座位上的面孔后面所藏着的恐惧相比较,与躲藏在从前只能是欧洲人居住的豪宅和私人俱乐部大墙后面人们的恐惧相比较;他们的真挚坦率,与行走在高尔夫球场上谈着笔笔生意的那些怀有恶意的大腹便便的狡诈之徒相比较。这时,他又想起了阿卜杜拉的话语,顿时对伊乌莫罗格产生了好感。

此时他想到,也许当时他并没有理解妮娅金娃、阿卜杜拉、恩约古、恩巨古纳、罗洛以及所有其他人所说过的话。来时准备想说的要辞职或者要求调转工作的话,他一个字也没有提。他领了一些粉笔、练习本和稿纸。

"莫奇戈先生,您是认真的吧……刚才您说的话算数吧？我可以聘用临时代课老师?"

"是认真的,木尼拉先生,但是你必须把他们领到我这里来,由我来正式任命。我想看到你学校的发展。我想看到所有的班级正常上课。"

这天晚上他在鲁瓦伊尼的弗拉哈宾馆留宿。第二天,他骑车来到了基亚姆布区。他想在利穆鲁的家里待上一两天,然后再骑车回到伊乌莫罗格。

他的一生基本上都是在利穆鲁度过的。一九四六年离开希里阿纳之后,他在利穆鲁周围的许多学校都教过书:里洛尼、卡曼杜拉、贴库努、加萨莱尼,最近六年左右时间是在曼果。当他回到他过去的一个涉足之地时,他感到自己的心跳加快了。但是一想到还得靠自己的父亲来找地方安家,他就感到一阵痛苦。他曾一直想要自己闯荡天下,但实际上,他又是在父亲的地盘周围转悠,同时感觉又不完全属于这里。这截然不同于他那几位非常成功的弟弟妹妹们。他的大弟弟甚至到英国留了学,回国之后到银行界开始了其成功的事业。另一个弟弟刚读完麦克雷雷大学,在一家石油公司的公关部当官。还有一个弟弟正在麦克雷雷大学读医学专业。两个大妹妹刚刚以优异成绩高中毕业:一个去了英国学习护理专业,另一个去了美国佛蒙特州戈达德学院学习工商管理专业。还有一个妹妹姆佳米最近刚刚离世,一想到她,他就深感伤心,尽管她比他年龄小很多,他却感觉出,出于某种原因,她却与他站在一起,因此并不把他看作是失败者。姆佳米生性活泼,性格叛逆:曾经挨打过一两次,原因是她伙同那些外来寄居者的孩子,偷吃她父亲果园里的李子和梨。即使上了肯尼亚高中之后,放假时,她也仍然会和农民工们混在一起,帮他们采摘匹菊属花。她母亲这样训斥她:"我们是花了钱雇这些工人的!"她的自杀(她从俯瞰曼果沼泽地的一处采石场悬崖处跳了下去)一定是对这个恼人的世界最后说的一次"不"了。

他父亲埃泽基艾利,身材高高,神态冷漠,为人严厉,是当地的一个大地主,同时也是基督教长老会受人尊敬的一位长老。他神态高傲,为人苛刻,然而外表又显示出庄重的神圣。他认为,孩子们的成长离不开艰苦的生活,水煮玉米粒上只能有少许的豆类,茶水里只能点缀一点点牛奶，而且不能放糖，但是所有这一切都被冠以了上帝的话语和祈祷文。尽管他的粮食配给制很苛刻，却能吸引忠实的劳动力来为他的农场和果园干活。其中的两个工人自从木尼拉记事儿的时候起，就一直为他父亲打工，而且至今仍然穿着打着补丁的劳动布裤子和鞋子。这许多年来，随着季节的变换，父亲雇用了许多临时工人（甚至还有来自很远处的盖吉、梅图米和古思兰的）来帮助他全年种植他的庄稼地，采摘匹菊属花并且晾干，十二月份采摘熟透了的红李子果，装箱并运送到印度人的商店里去出售。几乎所有人都有一个共同点：对主的臣服。他们称呼他为埃泽基艾利兄长，类似于我们的基督教同道兄长，每天下工之后，他们就会聚集在院子里做祈祷和感恩。当然也有一些胆大妄为之徒，他们要求提高工资待遇，并且在农场兴风作浪，最后被炒了鱿鱼。其中有一个人曾试图鼓动工人加入在欧洲人农场上运作的"种植工人工会"的一个分支。他说服人们，非洲人老板和欧洲人老板所雇用的工人之间没有区别。他立即被炒了鱿鱼。甚至在教堂里面的布道讲坛上，他也受到了谴责。他被视为"埃泽基艾利兄长最近的磨难与诱惑的"一个例子。但是木尼拉甚至在孩提时代就很快注意到，这些农场的工人在离开父亲的庄园回到了自己的住处之后，即使在颂赞主的时候，也并非那么僵硬夸张，而是更为无拘无束，在颂赞主时，他们似乎怀有更大的信念和圣洁之情。他们那种半点儿假也不掺的信念，他们那种如实地坚信天堂就要来到的信念，都让他感到了一丝的敬畏。正是在这样的一次祈祷会上（那是在他从希里阿纳回家度假期间），木尼拉感到了心灵的些许震颤，意识到了他从前所犯罪孽的严重性。那是他的第一次罪孽，是在卡米利索和一个叫作阿米娜的坏女人所犯下的。他感到有必要做出忏悔，有必要让主来净化自己，但是不知什么原因，当他刚要张口时，他却突然觉得他们不会相信他的忏悔，而且话又说回来，他又怎么去表达呢？他便返回了家，深信自己内心已经完全交给了主，决定做些事情来赎罪。他偷偷拿了一盒火柴，找了一些草和干牛粪，来到他亵渎主的地方卡米利索，模拟搭建了一座阿米娜的房子，然后放了一把火，将其烧掉。他观看着熊熊火焰，感觉这把火让他的心灵获得了真正的净化。然后他就心安理得地回家睡了觉，因为他认为自己已被主所接受。喂，您好！但是牛粪的火却没有熄灭，夜晚被风一吹，险些将整个谷仓吞噬一尽，幸亏被人及时发现。第二天早上，他听到人们的议论声，说也许是某个妒火中烧的邻居在夜里干的坏事儿。他决定对此事只字不提。但是他感觉父亲知道此事，而这更加重了他的负罪感。

有一位老太太木尼拉永远都不会忘记，尽管她从来都不去教堂，但是，她的那种超凡脱俗的气质，那种孑然一身、与世无争的心态，却让她显得比所有人都更为圣洁、更为真诚。她那座有五棵柏树围绕的小屋正好位于他们的大房子和其他工人居住区的中间。这位名叫玛丽亚姆的老太太有个儿子，是木尼拉去希里阿纳上学之前的发小。即使木尼拉从希里阿纳回来之后，他们也时常在一起，尽管时间不多，但是足以让木尼拉为后来发生的事情感到震惊：一九五三年左右，他听说玛丽亚姆的儿子因为给茅茅党人运送武器而被捕，并被处以绞刑。但是他记得她的主要原因却是，当别人都相信他父亲的承诺和亲善时，她却对低工资和拖欠工资而进行抗议。她对埃泽基艾利不无尊敬，却从来不惧怕他。但是父亲却从来没有申斥过她或者解雇过她。他曾经听过她与父亲被割掉的右耳朵有关（耳朵是被茅茅党游击队割掉的），最近又听说她与姆佳米的自杀有关。但是他本人从没有忘记小时候偷偷跑到玛丽亚姆的小屋里被招待喝茶吃木炭烤土豆的情形。

此时,木尼拉在柏树旁边伫立了片刻,她的小屋已不复存在,她和所有工人都被搬迁到了卡米利索新建成的紧急状态集中村里。她怎么样了呢?他感到十分惊讶,因为在希里阿纳自我封闭和为自己失败而纠结的时候,他与自己的家乡利穆鲁却失去了联系,也失去了兴趣……他属于这里……然而又不属于这里……自从他离开希里阿纳之后,他过去的一切都变得十分模糊,极为不真实,犹如一层迷雾……好像在他连贯性的生活和记忆中,出现了一个大大的断档。因此,他毅然决然地决定去伊乌莫罗格,就如同他与这种不存在感做了一次有意识的断然决裂。

他陪自己的两个孩子玩了一阵,脑子里一时闪出了这样一个念头:在他们幼小的心灵里,他是一个什么样的形象呢?他是不是也和自己的父亲一样,让孩子们感觉严厉、庄重和高傲呢?他给他们讲述伊乌莫罗格的事情。他说,那里的苍蝇让人感觉密不透风,厚厚地落在牧童的眼睛和鼻子周围,直到他妻子实在听不下去了,冲他喊:"你赶紧给我打住!"他给孩子们讲伊乌莫罗格从前有一个独眼马里穆幽灵忽隐忽现;给孩子们讲了那位滑稽的老太太拉了山一般高的一大摊臭屎;坏脾气的瘸子一连串儿地骂出脏话,直到他妻子又冲他喊叫:"你赶紧给我打住!"让他的话只说了一半。他感觉自己说的笑话并不有趣,在他们根本不笑的眼神中,自己非常可笑。好吧,我来给你们读《圣经》,他对孩子们说。这时,妻子的脸上绽出了高兴的笑容。耶稣告诉他们:尔等要走遍全世界的村庄和黑暗的地方,点燃我的圣灵灯。诚心所愿。阿门。

当孩子们都上床睡觉之后,妻子立即用半严厉、半责备的目光盯住了他。她该是一个美人,但是过于名门正派式的生活、每天阅读《圣经》和祈祷,已经让她的性感美丽荡然无存,此时所剩下的只是圣灵冰冷的光芒。

"和孩子们说脏话,你应该感到羞愧。你应该知道,这个世界并不是我们的家园,我们应该为了下一个世界,让他们和我们自己都做好准备。"

"不用担心,我自己从来没有属于过这个世界……甚至从来也没有属于过利穆鲁……也许属于伊乌莫罗格……换个环境吧。"

就这样,戈弗雷·木尼拉又骑上了他的铁骑来到伊乌莫罗格,而这次,人们竟然出来迎接他。老太太妮娅金娃来到了学校对他说:"你真的回来了,上帝保佑你。"说完,老太太往手里吐了些唾沫来为他祝福。他身子往后退缩了一下,但是感到高兴的是,这次妮娅金娃的态度里并没有任何敌意。

他重新站在了讲台上,很显然,学生们接受了他,这让他感到兴致盎然。孩子们(那些来上课的孩子)静静地听他讲课,这让他感到兴奋。突然间,整个伊乌莫罗格似乎都在静听他的声音。

在伊乌莫罗格,他成了每天被人关注的人物,对于这些时常来上课的孩子来说,他成了知识的守护骑士。二年级,即他所称的英语初级班,在上午上课。一年级在下午上课。孩子们出入教室很是随意,对于这种自己没有料到的课堂散漫纪律,对于学生们难以捉摸的行为,对于他们谈论干旱,他此时已经有所理解,因此,他表现出了和蔼可亲的态度,任他们为之。对于伊乌莫罗格的老翁和老妪们,对于这里的所有人,他是他们孩子的老师,他是新时代智慧的传递者,这对于他已经足矣。来自另一个世界的他竟然同意和他们相处一处,这让他们感激不已。他们从他的眼神里看到,他完全是情愿地留了下来,而那眼神里又没有一丝的恐慌:在他之前来的人总有一种想跑的眼神,一旦当地人稍微有点儿抱怨,他们就会迅速地逃离并再也不回头了。木尼拉却没有走。他们不无焦虑地观察着他：每个月末他都做些准备去鲁瓦伊尼领取工资，但是他们却看到他总是回来。他们就交头接耳地说："这个老师不会走了。"这时，他们就会给他送来鸡蛋，偶尔也送来一只鸡，对于他们的这番情谊，他也感激地欣然接受。他的足迹踏遍山脊两侧的所有小路。路上遇到的人都会充满敬意地站到一侧，礼让他先过，他也轻轻点头或者面带微笑地欣然受之。他对他们的集市感到好奇，与其说那是一个交易商品和讨价还价的地方，不如说是朋友社交聚会之处。每当人们觉得有必要聚会，他们就会在日落之前的某个夜晚，聚集在山脊上。来自平原上的人会带来牛奶和珠子工艺品，偶尔也会带来些毛皮，并且购买或者用以交换鼻烟、豆类和玉米。除了去阿卜杜拉的小店或者去鲁瓦伊尼需要用现金交易之外，人们之间的买卖一般都不怎么使用现金。现金、食品，或者一块衣料，任何东西都可以作为交换的基础。现金一般都省下来用于购买其他日用品。一次他看见有人兜售一两件长矛和刀器，他惊讶地获悉，那些东西竟然是穆图利的作品。"但是穆图利只能在穆瓦迪的地方制作他的铁器，"妮娅金娃向他透露，"因为，用风箱加火和用铁锤来敲打铁器时，他必须得受到他的保护，才能免受邪恶势力和嫉妒目光的危害。"他逐渐了解到，穆瓦迪·瓦·穆格是伊乌莫罗格山岭和伊乌莫罗格平原的精神力量，他在以某种人们看不见的方式调理、管控着人们的生活。是他忠告人们选择哪一天来作为播种的吉日，是他提醒牧民哪一天迁徙牧场最为合适。木尼拉从来没有见过他：没有达到一定年龄的人都没有见过他，但是他却被领去参观他的周围种满了"蜇人"树篱的庄园。从中了解的一个事实让他很是感激，因为将来，他必须避开此地，连接近这里都不行。除此之外，他感觉很安全：他这么受人喜欢，受到敬

仰,受到尊重,同时,他又不用匆忙地卷入其他人的生活而给自己
带来混乱。这让他感觉这是迟来的上帝的礼物。他努力忘记他的
恐惧,他的罪孽,他那些封冻的岁月:每当想起他与父亲或妻子或
者他的童年和青年时不愉快的记忆,他都要喝杯酒来解脱自己。
他喝酒最喜欢的时刻,就是平原上的牧民们也来到阿卜杜拉的小
店里喝酒时。牧民们把长矛插在酒店外面的地上,边喝酒边谈论
他们的牛羊,并取笑那些像鼹鼠一样靠挖土种地来生活的人。伊
乌莫罗格的农民们,尽管为迟迟不到的雨季而担心和焦虑,但是也
时刻准备着反唇相讥,为自己和自己的使命感努力地进行辩护。
接着,就牲畜更重要还是庄稼更重要、种地的和放牧的之间会展开
一场激烈的辩论。牛羊就是财富,唯一的财富。拥有牛,拥有羊,
尤其是在白人来之前,难道这不是每一个真正的人所追求的吗?
不拥有牛羊的人都会种很多很多的地,要种红薯、葡萄、小米或者
山药,甘蔗或者香蕉。最后,他都要将这些农产品卖掉,来买一只
羊,甚至是一只羊羔。人们把自己像奴隶一样雇佣给有钱人,为的
不就是有一天能够自己拥有一只羊吗?人们卖掉自己的女儿来买
羊,而不是买庄稼:铁匠,瓷器厂、篮筐编织厂或者漂亮的装饰品作
坊的工人,往往都是只用自己的产品来换取他人的女儿。国家之
间发生战争,如果不是为了获得女人,还能为了什么呢?但是另一
边的人就会争辩,牛羊并不是财富。既然说财富可以用牛羊来代
表,那牛羊本身就不是财富。财富存在于土壤之中,存在于人类双
手播种出来的庄稼之中。难道他们没听过这句老话:财富就是双
手上的汗水吗?看看那些白人:他们最开始夺去了我们的土地,接
着又夺去了我们的青年,只是到了后来,才夺去了我们的牛和羊。
噢,不对,另一方又会进行反攻:白人先夺去了我们的土地,接着又
夺去了牛和羊,并说,在每次武装冲突之后,都会缴纳茅屋税或者

罚款,只是到了后来,白人才抓捕青年来给他们种地。分界线并非总是那么清晰可辨,因为有些人既拥有庄稼地又拥有牛羊。这些人就说两个都重要嘛:一个人用几只羊换来了一个女孩,这不假,但是他要换的女孩是个不怕干活的人。那么,富人们为什么要拥有奴隶和雇农呢?他们的目的不仅是为了让他们放牛放羊,也是为了让他们种地。那么,殖民定居者和警察为什么要抓青年人呢?就是为了给他种地,同时也为了给他看牛。欧洲来的外国人非常狡猾:他们夺去了他们的土地,夺去了他们的汗水和他们的财富,回过头来却告诉他们,他所带来的硬币,尽管不能吃,却是真正的财富!他们的辩论就这样一直进行着。木尼拉并不加入他们的这种谈话:对于他们所谈论的拥有土地和所谓的"卖女儿换牛羊"的话题,他感觉自己是个局外人。任何关于殖民主义的谈论都令他感觉不安。他会突然间感到自己从未做过或者希望做过任何事情,他似乎注定要在这个世界里游荡,到哪里他都是个陌生人。可是,可是话又说回来,他为什么又这么欣然地接受了这份不该得到的敬意呢?为什么一憧憬到自己是他们中的一员时,他就内心暗自欣喜呢?

他试图改变话题。他们的地区议员是谁?这一提问会引来一阵热议。有些人不记得他的名字。在上次选举期间,他们听过他的名字。他曾经来过他们的地区拉选票。他做出过几项承诺。他甚至还在自己的选区里挨家挨户收了两个先令准备筹建一个"齐心协力"水上项目和一个牧场计划。但是自从那之后,他们就几乎再也没有见过他。恩德里·瓦·里艾拉,是叫这个名字,有人想起来了。地区议员是什么?是政府的一种代理人吗?可是他为什么需要选票呢?即便是这种谈话也令木尼拉心神不安。他就会问一些其他方面的问题,只是希望谈话不给他带来选择政治立场的压力。难道他们这里从来没有外来的参观者？有的,有的,他们这里曾经来过两位老师。但是他们在独立前夕就跑了(跑回城里了)。他们之后来的寥寥无几的几个人都没有待久。还有,在收获季节到来时,有些人也会开着大货车来这里。都是些商人。他们是来买农产品的。有时候,在每年的年初,地区官、收税官和一名警察也会来这里,威逼他们交税。因此,季节性商人的钱最终也落入了收税官的手里。但这并不是什么新鲜事。一直都是这样,这过去的许多许多年来,一直都是这样的。唯一让他们感到痛苦的,就是这股青年人逃离故乡的潮流。这股逃离潮是在第二次"大战"之后开始的……不对,不对,是在那之前……不对,在茅茅战争之后,情形更加糟糕……不对,是因为铁路……好吧,好吧……自从欧洲殖民主义者来到这里之后,形势一直都是如此糟糕。他们真是来自于另一个世界的魔鬼。但是,他们这些仍然留在伊乌莫罗格的人,他们现在必须要找到一种方法来避开这些苛捐杂税……政治话题！难道一个人无论如何都不能回避这种东西吗？木尼拉烦躁地思索着。

他给自己制定了这样一个工作模式:全天上课,散步到岭上,然后再溜达到阿卜杜拉的小店。渐渐地,就连阿卜杜拉也接受了他,大老远一看见木尼拉,他就会吆喝着约瑟夫赶紧给老师搬一把椅子。只不过他那谈话的语气却介于既友好又敌视、既戏谑又蔑视之间,木尼拉尽管在这安逸的梦幻之乡呷着啤酒,可胃里总是有一丝不协调的感觉。但是阿卜杜拉有时候也会情绪不佳,给他讲述自己刚来伊乌莫罗格时的感受。这时,阿卜杜拉就会向他探过身来,用一种做作的密谋和亲密的语气对他说:

"这些人哪,你知道吗,疑心太重了。你看过他们把脸朝天的那种焦虑的面孔吗？我敢说,如果天不下雨,他们就会把罪名推到我的毛驴身上。他们甚至会去穆瓦迪那里询问我这头毛驴的来历。你有没有见过他们中间的那位牧师?实际上那位牧师很有名声,而且名声不错。但是我从没有见过他。真是难以让人理解,是不?你看穆图利、恩巨古纳和罗洛,甚至老头子恩约古,他们都不喜欢我的毛驴。你知道这为什么吗?他们说,我的毛驴吃的草,顶好几头牛加一块儿所吃的草。毛驴还不能屠宰。但是我知道,他们其实是嫉妒我这头毛驴的好胃口。这头驴甚至连根茎都吃。牛羊找不到水的地方,我这头驴却能够找到。正因为如此,这些人的目光里才会有这种神情。你有没有见过那个老太太的眼神?她眼睛里闪烁的那种目光……是邪恶的目光,难道你不觉得吗?你应该知道。不过,告诉我,她在你的校舍里拉了一大摊臭屎,这是真的吗?而孩子们却认为那是你拉的?哈哈!哈哈!那么一大摊臭屎都是你自己清理的了?哈哈!哈哈!约瑟夫!你这个懒骨头!你见过这么懒的小黑鬼吗?再给老师拿一份啤酒来!但是你得告诉我,那究竟是不是真的?"

"听我说,阿卜杜拉,"木尼拉总是努力将谈话主题转移开这个敏感的区域,"你既然提起了教育这个问题,那你为什么不让约瑟夫报名去上学呢?"

"那让我的这头毛驴干完了外面的活儿,再干店里的活儿吗?"

除了这些小小的令他恼火的事情之外,木尼拉实际上逐渐喜欢上了伊乌莫罗格:此时,他甚至开始用一种怀疑和敌视的态度来看待他妻子、教育长官莫奇戈和他父亲的世界。他在家里逗留的时间很少超过一个晚上,可是他突然间感到,他的这种新的"存在而不参与"意识受到了他们各种询问的威胁。莫奇戈例行公事的询问,让木尼拉的脑海里显现出了某种不祥的阴云:他有没有可能践行自己的承诺,真的要来一趟伊乌莫罗格?木尼拉也编好了一个例行公事的回答:"那个地方……地狱啊……"他希望这个回答能够打消莫奇戈来这里参观的念头。他不想让任何人来干预他的教学节奏和他的世界。有时候他让学生们唱一些荒诞歌谣,比如:莫不理,尼,吲哚,恩格姆贝,尼,吲哚,姆贝卡,尼,吲哚;恩盖,姆希尼。有时候他让学生们做加减法作业,自己独自来到外面晒太阳。

他观看农民们在田地里耕作,但实际上他们却是在等待着雨季的到来,这时,他内心里也隐隐约约地和他们期盼雨季到来的焦虑心情交织在了一起。但是太阳却温暖舒适地照在他的皮肤上,让他忽然感到自己的胸怀倍加宽广,他可以拥抱伊乌莫罗格所有的男人、女人、孩子、土地,拥抱这里所有的一切。此时,他的家以及和家有关的所有问题,都离他有十万八千里远了!

四月初,天开始下雨了。长者们的瞳仁都笑开了花,眼睛里面都是对伊乌莫罗格新生命的期待:他们满是皱纹的脸庞似乎随着天地间命脉的变化节奏而张弛着。所有人都在地里忙开了。穆图利、恩巨古纳、罗洛、恩约古,就连这些人都顾不上来阿卜杜拉的小店了,因为他们从早到晚忙着种地或者在泥泞的田地里赶羊赶牛,已经累得筋疲力尽。从前,这里的男人除了种山药、甘蔗和香蕉之外,是不种大田的,但是时代在变化,老人们阻止不了青年人到外面的世界去打工。因此在播种季节,木尼拉只能是独自饮酒,或者只有阿卜杜拉或者约瑟夫相伴。此时他很是怀念他们那些无聊的闲话,他们的各种故事,他甚至怀念他们对那些令人不安问题的评论和争论。

他或是走路或是骑车回到自己的住处。对于他们在地里做的各种事情,他都是一个局外人。他感到了一阵伤心,感觉有些被抛弃了。

趁着倾盆大雨暂停的间歇,女人们赶紧往地里跑去干活,遇到他也只是简单地打个招呼。

但是他在努力地理解他们所做的一切,并把他们的劳动写进了课本里:"劳动里面有尊严。"他告诉孩子们。他让孩子们更加充满激情地引吭歌唱劳动之歌:

牛儿是财富,劳动是健康

羊儿是财富,劳动是健康

庄稼是财富,劳动是健康

金钱是财富,劳动是健康

上帝是万能的施与者

上帝是神雨的给予者!

这样,六个月之后,他开始感到伊乌莫罗格竟然是他自己的财产:他是一个大家族的族长,或者是审视自己偌大庄园的大领主,但是却没有领主的那种计算盈亏的痛苦,也没有羊儿丢失和羊羔出生的烦恼和牵挂。当雨季来临,种子发芽,然后在六月份,鲜花盛开,他的感觉就像整个伊乌莫罗格都披上了一块绚丽多彩的大花布,来迎接它的主人。

他领孩子们到野外,用他的话说,那是去研究大自然。他摘下花朵,教孩子们花朵各个部位的名称:柱头、雌蕊、花粉、花瓣。他还给孩子们讲了一些关于花蕊授粉的知识。这时,一个孩子叫道:"看!这朵花的花瓣是血色的!"

那是一株孑然傲立的蚕豆花,四周开放着白色、蓝色和紫色的花朵。不管你从哪个角度去看它,那朵蚕豆花给你的印象都是鲜血在流淌。木尼拉弯下身,用颤抖的手将花儿摘了下来。刚才很可能是阳光所起的作用,因为现在看来,那就是一朵红花。

"各种颜色中没有哪种是叫作血色的。你说的意思就是,这是一朵红色的花儿。知道吗?你们要学会彩虹的七种颜色都怎么说。花朵有不同的种类,不同的颜色。现在,你们每个人都摘下一朵花儿……数一数花瓣儿和雌蕊的数量,然后指给我看花粉在哪里……"

他静静地看着刚才摘下来的这朵花,然后就把这失去了生命的花瓣抛在了地下。这时,又有一个男孩儿喊道:"我又找到了一朵!血色的花瓣,我是说红色的……这朵花没有柱头,也没有雌蕊……里面什么也没有。"

他走到他跟前,其他人也都围了过来。

"不对,你说错了,"他说着把花朵接了过来,"这个哪里是什么红色……它没有另一朵红花颜色那么纯正。这个颜色是黄红。你说这里面什么也没有,是不是?你去看看你摘下来这朵花的花茎。你看见什么了吗?"

"看见了!"孩子们齐声叫道,"上面有一条虫子,一条长着几只手或者几条腿的绿色虫子。"

"对。这朵花被虫子吃了……它再也不能结了。所以,我们必须要时时刻刻地消灭虫子……如果一朵花没有阳光来照耀,它也可能变成这种颜色。"

他感到一阵沾沾自喜。然而这时,孩子们却开始向他提出各种各样很难回答的问题来。为什么有的生物要互相吃掉呢?为什么被吃的不能反过来吃对方呢?为什么上帝允许这个和那个发生呢?他从来没有想过如何回答这类问题,为了打断孩子们的提问,他就告诉他们,这实际上就是自然法则。什么是法则?什么是自然?法则是人吗?自然是上帝吗?法则就是法则,自然就是自然。人类和上帝是什么关系?孩子们,他对他们说,现在下课休息。

人类……法则……上帝……自然：这些事情他从来没有细想过，他心里发誓，再也不带学生到野外了。在教室四壁保护的堡垒里，他才是高高在上的老师，面对一张张认真听讲的稚嫩脸庞，他可以侃侃而谈地传授知识。在教室里，他可以避免陷入窘境……但是在野外，在墙壁外面，他却感觉不安全。他溜达到刺槐树丛那里，开始将上面的尖刺掰掉。他记得，他在这里所遇到的第一批麻烦问题就是因为他带学生们来到了野外所引起的。妮娅金娃曾经把他吓得够呛！想到此，他下意识地朝那个老太太曾经站过的地方望了一眼。妮娅金娃曾站在那里问他关于城里和穿高跟鞋女人的问题。

刹那间，木尼拉感觉自己的心脏停止了跳动：他简直不能相信自己的眼睛。她从村口的小路朝他走过来。一块色彩鲜艳的肯加布头巾松散地系在头上，长长地搭在了肩上，将半边脸遮在了阴影里。

"你好吗，老师？"她高声地向他打招呼。她的声音里刻意地显出了一股纯洁的活力：音调圆润，听起来很是悦耳。她伸出了一只小手，目光直视他的眼睛，然而她的举止中却表现出了一种恭顺的敬意，突然间，又像个害羞孩子似的将目光移向地面。他镇定了一阵才回答她的招呼。

"我挺好。不过天气有点儿热。"

"所以我才来你这里啊。"

"来伊乌莫罗格？"

"不是。是来到你的住处。你能不能给我点儿水喝呢？我知道这片地区的水是贵如金的。"

"最近不是下雨了嘛。伊乌莫罗格河水满满的。"

"那我是来对地方了。"她柔声细语地说道。她的话语和声音就那样停留在空气中,轻柔地抚摸着两人之间闷热的安静。

"进屋吧。"他说。

水坛子放在起居室里一个书架的下面。她端起水杯喝水,他看着她喉咙轻轻地蠕动,还有她面对着他的紧绷绷的胸部。她脖颈修长优美:她简直就是伊乌莫罗格草原上的雌性瞪羚羊。

"如果还有,再给我一点儿。"她稍许喘口气说。

"也许你会喜欢喝茶的,"他说,"他们说,冷天喝茶让血液加温,热天喝茶让血液降温。"

"茶和水是走不同食道的。我还是再来一杯水吧。至于茶嘛,你就别麻烦了。我会自己沏茶的。"

他又给她倒了一杯水。他领她看屋内的各种陈设。他内心中涌动出某种程度的慷慨大度,甚至感到一丝的温暖。但是她突然一阵爽朗的笑声使他回到了现实中。他本能地看了看自己的裤子拉链,还好,那里没有问题。

"男人啊,男人,"她说道,"看来这没有假。村里人都这么说你。你还真是个光棍。一口锅,一个盘子,一把刀,两把叉子,两个杯子。难道你这里不来客人吗?难道你没有一个也是当老师的亲爱女友?"她说着眼睛里闪出顽皮的目光。

"怎么这么说?你来这里多久了?"

"我是昨天晚上来的。"

昨天!可是她已经了解了他!他感到一阵紧张……他感觉他这六个月的安全受到了威胁:他们在村里都说了他什么?难道没有什么能够清除人们对他的怀疑和不了解吗?他找了个理由向教室走去。让她窥视他吧,窥视他的所作所为吧,这一蔑视的想法让他暂时获得了解脱:这又怎样?他只不过是个外来者,注定会被人关注,他有如浮萍,跟这里的生息命脉毫无关系。

他听到了窸窣的脚步声和沙沙的翻书声。这帮顽劣小子透过窗子和墙缝一直在观察着他们的一举一动。他们故意装出认真看书的夸张样子更加证明了他的怀疑。此时他向自己提出了这个问题:这些孩子到底怎么看待他呢?接着他用另一个问题取代了第一个问题:他们如何看待他,那又怎样呢?他教书已经有年头了(他天生就是教书的料),只要他小心翼翼不被拉进某个……某个……黑暗区域,他什么问题都会应对自如的。是的……不熟悉的黑暗区域,不可知的区域……比如带血色花瓣的花朵,关于上帝的问题,法则等等诸如此类的问题。课现在是上不下去了,他提前结束了课,回到了自己的住处。他想再问那个陌生姑娘几个问题:她叫什么名字?她从哪里来?等等,而且要策略地问,直到小心翼翼触及那个不可避免的问题:是不是教育官莫奇戈派她来监视他的?可是他为什么要害怕被人见到呢?

他发现地面被扫得干干净净,盘子也刷了,并且摆放在了从地面上用两根棍子搭起来的架子上晾干。她却不在那里了。

2

迄今为止,木尼拉在伊乌莫罗格的生活一直都处在一种不间断的朦胧状态中。那不仅仅是因为全村人对他的高度敬重:他十分珍视这种情谊,当他看到村里的女人在地里耕作的情景,他往往都会感到一阵兴奋,因为,她们似乎与绿色的田野融为了一体。他永远也不会忘记雨季来临的那一幕幕:所有人都到了泥泞的地里,头上顶着包裹(那不是为了防雨,而是为了让雨浇到身上时力度弱一些),她们都忙着在地里播种,而他却是站在干爽的教室里或者阿卜杜拉的小店里观看着她们。这种场面确实很是残酷,这一点他不得不承认。只要修建几条路和一个供水体系,她们的生活就会改善的。再增加一个药房可能也会有用处。

儿童尤其令人感到恶心:苍蝇围着孩子们受伤的眼睛和鼻涕塞住的鼻子嗡嗡地团团转。大多数儿童只穿着破烂的印花布衣服。

但是透过这种荒诞的场面,你却能看到她们相互之间的关爱。他会经常看到这种动人的三人组合:一个女人后背上背着一个哭泣的婴儿,另一个女人一边轻轻地拍着哭泣的婴儿,一边跟着拍打的节奏唱着摇篮曲:

> 别哭,别哭,小宝贝儿。
> 谁敢来打你,
> 让他浑身扎满刺儿。
> 妈妈的宝贝儿啊,
> 如果你不哭又不闹,
> 妈妈就会从地里回家把你抱,
> 还带回香甜的牛奶喂宝宝。

她们悠扬齐唱的音调(两个人、三个人或者更多人的歌唱)更加深了他所熟悉的乡村教堂回廊里特有的那种偏僻幽静的回忆。这音调让他想起了茅茅战争之前在父亲除虫菊花园地里同样的摇篮曲吟唱的情景。

除了这些回忆涟漪之外,整个村子并没有闯入他的生活:那么,他一个陌生人,一个村口的守门人,为什么要干预他们的生活呢?

今天,当他走向阿卜杜拉的小店时,他却感到了一丝不舒服,因为他想起了先前在路上遇到的那个难以捉摸的人物。然而,伊乌莫罗格山岭却是寂静安详的：不理会它，不理会它，这个世界是无尽的，他喃喃自语道。

他刚要敲响阿卜杜拉小店的后门，却感到一股血液猛地涌向了大脑：他一时间觉得自己的大脑有毒品发作的感觉……也许……不太老……噢，见鬼……是的……女人真是地狱……女人是天堂。他给自己打了打气，走进了店铺。

"这是你的第二个藏身地，老师，"她说，"你看，我在发掘你所有的秘密。"

"这个……不是秘密……"他说着坐了下来，"我来这里只是为了润润嗓子。"

"你的茶让我解了渴。真好喝……"

"但是啤酒可比茶好喝。问阿卜杜拉。他告诉我：世上饮料千千万，唯有啤酒领风骚。你不再来一杯吗？"

"这个我可不能拒绝。"她说着发出了爽朗的笑声，头向后一仰，致命的胸器对准了他。她转向了阿卜杜拉，"他们说，这酒啊都是你的，在人间不喝，到了天堂就总也喝不完。"

阿卜杜拉冲约瑟夫大声吆喝赶紧拿瓶酒来。他自己则一瘸一拐地取了一盏蜡油灯，擦了擦玻璃罩，把灯点上，然后也坐下来喝酒。

"你叫什么名字？"木尼拉问这位女性。

"万佳。"

"万佳·卡西伊？"阿卜杜拉也加入了他们的谈话。

"你是怎么知道的？从前在学校时他们是这么叫我的。我经常和男孩子摔跤。我还做一些只有男孩子才做的体育活动。随心所欲，自由放纵。倒立行走。推独轮车。我会把裙子挽起来，紧紧地夹在两腿中间。我还爬树。"

"万佳……万佳……"木尼拉重复着,"你不再来一杯了?"

"我从没有要过第二杯:也许我该再来一杯。为什么不喝呢?我奶奶会知道一切的。"

"你奶奶是谁?"阿卜杜拉问。

"妮娅金娃……你不知道她吗? 就是她给我讲了关于你们两个人的事情,说你们两人是伊乌莫罗格的陌生人。"

"她名气很大。"木尼拉小心地说。

"我们知道。"阿卜杜拉附和着。

"我猜你是来看望她的吧?"木尼拉问。

"是的。"她几乎让你听不见地轻轻回答道。接下来是一阵静默。阿卜杜拉咳嗽了一声,清了清嗓子,然后转向木尼拉……开始向他探过身去,又装出那种亲切密谋的样子。看到阿卜杜拉眼里的那种邪恶的目光,木尼拉的胃收缩了一下。他需要把那个故事讲出来吗? 他需要这么做吗? 木尼拉突然感到心里涌出一股强烈的仇恨:与此同时,他在绞尽脑汁地想着用什么合适的话语来避开对方发起的进攻。

"老师,你认为我到你的学校听课是不是年龄太大了些?"阿卜杜拉这个问题问得很突然,几乎像是经过了深思熟虑一般。木尼拉很是感激,竟然如释重负般地高声叹了口气。"然后,我可以说服万佳也来学校听课。我不介意把她摔倒在地上,也不介意和她一起进行推独轮车比赛。"

万佳哈哈大笑,接着又严肃地转向了木尼拉。

"这个家伙,这个瘸腿家伙……他太坏了。但是我愿意摔倒他一千次。"

约瑟夫又端来了啤酒。

令木尼拉着迷的是她脸上的那些微妙和迅速的变化:从开怀

大笑的一个小迹象,到无意识的严肃和庄重,然后再循环往复,可是不知怎的,她的面容基本上来说却一直是安详镇定的。

"我能教你们成年人什么东西呢?"

"能教我们看书……写字……用鼻音讲英语。"阿卜杜拉调侃道。

"能教我们很远处其他国家的地理和历史。"万佳跟着附和。

"你们会给学校带来什么好处呢?你们会把孩子们变成一群叛逆者。我的一个老师常这样说:'纪律造就一所学校。'"

"让我们当学长。"阿卜杜拉说。

"让我们当班长。把那些调皮捣蛋的名字都记下来。"

"或者那些背后诽谤老师的。"

"或者那些抽烟的。"

"或者那些给女孩写信的……但是我知道为什么老师害怕我们入学了。他怕我们领导罢课。我们可能把书本撕个稀碎,可能把老师打个鼻青脸肿。打倒我们的老师……会发生暴乱,学校可能会关闭,而且……"

阿卜杜拉完全陶醉在他领导的学校罢课的幻想中。他在抛出一个又一个主意,一个又一个场面。

"唉,听这个,"他继续抒发着,"我知道一所学校学生罢课的原因,那是因为老师没收了一个学生的情书。"

突然,他产生了一种不可抑制的欲望,不吐不快地想说出如下的这个故事:一所学校几乎就要被关闭了,原因就是该校的校长被怀疑在学校里拉了一大摊臭屎。他刚要开始讲,却想起来妮娅金娃是万佳的奶奶。他还注意到,万佳和木尼拉两个人此时都非常安静,一句话也没有说。让他感到莫名其妙的是,他们两个人似乎脱离了几分钟之前的那种酒话。他从这张脸看到那张脸:这是怎么了？蜡油灯的灯光在闪烁。阴影跳到了墙上，接着又跳到了脸上。也许还跳到了他们的生活中。阿卜杜拉想，这两个人对他来说毕竟是陌生人，让他们走到一起的只不过是伊乌莫罗格这个地方。后来，当木尼拉打破这阴影跳跃的寂静又说起话来时，他的声音却呈现出了一种深思熟虑、冷静节制的意味，但是在这种音调的下面，却蕴含着一种愤怒的情绪。

3

为了当上学长，木尼拉慢慢地开始了回忆，目光挪向了地面，陷入一种从未知觉的沉思中，诉说他本该忘记的过去，穿越时空的峡谷、山脉、山岭和平原，一直到他死亡的开始。对待上司，你必须学会阿谀奉承，盘子刷得必须要比原来的还要亮，或者，就像我们在希里阿纳学校所说的那样，在表明忠诚时，祈祷得要比耶稣还要虔诚。希里阿纳，在我们这个时代，你应该去过那里，在那场轰轰烈烈的代价昂贵的欧洲人死亡舞蹈之前，甚至在那之后，你或许可以说，我们渺小的生活和他们的恐惧和危机，其背后却是一场翻天覆地变化和动乱的大舞台，这一点可以从同龄人所熟悉的妮娅巴尼和希提拉之间的这一串名字所看透：姆沃姆伯克……卡兰吉、波迪、恩衮嘎、慕苏武、恩嘎拉古·亚·米安嘎、巴米迪、吉西那·邦吉、库基尼·恩布拉基。但是你要明白，在希里阿纳，我们是不会被他们左右的，在当时的小学和中学寄宿学校都是这样。但是我偏离了主流。我绝不可能给谁舔皮靴的。我绝不可能把盘子刷得比原来还要亮的，也不可能超越耶稣……咦……基督先生。我在任何方面都没有出类拔萃过，这一点毫无疑问。在班级里，我学习成绩平平。在体育课上，我四体不勤，我根本没有那个意志。和储伊不同,我的志向和理想永远不会超越主许诺给我的范围。所谓志向,还是那个储伊,他引用了一位叫作威廉·莎士比亚的英国剧作家的话,说志向和抱负应该是用更坚毅的性格打造而成的。与我们大多数人不同的是,他本人就是用特殊材料制成的。他身材高大,面部颧骨突出,显出些许的坚毅,一簇乌黑的头发总是在中间认真地分出一道缝儿来。他做任何事情都是井井有条,都有自己独特的风格:比如引用莎士比亚的名句,比如衣服的穿戴。那单调乏味的灰色裤子、浆洗过的白色衬衣、蓝色西服和戴着"为了上帝和大英帝国"的校训的领带,看上去就像是给他量身定做的一样。

将领带夹引进学校的不是别人,正是储伊:佩戴领带夹成了时尚。

他是第一个穿运动短裤将裤腿儿卷起来的:那也成了时尚。

他是体育明星,在各方面都是明星:这也是储伊,那也是储伊,储伊,储伊,到处都是储伊。山里微风吹拂的新鲜空气不仅让英国殖民者找到了家乡气候的感觉,而且还造就了储伊强健的肌肉:看他踢足球,看他那流线型的柔韧的身体带球向前突破,突然左晃一下,再右晃一下,把对手一下子抛在了身后,那简直就是一种感官的享受。他就像杂耍般地耍着球,观看的人群叫好叫得嗓子嘶哑。他真是一个表演艺术家,让看台上的观众如醉如痴。杂耍,表演……射门啊,有人喊道。他一直都是莎士比亚权威,直到有一天,还是从他的嘴里,我们听说了乔·路易斯在拳击场上的丰功伟绩。这样,他又变成了乔·路易斯,尤其是当我们学校校队和某个欧洲人学校校队踢比赛时,他更是成了英雄。乔,乔,带球过他们,过他们,即使丢球也不能丢腿。那是他最辉煌的时刻。他脚下的活儿堪称完美。我相信,在这种时刻,他就是我们,他代表着我们在和白人殖民主义者对垒。

　　现在我一想起来,竟然觉得很是奇怪,因为尽管我们对白人那么充满了仇恨,我们却几乎很少想到哈洛斯·艾恩芒格牧师是白人。或者,也许我们认为他是另一种白人。尽管他的姓氏是"贩铁者"的意思,但实际上他却是个非常温文尔雅的老者,他的样子更像是一个农场主,而不是什么传教士校长。他常常丢三落四,经常把自己镶着金边儿的黑色长袍落在教室里或者教堂里。当他和罗圈腿的妻子(我们当时经常说,如果让他妻子去当守门员,所有的球都会从她两腿中间进的)手拉着手,走在草坪上时,他们就像是一对朝圣者,在地球上短暂休息一会儿,然后再重新踏上他们的天堂之路,然后永久地在天堂耕作白如棉絮的田地,喝奶茶,吃留兰香奶油巧克力。艾恩芒格牧师很喜欢储伊,常亲切地称呼他为莎士比亚(但是从来不称他为乔·路易斯),这让我们感到非常有趣。他们常开着那辆阻塞门总是哧哧响的贝德福特牌轿车拉他到野外兜风。他们还领他去城里听音乐会,看木偶戏。他们没有儿子,很可能把他当作了自己的儿子。校队队长从前都是四年级学生才有资格担任的,可是储伊三年级时就被任命为队长,这我们并没有感到奇怪。

　　可那都是在艾恩芒格夫妇退休之前的事情了,他们退休之后就回到英格兰某个地方去等死了,这种话是某些不礼貌的学生说的。来继任校长位置的是坎布里奇·弗劳德夏姆。还没等我们有时间了解他,他就改变了我们的生活。刚从战场上归来的他,已经有了坚定的信念,认定一个非洲的学校就应该如何来办。听我说,孩子们,在热带地区穿裤子那绝对是不行的。他凭借想象,画了一幅外面穿着灰色羊毛西装、头上戴着一顶防晒帽、里面是浆洗过的硬衣领及领带、长着厚厚嘴唇的非洲人的侧面图,然后满是轻蔑地笑道:你们可别学这家伙的样子。我们的伙食里不能有米饭:学校不能培养那种不想过量入为出生活的人。而且,孩子们,除了做礼拜那天之外,你们都不许穿鞋,因为学校培养出的学生不能是黑皮肤的欧洲人,而是那种珍惜自己祖先古朴民风和简单生活方式的真正的非洲人。与此同时,我们还要笃信"上帝和大英帝国"。因为正是上帝和大英帝国才让全世界摆脱了纳粹希特勒的威胁。

要求学生必须做到的强制性内容还有:体育达标,越野赛跑,早上五点钟冲冷水浴。每天早上和晚上,我们都伴随着学校军乐队的鼓号声,向大英帝国的旗帜敬礼。然后,我们就如同军队那样,排着整齐划一的队伍走进教堂,大声地向上帝吟诵:洗涤我吧,救世主,让我变得比白雪还要洁白。接下来我们还要祈祷大英帝国的统治延绵下去,因为正是大英帝国打败了在欧洲起家并妄图奴役上帝子民的撒旦恶魔。

储伊(还能有谁呢?)领导我们举行了罢课。我们要求恢复我们以前所有的权利:我们不穿卡其布短裤,更不需要吃被虫子吃过的豆子,不管那些虫子的蛋白有多少。打完比赛之后,为什么欧洲人学校的球队可以喝葡萄糖和橙汁,而我们自己的球队只能喝白水?把艾恩芒格牧师校长还给我们,我们齐声呐喊道。

今天回想起来,我仍然很不理解当时我的所作所为。很有可能是因为当时情绪冲动。但是在罢课的那三天里,我们强烈拒绝向大英帝国的国旗敬礼,我的感觉就是我已经不再中庸,我已经冲到了运动的前列,尽管这没有什么必要。储伊、我和另外五个学生被希里阿纳学校开除了。一大队手里拿着警棍、催泪瓦斯和盾牌的防暴警察来到学校进行恐吓,其余的学生都恢复了上课。弗劳德夏姆用铁腕赢得了胜利……

木尼拉停了下来。随着他叙述的进程,他的声音越来越轻弱。

但是其中仍然含有一种内心怒视的强大力量。他没有意识到,在四十年代初期学校所发生的一个事件仍然会如此历历在目,仍然有如新伤口的那种疼痛。让他内心平和下来的,也许是啤酒和万佳的在场。也或许是别的什么原因。他从当年学校生活的回忆中抽出心绪,抬头看了看墙上怪异的人影。万佳清了清嗓子,好像要说什么,却并没有说。阿卜杜拉冲约瑟夫喊叫让他关店。木尼拉继续说了起来;

"后来听说储伊去了南非,再后来又去了美国。对于我来说,整个这个事件就是一堂课。志向和抱负应该是用更坚毅性格打造而成的。我却是柔弱的性格。蜗居自己的世界……因此,在人群都要求热烈支持一项事业时,我却失去了个性,这反倒成了我的生活方式。让我蜗居在洞里吧。我为什么要出头? 我说:给我一间教室;给我几个爱上课的学生,然后就别来打扰我!"

阿卜杜拉开始咒骂约瑟夫,训斥他为什么不多拿些啤酒? 约瑟夫迅速把啤酒端了过来。阿卜杜拉冲他喊叫赶快把桌子收拾干净。

约瑟夫大约有七岁,长着一双明亮的眼睛,但是脸庞却坚毅、毫无表情。他的出现吸引了大家的注意,三个人都扭头望向他。万佳注意到他的衬衣没有掖进裤子里;她还注意到,当约瑟夫清理和擦桌子时,他在避免将后背对着她。这张桌子很大,中间有一条巨大的裂缝。他试图擦桌子的对面,却够不到她那侧。

"把抹布给我,"她说,"我来帮你擦。"

"让他来擦。他一身懒肉懒骨头。"

她还是把抹布夺了过来,将整个桌子擦了一遍。当约瑟夫离开屋子时,她看到他短裤屁股那地方磨破了,顿时明白了一切。

"他在你学校上学吗?"她转向木尼拉问道。

"不在,不在。"木尼拉迅速作答,好像要为自己开脱什么责任。

"为什么不去上学?"

"问阿卜杜拉。"他说着喝了一大口酒。

"你看我这条腿:就一条腿我这店可怎么经营?我可不是什么魔术师。"

本来一晚上很协和的气氛,这时却似乎掺杂进了不愉快的回忆。

"听我说,阿卜杜拉,"静默了几分钟之后,万佳说,"我在这里要待上一段时间。让他去上学。店里的事我来帮忙。这种工作我以前做过。现在我该走了。木尼拉先生,我很害怕夜里会出现一条鬣狗。送我到我奶奶家吧。"

两个人向他道别离开时,阿卜杜拉仍然坐在桌子旁,也没有抬头看他们。他喊了一声约瑟夫。

"去把门关上吧。再给我拿一份啤酒,然后你就睡觉吧。"他的声音轻柔了许多,而且,这次他并没有骂他。

4

没出一个星期,她就成了我们中的一员,成了我们嚼舌头的新主题。她是妮娅金娃的孙女,这我们知道,因为她经常帮助奶奶在家里干家务并在地里做农活,但是她仍然是个谜:一个城里来的女人怎么会把手弄脏呢?她怎么会将一罐水绑在那一头美丽乌亮的青丝上面呢?当村里的年轻人都纷纷逃离农村时,究竟是什么让她从城里来到了伊乌莫罗格的村口呢?我们看着她的来去踪影,好奇心越来越重:因为在田地里,除了打碎几块土坷垃之外,就几乎没有什么可做的了，剩下的时日里，我们就等待着豆子和玉米成熟，然后就开始收割。到时候她就走了，我们都说。

有一天她不见了。尽管每当人们问及此事，老太太的脸上总是带着那种迷人的微笑，但是我们确信，她不会回来了。真是奇怪，我们嘴上说的好像都是希望她别回来了，但实际上，我们却都很急切地期盼她回来。这一点清楚地写在了人们的脸上，因为一个星期之后，她坐在一辆满载着自己东西的白色标致轿车上回到了村里。我们迎上前去将轿车围了个水泄不通。我们是第一次看见一辆真正的轿车停在伊乌莫罗格任何一家的门前，我们感觉到在我们的山岭上正有某种东西在苏醒。我们帮助她卸车。司机则一直不停嘴地骂这条路，并说，假如他开始时知道，他是绝不会同意出这趟车的。至少不是为了这种钱。他们为什么连一条适合牛车的路都不修呢？我们站在一边儿让车过去。我们不停地挥手，直到尘土将远处的轿车完全遮盖住。接着，我们对万佳的东西产生了兴趣，她的每一件东西都逐个成为我们嚼舌头和猜测的中心：富豪弹簧床，带泡沫的垫子，厨房用具，尤其是那个高压炉，不用木炭或者木柴就可以烧水。但是，后来，那天晚上真正捕获我们的心并让我们产生各种想象的，却是那盏压力灯。我们称呼这盏灯为"伊乌莫罗格之星"，那些去过城里的人都说这盏灯很像鲁瓦伊尼城市里的星星，或者像是挂在城市里干树干上的星星。她搬到了离妮娅金娃的茅屋不远的一个茅屋里住，甚至一个星期之后，人们仍常来她的小院子里，为的就是看她点上这盏灯。然而，这个问题仍萦绕在人们的脑海中：为什么是伊乌莫罗格呢？也许现在我们所有的孩子都要回到我们的身边了，因为一个村庄没有了年轻的血液，那还能叫作村庄吗？但是她回来的那天夜晚，我们都待在她的茅屋外面不能成眠。妮娅金娃忽然唱起了民调，在伊乌莫罗格这一带,妮娅金娃唱民调是远近闻名的:她用低沉的声音诵唱着很久很久以前恩德米和他妻子们的故事。其他女人时不时地用悠长悲哀的长调附和着她。很快地,我们所有人都开始载歌载舞起来,孩子们在暗影中互相追逐,老翁和老妪们也偶尔用哑剧的动作模仿伊乌莫罗格伟大的历史场面。这其实成了丰收之前的一个节日,尽管收割季节还有几个月才能到来。老人们唯一感到遗憾的是,他们没有准备些许由穆瓦迪·瓦·穆格的唾液祝福的蜂蜜啤酒来迎接这些新起点的希望。

其他女性也表示理解地频频点头。

"妮娅金娃找到了一个给庄稼培土然后再收割的帮手。"她们说。

"我们甚至跟着她走到了地里,看她是否真的会干庄稼活。"

伊乌莫罗格漫山遍野鲜花的场景被后来绿色的豆荚和玉米棒子所取代了。伊乌莫罗格的农民们此时到地里只是懒懒地给不再需要培土的庄稼培培土,或者就是拔拔杂草。奶蓟草、金盏花和勿忘草就会粘在他们的身上,他们就会爽朗地发出笑声,开开玩笑,讲讲故事,剩下的就是耐心地等待庄稼成熟。

但是他们的笑声背后却隐藏着对庄稼可能歉收的新的焦虑。如果说期待的是好收成,那么这个时节有节奏的、均衡的雨水和阳光交替是必不可少的。如果是坏收成,那么前兆就是没有规律地下雨,或者连续几天的大雨倾盆,然后就一直是烈日笼罩。后者就是今年所发生的情况。

毫无疑问,他们现在就能看到,豆荚都很短;玉米秆长得不高,玉米棒子看上去也很瘦小。

尽管如此,他们仍然等待着庄稼的成熟和丰收的时刻,因为他们相信上帝是给予者,同时也是剥夺者。

在万佳和木尼拉之间,逐渐产生了一种无须提问就能达到的理解:并非深刻,更不触及心灵。正如他最初告诉自己的那样,她的相伴只不过给他带来了愉悦。有一段时间,他感觉很安心,甚至觉得受到了保护。她似乎以一种既顽皮又感激的态度接受了他时刻的关注。好像如果他不那么关注她,她就会感到惊讶的。她时常提起海岸,男人穿戴的白色服装,姆纳济牛奶啤酒,森迪沙滩上随处可见的毛茸茸的椰子壳,乞林迪尼海港水边低矮的悬崖,以及那蓝蓝的大海上行驶的来自世界各地的轮船。她说到了蒙巴萨老城内狭窄的阿拉伯街道,在市区的高处,矗立着耶稣堡("很滑稽,想象一下看,他们竟然用耶稣的名字命名这个城堡"),接着,当阿卜杜拉问她,有些阿拉伯男人可以将自己变成女人或者小猫,这是否真实,她只是报以一笑,并问他:你怎么会相信这种事情呢?耳听为虚眼见为实嘛!这些见闻她都是惟妙惟肖地娓娓道来,好像她所去过的那些地方,她并不是走马观花,而是完全融入当地的社会生活之中。除此之外,她很少谈及她自己的生活,或者她个人的任何情况。当然了,这一点木尼拉并不介意,因为他不是那种喜欢刨根问底儿打探别人隐私的性格。但是他却未能免俗,当她将大胆、间或又表现出刻意害羞的目光投向他和阿卜杜拉时,那绝对具有招魂摄魄的魔力。尽管他自己不愿意承认,但是她脸上的那种期待,她眼睛里的那种苦恼的好奇和知觉,令他有些困惑。当然,她和他不会走到一起,这一点他知道,可这和他的性格十分合拍:与另一个人过深的交往令他恐惧。

尽管如此,他仍觉得,讲述了自己那些毫无意义、十分幼稚的往事之后,他把自己的一部分交给了别人,他觉得,这就等于把支配自己的权力交给了他们。他白天去上课,心里却期待着这一天早早结束,这样,他就可以在阿卜杜拉的店里见到她。一起喝杯啤酒……一起开怀大笑……在这一夜晚的聊天期间,他会小心翼翼地接近他讲述希里阿纳故事的那个晚上,含蓄而不切入主题:但是他们毫无反应的表情并没有告诉他,他们对他的失败具体是怎么想的。她总是离他很近,然而又是很远,他发现,当她和阿卜杜拉谈话时也同样表现出那种亲密感,他却感觉越来越痛苦。拿他和阿卜杜拉相比较,也许她觉得他欠缺些什么?他开始琢磨阿卜杜拉这个人:他那条腿是怎么没的?他为什么来到伊乌莫罗格这个地方?他发现自己对阿卜杜拉了解太少,他对任何人都了解太少,这让他很是惊讶。

一架飞机低低地飞在伊乌莫罗格的上空。孩子们全都跑出教室,都仰起头看着天空并且高声叫喊,尽力跟踪飞机的动向,以及飞机快速掠过田间、掠过伊乌莫罗格山岭然后又进入平原的影子。阿卜杜拉的驴子受到惊吓狂叫起来,驴叫声和小飞机的轰鸣声交织在一起很是刺耳。农民们从玉米地里冒出头来,三三两两聚在一起,边看着天上的飞机,边交头接耳:这架飞机总是飞到伊乌莫罗格这里,它想要干什么?万佳来到学校,也向木尼拉问同一个问题。这架飞机要干什么?木尼拉也不知道,但是她来询问他的意见,这让他感觉很好。也许是观光吧,他判断说,这时飞机直接从他们的头顶飞过,消失在远处的蓝天白云中。自从他们第一次见面以来,这是她首次过来找他,此时,当她离开时,他不禁对她那稍微扭动的臀部着了迷。他感到她具有不可抗拒的吸引力。

之后,她开始出现在他的梦中:他们站在伊乌莫罗格山岭上,远离学校,远离咆哮、皱眉、恨得咬牙切齿的坎布里奇·弗劳德夏姆校长,校长愤怒的原因就是万佳那幽香田园诗般的胴体,他们胸腔紧贴,身体绷得充满了无言的欲望,四目相对不离开片刻。接着他们就开始摔跤,然而摔到的不是地上,而是跌到了毛茸茸的云端里,在伊乌莫罗格的山谷间,舒缓地跳着华尔兹舞,大腿紧贴,血液猛烈地涌动以求释放,突然间,他感觉自己再也不能控制自己。早上醒来,他发现床单上几摊已经干硬的痕迹,却觉得无尽的伤感袭来。他现在处在了危险之中。我这是怎么了?我是一名观众?他呻吟了一声。有一两天的时间,在她面前,他刻意保持着矜持和距离。黄昏时分,他漫步在伊乌莫罗格的山岭之间,思索着这种新情感的意义:他男人的勇气哪里去了?难道,因为他害怕掉进深渊中的混乱,就一生都战战兢兢地守在悬崖边上吗?

飞机造访之后没过几天,几个乘坐一辆路虎车、穿着卡其布的男子来到了伊乌莫罗格。他们走进田里,在地上拉上了链子,又插上了红色的标记。全村的人都围拢过来,问他们是谁啊,私自来到别人的庄稼地里要干什么啊。但是乡亲们也对这些人的链子、经纬仪和望远镜等仪器很是着迷。望远镜挂在一个人的脖子上,那人还经常透过望远镜望向远方。人们争论说,那架望远镜能从他们站着的地方看到天涯海角。木尼拉没有站在围观的人群之中。万佳走过来站在了他身旁,但是她的眼睛却盯着这个勘测队的领头人。那个领头的来到木尼拉跟前要碗水喝。木尼拉让一个学生到学校里取来水和杯子……木尼拉问他:他们这是在做什么?

"我是工程师,"他回答,"我们为了修建一条横穿非洲的公路,正在做初步的勘测。"

"通向哪儿?"

"扎伊尔,尼日利亚,加纳,摩洛哥,整个非洲。"解释完之后,他又回到了勘测队员们那里。

当木尼拉转向万佳时,却发现她匆匆离去,几乎是在小跑,好像被蜜蜂蜇了似的。后来,在阿卜杜拉的店里,几乎全村的人都过来问他那些人测量的目的,问他那个人说了些什么,说的是不是他们很久以前就许诺要建的引水渠?但是万佳却不在他们当中。真是奇怪,他暗自思忖,同时又努力倾听他们的各种猜测和唠叨。

"但愿他们别把我们的土地征走了。"当木尼拉说了修路的事情之后,恩巨古纳表达了众人的担心。

"他们也许只会征用一小块土地,"阿卜杜拉揣摩道,"而且他们还会付给补偿费。"

"会给很多钱,还有其他的土地。"有人补充说。

"修一条路好处很多的。我们出行会变得方便,我们还可以将我们的农产品卖到很远的市场上,而不是卖给那些城里来的毒蝎子。"恩巨古纳对这一前景感觉兴奋起来。

他们内心深处却不相信这种事情会发生。恩德里·瓦·里艾拉,他们的地区议员,不也是许诺要建水渠吗?可是那根本没有实现。

万佳不露面,这让木尼拉很是纳闷。她是在回避他吗?此时他十分渴望见到她,并决定直截了当地问她。

公路勘测队离开的第二天晚上,他来到了她的住处,这次他决心要冒险尝试一下。祈求的眼睛,充满果敢、热血的手指,啊,这一刻很快就会过去的。他打了声招呼,然后就靠着门框站着,轻轻揉了揉肚子,以疏解那充满了苦味的失意和失望。灯光欢快地照耀在阿卜杜拉的脸上,他正舒适地坐在一张小凳子上,身子依靠在床边。

"是老师啊……进来啊……我太高兴了。"她大声说道。

他坐下来时感觉自己的心情更为沉重:灯光似乎更加突出了阿卜杜拉幸福的脸庞,因为他正在笑容可掬地欢迎他来到他这处藏匿很深的巢穴。

"你应该给我们带啤酒来庆祝这个日子。"她坐在阿卜杜拉旁边,面对着木尼拉说。

"你好吗,老师?"阿卜杜拉问,"早知道你也来这里,我会等你的。你看,这夜晚的露水被我沾了一路,我是刚刚赶到这里的。"

"我挺好的……"木尼拉说,听到这一消息他突然感觉好些了。"我们要庆祝什么呢?"

"你猜。"

"我猜不到。"

"今天阿卜杜拉给了我一份工作。你觉得我该接受吗?"

"什么工作?"

"酒吧招待。你想想看。伊乌莫罗格的酒吧招待。你觉得我该接受吗?"

"那得看工作怎样了。可是在伊乌莫罗格来喝酒的顾客非常少啊。"

"呵呵,那就得看酒吧招待的能耐了。真的,老师!雇用酒吧招待的目的就是为了吸引更多的顾客。或者让那些仅有的回头客多喝酒。"

"哦,如果你喜欢……你以前当过酒吧招待吗?"

"可是你认为那些我说过的地方我是怎么了解的呢?"她突然从座位上跳了起来。"噢,我应该沏茶:让我们以没有牛奶的茶来庆祝吧……"

她开始冲洗茶具,木尼拉的眼睛也随着她身体和乳房移动的节奏而移动着。他仍然在纳闷:她可以很容易地在她所说的任何城市里找到工作,可她为什么又为伊乌莫罗格这样的一份工作而如此高兴呢?就连鲁瓦伊尼也比这里大多了,找那种工作的机会也要好得多。而昨天,她的行为又为什么那么古怪?但是他也情不自禁地被她那轻松快乐的情绪所感染。他们喝茶时,她又从孩子般的幸福快乐转变到了忧郁、安静和镇定的模样。

"我真的想哭一场。我感觉太高兴了,因为阿卜杜拉给约瑟夫买了衣服,还有石板和书本,现在他可以上学了。"

"你做得好,阿卜杜拉。终于实现了。约瑟夫看上去很聪明,我相信他会学好习的。"

"他应该感谢万佳。是万佳把这个变成了现实。"

"是木尼拉讲的故事。那故事太动人了,真的太动人了。"她说。

希里阿纳学校所发生的事情触动了她过去的心弦。

木尼拉忽然感觉自己非常快乐。他转向她:

"你本人……当你笑时……你的样子很年轻,你应该去上学,而不该在阿卜杜拉那里当招待。"她在做片刻的思考。她呷着茶,用手指摸着茶杯。

"一件事情可以导致另一件事情的发生,这真是奇怪。你看你本人,也许你是因为你们学校的那次罢课才来这里的。至于阿卜杜拉,我不知道你来伊乌莫罗格这里是出于什么原因。也许是因为一个事故,我们才都来到这里的。或者说这是上帝的行为。我不知道……我不知道……你还记得那些来勘测道路的人吗?"她问道,"你还记得那个工程师吗?"

她开始时颇有些犹豫,但是此刻,她突然觉得有必要把她生活中的这个症结说出来。他们也在等待,预感到了这种强烈的感受。她站起身来,给台灯加了压力使之更加明亮。

"你……认识……他吗?"木尼拉略有颤抖地问。

"不认识,"她说,然后又慢慢地补充道,"但是他让我想起了我的过去……"她又停顿下来,坐下时脚却碰到了那个空杯子。

她将杯子捡起来放在一边。"是的，比如说我吧，"她又开始用若有所思的语气说，那语气极具有迷惑力，"有时候我问我自己：为什么一件愚蠢的事情……一个男生来看你……一个女生和一个男生在学校谈恋爱……这种事情为什么要影响人的一生呢？你知道这种学校的恋情，那天晚上阿卜杜拉谈起过的，送一支铅笔，偷来的一块糖，从书本上抄写的情书……结尾都是一样的……我爱你海枯石烂心不变……纸上泪水打湿的地方圈着若干个热吻。"她抬起头来发出了笑声，"也许他们说得对：话语多了是毒药，话语少了是糖蜜。后来，我看到了话语少的糖蜜也变成了毒药。说这个男生。他的名字叫里托。他和我在基努小学同一个班级。女生有时候是够狠的。我常把他写给我的信读给别的女生听。我们就咯咯地嘲笑他，从基努小学一直到笑到隆吉里小学。但是他送给我的铅笔和糖果礼物，我却谁也没有告诉。所有那些都很幼稚，但都是我们喜爱的游戏。一个星期五，我们上学迟到了。我们是去看我们学校和隆吉里学校之间的一场足球比赛。我们称他们的学校为卡杜队，称我们自己的学校为卡努队。他们对我们这样称呼他们很是愤恨。结果卡努队却输给了卡杜队。里托送我回家，我们一路上都在谈论这场比赛。接着他谈起了自由独立。他说如果那样，机会就会增多，尤其是穷人的机会就会增多。所以他说他要非常努力地学习……要上中学……上大学……学习工程设计。是的，他要努力当一名工程师……他的志向就是给公路设计建造立交桥，或是在河上建造桥梁。你能想象吗？那么小的年龄，却想得那么远大？那听上去感觉很好。但是男生对于将来总比我们女生更有信心。他们似乎知道将来自己要做什么，可是我们女生却对将来似乎很是模糊……好像我们已经知道，不管我们学习多么努力多么用功，我们的道路都是通向厨房和卧室的。那天晚上，和一个对自己如此信心十足的人在一起感觉如此美好,就连我似乎都在分享他的志向了。我想我也能看到一线光明,所以我就发誓也要更加努力地学习。在我的眼里,他不再那么滑稽、那么笨拙、那么可笑了,我们在黑暗中就牵起手来。一个男人路过我身旁时咳嗽了一声:我觉得那个人的样子像是我的父亲,但是我并没有在意。我跑回家,将我的鹿皮包挂在墙上,就坐下来休息。妈妈问我:你为什么不换上平时穿的衣服呢?我说今天是星期五了,第二天反正要洗校服的。这就是你回家晚的原因吗?我没有吱声。我想起了里托的信……我的爱就像海洋中的沙粒一样数不尽,就像森林里的树木一样数不清或者就像天上的繁星,或者我身体的细胞……以及他的志向抱负,这时我想笑出来,并想告诉妈妈关于里托和他的工程师之梦。我说:我回来晚了是因为在学校看了一场球赛。我们必须观看并且为我们的队加油。那你刚才和谁在一起?我男朋友啊,我就是那么说的,之后就笑了。妈妈,他……我刚要说。但是她的目光让我把话咽了回去。我父亲说:她现在是女人了,甚至和自己母亲讲话也像是平辈了。他们把我关在屋子里,两个人一起打我,父亲用他的腰带打我,母亲用绑东西和托运东西的牛皮带打我。这就是教训你和男生拉手回家晚了的错误!这就是教训你和你妈讲话像平辈似的无礼!这太不公平了,所以我坚持着不哭。这似乎更加剧了他们的愤怒。他们开始狠狠地打我好让我哭出来。最后我尖声叫喊救命!我哭叫道:你们是上帝的臣民,难道你们就没有仁慈之心?这时他们停了下来。我继续悲愤地哭叫。我默默地诅咒这个世界。我不明白我做错了什么。我没有愧疚感。当他们警告我再也不许和异教徒的男孩子在一起时,我不知道现在我想的对不对,但是当时我的感觉就是,他们打我并不是因为我和一个男孩子在一起,而是因为那个男生出生的家庭甚至比我们家还要贫穷。我还感觉,他们打我的那种方式,就好像他们在解决他们之间的什么事情。我当时知道,我父亲和母亲之间的关系在疏远,那是因为国家处在紧急状态最初阶段,他们之间发生了某件别的事情。我也知道,我父亲在事业上正面临着一个困难的局面。但是他们利用我来当跳板好重新走到一起,这让我感到恼火。那天晚上,他们两人一直窃窃私语了许久。

"一连几天甚至几个星期,我都在计划报复他们。我父母经常打我,但是我却第一次在脑海里有了叛逆的想法。我怎样才能报复成功呢?难道受穷就是一种罪恶?我们自己也不富有:难道我们也是罪人?甚至不是基督教徒也是罪过吗?与此同时,我也憎恨那个致使我挨打的男生。我灵魂里一直怀着这种痛苦。我是个记仇的女人,我能将事情掩藏在心里很久很久。我想找到什么能够伤害他们的东西,并像他们羞辱我那样羞辱他们。但是我那时候还小,随着我年岁的增长,痛苦逐渐淡去,复仇的想法也被掩埋在每天生活的大事小情之中。但是我也知道,自从那天晚上,我,我的家,学校,这个世界,所有的一切都不再和从前一样了。我意识到,我对学校和学习变得越来越没有耐心:好像这些东西正在阻止我走向一个世界,阻止我走向学校和村庄之外的一个更有意思的世界。那个世界里存在着生活。还有,在国家独立之前的那几年里,人们都在大肆地谈论生活将会有多么不同……啊,你们看,听我讲的感觉就好像那是发生在很久以前的事情了。其实,时间才仅仅几年……是的,才仅仅几年时间。

"大约在这个时候,来了一个男子,他在离我们家很近的地方买了一块地。他盖了一座石砌房子,上面有一个巨大的铁制水池用来接雨水。他结婚了并育有两个女儿。很快,人们开始模仿他盖房子,然而,就引领潮流而言,他的房子仍然是名气最大的。同时也是作为未来发展的标记。也许,在国家独立之后不久,人们很快都至少会有一座上面是波纹铁皮屋顶并装有接雨水罐子的大房子。另外他引以自豪的是,他还拥有一辆小型货车和一辆大巴。我们不知道他来自何方,但是在国家紧急状态的最后几年,知道吗,当时非洲人也开始做生意,那时他很可能就是我们村子里的第一个这类的大人物。他和我父亲迥然不同:他又高又壮又富有,简直受到了所有人的羡慕和尊敬。我第一眼见到他时就被他吸引住了,当时他在大巴上做售票员。第二次我乘坐他的车时,他没有收我任何车费,并说你是谁谁谁的女儿,当然了,他认识我这让我感觉很好。他来过我家一两次,我父亲这几年运气一直不好,看到他来到了家里感觉非常自豪,然而这却令我感到了耻辱。他和我父亲成了朋友,并很快成了我家的常客。圣诞节时,他给我们每人都买了礼物。他送给我一件花布连衣裙,并管我叫他的干女儿。穿上连衣裙的我很像(或者说我认为很像)我很久以前进城的一个亲戚。后来,他开着货车带着我进城,到皇家电影院看了一个下午场的电影。此后,学校就再也不像从前那样了。每当他来我们家时,我都特意地早早上床睡觉,好像我对他的到来感到害羞。但是他的来访却总是我们之间的一种默契,那就是第二天下午他想见我。我就会将花布连衣裙放进书包里,上面压着书本。进城之后,我就会到公共厕所里换上花布连衣裙,然后将我的校服藏进书包里。下午四五点钟时,我就回家了,当然是穿着校服回家的。

"发现我这个秘密的是我们的数学老师。我是他课上最好的学生,他也总是色眯眯地看着我。我的乳房比其他女孩发育得更大些,凸凹有致的身材让我看上去更像成熟的女人。他会利用各种各样的借口让我在学校多留一会儿:到我屋子里帮我点上火;把这些练习本拿到我的屋子里;为什么没有清理你的指甲,四点之后来见我;等等。有一次,我把这事告诉了我妈妈,我妈妈十分气愤,威胁说要把这事上告到教育局。这时,数学老师注意到了我经常缺课,就跟踪我,继而发现了我的秘密。他把我叫到他的屋子里,说爱我,想要我,并问我愿意不。我拒绝了他,他就把这事端了出来。要么我从他,要么我就得面对我父母的暴怒。我仍然拒绝了他。他就告诉了我的父母。我母亲一直就非常不喜欢这个人,听到这个消息非常震惊,甚至都没有打我。最初我的感觉是,这事让他们受到了伤害。但是母亲却哭泣起来,并紧紧地抱着我,好像在保护我免受一个敌对世界的袭击,我感到了内疚,也失声痛哭起来。这个事件让他们终于决裂。母亲用一种能够伤及心灵的语气对父亲说:毕竟,他是你的富贵朋友。我父亲那样子非常难堪又非常渺小,让我也开始可怜他了。母亲威胁说,如果那个人的那双脏脚和伪君子面孔再次在我们家露面,她就会朝他泼滚烫的开水。除此之外,他们没有训斥我一句,正因为如此,我才发誓再也不见那个男人了。我开始用功了一些,甚至还忍受着来自那位数学老师淫荡的得意笑声和冷嘲热讽。在最后的模拟水平考试中,我竟然获得了数学成绩最好、全地区整体成绩第二名的佳绩!我感到了惊讶,那位数学老师很可能也感到了惊讶。我那位尴尬的男朋友名列第五。这时,人人都认为,最终的真正考试对我来说是'轻而易举的事情',老师们也开始谈论我该去哪所中学更为合适……但是我报复的恶果却也在如影随形地跟着我。我开始呕吐,并感觉有些疲惫。这么说我怀孕了吗?我跑到我情人那里。我娶你没问题,他安慰我说,如果你不介意做小老婆,我的大老婆绝对专横跋扈,她会把你当奴隶使的。我认为,对于我是生死攸关的大事,他却那么轻松草率。而且我也知道,我母亲很快就会发现的。不能,这我不能忍受。我母亲发现时我绝不能待在家里了。

我主意已定。我要破釜沉舟了。

"我会永远用耻辱和负罪感记住那一天。我母亲躺在床上,当我正准备上学时,她对我说……你看,我们家羊圈里有两只羊……她告诉我,去把干羊粪送到地里。我的机会来了。我把我所有的好衣服都放在了一个篮子里,并把干羊粪放在了上面。我从家里逃了出来……逃到了他那里。他看了我片刻,突然开始大声笑起来。他告诉我别犯傻了,他的年龄足以做我的父亲,而且他还信奉基督教。我的喉咙被什么东西噎住了:我哭都哭不出来。我只是低声呜咽啜泣了一阵,就跑到了伊斯特雷我的表姐那里。"

她说到最后几个字的时候,声音放低了一些。木尼拉可以想象出一个被折磨的灵魂穿越罪恶和耻辱深渊的历程,以及那些因回首展望整个历程开始阶段而引起的无数不眠之夜。这时,她那有些愤世嫉俗的笑声打断了他的思路。

"是的。很多次,我都以为我听到了一道深深的峡谷对面一只羔羊呼唤我的声音:孤独的你啊,来我这里吧,我送给你最后的安息。那声音太有诱惑力了,可是我表姐十分清楚我当时的心境,努力劝我面对我所选择的现实。然而,我真的选择了吗?在羔羊的声音和我表姐的建议之间,我真是难以抉择。我生活的目标就是复仇。我还年轻:我不会走她走过的路。我尝试做各种工作,但是酒吧招待这个工作似乎就是为女孩子们准备的,是为那些小学没有读完的女孩、水平考试没过的女孩,甚至一些中学辍学的女孩准备的。"

在这几秒钟的寂静中,空气中弥漫着令人压抑的伤感、悲愤的语气。很显然,不管她多么克制自己,她都没有忘记那道原始的创伤。她竟然把阿卜杜拉和木尼拉带进了她自己的世界,而他们两人似乎也在体验她的这种创伤,或者也许这道创伤令他们也想起

了自己的创伤。这时,她突然一跃回到了现实中:

"正因为如此,当我看到孩子们不能上学,我总是感到痛苦……也正是因为如此,明天在阿卜杜拉的店里,我们必须庆祝约瑟夫重新去上学。阿卜杜拉,我太高兴了。木尼拉,明天你得来,你必须来。那将是我在伊乌莫罗格作为酒吧招待的第一个夜晚。"

她再次用自己无限的精力和热情影响了他们。她有一种独特的手段,能让男人的心以各种不同的情感来跳动,然而同时又让你怀有各种期待。

"我明天要去鲁瓦伊尼见莫奇戈……"

"不行,你必须来,"她用一种不容置疑的口吻打断了他,"而且,还要带一磅长粒的大米来。今天晚上是阿卜杜拉送我回家的。明天晚上该你送我回家。哦,你害怕黑夜吗?看,月亮会出来的。这将预示收割的第一天。明天……很多值得庆祝的希望!"

害怕了?不害怕,明天晚上不害怕,任何晚上也不害怕,他的心在欢快地歌唱。

"谢谢你,阿卜杜拉……谢谢你,木尼拉……"她喃喃细语地说,两人站起身来准备告辞,但是每人都觉得这句话都含有一种特殊的意义,而且都是对他自己说的。

木尼拉对阿卜杜拉说了句"保重",就继续在黑暗中行走。但是他明天是要去的,他对自己说,他明天晚上一定会送她回家的,想到这里,他脸上露出了笑容。美丽的花瓣,美丽的花朵,明天确实将是收割的开始。

第三章

1

　　十二年后的一个星期日,戈弗雷·木尼拉努力在写给警方的笔录中重新勾勒起当年的场面。做这个笔录时,警方要求他必须陈述事实,丝毫不能有任何虚假的信息。但是他发现,尽管记忆犹新,但是万佳第一次诉说衷肠的那天晚上,却很难用准确的词语来表达,因为那个故事里的厄运和暴力都是那么难以解释。他坐在一条硬硬的长凳上,胳膊肘拄在桌子上,眼睛时不时地瞥向墙上唯一的装饰物——一幅阿斯普洛挂历上。但是大多数时间,他的眼睛都在看着那位警察的脸庞:他一定是一名新警察,木尼拉想。伊乌莫罗格很可能是他所服役的第一个大型警察局,所以他可能很紧张,或者不耐烦,或者两者都有。他右脚在踢踏地敲打着地面,手指也在轻轻地叩打着桌面。他正在失去耐心,木尼拉也试图去理解他:这个国家动荡不安局面下的暗流涌动,有谁感觉不到呢?学校的男生女生举行罢课行动,把不服管的、独裁的校长们都关进了办公室的柜子里;工人们放下了手中的工具,拒绝三方协定的临时安抚;家庭主妇们上街游行,高喊淫秽的口号抗议食品的高价;

武装劫匪大白天抢劫银行,而人群却为他们欢呼;女人拒绝被赶到厨房和卧室,并要求与男人同工同酬。所有这些都在挑战着管理者的神经,因为全世界的统治阶级赋予这些管理者的使命就是维护社会的法律法规。他们对这个世界的智慧赋予了太多的信任:他们不愿意打开上帝之书,而上帝之书很久以前就预言到了这些事情的发生。腾溢塔工厂的卡雷加和他的工人追随者们也不例外:他们抵制了完全是按照出身的肤色、地区和社区构成的社团,对黑人、白人和印度企业老板都发出了抗议声。但是他们也行将失败:因为他们也拒绝了最重要的宗教社团(唯一的社团),拒绝了宇宙和永恒王国之主给予的新生的社团。这位警官还需要另外什么事实吗? 木尼拉想让他明白,万佳就是先知们所提到的"她",她获得男人们的服从,令他们离经叛道,同时所发出的声音中又含有受苦和抗议、希望和恐怖,最重要的是通过肉欲的力量,给予了逃逸的承诺。但是这位警官(这个世界的智者)只是站在那儿,或者在屋子里走动,时时冷冷地看着木尼拉。十一年前(那时在整个伊乌莫罗格还没有一座石砌建筑物,更甭说什么国际公路了),一个酒吧女招待的愚蠢哭泣声与现在有什么关系呢? 他不如打开那部书,开始阅读亚当与夏娃的故事。但是,如果让他略过那些岁月,如果不让他沉浸在一种,呃,一种非常生动的记忆中(这一定会节省时间和精力),这难道不更好吗? 这正是问题的焦点,木尼拉想,甚至感到警官的发作有些滑稽。那个哭泣声,整个场面与那个哭泣声关系十分紧密:因为,假如木尼拉没有被那个哭泣声所迷惑,他可能会看到迹象的,可能会看到正开始包围他、包围阿卜杜拉、包围整个伊乌莫罗格的那道邪恶的蜘蛛网。他又试了另一种方法:他请求警官给他笔、纸和时间,他要用自己的方式亲手写一份笔录,然后警官可以提问题,并且,借助上帝的帮助……警官突然猛敲了一下桌子,所有的耐心都到了尽头:他要的是事实,不是历史;他要的是事实,不是布道或者诗歌。谋杀案里没有田园诗,他嘟嚷了一声,然后就冲看守们喊道:把他关回去。

他被关进一间囚室:他听到了铁锁和链子嘎嗒锁上的声音,却感到一种精神上的满足。他想起了彼得和保罗(是的,保罗曾经是扫罗)在监狱里听到主的声音。谋杀案里没有田园诗,他之前的警官也使用了这个词,木尼拉想着打了个哈欠。他感到疲惫,整晚不睡觉让他突然感到非常疲惫,之后就进入了沉睡。

第二天,他们叫醒了他。他感觉头脑清晰。他被领到的办公室,还是那间,但是这次警官却完全不同于以往的警官:他年长,面无表情,即使当他微笑或者笑出声音或者开个玩笑,他的脸上都不会有任何情感的迹象。

这位警官来自内罗毕,亲自来负责这项调查。从殖民地时代一直到现在,他曾在不同的警监领导下做过不同的工作。对于他来说,犯罪就是某种拼图游戏。他认为这里有一个定律,犯罪定律,犯罪行为定律。他认为,如果你看得够仔细,你就会发现,在即使最小的手势里,这个定律也在运作着。他对人物感兴趣,对他们的行为、他们的话语、他们的手势、他们的幻觉、他们走路的姿态都感兴趣,但是这些都作为一个拼图游戏的一部分。他博览群书,对各种职业(法律、政治、医药、教育)都感兴趣,但都只是作为他唯一浓厚兴趣的一部分。他在寻找那唯一的景象,因为那个景象里藏有线索,藏有某项犯罪的定律。从这里,他就可以准确地拼凑出当时具体情形的完美拼图,就连最微小的细节也不会错过,而且他几乎没有失过手。

他对自己的工作没有幻觉:不管这块土地上由哪股政治力量掌权,他都把自己的这种知识用于破案中,而且他从来不表明任何政治态度。因此,不管是在殖民政权下,还是在独立的非洲政府下,他都以同样的一种兢兢业业的精神工作着,而且,不管接下来是谁来掌权,他都会忠实地坚守自己的职责。他政治态度中立,而他的这种凌驾于政客、职业家、商人、小罪犯之上的令人恐惧的力量,竟完全都是源自于他为法律服务中的这种中立性。他内心的志向就是有一天建立一个私家侦探所,这样,他就可以像律师或者牧师一样,受雇于任何人。

这个案子立即引起了他的兴趣,尤其是这个案子所牵扯进来的各类人物。储伊,一位教育家和商人;霍金斯·基莫里亚,一位商业大亨;阿卜杜拉,一位小商贩;卡雷加,一位工会头目;莫奇戈,从教育家转型成为商人;木尼拉,一位教师和基督教徒;万佳,一位妓女。而所有这些人却基本上都是在一个新城里。他寻思,还会有另外多少人被牵扯到这个案子中呢?他将认真地研究这个地方和这里的人们,他不会带有任何偏见地开始工作;一切都令他着迷,尤其是木尼拉:

"木尼拉先生,请坐。你睡得好吗?"

"睡得很好。"

"想抽支烟吗?"

"我不吸烟。"

"我该做下自我介绍。我的名字,你会为这种巧合感到惊讶,我是戈弗雷督察,我必须为昨天的事情向你道歉。你看,他很年轻,你知道这个时代的年轻人。"

"我理解。他只是在做他的工作,在为人类的法律服务。"

"就是这种精神,木尼拉先生。法律。我们所有人都受着法律的支配。"

"上帝的法律。"

"是的,木尼拉先生。但是上帝也必须经由人类来工作;你,我,还有别人。听我说,木尼拉先生,你在伊乌莫罗格是一位非常受尊重的人。你来这里的时间比任何人都久。十二年,他们告诉我。你了解这座城里大多数人的性格。请相信我,我们不想不公平地对待任何人。我们只想为真理和正义服务。也许这只是人类对正义的概念,但这是人类目前对正义的概念。也许以后,当情形完全展示给我们时,当我们似乎不再透过镜子模糊地看事情……但是现在,木尼拉先生,我们必须尽我们最大的努力。你看,一个警察,就像一位教师,或者一位牧师一样,他只是一个公务员;我也不妨说他是一个公共受害者。在保卫人民的生命和财产安全中,我们从没得到过感激。但这就是我们的命运,我们的工作,而且,不管怎么说,我们还有工资。但是,如若没有我们真正的主人、没有人民大众的帮助,木尼拉先生,我们是不可能履行这项重大的责任的,这也是一种令人生畏的信任。好,木尼拉先生,我们将为你提供纸、笔,甚至还有睡觉的地方,因为你懂得,对吧,在你写完一个完整的笔录之前,我们是不会让你走出这个警察局的。这只是程序,木尼拉先生,没有别的什么含义。当然了,我们还为你提供食品。你可以用你喜欢的任何方式来写笔录,我本人对伊乌莫罗格的历史,甚至你们学校的历史,都非常感兴趣,这就是说,如果你有耐心、作家的情怀和精力;但是要记住,我们要求你做的只不过是些一份简洁明确的笔录,将你可能知道的关于基莫里亚、储伊和莫奇戈这三个人被谋杀,当然,这也许不是谋杀,在这三人被谋杀的那个晚上……甚至是在那之前的一星期左右的时间里,阿卜杜拉、万佳和卡雷加的个人行为、整体的精神状态,尤其是他们的活动,都一一地写出来。"

2

一个新城里的谋杀案该怎么讲述呢？讲精神被谋杀了？从哪里开始呢？怎样重新创作过去，好让人们看到上帝法则在运作呢？怎样将上帝的意志展现出来，这样，失明者就可以看到智者所看不到的呢？

也许……也许这个或者那个……也许我可能做的或者假如我没有做的……当你对一件事件做事后分析时，这些事情总会在你脑子里转来转去，而此时，所有这些事情你想颠覆是不可能的。安静，我的灵魂。但是，作为一个凡人，我怎能不让我的心激动地颤抖呢？因为我是一个资深的证人，我目睹了伊乌莫罗格在风雨和干旱中，从最初的小村发展到今天血色花瓣盛开的城镇。我，这个了解阿卜杜拉、妮娅金娃、万佳、卡雷加的人，怎能不激动？难道我没有翻开过每个人的心扉吗？在我们所有的谈话中，在我们所有的想法和对过去的回忆中，甚至在她让我答应第二天一定要来做一番庆祝的那天晚上，我总是被我们谈话词语中的那种刀锋般的紧张气氛所震撼。思想的暴力，见闻的暴力，记忆的暴力。我现在能够看到了。在监狱里的这种黄昏中，某些事物，丛林、小山、峡谷，它们的轮廓也变得更为清晰可辨，尽管其背景天空很是昏暗。你到我身后来吧，撒旦。事后诸葛亮的那种傲慢的信心。曾几何时，我以为我在拯救他，也可能会拯救万佳和阿卜杜拉。这时我突然看到，卡雷加即将从我曾经小心翼翼走过的路上猛烈摔倒，可是，尽管我想扶住他，想去救他，我却是那么无能为力。在那一个星期的时间里，我都在想象万佳嘲笑我们无力从她那宏大的梦幻和想象中解脱出来；因为我现在知道，上帝为我做证，她想要的就是权力,尤其是主宰男人灵魂的权力,我想,那是一种年轻的、孤注一掷并且丢失的权力,向那些过去伤害过她的邪恶势力复仇的权力。

而卡雷加,即使他周游了那么多地方,可他仍然是个孩子。这么说并不是诋毁他,也并非是否认他情感的力量:他的火热的情感,他的理想主义,他对英雄主义和献身精神可能性的无比忠诚。他伸出双臂去捕捉那个闪烁不定的美感,去捕捉那个仍未被发现的持久的人类关系的真理。确实,就像在所有事情中,甚至就在他来到伊乌莫罗格这个决定中,他都在寻找一种丢失的清白、信念和希望。我记得在我们闹掰之前,我曾在他的练习本里看过的一篇日记:

> 你会一边笑一边说:这些只不过是一个巨婴的眼泪。你会一边笑一边说:他是给一个和平家庭的大门口带来厄运的男孩。嘲笑和讥笑。只有我才在内心深处藏有这种恐惧,并与这种知觉博弈。因为,尽管我们的心紧贴在一起跳动,可是她后来会背叛我,我如何能说我不知道呢?她比我年长;她看过更多的达比里乌在日落时飞离家园。而且真的,这不仅仅是她。天啊,我昨天所希望的世界已经从我手里跌落。我所认识的人们,我所看到的创造新世界的人们,此时变成了我记忆中模糊的图像。还有,我们怀着如此多的信仰、希望、鲜血和眼泪一起播种的种子,此刻都到了哪里?我问我自己:新的力量在哪里?让种子发芽、开花的新力量在哪里?

当时我想,这就是绝望,我曾经问自己:会不会是因为这种绝望,在这么年轻的一个人的心里如此痛苦的绝望,才让他找到了我,可他找我是为了什么呢?或者说,是同样话语后面那一颗寻求希望的心,才让他在肯尼亚各地流浪,从蒙巴萨到基苏木,然后又回到伊乌莫罗格,可那又是在寻找什么呢?不管是什么原因,他毕竟来到了伊乌莫罗格,来到了我这里,来到了阿卜杜拉这里,来到了万佳这里,来到了这个令人困惑的谜:真理和美丽,多么奇妙的幻觉啊!我们都在上帝的角落里寻找一个渺小的地方,让我们暂时躲避可恶的风雨和干旱。这就是我想让他看到的一切:他所寻找的力量只能在羔羊的鲜血中找到。

3

我想你可以说,卡雷加之所以选择向我透露心声,那是因为他声明我们过去曾有过某些模糊的联系。之所以说模糊,那是因为我们在伊乌莫罗格第一次见面之后很久,我认为,我们之间只是以老师和学生的普通关系有过一次交集。但即使这一点我也忘记了,那天他来到了我在伊乌莫罗格的秘密栖身地,而这个栖身地只是最近才被一个外人所发现,那就是万佳。我很惊讶地问自己:站在大门口的那个陌生人是谁啊?

我刚从鲁瓦伊尼的教育局回来。因为我一直想着头一天晚上万佳的邀请,所以我没有在任何地方停留。我非常期待送她回家,送她回到她的茅屋,黑暗中只有她和我。在内心深处,我对这种占有欲感到害怕,对她俘获我心的方式(她那么冷静地告诉我:你给我带来一磅长粒的大米,而我整个心身却那么愿意去服从),我感到害怕。鲁瓦伊尼所有的店铺我都去了。长粒大米我买到了。为今天晚上庆祝收割季的开始一切都准备就绪了。可是现在,这位陌生人是谁?

"下午好。"我不冷不热地说,然后从吱嘎作响的自行车上下来,将车子靠在白赭相间的墙上。

"也许您不记得我……"回应了我的招呼之后,他这样说道。

我仍然用一种不冷不热的微笑让他把剩下的话咽了回去:我们有时间说话,我们有时间说话。即使在我们关系中的那个阶段,他身上仍有一种东西令我不悦:是他那种很明显的泰然自若的样子,或许说是他时刻准备好了的献身精神?他帮我搬动了两箱子白粉笔和一捆练习本。我拿着我为万佳买的那包长粒大米。和房子里其他房间一样,起居室也是空荡荡的:一条木凳,一张连接处有大裂缝的桌子;两把折叠椅,一个固定在墙上的书架,书架上面装饰着老版本的《火烈鸟》《鼓》《非洲电影》和破旧的教科书《分崩瓦解》《劳伊诺之歌》。我一直都想着要提升我阅览室的档次,但是和我做其他许多事情一样,在这件事情上,我也总是那么不上心。他谢绝了坐折叠椅,而坐在了长凳的一端。他身材瘦小,目光伤感却透着坚毅:他是成年人了,但却是一位突然间痛苦成熟了的成年人。

"喝茶吗?"我嘴上问他,心里却希望他谢绝。我伸开腿,想着万佳,想着她的故事,她对约瑟夫的关心,以及她给阿卜杜拉和我带来的魔力:我想到她不得不离开这里,脑子里突然冒出来一个问题,可是那孩子怎么了?

"给我点儿热水喝就行。"他说。即使我不情愿招待他也没有办法。

"有一样东西我这里没有,那就是牛奶。"

"不加牛奶的茶也不错。尽管我们紧挨着一个购物中心,我们却也并非总能喝得起牛奶。"

当我给普里默斯炉子加压时,我突然想起来了,他的话让我想起了"老玛丽亚姆",我们当时都那么叫她。她在我父亲的地里干活,我们总是认为她与土地是不可分割的。她十分虔诚但又不显露,她的虔诚就存在于她的言谈举止中:她说话的方式,她说话时的颤抖,她对手里活的专注。她不用茶叶就能沏茶:她将糖放在羹匙里,然后放在火上烤。当糖变成了黏稠的糖稀状时,她就将其蘸在开水中。我太喜欢她沏的茶了!我经常躲开我母亲那双基督徒般警觉的眼睛,偷偷溜到玛丽亚姆那里喝口她沏的茶。至少那茶里有很多糖,也不妄称有什么牛奶。我想把这段回忆告诉我的这位客人,但我只是说:

"对于小恩小惠我们也应该心存感激:有些人喝茶是不放牛奶和茶叶的。"

"噢,我母亲买不起茶叶时经常那么做。她把糖放在羹匙里烤:我们管这种糖叫……我们总是管它叫煤灰。妈妈就会笑着说:卡雷加,你想要点儿糖煤灰吗?"

我盯着他问:"你是什么地方的人?"

"卡米利索。你知道,克瓦姆比拉。利穆鲁。"

"你是说,你是从利穆鲁那么远的地方来的?"

"是的。"

"希望不是走过来的。"

"有一段路是走过来的。我上了一辆小面包长途客车。车里拥挤不堪。车主似乎很是自信,在他这辆咔咔叫唤不断的福特安格利亚车里,总有无限的空间。他会说:'各位老少爷们,让我们相亲相爱,坐得紧凑点儿。和你们说吧,我这辆车甚至比货车还大。'说着就往车里加乘客,使劲往里加。那辆车里硬是挤进了二十多个人,而且道路还坑坑洼洼一路颠簸个不停。"

"这个地区所有的路都是坑坑洼洼的。"

"或许有一天他们会给这些路铺上碎石和沥青吧。"

　　我想起了那架飞机,还有一天前,坐着路虎车来到伊乌莫罗格测量土地并插上红色标记的勘测队。一条穿越伊乌莫罗格的国际公路。对于这一荒谬的想法我突然想放声大笑。我问自己,在考虑修建一条国际公路之前,他们为什么不修建一些规模小一点儿的、能用的路呢?至少我往返于鲁瓦伊尼的旅行要快得多,我回到家之后也不会这么疲惫,而且也许会避开见这个陌生人的。但是,我突然感到了愤愤不平,并站到了伊乌莫罗格农民的立场上,我同样又恨恨地想,他们是不会修路的,除非金钱像河水那样流进来。我脱口而出:"是的是的……除非鬣狗头上长角。"

　　我对自己说的话感到惊讶。毕竟这许多年来,伊乌莫罗格的农民和牧民也并没有借助什么柏油道路和可靠的运输,却一直在战天斗地。青年男女们已经进了城,剩下了土地留给老人来耕种,而老人们又没有多少积极性为大市场耕种农作物。至于牧民们,他们通常盼着牛羊数量的增长,结果却发现牛羊被干旱和疾病夺去了生命。当他们进一步往平原迁徙时,他们很可能会说,这是上帝的诅咒。在我的脑海里,我将世界上这一可怜的角落与我们的城市做了比较:摩天大楼与泥墙和草房的反差;柏油公路、国际机场及赌场,与羊肠小道和日落前人们闲聊的反差。我们昔日的主人给我们留下了一块极其不平坦的耕地:中部地区吸收了四周的水源,因而稻谷穗丰、瓜果飘香,而当你离开中部地区向四周远行,土壤就变得越来越贫瘠,植被也越来越低矮。有一个故事讲的是很久很久以前,远在曼吉瑞人出现之前,也是在肯尼亚的铁器时代之前,生活着一支名字叫古姆巴的侏儒部落,他们的头颅超大,岌岌可危地立在身体的上部。据说,每当一个古姆巴人摔倒了,他自己根本爬不起来,需要其他人来帮忙才能起来。

　　正如这些想法——这些与我在伊乌莫罗格的生活如此迥异的

想法——突然袭入我的脑海一样,我也突然感到,面前这个年轻人的存在给我的情绪带来了压力:这里的农民没有像样的水喝和我有什么关系呢? 牧民们眼睛肿胀、牛羊因干旱而死,这与我有什么关系呢? 伊乌莫罗格那些身强力壮的年轻人,他们逃离了伊乌莫罗格,到承诺铿锵有力但却没有希望的城市里寻找金羊毛,这与我又有何干? 所有这一切都与我何干呢? 我不是,也从来没有想过要当我兄弟的管家。

我从来不喜欢公众视野的注意,或者对别人的事情真的感什么兴趣。我的生活是由一系列相互之间不连贯的事件所组成的:我在伊乌莫罗格我这个遁世桃源很幸福,至少在万佳来之前是这样。她的脸庞再次出现在我面前,在我的地平线上,她那样子既美丽又忧伤。她要怎样对待我? 她的孩子哪里去了?

"你做什么工作?"我有些唐突地问年轻人,其实口气很冷淡。

"工作? 我没工作……现在还没有工作……我全城都走遍了……哦,正因为如此,我才来……您看,一两年前,我还在上学……"

"哪所学校?"

"希里阿纳!"

"请再来一杯茶。"我不知不觉地说了一句,竟然对他产生了新的兴趣。他用手指弹着空杯,目光凝在地面,好像要继续说下去,又不知如何说起。我递给他茶壶,他就往自己的杯子里倒了些茶水。面孔,他的面孔,此时在记忆中构成了一幅模糊的剪影。

"不知如何说起,这个……哦……"

"时间太久了。我名字叫卡雷加。但是您并不一定会马上想起我的。我想我还是变了点样子。我从前在您父亲的地里摘除虫菊花。"

他顿了顿，却感到我仍然没有想起他。他继续说：

"我母亲叫玛丽亚姆，在一九五五年我们搬到新建的紧急状态集中村之前，我们一直在您父亲的农场上干活。是寄居……"

"玛丽亚姆，"我说，"你是玛丽亚姆的儿子？"

"是的。"

"我想不起来了……但是……我记得你哥哥叫恩丁古里。他常和我们一起玩耍。我们甚至一起去打羚羊，穿越我父亲树林里长满了刺儿的树丛。我们根本没有抓住一只……但那是在一九五二年之前很久了。"

"我不了解他……我只有一种模糊的印象……但是最近我听到了一些关于他的事情，我就勾勒起了他的某种细节……但那只是想象。"

"很遗憾后来发生了那种……"

"您是说他在吉图恩古里被处以绞刑吧？那是一种集体的牺牲。为了我们的自由，必须有几个人去献出生命……但是我感觉很奇怪……您说您认识他……我甚至不知道我还有个哥哥……也不知道他死了……直到后来姆佳米将这一切告诉了我。"

"姆佳米！"

"是的……就在她死之前。"

"姆佳米……我的妹妹……你……可是她怎么会……？"

"我想是您父亲告诉她的。"

我努力在思索所有这一切：这个陌生人和许多年前我父亲、姆佳米以及恩丁古里的死亡有什么关系呢？我想知道得更多，我想知道卡雷加是如何置身于其中的……但是我怎么能够向一个陌生人，而且还仍然是个孩子，询问我自己家的秘密呢？

但是改变话题的却是他，听起来他的造访并非是要揭示什么过去的秘密。

"但是我来这里并不是为了……"

"对……"

"我来您这里,是因为您在曼果教过我。您不记得我了吗?"

他声音里显示出一种急切的固执。但是我怎么会记得呢?在我父亲的农场上,曾有那么多的人干活,并以寄居者的身份住在那里。在我教过书的学校,曾经有那么多的学生如流水般来来去去。也许我能记住几个。但是在我面前的这个年轻人?啊!我是何人?能够将我所教过的眼睛都仓储般地储存下来?我将这幅剪影在脑海里转来转去。我看了看卡雷加。他的面孔显出了痛苦状,又是一种年轻、渴望的状态,突然,从迷雾中,他七岁或者九岁的轮廓闪到了我的眼前。他是我在曼果学校所教过的学生,而且是第一批升入希里阿纳学校的学生之一。这在当时被认为是给学校和地区带来了巨大的荣誉。尽管他知道我不是校长,但是他却找到我请我签字,请我作为一个负责任的长者来为这位候选人的品质做证明,等等。我是何人?能给人们的道德打分?但是对于他来说,我想这一定是一种表达亲密朋友的方式:比他早到那所学校的我,必须要为走向高处的他来做证人。我在文件上签了字,尽管想到,假如他们查看他的档案,我的名字会对他不利,但是对于这一恼人的想法,我也不屑一顾。现在,许多年后的今天,他又回来了,也许是来告诉我,他要往更高的地方走了。确实,这就是教书的真正补偿:偶尔你会发现一个后来发展得超出了你的任何想象、超越了你最美好的希望的人回来向你表示感激,而你又很高兴。我竟然变得欣喜愉悦起来。我忘记了疲惫和万佳。我把对姆佳米和我父亲的回忆也放在了一边。我似乎更喜欢他了,真的,一个大学生来看望我,这令我感到荣幸。

"你就顺利地读完了希里阿纳？你是去了麦克雷雷还是内罗毕？在大学生活怎样？你不知道你自己有多么幸运:民族独立真的提高了我们黑人的录取率。现在多少所大学了？三所。在我们那个年代,那只是我们中学的数量。说说是哪所大学？如果我上大学,我就想学法律或者医学:别的什么也不考虑,只选择法律和医学,或者当律师,或者当医生。知道吗？在这些职业,你可以赚很多钱,可是老师呢？我们只为上帝工作。我想为了在假期找工作,那个大城市你该游荡遍了吧？零花钱……我知道那种情形。在希里阿纳,我父亲一般都给我两个先令的零花钱。你学的是什么专业？"

对他的成功我太兴奋了,竟然把他局促不安的表情看作是他的谦虚。他用手指弹了弹杯子,然后将杯子放在了长凳上。

"问题是,哪所大学我也没有上,哦,也许是街头大学吧。我被希里阿纳开除了。"

"开除了？"

"是的。"

"是被中学开除的？希里阿纳中学？"

"是的。"

"可是为什么？"

他沉默不语,不做任何反应,似乎在寻找某种精神能量来准备一跳。

"一言难尽。您听说过那次罢课吗？"

"罢课？哪次罢课？我是说在哪儿？"

"那是去年,快到年末的时候。报纸上,所有的日报,都刊登了社论。"

对于看报纸或者听收音机,我从来都不怎么热心。我每次买报纸,仅是看看标题:我从来不看什么社论评述,或者其他什么专题,或者什么新闻报道,尤其不喜欢看带有政治性的文章,我只看广告和法庭报道,尤其是关于谋杀案的报道。这种报道我会爱不释手地阅读,有时候会反复阅读。此刻他提到了这件事情,我就想,我是听说过关于希里阿纳的一次罢课,但是在我的脑子里,这个事件却与我宁愿忘掉的过去混合在了一起,所以我就没有继续关注它。我对他说:"我几乎不看报纸。我一直生活在我自己的世界里。我确实听说过一次关于食品什么的罢课。"

"他们总是把学生的每次不满归咎于食品,"他很是愤愤地说,"而报纸却根本不报道我们的苦衷。他们的社论只是一味地埋怨我们,您知道,通常就是那种冗长乏味的说教:花了纳税人那么多的钱,可是他们唯一关心的却是他们自己的肚子!这让他们睁眼说瞎话也获得了安慰。但是毫无疑问,您该看过关于弗劳德夏姆的报道吧?"

"弗劳德夏姆,坎布里奇·弗劳德夏姆?"

"是的。您知道他走了吗?"

走了!坎布里奇·弗劳德夏姆走了?怎么走的?我简直不敢相信:弗劳德夏姆就是希里阿纳,希里阿纳就是弗劳德夏姆。我骂了一句我自己,我怎么对报纸这么不感兴趣呢!我想,假如他被谋杀了或者什么的,但是弗劳德夏姆啊!对于卡雷加来说,我对此事全然的无知,犹如是对一个刚刚进屋的客人泼的一盆凉水。尽管我的好奇心和兴奋度大增,可是他的激动和热情度却骤降。涉及弗劳德夏姆的又一次罢课,导致了他的失败和离开!

那个晚上之后,我阅读了卡雷加自己对那个人的离开所表达的难以置信的反应。他的话语透着诗意,透着美感,也反映出了伤感和暂时的胜利:

我不能相信的是，

我不能相信的是：

我们团结的力量，从未有过一试，

却能够移山填海，翻天覆地，

而昨天虔诚的祈祷却未能如意。

然而，他却不在此地：

当号角吹响，当旗帜升起，

他却不在此地。

那是我们的旗帜。

那是我们的三色之旗，

正如诗人唱起：

绿色是我们的土地；

黑色是黑皮肤的姐妹兄弟；

红色是我们的鲜血在滴。

　　但是在那一刻，坐在起居室这种不冷不热的氛围中，我心里却感到了十分怪异：我在这里，好奇心之余烬经过他的揭示，被拨弄得炽热明亮，然而我不能提出任何问题。现在甩出一个又一个问题的却是卡雷加，几乎不给我喘息的时间来回答或者做出反应：我在希里阿纳是哪几年？我告诉了他。我真的认识坎布里奇·弗劳德夏姆吗？是的，有些认识。那么，我一定认识储伊吧，绰号是莎士比亚或者乔·路易斯。我尽管没想站起来可还是站起来了。什么？储伊？我有一种怪诞的感觉，一段死亡的过去，突然复活闪现在我眼前，可是对于这一基督降临般的出现我却完全没有准备。同时我也知道，我已不可挽回地让卡雷加彻底地失望了，而我在他那质问的眼神面前，一定像是一个骗子，一个伪君子。此时他也站了起来。我试图让他坐下，却未能办到。所以我就站在门口，看着他走了出去。即将落山的太阳让棵棵草木在地上留下了很长的影子。他还想要发现什么呢？

我再次为自己的深切关注而感到惊讶。我不是许多年前就已经与弗劳德夏姆、储伊、希里阿纳和政治，以及整个过去的一切，没有任何关系了吗？我也会时不时地偶尔听到希里阿纳学校在其古怪校长的领导下，在国家考试中取得的了不起的成绩，可是我绝不会对一所将我开除过的学校的光荣成绩而真正感兴趣的。它为什么要跟随我到伊乌莫罗格呢？突然，一股对不久前那段时光的怀旧感油然而生，因为在这段时间里，我的学校和阿卜杜拉的小店，是我在伊乌莫罗格的全部生活。

我想，在我去阿卜杜拉的小店庆祝之前，我该再给自己沏杯茶。哈洛斯·艾恩芒格牧师常说，茶是一种很好的兴奋剂，而且他总认为天堂那里有无穷无尽的茶和香肠。瞧！我在漂回到同一段时期。那一段时期是由万佳开启的，而这最后的一个月，我的生活一直固定在对这三个地方的支离破碎的记忆中：幽灵般的学校，阿卜杜拉商店的后院和万佳的小屋。

不行，我不能失去对现在的控制力。比如我上一次去鲁瓦伊尼。莫奇戈会造访伊乌莫罗格吗？我现在已经不在乎他是来与否了，尽管不久前我还担心，他会突然出现在这里，发现这里没有学生，或者看到学生这么少，或者看到每个班级只上半天课，他就会把我调回我曾离开的地方和人们，他就会剥夺我在伊乌莫罗格这穷乡僻壤却是我新的世界里建设国家的这份挑战。

真是挥之不去，我脑子里总是出现这个从前学生的突然造访。他的造访留下了太多没有回答的问题：他这次来访的真正的秘密目的是什么？希里阿纳学校罢课背后到底有什么原因？弗劳德夏姆的突然离开和储伊的突然归来，其背后到底有什么原因？卡雷加的造访犹如一只冰冷的脚踩在了我的肚子上。但是我究竟害怕什么呢？难道是害怕我必须要面对某件我已经永远抛在了后面的事情？或者，我就是害怕被拉进别人的生活与内心斗争之中，同时又不愿见证其与上帝的角力？……只剩下雅各布一个人了，一个男子与他摔跤直到这一天的结束。当那个男子看到他不能战胜雅各布时，他就踹向了他的大腿根，雅各布的大腿就脱了臼，他却仍与他摔，接着他就说，我不会放你走的，除非你为我祝福……放我走，放我走，我自己喊了起来：为什么要喊醒过去的声音呢？

我关上门走了出去。我现在可以去阿卜杜拉的酒吧了。阿卜杜拉的驴子好像看懂了我的心思，突然嚎叫起来，把我吓了一跳。我停下脚步。都这么晚了，卡雷加哪能找到长途客运面包车呢？我做了个临时决定，赶紧回了家，将靠在墙上的自行车挪过来，骑上车子去追他。他其实可以借宿在我这里的。我就会发现更多关于他的事情：希里阿纳，姆佳米，等等。但我此时的感觉就和我第一次遇到万佳的感觉一样，这又是一个对我的威胁，是对我在这块土地上自我安排的和平的威胁。

4

十二年之后，正在新伊乌莫罗格医院住院的万佳，也在努力回顾这段时期：她第一次讲述自己历史的那天晚上，第二天她焦虑地守候，在她那困惑的脑海里，这两件事却是最重要的东西。

庆祝约瑟夫回到学校读书的主意；收割季节的开始；她自己的期待，所有这些都是她自己创作的戏剧。此刻，在医院里，她在回忆很久以前那一天的每个细节。

她起床很早，并陪伴奶奶去地里干活。早晨在太阳变得太热之前在地里拔豆子,那总是一种很好的感觉。此时,他们又多了一道遮阳的植物,那就是似乎成熟很慢的玉米秆。需要拔出来脱粒的豆子并不很多,等到接近晌午时,她们已经完成了筛簸。收的豆子几乎连一麻袋都没有装满。

"就这么点收成!"妮娅金娃叹道,"我们的地看上去累了。它没有喝够水来解渴。很久以前,像这么大面积的土地能够打八到十个这么大麻袋的豆子。"

"或许玉米的收成会好些。"万佳打趣道。

"看看这些细秆!"妮娅金娃不屑地说了句,然后再也没有说什么。

她们把打下的豆子运回家。妮娅金娃走到了邻居家的地上,看看他们的收成是否能够好一些。

万佳来到了阿卜杜拉的商店。时间是下午。她知道这时候不会有顾客来到。但是她急于想开始她在伊乌莫罗格的酒吧招待工作,而且也是为了消磨时间,同时她又非常焦急地期盼午夜月亮升起来之前举行的庆祝。

整个下午,万佳都在安排并重新安排架子上的各种物件。对于他们三个人来说(阿卜杜拉、约瑟夫和万佳),这是个很繁忙的下午,因为他们都在自己主动找事情做。约瑟夫还没有开始上学,因为木尼拉去了鲁瓦伊尼,所以学校停课一天。这是一次彻底的大清扫。万佳要求阿卜杜拉修理几个柜架,还有用作酒吧间的一间后屋里的那张桌子。阿卜杜拉说,他很快会找时间自己来修理的。万佳和约瑟夫将酒吧间的地扫干净并洒了水。她在屋外放了一块牌子:"商店+酒吧今天下午关闭。上货。"但是需要上的货很少,而顾客也非常少,尤其是在下午。尽管如此,阿卜杜拉对万佳的这一发明还是很高兴,尤其是她做工作时所表现出来的那种专

84

业的认真态度更令他高兴。整个局面都是她说了算,她不停地擦擦这儿,弹弹那儿,又时不时地在一个练习本上写这写那,她竟然忘记了早上在地里收割的疲惫。阿卜杜拉剩下的只是惊叹:看来他的小店和酒吧终于可以有些作为了。

接近傍晚时,她将上货的牌子拿掉,换上了另一个牌子:"开始营业。"他们坐在柜台后面等着客人的到来。却没有人来。她又活动了起来,又挂上了一个牌子:"永久闭店大甩卖!"并且即兴画了一幅画:人们急匆匆地跑向一个商店。

跑过来几个孩子买糖果。看见画上的小人儿他们都哈哈大笑并议论纷纷。他们试图认出牌子上的字,并认出了"闭店"和"甩卖",就跑回家告诉父母,说阿卜杜拉的商店要关闭了,要把东西都送人了。没出几个小时,店里就挤满了顾客,可是顾客们却很快发现是孩子们搞错了。他们却很喜欢这个店铺的新面貌,仍有一些人留下来边喝啤酒边聊天。万佳将椅子搬到外面的游廊上,让他们坐在这里,慢慢地喝酒谈论收割季节。

但是,这些人后来也走了。万佳耐心地坐在酒吧柜台后面等待一波新顾客的到来。她的思绪开始游荡。今晚大月亮一定会出来:今晚是她来到伊乌莫罗格以来一直等待的一天,她希望千万别出什么差错。庆祝约瑟夫马上回到学校上课,仅是她计划的一部分,那仅是一个巧合,尽管对这个巧合她也确实十分高兴。如果木尼拉不来呢,但是他会来的,他一定会来的。出于某种原因,她对自己控制男人的力量感到自信:她知道,在她的身体面前,男人们是非常软弱的。有时候,她对自己的这种力量感到害怕,所以也常常想逃离酒吧王国。可是若说做其他什么工作,她又不合适,而且,她既痛苦又颤抖地认识到,她已经开始享受将男人玩弄于股掌之间给她带来的快乐:一个微笑,一个眼神,甚至也许抬一下眉毛,或者无意地蹭一下某个顾客这样的动作,都可以将一个男人变成俘虏和不住叹息的傻瓜。然而,当她冷静地思考和自我反思时,她都在渴望获得内心的和平与和谐:因为那种瞬间胜利和光荣所带来的片刻欣喜之后,常常留下一种空虚感,而这种空虚只能用更多瞬间征服的权宜之计来填补。在这种空间和空虚深渊挣扎的时候,她会突然间意识到,从长远来看,获得胜利并且迈过她身体的却是男人。她这么做是在买一份保险,是为了避免与金钱和愧疚的笑容,或者与夸张的嫉妒性嗔怒牵扯太深。她会经常寻找某位她能够与之缠绵的男人,某位她能够关心并且为其生孩子而感到自豪的男人。由于这一缘故,她一直都在避免直接交易,也正因为如此,她才从表姐家里跑了出来,因为表姐要求她直接到性交易市场去工作。她更喜欢友谊,不管是多么短暂的友谊,她都喜欢。她喜欢并且享受那种被人求爱、被人争夺的幻觉,喜欢男人给她买一件连衣裙或者什么礼物,而又无须自己提出任何讨价还价要求来作为一种平衡的情调。她最喜欢的位置就是酒吧吧台。在这里,坐在高高的凳子上,远离喧闹,她可以观察各色人等,很快地,她就成了辨识男人面部的行家里手。她可以分辨出同情的、敏感的、粗犷的、残暴的和睿智的性格,而最后这一类人的谈话和词语却能给她带来特殊的快乐。她却逐渐发现,在大多数的面部后面藏着的是深深的孤独、彷徨和焦虑,这又使她时常很忧伤或者想哭。除此之外,她经常是什么都不想,完全是享受那种投入工作中的感觉,因此,她找工作很是抢手。她喜欢跳舞,喜欢播放音乐,并能够记住最新专辑的歌词:有一两次,她试图谱个什么曲子,却谱不出任何调子来。她总是想做什么事情,也不知道到底要做什么,但是她觉得她有这个能力。当现场音乐奏起时,吉他或是笛子,她认为她能够感觉到自己身体里的这种能力,但究竟是做什么的能力,她不知道。音乐往往会以颜色的形式出现，是带有动感的鲜艳的颜色，这时，她就会用人们的眼睛和面孔将这些颜色混合起来，将其变成不同的图案，然而愉悦的过程却随着音乐的结束而很快结束了。她四处寻找这种音乐，或者说寻找一个能够将其展示给她的男人。这时她认为她知道了。一个孩子。是的，一个孩子。这才是她的身体真正渴求的。因为她的第一次经历，她学会了如何采取预防措施。但是现在，她放弃了所有的预防措施并耐心地等待。她试了一两年。她越是看到失败的迹象，就越感到成功的必要，直到最后，她再也不能忍受这种失败的折磨，就来请教她的祖母。妮娅金娃领她去了穆瓦迪·瓦·穆格那里，而也正是这位穆瓦迪·瓦·穆格（或者说是他的声音）向她建议了这个夜晚，这个新月即将出来的夜晚。但是她并没有提及关于她第一次怀孕的事情。

这个夜晚再没有别的顾客光顾这里了。她开始焦虑起来。就连木尼拉也不来。尽管他承诺了要来。这让她感到痛苦。今天出了问题。出了问题啊。也许连月亮都不会出来。也许——可穆瓦迪究竟是何人呢？一个声音！只是从墙壁后面传过来的一个声音。这是多么荒谬的迷信啊！

"阿卜杜拉，求求你，我想回家了。"她正喝着一杯酒，突然对阿卜杜拉说。

"我不明白木尼拉为什么还不来。也许他在鲁瓦伊尼那里耽搁了。但是时候还早，也许他还会来的……"

"不管怎样，我也得走了。"她说。阿卜杜拉对她情绪的诸多变化感到了惊讶。但是他对她的工作和商店的新貌还是很满意的。

"我陪你走一半的路吧。"

"全程送我，"她说，突然笑起来，"竟是这样的一场庆祝！约瑟夫今天没有开始上学，豆子的收成寥寥无几；木尼拉没有露面；我也没有卖出多少啤酒。"她又哀伤地补充了一句，"天空真的会出现月亮吗？"

卡雷加的父亲及其两位妻子在二十年代就离开了利穆鲁，搬到了东非大裂谷地区。他们以寄居者的身份在许多欧洲人的农场上打工，在这些欧洲殖民者的地上，用劳动换来一些放牧和开垦的权利。他们被给予林中的一块地：他们将林地清理出来，一年之后，他们就会被赶走，再去为欧洲地主们开垦其他的处女地。就这样，他们从一个地主那里搬到另一个地主那里，直到他们来到了额巴贡。当他们的羊群或是由于死亡，或是由于罚款，或是由于强买强卖"以防止虱子和其他疾病的传染"而被耗尽时，他们干脆就全天候地在欧洲殖民者的农场上做工挣些工资。

在额巴贡，他父亲和母亲开始吵架。母亲抱怨来自三方面的辛苦：儿子恩丁古里，丈夫，欧洲地主。她需要在欧洲人的农场上干活，需要在自己家的小块地上干活，还需要维系家庭和睦与健康。同时她又看不到来自于自己农产品的一分钱。通常都是她丈夫将农产品拿去卖给同一个欧洲农场主即他们的地主，而购买价格却是由这位农场主来定；她丈夫所给她的钱却只够买盐。她提出了抗议：她再不能给欧洲农场主们白干了，而且她还要求在出售她的农产品时自己有发言权。

丈夫把她毒打了一顿。她就带着恩丁古里跑回了利穆鲁，乞求木尼拉的父亲给予她耕田的权利。最初，埃泽基艾利兄长拒绝了她。但是看着她的眼睛，他突然感到了一阵情欲的燃烧，就允许她盖了一间小屋，但是他安排她盖屋的地方却是他来看她时任何外人也不会知晓的地方。她还是拒绝了他：自从那之后，他的情欲和她的拒绝成了他们之间的一种纽带，一份两人之间的秘密。他担心她或许将他曝光于天下。

但是她并没有兴趣揭发他。她还要照顾儿子恩丁古里。儿子个子高高，信心满满。天下没有什么事情能够动摇他的泰然自若。第二次世界大战期间的艰辛，整个的木薯饥荒期间，他都是她的重要支柱，经常把她的焦虑和她对领主的恐惧一笑以驱之。事实上也是他建议她和丈夫缓和关系的。这种建议来自于自己的儿子，这让她感到羞愧，所以她就短暂地回到了额巴贡她丈夫的身边，而这时，她丈夫已经在其他几位妻子中又增加了一位来自南迪部落的女人。他们之间的缓和只持续了一个月，同样的争吵再次爆发。她再次出走，但是这次短暂的修复却带来了卡雷加。

万佳和阿卜杜拉几乎是前脚刚走，木尼拉和卡雷加后脚就到了。两人都在全神贯注地想着自己所不能理解的往事。约瑟夫很殷勤地招呼他们。

"不用麻烦，约瑟夫。就来两瓶塔斯克啤酒吧。"木尼拉说。

"我不喝酒。"卡雷加说，"请给我来一杯芬达吧。"

"你知道芬达英文 Fanta 的戏谑调侃的意思吗？那就是'愚蠢的非洲人从不喝酒'。知道吗？报纸上的广告我是从来不漏过的。有时候我甚至还试图自己做几个广告口号。"

"广告口号或者任何没有真正基础的词语都有个问题，那就是它们可以用于各种事情。比如，民主、自由世界这类的词语都被用来表示其相反的意思。当然，这取决于谁在说话，在什么地方说，什么时候说，对谁来说。比如说您的口号，也可以解释为'健康的非洲人从不喝酒'。我们两个人都对。但是我们两个人也都错了，因为芬达只不过是在伊乌莫罗格出售的一种美国软饮料。"

木尼拉一边笑出声来一边想：他太认真了，而且他已经开始给我上课了,很可能是在哪本书里看到的!

因此他就独自饮酒,并且陷入沉思之中。原来,他在路上追上了卡雷加,并成功劝说他在这里逗留一夜。但是他不知道怎样恢复他们原来谈话的主题。很明显,卡雷加刻意地避免提及那个题目。木尼拉像过电影似的将希里阿纳、艾恩芒格夫妇、弗劳德夏姆、储伊、恩丁古里、姆佳米在脑子里过了一遍:啊,姆佳米,在他的脑海里,她的形象最鲜活无比,她有着一种宁静的美丽,但是眼睛却非常顽皮,尤其是当她笑时。她喜欢搞些恶作剧。她曾经将一枚图钉放在了椅子上,他刚坐下就跳了起来,引起了大家的哄堂大笑。他当时非常生气。后来她告诉他,那是准备捉弄她父亲的,她想看看他那张道貌岸然的脸会做出什么样的反应。木尼拉听了之后也笑得很开心。在这部电影里,卡雷加扮演的是什么角色呢?这简直是历史在重演,而且对于他来说,在那一刻,历史重演的经典似乎也被赋予了新的意义。然而,究竟有什么事情重复了自己呢?他起开了第二瓶啤酒,将啤酒倒进杯子。他看着泡沫在顶部变成了一个薄薄的白色气泡环。他看着杯子里面的气泡迅速地蹿升到顶部。在一九五二年之前,非洲人是不允许喝这种东西的。在孩提时代,木尼拉曾以为那些气泡会像糖那么甜。第二瓶啤酒他喝不完了。他感觉很抑郁,一滴浓酸在胃里,喝多少啤酒也冲不下去。他与万佳的这个夜晚被毁了。他不能送她回家了,因为她已经在家。但是他仍然需要一个人类的声音来祛除那种感觉。他买了六瓶啤酒。

"我们去万佳那里吧。"他对卡雷加说。

在去万佳茅屋的一路上,他们俩之间的话语交流仍然没有超过两个字。他敲了敲门,当听到合页嘎吱的响动时,他感到很是欣慰,因为现在将由其他人来化解卡雷加那种愤恨不满的沉默了。

"欢迎老师来,欢迎老师来,"万佳叫道,"噢,你还带来了客人。你真知道如何温暖我这个小屋。"

"他的名字叫卡雷加:我发现他在我家门口等着我,我们还谈了一会儿。"

"可是别站着说话啊。坐下。"

"欢迎老师,"阿卜杜拉说,"你本该把卡雷加领到我的酒吧去庆祝啊。今天是轮到你送万佳回家的。"

"阿卜杜拉,你这话让我惊讶。你是说你不愿意护送一个女孩回家吗?"万佳假装生气地说。

"我只是想确认,按正常轮换,明天还是我。"阿卜杜拉说着笑了出来。

茅屋里照得通亮,光源就是放在床头附近小桌子上的那盏压力灯。阿卜杜拉坐的地方稍微被一道折叠门帘遮在了阴影中,那道门帘是万佳用来将床和起居的地方隔开用的。但他却是红光满面,眼睛闪闪发光。木尼拉将带来的六瓶塔斯克啤酒递给万佳,然后坐在小桌附近的一个带坐垫儿的扶手椅上。卡雷加坐在了木尼拉旁,身影落在了木尼拉的脸部。万佳在靠墙的一个橱柜里寻找瓶起子。

"算了,别找了。"阿卜杜拉说。

"难道你要用牙咬开吗?"

"你把啤酒拿过来就是了。"

他用左手将一瓶啤酒固定在腿上,然后,右手又拿起一瓶,将瓶盖边儿对准瓶盖边儿,接着"砰"的一声,第一个瓶子就起开了。他又以同样的方法起开了第二瓶啤酒,犹如一个演员在不紧不慢地表演,却让观众看得如醉如痴。

"你是怎么开的啊?"万佳问他,"我曾经在酒吧里看过有人这么做,但是我一直不明白是怎么起的。"她一边儿往杯子里倒啤酒,阿卜杜拉一边儿展示这个动作。

"我不碰酒。"

"你要来一杯牛奶吗?"

"这个年代年轻人不喝酒很少见啊,"阿卜杜拉给出了评语,"你应该坚持下去。但是我担心,不出几个星期,你就会完全泡在酒里……或是泡在女人堆里。"

"但愿我不会妥协。"

"和谁不妥协? 是女人还是酒?"阿卜杜拉追问道。

"阿卜杜拉,你怎么能把女人和酒扯到一起呢? 他会选择女人的,然后把酒留给你们两个人。喝牛奶吗?"

"不用了。我喝点儿水就行。一杯水。"

她给他端来一杯水,然后就坐在了床上,介于木尼拉和阿卜杜拉两个人之间。

"你该专门做一份起瓶子的工作。"她对阿卜杜拉说。

"打个广告,"木尼拉插话说,"经验丰富的起瓶专家求高薪职位。"

"木尼拉,你有没有告诉卡雷加,我们要庆祝你学校多了一个学生?"

"没有,不过他刚才见到约瑟夫了。约瑟夫是阿卜杜拉的弟弟,星期一就要去上学了。"

卡雷加的样子有些困惑。

"没有什么可庆祝的,"阿卜杜拉解释说,"是的,他是要重回学校了,可那是他该去的地方。我们要庆祝的是我们在伊乌莫罗格的新生活,和我们期待已久的收割季节的开始。"

"收成怎样? 打的多吗?"木尼拉问。

"不多，"万佳说，"一个农民若能够打两麻袋的豆子那就是幸运的了。"

"也许玉米会……"木尼拉说。

"那个……看现在的样子，收成也不会多，不过我的毛驴对那么多的干苞米秆子会很感激的，"阿卜杜拉答道，"万佳，那么你看呢？你是酒吧招待兼农民。"

但是万佳并没有听到这句赞扬话。她在观看卡雷加那张平静严肃的面孔。

"卡雷加……"她大声说，"这个名字挺滑稽啊！"

"名字只是一个符号而已，"卡雷加引用了一句俗语，"有人很早就提出了这个问题：名字里有什么？他回答说，一朵玫瑰仍然是玫瑰，即使它叫着另一个名字。"

好像是从哪本书里引用的，木尼拉再次想到。

万佳却不同意："噢，那样说，它就不是玫瑰了。它就是叫那个名字的花儿了，是不是？玫瑰就是玫瑰。"

"名字这东西其实很滑稽。我的真名不是阿卜杜拉，而是姆里拉。但是我洗礼时却叫上了阿卜杜拉。所以现在大家都叫我阿卜杜拉。"

"你是说，你认为阿卜杜拉是基督教的名字？"万佳问。

"是的，是的。"

大家都哈哈地笑起来。就连卡雷加也笑了。阿卜杜拉又拿起一瓶要打开。木尼拉说："让我试试，或许我会成为起瓶专家的助手呢。"

"噢，老师。"她兴奋地叫道。她此刻兴致高昂，脸上和声音里没有了一丝昨天或者今天傍晚时的烦恼。"阿卜杜拉一直在给我讲这种不可能的故事。你们知道吗？他曾经在丛林中打过仗的。

他曾一连好几天没有吃的没有喝的:他们接受过这种极限训练。若换成我,那我死定了。阿卜杜拉,你不是要讲一个关于德丹——德丹·吉玛蒂的故事吗?"

木尼拉听到这儿感觉胃里痉挛了一下。对于战争的这个阶段,他一直存有一种全身心的恐惧感,同时他也有一种负罪感,好像有一件什么事情他应该去做,却没有做。这就是那种逃脱现实的负罪感:他同时代的年轻人参加了,他们选择了立场,用学校的术语描述他们,那就是他们参加了一场考试,或是及格了或是没有及格。但是他却没有参加这场期末考试,就像在希里阿纳一样。他看了看卡雷加,就是他今天带回来了那另一部分的回忆。他手里仍然拿着这两个瓶子。卡雷加坐直了,他的身体因为好奇而绷得紧紧的。他又望向阿卜杜拉:他将再次准备好贪婪地倾听一个当事人所要讲述的过去。万佳也看着阿卜杜拉:她认为此刻他将讲述他那条瘸腿后面的秘密。阿卜杜拉清了清嗓子。他的面部发生了变化。他似乎突然间赶到了一个他们看不见的地方,一个很久以前只有他能够理解的地方。他又清了清嗓子,一声持久的缓慢的咆哮。突然,一个啤酒瓶盖子从木尼拉的手中飞了出去。万佳和卡雷加急忙用双手捂住脸,也许谁的手臂不经意地碰到了放台灯的桌子。台灯掉到了地上,灯泡"啪"的一声摔了个粉碎。灯灭了。小木屋里顿时变得一片漆黑。阿卜杜拉第一个看到了另一处光亮:一小股火花燎着了门帘。万佳惊恐地喊道:"救火啊!"但是此时阿卜杜拉已经跳了起来将火花扑灭了。所有这一切都发生得非常迅速。木尼拉划了根火柴。万佳说:"在你身后,卡雷加,有一盏煤油灯。"卡雷加将煤油灯递给了木尼拉。木尼拉将煤油灯点着,但是和压力灯一比,效果差多了。灯光很暗,他们投在墙上的脸和身影面积既大且滑稽。万佳将地上的碎玻璃和压力灯收拾好,放在了一边儿,然后转向了木尼拉。

"没事儿。你明天给我带一盏灯和一盒灯芯来。阿卜杜拉……你商店里的库存明天我们必须解决了。"

她的声音有些颤抖,她停了下来,木屋里一片宁静。墙上的影子随着煤油灯里冒烟的微弱火焰不规律晃动的节奏而怪异地晃动着。万佳给大家倒了啤酒。木尼拉想说一句关于啤酒的广告词,这样他们就可以恢复边喝酒边聊天的状态,但是他改变了主意。啤酒谁也没有碰。卡雷加希望阿卜杜拉讲述德丹·吉玛蒂的故事。但是阿卜杜拉突然站了起来,起身告辞,说时间太晚了。他可能担心约瑟夫的腿被鬣狗给咬住了。卡雷加感到很失望,目光盯着地面,好像阿卜杜拉一走,他对剩下的人就没有了兴趣。万佳看了看他,微微蹙了蹙眉,脸上掠过一丝不解的表情,很快就消失了。她站起身来,找到了披肩,将其围在头上,宽松的披肩搭在了肩上。她再次转向了卡雷加,眼睛显示出了转瞬即逝的一丝笑容。卡雷加突然有了一种血脉偾张的感觉。但是她的声音却是严肃认真的,而且非常温柔。"卡雷加先生,请你帮我看几分钟屋子。"然后她转向了木尼拉,声音里露出了轻微的不耐烦,"来吧老师,陪我散散步,就散一会儿步。我的心结只有你能够解开!"

他们静静地走过村子各家的院子,穿过田间的小路。他们听到了一两声母亲冲儿子的喊声:"快点儿吃完拉倒吧!你为什么要往肚子里塞那么多?快点儿,否则你就要被鬣狗吃掉了。"除此之外,岭上还是比较安静,只是能够听到村子里的狗不停的叫声。木尼拉的脑子里嗡嗡作响地转过了许多想法:阿卜杜拉是谁?卡雷加是谁?万佳是谁?她现在想要什么?他感到愧疚,因为他的笨手笨脚搅了大家的兴致。但是当他们坐在伊乌莫罗格山岭的草地上时,他的心跳驱走了不愉快的想法,浑身开始感觉到满满的暖意,因为他感觉到了在附近黑暗中她呼吸的强大力量。在他所有这些想法中,第一个从他嘴里说出来的竟然是一件俗不可耐的在黑夜里听起来很怪的事情。

"我给你买了两公斤长粒儿大米,但是我却忘了带来。"

"没有关系,"她的声音既安静又遥远,"你明天总可以带来啊。不管怎么说,你还有个客人呢。他是谁?"

"这件事非常奇怪。几个星期之前我和你讲了关于希里阿纳和储伊等事情。今天来的这个年轻人是我原来在利穆鲁教过的一个学生。他给我说了关于希里阿纳和一次罢课的事情,并且提到了储伊。那几乎就是我过去的再现。但不幸的是,他没有说完。"

他就对她说了些他早些时候和卡雷加见面的情形。但是他没有提及恩丁古里和姆佳米。卡雷加知道一些关于木尼拉的过去——木尼拉如何能告诉万佳卡雷加的造访在他身上所唤醒的恐惧呢?"他和我上的是同一所学校,而且遭遇的都是同一种命运,这真的很奇怪。"木尼拉说完这句话就等待万佳的反应。

但是万佳听得心不在焉。她双膝并拢地坐着,双手托着下颌放在膝盖上,目光凝视着下面的伊乌莫罗格平原。她在回忆那些她曾经去过的地方和经历过的场景。虽然她努力将这些回忆隐藏在内心深处,但是她知道,这些场景已经深深地嵌入她最深处的记忆,那是痛苦和受挫、胜利与失败、短暂的征服和耻辱、决心重新开始但又再次迷失方向的记忆,这些记忆永远也抹不掉。此刻她轻声地说,如同在自言自语,和她众多自我中的一位在做一番对话。

"你说往事在造访你……我脑子里总有一幅场景如影随形地跟着我。不管我去哪里,不管我做什么……它都跟着我。那是很久以前的事情了。那是在一九五四年,或者是一九五五年,反正就是我们被迫搬迁进了那些村子里、其他人被迫搬到了'沿线上'的时候。你知道,在沿线卡比特那侧,有些人并没有完全按照规矩搬进村子里,而是在道路两侧盖起了房子,而且相互之间离得很近,所以我们管它们也叫作村子。我表姐,让我先和你说说她吧。我表姐嫁给的那个男人总是对她家暴。她做什么都不对。他总能找出理由来殴打她。他说她和别的男人鬼混。如果她在地里干活挣了点儿钱,他就会把钱抢走,到外面喝酒把钱花光,然后回家再打她。因此有一天,她拿着自己的衣服跑到了城里。后来,她丈夫成了白人的'扛矛人',你知道,就是给白人看家护院的。他简直恶名昭著,对人凶狠,诬告别人是茅茅党人并以此为借口抢他们的鸡和羊来吃……当我表姐从城里回来时,可说是衣锦还乡、耳坠撩人。所有的男人,就是那些留守的男人,都贪婪地看着她。据说她丈夫在她面前颤抖着哭泣,乞求她的原谅。她轻蔑地拒绝了他许多次的努力。我们这些孩子都很喜欢她,因为她会给我们带来好东西……米饭……白糖……糖块……毕竟那个年代东西短缺。一个星期六,她又带着那些她经常带的礼物回来了。当时我大姨,就是我母亲的亲姐,在市场上做生意。那天她一定是在市场上耽搁了。所以,我表姐就来到了我们家。我们都夸她的连衣裙,夸她白色的高跟鞋,夸她的一切。我们常常在街上跟着她走。她非常像我们在书里所看到的欧洲女人照片上的样子。就连她走路的姿势以及她说话时扬起下巴的样子都很有气质。此时天色已晚。我表姐站着说,她要去一趟厕所并且去看看她母亲从市场上回来没。我母亲一直安静得令我感到奇怪,这时瞥了一眼她走路的姿势。我能够看出她眼神里含有一种不赞许的态度。突然间,我们听到了尖叫声。那声音,那,那声音能让你说不出话来,能让你的血液凝固,那声音很难描述,因为那根本不像是人类的声音。我父亲和我母亲以及我们这些孩子，都冲到了外面。看到几步远的一幕，我母亲发出了一声尖叫，但是我却不能尖叫或者哭喊出来，只是感觉尿液顺着我的大腿根流了下来。'我的姐姐，我唯一的姊妹！'我母亲边哭喊着边冲到整个烧成火人的我大姨跟前。大姨就那样站着，站在她那火光冲天的木屋外面，她也在燃烧，却悄无声息……完全是……完全是无声无息。这时传来了其他的尖叫声与飞奔的脚步声和动静……'把灯灭掉……把灯灭掉。'是她说的最后两句话。"

木尼拉有些不安地向四周看了看。这如同就发生在伊乌莫罗格的现在。他感觉到了万佳声音里的恐惧，感觉到了她漫不经心讲话方式后面所藏着的那种绝望。

"后来听说，她在点煤油灯时煤油溅了出来，火花将她的衣服燎着了而失的火。但是很明显，那是我表姐的丈夫所纵的火。他可能以为，他那位拒绝了他而进了城的老婆在木屋里面呢。"

"但是她死得太惨了……那种痛苦……那种无助的恐怖。"

"除非是寿终正寝，没有死亡是没有痛苦的。出于某种原因，我并不想相信那是我表姐的丈夫所为。我并不想相信会有男人这么残忍。是的，我那么想真的很幼稚，但是我喜欢这么认为，她就像佛教徒那样自焚了，然后我就想到了人类起始时的洪荒与火光，接着就是基督第二次降临时的洪水与火光将人类的残忍与孤独洗刷干净，使人类获得纯洁。老师，我跟你说，有时候，并不是很经常，只是有几次，那是当我回忆起过去某些事情时，我的感觉就像我要纵火自焚一样。然后我就会跑到山顶上，让所有人都看到我将自己洗刷了个干干净净，一直干净到骨子里。"

"万佳……快别说了……你这是在说什么？"

"不过，我大姨却是个干净的女人，"她继续说道，"她对我们小孩子非常好。大姨夫是个铁了心的茅茅党人。后来,当我听说她曾经偷偷将枪支和弹药藏在筐里运送到丛林里时,我就更加为她自豪了。她不信奉基督教,所以经常笑话我母亲耶稣这耶稣那的习惯。不过,她们俩还是很亲的。我母亲以某种特别的方式对她表示尊重,因此,她的死,哦,真的很打击她。我父亲说过:'那是上帝的惩罚……惩罚她帮助了恐怖分子。'那就是他们两人分手的开始,而后来我则成了他们分手的受害者。"

她停了下来。有好几秒钟,她就那样静静地凝视着她内心的世界。

"不会的,"她好像仍在与其中的一个自己进行着对话……"我不相信我会自焚。我有没有吓着你?这是我的一种说话方式。我非常害怕火。所以当我看到我茅屋里有火时,我心情就非常糟糕。我喜欢有一份工作来做。"

"万佳……告诉我:你的孩子怎么了?"

她身上的一阵颤抖,他与其说是看到了,不如说是感觉到了。他真希望这个问题他没有问。他不知道如何应对她静静的哭泣。

"万佳,你怎么了?"他焦虑地问她。

"我不知道。我只是觉得焦躁不安。我以为今晚月亮会出来。在山顶上这么守着是多么徒劳啊!请送我回家吧。"

他们就像来时那样往回走,一路无语。他们发现灯光已经熄了。卡雷加也走了。他划了根火柴点上了煤油灯。万佳说:"请把灯熄了吧。"他们站在门口同时向外看。他知道卡雷加不可能去他家里,因为他没有钥匙。木尼拉感到脸上出了一层冷汗。他先前所经历的那种恐惧再次袭来。他凝神向外面的黑暗中望去,希望破解这个谜,并驱散他心中的恐惧。

十二年之后,木尼拉就会意识到,这个夜晚再次显示了万佳的狡猾与邪恶。

　　"回顾在伊乌莫罗格山上的那个夜晚，"他写道，"我能看到魔鬼在作祟，在我与卡雷加、万佳和阿卜杜拉之间命运似的碰撞中，我能感觉到一种魔力、奇迹和困惑，而在其中施魔法的就是魔鬼；主宰这次碰撞的人物当时并不和我们在一起，当时他们只是过去的声音。然而，当时对我来说，那个夜晚却具有着彩虹变幻的魔力。还没等我和她说再见然后回家，我却看见远处的地平线上出现了一轮硕大的橙色的月亮，半隐在灰黑色的云朵中。我们看着月亮升起，变得越来越大，横亘在地平线上，我的心充满了激情，我在寻觅能够描述这一经历的广告语：灰色雨滴中的月亮，或者类似的话语。几分钟之前还在啜泣的万佳，此时就像看到了第一滴雨水的孩子那样激动，她兴奋地叫道："月亮……橙色的月亮。求求你，老师……今晚留在这里吧……把我的月亮驯服吧。"她恳求的声音让木尼拉从思考中惊醒过来。他也想今晚留在这里。他愿意留在这里。一阵快乐的颤抖穿越了他的全身。啊，我的收割季。卡雷加，去他的吧；昨天所有不愉快的回忆，去他的吧。他边想着这些，边跟随万佳进到了茅屋里。

第四章

1

假如万佳当时再耐心一点儿,假如她耐心地等待那轮明月出现在伊乌莫罗格的山岭上(穆瓦迪·瓦·穆格就是那样指示她的),她和木尼拉就会看到世界上最壮观、最令人愉悦的景色之一,整个山岭和平原都均匀地披上了一层月光闪烁的薄雾,呈现出一种和谐的宁静:人类的灵魂如果不被这种景色和氛围所暂时地征服,那它一定是一匹脱缰的野马跳过了悬崖,毫无拯救的希望了。

即使没有月亮,没有月色倾洒在伊乌莫罗格河流淌的平原上,伊乌莫罗格山岭也一定是全世界最美丽的自然景色之一。这条河现在只是一条小溪。但是它从前很可能是一条十分宽广的河流。地质学界认为,在利穆鲁的基库亚和曼果的安迪瑞沼泽地,就是源于这条河的地下河流,然而这条河流在地下已经深埋久远了。在伊乌莫罗格最近获得的考古研究结果,很可能帮助解释了奥古特、穆锐凯、乌尔和奥擎关于肯尼亚人起源和迁徙的理论。这些考古发现也许告诉我们,这条河流可能就是古印度和古埃及神圣的文学中所提及的河流之一,也许还告诉我们,伊乌莫罗格山岭两侧的山壁是否就是托勒密所说的月神蒙特斯的一部分,或者是《吠陀经》中所提及的岩体。

因为,关于我们的历史,还有许多问题没有找到答案。我们当代的史学家们都尊崇帝国主义捍卫者们所提出的类似的理论,都坚持认为,我们昨天才来到这里。在瓦斯科·达·伽马到来之前很久,在他借助枪炮的理论引进了一个血腥、恐怖和不安定时代(这个时代的高潮期就是帝国主义对肯尼亚的统治)之前很久,那些曾与中国、印度和阿拉伯做生意的肯尼亚人都到哪里去了呢?但即使在当时,葡萄牙重商主义的这些冒险家也不得不建造了耶稣堡,表明肯尼亚人民已经在时刻抵抗着外来侵略和剥削。这个英勇抵抗的故事,谁来歌颂它呢?他们保卫自己土地、自己财富、自己生命的斗争,谁来讲述呢?他们早期取得的农耕成绩每年都吸引了来自古代中国和印度的游客,这又由谁来述说呢?

此刻,我们只能凭借一代又一代的诗人和艺人用吉昌蒂、利腾古和恩雅提这些乐器所传递下来的传奇故事,再辅以最新的考古和语言学方面的研究发现,然后再从上几个世纪,尤其是十九世纪的殖民主义冒险家们的记录中,从其字里行间细细地搜寻,来逐渐恢复历史的真貌了。

伊乌莫罗格平原本身就是东非大裂谷的一部分,而东非大裂谷又形成了一条天然的公路,将肯尼亚和狮身人面像之国连接在一起,继而又将其与巴勒斯坦地区带有传奇色彩的约旦河水连接在一起。多少世纪以来,即使到了今天,非洲之神和其他地区的诸神都在角逐以便掌控人类的灵魂,并且控制人类神圣汗水所打下来的果实。据说,天上打的雷和闪电,就是他们愤怒的咆哮声和他们的长剑可怕的撞击所带来的火焰;东非大裂谷一定是非洲之神的巨大脚印之一。

　　远在曼吉瑞人出现之前很久很久,我们甚至可以追溯到亚当、夏娃的远古时代,这条公路就看到了太多太多的来自于北方和西北方的冒险者。所罗门派来的那些寻觅没药和乳香的随从;宙斯的那些为了争夺尼罗河太阳神宝座的孩子;成吉思汗派来的探子和密使;阿拉伯的地理学家和猎获奴隶及象牙的贪婪者;高卢和俾斯麦来贩卖人口和黄金的商人;维多利亚和爱德华时代英格兰来的强盗和奴隶贩子:他们都曾路过这里,继而走向了富饶的王国;有时候他们是受着纯粹的激情所驱使,有时候是受着对知识的渴望和寻觅人类第一个脐带埋葬地的探索精神所驱使,但驱使他们的更多的是那种唯利是图的商业贪婪和对肤色稍微区别于他们民族的人的肆意破坏的变态心理。他们来的时候都戴着不同的面具,穿着不同的服饰,而非洲之神的孩子们通过斗争,躲过了一次次的屠杀,躲过了帝国抢夺土地和人口的一次次劫难,并继续与自然进行着永恒的角逐,与相互不同的神和相互的自我进行着永久的较量。

　　记忆仍然是对少数人的记忆,他们戏剧性地撤离到其他场景之前,曾在这一带平原上和伊乌莫罗格留下了印记。

　　最开始,是一个白人殖民主义者,弗里兹-基尔比勋爵,以及他美丽的妻子,一位淑女。他很可能是那种随心所欲的贵族,但却是落魄的贵族。这位落魄的贵族想在他心目中的新边疆做出一番事业。将伊乌莫罗格这里的荒野变成文明的各种形状,将只种了几粒种子和投资了几个英镑的土地,变成百万株秧苗和几千英镑的沃土,这简直就是神的杰作。为了达到这个目的,他需要别人的血汗,而且他利用了政府的魔力,利用了步枪的恐吓和威力,来征集劳动力。他用小麦做了实验,忽略了众多牧民们及早期屠杀幸存者的反对,并且以基督教安抚和国王军队的名义,再次动用了他一直扛在肩上的枪支。在自己曾经是主人的土地上,一些牧民和农民变成了白人的打工仔。他们都观看着小麦在风中像手指般跳着芭蕾舞,耐心地等待着时机。难道他们没有看到莱基皮亚平原上马赛马拉人民所发生的事情吗?夜晚,在伊乌莫罗格山岭上,他们的领袖们聚到一起并达成了一项决议。他们一把火将整个小麦地烧着,然后就跑到平原的外围地界,等待着致命的后果。这位领主并未轻举妄动,但是他的妻子却弃他而逃。勇士们夜晚来到他的庄园周围,发出了奇怪的声音。这位孤独的冒险家当时一定是看到了上一任殖民者哭嚎的鬼魂,也看到了上帝的一个仆人,所以,他迅速地逃到了更欢快、更健康的奥尔卡洛乌峡谷。在那里,他发现他美丽的妻子依偎在另一个领主的怀抱里,就枪杀了他们两个人。在伊乌莫罗格,土著人烧毁了领主的木质庄园,并且载歌载舞地庆祝胜利。接着,报复开始了。本世纪初的伊乌莫罗格战斗是肯尼亚所有征服与抵抗战斗中最惨烈的战斗之一。

后来,在两次欧洲大战之间,似乎不知从哪里来了一个叫作拉姆金·拉姆拉古恩·达拉马沙的人,他申请许可建造了一座兼做家园和商店的大房子。房盖和墙壁都是铁质的。他开始了自己的生意。他经营的商品有盐、糖、咖喱、布匹,还有豆子、土豆和玉米,这些都是他在收割季节从同一批农场主那里买的。他总是坐在柜台后面同一个角落里,口里嚼着某种绿色的叶子。他偶尔也把店铺关掉去一趟城里,步行在同一平原上,回来时,由非洲搬运工身背肩扛、牛车拉着满满的货物。有一次,他关闭了商店,离开了一个月的时间。他回来时带回来了一个咯咯爱笑的害羞女孩,人们都以为那是他的女儿,直到后来她为他生了孩子。他也雇了一个帮手来帮助他打理店铺和家务,那就是来自伊乌莫罗格的恩巨古纳的女儿。她非常能干,尤其是当达拉马沙的妻子去了印度或者其他地方时。后来她的肚子也大了。据说,达拉马沙给了她很多钱,并把她送进了城里,时常秘密地去看她,在某种程度上承认了一个黑人女子为他生的唯一儿子。但是,第二次世界大战之后的一天,这个儿子(一个高高的咖啡肤色的男孩)来到了伊乌莫罗格,与他的外公外婆待在一起,只去看望了他父亲一次。因为这个儿子,他父亲和那个喜欢咯咯笑的妻子吵了起来。逐渐地,伊乌莫罗格的人们所用的一切都开始依赖达拉马沙的商店了。他们的经济和日常需要与这家财源滚滚的商店不可分割地捆绑在一起。他们把自己的农作物、自己的牛奶、自己的需要都抵押给了这家商店,直到他们开始抱怨起来,他们抱怨将他们全部身心和财产都绑缚在这家商店的无形的锁链。一九五三年,那位穿着美丽但却身体消瘦的黑皮肤女人突然来到了伊乌莫罗格看望达拉马沙,接着她又泪水涟涟地去看望她那年迈的双亲。一九五六年,达拉马沙收到一封来自奥尔·马赛游击队的信,但是寄信人的地址却很奇怪:恩杨达鲁拉森林某处。他读信时双手颤抖,咀嚼绿色叶子的嘴巴此时一动不动,接着立刻把商店关了。他和一位为他生了十多个孩子(这些孩子都被送到了印度去接受教育并在那里结了婚)的妻子逃离了伊乌莫罗格,此后再也没有回来。村民们砸开了商店,将店里所有的食品和布匹都抢了个干净,同时在心里赞美着在森林中打仗的战士们。

愿主保佑奥尔·马赛和他那些英勇的战士。

他们也因而吃到了苦头。因为现在,为了一点点的必需品,甚至是咸盐,他们都要一路走到鲁瓦伊尼。后来,有人学着拉姆金·拉姆拉古恩·达拉马沙的样子,开始购买多于自己需要的东西,并将其卖给别人来赚些钱。但是和他们每天与地斗、与天斗的大任务相比,做生意一直都是小巫见大巫。没有人会疯狂地认为,甚至连恩巨古纳都不这么认为,仅仅变成一个中间商,你就会真正发家致富。这一角色留给了另一位外来者阿卜杜拉。国家独立之后不久,他就来到这里,将这座满是蛾子、蜘蛛和老鼠的房子拾掇好。阿卜杜拉所卖的杂货总是差不多一样的东西,他也总是坐在柜台后面差不多同一个位置,但是他却使用毛驴来拉车,咒骂的是约瑟夫,而从前达拉马沙使用的是牛拉车,嘴里嚼着绿叶子,喊叫的对象是自己的妻子和孩子们。

之后突然间,人们发现阿卜杜拉的咒骂声停止了,他脸上的怒容不见了:他非但不对约瑟夫怒目恶语相向,反而送他上了学;他甚至还能发自内心地笑出声来。整个店铺也呈现出更为欢快的容貌。茶叶包,咸盐和白糖捆,咖喱粉罐子,所有商品都井然有序地摆放在货架上。他将酒吧里的那张破桌子也修好了,还多添了几把椅子,椅子甚至还可以拿到外面太阳底下坐。现在越来越多的人每天晚上都在阿卜杜拉的店铺里待上几个小时。

"这归功于万佳,"恩巨古纳低声对穆图利、恩约古和罗洛说,"是那个女孩的功劳。我还听说她怎么去过穆瓦迪的家?"

"感动我的是她帮助妮娅金娃的方式,可她还是从城里来的。"恩约古说。穆图利沉默不语。当有人提到了穆瓦迪的家时,他几乎总是沉默不语。

2

不仅仅是月光普照才使得伊乌莫罗格变得如此美丽壮观!在太阳落山与夜幕低垂之间那一刻,伊乌莫罗格山岭上也会呈现出一种柔柔的、克制的美感。此刻,不知是什么原因,波涛般的东岳山岭似乎一跃而起,轻触天际。不管你站在山岭何处,你都会看到太阳轻柔地落在将富饶的大草原隔开的远山之巅。突然间,太阳就会掉到山的后面,闪烁出一层古铜的色彩,火箭一样的光芒射向四方。之后不久,黑暗和神秘就会降临在草原和山岭上。除非月亮出来,这道山岭就会突然地变成那条令人敬畏的阴影的一部分。木尼拉喜欢黄昏,因为那是通往令人敬畏的阴影的前奏。他期待着这种被拉入黑暗之中的感觉。这样,他就会成为万物的一部分:植物,动物,人们,茅屋,他会成为这些东西的一部分,而不用刻意地选择他们之间的连接点。选择一种投入的努力,或者决定,或者对一种可能性的偏好,那可能是痛苦的。他已经选择了不去做任何选择,这是一种自由,他每天三点一线地从自己家里走向阿卜杜拉的酒吧,再到万佳的茅屋,每天都在庆祝这种自由。

然而他却感到了愧疚,他是被一股旋风卷入,他当时并非自愿,此时更不能掌控。这种愧疚感,这种觉得自己做了错事的意识,一直都是他生活中的一道阴影。

在木尼拉所出走的家里,有些事情还从没有被提及。他建立了自己的家庭生活,可是现在他想,按照基督教长老会的行为规范,他那个家庭生活已经被打破。他有过婚外恋,这一点他不能否认。人子必须活着。但是每当他回忆起他的第一次,他都感到耻辱。那是在目前的紧急状态集中村建立之前很久很久,在老卡米利索的一座房子里。那座房子是用所谓的斯瓦西里马伦戈风格建筑的若干座房子之一:房子坐落于一个角落,上面是一层巨大的延展开的破锡质房盖。这些房子远近闻名,尤其是因为当年意大利战俘(当时被称作博诺)从这附近挖取红土来修筑纳库鲁公路,他们常来这里。她名字叫阿米娜:他给了她两个先令,那是他所积攒的全部。她真的把他羞辱了一番。"他还是个孩子。"她站在门口说,同时用很娱乐的目光上下打量着他,好像是在对屋里的另外一个人表达她的惊讶发现。他一时感觉充满了恐惧,生怕她是已婚妇人,她丈夫手持十把锋利的大砍刀向他冲出来。"知道吗,我不和没有经过割礼的男人睡觉。这是我的规矩。但是你来吧。"她领他进了屋子,然后坐在床上。恐惧和羞辱令木尼拉浑身颤抖,他有哭的感觉。反正他那话儿已经枯萎。"咱们来看看……别害怕嘛……你是男人了……我打赌你一定弄过一两个女人。"但是她很温柔,像母亲呵护孩子那样让他安下心来,他那话儿突然坚挺笔直地站立起来,向她敬了个礼,此时他感觉自己可以去死,如果……但是她却将他放在了她两腿之间,她细语喃喃,轻轻缠腿,噢,上帝,对于他来说,这已经结束,他说不准他是在里面或不在里面。他想用火祛除之,然而却徒劳无益,就是这种体验。每当他回忆起那个场面,他都会产生不愉快的心理,尤其是多年之后,当他被从希里阿纳驱逐出去、开始了教师生涯,前往卡曼杜拉的路上经过这座房子时,他更是感觉郁闷无比。尽管如此,他也发誓,再不会被任何人对性开放的态度所吓倒。

即使和万佳在一起,他也发现,他仍然是自己成长和希里阿纳传教士教育的囚犯。相反,尽管受过那样的成长教育,他却知道,没有任何事情能与进入一个女人未知世界之前那几秒钟时间的期待相媲美,那几秒钟的期待是那么美妙,那么欢乐。从窗子洒进来的月光下,万佳痛苦的表情;或者她那痛苦的嘤咛,好像她真的受了伤;那种愉悦,犹如在享受蜂蜜和甘蔗;她一波波轻柔的动作让天堂之蛇充满了热血的期待,直到从这种知觉、这种知识的痛苦之中最终解脱出来。她的尖叫声,喊叫母亲或者姐妹帮助的求救声,会给予他更强大的权力和力量感,直到他陷入一种空虚、黑暗、令他敬畏的阴影之中,在这里,选择或者不选择再也不是问题。但是他醒来时会产生一种可怕的意识,不知是什么原因,他是被诱导的,所以他并没有任何胜利感。他并非是主动出手,而具有讽刺意味的是,这种知觉却让他更渴望走向她,要和她犯千万次的罪孽。

他伸出手去摸她。他感觉到她往后退缩。他困惑地撤回手。她会春风回盼,突然间像一列夜车,将他这位心甘情愿的旅客运载到肉欲的罪孽国度,将他放在那里气喘吁吁,如饥似渴,百折千回。

她不断变化的情绪让他很难同步,常使他不知所措。有时候那是因为她对人们的关心。这时,她就会伤感,就会陷入沉思,就会问他一些听起来残酷但却纯真的问题。尤其是,阿卜杜拉几乎总是在她的脑子里。

"老师,你知道他为什么要来躲在这个地方吗?"

"谁?"

"阿卜杜拉啊,还能有谁?"

"我不知道。我是在这里认识他的。在你来之前,我们并没有过多的交谈。你比我认识的任何人都更能让他说话。"

"我有时候观察他。他脸上充满了痛苦,但是他尽力去掩饰。好像他正承受着很多痛苦,不是在他那条瘸腿上,而是在他的心里。我想我们大概都差不多吧。"

"我不明白。"

"可是你明白,"她坚持自己的看法,嗓音抬高了一些,"我的意思是说,也许我们都有个残缺的灵魂,我们也都在寻找治疗方法。也许治疗方法只有一个!"

她的话令人恐怖,她的语气更让他感到毛骨悚然。

"我不太——不太明白。"他结结巴巴地说,一阵怯意袭来。

"你总说你不明白。那有什么可明白的呢?你也在逃避现实。你为什么跑到了这个地方?跟我说实话。你逃离的是什么呢?"

他皱了皱眉:他感觉皮肤上的汗水让他难受。尽管胆怯,他还是保持着声音平静。

"就是换换工作这么简单……换一下气候……换个地方。他们说,如果在一个地方待得太久,就会长虱子,等等。但是国家独立之后……我感觉很好。我们该做些事情了……让我们同心协力……自力更生……建设国家……回归土地……我在以我自己的方式响应这些号召。我经常想起一个很好的建设国家的口号:自力更生就是自救!"

"你看!"她突然带着胜利的喜悦说,"三个月之前当我最初来到这里时,我就没有相信你说的话……说什么没有目标志向了之类的话。"

看着她如此投入进了村民们的生活,他不得不感到自己说的话是假的,对她突然阐明的信仰,他只能感到愧疚。

在玉米收割的两个星期时间里,她全身心地投入到农活中,帮助妮娅金娃,甚至还帮助其他一些女人。这个季节的收成很不好,农民们都用失望的眼神相互看着,无奈地摇摇头。

与此同时,商店的工作她也没有停手,帮助安排这安排那:有一次,她甚至陪同约瑟夫赶着驴车去了一趟鲁瓦伊尼上货,而不是阿卜杜拉亲自去上货。木尼拉看着她全身心地投入到工作中,觉得十分焦虑,几乎认为那工作就像是个情敌在与他作对。她上午将商店打扫干净并且将货物准备齐全。下午,她会跟一帮女人到平原地区去打水。

万佳很享受人们的各种窃窃私语:从她们要给男人们洗的衣服,到她们男人做爱的习惯。娃姆布伊说:"天啊,我那位从鲁瓦伊尼回来,或是从他打工的什么地方回来,发现我在地里干活,你们想啊,他想和我在地里就干那事儿,就在那晒干的玉米秸上面,在灌木丛的影子下面,他根本不听我劝他等到晚上回到家里的话,就在那里流着大汗累得筋疲力尽,我就说我要喊了,说他'无耻!'可是他根本不顾我的反对,然后,你们能相信吗?就是那次,我就怀上了那个小混蛋,穆里乌吉,就在太阳底下,玉米秸上面。""我敢打赌,你反对得不够强烈,因为你看到了在那么热的太阳底下,男人也会有激情。"有人回了一句,大家都哄堂大笑。她们也常常问万佳:告诉我们城里的男人怎么做——我们听说他们在上面套一条塑料裤子,对吧?万佳只能以笑声作答。但是她们对她来帮助祖母干活都是赞不绝口。千万别走啊,等你男人从城里来看你,你得让我们瞧瞧。

到晚上,她就回到阿卜杜拉的商店里打理酒吧,但同时也是为了消磨时光,边呷着啤酒边倾听更多的闲话和故事,这次是听男人们说。他们谈论甚至歌唱那些背部长有隆肉的长角牛。说那些长角牛漫游在伊乌莫罗格的原野上,有一次,在干旱季节,远在恩戈慈人、姆布鲁人和恩吉吉人出现之前,将自己的隆肉和牛角献给主神,以乞求降雨。此时的酒吧里,万佳就是生命,就是主要的吸引力:好像男人们谈话的目的就是为了灌进她的耳朵,就是为了博得她一笑,或是为了获得她赞许的点头。

木尼拉看着她那充满生气的脸庞,看着她那轻微转向说话人的脖颈,看着她那渴求人类触摸和温暖的双手,此时自己身体会感到一阵阵不可名状的痛苦。她会那么投入地关注另一个人的谈话,而他,木尼拉,好像根本不存在。

玉米歉收之后又是一个月没有任何雨滴。地里基本没有什么活儿可干,人们的神经似乎都受着尘土和烤人太阳的影响,常常没有任何缘由地开始争吵。他们都知道却不想接受这一事实:这一年只有一个季节了。好像已经预先知道了今年要歉收,那些通常都是来到这里购买农产品运到城里去的商人这次却没有出现。

万佳的目光离伊乌莫罗格越来越远。

有时候,她会将自己的不安情绪发泄到这个村子和这里的条件上,语气充满了残酷的讥讽和嘲笑。

"人们为什么要沦落到这么个鬼地方? 看看那些刨土的女人。看看她们。她们得到了什么报酬? 收割季节我们管它叫什么? 几粒玉米罢了。"

"这个季节很糟糕。恩巨古纳、穆图利……他们都说这个收割季要歉收,因为降雨来晚了。"

"这个季节很糟糕。他们年年都这么说。他们希望,如果他们这么一说,下一个收割季节就会好些。可是他们得到的却是这意外的尘土:能够将这凸凹不平、兔子不拉屎的土地从无情的太阳底下解救出来的是一场雨,可是这场雨永远不来。"

十二月期间,她变得越来越坐立不安,犹如她正要被什么东西吃掉。她对伊乌莫罗格的抱怨愈加尖刻和愤恨。一天,她一通挖苦抱怨之后,就从吧台上跳下来,拿起一本练习册,迅速地在上面画了一幅草图:一群老年妇女在疯狂地逃跑,脚下扬起了尘土,后面追赶她们的是一个色胆包天的太阳小伙子,她们跑向的救星却是一个脑袋瘦小、两腿细软的雨老翁。

"她们与土壤已融为一体……和平……带着劳动的自由……劳动里面有尊严,你不这样认为吗?"木尼拉在为这些农民打抱不平。

"你是说在尘土中劳动?"她说着看了看手中的图画,然后将其甩向木尼拉,"难道你没有看过孩子们鼻涕周围蜂拥的苍蝇吗? 你没看过一张牛皮或者草地就是床了? 你没看过房盖塌陷的茅屋?"

说到这里她笑了起来。那不是出自丹田的笑声,而是发自嗓子:那是一种悲愤,一种满怀讽刺的笑声。

出于某种原因,木尼拉对她很是生气:他毕竟已经接受了这里的条件。正是这些艰苦的条件保护了他,此时她却在笑话这里。

"你夸夸其谈的那些地方你为什么要离开呢?那海滩,那些大城市,内罗毕,纳库鲁,埃尔多雷特,基苏木,你却来到了这里?你为什么不回去呢?"

"谁说我不能回了?"她突然愤怒地说,但是不知怎的,木尼拉却能够感觉到,那是因为别的什么原因,她才坐立不安,才和他争吵。"我恨伊乌莫罗格。我恨农村——无聊得要命!清洁的自来水我为啥不用啊?用电灯和有点儿零花钱也不是坏事。"

她说得很快,好像她的心思在这儿又不在这儿,好像她的人在这儿又在另一个地方。她说话从来没有对木尼拉这样言辞激烈过,可这时,她却把他当作了发泄对象。她捡起那张画纸撕得粉碎。

"这位阿卜杜拉怎么对我说的呢?我付给你高工资。什么时候?你知道吗?阿卜杜拉,所有的老板,都是一副德行。我在许多酒吧里打过工。所有的酒吧女招待都只唱一首歌。悲歌。他们每个月给你七十五个先令,却期待你二十四小时为他们工作。白天你将啤酒和微笑送给顾客。晚上,你在床上将苦笑和叹息留给自己。酒吧加住宿。老板让一对情侣使用富豪床垫和破旧床单十分钟,就收他们二十个先令。阿卜杜拉,知道吗?你可以赚很多钱的,你只需买一张弹簧床、一条毛毯和两张床单,然后起个名字叫:伊乌莫罗格酒吧与饭店。当然了,条件是,你还得再雇用一个女招待来洗床单!"

人们都看着她,以为她会哭出来或是怎么的。但是她像变了

个人。她若有所思地呷着啤酒,然后又神情恍惚地继续说:

"等一下。我们该把这个地方变成一座教堂。那些厌倦了城市生活的人可以来这里。他们可以借助啤酒和跳舞来洗刷他们灵魂中的痛苦。或者变成疗养院。很大的疗养院。他们逃离自己的老婆和孩子来这里度周末。烤羊肉。喝啤酒。跳舞。治疗。回到等待的老婆那里。或者说,老师,我们该为这个地方做什么呢?该为伊乌莫罗格做什么呢?不是说,老师就是村子的真理之光吗?你想点燃一把火炬,然后将其藏在锡盒子底下吗?说真的,阿卜杜拉,你准备调一些'香佳',或者'木拉提那',或者什么别的。'来个痛快的。'这些酒确实能要人命,但是人们仍然将辛苦赚来的最后一分钱都花来买个痛快死。花钱买个痛快死的权利。在这个村子里,人们不用花钱就会在太阳底下死掉的。所以,我说阿卜杜拉,你就调制'香佳'吧。借助穷人的苦难,你可以致富的。"

她说这句话时所露出的笑容显得既狡猾又邪恶:讽刺挖苦的意味甚浓。他觉得她是在谈论他,是在影射他从家里逃到了这个地方。木尼拉感觉她更加遥远:似乎他从来没有碰过她,和一个处女撩人的调情一样,她的嘲笑具有同样强大的诱惑力,他只能依靠武力去玷污她去碰触她,然后他自己才能绽放血色花瓣。一个处女和一个妓女。她为何不在自己后背上贴上一则广告:开大众,骑宝马,玩婊子,嫖处女。或者 VIP:非常有趣的妓女。他想把这些话都骂给她。但是他的这些恶毒尖刻的想法被万佳接下来的古怪行为所打断了。她站起身来,走到门口打了个哈欠说:"我们为什么要待在这个鬼地方?"接着,她又是突然地转过身,跳过吧台,落到地上,用坚毅的表情面对着男人们。她几乎是在尖叫:

"来点儿音乐!阿卜杜拉先生。来点儿音乐!这副身材就是为舞蹈而生。什么?这个地方连收音机都没有?唱啊!老师,你弹吉他,吹笛子,我要跳舞。"

　　还没等人们做出反应,她就扭动着腰肢,开始跳了起来,最初动作缓慢,但却是随着她脑子里某种音乐的节奏而动。节奏变得越来越快,她脸上的表情变成了介于兴奋和痛苦之间。她扭动着臀部,晃动着双乳,伸缩着腹部,整个身躯都变成了波涛汹涌般的淫荡和力量的动作。很快,音乐结束了。她筋疲力尽地坐了下来。她此时说话的声音很轻,很镇定,好像内心里某个问题已经解决了。她情绪放松了下来,几乎就是他们所知道的万佳了。

　　"这就是我们从前诱惑男人的方式。这是我们唯一光辉的时刻。可以有两个女孩在地上跳舞。男人们会用眼睛做出乞求,会用双手做出乞求,最后用酒和金钱做出乞求。我这个人真的非常邪恶。以为能用金钱就可以收买我的男人遭我恨。有一次我曾经让一个男人花了两百个先令给我买进口的苹果酒。知道吗?苹果酒绝对不醉人。我反而离开了他。我和另一个没在我身上花一分钱的男人走了。这种感觉很好。第二天早上,他手持一把刀堵住了我。把钱还给我!什么钱?我问他。苹果酒,苹果酒,他喊道。我脸上现出最天真无邪的表情,声音里再蘸上糖和蜂蜜。你是说你昨晚上想要我吗?你为什么不说啊?苹果酒也没有嘴来说话。但是我必须说我受到了伤害:在那里我一直在想,我终于找到了一个真正的朋友……看来你和他们完全一样!我用愤怒的眼光瞪着他。他感到无地自容。他给我买了更多的苹果酒,之后再也没有来骚扰我。阿卜杜拉……我真的厌倦了这个鬼地方。"

　　此时此刻,木尼拉完全沉浸在对她风情万种的赞美中。她坐在那里的样子太让人欲火中烧了:他想骑上宝马奔向肉欲的罪恶王国,此刻,此刻,他就想奔向她,就想拥有她。但是阿卜杜拉向她身后望去,望向门外那里经历过收割和下一茬庄稼播种之后红红的土地。他犹如在与记忆和遥远的距离进行着神灵的交流。这里多么孤独啊,他喃喃自语。他转向了万佳:他目光慈祥,且充满了无限的悲悯。

"万佳,你也听我一句。我来说,老师在这里可以做证。我知道伤口没有愈合是一种什么滋味。我不是说我这条残腿。留在伊乌莫罗格。让我们来共同面对你所说的这个鬼地方。我要付给你的工资现在要变成股份。你和我将是这个企业的共同拥有者。这个提议不算什么,但我是真诚地提出来的。你不要走吧。"

万佳做了很大的努力才没有让眼泪流下来。她懂得他话的含义,更懂得他提议后面的真诚。但是她不能接受:在她的内心里有着离开此地的强烈欲望,因为她知道她来这里是一事无成。即使——她又怎么能够留在伊乌莫罗格呢?

"阿卜杜拉,谢谢你的慷慨大方。你的话让我好想哭。我是个坏女人。你知道我为什么来伊乌莫罗格这里吗?你又为什么来这里呢?木尼拉为什么来这里呢?阿卜杜拉,我的故事说长也长,说短也短。也许我还会回来。但是我感觉我有一笔债要和这个世界清算,那个外面的世界。"

再没有说别的,她突然站起身来,缓慢地穿过那干巴巴的田地,向自己的茅屋走去。

第二天一早,妮娅金娃来到了阿卜杜拉的商店。她谢绝了坐下,却让约瑟夫去叫木尼拉过来。阿卜杜拉的胃口因恐惧而痉挛了一阵。

"万佳走了,"木尼拉来了之后她说道,"但是她有可能还回来,因为她什么东西也没带走。"她茫然地补充道。

木尼拉和阿卜杜拉什么也没有说。

"啊,这太阳。"妮娅金娃说着似乎要走却没有走。"这太阳!"

她又重复了一遍。

木尼拉和阿卜杜拉仍然什么也没有说。

第五章

1

万佳离开伊乌莫罗格之后的第二年对于全国来说都是非常重要的一年。就在这一年的年初,在光天化日之下发生了一起神秘的政治谋杀案,而杀人的几个凶手至今仍没有归案。被害者是本国公民,原是亚裔不假,却是全国闻名,因为他早期参加了国家的独立战争,之后又坚持反对与帝国主义组成任何形式的战后联合政府。他与从穷人那里榨取血汗的人不共戴天,而且不管是在议会里还是在议会外,他都在呼吁进行一场土地革命。整个一年,全国上下都盛行流言蜚语:人们会三三两两地聚在一起,谈论最新的谣言和理论。他与这个政客或者与那个政客结盟了,这是真的吗?也许他在设计着某种阴谋?一次政变?但到底是怎么一回事呢?共产主义——那是什么?反对外国人对经济的控制?号召进行土地革命?号召结束贫穷?亚裔——也许是那样和这样。但是在斗争的年代,他曾经被英国人抓进过监狱?如此多的没有答案的问题,一股恐怖的寒流,众多接踵而至的其他问题中的第一个,流过了这个新生国家的血管。

因为那一年在伊乌莫罗格，又发生了一场干旱。收成比上一年还要惨，这已经是连续第二年了。

所以，到谋杀案那年的年底天仍然不下雨时，伊乌莫罗格的人们都变得愁眉苦脸起来，都焦虑地抬头望天。太阳却似乎在嘲笑他们询问的表情。

太阳以强烈的光束直射下来，几乎要刺瞎人们的眼睛。突然卷起的一阵狂风会将尘土和垃圾卷到空中，犹如在给太阳神献祭；又是突然间，狂风卷起的沙尘会平息下来，天空的垃圾也会沮丧地散落在地上，好像这次的献祭没有被接受。伊乌莫罗格的农民感到这种令他们头痛的炙热烤灼着他们干瘪的皮肤，看着那小股的尘土和垃圾愤怒地旋转着，都纷纷撤到了自己家的房檐下：在田地里，再也没有能够遮阳的农作物了。尽管如此，他们还是下地里去，并非是因为地里需要除草和松土，而完全是因为他们被土地吸引犹如飞蛾被灯光所吸引一样。此刻在房檐下，他们在交流着各种流言、记忆和调侃，但是在内心深处，他们都不安地意识到，今年又是一个干旱年。

恩约古、穆图利、罗洛和恩巨古纳都坐在阿卜杜拉商店的外面。如果在平时，他们都会赶着牛羊到草原上去了。但此时已经是年终岁尾，而且也是新年的开始，学校已经放假，孩子们该放松了。让他们焦虑的是，在过去的两年中，他们只在九月份收获了一季。打那之后，老天就一直没怎么下雨，偶尔间歇性地下了几次雨，也是那种只能把懒人赶走躲雨的毛毛雨。所以说，如果像过去的两年一样，这个新年的喜雨仍不能及时到来，这个社区几乎就会立即面临饥荒。但是坐在阿卜杜拉商店的外面，他们试图谈论各种不同的话题，却总回到下雨这个主题上面。

"仍有可能下雨……我们知道，有时候年初或者再晚一些才下雨。"恩约古说。

"我不知道为什么,可这天气却越来越难以预测了。这就好像它脑袋出了毛病,"恩巨古纳表示了不同的观点,"穆瓦迪·瓦·穆格似乎对这雨也无能为力了。"他带着讽刺的笑容补充道,眼睛并没有看着穆图利。

"也许是因为美国人和俄罗斯人往天上发射的东西所致。"

"有可能。我听说,他们有可能派人到月亮上去呢。你们说可能吗?"

"过去一度我们不信有人会骑上两只轮子的铁马。"恩约古看见木尼拉骑着铁骑向他们奔过来时说,"直到我们看见了穆诺鲁骑着这么一辆。"

"你们知道这个白人刚来时的情形吧。他把鞋子脱掉了,我们还以为他是把腿给卸掉了呢。人们边逃跑边说:这是变得什么新魔术?"

他们大笑起来,又要了酒。木尼拉将自行车靠在墙上,也坐下来要了瓶啤酒。

"啤酒将会成为我们唯一的水了……"他说。

"老师……你什么时候开学啊?"恩巨古纳问他,"你和我们在一起已经两年了。这对我们的孩子很好。"

"不知道,"他说,"现在是一月中旬。除非能来更多的老师,否则是不可能办下去的了。第一年我有两个班级。第二年有三个班级。现在该有四个班级了。"

"你去从哪儿招老师呢?有哪个城里人想来烤太阳呢?"

"我准备去一趟鲁瓦伊尼。我将这么对莫奇戈说:除非你至少再给我找到一位老师,否则你最好把学校关掉吧。"

听他这么说,大家都不作声了。他们都开始各想各的心事。

这么说老师要准备离开他们了？对他来说，两年在这里或许太长了。

木尼拉原以为万佳走了之后，他会重新捡起从前的节奏和敬而远之的态度。但他很快意识到，这只是一种难以表述的梦想。她走之后的一个月里，人们可以看到木尼拉骑着自行车走遍伊乌莫罗格的各处，后面是一溜灰尘爆土。"那是因为太阳。"一些人说。经过四五个月等她回来的希望落空之后，他就选了一个赶集的日子去了一趟鲁瓦伊尼，装作要去买什么东西但却什么也没有买到。他再次找了个理由在鲁瓦伊尼住了一夜，几乎去了所有的酒吧饮上一杯。他最后来到了福拉哈酒吧。在这家酒吧他看见一个女孩坐在投币式自动点唱机旁边。她的后背对着他。他的心脏突然狂跳起来，他再也不能装模作样了：他是在寻找万佳啊！他坐在吧台的一处高凳子上，等待她来认出自己。先是吉他曲，接着合唱的声音渐强，直到响彻整个酒吧：那是一首宗教赞美诗，此时那个女孩转过身来——噢！不是万佳——她开始随着歌曲唱起来，双眸微微闭上，如同她就是从自动点唱机里传出来的合唱声音的一部分。歌曲结束之后，她来到吧台要了一杯酒。令木尼拉感兴趣的是，她知晓肯尼亚几乎所有的语言。当她用吉库尤语讲话时，人们会真的认为她就是吉库尤人。当她讲罗奥语时，人们不会以为她是别族的人。她讲斯瓦希里语、卡姆巴语和卢赫雅语时都如讲母语般地道流利。他很快对她失去了兴趣，但是他喜欢她点的赞美诗歌曲，就走了过去，将一个先令放进投币口里并按了一下。这首赞美诗是奥法法·耶利哥合唱队的作品，唱得十分动人。那个女孩又跑回点唱机这里，木尼拉对她如此着迷于赞美诗产生了强烈的兴趣，感觉她十分性感可爱，竟一时忘了自己没有找到万佳的失落感。他甚至想为她买杯酒，并请求晚上和她一起过夜。但是播放的宗教赞美诗勾起了他对孩提时代从家里逃走以及后来试图用火洗净自己灵魂的回忆,继而让他对女孩的身体完全失去了兴趣。

这次寻梦无果之后,他返回了伊乌莫罗格,在整个这一年中,他都埋头教书,努力忘却对万佳的思念和他们在茅屋里做爱的甜蜜。但是情形与从前大不相同了。至少阿卜杜拉的商店不一样了:阿卜杜拉本人和他说的话几乎不超过两句。当他发现阿卜杜拉的商店里来了长者时,他总是很高兴。

"这些人想到月球上去,这是真的吗,老师?"穆图利试图转移他们对老师可能离开此地的担心。

"是。"

"这些人真是奇怪。他们甚至不怕上帝。他们对神灵不敬。他们毁了地球上的东西。现在又要到天上去打扰上帝。怪不得上帝愤怒了,不让天下雨。"

"这确实是真的。看看我们。我们从来都是敬畏上帝的,而且我们从来都没有试图细细地探索他的行为。正是因为如此,上帝才没有让我们彻底毁灭。正因为如此,在伊乌莫罗格战斗之后,上帝才将殖民主义者的眼睛转向了别处。而且,我想这一点你们该同意,在争取独立的战争中,尽管妮娅金娃丈夫的行动十分疯狂,但我们伊乌莫罗格人并没有失去太多的好儿郎。"

"妮娅金娃的丈夫,恩亚姆巴·奈恩。他非常勇敢。"恩巨古纳评述道。

"确实勇敢,年龄那么大了,却还敢将枪口对着一个白人!"

"他用鲜血拯救了伊乌莫罗格。"恩约古说。

"你的儿子也了不起啊,别忘了奥尔·马赛身上有伊乌莫罗格的血性。"

突然,他们都被阿卜杜拉对约瑟夫的一阵咒骂声吓了一跳。这让人感到奇怪,因为自从万佳来这儿之后的一整年里,他们都没有听到他骂人了。他们再次保持了沉默,如同他们在静静地缅怀妮娅金娃的丈夫和奥尔·马赛,尽管他们只知其名不识其人。

"这一点我可不同意你的说法,"穆图利说,他试图再次改变话题,"我们的好儿郎却丢失到了城市里。"

"噢,是这样,"罗洛赞同地说,并咳嗽了一下清清嗓子,"现在的年轻人我怎么就不明白呢。在我们那个时代,我们是被迫给压迫我们的外国人干活。可即使那时候,当我们挣的钱能够缴纳税款和罚款之后,我们也会跑回我们的地里。现在,就说我那几个儿子……我甚至不知道他们在哪儿。一个去了内罗毕打工,一个去了基苏木,一个去了蒙巴萨,可他们基本都不回来。只有一个偶尔回来看看他媳妇娃姆布伊,可是也待不上一天。"

"我那几个儿子也一样,"恩巨古纳说,"一个去了欧洲人定居点当厨师。他后来被拘留了,可即使拘留释放之后,他又回去为新来的非洲人定居者当厨师。你们看:他都那么大的人了还给别人做饭。另外三个儿子在内罗毕。"

"说实在的,我们也不该怪他们,"穆图利又说,"自从那次大战之后,也没有什么地方可以去了。况且,总会有那么些人根本抵制不了奇异地方的诱惑。我父亲对我说过,即使在白皮肤的外国人来之前,有些人也会带着象牙到海外,有时候甚至不回来。"

"像穆诺鲁一样,渴望获得新东西。"罗洛说。他们又沉默了几秒钟,好像他们都在思索着自己儿子们的动向,以及大地上所发生的灾难。这时,恩巨古纳咳嗽了一声,抬起头来望向天空。

"土地匮乏这你说对了。我记得我小儿子离家进城之前说过的话。那是在收割之后不久,那场收割和我们最近两年的收割差不多。他说:'我在这块地上干了一年的活儿。我手指甲都干脱落了。但是你看那收成。那简直是在嘲笑我胳膊的力量。告诉我,父亲,当收税官来时,我拿什么交给他?当我去鲁瓦伊尼看见了漂亮的衣服,我到哪里去弄钱来给店老板?我必须得去大城市,必须到那里去闯荡我的未来——就像我的哥哥们一样。'我能对他说什么?"

"这片土地过去的收成还是不错的。而且老天也不辜负我们。现在这是怎么了呢?"罗洛问道。

回答这个问题的是穆图利。

"你忘了,过去土地不能买卖。土地就是为了使用。而且那时候土地很多,你根本不需要反复打理一块地儿。当时森林覆盖率也很高。光那些树木就能呼风唤雨。大树还给土地带来了阴凉。但是后来森林被铁路给吃掉了。你记得吧,他们甚至到这么远的这里来砍伐木材,来喂食那个铁家伙。啊,它们只知道吃,只知道把一切都拿走。可当时,那些都是外国人,都是白人。"

"现在我们有了非洲人总督,有了非洲人大头目,他们会把一些利润返还给这些地方的……"

"你是说将儿子还给我们?"恩巨古纳反驳道。接着他咳嗽了一声,这一声咳嗽是有含义的,然后转向阿卜杜拉:"现在来说说你的这头驴:在这个干旱的季节,你不认为你的驴吃的草太多了吗?"

木尼拉站起身来,撇下他们争论这头驴的是非。对于他来说,没有了万佳的伊乌莫罗格就是一片干旱的大地。奇怪的是,他却受到了他们谈话的影响。他想起了大约两年前他和卡雷加奇怪的谈话,也想起了他自己对一处耕作不均匀的园子突然冒出的念头。

他们每天都在等待雨的降临，或者太阳的变化。他们都在等待发生些什么事情。但是他们每天早上醒来时，都是风沙呛肺，阳光刺眼。

日子在一天天地过去，却没有明显的变化，所以，阿卜杜拉的驴子就逐渐成为人们谈话的中心。村里的长者们聚到一起，讨论如何解决这件事情。

一天早上，恩巨古纳、罗洛、恩约古和穆图利再次来到阿卜杜拉的商店，却谢绝坐下。他们也谢绝喝什么东西。他们甚至不正眼看阿卜杜拉。阿卜杜拉看到他们面色严峻，目光流盼。

"你们好像心里有什么负担，"阿卜杜拉说，"我能帮你们吗？"

"你看到太阳的光芒了吗？看一眼几乎可以刺瞎你的眼睛。"恩巨古纳说道，动作含糊地指了指被太阳烤焦的大地。

"会下雨的。"阿卜杜拉没有自信地说。

"我们并不是说是不是下雨的问题！"罗洛说，"现在要说天气如何古怪还为时过早。"

"难道你看不见那灰尘和狂风吗？"罗洛补充道。

"你们想怎样？"

"我们只是村里派来的使者。"恩巨古纳说。

"我们是带着和平和美好心愿来的。"

"可是你们要求我做什么呢？"就在这个节骨眼上，他的驴子叫了起来，声音传遍了整个伊乌莫罗格。长者们相互递了下眼神。恩巨古纳说出了他所谓的一个友好的口信，一个要求。

阿卜杜拉看着他们离开，太阳直射到了他们没有任何头饰的头顶。邪恶的使者，他愤愤地说，随后用双手捂住脸趴到桌子上：如果没有了那条腿，他该怎么办？

"这么说，这是我一头驴子的问题呢，还是他们众多牛羊的问题？不行，我不能把驴杀了，也不能送走。我宁可离开这个村子。噢，对了，他们想赶我离开伊乌莫罗格。"

约瑟夫看着他。他担心这意味着他第二年不能接着上学了。他想哭泣。也许万佳不走就好了，他用孩子的天真想起了万佳的行为，既是伤心又是感激。

2

当学校终于开学时，木尼拉发现，他自己一个人根本不能应付四个班级。此刻，回首过去的两年，他竟然让学校维持了这么长的时间，这似乎是个奇迹。如果能够再来哪怕一个老师，也许他还能够坚持下去。一年级和三年级可以上午上课，二年级和四年级就可以下午上课。

他决定骑车去鲁瓦伊尼和莫奇戈先生当面谈这个问题。这也可以让他暂时躲开村民们喋喋不休地谈论太阳和尘土。如果莫奇戈不给他派个老师，木尼拉只能放弃学校了。

但是，就在他即将去鲁瓦伊尼和莫奇戈谈学校问题之前，伊乌莫罗格发生了两件让木尼拉以后会记住的事情。然而，在当时这两件事情似乎与他所了解的老伊乌莫罗格令人昏昏入睡的暴晒情形格格不入。首先是收税官开着一辆路虎政府公车来收税，同行的还有两位持枪的民兵。还没等收税官从路虎车上下来，他来到这里的消息已经传遍了整个村落：所有的男人都躲进了草原。收税官敲响了每家的门，只发现女人和孩子在家里。"我们的男人都到你们城里去了，"女人们抱怨道，"你看那太阳和那尘土，你说说你愿意留在这里吗？"最后，收税官来到了阿卜杜拉的酒吧，边喝着啤酒边唠叨着伊乌莫罗格这个地方。"这里似乎人越来越少了。我每年来到这里,都发现男人越来越少。但是我此行尤甚。"
阿卜杜拉同意收税官的观点,却不添油加醋。"不管怎样,这里的
女人都属于你一个男人。"收税官继续说着,并给阿卜杜拉写了一
份缴税收据。他开车走了。晚上,男人们都奇迹般地回到了村里,
谈起话来的样子如同什么事情也没有发生过。

但是这个事件发生之后不久,就从"外边那儿"来了两名男
子。他们声称是恩德里·瓦·里艾拉派来的。伊乌莫罗格的人们
来到校园里聚集在他们的周围,耐心地等待他们说出消息:也许恩
德里·瓦·里艾拉还记得他要给这个地区建水渠的承诺。一个是
胖子,秃头锃光瓦亮,还时不时地用手摸一下头,人们管他叫"大
肚子"。另一个又高又瘦,双手总是插在兜里,少言寡语。人们给
他起了个教名:"昆虫"。"昆虫"给他们讲述了一个新的基亚玛-
卡姆温文化组织,这个组织将把富人和穷人团结在一起,并将和谐
的文化带到所有的地区。"大肚子"宣布,伊乌莫罗格的人们要做
好准备,去卡通都那里唱歌喝茶。他解释说,中央省所有的人民都
要准备唱歌喝茶。就像一九五二年那样,他说得并不十分明确,但
是声音的变化却颇有含义,他说一场新的文化运动就要到来:长耳
朵的人都来听啊。他解释说,他们得之不易的财产和血汗果实受
到了另一个部落的威胁。

罗洛站起来质问他:卡通都在哪里? 为什么会有人请伊乌莫
罗格的人民去喝茶? 他们在那么远的地方怎么会受到其他部落的
威胁? 难道他们的财富已经堆积如山,让其他部落觊觎眼馋了?
在这里,人们受到的威胁是缺水,是少路,是缺少医院。但是你到
底想要我们做什么?

"大肚子"很尴尬地笑了笑,但是当他说话时,他却显得十分
耐心。人们去卡通都的交通是免费的,但是每个男人和女人都该

随身携带十二个先令和五十分。

听到这里,女人们,由妮娅金娃领着头,开始发出了嘘声:你是说我们要花那么多钱去唱歌喝茶吗?

"长耳朵的人都听着。""大肚子"又重复道,声音里却含有警告和威胁的意味。此时妮娅金娃似乎着了魔:"你也一样,如果你长了耳朵,你听我说:你比收税官还要混蛋。十二先令和五十分!我们从哪个洞里能够刨出那么多钱来?我们唱歌为什么要花钱?你回去告诉他们:我们这里需要的是水,不是歌曲。我们需要吃的。我们需要我们的儿子们回来帮助这块土地长粮食。"

"大肚子"开始出汗,声音里显出了焦虑。同时,他又不想在这些人面前显得害怕。他努力解释说,这个部落的财富受到了来自湖区等地方部落的威胁,而湖区等地方的部落又受到了印度共产主义者的蛊惑,而印度的共产主义者最近刚刚从这个地球上被取缔。

"你是说,你们一些人已经积累了足够的财富,而我们却仍在刨土吗?"

"那就是他们想从你们那里偷走的财富吗?"

"如果他们和我们一样穷就好了。"

"是的,是的,他们能从我们这里偷什么?"

"一年的收成。"

"我们的干旱和尘土。"

"如果有人能够偷走这里的尘土和干旱,那可真是天大的好事。"

"在这里,和我们一起生活的还有我们的牧民邻居。你们在那儿都会发生什么样的争吵呢?"

这台戏已经被女人们抢了过来,而且她们似乎很享受自己的表演。有些女人开始发出带有威胁性的高声叫喊。开始了轻微的混乱。

"咱们把他们的裤子扒下来,看看他们长没长鸡巴,是不是真男人。"一位妇女喊道。

"大肚子"和他的伙伴"昆虫"向后退了一步,但仍保持着尊严,可是一听到这个女人的喊话之后,他们撒丫子就跑,穿过学校操场,跑向他们的路虎车,身后传来了阵阵的女人的威胁声。

在同一个月的晚些时候,骑着自行车去鲁瓦伊尼争取聘用老师的路上,木尼拉简短地想了想这两个事件。女人们为什么会那么疯狂?在毒辣日头照耀下村里人那么朴实被动的性格后面,为什么会突然出现那种暴力的骚动?他想,也许那是因为太阳和尘土所带来的怨怼吧,此后就再也没有多想。"大肚子"和"昆虫"是江湖骗子,也可能是想从中捞一把的盗贼。

他开始首先考虑他与莫奇戈的对话。每月来一趟鲁瓦伊尼让他感到厌烦。他讨厌鲁瓦伊尼这个城市,讨厌这里殖民时期的红瓦房,讨厌这里的高尔夫球场,讨厌这里路两侧的叶子花树和紫葳兰花树。

鲁瓦伊尼是赤利区的首府,只因它从前以皮革及荆树皮的交易中心而著名。

十九世纪和二十世纪,鲍曼与科伊公司、福里斯特尔公司和普列姆昌德·罗伊昌德与科伊公司,对这里的荆树皮贸易和皮革鞣制的控制权进行了惊心动魄的竞争,并在这里建立了办事处和工厂。耗尽这里森林资源的正是这些外国和本国的资本巨擘,连同蒙巴萨-基苏木-坎帕拉木炭厂和吞噬木头的火车机车。在荆树皮生意被合成鞣制材料代替之前,在木炭燃料机车被柴油机车代替之前,鲁瓦伊尼确实呈现过繁荣和增长的景象。

皮革鞣制材料当年由铁路运输到基亚姆布区的利穆鲁，因为在第二次世界大战爆发之前不久，这里建立了一家捷克-加拿大国际制鞋厂。尽管鲁瓦伊尼每天的集市和高尔夫球场远近闻名，但是当时它只不过是一个行政中心罢了。

莫奇戈的办公室仍一如既往的一尘不染。他坐在同一个地方，同一种姿势，正如他一直以来的那样。

"啊，木尼拉先生，每次见到你我都很高兴。学校怎么样？不过你先坐下。对不起，我还没有去你的学校，但是我很快就要去的。路修得怎样了？我也没必要和你说这些破车了。想喝点儿什么润润嗓子吗？顺便告诉你，祝贺你啊！以前你只是代理校长。现在定了。你是伊乌莫罗格全日制小学的新校长了。再次祝贺你！"

"这一荣誉令我感动。"木尼拉说，内心实际上很是兴奋。

"不算什么，"莫奇戈说，"都是因为你的献身精神！"

"但是我需要再多派几个老师来。至少一个……"

"老师？但是木尼拉先生，差不多两年前我就告诉过你，你可以聘用你需要的任何帮手啊。"

"这有点儿困难……那个地方……地点有些偏僻。有点儿干旱。去那边儿的人没有多少。"

"我听说村子的男人们都跑了，这是真的吗，木尼拉先生？只有女人留守吗？你很幸运，木尼拉先生。我一定要过来帮助你……这工作可不错，嚯？同时你一定要吸引一两个老师去那里。告诉应聘者那里的女人唾手可得。努力，木尼拉先生，努力。当年我上学时，木尼拉先生，我的校长就给我们讲：努力，努力，再努力。他是个很胖的苏格兰人，还负责社区的宗教事务。他给我们讲过一位苏格兰国王的故事，说那位国王被敌人赶下了王位而躲藏在山洞里,看见一个蜘蛛一次次往墙上爬却一次次失败,但最终却成功爬了上去。他也回到国内一次次地反击,最后终于夺回了王位。所以,木尼拉先生,努力,努力,再努力,给你的伊乌莫罗格王国增添新老师……"

木尼拉刚要离开就被莫奇戈叫住了。

"顺便说一下,这是一封写给伊乌莫罗格学校校长的信。"

木尼拉接过信封将其打开。他不敢相信。他连续读了好几遍。卡姆温文化组织(伊乌莫罗格分部)邀请伊乌莫罗格学校校长及全体教职员工和恩德里·瓦·里艾拉一道加入一个代表团,前往卡通都去喝茶……他浑身颤抖起来……

"谢谢您……"他说。

"那不是我……"

木尼拉的心里充满了自豪。这么说,他还真的取得了一定的成就。当上了校长。现在又受邀去喝茶。而且是去卡通都!确定无疑,信是手写的,而且是来自区办公室,而且还邀请他携全体老师和老师们的夫人们一起来。他从来没有听说过卡姆温文化组织(伊乌莫罗格分部)。但这却是值得纪念的事情。校长。受邀去喝茶。而且还是在卡通都喝茶。他想回去给莫奇戈先生讲一个关于艾恩芒格先生的故事,告诉他那位老校长曾憧憬天堂到处都是茶香、香肠和留兰香味儿的冰淇淋。但是现在,他必须赶紧回家告诉他妻子这个消息。校长!受邀去喝茶!伊乌莫罗格让他变得伟大。哇噻!

在日落之前他来到了利穆鲁。即使他不熟悉这片土地的特点和地势(山岭牵手峡谷,峡谷拥着山岭),他仍然能够凭借那扑面而来的清新空气而熟悉它,因为这股清新的空气会使他的身体和头脑警觉,时刻准备跳跃和扑向来犯者。这方土地,这些山岭,这些峡谷，几乎常年翠绿，使得利穆鲁成为上帝垂青的地方：三、四、五月份漫长的雨季；六、七月份寒冷的冰雨薄雾；八、九月份风吹日晒成熟了青豌豆和菜豆；十月和十一月份耀眼的阳光迎来了收割季节；十二月、一月和二月，在湛蓝纯洁的蓝天下，红色的李子和十里飘香的梨子挂满树枝。他想，与干旱的伊乌莫罗格相比，这真是天壤之别了。

但是，每当他来到这个地方，他总是感到一阵强烈的紧张情绪，那是介于利穆鲁的这种活力、这种精力，与属于他过去的那个幻觉长夜之间的强烈紧张情绪；是介于生命的召唤和参与鲜活的历史，与逃避家庭并遁世于乡野两者之间的紧张情绪，因为他家庭的道德观念根植于财产和长老会教会；是介于一种无法解释的对人的恐惧，与同样无法解释的对自己父亲的恐惧两者之间的紧张情绪；是介于对积极创造的渴望，与被动地接受自己注定的命运，这两者之间的紧张情绪。此刻他父亲的面孔在他脑海里顿时暴涨……

他父亲很早就皈依了基督教。我们可以想象土著人和外来人之间那种致命的碰撞。传教士漂洋过海，追寻的信念和光明就是对利润的渴求，手中的枪炮就是他的保护神。传教士携带着《圣经》，士兵携带着枪炮，管理者和定居者携带着硬币。基督教，商业，文明——《圣经》，硬币，枪炮——三位一体。土著人在放牧牛羊，在梦想成为勇士，梦想着用双手将土地变为粮仓，通过魔力和勤劳，慢慢地将自然的法则服从于自己群体共同的意愿和打算。到晚上，土著人会唱歌跳舞来庆祝，或者祈祷和献祭来抚慰自然。是的，土著人仍然惧怕自然。但是他敬畏人类的生活也如同他敬畏自然一样。人类的生活就是上帝的圣火，必须生生世世燃烧不息，从祖先到今天的孩子，从孩子到未来的世世代代。

只不过，瓦维鲁和他的父亲却被更强大的领主和富裕家族赶出了他们在穆兰卡的家园，因为那些领主和家族能够买到更强大的魔法和其他的保护力量。在基亚姆布这里，他们只能从头再来，祖父不得不在另一个强大家族的土地上从最底层做起，直到他得到了几只羊，自己另立门户。这一切瓦维鲁都看在眼里，所以他希望，当他长大之后，他也要弄到更强大的魔法，并创建更强大的家族。

土著人。传教士。受到了他们不能理解的力量的驱使。舞台已经搭好。

瓦维鲁的父亲醒来的时刻，据说是玛拉将其奄奄一息的母亲扔到树林里的时刻。他告诉瓦维鲁：儿子，赶这些牛羊到艾基尼亚附近的草原吧。我和长老们要开会讨论这件事情，因为这件事情很早就被行走预言家穆戈·瓦·基比罗所预言到了。当他告诉我们关于红毛外国人的事情时，我们和我们的父辈并不相信他，可是现在，这事情却发生了。而现在，这些红毛的老外已经开始夺走我们在提戈尼和其他地方的土地。你知道，为了得到这块土地，我们是经历了多少的拼搏，为了得到这些财富，我们的拼搏更是一言难尽。如果他们夺走我们的土地，我们到哪里去打粮食？到哪里去放牧牛羊？因此，所有的部落，所有的领主和所有大小家族，现在必须团结一致，共同抗击外来者。别忘了带你们的酸奶葫芦。也不要忘记带上长枪和盾牌。在即将发生的战斗中，我们需要武器。做好准备，束紧腰身，永远要记住，凡是美丽和好的东西都来自土地。有些部落的头目、领主以及一些大家族的族长正在背叛人民，并和这些外国人勾结在一起。但是你们还记得将这个国家出卖给了阿拉伯商人琼布的那些人吗？人民的吼声将他们送到了坟墓。

瓦维鲁领着牛羊群站住了,看着他父亲败退下来,向地上啐了一口。大家族,大家庭,比我手中劳动更强大的是拥有魔法,难道不是那些大家族将我们从穆兰卡的土地上赶了出来,致使我们从头再来的吗?我要建立我的大家族,要打败所有其他的大家族……瓦维鲁一直都要经过这座新建的大楼,这里每天的钟声让他的心里既敬畏又好奇。这个魔法以及从竹竿产生的魔法让那些大家族、大领主和部落恐惧:他们或是与之抗争,或是与之求和。至少它是在分裂家族、部落,甚至是山岭。就连卡米利的巫术也没有这种魔法的威力强大。瓦维鲁认识一两个到里面乞求庇护的年轻人。他们得到了糖块和一块印花棉布。现在是上午,天气寒冷。他们看见了他,并召唤他进去。他已经拿定了主意。让他父亲自己去抵抗吧。他,瓦维鲁,将加入卡门伊和卡哈蒂的行列。好于牛屎尿温暖以及冰冷露水的,是白人糖果的芳香,是教堂的钟声和比单弦胡琴和笛子声音更美妙的音乐,是枪炮和哗哗硬币的保护,是拥有比牛羊更长久、更强壮的生命。这是一个具有新的魔力的新的世界。他父亲气得浑身发抖,过来要领这个回头的浪子回家:他说不出话来,但是却无助地用拐杖指点着瓦维鲁。瓦维鲁感到了一丝的愧疚:他毕竟是这位颤抖老人身上的骨血。但是在这怀疑的声音之上,他听到另一个声音在召唤他走向更光辉的前程:为了我而抛弃他父母的他……他看见自己就是那个预言的实现,同时又是其真理的证明。在他新的父亲和母亲的训谕下,现在已成为埃泽基艾利(这个名字在一个新基督教徒的耳朵里是多么悦耳啊)的瓦维鲁,抛弃了他与自己非文明过去的所有关系。

耶稣基督,请把我洗涤,让我变得比白雪还要洁白;当时他们这样唱诵,后来木尼拉在希里阿纳也同样唱诵。

回报确实有:上帝点头赞许的证明。借助哗哗的硬币、法律法规以及笔下生辉的骗局,他从一些破败的领主、部落首领以及需要钱向新上任的独裁者缴纳税金的某些个人手里,买下了大片的土地。那些人不想成为欧洲殖民者土地上的工人,而当时那又是获得钱交给独裁者的唯一办法。所以,他们就一点点地将自己的土地卖给像瓦维鲁这样的人,因为后者能够通过将更多人皈依基督教而获得更多的金钱。最后,他们还是进入了这个劳工群里,可那正是他们通过出卖自己的土地和财产,一直在竭力回避的地方。因为独裁者在不停地提出越来越苛刻的要求。也有诸如卡古恩达这样的领主,他们的儿子们只想饮酒作乐,根本不想管理他们所继承的财富。所以,卡古恩达的大儿子坎约希将自己家里所有的土地都卖给了瓦维鲁,只身一人去了大裂谷地区。这种事例屡见不鲜:瓦维鲁攫取了所有的空地,因而成为老殖民政权统治下的一位势力非常强大的地主和神职人员。瓦维鲁是第一批获准种经济作物除虫菊并向白人种植者出售的非洲人。因此,与那些不信教的邻居相比,他已经赢在了起跑线上。他的一些邻居已经被绥靖得进入了永久的梦乡,或者沦为其他城镇或农场的劳工。那些绥靖者一届接一届,弗雷德里克·卢格德、迈纳茨哈根、葛罗根、弗朗西斯·霍尔,以及女王陛下、信念捍卫者、上帝选民所雇用的其他独裁者。上帝庇佑女王!每进行一次杀戮之后,他们都这样唱诵,然后就进入教堂去祈祷和洗涤:有史以来,牧师的任务向来都是指定人类的献祭来抚慰每一位主宰一切的上帝。

父亲有一张在两次世界大战期间拍的照片一直难以磨灭地留在木尼拉的脑海里。

瓦维鲁站在一架留声机的旁边,留声机上画着一幅图画:一条用后腿坐着的狗在吠叫,此画名为《主人之声》。瓦维鲁身着戎装马裤和长筒靴,马甲前面悬着一条表链。他头上戴着遮阳帽,手里捧着一部《圣经》。

这幅照片总是给木尼拉带来一丝的不舒服感,但是他又说不出来到底是什么让他真的不舒服。同样,他娶了一位来自于非基督教徒家庭的女孩为妻,也许这是从心里的一种提示,要他不屈从于父亲所代表的势力。然而这个女孩却变得和他那些妹妹一样,对他父母百依百顺。让她时刻萦绕脑海的是,她嫁入了一个著名的基督教家庭,因而她在努力成为一个理想中的儿媳妇。她放弃了她父母原来反对基督教的立场,决心重新塑造自己的灵魂。茱莉亚很快成为他母亲特殊创造的人物,深受他母亲的爱戴。木尼拉本可以宽恕妻子的所作所为,可是在他们做爱之前和做爱之后,她那些默默的祈祷真的让他恼火。但是对于她的这种做法,他却从没有动过粗。

生活对于他来说一直都是一种压抑。他父亲认为他是个失败者。而木尼拉自己也总是觉得自己该逃出这个家庭。但是他又总是犹豫不决。这就好像他根本不知道自己要逃离什么,也不知道他要跑向何方。

但是现在,当木尼拉在回家的路上,口袋里揣着校长任命书和喝茶的邀请函,他感觉很高兴。他的第一项大事业已经有了成果,不管这成果有多么微不足道。在国家独立之前以及独立之后不久,全国上下席卷了一股普遍的理想主义热潮,促使他到了乡村去搞教育事业。邀请加上晋升。此刻,当他迎着冷风骑车回家时,在他的想象中,他感觉自己的形象顿时高大起来,甚至可以和自己的父亲比肩。

事实是,大多数老师和夫人也都收到了邀请去卡通都参加茶会。为了一个自助项目,他们也被要求带上十二先令和五十分。

木尼拉的妻子尽管试图以基督徒的高雅来压抑一下自己,但是兴奋的表情却难以掩饰。对于木尼拉来说,这个星期六将深深地镌刻在他的脑海里,他会将其鲜活地传递给他的孩子们:他,木尼拉,将带着一个鲜活的传奇,去参加一个茶会,而这个鲜活的传奇却主宰了一个国家近一个世纪的意识。对于这样的荣誉,你还能吝啬什么赞美的辞藻呢?木尼拉再一次感觉到他有些鹤立鸡群了。

送他们去喝茶的汽车在六点左右钟抵达了鲁瓦伊尼的邮局,大家都十分担心,甚至有人建议取消这次喝茶之行,但是他马上被人嘘了。晚了也总比不来强,在这种地方的茶会意味着一个夜晚的盛宴。面色凝重的政府官员曾向他们保证,一切都将非常郑重其事。

命运的突然转变,是木尼拉自从希里阿纳事件之后所经历的最为痛苦的事件。他们被汽车载着过了卡通都,途经了一些香蕉种植园,看见那里也有同样的一伙人在庄严地等待着什么事情。难道是一场葬礼茶会?木尼拉在想,这里的一切都显得那么阴暗怪异,令他迟钝无语。他向四周望了望,那位政府官员已经消失了。他们现在被命令排好队,男的一队,女的一队。一位老师大声问道:这就是让我们来参加的茶会吗?突然,不知从哪里冒出来一个人来,用大刀片的平面照他脑袋上打了一下,又突然消失得无影无踪。莫奇戈和那位政府官员想要干什么呢?天已黑下来。一座小木屋里亮着弱弱的灯光,人们排着队,每十个人左右一组地消失在里面。这到底是怎么一回事儿?木尼拉的心在怦怦地跳着。这时,轮到他要进去了!

午夜,在回来的路上,木尼拉知道茱莉亚在默默地哭泣。他感到她要躲开他,感到她在谴责他的背叛:可是现在他如何能够回答她呢?他怎么能对她说,他真的不知道呢?他又饥又渴,而且整个回程中,汽车里的人们都沉默不语,然而却都知道自己上了当:他们所参加的仪式时间不对,地点不对,人员不对,而且人们对国家独立之后的期待也不对! 作为老师,他们如何去面对孩子们并告诉他们说肯尼亚是一个完整的国家呢?

后来,木尼拉获悉,整个这次事件的始作俑者是一位十分重要的权力人物,而且得到了其他十分重要的权威人士比如恩德里,甚至是其他国民选区重要的权威人士的默许和赞同。但是尽管他知道这个原委,却仍不能接受这一事实。

回到家时,茱莉亚看着他说:"你连自己的老婆都不告诉,你还算个男人吗!"

木尼拉有生以来第一次感觉到,他必须与父亲做一次男人对男人的谈话。此刻,他以一个新的更为积极的角度看待父亲了。在一八九〇年代,父亲曾不顾祖父的反对加入了传教团。一九五二年,他又蔑视当时的运动而坚守教堂。他甚至还胆大妄为地祈祷反对当时的运动。因为这些做法,他的牛栅栏被打破,牛被人偷走。他的左耳朵被割掉以示警告。他确实不再通过祈祷来反对这场运动了,但是至少他没有放弃他所选择的信念和立场。是的,现在他要和父亲以男人对男人、面对面地谈一次,去了解父亲成功的真正秘诀。

第二天很早的时候,他就来到了父母的住处。他发现父亲正在做祷告。木尼拉感到膝盖一软,随即跪在了地上,在主面前真正地在颤抖。如果说拯救能够帮助他,那他愿意被拯救。如果说殴打、撕掉衣服赤裸裸地跪在主的面前能够帮助他最后再选择一次正确的道路,那他肯定愿意那么做,这样他就会永远地洗涤去恐惧、怀疑和优柔寡断。有这样一位如此平静安详、镇定自若、财富和信念固若金汤的父亲,他此刻是多么自豪!

　　埃泽基艾利·瓦维鲁仍然是本地区势力最强大的地主之一，在原有的除虫菊种植园的基础上，他又从离开的殖民者那里买下了新的茶树种植园。这真是历史的讽刺，或者对于他来说，是主神秘行事的证明，要不然那座新的茶树种植园怎么会在提戈尼呢？因为就是这个地区，曾被瓦维鲁的父亲指证为殖民主义者偷盗的唯一例证，而在当时，这一偷盗行为激起了大小家族的人们团结起来加入了武装抵抗运动。瓦维鲁的孩子们，除了姆佳米和木尼拉之外，都发展得很好。

　　如果说看到木尼拉在一个星期日这么早的时候来看他让他感到了惊讶，或者看到他脸上忏悔的表情和突然地进行着祈祷让他感到了困惑，他并不将其表现在脸上。他推断，也许上帝终于把他送回了家。他努力压抑着对木尼拉的轻蔑。

　　木尼拉对昨天经历的恐惧、不解和愤怒似乎随着时间的推移和自己的思索而愈加强烈。但是，他不想让父亲感到震惊，此刻，他需要屈就父亲对他最低的评价，他战战兢兢，低声诉说，不过他作为一名老师，竟然也上当受骗，这杯苦酒实在难咽，让他将一切都如实地倾诉了出来。他父亲陷入了沉思，这让木尼拉更增添了勇气说下去。

　　"我不能理解的是……我永远不会忘记的是这个男子……他衣衫褴褛……甚至没穿鞋……他站在那里，当时我们都在颤抖，他就说：'我是个外来打工的，我就在"奶溪"茶园旗下的一个茶种植园打工。一九五二年之前我也在那儿打工。在运动期间，我负责地下情报工作，我还负责接收武器并将武器运送到我们战士们的手里。后来我被当局拘留。现在，我打工的种植园仍是从前那家公司所拥有。直到现在，我们的一些人才加入这家公司。我们的一些人能够有饭吃，这已经是好事儿了。但是，在我第一个誓言所许诺的事情实现之前,我是不会再发第二个誓言的。'他们就当着我们的面,把他痛打了一顿。他们用皮靴使劲踩住他的脖子,直到他奄奄一息了,他们才住手。他不得不发了誓,但却不是从心里发的誓。我永远不会忘记他的尖叫声。"

木尼拉从没有感觉到他跟父亲这么亲近过。即使当瓦维鲁开始教训他如此不中用时,他也认为那是正当的惩罚:父亲至少已经坚守了某些原则,和这样的父亲作对,那他还是个儿子了吗?

"我无须告诉你,你一直都让我失望。你是我的长子,你知道那意味着什么。我把你送到了希里阿纳上学,可是你却交友不善,被学校开除了。如果你看看你学校里的一些同学,你就可以看到他们到了哪里:你可以去国家的各个部委,可以去任何一家大公司,那里都有他们。你成人之后的第一个行为却是搞一个女人。谢天谢地,茱莉亚成了一个好女人。但是你却不和她待在一起,去跑到了一个连名字我都说不准的什么破地方。你总是与机会背道而驰。你总是逃离让你成为一个男人的每一个机会。我有这么大的产业。我已经老了。至少你可以来照看它。看看你的几个弟弟……不久前他们还是孩子。你学学他们。在金融界的那个弟弟在内罗毕买了很多的房子。他在内罗毕有很多贸易场所。他可以让你借用一个。他可以给你贷款。还有你那个在石油公司的弟弟。从这里到任何地方的加油站,他都有点儿小东西。你的几个妹妹也不错……可是我听说,你还饮酒。你这样的下场会很糟糕:就像你那个妹妹一样……"

"姆佳米?"木尼拉机械地问道。他受到父亲的训诫是罪有应得,而今天之后,他就会改邪归正了。"告诉我,父亲……姆佳米到底发生了什么?姆佳米为什么要自杀?"

"近墨者黑……近墨者黑……玛丽亚姆……坏女人……她的

儿子们一直在毁我。"

一想到过去,父亲的声音有些哽咽。父亲沉默了片刻,努力地恢复平静。木尼拉感到很伤心,因为是他提出了这个问题让父亲想起了痛苦的回忆。父亲突然站起身来,拿起外套,示意木尼拉跟他走。

他们走到了岭上,此处可以俯瞰那片巨大的庄园。瓦维鲁一直都为自己的这个庄园自豪,因为这是他在第二次世界大战之前,他刚刚开始积累财富的时候所获得的。

"你看到这一切了吗?"

"看到了。"

"花海,果树,茶树……牛羊……一切,一切。"

"是的。"

"这并不是凭我个人的一己之力能够获得的一切。这是主的功劳。吉库尤的这片土地确实受到了主的庇护。自从国家独立之后,这块土地的繁荣是翻了好几番儿的。我的儿,相信上帝,你就绝不会走错路。上帝选择播种和收割的时间。他选择他的器皿来进行他的伟大设计。现在,听我说,我的儿。这个老人就是上帝的器皿。他受过苦难。但是当他翻过身来,他拿着棍子抽打他的敌人了吗?没有!他只是说:'主啊,宽恕他们吧,因为他们不知道他们在做什么。'现在,所有那些繁荣,所有这些得之不易的自由,正在受到撒旦的威胁,这个撒旦魔鬼在蛊惑其他的部落,激起他们的羡慕嫉妒恨。正是因为如此,这个誓言才是必要的。这个誓言是为了和平和团结,是为了与上帝永恒的设计和谐。现在你听我说。我去过那里。我使用了《圣经》。我让你母亲也去。她却拒绝前往。但是很快地,基督将指引她光明。就连受教育程度很高的人也去那儿,而且完全是出于自愿。我的儿,对主的恐惧就是智慧的开始。这个卡姆温文化组织不是什么坏组织……我们甚至还要建立一个分教会。这个文化组织将致力于我们所有人之间的团结与和谐，不管是富人还是穷人，并致力于终结嫉妒和贪婪。自助者，天助也。主说，他将永远不再从天堂提供免费的食粮……"

木尼拉不敢确信他是否听懂了父亲说的话。他看着父亲，看着父亲消失的那只耳朵：他想起父亲早前曾经谴责过这个誓言。为什么在同一件事情上却发生了变化呢？这是同一件事情吗？他再次感到了困惑：

"您是说您……"

"是的，是的。"他说得很快，几乎就是不耐烦的语调。这是木尼拉第一次试图与父亲顶嘴。

"但是在上帝面前，这里没有什么部落之分。在主的面前，我们都是平等的。"

"我的儿，"他斟酌了几分钟该怎样说更好，"你回去教书吧。别再饮酒。如果你教书教烦了，你再回到这里。我有事情要你做。我有很多个庄园。我年岁已高。或者你加入卡姆温文化组织。弄一笔贷款。开始创业。"

"在这里我们的农场上，自从我孩提时代，我就看过许多打工者：罗奥、古斯伊、艾姆布、卡姆巴、索马里、卢赫雅、吉库尤，而且他们都在一起打工。我看过他们赞美上帝，而他们之间却没有一丝的嫌隙。"

"我不明白你为什么要来。我不知道你竟然是来说服你父亲的。但是我再说一遍。回去教书吧。这些事情比你想的要复杂。"

父亲说完就走了。

木尼拉看着父亲从这片巨大的农场走开。不，他从来没有了解过父亲,他将永远不会理解他:这到底是怎么一回事儿呢? 教会与卡姆温文化组织之间的这个新联盟到底是怎么一回事儿? 不,和他无关的事情,他最好不要涉足过深。他感到了某种的解脱。他犹如被人从悬崖边上拉了回来。他推迟了一项决定。然而,他却觉得这个决定就是为他而定制,因为,当他将靠在父亲家墙上的自行车搬过来之后,他并没有向自己家的方向骑去。他骑向了卡米利索镇的方向,要去喝一杯。但是他知道,那天下午或者晚上,他将返回伊乌莫罗格,回到他那缺水、缺雨的静修地,可是一个新老师也没有聘请回来。

他此时来到的卡米利索已经发生了很大的变化。可以说,昨天它还是一个大村子。现在,它已经四处蔓延,变成了一个发展迅速的购物中心,啤酒吧和茶馆比比皆是。大街上随处可见工匠艺人在施展技艺,他们中有自己给自己打工的,也有自己给那些小康之家打工的。他们叮叮当当地将波形金属板敲打成各种物品:巨大的铝制水箱,火盆,烧炭热水器,鸡饲料槽子。从废弃的货车和汽车上卸下来的两大堆废铁垃圾越堆越高。等待打工的汽车修理工躺在草地上,看着一辆辆汽车从面前经过,希望某辆车会出点儿什么机械故障。

他站在加油站的外面,望向商店远端大货车曾经前去装载红土的地方,又望到阿米纳和其他人建立起斯瓦希里马伦戈风格的房子之处,不禁回忆起了过去的那件耻辱。那是多么久以前的事情啊!

这时他转过身来,看见几辆货车经过。在车板上写着"卡努私家"的字样。他知道他们是从哪里来的。他昨晚上的恐惧再次向他袭来。他快速地骑向最近的"游猎远行"酒吧,藏身在里面。

时间尚早,但是他还是点了一瓶啤酒,很快将其喝完,之后又点了一瓶。他开始慢慢欣赏起墙上的壁画,以便使自己忘却外面的事情,很快地,他就完全沉浸在了艺术家的幻觉世界里:

一名马赛甬士,一把西米短剑,挂在他那半裸的腰胯间,勇敢地将长矛精准地插进了一头狂啸雄狮的血盆大口里;在澳大利亚的维鲁荒原,一位戴着帽子的男子悠闲地坐在金合欢树丛旁边,将一根香蕉递给一个腹部袋子里有个小袋鼠的袋鼠妈妈;在沙漠里,都市的绅士和淑女坐在椅子上呷着塔斯克啤酒和比尔森啤酒;一只猴子从这根树枝跳到那根树枝,眼神犹如人类那样好奇——多么遥远不着边际的元素被牵强地绑定了在一起,然而又似乎非常和谐。在另一面墙上,是 555 路公共汽车沿着一条路驶向广阔蔚蓝的大海,海面上随着波浪升起的美人鱼裸露酥胸,怀里抱着婴儿。一幅幅超现实主义的形象闪过他的脑海。当他又点了一瓶啤酒时,他想起了阿卜杜拉的酒吧和阿卜杜拉对自己驴子的害怕……这是一个超现实主义的世界……这一刻,他能在一间洁净的现代办公室里被晋升为校长,而另一刻,在同一天的晚些时候,他竟然能在漆黑的香蕉林里,去喝一种团结茶,以保护少数人的财产……在黑暗的香蕉林中,美丽的女人突然出现,让你的幸福感能够延续一两个月,然后,她们又是同样突然地消失得无影无踪。他开始看吧台后面啤酒的牌子:塔斯克,比尔森,木拉提纳,瓦特 69,一八二〇年出生的约翰尼·沃克,仍能在一个星期日的上午行走在卡米利索的街道上……有人在点唱机那里播放一张唱片……他转过头去……他看见一个穿着绿色连衣裙的女子在缓慢地蠕动着臀部,他不敢相信自己的眼睛……"万佳!万佳!"他大声地喊了出来,"你在这里做什么?"

3

　　谢谢你的啤酒……今天在这里，今天上午在这里，你找到我，或者更应该说，我在这里找到了你，这真是很奇怪啊！我正要回到伊乌莫罗格去。也许你不相信。但这却是真的。我今天上午做的决定。或者，我应该说，这是为我决定的。让我给你解释……我从哪儿开始呢？在此之前……我在打工……听起来是那么久远的事情了，是不是？我说的是昨天晚上，但是对我来说却感觉像是许多年前的事情……话说回来，在今天早上之前，我在波里波高尔夫俱乐部附近的"天上"酒吧打工。那个地方非常刺激。高尔夫俱乐部所有的大腕儿都来这个地方吃烤羊肉并且买五分钟的爱。他们开着梅赛德斯－奔驰，戴姆勒，美洲虎，阿尔法，丰田，标致，沃尔沃，福特，大众，路虎揽胜，马自达，日产达特桑，宾利。那就像全世界所有豪华轿车的一次大聚会。肯尼亚所有社区的大腕儿都聚集在了这里。他们会谈他们的生意。他们谈他们的学校。谈好多事情。反正那是个好地方。但那是在我第一次前往伊乌莫罗格之前了！真希望我能继续待在伊乌莫罗格。离开伊乌莫罗格之后，就是说，当我离开你和阿卜杜拉的伊乌莫罗格之后，我又回到了那家酒吧。我发现那里有了变化。来自各地的大腕儿们坐在那里，只用自己的母语谈论事情。有时候用英语或者斯瓦希里语。不同组别的大腕儿们没有在意我们这些女招待。所以我就听到了一两件事情。每个组都在谈论来自其他组别的危险。他们都在饕餮大餐。他们什么都要拿走。或者说他们很懒惰……他们只喝椰子啤酒……或者穿西装或者吃鸟肉……或者他们将所有苏格兰"高原骑士"都喝光。然后，大约在一个月之前，其他组别的大腕儿突然都不再来这里了。所以,轿车就越来越少了。这时,谈话发生了一些变化。我们将战斗……我们从前也战斗过……其他的团体想要不劳而获……在肯尼亚没有免费的午餐。因此我们就知道要发生什么事情了。我们开始看见这些"卡努私家"货车的出现。酒吧的女招待们是最早被围猎的人。但是我却成了漏网之鱼。女孩们被带去喝茶的那天晚上,我好像是生病了。当她们回来时,她们都十分气愤。有些在不停地讥笑。因为对我们来说,谁开梅赛德斯-奔驰,这有什么关系吗?他们都属于一个部落:都属于梅赛德斯部落,不管他们是来自海滨,还是来自基苏木。一个家族。我们属于另一个部落,另一个家族。比如我那位常客。他是索马里人,个子很高。他为科纳克公司开长途大货车,他知道的地方真多:赞比亚,苏丹,埃塞俄比亚,马拉维。每一个地方他都知道很多故事。不管怎么说,我很喜欢他。我喜欢他栩栩如生讲给我的那些地方,犹如我亲眼所见。他真的很滑稽,从不穿内衣内裤,说每天都开车那么远,穿那些东西太沉了,但是他非常慷慨。是这样,他昨天过来了,将货车停好,那是他的习惯。昨天我休息。所以,他就要了一辆出租车,我们去各处酒吧饮酒。我们喝得很嗨。我试验了各种调酒方法……威士忌,苹果酒,塔斯克啤酒,杯杯香,伏特加……但不知是怎么回事儿,我就是喝不醉。这和以前可不一样。我在伊乌莫罗格的那段时日影响了我,而且,昨天晚上我一直在回忆这段时光。或许这只是人们看我们的方式。或许是……我有时候非常抑郁。但也许没那么严重。不管怎么说,我就是快乐不起来。他想在穆卡沙开一个房间。但是我告诉他不用了,我们回到我们的住处吧。他很惊讶,因为我从没有领他去过我的住处。我的原则是不领男人到我的住处。这是为了当你的友谊与某人结束时,他不会来骚扰你。所以他又要了一辆出租车,跟你说,长途货车司机可有钱了。我们就默默无语往回走。也许是因为喝了那么多的酒,也许是因为频繁换地方,也许是因为整个那种气氛,但是到我住处的这一路上,我们都没有说话。如果说你要发生什么事情,你的胃里会有什么感觉吗?你的头发里,或者身体的任何部位,会有什么感觉吗?我房间的窗子在冒烟。我向门冲去。里面着火了,但是还没有烧到门口。我想哭出来,我想喊出来声音来,但是我却发不出任何声音,连眼泪也没有。我只是使劲地捶打门,好像要叫醒屋里面沉睡的人……但是我想起来了,我的门钥匙在我的手提包里面。我打开门,想冲进去,但是一股强烈的烟火将我撞了回来。他们一定是使用了柴油或者汽油,而且,不管是谁,很明显,那个纵火者是想让我们两人都被烧死在屋里。我跑回我朋友那里,他却像被钉在了地上一样。领我去警察局报警……他说等一下,让我去撒泡尿……我又回到了我的住处。这是一座石砌房子,后面只有一个屋子。其他房间即将竣工。因此,被烧毁的只有窗户和门。我仍在浑身发抖。几分钟之后,我听到大货车开走了,那划在石头和沥青路面上的声音十分刺耳……我的朋友跑了:可是我能怨他吗?最后,我就去了另一座楼里面另一个女招待的住处。她告诉我,她听说了有人议论我,说我很傲慢,说我和一个索马里匪徒好上了,说我还拒绝去参加茶会。但是她并没有太往心里去,不过话又说回来,这到底是谁干的或者谁指使干的,这很难说,而且不管是谁干的,我真的不想去调查……最好是不知道……今天早上我发现,我床上所有的东西和我的衣服都被烧毁了:他们一定是将汽油抛入房间的。但是这却让我开始了思考。这是我离开伊乌莫罗格之后发生在我身上的第二次严重事件。现在我想走了……我想回到伊乌莫罗格。所以,我就乘坐汽车来到了这里。此刻我只是想放点儿音乐调节一下自己的紧张情绪,然后就继续返程到伊乌莫罗格。

4

这次偶然事件一定在木尼拉的心里留下了非常深刻的印象，一定让他感到了这是具有上帝安排般的重要意义，因为在多年之后，他能够在笔录中，详细地写下在一个星期日他们这次奇怪的邂逅，而在头一天晚上，他们都经历了一场火与恐怖的洗礼。

我没有词汇对她的故事做出反应（多年之后他写道）。一位喝着"香佳"啤酒、长相类似于动画片里的人物从后面的房间里闪了出来，跌跌撞撞地来到我们的座位前，要我给他买塔斯克啤酒。我机械地给了他一张五先令的纸币。他向我鞠了几个躬，将唾液流在手上，让老天保佑我免受邪恶的危害。我心里希望他赶紧走吧。我看向壁画上那位马赛勇士将长矛扎进跳跃起来的咆哮着的雄狮口里；又望向对面墙上的袋鼠，望向海面上随着波浪升起的美人鱼（双乳在水面上，鱼尾在水下），所有这些都突然间显得比坐在那里用低平、毫无生气的音调讲话的万佳都更为真实，都让我感觉更接地气。我的心在跳，我的胃在痉挛，厌恶和吸引力交替闪现。接着，我想起了我自己在厚密的香蕉林中那间小木屋里的磨难，也想起了我刚才看到的上面写着"卡努私家"字样的几辆大货车，我心情平和了一些，感到也许我们都被网罗进了一个超现实的世界里。我想将所有的记忆，所有的思维，所有想理解的努力，一切的一切，都淹溺在一瓶瓶的啤酒里。让我们再去另一家酒吧，我说。让我们喝酒，畅快地喝酒。明天我们就去伊乌莫罗格。我将自行车留在了"游猎远行"酒吧附近的加油站。我们一整天都在喝酒。我才不在乎被父亲或者妻子发现会是什么结果。

　　我们去了玛丽酒吧,年轻农场主酒吧,肯尼亚山酒吧,穆绰鲁伊酒吧,高地酒吧,玛莎累酒吧,每到一处喝一瓶啤酒,几乎不说话。万佳目光四处搜寻,不放过任何一个角落和一张脸,好像在寻找丢失的什么东西,找回一个想起的秘密。她缩进了自己的内壳,犹如她在以最近遭遇的角度反思,从内心里评估每一张脸,每一件发生的事情。大多数酒吧都人满为患:这就是所谓的附近工厂工人们两周一次的发薪日。巨大的冒烟机器工业和皮革、皮肤和污浊的空气已经成为我们生活中的支配力量,将越来越遥远的村落拉进了其拜金主义的轨道。在这家或是那家,尤其是在卡姆比酒吧,人们都认出了我,并且很可能在纳闷,他们所认识的清心寡欲、生活检点、著名牧师和地主的儿子,怎么会这么开放地与这样一位伴侣在一起喝酒。到晚上时,我建议我们去利穆鲁市中心。我们在年轻农场主酒吧外面租了一辆小面包车,绕过基姆尼亚开往利穆鲁。我们再次造访了那里大多数的酒吧,在新阿拉斯加酒吧、天堂酒吧、现代酒吧和街角酒吧待的时间长些。当我们来到友好夜总会饭店酒吧时,我真的已经喝高了,故事也多了起来。

　　我开始给万佳讲述关于利穆鲁的故事,事实与虚构完美地结合在一起。我很惊讶地发现,我对这个地方的了解真是太多了,从欧洲人从利穆鲁人手里偷走的提戈尼土地(该土地后来成了肯尼亚历史的动乱中心),快速讲到被后人称之为的拉里大屠杀。那家工厂的影子再次赫然出现在我的脑海里。在大战结束之后不久,发生了一次罢工,我永远不能忘记工人们被殴打发出的尖叫声:在两名嚼着口香糖的白人警官率领下,头戴帽盔的黑人警察将工人们打得满脸是血。我想,这是黑人对黑人的暴力,这又勾起了我对她和我最近所经历磨难的回忆。我告诉我自己,我醉了,可是我还是不停地要塔斯克啤酒。我感觉很好,有点儿为我自己和我的故事以及我星星点点的哲学思考而陶醉。但是万佳并不感兴趣,分散她注意力的是酒吧里的人:在点唱机前旋转身体的青年男子;穿着紧腿美国牛仔裤子、系着点缀有闪亮金星的宽大腰带的青年男子,这些男子或是倚靠在点唱机附近的墙上,或是坐在吧台旁的高凳上,或是嚼着口香糖,或是如我在美国西部片里面看到的天塌下来也不在乎的牛仔那样,用牙齿将火柴杆儿咬断;青年男子和女招待跳着最新的舞步。让唱歌的和跳舞的都见鬼去吧。让万佳和她的故事见鬼去吧。让阿卜杜拉、妮娅金娃、我的家庭、所有的人都见鬼去吧。我们都是陌生人……在我们的出生地我们也是陌生人。别再祈祷。别再为我做什么祈祷。点唱机里传出来的音乐很怪异地与我早年在希里阿纳学校的风琴声音混杂在一起。而我的脑袋仍在抗议……别再冲着我唱,别再……冲着我……在我成为奴隶之前……奴隶……见鬼去吧……让我脑袋里的陀螺见鬼去吧……希里阿纳……学校……脸庞……罢工……开除……我父亲扭曲的面孔:你给你的家族带来了耻辱;你在公众面前撕掉了你亲生父亲的衣服!你以为你比白人更聪明吗?你想去参加吟唱“卡四十!卡四十!”的米克拉组织,并与白人决斗吗?母亲的眼泪……我的耻辱……教书……曼果……伊乌莫罗格……万佳!此时我对她感觉的温暖变成了烈火,变成了欲望的火舌。我想和她在这里做爱,就在友好夜总会的地上。我想听她弱弱的尖叫和求助的喊声。权力。我在这个世界上没有任何牵挂。没有任何牵挂……

突然间,从我脑际里一个模糊昏暗的区域,我看到她的眼睛在盯着一个依稀熟悉的物体。我使劲看了看。我看见了他。他手里挥动着一个塔斯克啤酒空瓶子。他说酒话的声音盖过了其他人。他们正在争吵卡玛鲁和DK的优缺点。他喊叫着:卡玛鲁歌唱我们的过去,他回首我们的过去,他想唤醒我们学会我们祖先的智慧。那对今天的混乱有什么好处呢?另一人在反唇相讥:他的声音就是一个破钹钹在叮当作响。但是 DK 却唱得真实……唱我们……我们年轻人……唱的是此时此刻……是迷失在城市混乱中的一代人。又一个人插话说:我们并不是迷失的一代人。你懂吗?你别在那里污蔑来酒吧里喝酒的人们。哎呀……我想伴随吉姆·里夫斯和吉姆·布朗的歌声跳舞,再去撬开一两个保险柜,就像我在《日落黄沙》里面看到的一些牛仔那样。又过来一个人加入了争吵,声音里尽其可能地显露出恶毒和蔑视:看看我们的学者,他甚至都没有通过考试,他被赶出了学校,可是他却来到这里给我们讲述什么已经死去了的过去。

暴力让我恶心;我现在是这种感觉,我当时也是这种感觉。但是,一直都在静默无语、处于沉思状的万佳,却几乎坐不住了。她的那种兴奋劲儿,我与其说是看到了,不如说是感觉到了。我所不能相信的就是我眼睛里看到的事实。

"卡雷加!卡雷加!"她喊道。他举起的瓶子停在了空中。他将目光移开点唱机和争吵的对手。他望向我们,然后他就尽力平稳地走到了我们的桌子前,一屁股坐在了万佳对面的椅子上。"谢谢你,"他说的感谢对象并没有特别所指,"我完全可以将他的脑袋打碎,信?就像那样,可我又能得到什么呢?"他胳膊肘放到桌子上,将头埋在双手里。他突然挪开双手,从嘴里吐出了一串唾液到水泥地上。之后他又恢复到原来埋头的状态。

有人将一枚先令插进点唱机,瞬间又传出了刺耳的音乐。歌唱者的声音将一阵伤感和悔恨之情带进了整个空间,劝说,告诫,逐渐地用其声音的魔力将整个酒吧都掌控在了歌声里。我认真地倾听,努力听懂每一句歌词。

　　你收到了信说母亲得了病

　　你说，我绝不回家把亲省

　　我告诉你，勇敢者也会马失前蹄

　　我还告诉你，身手再敏捷也有一失

　　你虐待父母让我感觉既悲伤又害怕

　　因为我记得他们含辛茹苦把你养大

　　他们把你背在背上或者抱在怀里

　　轻柔地哄你，我们的小宝贝别再哭泣！

　　这时我碰巧看了万佳一眼。她的表情很痛苦。看见我在看她，她试图莞尔一笑，想把脸上的痛苦表情来掩饰，但是却不成功。她说：

　　"你还记得我告诉过你我离开家里的那个夜晚吗？"

　　"记得。"

　　"我告诉你，说妈妈让我到地里去施肥，对吧？"

　　"是的。"

　　"是这样。还有一件事情我并没有告诉你。她之所以让我帮她去地里干活儿，那是因为她卧病在床。后来她被送进了医院，做了阑尾切除手术。她几乎没有挺过来。我是在一家酒吧里跳舞的时候听说这事儿的。你知道吗？我笑了，我竟然笑了！"

　　所有其他人又都恢复了他们扭动胯骨的节奏，而且全体面向点唱机的方向，犹如都在同音乐盒里面藏着的一个女人做着爱。难道是歌词里面有什么东西能让这些年轻人这么狂热吗？对于我来说，我父亲和母亲并没有给我留下什么温柔的记忆，留下的只有恐惧，而这种模糊的恐惧我却一直没有学会如何去克服。卡雷加在乐曲声中一直在打呼噜。万佳十分呵护看他的眼神让我想起她曾经看阿卜杜拉时的情形，好像他们有着一种共同的痛苦，并且被希望所共同背叛了。我的胃里痉挛了一下。我产生了一种自己私密生活被一个外来者侵入了的不舒服感觉。我很粗率地对万佳说：我们不能把他留在这里。我趔趄地走出来叫了一辆出租车。我们把他拖进了车里，他立即鼾声如雷。万佳并不说话。我胃里痉挛的感觉仍没有消失。我预订了一个双人间的卡米利索离利穆鲁镇只有一英里半远。但是我感觉我们好像行驶了整整一个夜晚。我付给了司机三个先令的车费。我想给卡雷加再要一个房间。但是此时已经没有多余的房间。我别无选择，只得让他留在我预订的唯一房间里，直到他从醉酒状态中醒来。万佳和我扶着他上楼来到我们的房间，扶他坐在一张床上。如在车里一样，他立即倒在床上进入醉乡。我坐在床边，含糊地反思着我的使命，以及自从我离开伊乌莫罗格以来这三天所发生的种种事件。我怎么会卷入到了这里？我很满足于我从前浑浑噩噩的状态。万佳坐在另一张床上，没有丝毫想主动的意思。我要走过去和她在一起，我边想着，边燃起了欲望。我拉过来一床毯子，将他从头到脚都盖上了。我正要走到万佳坐着的地方，这时卡雷加却醒来，而且坐了起来，很焦急地四处顾盼，其实什么也没有看到。我坐在房间里唯一的椅子上。此时我已经清醒了过来，或者说，是这次危机让我清醒了一些。同时我也感到了一丝的伤感和愧疚。因为我如何能够忘记，仅在十八个月左右之前（尽管感觉好像是过了很久很久），眼前这个烂醉如泥的小伙子曾经到了我在伊乌莫罗格遁世的地方，可是我却让他走了呢？年轻、聪明、前途无量的一代人怎么会沦落到如此的地步？难道除了酗酒、听音乐和往地上呕吐，就没有别的什么方式来挥洒他们的精力和实现他们的梦想吗？

“我在什么地方？我在什么地方？”他在问。

“没事。是我，你不认识我了吗？”

"啊,原来是老师吗? 我感觉很糟糕……这太……真的太丢脸了!"

"到底是怎么回事儿,卡雷加?"我问他。他迷惑不解地看了看周围的情况。然后他就低下头说了起来,眼睛基本都是看着地板。

"我不明白这到底是怎么一回事儿,整个这件事情我都不明白。开端很清楚……或者说那是一种幻觉? 结尾又是如此的浑噩模糊,以至于开端和开端背后的思想都被掩藏在了一层悲愤、相互攻击、残酷和盲目的复仇迷雾之中。对希望、梦想和美丽的大屠杀。光明的开端……悲愤的结尾。我一度曾下了决心要完成这个过程。我毕竟有学校优异成绩的证书。我说:储伊和学校可以将我逐出……但是这个国家不能将我逐出,在一场胜利斗争的汇聚点,我们大家都能找到工作来做。国家独立的胜利果实。你出一份力……我出一份力……我们能够移山填海,为什么不呢? 还有大城市。我从这家办公室走到那家办公室,都走遍了,结果是一样的。没有空位置。没有机会。偶尔他们会问你:谁派你来的? 我和把门儿的都混得脸熟了,他们很同情地问我:你不认识什么大人物吗? 大哥什么的……能说上话的什么的? 没有机会……没有空缺……后来到了一个地方……看到是这么写的:'想要找空缺,明天来见哥!'……太有创意了! 有时候我想回到希里阿纳去,打算把储伊的房子烧了或者什么的。因为我常对自己这么说:做错事儿的其实就是他,可是为什么他就该有个舒服的地方睡觉呢? 别人做错的事情,为什么要我来受罪呢? 你们知道我后来沦落到了什么地步吗? 我开始在马路边卖羊皮,卖水果,卖蘑菇。你们应该去看看我们,这些被叫作'路边小子'的我们。任何停下来的车辆我们都争先恐后地拥上去:买我的,我的更好,更光亮,买我的,买

我的,买我的。有时候,他们甩过来一把硬币,让我们像饿狼似的扑过去抢钱。他们就哄堂大笑。你必须记住,你必须得精明,反应快,而且装作看不见,或者听不到他们的羞辱。游客……四方游客……我们喜爱游客。我们希望他们带着银币和纸币过来旅游,等他们走之后我们又对他们骂不绝口。请拿这个……好……我很饿,先生……要交学费……他们笑着看我们向他们诉苦,向他们乞讨,让我们同心协力吧。

"生活一直都很困难,"他继续道,眼睛仍盯着地板,"生活一直很艰苦,老师……我让母亲失望了。彻底失望了。你没看到我的母亲吗?他们都叫她老玛丽亚姆。很可能你记得她。她在你父亲的农场打工,是最老的打工者。一个虔诚的女人。为了让儿子能够上学,她就那么辛苦地刨着地。她对自己说,也许在喃喃祈祷,一切都会好的,一切都会好的,等我老了,他就养活我了,因为,在有男孩儿的家庭,有哪家公羊的羊头不被吃掉呢?她总是最早出海和到咖啡种植园打工的人,去拔草。她在说:我的欢乐就在我的老年。她曾对我说:'你想去上学这很好,卡雷加,看看卡恩南奇家的孩子们,看看埃泽基艾利·瓦维鲁兄长家的孩子们,他们都受过教育。'因此,我就上了学,她的声音一直萦绕在我耳畔。曼果,卡曼杜拉,希里阿纳,荣耀了吗?现在看看她的儿子……打架斗殴……从点唱机里挤出每一滴果汁。跟你说,我一直没有脸见她。她从不对我说一句狠话。她只是告诉我:'你从没有违背过我,可是你却怎么会和你的老师们作对呢?'

"即使当我卖羊皮并向游客们乞讨时,我的脑子里也会出现她的形象。但是过了一段时间之后,我对乞讨和慈善感到了厌倦。

"慈善……慈善……我们的国家信奉搞慈善事业……可是我却厌倦了慈善事业。我为什么要成为别人慈善的对象?我为什么

要在我自己的土地上继续成为外国人慈善的对象？这时我想起了
你。你曾经有过类似的经历。所以我就来到伊乌莫罗格找你咨
询。我想……我想……我想我很幼稚，我想你只会笑话我……请
原谅我……但是当时我真的以为你……以为你会装作惊讶，说你
毫不知情，因为那对于我来说是生死攸关的大事。我问我自己：他
为什么要向对待孩子那样对待我？还有，那个女人房间里微弱的
灯光。我孤独无比。我就独自走进了夜色。这时，月亮出来
了……寒冷的月色……但是它却照亮了我的路。我又回到马路边
卖我的羊皮、水果，向游客乞讨。有一天我说：我要喝酒……要像
别人那样喝酒……你鄙视我吗，老师？你鄙视我吗？哈哈哈！请
你买一张我的羊皮吧？买一块漂亮、光鲜、毛茸茸的地毯吧？要不
买点儿橙子和梨吧？橙子今天便宜……你先给我钱……我这个人
很守信用。上帝的真理。然后，也许我可以给你买一杯啤酒……
为了……为了向你表示感谢……你看，我走到哪里都是卖羊皮和
橙子。上帝保佑你们这些游客。是游客帮助了我们的皮肉和骨头
还能连在一起。"

　　竟是这样的一天！竟是这样的一个夜晚！瓦维鲁的儿子，玛
丽亚姆的儿子，妮娅金娃的孙女，此时此刻竟然同处一室！此时已
经是黎明时分！他开始时轻声慢语，神情凝重，低头看着地板，可
是结束时，他却在冲着看不见的什么人呐喊。他抬起头来看了我
一眼，干裂的嘴角上挂着一丝幽怨的讥笑。这时他又转过头去，嘴
角上的微笑突然僵在那里。他一定是看到了她那双大眼睛在望着
他。他似乎第一次意识到她的存在。"你……你……"他低声道，
犹如看到了过去一张熟悉面孔的鬼影。他们默默无语地相互
看着。

　　我胃里的那种痉挛感觉愈加厉害，因为在那一刻，在那一瞬

间,我知道了——但那是什么呢？怪事。我胃里燃起了一团火。扎人的带刺儿的火舌。胆汁四溢。水。我孤独郁闷。我是名观众。

"来伊乌莫罗格吧。"她用又柔顺又权威的声音说。

"好!"卡雷加回答,已经被催眠驯服。

第六章

1

他们回到了伊乌莫罗格,这次既不是受理想主义所驱使,也不是为了寻找治疗个人伤痛的疗方,而纯粹是为了逃亡。他们使用了木尼拉的自行车。有时候三个人都徒步行走,其中一个人推着自行车。有时候三个人都在车上,木尼拉蹬车子,卡雷加坐在横梁上,万佳坐在后面的货架上。但是大多数情况下,他们都用某种接力的方式前进。卡雷加徒步。木尼拉载着万佳骑行一英里左右,然后让她自己往前走。然后他再回来接卡雷加,载着他骑行一英里左右超过万佳。然后轮到木尼拉走路。卡雷加骑上车回去接万佳。很快,他们三人都和他们脚下踩的土地成为同一种颜色,而头上则是一望无际的蓝天和白云。

木尼拉在行走时,他对目前形势的怪异程度百思不得其解。他感觉他离开了不是三天,而是三年。他有很多事情不理解:他父亲的行为和态度……姆佳米神秘的死亡……他父亲提到玛丽亚姆时的那种晦涩的用词……它们之间有什么联系呢?而此时,他却和玛丽亚姆的儿子(他从酒吧里聘用来的老师)和万佳在一起,三人都是去伊乌莫罗格寻找一个家。他心里已经确定,这就是万物之规律,所以他很期待再次回到伊乌莫罗格。他确信会受到某种英雄般的欢迎:至少阿卜杜拉和妮娅金娃会问题不断、表情感激的。

但是他想起了开着路虎车来的那个人,想起了他们含蓄影射的话语,他们威胁的表情,他们要求携带十二先令和五十分,和卡姆温文化组织,等等。他突然间明白,那两个人的造访、他所经历的磨难、由少数致了富的人(通常是与外国人沆瀣一气)向全体人们玩弄的那场巨大骗局,在这些事件之间是有着联系的。他再次被一种不同的内疚捅了一刀:他自己竟然积极地参与了一场背叛全国的宣誓活动。他没有表现出伊乌莫罗格女人们所表现出的勇气,或者那位发出抗议之声的工人的勇气,或者全国上下那些冒着生命危险对这场运动进行公开批评的男男女女的勇气。接着他又想:但即使他表现出了勇气,他又能做到什么呢?因此,心里本可以唤醒他面对生活的那种怀疑又被他遏制在了心里。他又想到了万佳。他想把自己的经历告诉她,然而却欲言又止。

万佳给自己定了规矩。她要在伊乌莫罗格有个全新的开始。自从她离开伊乌莫罗格之后,她走过了两次屈辱可耻的经历。她决心与过去决裂,要在伊乌莫罗格做出一番事业。作为她精神洗涤干净的实证,她决心不再臣服于她身体对男人的那种魔力,不再卷入任何关系,直到她打败过去,彻底绽放自己的价值。

卡雷加对这个地方和这里的人们不好说有什么期待。他响应了万佳的号召犹如那是在接受自己的命运。是的,他想,与命运的盟约,因为前途如同一大片空白,就像头上的天空一样,没有缺口,没有开口。但是,当他看到万佳时,搅动了他那泊沉睡的血液并带来涟漪的东西,到底是什么呢?眼前这一切实际上变成了记忆,他为什么会突然感到痛苦呢？他再次确信,这就是命运,因为他又想起了姆佳米,一股忧伤和模糊的悲愤突然袭上心头。但是他要感激木尼拉,因为他说要聘用他来当老师。从利穆鲁马路边一个卖羊皮的,摇身一变成为伊乌莫罗格孩子们的老师,这总该算是一个开始。

木尼拉也向他解释过伊乌莫罗格学校缺少老师的原因。在殖民时期,非洲老师只能在非洲人的学校教书。所有非洲人的学校基本都是大同小异:设备差,校舍差,资金有限。但至少学校里的老师是当时非洲老师中最好的。

但是在自治政府成立之后,学校管理和教师分配的肤色标准被取消了。结果就是,原来非洲人学校只不过是条件十分落后,但是还有好老师,可是现在,学校连这些优秀老师也失去了。这些优秀老师被吸引到了前亚洲人和欧洲人的学校里,因为那些学校收费高,校舍、设备和教学资金各方面都非常好。诸如伊乌莫罗格这些边缘地区的学校几乎完全被抛弃了,只能是自生自灭了。

卡雷加感觉很好:他的教书生涯将会更具有意义。坎布里奇·弗劳德夏姆曾经告诉过他们,教学就是一种召唤,一种天命,因此有助于灵魂的修炼。卡雷加发誓,要把自己知道的一切都毫无保留地教给伊乌莫罗格的孩子们。

但是他们此时归来的伊乌莫罗格却是太阳炙烤、沙尘飞扬的伊乌莫罗格。对伊乌莫罗格乡村面貌的惊人变化,万佳和卡雷加尤其感到了震惊。

"过去是一片绿色,"她说,"绿得美丽,绿得充满了希望……可是现在,竟变成了这个样子。"

"一个干旱季节……这么快……这么快!"卡雷加附和道,也想起了过去繁花似锦的美丽景色。

"这就是这个世界的规律。"木尼拉说。他们站在自行车旁，皮肤被晒得冒油，嗓子干哑，鼻子冒火，一直在咳嗽和打喷嚏，想把里面的尘土喷出来，眼睛看着星星点点干枯的玉米秆儿歪歪斜斜地朝上长。

他们发现妮娅金娃、阿卜杜拉和约瑟夫站在商店的外面。

这三个人看到他们三个人之后并没有表现出任何的惊讶或者好奇。木尼拉感到自己的情绪有点儿像泄了气的皮球。他们甚至连一个问题都不问！

"我们刚才在讨论阿卜杜拉的毛驴。"妮娅金娃这样一句解释的话就算是欢迎了。

"那毛驴怎么了？"万佳迅速问道，因为她注意到了阿卜杜拉脸上凝重的表情。这就是她希望要有个新起点的地方吗？

"村里的老人们要把驴子杀掉，"她继续说，"有些人认为该把这毛驴痛打一顿，然后让它跑到草原上把这场疾病带走。"

"一头毛驴？我以为在这种祭祀礼仪上，只是用羊来献祭吧？"卡雷加说。

"这个人是谁？"妮娅金娃问。

"他叫卡雷加，"万佳解释道，"他和阿卜杜拉来自一个地方，利穆鲁，而且他将在我们的学校教书。"

"我们新来的老师。"木尼拉补充说。

"在这么干旱的时候？上帝保佑你吧。"她说。

大家都坐在阿卜杜拉商店的外面。木尼拉要了一瓶啤酒来为自己的嗓子洗洗尘。

"毛驴是我的另一条腿，"阿卜杜拉痛苦地说，"他们让我把这条腿砍了扔掉。这是第二种献祭。"

"但是毛驴并不能影响天气啊。"卡雷加评述道。他也要了瓶啤酒。

"约瑟夫,快给你的新老师拿一瓶啤酒来,"阿卜杜拉说,"我记得你不喝酒。"

"情形有了变化,"卡雷加若有所思地说,脑海里闪出六个月前他们在万佳小茅屋里的会面。"我该说,时间有了变化。"他补充道。

"是因为干旱……"妮娅金娃解释说,"草很稀少,很快就会剩下几棵小草了。问题是:这几棵小草我们给谁吃呢,是给驴吃,还是给羊吃?"

"一个是妈妈怀里抱的,一个是妈妈背上背的,这手心手背的怎么选啊?难道他们不是我们的孩子吗?"阿卜杜拉反驳道。

返乡竟然是这样一种情形!木尼拉想,这第二次返乡竟然是看他们争论干旱,对于他们所留下的戏剧竟没有一个问题!

"干旱会过去的。现在不是才三月份嘛,"木尼拉说,"如果我们这样谈话,有可能把雨季赶走呢。"

"是的。三月会下雨的,青草会生长。"万佳附和道,但是心里却充满了焦虑:老天必须得下雨了,否则他们就完了,整个村子都会完蛋了。"阿卜杜拉,"她叫了出来,"看见你的酒吧招待回来,难道你不高兴吗?"

大家一阵哄堂大笑。紧张的气氛有些缓和了。

"去把你的灰尘洗一下,否则你该把我的顾客都赶跑了。他们会认为你是干旱大神的女儿了。"

2

在新任校长戈弗雷·木尼拉的伊乌莫罗格小学里,卡雷加担任一名"未经培训的老师"。木尼拉曾领他去了区教育局。教育长官莫奇戈做了一番例行公事的问询并继续承诺下基层走访之后,同意聘用他为老师,并说:"木尼拉先生强力推荐了你,并为你的人格和良好行为做了担保。木尼拉先生制定了很高的标准,我希望你以他为榜样,对这一高尚的职业做出无私的奉献。"

学校现在分为四个部分,一年级至四年级:两个班级上午上课,两个班级下午上课。四年级的学生比较大并且学习也比较好,但是他们的学习都是时断时续,因为给他们上课的老师都没有待得长久,所以他们缺了许多的课,卡雷加下午五点钟之后给他们补课。

站在教室里这些学生的面前让卡雷加释放出了某些东西。这就像是在继续一场他在希里阿纳所开始的与自己的对话,而中断那场对话的就是他被学校开除和在马路边向游客兜售羊皮、水果的艰苦一年。他担心孩子们不知道伊乌莫罗格以外的世界:他们以为肯尼亚就是一座城市,或者是伊乌莫罗格以外什么地方的一个大村子。他怎样才能开拓他们的意识,让他们把自己、把伊乌莫罗格和肯尼亚看作是一个更大的整体、一个更大陆地的一部分呢?怎么让他们看到这个大陆上有着非洲人民的历史和非洲人民的斗争史呢?他在脑子里扫描着非洲人民在这个大陆上曾经留下的足迹,思索着非洲人民创造亘古奇迹的时刻,这些足迹,这些时刻,即使黑人的血汗和白人的帝国主义之间致命的冲突,也难以将其从人类的记忆和有记载的历史中抹掉。埃及,埃塞俄比亚,莫诺莫塔帕塔,津巴布韦,廷巴克图,海地,马林迪,加纳,马里,桑海:这些名字听起来十分悦耳,孩子们渴望、专注地倾听他讲课,惊异、好奇之心溢于言表,同时心里也在画个大大的问号。他教他们唱歌:我住在伊乌莫罗格,伊乌莫罗格位于赤利区,赤利区位于肯尼亚共和国,肯尼亚共和国位于非洲东部,非洲东部是整个非洲的一部分,非洲是非洲各国人们的土地,从非洲又走出了许多人到了世界各地。尽管这首歌显得很抽象,但是孩子们仍高亢地跟着他唱。而让他感到不安的正是孩子们执着相信他的这股劲儿,这让他意识到,他们执着和渴望正表明了他们有问题,因为这和他心里的疑问也有着关系,甚至在希里阿纳,难道不是这种疑问在如影随形地折磨过他吗?非洲人的经历他并非总是那么清楚,此时他面对面地教一帮求知欲很强的小孩子,他明白了当时在希里阿纳受教育时的种种不足。此刻回想起来,和眼前的教学折磨相比,他在路边向游客兜售羊皮和水果的那一年,怎么说也没有这么苛刻,也没有让他感觉这么受挫过。因为,面对伊乌莫罗格,面对这个贫穷、干旱、人口锐减的荒凉之地,面对明天就要跑进城市去忍受他曾忍受过的残酷生活、对未来有着千种幻想憧憬的孩子们那期待的眼睛,就如同以一种更深刻、更痛苦的方式面对自己一样,因为这个问题以及提出的疑问超出了仅仅个人的安全和救助。看着这干旱,看着孩子们幼稚的面庞,看着这一地区毫无任何发展的空白(他心里在问:现代科学的好处到底在哪里啊?),犹如看着他们共同悲惨的命运一样。

希望渺茫:这是一场巨大的骗局。他和木尼拉就是将脑袋埋在课堂沙子里的两只鸵鸟,完全忽视了外面那嚎叫的干风和大太阳。难道这不是当年他们在希里阿纳谴责储伊的罪行吗?作为老师,尽管是小学老师,他们怎么能够对这干旱的现实视而不见,对面前这些神情不安的孩子无动于衷呢?对于这场干旱,所谓的教育,历史,地理,自然研究和数学,该说什么呢?

三月末的一天,他很晚走出了教室,来到了阿卜杜拉的酒吧,发现那里已经有了一伙人。

"罗洛家的羊昨天晚上死了,"妮娅金娃向他解释,"他哭了。我们都互相看了看,因为一个成年人的眼泪只能预示着疾病。但是我们知道他这是忍不住了。我们和他一起坐坐,就算是守夜吧。"

3

到四月末,天仍未下雨。牛羊都瘦得如骷髅一般;大多数牧民已经迁徙到了别处,寻找好一些的、气候不那么恶劣的地方去躲避。他们希望五月份天会下雨。但是到了五月中旬,这已经是下雨能够拯救他们的最后希望,两头牛死了;秃鹫和鹰隼先是在空中盘旋,然后就成群地飞扑下来,之后不久,就在枯萎、低矮的象草上,留下了散落的块块白骨。

万佳在学校外面等待卡雷加和木尼拉。

"他们已经决定了。村里的长者们去见了穆瓦迪·瓦·穆格。他说,尽管用羊来献祭是必需的,但是那头毛驴也必须牵到旷野上。我们一定得帮助阿卜杜拉。驴子如果死了,那么他也就死了。"

"他们说什么时候了吗?"木尼拉问。

"他们很快就要开会决定时间了。"

"他们说了要如何把驴子牵到旷野上了吗?"

"没有……但是整个村子里的人都在议论纷纷,说人人都要用鞭子抽打驴子……男人,女人,孩子,无一不参加。"

"可是我们该怎么办呢?"木尼拉问,然而没有人回答这个问题。

4

对过去魔鬼缠身般的记忆;蝗虫的灾年;行军虫的灾年;木薯饥荒的灾年:恩吉吉、恩古恩加和恩加拉古·亚·穆万加割礼帮仍然牢记着这些灾难的名字,因为他们见证了难以控制的自然界对人类的努力永远都是个威胁。当然,另外还有一个教训。一九〇〇年,仅在蝗虫灾年的六年之后,饥荒严重得不能再严重了,以至于整个那一年的割礼活动都终止了。现在,没有任何帮伙叫着纪念所谓"英格兰饥荒"这样的名字,因为这样的名字削弱了人们对那些侵略自己土地、剥削自己血汗的欧洲人的抵抗。木薯饥荒本身就是一首悼念他们死去的儿子的悲歌。他们的儿子们在北非、中东、缅甸和印度抗击德国人和日本人而献出了生命,因此在年青一代人中流传着这样一首歌:

> 最初我从日本来
>
> 几乎不知我未来
>
> 木薯磨粉做干粮
>
> 生下孩子是死胎。

因此,历史和传奇都表明,伊乌莫罗格一直都受着来自两方面灾难的威胁:自然界难以捉摸的残酷,和人类没有控制的行为。

这些想法在向卡雷加嘲笑,因为他还陶醉在人民伟大的历史和从马林迪传播到的黎波里的伟大文化之中。他心里的声音是:最早的人类,地球上所有人类的祖先,据认为是起源于肯尼亚……图尔卡纳湖……他怀着对历史的敬畏心情站在学生们的面前,期待着他们发出不敢相信的惊叹或者提出几个问题。

"好,穆里乌吉。"他指向一个似乎举手的孩子。

学生那里传来了书本掉落、凳子嘎吱作响和孩子们爬过桌子的混乱声音。穆里乌吉从座位上摔倒了。

"让开,让开!"卡雷加边说边用手将孩子们推开。他摸了摸横躺在地上的穆里乌吉。"他只是饿了。"一个男孩儿说。"我知道,他告诉过我他饿了。"卡雷加明白了,他将孩子带到了他的住处,给他弄了点儿吃的:一个鸡蛋和一听牛奶。

卡雷加想,此时此刻,城里和其他地方的人因为富庶而整天饮酒作乐物欲横流,可是在这里,人们却因饥饿和营养不良而昏倒。

他和木尼拉谈及此事,木尼拉却提出了同样的问题:

"我能怎么办?这不是我的过错。也不是任何别人的过错。我们只能停课等待时机转好了。"

"接受失败吗?"

"我们无能为力的。这是上帝的行为。"

"上帝的行为?人们为什么没有反抗就接受上帝的任何行为呢?不都这么说吗,自助者,上帝助也。"

"怎么自助?"

"我们可以进城啊!"他说,好像他已经想好了这个问题。但实际上,他只是脱口而出。

"进城?"

"对,进城去寻求帮助。"

"不行,卡雷加。我是从城里离开的。我真的不想再回去了。"他之所以这么说是因为他突然想起了那次恐怖的经历。

"为什么?"卡雷加问,对木尼拉断然的拒绝感到惊讶。

"听你的口气好像你没有去参加茶会。"

"你去了吗?"卡雷加问。

"去了。我感到了莫大的耻辱。我是被骗去的,而我又骗了我的妻子去,她现在都不相信当时我不知情,"他轻声回答……"但是,即使我不是被骗去的,我怀疑我是否有勇气去拒绝,而这一点则让我更害怕。"

卡雷加沉思了片刻。他的声音有些严厉:

"我没有去。但那并不是因为我会感到耻辱。当我向游客们兜售羊皮时,我问我自己,整个这么大一个社区的人怎么会被几个贪婪之徒所欺骗呢?他们之所以贪婪,那是因为人民用血汗换来的果实,大部分都被他们霸占了。他们从其原始的美丽计划中摘取了一个符号……他们以为自己就能将其服务于狭隘自私的目的!让贫穷和偷盗而来的富贵握手,永远言和并友谊长存!可是那些忍饥挨饿、没有工作、交不起学费的人我们该怎么办呢?难道我们可以让他们饮一杯宣誓酒、哭出来一首团结之歌吗?多么容易啊……看啊,在伊乌莫罗格就不会有问题了,在肯尼亚所有其他被遗忘的地区都没有问题了!"

"我明白你的观点,"木尼拉说,"你最好与万佳和阿卜杜拉谈这件事儿。"接着,他又突然充满激情地补充说,"你看哈,我们完全可以去告诉恩德里·瓦·里艾拉,说我们都是卡姆温文化组织的成员。"

卡雷加对整个这一事件猛烈地嘲讽了一番,结果却让木尼拉的感觉好了些,内心里更平静了些。这等于把木尼拉脑子里的想法用语言表达了出来。

经过这番谈话,卡雷加越是思考他与木尼拉谈话时所成形的想法,他就越发觉得这一想法可行。他感觉坐立不安,他迫切要把这一想法付诸行动。而驱使他前进、往往给他带来麻烦的,正是他这种坐立不安的特点,但是他内心的这种不满声音他总是不吐不快。

他必须把这场干旱看作是一个挑战,同时也是一个考验。但是不管他做出怎样的决定,他都不会在这种条件下教学生了,因为这里的理论似乎就是对事实的嘲讽。

他将这个计划告诉了木尼拉、万佳和阿卜杜拉。

"在我看来,我们来到伊乌莫罗格这里似乎都有自己的原因。可是现在,我们都到了这里。整个社区面临着一场危机。我们该怎么办呢?村里的长老们都根据自己的认识准备做出行动。他们认为,用献祭的方式,并将所有的罪孽都归咎于阿卜杜拉的驴子身上,他们就可以影响自然界。天哪,我甚至还听到恩巨古纳说,献祭还将贿赂上帝,当美国人企图走进上帝秘密的地方时,上帝会闭上眼睛。我认为,我们可以拯救这头毛驴,我们可以拯救整个社区。"

任何能够拯救自己毛驴的方法阿卜杜拉都是接受的。所以他就急切地问:怎么拯救?

"这个地方有一个议员。我们,或者更应该说是他们,选举他进入议会来代表这个选区所有的选民,不管他们住得有多么遥远。让我们派一个由男人、女人和孩子们组成的强大的代表团到大城市去。到首都去。我们将面见本地区的议员。政府一定会给我们帮助。或者,我们也可以帮助别人。否则,这场干旱会把我们所有人都吞噬掉的。"

"那么毛驴呢?"阿卜杜拉问。

"我们将牵着毛驴和我们一同前去。我们将把驴车修理好。我们可以用驴车带回食品和其他用品。"

万佳感到了一阵刺痛。难道又要回到城里去,回到她另一个耻辱的地方?当她想起她那双重的恐惧时,她感到了一阵眩晕。

"我们不能派一个人去吗?比如说,派你去如何?你可以骑上木尼拉的自行车去。"她胡乱地给出建议。

"我？一个人去他是不会听的。他会认为这是一个把戏什么的。但是我确信,他不能忽视一个人民代表团的。"

阿卜杜拉欣然同意这个主意。万佳在想:去年的那个时间,我去城里是为我自己谋取突然暴富。现在,我是为了人民而去。也许大城市会更友好地接受我们的。

木尼拉不认为一个议员会为他们做什么事情。他在想:我似乎总是不能安顿下来。我总是在别人的唆使下不停地挪动,我能不能做出自己的行动和自己的决定呢?但是,既然万佳和阿卜杜拉已经同意了,他也接受了。同时,他觉得自己也可以有机会遏制自从那天夜晚在卡通都茶会以来自己内心的愧疚声音。还有,去检验一下这个卡姆温文化组织,以及这个组织所倡导的团结和利益和谐的背后有什么企图,这也是好的。

下一个问题就是村里的长者们了。他们已经决定第二天召集一次会议,来宣布对阿卜杜拉的毛驴的判决,同时也宣布献祭羊的日期。万佳那天晚上将和妮娅金娃谈这件事,妮娅金娃在即将举行的决定性会议之前,和几位长者谈及这件事。

参加会议的人很多。妮娅金娃告诉了与会的人穆瓦迪·瓦·穆格所说的话:

"我们将这头毛驴送走。我们要献祭一只羊。没有人能够反驳穆瓦迪所说的话。你们知道,他就是上帝用来保护我们土地的棍棒和阴凉。你们知道,自从很久以前我们为伊乌莫罗格而打的那场战斗之后,我们这里并没有发生许多的瘟疫。没有人能够反驳他。所以我们没有问他如何来解决。他也没有告诉我们如何来解决。他知道我们不是小孩子了。如果是一只羊,我们可以抽打它,然后把它送走,让它把瘟疫传给别人。但是我们却在利用它用于同样的疾病：我说让我们来抽打它，当它奄奄一息时，我们就把它送走，送到旷野中让它带走这场瘟疫。"有几位长者也发了言，表示同意这个主意：驴子确实是我们中间的陌生者！

"但是，我们孩子们的老师或许有什么现代的良方来治愈一种古老的疾病呢。"有人建议说。

卡雷加有些发抖。在学校辩论时，他曾讲过话和争论过。但是他从没有在这么多的老人面前讲过话。此时此刻，他不能想起什么合适的谚语、谜语或者故事来一针见血地阐明自己的观点。所以他就做了一个通俗的演讲。

"一头毛驴对天气没有任何影响。没有什么动物或者人类能够改变自然的规律。但是人们可以利用自然的规律。我们需要得到的魔法应该是这样的：能让这块土地在风调雨顺时获得丰收，我们再储备一些粮食以备荒年。我们需要这样的魔法：让我们的奶牛产奶充盈，我们不仅有足够的供自己饮用，还可以将余下的用于交换我们这里不能种植的作物。这个魔法就在我们手里。等明天下雨时，我们应该去问土地：你需要什么食品、什么献祭，才能产出更多的粮食呢？如果我们将阿卜杜拉的毛驴杀掉，我们就等于砍掉了我们在干旱季节的另一条腿。我从利穆鲁来，那里的驴子就是不喝汽油的机动车。当你们家里最后一粒粮食吃完时，你们能走那么远的路，背回来粮食和水吗？我们还是自身多想想办法，看我们如何能在这场旱灾之中自救。我们双手的劳动就是魔法和财富，它能够改变我们的世界，并且终结我们地球上所有的干旱。"

他还给大家说了组成代表团的主意，并有些夸张地赞扬了选区议员的美德和职责。"我们给他选票，他就会替我们解忧。但是如果我们不让他知道我们有麻烦，不给他机会将我们的问题提交给政府，我们能怨他吗？"

他们开始悄悄地议论……是的,他说得对……我们应该让那些当权的人物知道。也许,如果他们知道了……是的,是的,也许如果他们知道了我们的困境,他们就不会派人只来收税了,也不会派那两个人来收钱、来让我们加入连我们这些村民都根本不知道的什么组织了……这是你学校的老师……来这里还不到两个月……他这些话都是从哪儿学来的?

恩巨古纳站起身来表示反对进城这个主意。

"我的耳朵听到的这些话语很是奇怪。说什么要派整个村子去城里请愿。你们听说过整个一村子人都放弃自己的土地和财产去陌生的公路上乞讨吗?这个年轻人血气方刚,我们该把他派到城里去,让他告诉那位议员来我们这里。就该这样,应该是议员来我们这里,而不是我们派使者和孩子们去作为他的发言人。"他说着瞥了一眼卡雷加。

恩巨古纳的主意很简单直白,而且维护了伊乌莫罗格的尊严。人们又开始争论起来。这时,妮娅金娃站起身来。

"我认为我们该去。轮到我们来推动事态发展了。曾几何时,事态是按照我们伊乌莫罗格人的意愿发展的。当时我们有力量支配我们的四肢。我们自己编了歌词,伴着这些歌词又唱又跳。但是有一段时间,我们的这种力量被剥夺了。我们是跳舞了,但是歌词却是别人喊出来和唱出来的。最初是瓦尊古。他们从那边儿派火车来到这里。他们吃掉了我们的森林。反过来他们给了我们什么呢?接着他们又把我们的年轻小伙子给拉走了。他们继续在吞噬我们的年轻人。我们生了孩子就是为了让城里给接走。在抗击瓦尊古的战争中,我们献出了自己的鲜血。做了献祭。为什么要那样呢?因为我们想要完全凭借自己的头脑和肚子来唱我们的歌曲,来跳我们的歌词。可是后来发生了什么?他们继续将我们的年轻人诱惑出走。反过来,他们给了我们什么呢? 除了这里的这两位老师,其他的老师都是来去匆匆。接着,他们又派来了信使,让我们交十二先令和五十分,交那钱干什么? 他们又派人来带着一些奇怪的东西,告诉我们说他们在测量准备修一条大路。大路是什么东西?他们又时不时地派人来收税,派人来买我们的农产品,只是在干旱和饥荒的时候不派人来。那位议员也来过一次,让我们每个人交两个先令,搞什么'同心协力水利工程'。打那之后我们还见过他吗?根本没有! 所以,全体伊乌莫罗格人都必须去那儿见这个只拿不还的巨兽思达麻迪亚。我们必须包围这座城市,要求拿回来我们应得的份儿。我们必须唱我们的歌跳我们的舞。那里的人们也可以增添色彩,为我们这些流过血汗、为我们这些负着承载之痛的人,跳舞助威……但是伊乌莫罗格必须要以一个声音去那里。"

她坐了下来,一番话引起了一片静思。人们都被她的话所感染。她碰触到了大家心里都曾感觉到的某种东西:是的,该为人民的需要跳舞助威的,应该是住在那里的他们。但是此刻,权威,权力,一切的一切,似乎都在伊乌莫罗格之外……都在那儿……都在大城市那儿。我们必须去直面他们,因为是他们导致了我们的粮仓空荡,是他们伤了我们的元气,让我们如此虚弱。妮娅金娃的这一番话之后,村民们基本上没有什么争执了。大家都说要进城去。很久以前,当人们的牛羊被敌国掠夺之后,村里的勇士们就去追踪他们,不把被敌人偷走的财富夺回来,誓不返回。现在,伊乌莫罗格自己的心被偷走了。他们必须去把心追回。这是一种新型的战争……但是战争就是战争。

穆图利站起来,做了一番大总结。他向人们提示,有可能这就是智者穆瓦迪的真意:他说了我们该把驴子送走,但是他没并说要送到哪里,或者用什么方式,而且他也没说那驴子不能回来……

之后大家达成了一致的意见：一些长者将留下来献祭羔羊，其他人将组成一个代表团。阿卜杜拉第一个站出来当志愿者。接着站起来的是妮娅金娃、木尼拉、穆里乌吉、约瑟夫、恩巨古纳、罗洛、恩约古等人。穆图利等人将留下来进行其他的仪式。

从那一刻起，他们就凝铸起了一种社区精神，最初或许脆弱，但是随着他们的发奋努力、为此行做各种准备工作时，这种精神却愈加强大。女人为他们的征程做干粮，有些女人甚至用完了家里最后的一粒粮食。其他人把攒下的钱都拿了出来。木尼拉、卡雷加和罗洛认真地检查了一遍驴车，为他们这次从村庄到城市的伟大征程做好准备。

尤其是阿卜杜拉，他似乎又获得了新的力量和新的生命。他从一个不停咒骂约瑟夫的酸脸瘸子，转变成了一个爱说爱笑的故事大王，这一转变过程从他和万佳的第一次见面开始，此时完美结束。人们似乎从心里接受了他。这一点可以从孩子们的身上看到。孩子们整天围着他让他给讲故事。

"从前，一只蚂蚁和一个虱子发生了一场争论。它们俩都说自己的基巴塔舞比对方跳得好。它们都向对方发出了挑战。它们就选了一个日子。这场舞蹈争霸赛成为整个动物界的谈资，谁也不想错过这一良机。这一天终于来到。一大早，蚂蚁和虱子就来到了河里。它们洗了澡，抹了油。它们用红色和白赭色来装扮自己。蚂蚁首先打扮自己，它想捕获所有女人的心。它有一把特制的宝剑，它将其拴在自己的腰间。它将带子使劲儿地勒住腰，它就勒啊，勒啊，直到它把腰给勒断了。当虱子看到它对手的狼狈相时，它就笑啊笑啊，直到它笑得鼻子劈成了两半儿。这样，因为蚂蚁没有了腰，虱子没有了鼻子，它们就根本不能去比赛了。基巴塔舞就由别的动物来跳了。"

他给他们讲了变色龙如何在比赛中打败了兔子;为什么鬣狗瘸了腿;死神是如何来到这个世界的;一个女人如何被骗嫁给了一个可恶的吃人妖魔。孩子们听得津津有味,不断要求他再来一个,再来一个。

他给孩子们做了陀螺、风车和扇子等小玩意儿。但是孩子们最喜欢的则是他用树杈和橡皮筋制作的弹弓。男孩子们十分兴奋,试图将飞鸟从天上打落下来,但是成功率却很低。

"把弹弓带着路上用,"他告诉孩子们,"在路上多练习。"

他们憧憬着一路上的奇遇,但是更多的憧憬却是看一座比鲁瓦伊尼大一百倍的大都市,那座大都市里摩天大楼比比皆是,那里的人们除了糖果和糕点之外,别的什么也不吃。

在准备工作的自始至终,人们,尤其是长者们,谈论的话题没有别的,只有这次旅行,和建议做此次旅行的那位年轻人。上帝有时候将真理放在了婴儿的嘴里。的确,智慧是买不来的。

接着,启程的日子突然间来到了:这是他们有生以来第一次敢于做这样的事情,大家都被他们这项事业的伟大意义所震撼。

木尼拉后来写道,正是这次旅行,正是这次横跨平原来到大都市的大迁徙,让我开始了一次缓慢的几乎是十年之久的心路历程,它让我看到,人类的财富在心里就是腐烂的。

他写道,即使现在,在那个事件的多年之后,我仍然能再次感到皮肤的干热,太阳的炙烤,给我们提供肉食的动物逐渐死去;在我们头上,在万里晴空中盘旋着鹰隼和秃鹫,这些猛禽已经吃腻了死羚羊、疣猪和旋角大羚羊,正等待着时间和太阳给它们提供人类的血肉。

这次旅程。这次前往知识王国的征程……

卷二：走向伯利恒

但是在午夜的街道我耳边响起
青春的妓女骂出了诅咒的话语
吓得新生婴儿嗷嗷哭啼
婚礼与丧车同样被瘟疫载去。

——威廉·布莱克

怜悯亦不再
如果我们不让人破败。

——威廉·布莱克

征　程

1

伊乌莫罗格,本部鸿篇巨制展开的舞台,并非总是一群留守老人和孩子们居住、偶尔有迁徙的牧民来露面、由低矮土坯房组成的小村落。它曾经有过辉煌的时日:村庄繁盛,人丁众多,强壮的农民用勤劳的双手征服了自然和森林,耕耘了土地,种植了各种农作物来哺育自己的儿女。他们是那么辛勤地耕作,垦荒种田,汗洒满地;在干旱和害虫肆虐的季节,他们是那么虔诚地乞求老天降雨和给予援助! 在收割季节,他们会按照年龄分出组别,载歌载舞地从这个村走到那个村,走遍伊乌莫罗格平原,歌颂赞美自己的祖先。在过去的日子里,天上没有秃鹫盘旋着等待人的尸体,也没有浑身缠绕的蝇虫叮人的血肉。他们在歌舞中唱道,只有年老体弱者和孩子才免于每天的劳动,因为这些人是智慧和纯真的承载者。全家人坐在前院里大树下,家族长者边呷着颜色如蜂蜜般美丽的啤酒,边用自豪、权威和怀旧的声调,给孩子们讲述家族的开创者。

他最初是一位牧民,后来他厌倦了在草原上的游牧生活,厌倦了只顾适应自然及自然界各种变化的艰辛,也厌倦了只能对着长犄角牛和奶牛哼唱赞歌的枯燥,决定与其他牧民分道扬镳。其他牧民都劝他留下:有谁听说过远离大山和草原上悠长的小路,远离牛奶、牛粪尿之外的生活?有谁听说过没有脖子上铃儿响叮当的公牛率领牛群走向盐渍地和水边的生活?他们还恳切地说:难道他不是他们中最好的口技大师吗?难道不是随着他声音的节奏,牛群和牧民的步伐在一起一落吗?他们的劝阻失败了。所以他们就开始嘲笑他,笑他说什么要征服高山和森林,可那些地方却是邪恶神灵的巢穴,人类的儿子怎么敢与神仙角力呢?

恩德米,他自己制造了工具,将一些树木砍倒,并清理了树下的灌木丛。藏在灌木丛中的毒蛇猛然向他一击,使他身中剧毒,但是他学会了用草根和树皮熬制草药来祛毒。他试验种植各种植物的名声开始传播,路过伊乌莫罗格的牧民没有不来拜访他的,最初是想来看看人类与主神角力的结果,后来是询问关于如何使用这种或者那种草药,或者只为品尝一口他自家的蜂蜜和甘蔗。作为答谢,他们会给他一两只羊,然后仍旧去游牧四方,继续传播恩德米的名字。他用勤劳的双手和智慧的大脑,让土地臣服了他,此刻,他牛羊满圈,无数的作物在地里飘香,真可谓富甲一方!

很快,他独自奋斗的勇气吸引了著名的"豁牙子"妮央珍朵和"黑牙床黑乳房"的妮娅谷娣的垂爱。牧民们无论在何处相遇,总是把这两个女人作为话题。两个女人露出话来:你森林中的神仙现在就是我们的神仙,我们要做你孩子们的母亲。其他女人也厌倦了居无定所的生活,就用树干、树枝、黄草和泥巴搭建起了窝棚,这样,她们就可以安全地哺育孩子,等待日落之后自己的男人和牛群返回。伊乌莫罗格森林变成了连片耕作的良田,牛羊满圈炊烟袅袅。他们这样歌颂恩德米:

是他征服了森林

> 是他降伏了恶神
>
> 是他角力了主神。

即使当子孙满堂、家族庞大的恩德米离开了人世到了善良精灵的神秘之地之后，伊乌莫罗格的繁荣仍在继续。它成了一个大型的贸易中心：它市场繁荣时日的美名从古卢传到了乌卡姆巴尼，再传到卡伦津人的地盘，甚至更远的地方。来自各地的人们带着不同的物品到这里来进行交易。很快地，金属、陶瓷和石匠界的手艺工人来此处定了居，与当地的耕种者成了同社区的邻居。他们对金属业的知识极具传奇色彩，甚至传到了海边阿拉伯和葡萄牙掠夺者的耳朵里。

在这里，第一个欧洲外国人搭起了帐篷，并为自己横穿大平原筹集粮草辎重。人们说，看哪，我们繁华市场时代这些裸体的家伙从大海之地生产了什么？他们就给了他玉米、豆子、红薯和山药来换取印花布和珠子。后来，又来了一个脖子上围着领子、抱着《圣经》的欧洲外国人，他也在此筹集供给并寻求向导，因为他想去乌干达国王的宫廷那里。人们给他指了路。但是人们却组成了一个战争委员会来讨论：难道我们可以让邪恶从我们的土地上走过而无动于衷吗？难道他不会是穆特萨朝廷派来的奸细到此扮作一个白人，一个幽灵吗？因为有谁见过或者听说过一个人不裸露皮肤呢？长者们提醒他们不要太草率行事。但是一班少壮派却不满足，私底下商量起来，最后发出了战斗呐喊。后来再没有出现过外国人，不过，有好几年时间，在深夜，你可以看到一个白色幽灵在为同类哭嚎，说是要以血还血，为同类复仇。再后来，又来了些欧洲外国人在此地搭起了帐篷，这次，他们停留的时间长一些，进行了更多的印花布交换玉米、豆子和伊乌莫罗格的金属器具交易，同时，他们也焦急地打探黄金和象牙的消息，但是，当他们询问关于一位有脖领的白人时,声音却压低了。

他们担心的那天终于来到了。那些和平的商人此刻突然包围了市场。他们都端着能吐出火舌和毒液的竹竿子。他们要求杀死那位白人的人必须站出来自首。没有人站出来。勇士们赶紧去抓自己的长矛和盾牌。但是太晚了。那些商人向女人们、男人们和孩子们开枪,之后就唱起了《天佑国王》。勇士们用自己的方式进行反击,但是在一群白人面前、在一群吹口气儿就会让人死去的魔鬼面前,他们能怎么办呢?但是明天……明天……幸存者们边发誓,边磨枪霍霍准备再战!

后来,这些外国人引进了一种奇怪的具有邪恶力量的铁家伙:它竟然能在地上走!

据说,赤利地区第一个骑着铁马的黑人就是来自伊乌莫罗格。

穆诺鲁当时是一位富有的农场主。但是这个能行走的铁家伙却让他着了迷。只要一看到锄头和大砍刀,他的双手就会发麻。他只想骑上这个铁家伙来赢得人群的欢呼。有一段儿时间,他干脆靠骑车表演来作为生计。女人们尤其用敬畏的表情来观看他的表演,她们歌颂他为英雄,她们几乎是期待且狂喜地跟随着他的动作。类似的铁马后来也出现在了村子里,有更多的年轻人能够驾驭这些铁家伙,而且,人们也开始厌倦花钱卖呆儿看偶像了。但是,穆诺鲁再也不能回到那种把双手弄脏的工作上了:他渴望获得能够使他重拾昔日光荣的任何白人所拥有的东西。

他再次成为少数第一批人中的一位:这些人心甘情愿地为正在打仗的欧洲人担当起运送武器和食品的任务。伊乌莫罗格是征兵中心之一,大多数年轻人都是被用枪托子逼着走向战场的。他们穿过伊乌莫罗格平原,封锁交通线,来到坦葛尼喀边境去搜寻德国人。简直妙不可言,令人叹为观止:白人和白人之间竟然互相杀戮起来,而且打仗的原因土著人却不甚明白:他们怎么知道,他们以及土地的分割和劳动的分工,就是战争的目的了呢?穆诺鲁身心疲惫地回来了,给人们讲述了沃伊、达拉萨拉玛、莫桑比克、摩洛格鲁、阿鲁沙、莫希等遥远却美妙的地方。但是他已经是一具行尸走肉,因为他只生活在自己所谓的记忆中。即使是其他人,当他们回来时,他们对祖先那一套靠双手种地的生计也失去了兴趣。一个比能够行走的铁家伙更厉害的东西深深地影响了他们。为了寻找这种东西,为了上税,同时也是为了从外国人那里买一些无用的东西,他们就去外国人从肯尼亚人民那里偷来的农场上打工,也有的在连接农场与首都和海边的公路网上打工。

伊乌莫罗格,这里的人民曾经不怕艰辛,凭着自己的双手而繁荣了家乡,但是这时,这个地方却开始走了下坡路,人口也开始减少。通往穆特萨朝廷的铁路线却绕过了伊乌莫罗格。第二次欧洲战争使得更多的年轻人逃离了伊乌莫罗格,他们来到了充满金属美梦的城市里,使得曾经的贸易和农耕中心变成了和别的村庄一样的小村子,它的昨天已经成了淡淡的影子……

就这样,妮娅金娃给他们讲着一个又一个关于过去的故事,为的是让他们保持旺盛的精神状态。他们点燃了一堆巨大的篝火,一伙儿、一伙儿地围坐在篝火的周围。这次前往大都市的长途跋涉吸引了众多的人,因为它给人们带来了一波波的希望和好前景,唤醒了他们心中的一种感觉,这场危机是他们全体社区的危机,因而需要全体社区的集体努力。妮娅金娃是引领他们和使他们团结在一起的精神力量。听她说话的感觉就好像她哪里都去过,犹如她真正参加了抗击德国人的战争,如同伊乌莫罗格历史兴衰的节奏在她的血管里流淌一样。她身着一袭黑衣,脸上布满了深深的皱纹,但即使她上了年纪,她依然风韵犹存。她戛然而止,眼睛盯着面前的篝火。这次长途跋涉可能需要几天的时间,她为孩子们担心,为她自己的孩子们担心。

"快告诉我们,快告诉我们他们看见了什么!"卡雷加急切地问道,很想知道所有的一切。

"没有什么可告诉你们的了……没有了。"妮娅金娃说,仍然看着篝火。她的眼睛闪亮清澈,所凝聚的光彩甚至超越了头上的月亮。妮娅金娃,男人的母亲,她的声音中既有忧伤,也有欢快,因为她正在庆祝彩虹般的记忆,那里面有收获,也有损失,有胜利,也有失败,但是记忆中最重要的东西却是斗争中的痛苦和知识。

"没什么可说的了。"她用一种似乎遥远的声音、一种似乎走到了其他土地上的声音说。卡雷加内心迷惑,十分焦急地想洞察过去,想知道到底是什么在推动历史。他很好奇她为何戛然而止,为何在孩子们的喧闹声中她却突然陷入沉思和忧郁。万佳、阿卜杜拉和卡雷加都来回地望着这位老太太,等待她说下去。

"今天已经很累了,"妮娅金娃对大家说,"我们都应该回去睡觉为明天做好准备。我们必须一早就出发。我们离大都市很远呢。"

卡雷加不能入睡。他到外面走了走,思考着这位老太太的故事。他一时感觉到他就是故事中的人:他就是在森林中砍树、建立起最初工业的恩德米……可是,他似乎受到了浩瀚时空的挑战,他的心思超越了恩德米,超越了伊乌莫罗格。他穿越到了一个他不知道的过去,但又是一个他觉得他知道的过去:是一百年前,三百年前,还是更久?他想教给学生们的东西,他想在希里阿纳弄清楚的东西,只不过是一系列的逻辑肯定与否定,只不过是一套知识信念。但是现在,在这趟拯救一个村庄、拯救一个社区的征程上,从

一个女人的嘴里,他努力要确认的过去,似乎有了一种鲜活的、熠
熠生辉的氛围。他像过电影一样,故事里的情形在脑子里一幕一
幕地闪过,他一时竟为此而陶醉:炼铁业和石工技术……将作品巧
妙地拼合在一起……还有这个晚上的这些故事,这些歌曲和这些
争论……还有,与这些专注炼铁技术和石工技艺的能工巧匠争芳
斗艳的是,那些耐心耕耘土地使大地稻谷飘香的农民。之后又来
了海船,来了口吐火焰的竹竿,力量的均衡被打破了:现在不得不
逃走的是非洲人了,他们要逃离稳定的农耕生活,逃离炼铁和石工
生计,到密林深处去躲避危险。此时的卡雷加已经情难自禁,他看
到了那些逃离自己的土地、逃进森林、在新的环境里建设家园的人
脸上的悲愤和恐惧……主啊,火光冲天烧毁了村庄,对红色尘埃和
非洲黑奴的贪婪之火燃尽了无数季节所积累起来的智慧……而那
些没有来得及逃走的人则被铁链锁起,被拉到了海边及海外,去参
与新世界的竞争。是的,此刻他看到了,他用一个自己认为不可辩
驳的答案回答了他从前的怀疑。这个声音曾说:如果某某事情是
真的,那怎么解释自然绝对主宰人类这一事实呢?难道你没有听
到,难道你没有去听妮娅金娃的故事?如果说六十年就可以将恩
德米的成果全部毁掉,让他的炼铁等技术都荡然无存的话,那么,
四百年的奴隶制和大屠杀,以及那条仅是改变了毒液颜色的吸血
的大毒蛇,岂不是要毁掉更多的东西吗?

　　他突然停住了脚步,密集、连续不断的思路也突然中断。在前
方,在平原的正中央,有一座锥形的小山,它坚强地屹立在那里,但
是因为孤寂孑然地矗立在那里,又显得非常脆弱。他回过头来,被
另一个人的呼吸声吓了一跳。

　　"是我,"万佳说,"我把你吓着了吧?"

　　"没有,一点儿没有。但是我非常害怕蛇,而且我一直都把有

毒的东西与干旱的平原联系在一起。"

"嘘！在夜里不能提它们的名字。得称它们为妮娅姆·奇亚·迪。我也怕蛇。"

"噢，迷信那玩意儿我可不信。豹子可以叫做带斑点儿的，或者是害羞的。为什么呢？如果它们的灵魂能够听见，即使你称呼它们为地球的动物或者毒蛇或者任何其他的名字，它们也会听到你的。"

"我记得，那次在我的小屋里时，你曾说过你不信名字这回事儿。你说过，玫瑰花仍是玫瑰花，即使它叫另一个名字。"

她说完轻声笑了笑。这让他稍感不悦，他试图做一番解释。

"这并非说我不相信名字。你看，我们那些非洲的兄弟姐妹都自豪地称呼自己为詹姆斯·菲利普森、利斯帕、霍坦西亚、罗恩·罗杰森、理查德·格鲁克斯、慈善、蜜月雪、伊泽基艾尔、施普拉、温特波特姆森等等一系列西方世界所叫的名字，还有什么比这幅漫画更滑稽可笑的呢？他们请亲朋好友吃饭喝茶，贿赂他们别称呼他们非洲的名字，你还能找到比这个更有说服力的证据来说明非洲人的这种自我憎恨的情结吗？我只是更相信名字背后的现实，而非名字本身。"

"你刚才一直在想这个问题吗？我在后面跟你很久了，但是你似乎没有意识到被人跟踪了。或者你是在担心我们这次进城的旅行？"

"那倒不是。我是在想妮娅金娃讲的故事。"

"关于恩德米的故事？"

"是的。"

"怎么？你相信那故事吗？"

"那故事一定是真的。为什么不是真的呢？如果说细节有些失真,但至少那个大意是真的。"

"什么大意?"

"过去的大意。一个伟大过去的大意。过去,当伊乌莫罗格,或者整个非洲,都自己主宰自己土地的大意。"

"你这个年轻人真是滑稽。"她说着笑了几声,想起了那天夜里卡雷加从她的住处跑走,顿觉些许的愧疚。

"为什么这么说?"

"哦,你的所言所为呗。这次你说你不碰酒。你只喝牛奶和水。可是另一次,你却在酒吧里喝得酩酊大醉,和人打架。"

听到此他略觉尴尬。他不安地挪动了下脚步,眼睛望向了远处的小山。

"我不知道我是如何堕落到那个地步的。我想当时我只是想发泄一下。我当时有一种被十面埋伏的感觉。只是想忘记。"

"忘记?那你看看这次征程。你说你在城里受过苦。我想我知道你的意思。我当时和你有同感。城市确实可以是一个残酷的地方。但是什么让你认为现在城市不残酷了?我为你担心。过去的几天里,我的心都在滴血,因为那么多的男人、女人和孩子都愿意加入我们。我更为我们所唱的歌而感动。难道你不觉得,假如城市像打了你的耳光一样,也打了他们的耳光的话,他们也会悲愤地唱歌敌视你吗?"

"我必须坦白,我从没有想过那样。我们只有一试。可是我们为什么要失败呢?我们现在是一个整体社区进城的。人民的声音其实就是上帝的声音。议员是什么?难道他不是人民在政府里的声音吗?他不能忽略我们。他不能拒绝见我们。"

"你对人民的信任令我感动。也许这是好事儿。但是我感到奇怪……我感到奇怪。"

188

　　两个人一时都不作声,都在各自想着自己的心事。月亮照在他们的身上。月亮照在平原上。万佳的脑子里在思考着她曾听过的内罗毕的一位律师说过的话。卡雷加凝视着那座孤山,但是脑袋里想的却是这次征程,还有万佳所提出来的疑问。

　　“我们坐下吧,”他建议道,突然感觉到了疲惫,“你看奇怪不,所有一切都坍塌了,唯有那座山却独立。”

　　“那座山啊！那山叫作‘未经割礼的男孩儿山’。据说,男孩儿如果围着它跑一圈儿就会变成女孩,女孩如果绕着它跑一圈儿就会变成男孩儿。这个你也信吗?”

　　“我不信。假如是那样,我们就该听到一些男变女或者女变男的事情了。”

　　“真希望那是真的!”她恨恨地、几乎是悲愤地说。

　　万佳心里曾经发过誓,一定要在伊乌莫罗格取得某些成功。为了表明她的意志,她决心不再和任何男人上床,除非她取得了成功。到那时,什么恋爱游戏了,什么做爱了,那仅是为了庆祝她的胜利和成功。至于她到底想取得什么样的成功,她自己脑子里也很模糊。看到伊乌莫罗格被饥渴和干旱所折磨的惨状,足以让任何人丧失勇气。她将在伊乌莫罗格的什么地方开始她的成功之路呢? 在阿卜杜拉的酒吧和商店吗? 她想,那倒不如绕着那座小山跑一圈,然后变成一个男的,像卡雷加一样,随之考虑起自己的誓言。

　　卡雷加正在考虑另一片平原上的另一座山。曼果的沼泽地闪过了脑海,一想到那里,他立刻感到了一阵兴奋和悲愤。胜利与失利;成功与惨败……哪个是哪个呢? 他曾试图不去想占据他生活中重要地位的姆佳米,但越是这样,他结果越是不得不承认她对他的绝对主宰角色,即使在她死后,她仍占据着他的整个身心。他曾将自己埋在书本里,埋在文学、历史和哲学中,拼命地在历史嘲弄、现象与本质、期待与实际成就汇合点那里,寻找其谜语的意义。他曾经全力地投入到一个接一个的事业中,一项又一项的工作活动中,一直都在寻觅他自己根本说不清楚的某种东西的复生。那东西是什么?是纯真?是希望?有时候他很想她:他会美美地回忆她,在心里庆祝纯真和希望的黎明,之后又陷入忧郁,在他的心里,他站在了山顶,俯瞰着脚下的曼果沼泽地,怀着愈加沉重的心情,看着纯洁与纯真失败而去。又一次在希里阿纳,当他陷入了这种情绪之后,他就坐下来奋笔疾书;但是当他想到姆佳米自杀的情形时,他捕捉到的并非是他所感觉到的那种悲愤,而是一种奇怪的不稳定的紧张,内心深处的悲观主义。

　　我的心情很沉重。有一种胃溃疡似的痛苦。蟋蟀的叫声,蚱蜢落在我的身上,为什么这些小事情却能突然让我吓一跳,然后就四周查看呢?我为什么看着我真理灵魂形象的她,然后就为明天而害怕呢?为什么,为什么,为什么当我知道,我们两人站在曼果沼泽地的河马驼背山顶上时,两颗心拒绝憎恨并相互跳动时,我却感到不安全呢?

他后来想,那是在他即将离开希里阿纳之前所感到的一种苦涩的圆满。此刻,当他依然看着硕大无比月亮照耀下的那座孤独山峰时,他想到,当时他在写那篇文章时,那只是个不祥的预感。储伊来到了学校。其余的就是历史了。

万佳问他:"告诉我,卡雷加,你总是想着过去吗?"

这个问题让他吃了一惊,他凝视着她想:难道她读懂了我的心?从某些方面说,万佳时常让他想起姆佳米。他振作了一下来回答她的问题。

"为了弄懂现在……你必须弄懂过去。想要知道你现在在何处,你必须知道你是哪里来的,你不这么认为吗?"

"怎么弄懂呢?我是这么看问题的。干旱和饥渴像一把利剑一样,正悬在伊乌莫罗格的上空。恩德米的故事有什么用呢?我正在溺水身亡,这时候再回头看我是从哪个岸上掉落下来的,还有什么用呢?"

"可是他们所做过的伟绩,他们拒绝被淹死,难道这些事实不能给我们希望和自豪感吗?"

"不能,假如有人甩给我一条绳子,我会感觉更好的。得有个让手能抓住的东西……"她静默了几秒钟。接着,她以一种不同的语气说:"有时候的感觉是,过去并没有什么伟大之处。有时候你都想把过去掩藏起来,甚至都不想让你自己看。"

卡雷加突然意识到,她所谈论的过去应该不是什么抽象的东西。

"这是什么意思呢?"

她并没有立刻回答他。她好像要移动,其实离他近了些。他的肺里能够感觉到她的温暖,一直暖彻肋骨。在不由自主的期待中,生命加快了速度。她抽了下鼻子,这让他意识到她在哭泣。

"你为什么哭呢?"他不解地问。

"不知道……不知道……请别介意,"她说,在泪花中想笑却没有笑出来,"我的过去充满了邪恶。今天,现在,当我回首过去时,我看到的只是虚度的年华……"

"生活是不……是不是很艰苦?"他关切地问,但同时又感到自己的问题过于老套。关于这个女人他知道什么呢?关于一个在你眼前不停地变幻成不同形状和人格的女人,你能知道什么呢?当他第一次在她的住处见到她时,她能牵着周围男人的鼻子走。

那时,她的举止和眼神似乎充满了自信。曾经有一两次,她的眼神越过了阿卜杜拉和木尼拉的脑袋瞄向了他,但是他却本能地躲开了她的目光。当他们第二次在利穆鲁见面时,陷入底层虚幻深渊、企图自我逃避的却是他,而她则给他扔过来了一条救生索。当她向深渊中的他呼叫时,她的声音真实、关切,并带有怜悯、同情和认可的柔情。在过去的几个星期里,他目睹了她的逐渐变化:先前恰到好处的平静和眼神熟练的目光已经不再,取而代之的是一位给人以安全感、纯粹的美女。而且此时,她竟然在哭泣!但即使在这些思绪中,他仍注意到她对他的提问所略显的迟疑,犹如她不知道如何做出反应,或者如何来回答。

哪个是真的呢?

正当她要说什么的时候,她突然意识到,不知出于什么原因,她不忍心告诉他她与那个毁了她一生的男人基莫里亚的事情。

但是她简单地告诉了他她在许多酒吧里工作的经历,因为自从国家独立之后,酒吧如雨后春笋般出现在了全国各地。

"我们这些酒吧女招待从不在一个地方工作得太久。有时候因为你拒绝和老板睡觉,你就会被炒鱿鱼的。或者因为你的脸在一个地方太被人熟悉了。你需要一个新的领地。知道吗,非常滑稽的是,当你来到一个新地方时,那里的男人们对你就像对待一个处女那样。他们都会争先恐后地给你买酒喝。人人都想拔得头筹。所以,在肯尼亚,凡是有酒吧的地方,都会有我们女招待。就连伊乌莫罗格也不例外。"

她笑了起来。有人在他们身后咳嗽了一声。发现那不是别人,只是木尼拉,让两人都松了口气。

"你们藏在这里啊!我们还以为你们俩被野兽给吃了呢。"他用欢快、略显夸张的语气大声说。

"在这广袤的旷野上,很难早早入睡的。"卡雷加说。

"万佳在给你讲她在酒吧旷野上的生活吧?"他说着坐在了万佳的另一侧。

"她刚开始讲。"卡雷加说。

当卡雷加在马路边卖羊皮和蘑菇时,他就领悟到了这个世界。他认识的许多青年男子中,有许多人在辛苦劳累了一天之后,都会到酒吧女招待的怀里将自己的钱花光,而这些女招待很可能都有两三个孩子要抚养。

"那里并不是一个很美丽的旷野,"万佳说,"但是那里也并不全坏。对于一个女人来说,当一千只眼睛在看你时,那是一种很好的感觉,你会感觉到,是你的身体在给所有那些心脏发号着施令。有时候你看出了不义行为。你想离开,同时你又想留下。你不断对自己说:明天……明天。我认识一些这么试过的人。有一个当了保姆。那家人的家务活儿她都干。她早上五点钟就得起床……她帮忙挤牛奶。她做早餐。她收拾屋子。她去市场买菜或者下地里摘菜回来做午饭。她还要照看几个小孩子。她做下午茶,做完饭,给孩子们洗澡……当女主人不在家时,男主人就要上她的床。可是这些都是为了什么呢?一个月七十个先令!后来她跑了。还有一个去为非洲新地主采茶和咖啡豆。可是又能有多少报酬呢?因此最后,她们都回到了她们有朋友的世界,回到了她们知道规则的世界:在这里,她们知道什么是诚实的,什么是不诚实的;什么是真理,什么不是真理;什么是好的,什么是不好的。比如,不让一个男人在你身上花钱,那就是不好的,那就是不诚实的。一个女孩因为在这方面粗心大意而被揍了一顿:她为什么要破坏别人的市场?我?我也曾试图离开那个行业。一次我回家。我父亲说:'我这个家不允许妓女进来!'父亲这么对待女儿真让我伤心死了。酒吧女招待并不认为自己是妓女。我们是寻找工作加男人的女孩。我又回到了酒吧世界的生活。我很幸运。我建立了很好的友谊。我喜欢人们的面孔,我喜欢新的地方,我甚至还觉得和数字打交道、如何摆放物品,这些活儿很快乐。坐在吧台后面,我对自己说:如果那张脸放在那副肩膀上……如果那个鼻子长在那个脑袋上……如果那个……如果那个……人和地方就会突然间变得滑稽、变得非常有趣儿起来。其他女孩会说:万佳,你总是在想什么呢?这很难解释。但是同时,我又很孤独。我喜欢人,是的。我喜欢人们的动静,人们播放的音乐,人们的打架,是的,我喜欢看打架,还喜欢突发事件,但是我很孤独。我从一个地方到另一个地方。我在寻找什么东西。我来到了伊乌莫罗格。我并没有发现我要找的东西。几个月之后,我觉得我想离开了。我不知道要去哪儿。我不想再回到酒吧女招待的生活了。给所有的人当招待,你会累的。我说:我绝不再回到同一份儿工作那里。我对自己说:伊乌莫罗格是个好地方。我为什么不赶紧挣点儿钱,然后就回到那里,盖一座房子,在那里住一辈子呢!我想回到这个村子,但是要作为一个富有的女人回来。我不知道这个想法是从哪里来的。我说过,我更依赖于友情,对于明天我从来没有考虑太多。生活……生活……我喜欢买衣服……色彩让我感动……我每买一件衣服都要给其赋予一种意义。但是现在我说:不再需要友情。反正我也不结婚了。所以说,为什么不变成一个富婆呢?怎么变?答案来了。内罗毕。欧洲人。现在看,这个想法让我感到惊讶……因为我永远不会鼓起勇气去和一个白人好的。又一次,我和一个卡拉信人处上了。他是一位警察局长。因为我们夜间在吉库尤镇上的一个酒吧出售啤酒,他把我们逮捕了。当他搜查这些男孩子时,他发现他们携带了大麻。我简直吓死了。他把那些男孩儿送进了监狱。他把我带到了他的家里。是啊,用这种方式,我倒是自救了。那些男孩子却被关了五年。那是第一次也是唯一的一次。有这么一位女人。她非常富有。她在定居点有个农场。她在内罗毕也有几处房子。但是她却没有朋友。她常到我工作的下卡比特那里去。她会说:万佳,我可以给你找一个欧洲男朋友。她本人曾当过老师,后来又当过秘书。但是她赚钱是在下班之后。是这样,她嫁给了一个非常老的欧洲人……有七十多岁……人们说,等她让他做过遗嘱之后,她就等于把他踹到了楼梯下。他所有的财富都是她的了。当她告诉我这些时,我只是付之一笑。我不能告诉她,我认为欧洲人都像是猪皮那样的裸体人……或者说,像是埋藏在泥土里很久的青蛙一样……但是现在我说:这将是一桩买卖。做买卖时,你不说你的顾客将是谁。那只不过是一个月或者两个月的时间。那只是针对欧洲人而言。所以,当我离开伊乌莫罗格之后,我经常出没在所有大型酒店的门前。希尔顿酒店。大使酒店。新斯坦利酒店。塞丽娜酒店。诺福克酒店。洲际酒店。清景酒店。六八〇酒店。梅费尔酒店。格罗夫纳酒店。有梅子树的泛非酒店。我从来没有想过,一个地方竟有这么多的高级酒店。但是我胆战心惊,一无所知。我没有其他女孩所穿的那种合适的连衣裙,而且我不能将我的双唇涂红,也不能将我的眼睑涂成水银绿并且戴假发。和欧洲人在一起,我不知道如何使用我的眼神。在酒吧里,尤其是在吧台后面,我可以嘴唇不动一下,就能和酒吧里所有的男人说话。但是内罗毕……连续两个晚上,我最终都是和非洲人在一起。在大学酒吧,我遇见一个我在埃尔多雷特一家酒吧同事过的女孩。是她告诉了我关于星光夜总会和哈利安夜总会。如果你这个星期走运,你甚至可以赚一千个先令。我就去了星光夜总会。那里面蓝色、红色和绿色的灯光不断变换,我什么也看不清。我的情绪非常

低,我不能随着音乐的节拍跳舞。我知道你们会感到惊讶的,但是
酒吧生活略有不同。但是星光夜总会有一点不错:那里欧洲人很
多。我坐在一个角落里,当时的感觉就像要跳出周围的篱笆墙,一
路跑回到波里波。话说回来,这时,我发现这个人不断向我看来。
我对他报以一笑。他个子很高,嘴里叼着烟斗,也不像其他人那么
老,其他人脸上的皱纹太多了。他斯瓦希里语说得很好,但是听起
来却很滑稽,而且还时不时地加上一两个英语词。他是德国来的
游客,他来到肯尼亚有一项特殊的使命。他在寻找一个来自卡比
特的女孩。原来,那位女孩曾被另一个德国人带到了德国并答应
和她结婚。但是女孩发现自己上了当,那个德国人想和她开始这
样一种交易,因为他和同伙认为,如果游客因为看了这样一则广
告:画面是一个老年白人男子和一个年轻的非洲女子,广告词是:
只要花这些钱,你就能获得这个,那么他们就能花那么多钱坐飞机
到马林迪住宾馆,所以,如果把马林迪换成德国,他们就会更心甘
情愿地花钱了。我认识这个女孩吗?我说:我怎么会认识她呢?
总之,他为什么要找她呢?她不是在德国吗?他告诉我,因为将她
带到德国的那个男子对她很不好,又打她又什么的,所以,这有可
能伤害德国和非洲之间的感情。她设法逃走了并返回了肯尼亚,
撇下了一个婴儿。这名男子拒绝抚养孩子,这时,一个关注非洲黑
人和德国与非洲之间感情的组织进行了募捐活动,派他来非洲寻
找这个女孩,并收集证据以备将来在法庭上指证那个老年男子。
我认识她吗?总之,我再次对他说:我怎么会认识她呢?这个国家
里有这么多的女孩呢。他说正是啊,所以他才到各处的酒吧和夜
总会看是否能寻得到她。我愿意帮助他寻找吗?他会给我很好的
报酬,而且,如果我们成功地找到了她,我还可以飞到德国到法庭
上做证人。这一切听起来都很怪异,一开始我认为他的脑袋出了

毛病,可是他看上去却很正常,说起话来也很正常。我还听说,有些欧洲人在偷女孩子,然后和她们到意大利和德国去做交易。是吧,你们能看出当时我的脑袋在迅速地想这想那。我心里说,昨天我在阿卜杜拉的酒吧里是个不拿工钱的女招待。现在呢?等我们找到人之后,我就会成为一个富婆了,我就会买一把吉他和一支笛子。也许你们不相信我,可是我喜欢音乐,当音乐响起时,我能看到蓝色的海浪,当某些笛子吹响时,有时候我就坐在橙色、蓝色和红色的彩云上,俯瞰绿色的田野。鸟儿的歌唱也能将我从抑郁中解脱出来,你们知道,有时候在我的脑袋里,我能听到一支孤独的橙色音调,后来,不知从哪里,像是色彩的溪流一样,又汇入了许多音调……总之,我真像个小孩子,我为此而害羞……可是我跑题儿了。刚才我脑子里在考虑这考虑那的吧,我是坐在他的车里想的,坐在他车里去他家里过夜。我再也不反感欧洲人了。

"以前我从没有进过那样的房子。两侧排列高高蓝花楹树的宽阔大道通向一个种满了各种花卉的院子。他领我参观他的房子……他非常和蔼友善,领我看各个房间……真的,欧洲人不坏,一点儿也不坏……他会给我讲解某幅图画,还会给我讲窗子外面悬挂的葡萄或者紫藤,等等。他又领我来到了一个房间。呜,我突然吓得叫了出来。两个身着奇异盔甲的男子手执长剑,好像要为了什么而决斗。墙上挂着长度和形状各异的刀剑……他碰了碰几把剑的剑刃,并向我解释了他的什么爱好。这一切我都很难理解,而且我又害怕那些剑和盔甲人,所以我在想:如果说他刚从德国来,那他怎么会拥有这么大的房子和这么多的收藏品呢?但是还没等我问他,他就领我来到了他的卧室。卧室的墙上挂着许多镜子,而且排列的角度很特别,让你感觉你一个人变成了许多个人,在镜子里无限地延续下去。我恐惧的心跳又回来了。尽管他说是来这里寻找一个女孩,可是他能够租下这样的房子,那他一定是非常富有了。或者,我想,他也许要在这里待上一段时间,如果是这样的话……我的脑袋又开始算计起来了,我又在做着金钱的梦,这时,突然间,我看到我身旁,或者该说我是感觉到了,一只狗瞪着绿色的眼睛在看着我。我吓得倒吸了口凉气,往后躲避。我简直怕死了,感觉双腿软软的。我向四周看了看,发现我们有那么多的人,和那么多的狗,无限地延伸下去。我坐在床边,或者说,许多的我坐在许多的床边,恰似在梦幻之中。那个男人走了过来,或者说许多男人走了过来,坐在许多的我们的床边,好像他或者说他们正在欣赏着我们的恐惧。他告诉我不用担心……一点儿也不用害怕……那些狗也向我们走来,发出来些许的咆哮声,绿色的眼睛紧紧地盯着我们。我试图控制我浑身的颤抖,但是却办不到。那狗就站在那里,似乎在等待主人发出新的指令。而此刻,狗主人在我身旁喘着粗气,发出来一股难闻的气味儿。从他手指的动作,瞳孔扩大的眼睛,下嘴唇的颤抖,我能看出他很兴奋。我在这张恐惧之床上犹如生了根。力量正在从我体内直泄而出,好像那狗眼睛的绿色光芒正在吸走我的能量和反抗的力量。我悬在空中……悬在虚无缥缈之中。但是在这层恐惧的背后,在这种难以解释的、令我神经刺痛然后慢慢死去的东西的背后,还有一种警惕的感觉。这个男人正在颤抖着并笨手笨脚地脱我的衣服,那只狗在低声地吼着并摇着尾巴。那种警惕的感觉变得越来越强烈,正在与死神搏斗,那狗正要舔我的手指,这时,我听到了我体内某处发出的喊声:'噢,可是你知道吗,我把手提包落在了你的车里。'我听到自己的声音发出来的那一刻,我就知道死神被打败了,我正在回归生命。他说:'别担心,我去给你拿。'我说:'不行,一个女人的包里面是有秘密的,所以,你能领我去你的车那里吗?'声音是我的声音没错,但是控制这个声音的是我身体里面的谁,我却不知道……我站起身来。他领我走到了门口。那只狗在后面跟着。此时,我在默默地祈祷:给我更多的力量吧,给我更多的力量吧。他先出了门,我紧跟着出来,迅速把门关上,狗就被关在屋里了。即使现在,我也说不清我是从哪里获得的一双翅膀。我飞啊飞啊,飞过了树木,飞过了草坪,我只回头望了一次,这时我跑到了柏油路面的大道上……

"一辆轿车嘎吱停在了我身旁。我跳到了一边,担心可能是他追上来了。我的朋友们啊……我见到了另一个黑色皮肤的人从来没有这么感激过。这时我几乎泣不成声,我一定是断断续续地把我的恐惧告诉了他一些。他拉着我来到内罗毕西区的一所房子。他给我冲了咖啡和一些药片,给我找了个睡觉的地方。我一定是睡了整个一晚上和第二天的白天。他让我又留了一个晚上。我给他讲了我的遭遇,他问了我几个问题:我能认识那座房子吗?我能认出那个人吗?然后,他眼睛只看着一个地方说:这都没有用。当你把旅游业变成了国家的宗教,在全国各地建立起旅游崇拜的神龛,这种事情就会发生的。我没有问他那话是什么意思,但是我知道他的语气是愤怒的。第二天,他领我到了马查科斯汽车站,这时我感激得哭了出来,因为他对我根本没有任何企图,也没有表现出任何的蔑视。他给了我一些钱,很坦率地说:'你为什么不回到你父母那里呢?这个城市不是你待的地方……这个……也不是我们任何人待的地方……还没到时候!'他告诉了我他在哪儿工作,并且给了我一张名片,还说,如果我遇到了什么困难——不是像那天晚上的那种困难,因为他希望我回家——我就该毫不犹豫地去找他,然后,还没等我把感激的话说完,他就开车走了。

"我要回家,我对自己说,我应该回家……

"但是,当我乘坐的汽车在我家附近停下时,我并没有下车。我问我自己:我怎么能够这个样子回家呢? 好像这些年我一直都没有工作一样。我又回到了博利博,再次开始了酒吧女招待的生涯……"

2

阿卜杜拉成了此次征程的英雄。他似乎在不断地展示着他个性中更新、更丰富的方面。首先,现在人们对他的毛驴有了感激之情。他们不停将驴车和当年殖民者拥有的牛车做着比较。他们也在进行着一场征服的使命,一场征服城市的使命。

还有,尽管瘸了一条腿,但是阿卜杜拉却坚决不坐车。让孩子们轮流坐,他总是这么坚持。他这种坚韧克己的风格给这次征程注入了力量和目的。太阳无情地抽打着他们,象草的短茎刺痛着他们赤着的双脚。阿卜杜拉很会和孩子们相处。他给他们讲故事,尤其是在月亮升起来的夜晚:

"月亮和太阳是敌人。所以他们俩是一个白天出来,一个夜间出来。但他们也并非总是敌人。太阳和月亮去一条河里洗澡。太阳对月亮说:先给我搓搓后背,然后我再给你搓。月亮就认真地给太阳搓,搓得太阳光亮无比。月亮说:现在该你给我搓了。太阳将口水和泥土掺和在一起给月亮搓。"

白天,他给孩子们讲各种灌木和草的名字;如果那些灌木还没有干枯,他就会告诉他们灌木不同部位的用途。他给他们展示使用小刀的技巧。一次,他将小刀飞出去,将一根细细的杆子劈成了两半。他让孩子们用他给他们做的弹弓比赛,看谁射得准,并由他来当裁判。这帮男孩子非常高兴,不停地争执看谁能把天上的鸟儿射下来。他们似乎从阿卜杜拉储备的力量里得到了收获,在征程的头两天,他们也拒绝坐车,都跟随在阿卜杜拉的身旁徒步行走。

在行进的过程中,有人唱起了圣歌。歌词记得不太清,但是试了几次之后,大家都开始唱了起来。

> 他们说发生了饥荒,
> 但是对于那些
> 不愿意吃耶稣食粮的人,
> 他们不说发生了饥荒。

> 许多房屋,许多土地和财产,
> 银行里的金钱,很多的教育,
> 但是这些都不属于饥饿的人,
> 因为他们不吃耶稣的食粮。

> 看看那些富人、穷人和孩子:
> 难道他们不都是在大路上跌跌撞撞?
> 那是因为他们心里的饥饿,
> 那是因为他们不吃耶稣的食粮。

歌词和苍白无力的基督教内涵对他们目前的困境似乎是一种嘲笑。但是大家齐声歌唱的阵势感动了阿卜杜拉:齐声歌唱后面的精神唤醒了过去其他的声音。

阿卜杜拉再次回忆起平原上其他的征程和逃跑的路径。一半儿血统为印度人的奥尔·马赛率领着他们这支队伍。他们那时候也唱歌,歌声使他想起来他们从前在做巴图尼宣誓时所许下的诺言：

> 当黑人乔莫夜晚被逮捕时，
>
> 他给我们留下了使命和信息，
>
> 他告诉我们：我牵着驴子头，
>
> 孩子们，你们敢不敢挨驴踢？
>
> 敢的，敢的，我说，然后把剑举起，
>
> 我将所有孩子们的手牵在一起。
>
> 舌头放在滚烫的长矛上，我发誓，
>
> 黑人的哭声我绝不背弃，
>
> 决不让红毛鬼抢走我们的土地。
>
> 决不让任何人抢走我们的土地。

自从他发过团结的誓言以及后来的巴图尼誓言的时候起，这一场景就展现在了他的面前，为了服务于自己国家的这片热土，他忍受了饥渴的煎熬，荆棘扎在脚上的刺痛。

当时他在家附近的一个制鞋厂里当工人。工厂里经常举行一次又一次的要求提高工资和改善住房条件的罢工，然而每次罢工都被荷枪实弹的警察所镇压。他曾经几次地问过自己：为什么一个老板从不搬动一块重物，从不往脏水里伸过手，从不来制鞋厂或者公司其他肮脏地方吸一口气，却为什么住着大房子，拥有轿车和司机，而且在院子里光为他割草就用四个人呢？

当这一场景展现在他的面前，开启了新的思想，新的渴望，新的可能，他颤抖得真是厉害！为了夺回这片土地，他要勇敢地战斗，这样，那些吞噬了他血汗的制鞋厂之类的工业就会属于人民，这样，自己的孩子们就会吃得饱、穿得暖，而且有遮风避雨的居室，这样，他们就会自豪地说：我父亲的死就是为了让我可能活着。这一天，他就从老板手下的奴隶变了一个男人。这一天，他真正地行了割礼，成了一个成年男子。

阿卜杜拉走着，或者更确切地说，他是靠着一条腿一步一步地跛行着，但是他们看到了他眼睛里的这种光芒，看到他昂着头，凝望着远山，并且，他们再次感到了惊讶，因为，在这一片充满敌意的荒山野岭之中，认识路径并且领路的人竟然是他。

但是他脑子里涌现出了一组又一组的画面，因此，尽管他在队伍的前面掌控着节奏，但是他的思维并没有和他们在一起。奥尔·马赛……好奇怪啊，这种事情竟然在伊乌莫罗格再次出现了……竟然再次出现了……这是幻觉吗？一粒豆子掉到了地上，我们大家均分……卡雷加来到了伊乌莫罗格这是多好的事啊……上帝很晚派来的信使……老穆图利说过……上帝将智慧放在了婴儿的嘴里……太对了……太对了……自从卡雷加来了之后，他商店里谈话的内容就发生了变化。在过去的五个月里，人们的谈话会时不时地提到那些响亮的名字……查卡……杜桑……萨莫伊……纳特·特纳……阿拉普·曼耶……莱邦·图鲁加特……德赛莱恩斯……蒙德雷恩……奥瓦洛……西奥图恩和基亚姆巴……恩克鲁玛……卡布拉尔……尽管太阳高照，尽管干渴难挨，尽管他对自己的驴子很担心，但是他感到，在非洲人民通过不同时代和不同地方的长期斗争过程中，茅茅运动仅仅是一个环节。啊！新的视野……又一次……就像那次在森林里……和奥尔·马赛在一起。他们称呼他为穆辛迪，但是现在他并不介意他们那么叫他了。他经常告诉他们，他如何如何地恨他自己，恨他的母亲，恨他的父亲，恨他分裂的自己，说他时常想要自杀，因为他哪里也不属于。这并非说他是穷人……他们家住在伊斯特雷的富人区……他的印度裔父亲经常回来并留给他们钱，并且给他交学费，还许诺给他一些财产……而且还真的以他的名义开了一个银行账户……但是他仍然恨他自己。他逃了学,从家里跑到了大街上流浪……卡里奥库……普姆瓦尼……绍里摩耶……连偷带赌……也打架……但是从人们的谈话中,他也学到了一些东西……也读了些书……看了莱尔·威迪亚迪的文章,尤其看了他的《世界新闻》和《殖民时代》。马克汗·辛格因同情非洲工人而遭逮捕,这一事件拨开了他眼前的一些迷雾……这时他准备进入城市的地下组织。他们给他开了个残忍的玩笑……很随意地告诉他将一个包裹交给站在克雅清真寺街角的一名男子。他给大家讲他如何在滨河路上摔了一跤……包裹如何掉到了地上,此时他竟然发现,包裹里面是一把左轮手枪……他当时兴奋得发抖……但是他也很害怕……他把手枪藏好,来到了那个人的跟前……他刚要把那个包得不像样的包裹递给那个男子,突然两名欧洲人便衣警察抓住了那名男子……奥尔·马赛猛地拔出左轮枪对准了两名警察……他非常兴奋,高喊着让所有人都过来看他如何杀死警察……警察已经举起手来……但是那个男子抓住他的肩膀,两人一同消失在内罗毕的人群中……从此他再没有忘记那一刻,他作为一个完整男人再生的那一刻,因为他当众羞辱了两个欧洲压迫者并义无反顾地站在了人民的一边。他拒绝了父亲所代表的东西,拒绝了财富的许诺,并作为一个丛林战士、一个肯尼亚人获得了新生,新的召唤和新的需要消除了他任何的疑虑。他告诉他们,后来他给父亲送去了一封信,命令他将财产归还给非洲人民……奥尔·马赛真是一个了不起的人,阿卜杜拉叹息了一声。他确实读过一些书,因为他们谈到了外国,谈到了外国人……中国……朝鲜……俄罗斯……那里的工人和农民站起来抗击外国和本国的压迫者……后来,奥尔·马赛突然牺牲,而他,阿卜杜拉,腿也受了伤。他会永远记住那一天……他们做了周密的计划,准备拿下纳库鲁镇中心的一处要塞,解救囚禁在附近监狱里的犯人,在以前的斗争中,基希塔曾在马希干过,吉玛蒂的游击队在奈瓦沙也干过。他们已经营救了犯人。守备部队已经准备投降,这时,奥尔·马赛却身中一枪,只是……命运怎么这样捉弄人啊!只是因为他的枪卡住了……这时,他四周发生了一片混乱……人们都在高喊……快抓……快抓……阿卜杜拉一时有了重影的幻觉。

因为,在他的周围孩子们确实在喊叫快抓,快抓,吃肉,吃肉……这时,他也看到了他们所看到的东西。他们这支队伍让一群羚羊受到了惊吓,它们正在平原上疯狂地跳跃。阿卜杜拉的脑袋运转得很快。

"等一下!"他朝孩子们喊道,孩子们顿时变得鸦雀无声,"把弹弓子拿来,快点儿,再弄点儿石子儿。"

孩子们把早上他给他们做的弹弓子取来,还有一些石头子儿。他们站在一边儿,又兴奋又好奇又很安静,但是同时也怀疑他的能力。他将一枚带尖儿的石子儿放在弹弓里,将其余的放在口袋里。他从地上抓起一把土扔到空中看看风力和风向。他调整了一下助他行走的拐杖,将拐杖的腋托稳稳地拄在右腋窝下。但是他的眼睛却片刻也没有离开这群羚羊。这时,羚羊在离他们一段距离的地方站住了。他从口袋里掏出石子,让穆里乌吉帮他拿着,手心朝上地托着。他紧紧收住下嘴唇发出了某种声音,引得羚羊们突然转过身来,向他们的队伍走过来。但是当它们发现自己离人的队伍近了时,它们又转过身去,好像没有决定下一步怎么走,然而这时,它们的身躯和脖子就横向了人们。阿卜杜拉手臂就位,闭上一只眼睛,将橡皮筋拉向后方,"嗖"地将石子儿射了出去。一切都发生得那么快,犹如梦里的魔术变化。他们根本没有看到石子儿,也没有看到他如何一个接一个地将石子儿放在弹弓里射出去。他们只听到石子儿在空中嗖嗖地飞行。接着,他们看到两只羚羊相继高高地跃向空中,再落到地面静止了片刻,然后倒在地上痛苦地扭动。他们真不能相信。木尼拉、卡雷加、恩巨古纳和孩子们都向前跑去。两只羚羊的腿部受了伤。剩下的活儿就容易了。

阿卜杜拉站在原地一动不动,此刻在人们的眼里,他已经变成了一个非常了不起的人物,可是以前他们竟然那么不了解他。阿卜杜拉像一尊静静的草原之神,眼睛仍然凝视着远山,因为在好几年的时间里,那里曾经是他的一个家。他仍然回忆着奥尔·马赛和他们那支队伍要拿下纳库鲁要塞的疯狂行动,那是为了夺回吉玛蒂被俘之后暂时丢失的主动权。就连敌人的报纸也承认,那是一次计划周密、野心很大的战斗。他眼睛里面的光芒变得愈加强烈起来。他用手背抹了下眼睛,将弹弓扔到了地上。

那天晚上他们举行了一场盛宴。即使那之后很久,他们仍念念不忘这次经历,并说那是他们这次征程途中最大的高潮。孩子们围着火堆玩耍,老人们则一伙儿一伙儿地谈论过去的时光和地方。恩巨古纳逗妮娅金娃,说那些羚羊原来是女人的羊,因为看不住才跑出来的。木尼拉仰卧着细数天上的星星,一直强烈地感觉自己总是置身事外的压力,此时稍微释然了一些。他脑袋里仍然有许多的问题:比如说关于卡雷加。和他在一起他总觉得不自然,但是他还没有想清楚自己对他到底是什么态度。也许在这次征程中他们可以谈谈。他也想和万佳来一次心灵的交流。他曾想过,他和万佳可以重新拾起他们原来的关系,尤其是他们两人都经历了几乎相同的火与恐怖的洗礼。在他们巧合的苦难中,难道没有某种命运的安排?但是相反,他感觉她正在悄悄地从他身边溜走:她要去哪里呢?他观察着她的举动,但是她显然没有和别人发展那种关系。她的情绪和性格中变化的方方面面总是让他吃惊。那天晚上听她讲她过去的遭遇,让他感觉最深的是,她的经历都是以故事的形式出现的,那是一种忧伤的民谣,那凄美的声音不容你不听,而听过了之后,又将听者与她的生活和命运更紧密地联系在了一起。此刻他在听阿卜杜拉和妮娅金娃的谈话。他怎么没有看到阿卜杜拉的这一面呢?和所有人一样,木尼拉也目睹了阿卜杜拉的惊人技艺,而这一惊人技艺又将所有人都团结在了一起,如同每个人都在阿卜杜拉的身上看到了一点点的自己。万佳坐在妮娅金娃和阿卜杜拉的后面,感到特别高兴:她一直都觉得阿卜杜拉的那条断腿有着某种历史。现在,那不再是断腿了,而是不可磨灭地印在他身上的一枚勇敢勋章。她听着阿卜杜拉讲述奥尔·马赛和他们试图拿下纳库鲁要塞的惨烈故事。恩约古的内心充满了自豪感。他女儿为一个印度人生了儿女。而在此之前,他一直为此事耿耿于怀并羞于启齿。他们确实听说过一个叫奥尔·马赛的人,但并不是出自一个和他并肩战斗的人之口。恩约古觉得是黑人这一方的血液产生了影响。甚至对阿卜杜拉来说,这都是一个揭开一万个为什么的夜晚,因为他根本不知道,命运竟让他在奥尔·马赛的父亲曾经占有的地方开商店。现在他明白了恩约古最初询问这个商店时晦涩的话语。万佳试图在脑海里呈现这个印度人的画面,因为他至少一半儿地承认了他的非洲女人和他们两人的儿子。她想,也许在不同的时间和不同的条件下,谁和谁结婚或者谁和谁睡了并没有关系,但是突然间,她想起了她在城市里所受的折磨,她就开始画起问号来。此刻,她的注意力被谈话中的变化所吸引了。被吸引的不光是她。就连孩子们也停止了玩耍,坐下来倾听他们的新英雄回答卡雷加关于吉玛蒂的问题。他终于要讲他曾经拒绝讲的故事了。全场人一片寂静,都在静静地看着阿卜杜拉的嘴唇。他并没有犹豫多久,说话时声音有些克制,语气是就事论事,几乎不带任何感情色彩。

"实际上,尽管我们是以德丹·吉玛蒂的名义作战的,可是我们中的一些人却没有见过他。我们这支队伍作战从利穆鲁到了基亚贝、隆戈诺特、奈尔恩加尔,一直到了伊乌莫罗格,就是这里的平原。抗战四年,我们利穆鲁的这支队伍已经与奥尔·马赛的队伍会师在一起,尽管战斗减员,尽管忍饥挨饿,丛林战的残酷,敌人火力的猛烈,我们却发挥了我们所有的生存技能来坚持战斗。许多村庄周围都挖了壕沟,而且里面都插了有毒的尖桩,所以我们的食品供应被切断了。你们听说过卡米利索、吉希马等地方。时不时地会有一位老翁、老妪甚至是一个男孩儿躲过那些保安团的眼睛,给我们带来食物和各种消息。那些保安团兄弟也是迫不得已,由于无知、贿赂、严刑拷打或者被许以富贵和人身安全,从而出卖了自己,给外国人充当了炮灰。但是这种联系变得越来越少。坦白地说,我们发生过争吵,产生过怀疑,而且信念也曾动摇过。但是乡亲们的这种勇敢的举动,或者说每当我们想起他们这些勇敢的举动,都会让我们深切地知道,我们的人民并没有忘记我们:他们怎能够忘记呢?我们是他们的手足啊,拿起了枪杆子的手足。我们其实就是我们的人民,这一认识鼓舞着我一往无前。我们袭击殖民者的家园,烧毁他们的房子,杀死他们的牲畜,可是我们却几乎悲痛得流泪,因为这些其实都是我们的财产。尽管如此,招募新兵来扩充我们的队伍却很困难,因为大多数青年人都被抓到了集中营里,所以,我们的队伍一度曾减少到了二十个人左右。

"正在这时传来了消息,全肯尼亚议会将在肯尼亚山森林召开一次大会。所有战斗部队或者说他们的代表都要参加这次会议,因为德丹对战争的下一阶段有了新的计划。他要我们重新组成不同的战区,并要求我们选出一个高级军事指挥官和一位政治及教育高级指挥官,准备将来夺取政权和管理政权。他也要求我们做出更大的努力联合乌卡姆巴尼、卡伦津、罗奥、卢赫雅、吉里亚玛以及肯尼亚各地所有抗击英国占领军的力量。他也要求我们将我们的事业传播到海尔·塞拉西的王朝和开罗,因为在那里,贾迈勒·阿卜杜勒·纳赛尔已经控制了苏伊士运河,后来又抗击英国和法国的军队。我说过,我们已经食品短缺。但是我们却决心要长途跋涉,通过奥尔卡罗,尼亚达瓦山岭,穿过尼耶利平原,一直到肯尼亚山。我想亲眼见一见这个仅是声音的人物,因为他是黑人的力量,他的军事天才就连我们的敌人也承认。要从这个方面看问题。他曾经抗击并且打败过厄斯金勋爵将军,欣德将军,拉德伯里将军,以及他们从英国带来的部队:皇家东肯特步兵团,兰开夏火枪团,德文团,皇家空军,国王的非洲来复枪团,以及其他到过运河区、巴勒斯坦、香港、马来亚及其他英国曾经统治过的地区打过仗的部队。我们说到他时每每产生敬畏之情,他所喜欢的地方也成为我们生活中重要的圣地。我们知道的他是谁呢?他是非洲帝国的骑士指挥官,是我们的首相,是连续十四个日日夜夜不吃不喝仍能战斗的铁人,是在地上匍匐前进七英里之多的英雄,我们都在以他为榜样。还有马腾格、卡拉里·瓦·恩亚玛、金波、卡果、瓦瑞恩吉等其他人,他们的书信我们经常看到,但是我们却从来没有见过他们本人。将我们团结在一起的就是我们的伟大事业。

"我的朋友们,这是怎样的一次长征啊!我们的弹药极其匮乏。我们曾试图将子弹一劈为二,将里面的弹药放到小一些的弹壳里,但是却没有成功。为了能吃上肉,我们往往靠使用捕捉夹子或者挖个陷阱,但是在征程中,这些小伎俩能有什么用呢?有时候我们吃生玉米、竹笋,找到什么吃什么:有一次我们发现了某种野生的小米,我们用手将其搓成了面,放在了我们的鹿皮囊中。为了让我们精神振作,奥尔·马赛给我们讲老内罗毕的故事。他试图给我们讲那个他已经给我们讲了一千遍的故事:他拔出枪对准了欧洲人警察,那两个警察颤抖着靠在克雅清真寺的墙上,而穆斯林都在清真寺里面祈祷,但是那个故事并没有像从前快乐日子时那样让我们兴奋。此时,我们的动物皮毛衣服已经百般褴褛,但是我们仍挣扎着向前向前,穿过密密的灌木丛,皮肤被野刺刮烂,有时候还要逃离毒蛇的袭击。有时候我们也会发脾气;可是我们仍然向大山的方向前进,要听他亲口说出来的话语。很快,我们来到了这座大山下的会场。朋友们!那书里是怎么说的? 万事都有其季节,上天的一切目的都有其时间……任何爱都有其时,任何恨都有其时。对于我们来说,恨与爱我们都有时间来做了。那里已经聚满了人:足有方圆一英里的地方,没有一棵树下,没有一株灌木下,不靠着一个男人或者女人。他们用藐视一切的声音齐声唱着,歌声如滚滚春雷:

> 你,你这个人民的叛徒,
> 看你往哪里逃走
> 勇敢的人们已经聚集
> 因为肯尼亚是黑人的国度

"我的心情沉重,眼睛干了,尽管我觉得我要流出眼泪。我来到附近的一株灌木,腹泻令屎尿一齐倾泻而出。我周围的声音仍继续唱着:

> 叛徒们往哪里走
> 当乌云被驱散
> 当勇敢者归途?

因为肯尼亚是一个非洲人的国度。

"德丹被捕了,是被我们的弟兄出卖给我们的敌人的。瓦卡玛蒂莫人,这帮人就是为了自己的肚子而出卖了兄弟!愿他们的名字,像犹大的名字那样,永远受到诅咒,我们的孩子长大之后绝不能成为那样的人!我们正等待着他们称之为审判的这场闹剧的结果。营救他的计划和努力都失败了。他所躺着的那家医院戒备森严,外面有装甲车,有骑兵部队,有步兵巡逻,也有机械化部队的巡逻,空中还有飞机在盘旋。他们确实害怕得要命!因为非洲的上帝有可能从天上发出干预!他们说,那个星期,几乎每个欧洲殖民者的家里都举行了聚会,庆祝殖民主义对我们解放斗争的暂时胜利。但是在大山里,我们坐着等待我们派往尼耶利的特工返回。他们时刻都会回来的。

"当第四天的清晨他们终于回来时,我们真不用他们张嘴说了:我怎么告诉你们呢?你们知道当一个重要人物死去是什么情形吧?天很热,天又不是很热。天很冷,天又不是很冷。一只孤鸟在天空飞翔,你不知道它要飞向哪里,因为它并没有飞向哪里。我们都返回原地决心继续战斗和斗争,但是情形再也不一样了!朋友们……再也不一样了。"

3

他们并不知道,那天夜里竟然是他们这次穿越大平原史诗般征程的巅峰时刻。确实,阿卜杜拉的盛宴,他们就这么称谓了,阿卜杜拉的盛宴给了他们新的生命和决心,第二天,尽管太阳比从前出来得更早,照射得比从前更加强烈,如同要考验他们坚持到底的忍耐力一般,尽管看到金合欢灌木、灰色毛茸的勒勒施瓦灌木、仙人掌果似乎都被太阳晒得枯萎打蔫,但是他们却迈着轻快的步伐,好像他们也知道太阳的这个秘密欲望,从而决心取得胜利。阿卜杜拉的故事让他们意识到,他们与脚下踩的土地有一种新的关系:这地面,这红土地上的野草,这爱情花,这仙人掌,这平原上的一切一切都已经变得神圣,因为在这上面走过的人是为了肯尼亚获得自由而战斗而牺牲的。现在,这里的一草一木和路,难道不也有了某种东西,有了那些人的某种精神吗?现在,就连伊乌莫罗格的他们,在这权力与特权的议会里也有了一个声音。很快地,今天晚上,明天,某一天,在这次征程的终点,他们就会见到他,要和他面对面地谈话。这将是他们第一次要求他做什么事情,所以,他们都为自己行为的这种新奇之处和果敢精神以自己的方式感到了敬畏。有些人以一种怀疑的态度回忆,在上一次竞选运动中,他曾经向他们许诺了许多事情,包括兴修水利和修建道路。他曾经提醒他们,那将需要时间。也许,他们鼓起了勇气想,也许他仍然在和肯雅塔政府进行着艰苦的谈判。他们也回顾了阿卜杜拉从前乃至昨天的英雄主义行为(多么好啊,多么幸运啊,上帝竟然把他们,阿卜杜拉、万佳、木尼拉和卡雷加,带给了他们),他们行进的途中,眼睛一直憧憬着伊乌莫罗格生活可能会发生的变化,如果他们赶不上,至少他们的孩子们能够赶上。他们甚至还编了一首歌曲来歌颂阿卜杜拉、木尼拉、万佳和卡雷格,同时也是为了激励自己抱有新的希望和前景。

但是在接下来的三天里,他们变得愈加安静和无精打采。有些人,在恩巨古纳的领头下,曾一两次地冒出了一些带刺儿的话,说什么在一帮孩子的建议下,他们竟然匆忙地踏上了这么远的征程,话里话外包含着轻蔑和嘲笑。卡雷加想起了几个晚上之前万佳的警告,此时尽量避免和她目光接触。现在他们既没有粮食又没有水。他们曾一度口渴难耐,几乎放弃了继续前进的意志:阿卜杜拉领他们来到一处曾经流过小溪的地方,挖出了一些石头,并将一些石头翻过来,将舌头放在石头背着太阳的一面,让舌头上的火消一消。没有羚羊群过来,只有一只刚死去的大角羚羊的尸体。孩子们又爬上了驴车(大家都再次想起,他们将驴子带上了路,此时他们的运气是多么好啊,这样孩子们就不用怕沙子和荆棘扎脚了),大家继续前行,头上高高地飞着鹰隼和秃鹫,也许在希望……妮娅金娃在鼓励他们:"已经走了一半多的路程,这时千万不要绝望。据说在穆兰卡,一个男孩儿曾经勇敢地饿了一整天,最后却不幸地放弃了,因为他看到母亲将最后一粒粮食放进了锅里煮了一锅菜糊糊。"

接着,突然间的一天早上,他们来到了山脚下,陡坡下面是一道峡谷,远处看见了零散的灌木和森林的绿色带。

他们坐在山脚下休息,尽管疲惫不堪,但是却不无骄傲,因为他们将那么遥远的平原征程甩在了身后。推一下,再推一下,这块巨石就会松动了,休息了一阵之后,妮娅金娃鼓励着他们,并指着远处,说他们在山坡上一定会找到水和野果的。这个老太太是从哪里来的力量呢?因为她和阿卜杜拉一样,也一直拒绝坐在驴车上的。

一支勘测队伍清理出了一条小路,蜿蜒崎岖地穿过山坡上的灌木和树林。在路两侧,森林部门已将树木伐掉,形成了很宽的防火带。他们继续着自己的征程,重新点燃了希望和信念。经过了一英里的路程之后,他们来到了一处山谷,阿卜杜拉说山谷下面有水。他们走下这个缓坡的山谷,下面确实有水。他们都跪下来喝水,还有人,尤其是孩子们,干脆脱下衣服进到水里洗澡。年长者则选择了较为隐蔽的地方洗澡。他们也发现了醋栗、番石榴和其他的野果。

卡雷加呵护着毛驴,让它吃饱喝足。万佳和孩子们坐在一起。听到孩子们的声音时,万佳觉得内心一阵伤痛,疼得她几乎要流出眼泪。她对孩子们产生了一种强烈的挚爱,在这种时刻,她真想拥抱地球上所有的小孩子们并给予他们自己的奶汁。主宽恕了我们的罪孽,主宽恕了我们的罪过,让孩子们来到了我的身边。她将心中的祈祷话语放在了一边儿,仔细地看了看约瑟夫,因为他是唯一没有下水洗澡的孩子。

他的脸色难看,呼吸困难,而且,很显然,他在努力不让她看到自己的痛苦。她起身去摸他的胸部,感到那里烫人。

"他病多久了?"她问旁边的人。有些人把脸转了过去,她不得不再问一遍。

"昨天和整个一晚上,"其中一个回答,"但是他告诉我们别往外说。我是说,他不想再增加你们的担心和困难。"

这种天真无知,不,这种无私的坚韧不拔,深深地打动了她,她赶紧去木尼拉、卡雷加和阿卜杜拉谈话的地方。

"约瑟夫病了。"她开门见山地说。

他们都过来看约瑟夫。接着恩巨古纳和妮娅金娃也来了,很快地,整个队伍都知道了。阿卜杜拉和恩巨古纳走到灌木丛中,找到了一些根茎和绿色的叶子。他们给了约瑟夫一些让他嚼。但是,阿卜杜拉解释说,其实需要的是将这些叶子和根茎放在罐子里面煮,然后用厚厚的毯子将约瑟夫和这个罐子严实地盖起来,让他出一身大汗,这样才能将高烧和疾病从他的关节里面祛除。所以,他们最好的方法就是继续前行,走到最近的农庄,求得医药帮助,或者走到一个地方,他们自己来治疗约瑟夫的病。

他们把驴子牵回了路上,把它重新套在了车上。尽管这条大路是沿着缓坡而修的,但仍然比较陡峭,驴的蹄子在不停地滑动。木尼拉、卡雷加和万佳一起帮着推车,这样,他们喘着粗气,出着大汗,终于来到了山顶,走上了柏油路面。

若不是因为约瑟夫生了病,大家看到了眼前的景色一定会感到万分高兴的。因为此刻他们可以看到山下的城市了。万佳甚至认出了高高矗立在市中心的希尔顿酒店和肯雅塔会议中心。

他们迅速地赶路,当他们终于来到最近的一处农庄时,天几乎已经黑了下来。卡雷加和木尼拉刚要去打开大铁门,这时,一个欧洲女人走了过来,告诉他们这里不需要打工的,不容解释地要求他们立刻离开此地。卡雷加和木尼拉继续前行时,忍不住笑了出来。"她为什么以为我们晚上来到她的家里是来找工作的呢?"卡雷加感到不解,正要说点什么来评述白人的心态,却突然想起了自己在城市里的挣扎,便默不作声了。

来到下一处铁门时,他们认真地先看了下门上的指示牌。他们的心里燃起了希望但是又犹豫不决。杰罗德·布朗牧师,卡雷加又读了一遍。他们更希望是一家非洲人的农庄,但是信奉上帝的人,不管他是什么肤色,都是以善良和慈悲为怀的。他们让卡雷加、木尼拉和阿卜杜拉前去叫门。阿卜杜拉的瘸腿足以证明他们没有任何恶意。

通向房子的车道两旁柏树篱修建得十分整齐。树篱那侧,刚修割齐整的青草芳香四溢。在草坪上均匀地点缀着柏树,其枝叶也修建成完美的锥形,恰似永远在向上天祈祷。卡雷加思忖,这一定是许多年来汗水、艺术和工匠完美运用的成果,然而,这么多的精力和脑力却都浪费在了给草木美容上。房子很大,红色的瓦顶,陡峭的山墙,看上去十分壮观。

突然,两只狗向他们冲过来。两只狗加在一起的叫声十分令人恐惧,足以让你停住脚步转身逃跑。但是一棵柏树后面出来一个男子,叫住了狗。他们想,这是一个警卫:他身着蓝色制服,头上戴着一项白色帽子,上面写着安全警卫的字样。这时从房子里出来一个男子,身穿绿色长袍,头戴红色菲斯帽,腰上围着一条红色腰带以相配,他来到了已经拉住两只阿尔萨斯牧羊犬的警卫身旁。

"你们是谁?你们想要干什么?"戴着红色菲斯帽子的男子问,很显然,他是主人家的厨子。那个警卫正在拍两只硕大无比、正在喘着粗气的动物,同时抬起目光来,示意他非常愿意放开狗冲向这帮流浪汉。

"我们从很远的地方来,我们想要见这里的主人。我们遇到了点儿麻烦。"

"看样子像是遇到了麻烦,"那个警卫说,"如果你们不赶快说清楚你们的缘由,你们的麻烦就会更大了。"

"你们到底想要干什么呢?"红腰带追着问,"你们看,布朗牧师正在祈祷,而祈祷完了之后,他一般都要钻研一段时间来准备祈祷文什么的。他非常繁忙,他很讨厌被别人打扰的。"

"我们遇到了困难。"木尼拉重申了一遍,"门口那里还有我们很多人。我们的一个孩子病了。我们不介意站在这里等着,直到这家的主人布朗牧师准备好他的祈祷文。"

"你们可以过来到这边的走廊里等。"他说,再一次地认真看了下每一个人。卡雷加突然意识到,他们的样子一定是狼狈不堪了,因为他们那么多天都没有好好地洗个澡换换衣服了。

他们站在走廊里。从这里,卡雷加可以大概看到两排用人们住的用土坯垒起来的草房。阿卜杜拉一直都在这么想:我们战斗的目的就是为了结束这些红菲斯帽和红腰带对我们的压迫。木尼拉在想象自己的父亲虔诚祈祷的样子。

很快,牧师出来了,就站在门外面,他们几乎不敢相信自己的眼睛。杰罗德·布朗牧师竟然是黑人! 木尼拉的心里"咯噔"一下子。他认出了这个人:他曾经在父亲的家里见过他一两次。但是那时候在家时,他叫作卡茅牧师。杰罗德·布朗是他的基督教名字。他在英国圣公会的等级排列中,是最受尊重的人之一:他甚至被认为是主教位置很具有竞争力的一位候选人。

"你们好吗?"他用一种尖细的声音问道。

"我们很好。"大家齐声回答,重新燃起了希望。

"只不过我们出现了困难。"木尼拉说。

"我们走了很远的路。"卡雷加解释道。

"我们又饥又渴,而且我们有个孩子还生病了,他们在大门口呢。"阿卜杜拉补充说。

"你们从哪里来?"

"伊乌莫罗格。"他们再次齐声回答。

"伊乌莫罗格! 伊乌莫罗格!"他慢慢地重复着,逐个地上下打量他们。如果他们是来找工作的,他倒是可以理解;可是,这是一帮身体很结实的成年人,他们竟然来讨吃的? 他的叹气与其说是表达了愤怒,不如说更是可怜他们。

"进里面来吧!"

他的声音里充满了怜悯和理解。作为一名基督徒,他知道自己的责任所在。而满心欢喜的木尼拉在想:也许我该告诉他我是谁。

起居室面积很大。木尼拉注意到,坐在炉边沙发上做编织活儿的牧师夫人体型庞大,很像自己的母亲。她迅速地看了他们一眼,问他们好不好,然后就继续做自己手里的活儿。在她附近靠墙的地方放着一个带有玻璃门的书架,上面摆满了各种开本和颜色、上面是金字的儿童百科全书和《圣经》。在壁炉台上方挂着一幅镶嵌着玻璃框的警示语：基督是这里的一家之主，他静静地听着每一顿饭上的每一次谈话。在另一面墙上，挂着一幅装在画框之内的图画：尼布甲尼撒二世国王赤裸着毛茸茸的身体，像动物那样，四肢着地，画面下方印有警示的词语。墙上许多地方也挂着牧师与各界名流合影的照片。

木尼拉咳嗽了一声，准备做自我介绍，但是牧师已经从书架上取下了一部《圣经》，要求他们和他一起做祈祷。他从精神上为穷人祈祷，在灵魂上为跛脚者祈祷；他为无业的游民，为所有的饥渴者祈祷，因为他们从来没有食用耶稣那里的面包，也从来没有饮用耶稣井里的水。他为太阳底下所有的生灵祈祷，他的声音真的有些动人，让他们心里产生了一股柔情。

他结束了祈祷。

木尼拉咳嗽了一声，清了清嗓子开始做自我介绍。但是牧师已经打开了《圣经》。

> 这时，彼得和约翰在九点钟即祈祷的时间，来到了神殿。一个自出生就跛脚的男子每天都被抬到这里，向进入神殿里的人求得施舍。这座神殿叫作"美丽神殿"。跛子看见彼得和约翰要进入神殿里，就向他们求施舍。彼得看着他，和约翰一起说："你看我们。"跛子就看向他们，期待得到某些施舍。但是彼得说，我没有金子和银子，但是我给你我所拥有的吧：以拿撒勒的耶稣·基督的名义，你起来。

他们耐心地坐着听牧师读完这段以及他接下来的祈祷文，以为这个程序是必须要做的，尽管这个程序很长；可是，从一位教堂牧师这里，他们还能期待别的什么吗？

218

"《圣经》里面说的，与其说是一种身体上的疾病，不如说是一种精神方面的状况。因为，请注意，这个男子在他精神上的跛脚病被治愈之前，从没有进入过这座神殿。他从此再也没有求过施舍。很明显，《圣经》是反对懒惰和乞讨生活的。这就是这个国家现在的问题。我们大多数人似乎更喜欢流浪和行乞的生活，而不喜欢出汗的艰苦劳动。从人类完全不顾并且全然蔑视上帝明确的指令和意愿而吃了知识之果的那一刻起，他就被上帝告知，从今以后，他将必须劳动和流汗，再也得不到免费的东西，得不到主所赐予的食粮。就连我自己的孩子们，当他们从勒纳纳、内罗毕、肯尼亚高中和利穆鲁女子学校回来时，我都让他们劳动：割草，修树篱，喂鸡，以获得零花钱。至于那个生病了的孩子（可你们为什么没有领他进来呢？），我已经为他做了祈祷。你们现在安静地走吧，要相信主。"

"可是尊敬的牧师……"卡雷加似乎要说什么，但是却没有说下去。

"我们需要……我们只是需要……"阿卜杜拉也试图要说什么，但是喉咙也被什么给堵住了。

木尼拉则震惊得几乎说不出话来。内心里他十分高兴，因为他没有向杰罗德牧师做自我介绍。他们站起身来准备离开，但是在门口处，卡雷加实在忍不住了，就转过身来，引用了一个他所知道的段落。

当天色渐晚时，他的门徒来到他跟前说，这个地方很偏僻，而且时间已经很晚；让他们走吧，让他们去乡村、去村庄走动走动，给自己买点儿东西吃。但是他回答他们，你给他们东西吃……接着，他拿过来他们的五条面包和鱼，眼望着天，祈祷，将其掰开给了他的门徒，让他们送给人们。他们都吃到了食物，都很满意。

"说得对，我的孩子，"牧师严肃地说，"是耶稣的面包和鱼！"

桀骜不驯的三个人空着双手愤愤地回到了在大门口等着他们的人中。他们不知道如何把实情告诉这些人，但是他们脸上的表情和默不作声等于告诉了他们一切。阿卜杜拉说："让我们再找一家。这次我们必须回避欧洲人和牧师。"

万佳来到卡雷加身边，问他到底发生了什么。卡雷加突然放声大笑。"你还记得我们刚启程时所唱的圣歌吗？"他背诵着歌词。"他们又饥又渴，因为他们没有吃耶稣的食粮。你知道吗，那个他妈的混蛋牧师只能给我们提供精神食粮，那就是耶稣的面包和鱼！"

他们路过了几座房子，不知道选择哪家去求助。大多数人家的门上都写着亚洲和欧洲人的名字，因为这里是郊外最时尚的农耕和居住区之一。对于万佳而言，整个这一地区都勾起了她对城市里那次经历的不愉快的回忆，所以她不想贸然进入任何一家。木尼拉突然停了下来，他的心怦怦地跳得快了。他又看了一遍门上的名字，然后才喊卡雷加。"雷蒙德·储伊。"卡雷加也看了一遍，然后就向木尼拉看去。

"我就不陪你进去了，"卡雷加对他说，"我和其他人一起在外面等你。"

"可以，可以，"木尼拉高兴地说，"你们不知道吗？他是我同学……运动健将……噢，我的朋友……知道吗……你和我有很多话要说呢……我们一起被希里阿纳学校开除了……一起患难的战友啊，你们知道吗？"

他一个人进去了。院子里有很多小轿车。透过窗子，木尼拉可以看见穿着长连衣裙、手里拿着酒杯的女士，她们都在兴奋地高谈阔论。有一伙人开始唱几首本土的文化歌曲。唱歌的都是女士。

> 番薯红色欲滴，
> 在谁的家给番薯削皮？
> 在恩吉纳的家给番薯削皮。
> 我们等着她来拿钥匙。
> 我们的孩子们都讲英语。
> 我们获得高官俸禄，让我们齐心协力！

接下来是男人的声音，他们唱的是歌曲很刺激的部分，通常都是在割礼仪式上才唱的那部分。

> 他们说天黑了。
> 他们说天黑了。
> 但是我仍能看见，
> 远处的图木图姆山。
> 噢，是的，瓦因纳加山。
> 一根大棒子，
> 一根大棒子。
> 为了拉出来一块肉体，
> 噢，是的，瓦因纳加山。
> 长着芭蕉叶的肉体。
> 长着芭蕉叶的肉体。
> 所以肉体！你去嗅一嗅啊，
> 噢，是的，瓦因纳加山。

唱完之后他们就会放声大笑，并为自己勇敢的声音而热烈鼓掌。他们也唱了几首斯瓦希里语和英语歌曲。这真的是一次文化氛围很强烈的聚会,木尼拉失去了勇气。他只是站在门口,任凭犹豫不决的煎熬,因为此刻,他突然意识到他身上必定气味难闻,他的头发杂乱无章,他的衣服汗水泥土,邋遢百褶,不堪入目。与此同时,他又想起了各个社区里那么多的顶级代表所举行的社交聚会:可是就在那一天,仅仅六个月前的那一天,普通的劳动人民被要求宣誓来保护什么,保护什么呢?是保护歌唱的声音吗?

门从里面打开了,随着洒落出来的灯光,木尼拉对面出现了一位抹着浓浓的口红、头戴巨型非洲假发、脖子和手腕上项链手镯闪闪发光的女人。他根本没有时间再多看一眼。因为那位女人,最初被自己见到的幽灵惊得目瞪口呆,此时回过神来大声尖叫起来,那是一种令人毛骨悚然的尖叫声,然后就昏倒在了地上。他一时恐惧得犹如钉在了地上一样。他听到了纷乱的脚步声和玻璃的破碎声。储伊和他的朋友们正在来营救这位女人,有一个声音告诉他,不容他解释,他就有可能被人暴打一顿。勇气彻底地抛弃了他。他不能等待,他也不敢等待接下来要发生的事情。他溜进了黑暗中,拼尽全力地逃跑。他跳过了外面的树篱;木尼拉也不知道他是从哪里来的这股力量。他跑到了大家等待他的地方,催促他们赶紧走,赶紧上到大路上。这时,他们听到身后的空中一声枪响,不用说大家也都明白了,木尼拉又碰到了一次灾难。

"我们直接进城吧,"木尼拉建议,"到这些人的家里根本没有用,他们都一个样。"阿卜杜拉同意这个建议:"反正天也晚了。"

但是约瑟夫的病情加剧了,他痛苦的呻吟声大家都能听到了。他们围在他的周围。此刻他正在自言自语,说的都是他自己过去所经历的事情,这些事情也只有阿卜杜拉似乎明白一些。他又哭又笑,又喊又抱怨。"那是我的……那是我的……那块……那

块……骨头……我饿了……向上帝保证,我昨晚上什么也没有
吃……别打我……求你别打我。"他停了下来。很显然,他在与某
个谈及他自己的人谈着话。"今晚我在废弃的大桶里面睡……有
时候我也在报废的汽车里面睡……是的,是的,在灌木丛里面也睡
过。"他挣扎着喘气,有一两次他还喊叫妈妈来救他。但是妈妈却
不在这里。万佳再也不能忍受了。约瑟夫痛苦的呻吟声如刀子般
刺痛着她那未尽的母爱。这时,只有她一个人建议,到下一个住
家,不管是什么人家,他们都要进去求助。妮娅金娃主动提出陪着
她去,但是其他人却反对她们去,说如果再次碰到个倒霉的人家,
他们还得快速逃跑。卡雷加和阿卜杜拉也提出和她一起去,但是
人们建议阿卜杜拉最好留下来陪伴约瑟夫。不过大家却建议让恩
巨古纳一同前去,说作为一位老者,他足以证明自己没有任何恶
意。木尼拉还没有完全从这前三次震惊中恢复过来,所以他决定
留在后方,等待万佳这最后一次使命的结果。

　　还没等他们赶到第一个最近的民宅,这次使命就遇到了不幸。
几名男子悄无声息地从四周包围了他们,抓住他们的手臂将其反
绑了起来。卡雷加提出了抗议,但是逮捕他们的人根本不予任何
回答。他们用手电筒照他们的面目。"他们中间竟然还有一名女
子。"其中一名男子说,然后就推着他们往前走。他们被带到了一
座大房子里面的一个屋子,被锁在了一片黑暗之中。整个事件简
直匪夷所思,让他们感觉如同到了一个陌生的外国领土上。确实,
恩巨古纳此时正在想:在伊乌莫罗格我可是快乐的。他大声说:
"这是什么意思?他们怎么胆敢逮捕一位老人呢?我是他们父亲
辈儿啊!难道我们的孩子们也发生了如此的遭遇了吗?难道他们
离开伊乌莫罗格就都遭到了逮捕吗?"

　　还没等卡雷加或者万佳能够回答他的问题,或者说什么同情

的话语,灯光突然亮了。他们的眼睛一时被灯光照射得什么也看不见,但是眨了眨眼之后,他们朝四周看了看,除了他们自己羞愧的面孔之外,并没有别的什么人。寂静的几分钟过去了。他们听到有人扭动门的把手。门开了,进来一个身着黑色西装、扎着花色领带的绅士。

万佳的眼睛和这位绅士的眼睛对视了几秒钟,相互无言地打量了一番。卡雷加和恩巨古纳并没有注意到这一幕。绅士的目光此时转向了恩巨古纳和卡雷加,接着又转向了万佳,然而万佳却直视前方,如同越过了眼前这个人,越过了屋门,在望向远处的一个地方。

"很抱歉我以这种方式请你们来到我的家里,"他用一种十分做作的礼貌口吻说,"但是也许你们能够理解,最近在这一带抢劫和暴力事件有所增加。我们不得不采取必要的防范措施。俗话说,要防患于未然。你们知道吗?就连游牧的马赛勇士们也偶尔过来吵醒奉公守法的居民,说他们是来认领他们丢失的牛羊的。是吧?我们都应该小心为妙,这里没有恶意。好,我可以为你们做什么?"

"你怎么敢这样对待一位老人呢?你就是以这种方式对待你父亲吗?这样对待一位头发灰白的老人吗?"恩巨古纳抗议道。

"我父亲,假如他还活着,他可不会在这样的夜晚打扰人们的安宁的。总之,你该感谢你的灰白头发和这位女士,你没有被一枪毙了。"

卡雷加尽自己最大的努力来解释眼前的这一切。他甚至还提到了他们这次长途跋涉要进城的目的。

"伊乌莫罗格的议员?恩德里·瓦·里艾拉先生?我认识他。他是我朋友。你知道万事难料吗,老头子?所以,你不能说任何人的坏话。你根本不知道明天我们会在什么地方见面。好,现在来说恩德里·瓦·里艾拉先生。我们从前有过分歧。他是那种所谓的,哦,自由战士,对,他是运动的一员,被捕拘留了。而我呢,哦,我们两人当时观点可不一致,可以这么说吗?可现在呢,我们成了朋友。为什么呢?因为我们都意识到,不管我们是在围墙的那侧,还是在围墙的这侧,或者干脆骑在墙上,我们奋斗的目标都是一样的。不是吗?我们都是自由战士。总之,恩德里先生和我,我们是非常好的朋友。我们一起搞了一两个企业。你们这些人去参加茶会了吗?我来告诉你们一些事情吧。茶会的一部分是在这里举行的。我们都是卡姆温文化组织的成员。我们有些人甚至还能从这次茶会上收来的钱中借一点儿钱,比如,借数千块钱吧。我是卡姆温文化组织的终身会员。恩德里也是。我告诉你这些是为了让你知道,对我来说,恩德里不是什么陌生人。但是他并没有告诉我伊乌莫罗格发生了旱灾,更没有告诉我那里发生了饥荒。我确信,他一定会在那里组织一次齐心协力运动的,知道吗,就是自救运动,他有很多朋友,这些朋友都会捐献出一些东西的。慈善从家里做起嘛,哈哈哈!"

"你能不能表现出一些慈善,把绳子给我们松开?"恩巨古纳打断了他的笑声。卡雷加对这个人的喋喋不休感到惊讶。好像他在努力给他们留下什么好印象。可是他为什么要在他的囚犯面前炫耀呢?为什么呢?

"老头子精神头儿挺足啊。我来叫人。"说完他就出了屋子。

卡雷加看了看万佳和恩巨古纳。两个人都变成了雕像。他爬到门口,试图用脚把门打开。这真是咄咄怪事,只有在传奇式的电影或者惊险小说里面才会出现这一幕。门是锁着的,而他们的经历却并非那么惊险。

几分钟之后,将他们锁起来的那个人过来了。他的表情似乎比先前柔和了些。他好像要对他们说什么,接着却改变了主意。他将绳子割断,说那位绅士要见这里的这位女士。卡雷加做出了要陪伴她一起去的动作。但是那位男子说:只要这位女士过去。

万佳从她雕塑般的姿势中苏醒了过来,咬着下嘴唇跟着他出去了,此刻,她的心在颤抖,脑袋却努力在做出某种决定。他们穿过了许多走廊,这真是一座宫殿啊。她被领到了那个男子的房间,样子像是个办公室。

她进来时,他站起身来并随手将门关上。他示意一个座位让她坐下,但是她却拒绝了。

"你不介意我坐下吧?终于啊,万佳,终于。"他说,语气似乎是在提一个问题,又像是在陈述一个事实。

"你为什么要这样呢?对我们,对一个老人,对一个病得很厉害的孩子?"

"你以为我会相信你们的故事吗,万佳?我派了两个人到大门口让他们进来。为了你,我愿意帮助他们。可是他们却不在那了。"

"绝不是那样。你在撒谎。他们不会走开的,那里还有一辆驴车。"

"我不听你那些小小谎言,万佳。也许你以为这是别的什么人的房子。也许你要来看一个朋友。因为我能看出,你见到我感到非常惊讶。告诉我,可是你为什么不坐下呢?我又不会咬你。我不会伤害你的。告诉我,你为什么要逃离我?"

"我们能不能说点儿别的什么?你毁了我的一生。难道这还不够?"

"怎么毁了你?是你逃跑的。关于你怀孕那事儿我只是在逗你。我只是想考察一下你,看你说的是不是真话。告诉我,后来孩子怎么了? 他在哪儿? 是男孩儿还是女孩? 知道吗,我娶的一个女人只会生母兔子。"

她看着他,眼里充满了仇恨。她的心里也充满了仇恨。有一天你会遭报应的,她心里说,有一天你会遭报应的。她说出来的只是祈求:

"你为什么不让我,不让我们,安静地离开呢? 我们给你带来什么危害了? 因为一个孩子病了,我们只是在寻求一点儿帮助。"

他站起身来到她所站的地方。她挪到了一边儿。这个人似乎永远也不变老,万佳想,并且憎恨自己竟然还考虑他老不老。他又往前凑了凑,她则继续躲着他。她被沙发绊倒了。他按了一个按钮,这个长沙发瞬间变成了一张床。

"基莫里亚! 如果你过来,我就喊叫,你老婆就会听到的。"她警告他,同时眼睛看着桌子上一个像是刀子一样的东西。

他停住了脚步。她坐起身来,挪到了床的远端。他站着,眼睛一刻也没有离开她。这时,他突然单腿跪地,边说边向她慢慢移动过来。

"我夫人今晚不在这里,但关键不是这个。你就是个女巫啊,这你知道吗? 我的女巫。求你回到我的身边好吗? 求你了。我可以在内罗毕市中心给你租一座漂亮的小房子。在姆英迪姆冰谷大街。或者海尔塞拉西大街。或者你可以选择任何地方。房租都由我来负责。你什么也不用做。就是涂涂指甲油什么的。或者等着我。你可以去文秘学院听课。这个城市里有很多所文秘学院。你只需要学会敲键盘,哪哪地敲键盘! 之后我可以给你找一份工作。我认识一些人。肯尼亚是一个黑人国家,知道吗? 你和这些滑稽可笑的家伙在一起在做什么? 你在伊乌莫罗格做什么? 我爱你,万佳。这么多年了,这么多的艰苦,可是你的美丽却丝毫不减当年。"

他坐在她旁边,并且试探性地伸出一只手臂搂住她。

"把手放开,基莫里亚。"她说着全力将他推开,同时,又因为她强烈的仇恨而感到了一种虚弱,"你为什么总要来打扰我呢?你为什么不能……但是你总是这样的……没有感情……你只关心你自己的事情。你只关心征服的力量。"

这时,她突然跳起来抓起那把刀。他皱起眉头,眼里充满了恶意地看着她。他的声音听起来凶狠、残忍。

"难道你就这样对我?我可是能给你的都给你了。那么你听我说。如果我说个不字,你们是走不出这个房子的。我可以抓起那部电话,让你们几个都被逮捕,然后起诉你们犯了擅闯蓝山私宅的罪行。你们就可能被羁押候审六个多月。为了表现出公正,我们只需要求你们出庭受审罢了。我们是守法的公民。还没有哪个女人像你这样对待我呢。躲开我,逃避我。我是魔鬼吗?你竟敢对我举刀子?既然命运把你带到了我的房子里,我不在那张床上把你干个痛快,我是不会放你走的。你要记住,你不再是什么处女了。想想吧。选择由你来做,自由我来掌控,给或是不给。走吧。"

他按了一个铃,她就被带回到了原来监禁他们的屋子。她走到一个角落,面壁而坐,不能说话,甚至都哭不出来。卡雷加和恩巨古纳问她那个男子究竟要做什么。她只是耸了耸肩膀。

门开了,恩巨古纳被这里众多的下人之一叫了出去。在外面,恩巨古纳听着来自房子主人的口信:万佳曾是该位绅士的前妻之一。她逃到了伊乌莫罗格,而现在她又拒绝上自己男人的床。恩巨古纳回来,用责备的眼光看着万佳。

恩巨古纳尽可能策略地解释眼前的形势,并把可能发生的可怕前景说给两个人听。

"不行!"卡雷加喊道,已然明白那个男人的意图。

"仅仅是因为……因为……就让一个孩子死去……就让约瑟夫死去……而且,不管怎么说,她……从某个方面说,她是那个男人的妻子。"恩巨古纳坚持说。

"可是她不认识那个男子! 她,还有我们,只是今天晚上第一次见到他!"持怀疑态度的卡雷加表示反对。

"让她自己来说吧。"恩巨古纳以一种仲裁者的语气说。

"是真的吗? 万佳,这是真的吗?"卡雷加问道,并等着她回答。

但是她仍然一动不动地坐着,犹如没有听到他的问题。让她感到痛苦的与其说是那个男子的谎言,与其说是恩巨古纳的态度,更有甚者,与其说是卡雷加的提问,毋宁说是恩巨古纳所说的约瑟夫可能要死去的事实。又一个甚至都不属于她的人的死亡,责任也要归咎于她了。她回顾了此次历险的源头。也许她确实有责任。假如她没有建议,假如她没有坚持来到这个地方,因为别人都说继续往前走……假如她年轻时没有失足……假如……假如……她一生中有如此多的假如,而此时这些假如都重重地压在了她的身上。她该怎么办? 屈服于她所憎恨的男人? 可是她给自己发的誓还没有过去六个月! 假如她不屈服……而约瑟夫死去……妮娅金娃和其他人……在饥寒交迫中……口渴难耐……伊乌莫罗格的干旱……这次使命的失败……没有救援……更多人死去……我该怎么办? 我该怎么办? 去面对另一次羞辱? 她后悔没有将自己的过去告诉卡雷加……也许他能够帮助她解脱出这个困境……她抬起头,毫无羞涩地看着卡雷加的眼睛。

"是的！是的！"她边轻声说边站起身来，向门口走去。

卡雷加一时怔住了，坐在地上一动不动，连眼珠也没有转动：相信什么？该相信什么？他迅速站起身来，不由自主地向她走了过去，正当她要打开门时，他抓住了她的手。她感到自己的身躯在颤抖，软弱无力地求助地抬起眼睛看他，然后将目光移开，等待他的判决。任何判决都行，只要不提这个窘境，因为这也是她的耻辱。

"这事儿我一无所知，"他说，对屋子里这种耐人寻味的寂静感觉有些恼火，"但是……但是……你非要走吗？"他哀伤地说。

她再次看了他一眼，其实只是一瞥，却看到了他目光强烈的闪动，心里几乎在恨他的青春和天真无邪。就在这一刻，她意识到了他们两人之间存在着一条深深的道德鸿沟，那是因为他们认知的不同，他们经历的不同，她强忍着没有哭出来。她有些不耐烦地，更确切地说，有点儿烦躁地，挣脱了她的手，打开门走了出去，使劲儿把门摔上，让这个屋子和她的心都在震颤。他得去死，一个声音在她心里怦然说道，他一定得死。就这么简单。这个决定带有苦涩的甘甜。这个决定竟然让她恢复了往日的镇定和安静。

在她身后的屋子里，卡雷加突然想钻进墙角里，发出了一声痛苦的呻吟。他该死，他好像在回答某人提出的一个问题。他说，假如我有一个火把，我会把这里整个的房子都烧掉。恩巨古纳被卡雷加突如其来的呻吟声吓了一跳，更被他说出来的那句话吓得够呛，就望向了他，看到他像一尊雕像那样蜷缩在那里，接着他就面对着墙自言自语地说：年轻人啊，年轻人。之后，两人的空间里是一片怪异的寂静和不祥的沮丧。

4

终于，在星期一的上午，这个代表团抵达了这座大都市。他们说说笑笑地表达着自己来到一个新环境的焦虑心情和对这里一切一切不住的赞叹：这里的街道，高高的大楼，车水马龙般的车辆，甚至城里的男男女女们所穿的各种衣服。穿越马路成为他们最重要的任务。有一两次，当他们全速地跑过马路时，两三辆汽车突然嘎的一声停了下来，司机不住口地骂他们：这些马赛人哪儿来的？这些多罗博人和他们的驴车应该禁止进城！但是他们却非常高兴，因为经历了这么多的艰辛，他们终于来到了这座著名的城市。再漫长的夜晚也会让位于白天的光明。

伊乌莫罗格和南鲁瓦伊尼区的议员，尊敬的恩德里·瓦·里艾拉的办公室位于当时的市场街伊克巴尔伊克鲁德大楼的二层，这里离卡梅酒店和吉万吉花园很近，走路就可以去。代表团一帮人众在院子里等待，卡雷加和木尼拉先去办公室打探，看他们尊敬的议员是否可以接见他们这个代表团。

议员的女秘书抹着浓艳的口红戴着假发，正在修剪指甲，看见他们两人进来，上下打量了他们一下，然后给他们的回答却让他们期待的心如同冰水浇顶一般：议员此时不在，他去了蒙巴萨，但随时可能回来。她看到他们突然失望的表情和迟钝的目光，出于某种原因，她很是可怜他们。第二天下午他们可以来看看吗？卡雷加和木尼拉怀着沮丧的心情和表情回到了自己人中间：今天晚上他们在哪儿睡觉呢？为什么，为什么他们没有想到这种可能性？但是，即使知道了这样，他们又能做什么呢？

卡雷加和木尼拉发现本代表团的一部分又陷入了危机：阿卜

杜拉的驴和驴车被警察给扣下了,因为阻碍了交通并且在吉万吉花园里拉了粪便。但是阿卜杜拉向警察解释了他们此次长途跋涉的状况。警察说,他们先把驴子扣着,等他们离开时再还给他们。

卡雷加并不那么信教,但就连他都感觉到,有一个魔鬼在后面拖着他们并给他们的使命设置障碍。他们不仅经历了饥渴的煎熬,而且还受到了自己同胞的残酷对待。现在,命运又决定给予这些已经倒下了的人们狠命的打击。人们都望向了这次征程发起者的他,期待他解开这个谜。但是我能做什么呢?他悲愤地责问自己。这最明显的事实,他却说不出口:他们只能留在吉万吉花园里过夜了。

再次挽救了大伙儿的还是万佳。

她独自坐着,好像故意与大家隔离开,但是她仍然看到了卡雷加脸上的痛苦,这时她有了一个想法,这个想法与她心里那种自我反省的动荡和焦虑不无关系。

"听我说,卡雷加。我和你说过这个城里有一个人,是个律师。他……他和……大多数人不太一样。"

卡雷加二话没说,很感激地抓住了这根救命稻草。

他们两人穿过了花园,来到了克雅清真寺附近的一家印度饭店。在任何其他时间,卡雷加都会看着这座大楼,然后想象奥尔·马赛当年在某个角落那么戏剧性地将两个殖民警察逼得举起了双手。但是现在,他们两人想的是同一个问题:假如那位律师不在呢?万佳拨通了这个号码:经过一个夜晚的恐怖之后,那个声音对于她来说就像另一只伸向她的手,现在她觉得自己真想哭出来。她试图解释自己的问题,但是他打断了她:莫不如就去他的办公室怎样?他给她指了路,告诉她该乘坐哪趟公共汽车。

卡雷加从没有来过律师的地方,当公共汽车载着他们走过莫博雅街、恩加拉街、滨河街、卡里奥考，接着来到了普姆瓦尼时，他脑子里一直勾画着令人敬畏的强权和特权的走廊。但是他们要找的地方却是城里一处破旧的城区，是绵延不断的一排排硬纸板和锡制的房盖。长长的一队当事人等在一间小小的办公室的外面。他亲切地接待了他们，而且，再次看到万佳时并没有显示出任何惊讶。

"啊，这位年轻的女士。"他就说了这么一句，然后告诉他们坐在长凳上。卡雷加所期待的是一位戴着厚框儿眼镜、长着灰色头发、身穿条纹裤子和马甲、头戴帽子、手提雨伞的老先生。但是他所看到的男子却只有四十几岁，穿着白色短袖衬衣，系着一条简单的领带，看上去根本不像什么律师，可外面却还有那么多人等着见他。再仔细看时，卡雷加发现他的脸上略显一丝的疲惫，他的双目焦躁不安，似乎被一种内心的光明、内心的觉悟所困扰，亦如被丰富知识的重担所压坠着。

"你没有回家。"他说，但是他说话的语气里没有责备，没有批评，似乎他是真心地想知道具体情况。

"没有……我不能回家。"她悄声地回答。

"那么，我能为你们做什么？"他问，眼睛一瞥，这一问也包括了卡雷加在内。如刚才那样，他总能显示出感兴趣的样子，显示出喜欢倾听的表情，这让人很容易地和他谈话，似乎他所说的话绝不会被用来责备或者取笑他，或者做出对他不利的判断。所以卡雷加告诉了他伊乌莫罗格的旱灾，他们如何决定派个代表团来到内罗毕，如何进行了这次长途跋涉，一直讲到他们目前的困境。他省略了他们所经历的各种艰苦。他们现在所需要的就是今晚能够睡觉的地方，同时等候他们议员的召见。律师的脸色有些阴沉，他用手指敲了两下桌子，然后说：

"你们可以看到,这些人都在外面等着我呢。他们大都来自农村:他们需要的咨询无所不有,从土地被银行威胁要拿走,到如何获得这个或者那个售货摊亭……或者某个大人物许诺给他们在高原地区买一座农场却把他们的钱骗走了,等等,不一而足!你们能记住我这里的地方吗?"

"能的……如果你告诉我怎么坐车或者走哪条路。"

"你们从那儿坐车。这座楼的后面有一座花园。最容易记的就是,我这座楼的后面再没有别的什么建筑了。咱们回头见。"

卡雷加如释重负。他这一晚上都不用被人以责备的眼光盯着了。但是这个人好奇怪……这么说,这个国家还有这样的人存在,想到这里,他觉得也该感激万佳。

在公共汽车里,他想和万佳说这件事儿,却临时改变了主意,只是看着汽车窗外的贫民窟,在狭窄街道上玩耍的一丝不挂的孩子们,此时他就想:谁过得更好些呢?是被遗忘的村庄里的农民呢,还是被扔进了这些垃圾堆但却被称作城里地址的城里人呢?

万佳注意到了他的犹豫表情,这让她痛苦,因为这触到了她那还没有愈合的伤口,但是她也努力来理解。他总会根据那座房子里的磨难来评价她的。她怎么会知道,命运竟然将她面对面地带回到了她曾逃离的过去呢?突然,她感到胸中燃起一团怒火:她恨他的天真无邪,她恨他即使不说话时也让她担负着的那种道德重负。所以,假如她当时从了,那又怎样?她强忍住眼泪,心里愤然地想,那又怎样?难道她为大家所受的苦还不够吗?最初她甚至都不想参加这次征程啊!

内罗毕西区这个律师事务所的所在地,原先整个区域都是印度人所聚集的地区之一。这座楼的前院宽阔,地上整齐地铺着鹅卵石,院子四周修有石头围墙,后面是一座小型花园,花园四周也是一道石头围墙。有人坐在前院里,有人在后花园里。多亏了阿卜杜拉所采集的植物根茎和桉树叶子:这些根茎和叶子产生了奇效,煮开了之后服用,再用厚厚的毯子盖严实,约瑟夫终于出了汗,将疾病祛除了。此刻,约瑟夫正与其他孩子们一起玩耍。他们来到了内罗毕非常高兴。万佳对这个地方的态度和情感都很复杂:这里使她想到了拯救和耻辱。接着,她想起了仅在两个晚上之前她最近的一次耻辱时刻:她出去了大约十分钟之后,又回到了卡雷加和恩巨古纳这里。卡雷加、恩巨古纳和万佳默默无语地走到了大门口,令他们沮丧的是,其他人已经走了。但是一个男子突然从黑暗之中走了出来,告诉他们跟他走。这时他们的谜才被解开。

房子的主人确实派了两个人到大门口去核实万佳和卡雷加所说的是否真实。这两个人听了这些人悲惨的遭遇之后,就稍微商量了一下。他们知道自己的老板(他们只知道他叫霍金斯先生)有多么凶狠:一次,有一个人只不过是来问路,老板就把他关了整整一个星期,还不给吃的,只给水喝。他们决定不把这些人的下落告诉老板。一个人将他们领到了下人所住的地方,另一个人则回去向老板撒个谎。所以,他们就在那里逗留了一个星期天和星期天的夜晚,然后第二天的早晨,他们就继续赶路了。而整个星期天和那个夜晚,卡雷加和万佳似乎都在互相回避。就连恩巨古纳也显得孤僻和伤心。

卡雷加也在思考这两个晚上的经历和万佳的过去之谜。她和那个霍金斯先生之间到底有什么联系?他尽量不去想。每个人都有自己秘密的过去。他看了一眼靠墙而坐的阿卜杜拉。他似乎缩进了一个空壳里面,缩进了一个固若金汤的忧郁和安静的城堡中。看到他这个样子让卡雷加感到痛苦:他从草原上一个战神般的猎手,从一位善使刀枪、善用草药和熟知天气的大师,从一个对自己英雄般的历史充满了自信和亲昵的性情中人,变成了现在缩进了自己世界的孤独老人。这时卡雷加想起,驴子正被警察扣着呢,他也就明白了。他看见万佳溜出了屋子,就跟着她来到了街上。只有他懂得,大家欠她多大的人情呢。他赶上了她。他们默默无语地走在楼后面一条狭窄的柏油路上。

"你走开,你给我走开。"她突然说道,语气几乎近于野蛮。但是他没有走开。他们继续往前走着,走到了穆霍霍路,穿过了加迪大街,来到了朗加塔路,走向了朗加塔兵营。她在一道栅栏前停步,望向远处的内罗毕公园里的平原。他也站在她旁边,望向远方雾蒙蒙天空下恩贡丘陵的轮廓。这时,他们看见一架小型飞机越飞越低……"要掉下来了,要掉下来了。"万佳说。他们又看到了一架,然后又是一架,这时,卡雷加想起,他们是在威尔逊机场附近。这里是游客租乘私人飞机飞进公园内地俯瞰野生动物的地方,且都是来去匆匆,因为要在天黑之前赶回市内。

"我想,我想感谢你为我们所做的一切。"他有些困窘地说,心里希望她不要误解他的意思。

"对不起我刚才发火了。我感到很惭愧……"

他思考了片刻。

"不是这样,"他说,"不光是你一个人……那是我们大家的耻辱……"他不知道如何往下说,所以他就试图泛泛地讲一个道理,"在任何时候,我们中的某个人,即便是最小的孩子,受到了凌辱和欺负,那么我们都受到了凌辱和欺负,因为这与人类息息相关。"

那位律师六点之后回到了家里,并买回来了几袋面粉、牛奶和白菜表示对他们的欢迎。他请大家进了起居室,这是一个巨大的长方形屋子。妮娅金娃高声说,这里完全可以盖一座茅屋啊,这太浪费了！大家哄堂大笑。有些孩子仍在外面玩耍,看着飞机飞向恩巴卡西。但是也有几个孩子与大人们坐在一起。墙上挂着许多画像:切·格瓦拉,基督状的发型和圣洁的目光;德丹·吉玛蒂,安静地坐着,呈一副傲视江湖的姿态;还有一幅穆加卢拉的作品:街上的乞丐。一个角落里摆放着一座自由战士的木雕,那是万佳奥的作品。阿卜杜拉在吉玛蒂的画像前站了几秒钟,然后快速地蹒跚出了起居室进到了园子里。其他人则围在木雕的周围,评论着这位自由战士的头发,其大笑时厚厚的嘴唇和舌头,以及腰间拴着的长剑。可是他为什么长着双乳呢,有人问道:这好像是男女同体啊,这怎么可能呢?

他们开始争论不休,直到妮娅金娃用她那简单的逻辑给他们驳得几乎哑口无言。

"没有女人,男人不可能有孩子。没有男人,女人不可能生孩子。难道夺回这个国家山河的不就是一个男人和一个女人吗?"

"但是男人比女人更重要,"恩巨古纳说,"难道睡觉的不是男人吗,嗯嗯嗯嗯！嗯嗯嗯嗯！你们知道哪儿吗?"

"这房子的女主人呢?"妮娅金娃问律师,想改变话题。

"她去了另一个国家接受助产士的培训,得几个月才能回来。但是我得给她写信,告诉她赶紧回来,因为我突然又娶了个老婆,还有这么多的孩子。"说着他用怀有阴谋的眼神往厨房看去,因为万佳正在那里做玉米粉和蔬菜汤。

大家哄堂大笑,又开始了一场关于一夫多妻的争论。

"这不是谁能多娶几个老婆的简单问题。那时候你得用羊来做彩礼,而当时羊就是财富。往往都是大户人家才能这么做。"妮娅金娃解释。

卡雷加想,这位律师的样子与他在办公室时大不一样。他的疲惫样子似乎不见了。卡雷加想问他几个问题,但却不知如何开口。

吃过饭之后,律师领卡雷加和木尼拉来到了他的书房,很快,万佳和阿卜杜拉也来了。书房里面的书很多,一堆堆、一摞摞的,每碰到一本书,他都显示出万般的呵护和喜爱。木尼拉对自己家里空空的书架感到很羞愧。他们坐在地板上,这时,律师突然开始详细地询问他们各种问题,关于伊乌莫罗格,伊乌莫罗格的历史,他们的议员,当前的情形,他们此行希望达到的目的。卡雷加努力地给以解释,但是在解释的过程中,他敏锐地感觉到,他们整个这项壮举的目的竟然十分模糊不清。他也注意到,疲倦又重新爬回了律师的脸上,当他说话时,他的声音里也显示出一丝的伤心:

"我想他会接见你们的。是啊,他甚至会召集一次同心协力的大会来为良心的不安谋得平和。搞点儿慈善……"

"我们不介意一点儿慈善,"木尼拉解释说,"只不过我们在这座城市里几乎没有遇到任何慈善。"他讲述了他在牧师家和储伊家的遭遇。"我所不能理解的是,他们竞相喊出最令人震惊的口号。听老人们讲,从前人们唱歌、说话,都一是一,二是二。歌手们互相说话,甚至也互相骂街,但是都总有一种尊严。我小时候,经常偷偷跑出家去看割礼节日上的各种仪式。"

他停下来思忖:也许他的一个弟弟或者所有的弟弟们也都在看割礼仪式,而父亲则坐在家里给他们唱赞歌。卡雷加和万佳都在各自想着他们在那座房子里的煎熬。但是就此他们并没有说得太多。律师开始说话了。好像他正在与他内心中的自我进行一次对话,与他自己的怀疑和担心进行着一场全裸式的角力,而他们却仅是观众。"看着黑色的僵尸,黑色的卡通人物按照主人的意愿跳着主人的舞蹈,以主人的声音说着主人的话,这令我伤心,令我痛苦,有时候令我愤怒。而且他们又跳得那么完美。当他们跳累了时,或者应该这么说,当我们跳累了时,我们又转向我们人民自己的文化,并对之胡乱地恶搞……仅是为了搞笑,喝了一瓶香槟酒之后的胡作非为。但是我问我自己:播什么种子生什么芽,撒什么种子开什么花,我们还能期待别的什么果实吗?尽管如此,我也回首往事,看我们浪费了多少机会,我们错过了多少机遇;看那一个时刻,看那一天,看那一段时期,当我们来到了十字路口时,我们选错了路径。啊,有一个时代需要记住,当全世界都出于各种动机和期望,边等待着边说:他们给非洲和全世界指出了勇敢刚毅和救赎黑人的道路,那么,那只野兽他们将怎样去对付呢?在所有那些曾经奴役过他们、让他们顺从于金银野兽般淫威的白人中,他们却只用了白人投机者的鲜血洗刷了勇士们的长矛,这时,他们在竞技场上还能跳什么舞呢?其实,我们当时什么都可以做的,因为我们的身后是广大的人民群众。可是我们这些领导人却选择了与那个奴役了我们数百年的金银铸造的钱神来调情,与那个两耳不闻人间疾苦的野兽来调情。我们的领导人们这样想:问题的症结所在是服侍这尊钱神的人的肤色不同,而现在,由我们管理和指导,我们将征服这个魔鬼钱神,让它服务于我们的意志。我们却忘了,那尊钱神对人间的疾苦从来都是不闻不问的。所以我们就继续喂肥这个野兽,使它变得越来越强大,也等着我们继续喂食它,而我们现在都是它的奴隶了。一到这个野兽的神龛前,我们就跪下祈祷和希望。现在看看结果……蓝山的居住者,那些以牧师的身份为这尊视而不见的钱神服务的人……一个牧师双手里攥着一千英亩土地……一百万英亩土地,而普通的会众却悲哀地一亩地也得不到!然后这些广大的会众听到的是什么呢:这只是从你们的汗水中提取的一笔钱……让我们给这个野兽钱神做个老实的奴隶吧,让我们把我们的灵魂给他吧……还有一起给予的百分之十……因为他的牧师们也要吃饭……我们还要将其送给他的下属,银行……与此同时,让我们都祈祷吧,也许这个神会注意到我们的诚实和热情,这样我们就会得到一些碎屑。同时,这个神却变得越来越肥大,光芒越来越耀眼,而且让他的牧师们也胃口越来越大,因为通过牧师制度,这个魔鬼只规定了一条道德法则:贪婪和积累。我问我自己:这公平吗? 对我们的孩子来说,这公平吗?

"我是律师……这是什么意思呢? 我也是通过服侍这个魔鬼而谋生计的。我在法律上是一名专家,可是这些法律的宗旨却是为了保护这个魔鬼之神的神圣不可侵犯,还要保护他的天使和全体各个等级的牧师。只是我选择了为那些触犯了法律、有可能被逐出教会的人来辩护。因为要记住,只有少数人,只有特殊的少数人,才能在这个等级制度中找到有利的位置。听好了,让人痛苦的正是这里,正是人们的汗水喂饱了那些传授教义的人,喂饱了那些管理员,教会的执事,牧师,主教,天使……整个等级的各个部分。尽管如此,他们仍然受到谴责……被诅咒。

"我是牧师,是听忏悔的神父,透过小小的窗户,我其实是在观看一个民族的灵魂……伤疤,伤口,凝固的血块……都写在他们的脸上和眼睛里,那是如此困惑的眼睛。告诉我们,在我们忏悔我们的罪行之前,请告诉我们:是谁制定的这些法律? 为谁制定的?是为了帮助谁? 我回答不了这些问题……但是正如我说的那样,他们帮我打开了一扇窗子,让我看到了世界。

"我问我自己:这是发生了什么? 这到底是发生了什么? 我弄了这么多的书……我看书,试图从中发现智慧并找到对这许多问题的答案。我们的人民说过:让我们别再为这个魔鬼当奴隶了,让我们只向我们心中的真神祈祷,只与我们心中的真神角力。我们要掌控所有这一片土地,掌控所有这些工业,服务于我们心中的真神。他们战斗了……他们流血了,可目的不仅仅是为了少数几个人能够在蓝山居住并服务于金钱之神,即我们外部的那个神,而是为了能让更多的人在全国各地过着充实的生活。白人牧师们看到自己失败了,这时就转过身来开始嘲笑讥讽新的牧师。看看这些破坏者呀:我们要走了,是的,但是这些人一定会破坏所有的教会法规……而我们这些在他们的学校里受过教育的人,则猛击我们自己的胸膛:我们是破坏者?我们破坏了教会法规?我们和你们一样文明,我们才不会砸碎那尊魔鬼之神呢,让我们来做给你们看。你们曾经这么怀疑我们,这回我们让你们感到羞耻。

"这是很早的一个故事了。你说你曾在希里阿纳和储伊在一起读书。我也去过那里,但是在很久以后了,好几年之后了。我们曾听说过储伊……但是当时他被描述为一个破坏者。我当时的志向是要当一名牧师,一个受过高等教育的牧师。所以我就憎恨储伊。一提到他的名字,我们马上就会想到夜间丛林里的盗贼……后来彼得·普尔斯用枪打死了一名向他的狗扔石头的非洲人。那场审判在希里阿纳引起了很大的轰动。他被判处了死刑,让我们大家都很高兴。但是你们知道吗?弗劳德夏姆召集了一次全校大会。他充分地陈述了人类应该对动物有怜悯之心的必要性。一个文明的高低,那是与其人民对动物有多么关爱息息相关的。难道我们要像俄罗斯人那样残忍吗?他们不顾全世界的抗议,竟然派去了一只狗,一只可怜的莱卡犬,到太空去送死。普尔斯或许有些过分。但是他受到了最高境界和最高尚冲动的驱使,去关怀和保护那些无力保护自己的生灵。接着,他就给我们读了一封写给总督的呼吁从宽处理的信,最后,又引用了一段莎士比亚的非常动人的诗句。

　　　怜悯的美质无须任何过滤，

　　　它如轻柔的雨水从天而滴，

　　　洒向大地它给予双重庇护，

　　　施与者和需要者同受天赐。

大会结束后，我们都感到了愧疚，眼睛只管看着地面。有几个人甚至还哭泣起来。你能相信吗？我们是和弗劳德夏姆一起哭泣的。但是我仍然存有怀疑，整个这一切我都不理解。我怎么会明白呢？我所接受的教育并没有让我准备去理解那些事情，我所受教育的要旨就是掩盖种族主义和其他形式的压迫。就是要我们接受我们是下等人、他们是上等人的事实，并接受他们对我们的统治。后来我去了美国。我读过一部历史书，说有一个地方的人信奉人类的自由和平等。当我在路易斯安那州的巴吞鲁日的一个黑人学院读书时，我亲眼看到在一所教堂的外面，一名黑人男子被吊死在一棵树上。他犯了什么罪呢？原来他是和一名白人男子搏斗，因为那名白人男子粗暴地推搡了他姐姐。当时那座城市里的气氛非常紧张。啊！这就是美国，自由和勇敢者的土地！"

　　他停了下来，眼睛似乎盯着遥远的过去。这时，他开始哼唱一首乔什·怀特的布鲁斯歌曲：

　　　南方大树真诡秘

　　　树上结果好奇异

　　　树叶周围有鲜血

　　　树根底下有血迹

　　　黑人躯体在摆动

　　　南风微微在摇曳

　　　白杨树上高高挂

一颗果实好奇异。

他再次停了下来……尽管他们没有理解其中的典故，但是却懂得了歌曲背后的情绪。他继续说：

"难道这不是肯尼亚自一八九六年以来所发生的事情吗？所以我就对自己说：一个黑人在国内不安全，一个黑人在国外也不安全。那么，这到底是怎么一回事儿呢？后来在美国的城市里，我看到白人也在乞讨……我看到白人女性为了几美元出卖自己的身体。在美国，邪恶是一种销售的商品。我在底特律的一家工厂与白人和黑人工人一起工作。我们加班加点也只能是勉强糊口。我在芝加哥和其他城市看到许多失业的人群。我感到了困惑。所以我就说，既然黑人已经掌权了，那就让我回国吧。接着，犹如迅雷不及掩耳那样，我看到我们国家和美国一样，仍在服务于同一个魔鬼之神……我看到了同样的标语，同样的迹象，甚至是同样的疾病……我害怕得要命……我怕极了……我偷偷哭泣：得需要死去多少个吉玛蒂？得需要多少个孤儿来哭泣？我们的人民还需要流多少汗水，才能让几个人，特殊的几个人，在那个掳掠一个大陆四百年之久的魔鬼之神的银行里存有一千美元呢？而现在，在朗朗乾坤下，我看到了殖民世界里的弗劳德夏姆们所扮演的角色，那就是把我们所有的黑人都变成僵尸，在蓝山跳起淫秽的舞蹈，而与此同时，我们的人民却在饥饿中死去，我们的人民住不起像样的房子，供不起自己的孩子上像样的学校。可是我们却高兴，我们高兴的原因就是，我们被称作一个稳定的、文明的而且聪明的民族！"

他一直都在以一种平稳的语气讲话，只不过是最后，稳定、文明和聪明这几个词，他是满怀厌恶之情恨恨地说出来的。这种比喻的意义，尽管他们并非都能理解，但是却让他们深深地着了迷。然而每个人所着迷的方面却又不尽相同。对于阿卜杜拉而言，那是一个流血的故事,因为看着提戈尼和其他地方的土地,这个问题一直在困扰着他:人民共同流血所换来的土地让几个有钱并且能够获得银行贷款的人拿去,这合理吗?争夺土地的是银行和金钱吗?但是他一直没有找到答案,因为此刻拥有土地的确实是黑人。所以他也想拥有这样的一个农场。对于万佳来说,这是一个在白人国度里白人妓女的故事:这能是真的吗?木尼拉对魔鬼这个形象感到了厌倦,但是他却被这种巧合所震撼:这位律师去过希里阿纳?卡雷加也去过希里阿纳,而且他们两人此时竟然都来到了律师的家里!这是什么意思呢?到底有什么含义?卡雷加感觉这个人并没有说出全部。但是这个人的谈话却引起了他的好奇,使他感到兴奋,好像他的大脑即将接近并且要领悟一种难以捉摸的概念,犹如在他个人经历和历史的混沌宇宙中,一个条理分明的结构正在形成。

"在希里阿纳到底发生了什么,卡雷加?"木尼拉突然闯入了他们不同的思绪中,大家都为他强烈的关心所惊讶。

"你也在希里阿纳上过学?"律师转向了卡雷加,很惊讶地问他。

"是的。"卡雷加说。这时他想到,他也许对木尼拉表现得不太公平:他们三个人所见到的希里阿纳和弗劳德夏姆都是不同的,所以,同样的事情,感悟或许不尽相同,他为什么要期待木尼拉跟上希里阿纳所有发生事情的节奏呢?

"那是哪年?"

"一年半前……大约两年前……几乎三年了吧,我离开了那里……我是被开除的。时光如梭啊。"

"是因为那次罢课吗?你也参加了?"律师很是兴奋。卡雷加感觉自己的心跳加剧了,因为至少有一个人听说过那次罢课,而且表现出了同情和好奇。

"可以这么说吧……"

"是这样,哦,我怎么说呢,是这样,"律师忙插话说,一时没有找到合适的词语,"你看,当我从美国回来时,我看到了我们真的都在崇拜同一个魔鬼之神,因此我就非常抑郁。该从哪里开始呢?我问我自己。所以,我就在这座城市的贫民区开始了我的律师生涯。我收费很低,但难道这不也是从他们身上赚钱呢吗?难道我经过的培训,我的工作,我这份律师的工作,这本身就不就是为这个魔鬼服务、为这些法律辩护的吗?从某种意义上说,难道我这不是靠我所憎恶的制度谋生呢吗?后来在希里阿纳发生了那场罢课行动,我认为,从字里行间,我看到新的年青一代的崛起,他们是从过去直接的耻辱和羞辱中解脱出来的年青一代,因此,从精神层面来说,他们所受到伤害并没有前人那么深。这一代年轻人与我们那个时代大不一样,可以说,与我所见到的他们的强壮的父兄们大不一样,那时候,在一个白人男孩儿面前,黑人们都要摘下帽子并放在身后。我对自己说这就是我们的希望……希望在新一代的孩子们身上,他们没有什么需要向白人证明的……他们没有必要证明他们能用刀叉吃饭,没必要证明他们能够通过鼻音来讲英语,没有必要证明他们能够像白人牧师那样高效地为这个魔鬼服务,因此,他们能够清晰地看到这是全体人的耻辱,因此,为了我们所有黑人心中上帝的真正王国而随时准备战斗:吉库尤人,姆马赛人,米亚罗人,姆吉里亚马人,姆索马里人,姆卡姆巴人,卡伦津人,马赛人,卢赫雅人,我们所有人……团结的能量,人民的精神,我们齐心合力,为我们自己工作……为自己工作……也许我的理解过了头,但是这却将我从抑郁中解脱了出来。我看到了一丝微光,或许那就是光明,所以我就说:弗劳德夏姆,以及所有的黑人弗劳德夏姆们,你们的日子到头了。"

他的每一个情绪变化似乎也将他们包括了进去,卡雷加真的受到了鼓舞。

"其实一共发生了两次罢课运动,但是大多数人只知道第一次,我想那是因为一个欧洲人也卷入了进去。第二次罢课的声势与第一次一样,但是因为消息被掩盖住了,所以我们非常气愤。但是这两次罢课就算二合一吧,因为这两次罢课的主角都是坎布里奇·弗劳德夏姆和储伊·利姆伊,而我却不是,"他转向了木尼拉,"我指的是第一次罢课,当时你和储伊是演员。"

"木尼拉先生,您也是被学校开除的吗?"律师问。

"是的。"木尼拉说。

"好奇怪啊……什么时候?"

"在第一次罢课时……有储伊的那次。"

"和储伊一起? 有这么一个人……一个传奇人物……我们都谈论他……讲关于他的故事。只是因为他去了美国,我们大家就都想去美国。弗劳德夏姆不喜欢美国……说美国人英语讲得太差了……但是因为储伊选择了美国……那美国就必然是个好地方……"律师回忆到这里时无奈地摇摇头。

"他有承诺。"木尼拉表示同意,然后转向了卡雷加。

卡雷加咳嗽了一声,清了清嗓子,就开始说起来:

"是这样,你们知道,坎布里奇·弗劳德夏姆有自己了不起的地方:不管你多么镇定和自信,他都会让你心绪不宁。不管他什么时候去首府见教育部的人,其他的老师都会在校园里悠闲自得,漫步闲聊,或者盘腿坐在桌子上,吸烟,聊天,和我们男生一起说说笑笑。但是他们却让男生们从远处监视弗劳德夏姆和他的大众轿车:如果发现他回来,他们就会紧张一阵子,赶紧把烟掐掉,将烟头扔到窗外，或者将烟头在地上碾碎。可他们都是白人啊，弗劳德夏姆怎么会惩罚他们呢？他怎么能让他们感受到对主的恐惧呢？我们就会躺在寝室里的席梦思床上谈这件事情，我们早上擦地板时也在猜测不已。我们早上五点钟冲冷水浴的时候，也在热烈地讨论白人内心的勇气。我们一致认同的是：'弗劳德夏姆是个硬汉。'一些知情的男生断言，他本来是可以当上总督的，或至少要比校长大的位置，但是他却拒绝了。这更加深了我们对他的敬畏心理。你真该听听我们是如何拆解他生活之谜的。关于他的生活和爱情我们编造了很多故事和传说，不过，这些东西都是如何编造出来的，这本身又是个更大的谜了。但当时他是剑桥最聪明的人，这个我们可知道，他甚至还纠正过其他讲师的错误。他也是最勇敢者之一，他曾经在土耳其、巴勒斯坦和缅甸打过仗，甚至还只身一人阻挡了一辆德国坦克的进攻：为此他获得了国王颁发的什么勋章。在缅甸，他的大腿被一块弹片击中，他被准以回家。他能够活着并且以一个英雄的身份回家，他在想什么呢？我们可以想象他掏出钱包，欣喜若狂地盯着她的照片，因为是她给了他力量，是她帮助他越过了撒哈拉沙漠、穿过了东部稠密的丛林，冒着枪林弹雨，完成了各场战役。火车叮当地行驶在铁轨上，他的心在激烈地跳动，他的想象飞向了远方。她飞到了他的怀里，他的怀里，但是……当他终于回到家时，他却坐下来哭泣。然后他就去教堂里祈祷。他在不停地祈祷，直到他听见一个声音回答他的疑问。他将去非洲为上帝服务，并且终老那里，也许留给后人一点点精神上的英雄主义和光辉。但是他却决不能宽恕那个抛弃了他而投向了另一个返乡士兵怀抱的女人：不能宽恕，任何女人都不能宽恕。他的真爱是他的狗狗们。我们在校的时候他养的一只狗名字叫作莉兹。不论是到教室，还是到教堂，去内罗毕，还是去任何地方，莉兹都陪伴他左右。莉兹经常能影响他的情绪。如果莉兹病了，他就变得脾气暴躁，不与人接触，看上去是那么孤独可怜。莉兹，大众轿车，弗劳德夏姆，我们称他们为学校的三剑客，因为他们似乎永远没分开过。

"莉兹死了。

"弗劳德夏姆心里的某根线一下子绷断了。他不能教书了，他不能祈祷了。他脸上的皱纹突然加深了，他的眼睛暗淡无光，他或是说话或是不说话，但是大脑却似乎在别的什么地方。他真的是十分孤独，让我们都感到了一丝的可怜。但是我们却不能理解这一点。我们村子里死过狗，路上也死过狗。我们曾经在田野里，在山坡上追过狗，每当我们用石子儿打中了一只狗时，那狗痛苦的叫声会让我们笑得流出了眼泪。良犬用于捕猎兔子和羚羊，勇敢的犬用于保卫牲畜和家园，驱除鬣狗和盗贼的进犯。但是莉兹这两种犬哪种都不属于：她怎么会让一个男人如此崩溃呢？

"他召开了全校大会。我们以为这又是一次他如何给我们讲童子军、讲英格兰、讲剑桥、讲从凯尔特人时代到亚洲和非洲新兴国家诞生的世界历史的大会。可是他说的内容却让我们忍俊不禁：我强烈地遏制要笑出来的冲动，使得我的肋骨生疼。他大谈宠物在人类生活中的地位：在所有文明的国家中，学会关爱宠物和动物能够丰富一个人对人类生活和上帝之爱的鉴赏水平。接着，全校学生都爆发出雷鸣般的哄笑声。弗劳德夏姆愤愤地诅咒，说什么非洲人没有感情。但是尽管他愤怒无比，可是我们仍旧笑个不停，因为，我们怎么能够理解，怎么能够相信我们的耳朵呢？我是说，有谁听到过，一只狗要享受人类的葬礼呢？

"他让校队队长从每个班里挑选四个男生，去拿工具挖一个坑，并为莉兹制作一口棺材。他还需要抬棺人。队长说请大家自愿站起来。接着又是一阵哄堂大笑,然后我们都低下了头恐怕被选中。没有志愿者站起来,所以队长就点了几个名字。这几个人拒绝去。我们都拒绝去。弗劳德夏姆警觉到这将是一场反叛。

"他将那几个选中的人开除了。

"我们都参加了罢课。

"全校都难以置信地在颤抖。在学校历史上,曾经有过一次罢课,而那次罢课的赢家就是弗劳德夏姆。此刻他暴跳如雷,高喊着威胁恫吓的话语。他喊叫说,我们这是在拒绝执行命令。在任何文明的社会里,都有命令制定者和命令执行者,都必须有领导者和被领导者,如果你拒绝服从命令,拒绝服从领导,那么你怎么能够指望将来你来当领导并要求服从呢? 看看苍天:上帝坐在宝座上,周围有各级的天使在服侍,一切都那么地和谐。但是他却让我们开了眼界。

"昨天他作为白人那么强大无比,但是此刻情形绝不一样了。昨天他作为白人那么战无不胜,像一块磐石纹丝不动,但是此刻,情形绝不一样了。我们经常小声议论、但是却没有认真经过大脑思考的所有事情、所有的裂痕、所有的矛盾,此刻都涌到了眼前。他试图做出妥协:只开除一个学生。我们仍然拒绝回去上课。好吧,好吧,只是简单惩罚一下吧:每个人打四棍子,并割草一天。我们看出了他的不安。我们提出了新的要求。

"我们要求学校开设非洲文学,非洲历史,因为我们想更好地了解我们自己。我们为什么要在皑皑白雪中、冰冻湖面上、春花荡漾中反衬我们自己呢? 这时有人高喊:我们要求非洲人来当校长! 要求非洲人来当老师! 我们一起声讨这完美的教育体系,声讨这主人仆人的尊卑之分。这下可好。想象一下。报纸立刻炒作这次危机的这一方面,并且谴责我们。从什么时候开始,由学生们、由一群乌合之众,来告诉学校老师该教什么课了?如果说这些学生那么聪明,已经知道老师该教他们什么,已经知道由谁来教他们合适,那他们干吗还要报名来这所学校读书呢?而且还是有这样一个好记录的学校?有这么棒的一位校长,就连英格兰最好的学校,伊顿公学,也会自豪地请他去做校长的!他们算的是花在每个学生身上的钱,然后将其与贫苦农民的收入做比较。

"但是我们的要求毫不让步,尽管我们对憎恨的目标有所分歧。储伊,储伊,有人喊道。储伊,这个名字一直富有活力,已经成为一个传奇。我们想让他出山来领导这所学校。打倒弗劳德夏姆!打倒这套完美的制度!打倒白人!与储伊齐心协力,把他们赶走……让我们黑人掌权!

"这样……教育部的人来了。其中一人是我们学校的毕业生。他们呼吁我们回到教室去上课。我们的要求和不满他们会研究的:那四名男生可以接受割草一天并将头发剃光的轻微惩罚。

"我们回到了教室。但是已经发生了某些事情:游戏的规则受到了质疑,一切都改变了。这一事实我们知道,这一事实弗劳德夏姆也知道,几乎一个月之后,他辞了职,很快就随莉兹而去了。我们自豪,我们兴奋,我们看到了自己的新生。我们发誓,如果我们能够有一名非洲人当校长,我们就对他绝对服从,我们甚至会更刻苦地学习,这样才不会让他感到羞愧,我们自己也不会感到羞愧。我们再不需要什么年级长。我们要选举我们自己的领导。我们称自己为'非洲民粹党党员',我们需要一位民粹党党员来做我们的校长。

"那就是储伊,那就是储伊。我们屏住呼吸等待他站出来。我们中没有任何人见过他,除了学校的传奇和传说之外,我们也不了解关于他的任何事情。但是我们却怀着希望唱着歌:一个新的学校，一个新的开始，一个新的人民。但是在白人教师中却弥漫着忧郁和半信半疑的气氛，有一两位老师确实辞了职。忧郁不安与兴高采烈；绝望与希望；灰头土脸与灿烂的微笑——在我们等待储伊出山的同时，这就是双方情绪的真实写照。

"他真的来了，他终于来了：我们从大门口一直夹道欢迎他到办公室。他向我们挥了一下手，我们用一种回肠荡气的喊声回应他：储——伊——！

"第一次全校大会……我们几乎提前一个小时就到了开会的大厅。我们歌唱，我们鼓掌，我们演讲。白人教师都站在大厅外面，情绪紧张地谈着什么。

"储伊驾到了。全场阴森森一片死寂。他走上了台阶……一级……一级地走上了前厅。我们都目不转睛地看着眼前的一幕。他身着卡其布短裤、衬衫和太阳帽：简直是弗劳德夏姆的黑色复制品。我们等待他出口的话语似乎仍然是怀疑和担心。他讲话了，首先宣布了一套规章制度。他向教师们的高质量教学表示感谢，说我们的学校享有世界闻名的声誉。所有的教师都继续留任，这是他的希望，不，这是他炽热的祈祷，因为大家都知道，他来不是为了破坏，而是为了在原来的基础上继续建设：非洲化的项目不会匆忙地上马，因为盲目的大跃进从来都是毁掉一所优秀学校的起因。最近学习的纪律有些涣散，他发誓在全校师生的帮助下，他一定会解决这个问题。他绝不会废除年级长和学长制度，反而要为其注入新的血液。服从命令才是天下稳定和良好秩序的王道，是健康合理教育的唯一基础。一所学校就像一个人的身体：必须得有头，有手臂，有脚，所有部位都在行使着自己被授予的功能，为了整个身体的健康而没有任何抱怨。他读了一段莎士比亚的诗。

天庭自身，宇宙星辰，以及这个中心点

都遵循先后有序,尊贵谦卑,始终不乱,

轨迹比例,季节形式,亘古不变,

职位风俗,世间万物,秩序井然:

故,光辉的行星啊,我的太阳

王座威严,群星环绕,卓尔不凡,

其治愈疾病的神眼乃灵丹妙药,

祛除邪恶星辰的顽疾病兆,

似如张贴国王的法规戒律,让邪恶忌惮。

如果不闻好与恶:当满天星辰

与邪恶为伍,走向混乱,

何等瘟疫,何等征兆,何等哗变,

何等狂涛海啸,何等地动天摇,

狂风大作! 害怕,变化,恐惧,

偏离,破坏,撕裂,灭绝

联军的团结与秦晋相和,

使他们的意志薄弱! 噢,当秩序被动摇,

那是通往所有最高境界的天梯啊,

伟大的事业即病入膏肓! 共同体,

学校的年级和城市里的兄弟会,

隔海的和平往来贸易,

长嗣继承,婴儿出生,

老者的特权,王冠,权杖,桂冠花环,

如没有等级,它们如何认证,如何井然?

取消等级,使琴弦紊乱,

看啊,何等的嘈杂显现!

"这是一个伟大作家说的话,这个作家比麦禄和哈德利·蔡斯还要伟大。我们学校的传统经历了时代的考验,所以必须要保持下去。因此,他不想再听什么关于非洲老师、非洲历史、非洲文学、非洲这个、非洲那个的种种废话:有谁听说过非洲、中国或者希腊的数学和科学呢?关键的所在是有好的老师和健康的内容,历史就是历史,文学就是文学,那与人类的肤色是没有任何关系的。我们的学校要努力做到一位著名教育家所描述的,是传授世界上最好思想和最好作品的地方。种族主义曾经毁了许多的学校,许多的国家,许多的民族,希里阿纳信奉的是和平和人类的兄弟情义。他绝不会让学校由造反者和流氓恶棍们所掌管,欧洲的外国教师们不该有任何担心和恐惧。

"我们静静地听着,怀疑与信念发生了强烈的冲突:这就是曾经在我们同一所学校里领导过一次罢课的那个储伊吗?

"几乎一个学期的时间,我们都在争论他说的话。新的年级长和学长甚至比昨天的那伙人更受纵容和娇惯。新校长通过一套非常严厉和苛求的链条来发号施令,从校队队长,到高年级级长,低年级级长,再到我们大家。特权也根据年级的高低分出了等级,比如六年级就可以穿裤子西装扎领带,而一年级除了做礼拜的那天之外都不许穿鞋子。乔叟、莎士比亚、拿破仑、利文斯顿、西方的征服者、西方的发明家和发现者都被狠狠地往我们的脑子里灌输,其势头比以往还要猛烈。我们发问:我们的非洲梦哪里去了?

"他批评学生讲英语和写作英语的水平下降了。在一次全校大会上,他特意对欧洲的老师们说:

"'对于送来的礼物,我们不能吹毛求疵。你们的工作该怎么做,这不该由我来告诉你们。我可不想像那位热情的美国推销员那样,向因纽特人推销电冰箱。但我是校长,给风笛定调的是吹风笛的人。'

"'教学生地道的英语。'

"我们再次举行了罢课,拒绝那种分而治之的控制做法。打倒储伊!支持非洲民粹主义!打倒外国侨民和外国顾问!支持黑人权利!

"就是这样,其余的内容就是常识了。储伊叫来了防暴警察。来到我们学校的防暴队队长,你能相信吗,那是个欧洲警官。我们被驱散了,有几个人骨头被打断了,有几个人被打得头破血流。学校关闭了。当学校再次开学时,我就成了不被允许签到重新入学的十个左右人中的一个。"

卡雷加讲这一番话时,语调略显惆怅,是一种介于绝望和纯粹不理解之间的某种微妙的情绪。整个房间里笼罩着某种忧郁的气氛,每个人都在刻意地抵抗,不想受其感染。木尼拉首先打破了沉闷,重复着律师的话。

"我不能理解——和我们的时代太不一样了——我是说那些要求。是因为国家独立了吗?我的意思是说,你们到底想要什么?"

"我真的不知道……当律师讲话时,我似乎有些懂……懂得一点点……但是仍难以捉摸……只懂得那么点儿意思……我是说,我们都是人……一场公民的斗争……毕竟,我们是在学校,是吧?我们在想象我们的新视野……新的开始……在我们的汗水、我们集体的智慧、我们的志向、我们的担心、我们的希望,想象在这样的基础上经营的一所学校……有权利解释我们自己……自我的新形象……如此等等,还有更多……但是这仍然不清楚……只有非洲民粹主义那个词,才似乎将所有的内容都概括在内了!"

5

恩德里·瓦·里艾拉一度也曾是个很普通的人。他常在各种大小场合玩儿投掷飞镖游戏和国际跳棋,边玩儿游戏边谈笑风生,挪揄威胁手段无所不用其极,就是为了扰乱对手的心绪:今天让你见识见识我……你以为我来马尼亚尼是白来一趟吗?以前人民常说,他之所以将自己的办公楼选在了离卡梅很近的市场街,那是因为当时卡梅以飞镖游戏、国际跳棋比赛、烤羊肉和啤酒而远近闻名。事实上,卡梅确实推出了诸如瓦伊骨鲁和帕尔萨利等一流的非洲飞镖选手,当他们逐步走到最后令人兴奋的决赛,来到原来只供亚洲和欧洲人消遣的"辉煌"夜总会赛场时,他们成了全内罗毕飞镖圈里家喻户晓的名字。当时,他也是议会内外最强烈赞成改革并直抒己见的人物之一。他支持各种民粹主义的事业,比如在土地所有权上封顶,将主要工业和商用企业国有化,消灭文盲和失业现象,并组建东非联盟作为建立泛非洲统一组织的第一步。

接着,他就如雪片般收到许多外国企业请他出山当厂长的邀请。"里艾拉先生,您什么也不需要做,我们不想花费您太多的繁忙和宝贵的时间。只是因为我们相信白人与黑人合作才能取得真正的进步。"他为了修建水利工程从选民那里收上来的钱不够修建自来水工厂。但是这足以让他做进一步贷款有了保障,后来他就在许多公司里买了股份,并在土地、房屋和小企业上投资。他突然从小地方消失了。这时只能在特殊的会员俱乐部里见到他,或者是在报纸上看到他,都是些参加这个或者那个鸡尾酒会时拍摄的照片。犹如是为了给他的新崛起的社会地位锦上添花,他还在大裂谷地区置办了一个大型农场。他在蒙巴萨、马林迪和瓦塔姆拥有许多地块儿和房产,在整个沿海区的若干个旅游景点也获得了股份。很快,他就开始谈论什么"人民需要成长并面对现实。为了实现真正的增长,非洲需要的是资本和投资,而不是什么社会主义的口号"。但是他却一直坚决地提倡非洲文化、非洲性格,黑人的真实性:"如果你非要戴假发不可,那为什么不戴自然的非洲式假发或者黑色假发呢?"他坚持他任董事或者厂长的大多数公司都取消欧洲名字,而叫乌呼噜(自由独立)、瓦南奇(劳动群众)、太法(部落)、非洲的、泛非洲等等,因为这种名字听起来让公司很接地气。

恩德里·瓦·里艾拉受到议会中其他议员们的羡慕。他负责的地区离首都太远了,几乎没有选民们无休止抱怨的烦恼。他们会对他说,你的人民真是幸福啊,他也会眉开眼笑地接受他们的赞扬。这是一名议员的政治自由!事实也确实是这样,假如要等待伊乌莫罗格的乡民来到他这里上访,那么他办公室的桌椅和地毯上早就落上了厚厚的一层灰尘。从他的选区来的这个代表团抵达了议会大楼,这消息立即在他的议会朋友们中间传开了。他们十分渴望地等待他从他夜晚常出没的场所出来,看他如何解决这次不期而遇的当面对峙。

但是事实上,他们都必须要等到星期二:里艾拉去了蒙巴萨做一次商务考察,并对那里的两个旅游景区进行现场调查,因为一家外国报纸提到,那两个景区"是特殊的地方,就连年迈的欧洲人都能用一张便宜的电影票钱买到一个十四五岁的纯真非洲处女"。这一事件在新闻界引发了一两个令人尴尬的问题。

星期一晚上他赶了回来,简短地回了一趟他在拉文顿格林的家之后,就赶紧到他常去的地方去打听最近的流言蜚语。他去了亚当商场的图姆波会所,并没有见到他认识的人,喝了一瓶冰镇塔斯克啤酒之后,就驱车拐上了恩贡大街,准备去盖洛德酒店。

就是在这里,在"告别"酒吧里,他很快被朋友们围了起来,大家都想知道这个代表团的情况。他一时以为他们是在问他关于纯真非洲处女的事情。他一笑置之:没什么可说的……欧洲人根本看不出非洲人的年龄,对他们来说,任何乳房还没有下垂的女人,即使是用棉絮垫的,那都是处女。只是当他们提到了伊乌莫罗格这个名字时,他才狠狠地瞅了他们一眼,好像有谁在和他搞一个什么恶作剧。是他的朋友基莫里亚证实了这个消息的真实性,并且提到了发生旱灾什么的情况。里艾拉耸耸肩,对这个代表团的重要性不以为意,继续喝着他的酒。但是他内心里却有些忧虑:难道他们大老远来到这里,就是因为一场旱灾吗?可是报纸上怎么连一点儿消息都没有呢?他们又怎么能够组织成这么一个代表团呢?他想,更有可能的是,有人想搞垮他。

八点钟他来到了办公室。他的秘书给他看了这一天的约见安排。很明显,他很不耐烦地等待着下午两点钟的到来:他已经准备好期待着一场战斗,他在政治操纵上可是一名经验丰富的老手,他要让那些对他搞阴谋诡计的人看看,他仍然是里艾拉的那个儿子恩德里,他从没在任何别人妈妈家吃过任何食品!

代表团来得稍微晚了些,因为他们都睡过了头,而且他们熬粥喝粥也需要些时间。找到了这位律师他们大家是多么幸运啊!当他们接近吉万吉花园时,卡雷加想,这应该是个好兆头。他们与律师的谈话持续到了凌晨两三点。这次谈话给卡雷加开启了许多的思路,他真希望伊乌莫罗格就在内罗毕的边儿上,这样他就每天都可以和他讨论了。律师小心翼翼,生怕打消他们要去求见自己议员的勇气。"我们必须尽一切可能地拓展和利用民主的资源和流程,"他说,"但是如果发生什么困难,我这里总是欢迎你们来的。

我也确实很想知道你们上访的结果。"

和昨天一样,代表团的大部分人都坐在了园子里面等待。但是这次,万佳、阿卜杜拉和恩巨古纳陪着卡雷加和木尼拉来到了伊克巴尔伊克鲁德大楼。他们衣衫褴褛、满面风尘的外表使他们成为来到议员大楼这里的最奇特怪异的人群,那样子足以吓跑觅食的鸟类,因为此前来到议员办公楼的男男女女们的穿着都十分考究。

但是见到他们时,身着灰色三件套的恩德里·瓦·里艾拉并没有表现出任何的惊讶,他站起身来欢迎他们,甚至还亲自推椅子让他们坐下。这个开头不错,卡雷加这样想着坐了下来,心里感觉到一丝的安慰。里艾拉在想,他那伙朋友也够恶毒的,这不才来了五个人嘛,他们怎么说有一大帮人呢?但是他同时又感到了失望,因为没有了民众,政客就不成其为政客了。

"你们都挺好吧?"他礼貌地问候他们,并与每一个人握手。

"挺好。"大家齐声回答。

议员也坐下了,身子靠着椅背,眼睛审视着他们,认真地回忆在哪里曾见过他们,并揣测他们的来意。

"你们是从很远的地方来的吧?"他问道,但是并没有显露他了解他们。

"伊乌莫罗格,"木尼拉说,"我们昨天到了这里。您的秘书没有告诉您吗?"

"她当然告诉我了,"他笑着说,"我们语言里不是有这样的话吗?你看到有人在挖坑或者砍树,你就会问他们:你们这是在干什么呢?"

"是的,是的。"木尼拉说,大家都笑了。

"但是走了这么远的路,你们一定是很累的。你们是坐车来的吗?"他问完之后按了一个铃。

"没有坐车,"万佳说,"我们是走来的。"

"真的?"

秘书的头从门缝里探了进来。

"请你去冲咖啡,五杯咖啡,给这些先生和这位女士端来……真的啊?"他看着他们又问了一遍,"但是我问的问题太多了。我们还没有做自我介绍呢。我的名字叫恩德里·瓦·里艾拉。"

"我们知道你。"大家齐声说。

"我以前叫大卫·塞缪尔。但是我问我自己:我们为什么要放弃我们自己的名字而叫这些外国名字呢?哈!哈!哈!我有这么一个朋友,那黑得就像锅底一样,他称他自己为温特博特姆。那英语就是冬季谷底、冬季屁股的意思!哈!哈!哈!"

"这些欧洲人逼着我们放弃了许多美丽的习俗。而且我说的不仅是割礼的习俗,"恩巨古纳说。他想,这个人确实是议会里一位通情达理的人,"我是恩巨古纳,是伊乌莫罗格的农民。"

"很抱歉议会的工作一直都很繁忙,我连自己的一分钟时间都没有,但我在计划去我的选区待上整整一个星期,去了解那里的人民。我一直想了解这个地区的农业问题。肯尼亚是一个农业国家,我们的生存全靠着像你这样的农民。"

秘书端着托盘走了进来。他们每人端起了一个杯子并拿起一块饼干,开始喝起了咖啡。

"那么您呢?"他指着万佳问道。

"我叫万佳……我在伊乌莫罗格大概算是个游客吧。"

"很好。那么你就和他们一起来了?这就是所谓的一回生,二回熟!不对吗?"接着他转向了木尼拉,"您也是农民吗?"

"不是。我是伊乌莫罗格全日制小学的校长,我的名字是木尼拉,戈弗雷·木尼拉。很遗憾我还没有去掉我的外国名字。这毕竟差不多,既然我们能够穿他们款式的衬衣,住在他们风格的房子里……不过这些我们以前都说过。"他说完转向了卡雷加和万佳。

"你应该在议会里面工作,"议员说,"我很高兴认识您,木尼拉先生。名字有什么呢?重要的是看一个人在为国家做什么。比如说老师。如果没有好的老师,就没有民族。老师是真正的人民的人。我们在这里只是传递信息的。你是伊乌莫罗格人吗?"

"不是。我出生在利穆鲁。"

"部长是你们那个区的代表。我和他关系非常熟。您也是来自利穆鲁吗?"他转向卡雷加问道。

"是的。但是我也和这位木尼拉先生一样,在同一所学校教书。"

"你太年轻了,不像当老师的年龄啊,"他笑着说,但同时却在想,我现在得小心了,为什么这里只有一个真正的伊乌莫罗格人呢?"这年头看见一位有见识有头脑的年轻人可是好事儿啊。其他大多数年轻人却都想当职员,做白领工作,可是他们连打字都不会。"

"这一点我不能苟同,先生,"卡雷加回答说,因为他想起了自己在办公室里的打工经历,"我相信很多学校毕业生会很高兴地接受能拿到像样薪水的工作。"

议员注意到了卡雷加话语后面的激情,心里想,我就知道我得小心对付这些人。作为政客,恩德里学会了一个道理,政敌无弱小,事件无轻微,都容不得你马虎大意和忽略不睬,除非你经过了深思熟虑的考虑。

"我十分赞同你的说法。失业问题现在是我们国家一个很尖锐的问题。但是在全世界情形都一样。就连在英国和美国,你都会看到数百万人失业和乞讨面包的报道。这是因为人口爆炸的缘故。计划生育和人口控制才是解决问题的唯一办法。"

"我再次觉得不敢苟同。难道您不认为计划生育是西方国家想让我们国家人口出生率低而故意耍的阴谋吗?英国是一个小岛,可是它的人口却超过了五千万:他们为什么不控制一下自己的人口增长呢?而且,中国人口那么多亿,他们毕竟能够吃饱穿暖啊。"

议员想,真是怪了,他说话的样子怎么像我从前呢,在这个认真的年轻人身上还真有自己些许的影子。

"你是说女人不该有更多的孩子吗?"万佳用一种不可思议的痛苦的声音问道。

"不是的。但是政策应该和我们养活人口的能力相合拍。除非采取些严厉的措施,否则我们很快就会像印度一样了,有一千张饥饿的嘴要过来咬我们的喉咙。您不同意我的看法吗?"他说着转向了阿卜杜拉,"您还没有告诉我您的名字,可是这里卡雷加和我已经在解决全世界的问题了。"

"这么说人民现在是敌人了。"卡雷加想。

阿卜杜拉并没有马上做出反应。他咳嗽了一下,然后用一种单调乏味、毫无生气的语调说了起来。

"一只兔子和一只羚羊掉进了一个坑里。兔子说,让我爬上你的背先出去,然后我再拉你上来。所以兔子就爬上了羚羊的背,跳到了外面干爽、充满阳光的地上。他掸了掸身上的灰尘就起步走开了。羚羊喊道,嘿,你把我忘了!兔子就教训羚羊,让我告诉你吧,我的朋友。我是失误才和你掉进了一个坑里的。羚羊先生,你的问题是,你总是高高地往空中跳啊跳啊的,而不是脚踏实地认真地看着脚下。很抱歉,这只能怪你自己了。"

阿卜杜拉说完,站起身来走了出去,屋子里剩下的人感到一股沉重的尴尬压向自己。

"他是谁?"议员问。

"他是阿卜杜拉……做生意的……在伊乌莫罗格开一家小店。"木尼拉解释。

"是个故事大王,哈!哈!哈!他那里的生意一定好吧?"

"是不错……他有一套经营手段。"木尼拉继续说。很明显,他在尽力化解阿卜杜拉的突然离场可能造成的不利局面。

"就需要这种精神,自力更生的精神。知道吗,在国家独立之前,所有的生意都掌控在印度人的手里。可是现在,我们有非洲人在管理着同样的商店,而且还做得很好,有时候比印度人赚取的利润还要多。良好的营利经营可不是任何单一种族所能垄断的。他是伊乌莫罗格人吗?"

"不是。很遗憾,他也是新来这个地方的。"

议员往椅背上靠着,把椅子靠得往后翘了起来。他的担心此刻得到了证实。肯定是有个什么阴谋要诋毁他的好名声。他的政敌们在往伊乌莫罗格派遣陌生人,目的就是要将那里人民和平的心境搅乱。他还没有忘记他所派去的两个信使所经历的遭遇,他不就是让他们去安排下关于茶会那么点儿小事儿嘛。当时他自己也是在忙碌着将整个茶会安排得万无一失。这场文化运动的主意毕竟是他和几个朋友想出来的。他们将这个主意灌输给了一位非常重要的人物。在一位印度共产党员被暗杀之后,全国上下的一股紧张气氛震动了恩德里等人,所以,举行一场大规模的茶会来宣誓效忠似乎是一个理想的做法。但是他的选民们却让他失了望。

"好的,我的朋友们,我能为你们做什么? 知道吗,我们都是你们的公仆,不管你们是来自哪个选区。"

"先生,我们还有很多人等在吉万吉花园里呢。他们只是让我们过来看看你是否在办公室里。"

"那你们为什么不带他们进来呢?"他稍微觉得轻松了些,就按了一个按钮,秘书走了进来。"请你去一下吉万吉花园,让其他人也都来到办公室好吗? 这是他们的办公室,是他们的家,他们不该有什么担心。"

"等一下……人太多了,恐怕这个办公室装不下他们,您最好去那里和他们谈话。"木尼拉解释。

"好吧,秘书……真的很抱歉我昨天不在这里。我去了蒙巴萨。政府的工作。啊,工作太多了。但是我们宣过誓要为大众服务的。再重再大的象牙,大象也是能够擎得动的。所以,在我会见其他人之前,请你们告诉我你们来这里的原因好吗?"

最初,他想立刻就出去见这伙人,但是他突然想到,他该谨慎一些,应该事先了解一下情况,让自己有所准备。

"我们来这里,"恩巨古纳说,"是因为我们知道你是我们人民的儿子。在有男孩儿的家庭里,没有公羊的头不被吃掉的。在过去的六个月里,伊乌莫罗格一滴雨也没有下。我们的牛羊开始死去。我们已经把上一个收割季节的玉米都吃光了。所以我们就商量了一下,说:我们有个儿子,他的嘴离我们政府的耳朵很近。"

恩德里越听心情越是沉重。作为那个地区的议员,他本该知道这件事情。如果这成为人人都知道的事情,那么他的对手们就会趁火打劫,从中获取政治资本。事实上也许已经晚了。也许他的政敌们事先了解到了这场干旱的情况,所以就策划了整个这一场闹剧,想看他到底会怎么解决,当然也是为了让他难堪。

"你们为什么不早点儿来呢?"他问道,并关切地皱起了眉,与此同时,他也在搜肠刮肚地想什么金蝉脱壳之策。

"我们知道你很忙。我们知道政府的工作让你不能脱身,否则你就会来看我们了。但是我们选举了你就是因为这点,所以,我们有什么好抱怨的呢?而且我们以为天还能下雨。但是他们说,天上的上帝不吃玉米粉。上帝派来了这个女人和这些老师,关于这些事情他们知道的比我们多。他们告诉我们,你会很高兴地见我们的。"

"当然,当然。他们说得对,我非常感激。"他说着用感激和欣赏的目光望向木尼拉和卡雷加。但是在心里,他却对这种明显的伎俩怒火中烧。我的敌人们以为他们很聪明,通过教师来施展阴谋,或者说,也许这位木尼拉很有抱负,正在讨好我的选民们。哈!"你去伊乌莫罗格教书这很好。那个,那个,我忘了他的名字,鲁瓦伊尼地区的教育局局长是哪一位来着?"

"莫奇戈先生。"

"你们去……那个……去那里多长时间了?"

"其实我们都是外来的。但是我去那儿已经有两年多了,卡雷加先生只有几个月。"

哈!那个莫奇戈。受贿了。给我制造麻烦。煽动不满情绪。他身体里的那种战斗本能现在被完全唤醒了。

"你们千辛万苦地来到了这里。对!让我们去见那些人吧。届时我一同给你们做解答。"

他们就一起来到了吉万吉花园里。当他们接近人群时,人群中的女性们开始在呜呜地哼唱起给男孩子和凯旋的英雄所唱的歌。瞬间,她们的歌声就吸引了一群流浪汉和大批的失业游民,因为这些人平时就靠在花园里睡觉来应对饥饿,如果发生任何能够令他们分神的宗教、政治或者犯罪事件,他们都会很庆幸的。这种欢迎仪式让恩德里很高兴,但是并没有减缓他的担心。恩巨古纳这样将他介绍给人群,说他是"我们的回头浪子,我们派他去城里将我们该得的部分还给我们",并且重复了他们在旱灾面前寻求帮助的呼吁。卡雷加还不能充分想清楚他对议员的态度,但是和其他人一样,他也满怀希望,并且也在看议员要说什么,密切地关注着议员的一举一动,急切地等待他们的问题能够得到根本的解决。至于恩德里,他还没有想出一个条理清晰的计划。但是政客就是政客,而且这里人群越来越壮观,这让他兴奋,让他感到鼓舞,甚至让他回想起当年兰卡斯特王室的会议、几次去伦敦旅行、在机场等待的人群,以及在卡马昆基做的演讲,人民对他的演讲都是报以回肠荡气的喊叫,呜呜地唱着希望和光荣。

"乌呼噜!"(自由,民族独立)

"乌呼噜!"

"乌呼噜纳卡努!"(自由与肯尼亚非洲民族联盟)

"乌呼噜纳卡努!"

"打倒我们得之不易自由的敌人!"

"打倒我们得之不易自由的敌人!"

"打倒我们的敌人!"

"打倒散布谣言者和捣乱分子!"

"打倒散布谣言者和捣乱分子!"

"哈兰比!"(齐心协力)

"哈兰比!"

"谢谢你们,我的朋友们。谢谢你们。我的伊乌莫罗格人民。自从你们给我投了票,并告诉我作为你们在议会里面的仆人、勇往直前、永远战斗时起,今天是我一生中最幸福的一天了。"

他停顿了一下,等待热烈的掌声停下。

"我听到了你们在伊乌莫罗格所受的苦难。那不是任何人的所为……但是我很高兴你们把这个问题带到了你们的仆人这里。为了消灭失业现象和其他的弊病,你们愿意和我携手并肩、共同战斗吗?"

"愿意!"

"你在耍嘴皮子!"失业的人群发出了喊声。

"无聊!无聊!"其他人跟着起哄。

他等待着狂乱的掌声停息下来。突然间,似乎这人群和掌声给了他灵感,他清楚地看到他可以如何挫败他的敌人,将他们的阴谋为自己所用。这个主意非常简单直接,他纳闷为什么他早没有想到这样做呢、早没有结束这场纷争呢?

"谢谢你们,我的朋友们!现在我有几条建议,希望大家认真来听,因为,为了伊乌莫罗格的共同利益和光荣,这意味着我们每一个人,不管是大人还是小孩儿,不管是老师还是学生,我们都要做出牺牲。"

女人们呜呜地连续唱了三分钟,吸引了更多的人从市场街、姆因迪姆宾古街和政府路走过来,从他们的工作地走过来,也吸引了一些大学生过来。

"现在,我需要你们回到伊乌莫罗格去。你们要振作起来。认购一些款项。你们甚至都可以卖掉一些牛羊,而不是让它们死掉。要挖掘潜力。你们的商人们,店主老板们,应该慷慨解囊,而不是说笑话讲故事。还有,组成一个歌唱舞蹈团,把那些会唱传统歌曲的,比如吉蒂罗、姆图乌、恩都莫、马姆布罗、姆吞古促、姆瓦姆博克等等。我们的文化,我们非洲的文化和精神价值,应该构成这个民族的真正基础。我们将要、我们必须派遣一个强大的代表团去卡通都!"

他对这一使命的前景感到十分兴奋,觉得眼前安静的听众都是在认真听他讲话并且同意他的观点,所以这驱使他的大脑跳到了更高的想象境界。

"继续去喝茶!"有人喊道。

"可是……"有几个声音想和他争辩,但是他已经滔滔不绝说起了具体的想法。

"我们必须要这样表现,在哈兰比精神的指导下,我们在自救项目中要起到我们的作用,我们要彻底地终结我们土地上所有的旱灾。"

"可是……可是……我们正在挨饿。"更多的声音想打断他那滔滔不绝的雄辩,但是却徒劳无功。

"这非常重要。还有你们,木尼拉和卡雷加,你们要起到自己的作用。让孩子们做好准备。让他们组成一个合唱团。教他们几首爱国歌曲。"

卡雷加痛苦地想,这家伙疯了。他感觉到了人群中的不安和骚动情绪。

"恩德里先生!"他高声喊道,并站起来准备说话,但是恩德里却摆手不让他说。

"找几个年长者来。就像恩巨古纳那样很明智的人,知道吗,就是能用几个成语点缀自己讲话的人。让真正的伊乌莫罗格人来做你们的代言人,而不是什么外来者,而且这个代表团一定要由我来率领。我将亲自提交你们的祈祷和请愿。我们必须把伊乌莫罗格的名字印在全国的地图上。乌呼噜!哈兰比!"

他停下来喘口气并准备享受掌声再次响起。人群中有人喊道:"就是他们在滥用我们的自由!"这句话引来了人们一阵表示赞同的抗议声。突然,一颗石子飞来,击中了恩德里的鼻子。接下来，一阵暴风雨般的橘子皮、石头子儿、棍子等等东西飞向了他。恩德里保持了好几秒钟的尊严，没有理睬向他飞过来的各种投掷物。这时，一团泥土飞过来，正好糊在了他的嘴上。来个带尊严的退场已经来不及了。他突然脚底下抹了油，同时在纳闷儿到底是出了什么问题，他是不是低估了他政敌的孤注一掷手段。他穿过了吉万吉花园，朝着中央警察局的方向跑去，后面有几个人尾追着他，边追边喊："姆塞克！姆塞克！呼吁吁吁！"他真希望自己能插上翅膀飞到天上，来躲避人们惊呆的神情。

"这次使命失败了。"卡雷加恨恨地嘟囔道。他感觉一股热泪就要夺眶而出。他努力回避人们的眼神。被自己的议员抛弃了，被城里的人群抛弃了，这些城里人都迅速地离开了他们，四处分散到了周围的街道上，伊乌莫罗格的代表团独自坐着草地上，感觉好像整个世界都在和他们作对。

一支警察防暴队拉着警笛疾驶到了他们面前。但是防暴队长却感到了惊讶，因为他看到的是一群老头、老太太和孩子，这些人尽管很是困惑，但却不失尊严。恩德里坐在警车里防暴队长的旁边，用手指着木尼拉、阿卜杜拉和卡雷加。

"你们得去一趟警察局回答几个问题。"警官对这三个人说，然后就领着他们上了等候的警车。

妮娅金娃看着他们的车开走了。她转向了震惊的代表团成员们。"让我们跟着他们的车，要求警察释放他们，"她说，语气非常坚定，"他们没做错什么，没做错什么！"

6

木尼拉、卡雷加和阿卜杜拉被羁押在内罗毕中央警察局一个夜晚。第二天上午,他们被带到了法庭。在法庭上,对于其行为有可能破坏了治安这一罪名,他们否认自己有罪。

挽救了他们的是那位律师。他不仅成功地促成了让他们的案子第二天上午就进行听证,而且还交了保释金让他们得以释放,而起诉人原来则要求这个案子延迟两个星期,在案子的侦查过程中,让这三个人羁押候审。在法庭审判这一天,他们目睹了律师的另一面:不是昨天那个快活好客的主人,不是那种忧国忧民的社会分析家了,而是一位咄咄逼人、勇敢无畏的辩护律师,当程序进行到交叉询问检方证人,尤其是盘问议员时,他更显示出了铁面无情和完全蔑视对方的精神。从提问和补充的评述中,律师竟然用一种条理分明的结构,讲述了一个故事,栩栩如生地描述了在干旱和地区普遍恶化条件的困扰下,人民生活的窘境。他描述伊乌莫罗格时,使用了这样的词汇:"被遗弃的家园","被遗忘的村庄",说那里是一个欠发达的孤岛,当它的血被吸吮干了时,它就骨瘦如柴地站在那里,静止,怪诞,扭曲,那就是农民生活真实的写照。他严厉抨击了那些被赋予了代表人民利益之徒的渎职行为。假如这些人民的代表履行了自己的职责,那么这些人还有必要长途跋涉地来到这里吗?最后,他又极其详细地描述了他们史诗般的征程,法庭上的人,甚至法官本人,都明显受到了感动。接着,他又戏剧性地请法庭上的人都去外面看看那头驴和那辆驴车。他是那天上午才将这一套驴车从扣押中解脱出来的。

在宣判这三个人无罪时,法官同意了律师的描述,说他们是心地善良、乐于助人的好人,这让他们感到了激动和温暖。

同时令人激动的还有他们本身,他们刊登在报纸上的照片和名字。一份日报的标题为:三个心地善良、乐于助人的好人获得无罪释放。有一个专题编辑觉察到了这些标题后面的戏剧性事件,就跟随着这伙人,拍了一些照片,并且没完没了地向他们提问题。第二天,他们的故事被整幅地刊登在报纸的中心页面,由三大引人注目的标题引领:"沙漠中的死亡,伊乌莫罗格的饥饿,驴子在营救行动中。"在报道最显著的位置是一张图片:阿卜杜拉的驴子拉着一辆空车,一伙人由于恐惧而有些惊慌,在这个车水马龙、高楼林立、行人匆匆的城市里略显迷失。

具有讽刺意味的是,拯救他们的这次轮到了媒体的报道。捐赠品从四面八方飞驰而至。报纸上的报道刚发表三个小时,律师的办公室里就蜂拥而至了各种食品,很快地,驴车上就堆成了一座小山。一家公司提出为他们全体提供免费运输,包括驴子和驴车,并且还捐赠了礼物。杰罗德牧师呼吁教堂联合会派一个小组到这一地区,看教会方面能给予什么帮助。政府的一位发言人承诺派一个专家组去做调查,怎样将伊乌莫罗格纳入政府长期的农村开发计划中;如何加快开发计划,让伊乌莫罗格及类似的地区能够在应对未来威胁人类的旱灾中自给自足。

在这个代表团凯旋之后的整整一个月时间里,这些人都陆陆续续地赶来了:教会的领袖们来为求雨而做祈祷,并承诺在该地区修建一座教堂;政府官员来之后说,这个地区很显然需要有一个自己的地区行政官,因为这里离鲁瓦伊尼太远了,行政管理效率太低了,并承诺写一份报告,来建议一个高层委员会对这一地区的开发需要做调研;慈善组织承诺销售更多的彩票,祝你"撞大运";一伙大学生也来做了一番实地考察,回去之后写了一篇论文,论述干旱及不平衡发展与新殖民主义的关系,并呼吁立即废除资本主义,落款处他们签署的名字是反对新殖民主义学生委员会。

对于事态的这种突如其来的发展,唯一不高兴的就是恩德里·瓦·里艾拉了。他躲到他的社交会所里,借着啤酒和威士忌来掩饰他暂时的失败。但是他那擅于计划的大脑却一刻也没有停下来思索。整个事件,他是越想越觉得确信,是他的政敌以及那些阻挠国家富饶稳定的敌人,是他们策划了这一切。在这一系列事件包括最后法庭审判的精心策划中,有那么一个规律的模式。

他再次回想起他派出的那两个人所受到的侮辱;因为担心这场饮茶文化运动背后主要策划者之一的他没有掌控他的选区,所以他一直在压制这方面消息的发布,这让他感觉很受伤。但是他的敌人们一定是把他的沉默误当成了懦弱。他会证明他们错了。因为和顶层许多人物的生意往来,恩德里·瓦·里艾拉的影响力甚至超过了一个部长。他现在要利用所有的生意关系来打败他的敌人。他同时也琢磨出了一些具体细节,要让卡姆温文化组织成长壮大为全国最令人恐怖的有选择性与强制性工具。

最初在他的脑子里,卡姆温文化组织只是一个模糊的概念。这种概念产生于他对真实文化的信念,因为他在与外国人和外国公司的合伙生意中,正是运用了这种文化信念才取得了良好的效果。为什么不把文化作为民族团结的基础呢?他曾经在哪儿读过,西非某些国家的杰出领导人就是秘密帮会的成员,而这些帮会就是利用巫术和殖民前其他邪派及帮会的残余影响,来迫使其追随者恐惧和臣服的。对啊!为什么不这么做呢!他本人最近就接受了一个秘密邀请,被请去加入内罗毕的共济会组织。那是一个秘密的欧洲企业联谊会。为什么不建立一个非洲自己的类似组织来控制中央省呢?中央省的农民和工人似乎非常难以驾驭,这种局面可十分危险,因为这里的人民有着强烈反抗殖民统治的历史,拥有斗争精神,这有可能被那些反对进步和经济繁荣的敌人所利用。以后,这个想法也可以向其他选区的其他领导人来灌输。

这个想法他已经和各公司的老总、大地主及其他有地位的人讨论过。有几个人表示了反对,说那种做法是复辟而且太原始落后了;现在毕竟有警察、军队和法院来镇压老百姓任何反抗行为。

但是,那个印度人的遇刺以及后来一个最高层非洲政客的被害却起到了意想不到的效果,让他的观点变得被重视起来。突然间,就连当时曾经反对过他这种观点的那些顶层大人物,这时也支持他了。

若不是议会里几个被误导的议员、教会和大学生们的强烈反对,"民众茶叶党"几乎就是一次百分之百的成功。还有那些天真的外国媒体,他们竟然认为这个茶叶党是另一种形式的茅茅党。在当前民众的情绪下,很难向西方媒体解释这根本不是一回事:这个党并不反对与帝国主义进行进步的合作和积极的经济合营。他,恩德里·瓦·里艾拉深信,只有当非洲有了自己的洛克菲勒财团,有了自己的休斯航空公司,福特公司,克虏伯公司,三菱集团……非洲才能够受到尊敬。为了创造出类似的经济巨人,卡姆温文化组织愿意为富有的当地人及其外国的合作伙伴的利益服务!

但是在最近对民众茶叶党的声讨中,卡姆温文化组织躲过了一劫,因此他确信,这个组织可以通过其他手段来发展壮大自己。就连那些外国媒体和其他社区的领袖也是一样,一旦他们意识到了这个组织所代表的那种经济和社会利益,他们就不会加以反对了。

想到了卡姆温文化组织,他突然觉得内心里平和宁静多了。他知道如何来回击他的敌人。首先他得承认他疏忽了伊乌莫罗格。他现在要着手开始加强卡姆温文化组织在伊乌莫罗格的分组织了,因为他是那里的主席、秘书长和财务主管。他也会逐渐地将他后两个职位让给该地区可靠的会员。接着他就会建立伊乌莫罗格(卡姆温文化组织)控股有限公司。从人民那里总可以筹措到资本的。将股份卖给伊乌莫罗格的男孩子们,不管他们是在伊乌莫罗格还是在外地。他甚至可以动用他在民众茶会上所集的数百万资金股份。他还可以从银行再贷些款。伊乌莫罗格(卡姆温文化组织)控股有限公司通过对其他公司的控制,可以挖掘和开发伊乌莫罗格的旅游潜力……但是那些道路还没有修!

这时他想起了他的敌人。他们会不会揭露他的动机呢?他们是谁呢?能不能是那个少年卡雷加和那个老师及那个瘸子?不会的,这些人只是前台的——他们在为另外某个人干活儿呢。那个人能是谁呢?

这时他突然明白了。当然是那个律师。恩德里给夜总会里的每一个人都买了酒。他为什么早没有看到呢?为什么?那位律师才是这幕后的总策划。那位律师就是敌人。他就是卡姆温文化组织和进步的死敌。即使要花上他十年时间,恩德里也一定要把那位律师给干倒。他将要求他的党羽在自己的脑子里给那位律师打开"档案"。

伊乌莫罗格万岁!卡姆温文化组织万岁!他在心里欢快地唱了起来。那天夜里,他去了赌场来碰碰他的新运气。

第二天,他发布了一份声明,承诺要探索开发该地区旅游资源的可行性;探讨为伊乌莫罗格人民获得贷款来开发自己土地的可能性,但是只为那些真正的伊乌莫罗格人贷款,而不是为他政敌所派去的外来人贷款,因为他政敌的目的是从自然灾害中获取资本。他很快将启动一个巨大的金融项目,伊乌莫罗格(卡姆温文化组织)投资和控股有限公司,这是开发该地区的一个快捷手段。伊乌莫罗格从此将再不一样……

卷三：诞生

清晨娇羞似火红，
玛丽情人床嘤咛；
大地呻吟上天抖，
发现爱情意浓浓。

——威廉·布莱克

你的双乳犹如小鹿两只，
是羚羊的双胞胎，
百合花丛中来觅食……

——所罗门之歌

我爱人的声音！
看他已经走近，
跨越大山沟壑，
跳过崇山峻岭。

——所罗门之歌

第七章

1

"是的,自从那次长途跋涉之后,伊乌莫罗格再不一样了……"许多年之后,木尼拉写道,像是在重复着恩德里的话。他写的东西是一种自传体自白和某种狱中日记的结合体。

夜晚,在这冰冷的水泥地面上来回踱步,监狱单间光秃秃的墙壁,那沉闷的黑暗,这种不友好的感觉扎进他的肉里一直痛到骨头,他就会自言自语……"一切都再不一样了"。他坐在一个角落里,紧靠着墙壁,将两腿伸直了放在地面上。他开始抓挠自己,肋骨,腰部,屁股,身体的各个部位,他一时竟然感到一阵快意,因为这硬生生地分散了他冥思苦想和回忆的注意力。他从头发里抓出一个大个儿的虱子,用大拇指指甲将虱子捏死。在寒冷黑暗中,这一死亡的小小声音却十分清脆,竟然吓了他一跳。他将捏死的虱子在裤子边上蹭了蹭,又嘟囔起来:"长途跋涉之后……长途跋涉之后……一个魔鬼钻到了我们中间,一切都再不一样了。"

这时,木尼拉在新伊乌莫罗格警察局已经被羁押了八天。他曾经期待戈弗雷督察每天都来提问并与他讨论。每天晚上,一个看押的警察（或是那个矮个儿的或是那个高个儿的）都会来将他撰写的内容取走。而木尼拉也时刻做好了准备；他感觉自己精神高昂，思维流畅，有一种发明家或者发现者的自豪感，他渴望与任何听众来交流自己的思想。此时他比任何时候都更加强烈地感觉到，他手中握有一把钥匙，可以一劳永逸地开启世间万物之间的真正联系，事件，人物，地点，时间，无一不在等待着他这把钥匙。是什么导致了事情的发生呢？这个新伊乌莫罗格拥有了一两盏闪烁的霓虹灯；有了酒吧，有了出租的房间，有了杂货店，有了永久性的销售，有了腾溢塔瓶装酒；发生了盗窃案，发生了罢工，发生了停工，发生了谋杀案和谋杀未遂案；有了廉价夜总会，有了勾引男人的妓女；有了警察局，有了警察的严打行动，有了警察拘留所：到底是什么催生了这个伊乌莫罗格呢？原来的伊乌莫罗格可是孩子们睡觉时流着鼻涕、醒来时却在树上爬上爬下的啊！当时为什么事态是那么发展了而没有朝着别的方向发展呢？为什么源于一千个想法和无数动机的人类小小的行为却能够改变历史，并能永远地声讨和谴责灵魂，让其永远饱受折磨、损失、愧疚和蹂躏，但同时也让其享受爱情、享受那超越任何理性的爱情呢？不对的，肯定存在着一种设计，一条定律，而他想让戈弗雷督察明白的正是这一点。

　　但是，第九天时，那位督察仍然没有来见他，木尼拉感到了一丝的惊慌。他开始对每天的这套例行安排感到了些许的厌倦：早上喝粥；写字桌；午餐吃粗玉米粉和水煮甘蓝；写字桌；晚餐吃玉米饼子和发霉的豆子，最后就是这水泥地面。他夜里睡觉时能够痛苦地感觉到一种难以控制的焦虑在啃咬他，早上醒来时让他坐卧不安。为了缓解精神折磨，他到院子里去走步。在第五天的夜里时，他突然间感到了强烈的孤独。时间就是个巨大的空白，没有开始，没有中间，也没有结束，没有钟表嘀嗒、嘀嗒的时间分隔，没有影子的不断拉长和拉短,没有人的争吵声和笑声,没有那种平时能够让他意识到时间衡量和流逝的往返活动。假如……假如……好吧……假如这不是……! 孤独与黑暗,没有人类的声音与他争辩,他感觉他的自信抛弃了他,他感到了恐慌,他试图去求助法律,结果却发现,和他能够与之争辩并努力说服的公开敌人相比较,这法律却并不那么清晰可辨。戈弗雷督察正在戏耍他。他正在笑他。他很可能正在像猫捉老鼠那样自娱自乐呢:先让老鼠跑一段儿距离,让老鼠幻觉自己即将逃离魔爪走向自由时,猫再快乐地扑上去抓住它。

早上,他走到看押他的高个儿警察那里,发现自己同时在祈求又在要求:

"我要和你们负责的警官谈话。我要求面见新伊乌莫罗格警察局最高长官。天啊,警察先生,就连您都能够看到,这件事情在变得滑稽可笑。我,一个成年人,一名老师,却被看押在这里,往纸上写什么小说传奇。回忆录是什么呢? 不就是虚构的小说、兴奋想象的产物吗? 我的意思是说,一个人怎么能够真切地担保,过去一系列事件的真实与否呢? 我也有自己的权利。我知道他们的狡猾方法——那个警官反对立刻同意我的愿望:"木尼拉先生,我们只需要一个简单的笔录……"可是他为什么把我扣押在这里长达八天之久呢? 今天是第九天了。"木尼拉先生,我们将给你提供笔和纸……"我不需要他们的纸,我不需要他们的笔。听我说,警官先生……他们需要的并不是什么笔录……他们要的是供认状,要的是指控。告诉他们我不会指控任何人。不是的,警察先生。我说的不是真的。请你去告诉他,告诉他们,去告诉任何人,甚至是那第一个警官,我是说那个年轻警官,我愿意回答任何问题。只不过得让我离开这里,哦,离开这个监狱……"

高个儿警察看着他,没有听懂他论点的逻辑。但是他仍然害怕木尼拉,其实任何声称能够听到上帝声音的人他都害怕。他宁愿看押另外一个犯人:他试图和他讲道理,并且努力说得礼貌一些。

"但是您这不是在监狱里,木尼拉先生!"他说。听到有人提他的名字,木尼拉吓了一跳。

"那么这里是什么地方?打开门放我出去。"

警察真的感到了恐慌。他担心可能要发生什么。自从孩提时代,他就一直害怕基督的第二次降临,他时刻戒备着,准备随时跳到安全的地方。此刻他说话很快,几乎是很紧张。

"请您听进去道理,木尼拉先生。这里,您单独有一个小牢房,哦,是单独一个房间。您有一个随时可以进出的院子。您可以来回走动,或者睡觉或者写东西。没有人来麻烦您。看看隔墙的另一侧。所有那些刚被捕的,所有那些羁押候审的人都在那边儿呢。他们都是共处一个牢间,有时候是四五个人,有时候甚至是十个人在一起。房间甚至没有您这里大。昨天晚上有两个年轻家伙,哦,应该说是两个流氓,被带了进来。您喜欢要那样的人和您做伴儿吗?我并不是在说您这是在监狱里,被逮捕了,或者说是被羁押候审了。只是……哦……储伊、基莫里亚和莫奇戈他们是太重要的人物了。都是大人物啊。我们想要变成他们那样得需要很多年的努力才行。太有钱了。百万富翁啊。想想吧。非洲的德拉米尔。您去过纵火案的现场吗?当然您不可能去过。那太可怕了……太可怕了……木尼拉先生,只在您和我之间这么一说,那可不是什么抢劫案或者抢劫未遂案。事情可不是您所能看见的那么简单。警方会不遗余力地破案,每块石头都要翻个个儿。这位戈弗雷督察……太有名气了……有点儿古怪……我是说他的方法……

比如现在……他从不离开办公室……看书……不停地看书……"

"我不想听你的理论。我只想和戈弗雷督察说话。你只是名看守。你和我都在监狱里。总之,大家都在监狱里……"

"木尼拉先生。可您是选择被囚禁在这里的! 您想写下来事实真相。您是个成年人。一位老师。一位信奉上帝的人。您应该有同情心。试想。这或许有可能是您呢。哦,下次有可能是您呢。木尼拉先生,预防总比治疗好吧。"

木尼拉笑了出来。这是一种心神不安的笑。

"你很能讲。可是你看,我甚至连换洗的衣服都没有。你早上来就看见了我。你说:'这没什么,木尼拉先生,只是例行公事的问询。我们对你可没有恶意。'可是现在,你们连报纸都不给我看……"

"您说报纸,木尼拉先生? 可是您没说要啊。我受戈弗雷督察的口谕,您需要什么就给您提供什么。您一提出就会得到的,就是那类东西。我现在就给您取一份报纸去,木尼拉先生。只是我得把这门锁上。但是您别介意。我不是看押您的人。我只是在这里为您提供服务的。"

木尼拉看着他将这沉重的大门锁起来。和他谈话让他感觉好了些。但是现在,对夜晚的恐惧再次袭来。他几乎要将他喊回来。因为此时,他与人类的最后联系已经抛弃了他,只剩下了他一个人来应对那没有解决的问题……假如……假如这项法律不存在呢……他从铁门处走开,来到了铁丝网处坐下,这道铁丝网将他的院子与别人隔离开了。他感觉困意偷偷向他袭来。他准备向困意屈服,真的希望能够睡着。突然间,他听到了来自另一侧的声音,他的心愉悦地加快了节奏。最初,那声音听起来有些遥远而且模糊不清,但是过了一会儿之后,他能够听到谈话的内容了。他朝那个方向看去。那些人的后背冲着他。所以他只能是认真地倾听。

他们在讲自己的故事,也许是讲给第三个人听,那个人也许是他们的看守,或者说他们仅是在回顾自己的经历,不在意甚至是故意让他们的看守或者任何听者将其传到高墙以外。在法庭上,他们肯定是要否认的。他们相互嘲笑,嘲笑他们自己当时在伊乌莫罗格常驻法官面前不认罪的表现。这两个人是因为抢劫非洲经济银行伊乌莫罗格支行未遂而被逮捕的。他们似乎对此很是自豪,同时让他们自豪的还有其他的大案,他们的隐藏处,以及与法律捉迷藏的游戏。

他们说话的声音让木尼拉听起来有些熟悉。但是他却说不准他们是谁。他真希望他们把脸转过来。他们继续说着笑着,好像在这个世界上他们什么也不在乎,似乎整个这一切都是一场带有某种规则的游戏,除了憎恨那个"叛徒"之外,他们对谁也不怨恨,对任何事情也不懊悔。

警察回来了,并给他带来了一份《星期日喉舌报》。木尼拉简单地看了看他,这时他已经失去了看报的兴趣。一个人读不读报这有什么关系呢?但他还是接过了报纸,随意地翻了翻。他坐起了身子,眼睛盯着第四页上的通栏标题:《伊乌莫罗格谋杀案》《有人涉嫌违规》《政治动机?》果然这是典型的标题党行为,因为后面的具体报道并没有像标题那样充满了戏剧性。木尼拉思忖,当然了,这个事件新闻性的各个方面都已经被国家的大报纸给挖掘一空了,尤其是被喜欢报道耸人听闻消息的《星期日喉舌报》给挖掘透了,所以,这都是些没有证据的推测。看来,这就是那个警察理论的来源。他又迅速地瞥了一眼那个在大门口监视他的警察,然后接着翻报纸。特写专栏更有趣儿些。作者在简要地介绍了储伊、莫奇戈和基莫里亚的生平之后,就开始详尽地做了描述,将他们描写成三位著名的为非洲人民的政治、教育,以及更重要的是,为经济自由而奋斗的民族战士。他们所拥有和管理的腾溢塔酿酒有限公司不仅给本地区的每个家庭带来了幸福和繁荣,而且为国家带来了国际声誉,这是企业家天才联合的典范,甚至欧洲工业革命著名的开拓者们也只能是望其项背。我们的克虏伯,我们的洛克菲勒,我们的福特!可是,正当他们进行着艰苦卓绝的斗争,来实现彻底由非洲人拥有并管控腾溢塔各个工厂及其在全国各地的子公司时,他们的生命却被残忍地终止了。他们将剩余的由外国人控制的股份买下来的谈判即将开始。他们的英年早逝能惠及何人呢?所有真正的民族主义者都应该停下来认真想一想!

再往下看则是对逝者的各种赞颂和对凶手的强烈谴责。

但是让木尼拉最感兴趣的是另一条题为"议员将率领一个抗议代表团"的新闻。"伊乌莫罗格及南部鲁瓦伊尼的议员,尊敬的恩德里·瓦·里艾拉昨天告诉媒体,他将率领一个强大的代表团去游说所有内阁部长们,如果有必要,甚至还要游说更高层领导人,要求立法对所有盗窃罪犯执行死刑,不管其有没有发生暴力。他同时也要求立法,对所有带有政治和经济企图的罪犯执行死刑。

"议员的谈话涉及了广泛的话题,他呼吁全面禁止罢工。罢工会导致紧张的气氛,而紧张的气氛只能导致动荡和周期性的暴乱。罢工应该被认为是蓄意反对国家和破坏国家经济的行为。

"他呼吁工会领导人要大公无私,他要求他们克制自己不断要求涨工资的欲望,要求他们适当地关心较低收入的群体和失业人群,把那些原来要用于无限制涨工资的资金,进行更为公平的再分配,让低收入群体和失业人群成为唯一的受益者。现在该用明确的语言告诉工会了,他们再也不能要挟这个国家了。

"当提到他建议组成的那个代表团时,议员号召教师、雇主、牧师和所有仁人志士都来加入,团结起来共同反对最近所发生的那些卑鄙的行为,因为那些卑鄙的行为只能吓走旅游者和潜在的投资者。他警告说,如果让形势继续恶化下去,就连本地的投资者也会觉得有必要将自己的资本投到国外。"

木尼拉想,这位议员倒是喜欢发布新闻公报和代表团及请愿式的治理方法。他回想到了十年前的一幕:这位议员西装革履、神态威严地讲话,之后却仓皇逃过吉万吉花园,没有了任何外表的尊严,后面紧跟着一群城市里的失业者,他很可能在祈祷奇迹的出现,有人救他一把。木尼拉放声笑了起来。他笑得是那么开怀,报纸竟然从他手里掉落了下来。他将目光转向另一侧,发现那三个年轻人也在大笑,并且朝他这个方向看。他们的目光撞到了一起。他停止了笑声。他认出了穆里乌吉。那么,他,木尼拉,竟然教了他的学生准备去偷盗并且蹲牢房吗?

"我为什么突然间产生了怀疑呢?"他写道,也是在回答前一天晚上的疑惑。"世间万物都是上帝指定的。人类的虚荣与完全臣服于上帝的意志绝对是两码事儿!我们进行了长途跋涉来到了城里,目的是为了解除伊乌莫罗格的旱灾。可是我们却从城里带回来了精神上的旱灾!"

木尼拉对长途跋涉之后所发生事件的解释有其真实的要素。最早建立起来的机构有一个政府的管理办,有一个主任,还有一个警察局。接下来又修建了一座教堂,修建方是联合使命组织,修建的目的是为了让福音派教会向没有信仰的内地传道。只不过许多年之后,对于他来说,历史的这种讽刺只是上帝表明自己的方式。

2

即使一个月之后,当所有的慈善机构和个人都收拾好行李回到了城里之后，对于木尼拉来说，下的那场雨也足以说明，上帝选择了以其雷霆万钧之力和辉煌激情的方式在展示着自己。上帝的这种方式表明，人类的努力不会有任何成果，也永远不会影响上帝的意志。只有完全的臣服……但是对于妮娅金娃、恩巨古纳、恩约古、罗洛以及那些懂得穆瓦迪神秘力量的人来说，这场雨很明显就是上帝对他们的献祭所做出的反应，并且预示着这一年的旱灾结束了。他们听到了非洲的上帝正与其他大陆的上帝在角力。他们惊叹地洗耳恭听着上帝们可怕的咆哮声，以及能从天空喷射火焰的刀剑刺耳的撞击声。

全校学生都走出了教室，向上天祈祷，满怀期望地唱了起来：

> 姆布拉乌拉大雨倾盆溅
> 恩古廷吉拉屠牲把祭献
> 盖特戈一娃一头接一头
> 纳康吉牛犊后面站
> 卡里伊古库驼峰高高耸
> 古库，古库驼峰肉满满！

雨似乎听到了他们的歌声。大地如饥似渴地吞咽，吞咽着最初的雨滴，逐渐地，地面放松了它绷紧了的表情，开始变得柔和，开始水花四溅。孩子们在泥泞的水洼里戏水雀跃，顺着山坡舒缓下滑，乐趣无穷。

万佳犹如雨灵附体，似乎真的着了魔。她在雨中行走，衣服已经湿透，裙子的褶边紧紧地箍着大腿，为这天降神雨而陶醉。有时候，她在自己屋外的走廊上坐着，或者静静地站着，观看着或者说是充满了惊叹地凝视着，从屋脊上滚落而下的雨点，似乎那是她生命的缩影。她生命的意义是什么？目的的衔接处在哪里？她为什么要以一个未完成使命女人的身份走完一生？她想哭喊着得到……然而她却不知道自己要的是什么。她和妮娅金娃此时关系非常亲密，与其说是像祖母和孙女那样亲密，不如说更像母亲和女儿那样贴心。当雨下得小了些时，她们就一起到伊乌莫罗格四处走动，就一起到地里把土块儿打碎，当然了，还一起种地。

夜晚，人民就会聚集到阿卜杜拉的店里，谈论这场雨所带来的福音。都说这是苦尽甘来；阿卜杜拉也希望他们这是苦尽甘来了。老人们讲述了这样的故事：雨、太阳和风都去向月亮的姐姐地球求婚，最后获得地球青睐的就是雨，所以，当地球被雨水碰了之后，肚子就大了。其他人则说不对，这些雨滴其实是上帝的精子，就连人类都是从大地母亲的子宫里蹦出来的，人类的起源不就是天地之初那一场洪水的结果吗？那是最初的一场激情四射的狂风暴雨。

这个等待中的地球：它的时刻准备状态，给万佳的期待和无数欲望的翅膀注入了力量。和其他女人一样，她也在兴奋地期待着明天，等待地面裂开，等待赤裸的生命之芽破土而出，迎接世界。

果然，阳光莅临，雨水停息，地面蒸汽腾腾，大地孕育出了生命，种子发芽，豆秧苗在微风中摆动，玉米叶子直指蓝天，嫩绿的土豆秧苗在太阳底下四处蔓延。

卡雷加、阿卜杜拉、木尼拉经常在阿卜杜拉的店里碰面。他们坐在外面，沐浴在夕阳西下、眼前生机盎然的美丽景色之中，肚子暖暖，脑袋昏昏欲睡，一瓶塔斯克啤酒带来的梦幻，这时，他们的心脏会突然剧烈地跳起来，因为他们看到了万佳从田野里向他们走了过来。

但是，在他们宁静生活的外表下，他们的意识中却一刻也没有缺失他们的那次长途跋涉，以及在另一个缺乏自信但却更多困扰世界里的经历，因为那个麻烦多多的世界会随时出现在他们的面前,会将他们雨水滋润和阳光和煦的寂静打个稀碎。他们并没有谈及此事,但是他们却知道,他们以各自不同的方式知道,一切都再也不会一样了。因为这趟长途跋涉给他们每一个人都提出了一套问题,而对这一套问题却没有现成的答案;由于他们的所见所闻,这趟长途跋涉也提出了他们既不能忘却也不能搁置一边儿的某些挑战,因为这些挑战触及了他们的心灵深处,也震荡了他们各自的概念:作为人类,作为一个男人,作为一个活生生、自由的男人,这意味着什么?

卡雷加对阿卜杜拉说:约瑟夫将来会有大出息的。他的功课极其优秀,我们要他到四年级来上课。

都市里那拨过来给予施舍和承诺的人们几乎刚一离开,学校就复课了。那些人来得突然,去得也突然,身后却留下了某种令人焦躁不安的沉静,如同无数高嗓门的声音戛然而止之后所留下的气氛。卡雷加再次全身心地投入到了教学工作中,避免思考任何自己的疑问,但是那些问题却挥之不去,而且比以往任何时候都更加模糊不清:他扪心自问,非洲人民的团结到哪里去了呢?

曾几何时,他都是信心满满的:比如,他曾经认为,与自己心爱的人在一起就能解决一切问题,就是通往世界的金钥匙。确实,在那些日子里,当他的心与姆佳米跳在一起时,他所看到的世界里没有纠结,没有迷幻,那个世界充满了真挚和光芒,承诺给他的是永恒的美丽和真理。但他很快将发现,令他震惊地发现,在阴暗角落里却藏匿着满嘴恶臭的歹人,这些人在试图用虚伪和宗教两面派的肮脏屎尿来扼杀社会的进步。但是,即使在姆佳米从他的生活中消失了之后,他仍保留着某种期待,那是一种不可抗拒的需要,他需要相信那些至少曾经知道过去的痛苦、那些曾经英勇抵抗镇压军队的人仍然有正直的一面。像储伊那样人物的存在,即便仅是在学校的通俗传说中,那已经坚定了他对英雄事迹的信念。他对那些能够清除令人窒息的人造恶臭气味儿的人物,开始怀有了一种英雄崇拜情结,而这种英雄崇拜情结逐渐取代了他先前认为的爱与天真具有普世治愈力量的信念。但是在希里阿纳,他目睹了储伊从一个大众英雄,转变成为一个认为自己的权力来自于上帝和外国人的暴君。卡雷加经历了各种磨难,包括他在城里找工作无果,甚至还有向游客兜售水果和羊皮的更令他感到耻辱的遭遇。他为什么没有从中接受教训呢?他为什么竟然敦促整个一个村庄去踏上一次毫无结果并徒增耻辱的长途跋涉呢?他本该知道的啊!是的,恩巨古纳当时是对的:他们一群人都是去沿街乞讨了!

他的单间房子离木尼拉的房子只有几米远。此时他仍没有睡意。在教室里,他并没有感觉到这次征程之前他所感觉到的那种激情。同样的想法在他的脑袋里挥之不去:这么说,不仅是作为个人的他自己,难道整个一个社区和地区都注定了只能靠接受礼物活着吗!当他们的粮食耗尽时,他们什么指望也没有了,也根本指望不了任何人了!慈善活动已经去光顾城市和懒散阶层,土壤已经疲惫,工具已经破旧,干旱继续肆虐!整个一个社区的直接生产者竟然沦为乞丐、营养不良的可怜虫甚至是死人!他会想起妮娅金娃在启程之前所说的话,她也是对的,万佳也是对的。人人都是对的,除了怀有热情和理想主义的他之外;现在黑人的团结一致精神哪里去了?

在这乱麻一团的思绪中,那位律师的廉洁形象赫然出现在他眼前,他是那么敬业,那么富有理解同情之心。

一天,他坐下来给他写信。寄书给我吧,他请求道,因为在都市高高学问的殿堂里,有人一定知识渊博。足有两个星期的时间,与其说他在等待寄书的到来,不如说他在等待着一句话,等待着能够恢复他信心和信念的一句话。但是律师却什么也没有说。他只给他寄来了一些书,还有大学里其他教授所撰写书的书单。律师只附上了一句话:"看你从中能悟出什么。"卡雷加不知道他到底想从中得到什么,但是他模糊地希望能够憧憬到某种未来,而这种未来是基于对过去的带有批评的意识。所以他首先开始阅读历史书籍。他曾经以为,历史似乎应该提供理解今天的钥匙,研究历史应该帮助我们回答某些问题:此时我们处在什么地方?我们是如何来到了我们现在所处的地方?生产粮食、创造财富、占人口总数百分之七十五的人却贫穷不堪,而一小部分人(人口中不生产的那部分人)却富有呢?历史毕竟应该讲的是这些年来其行为、其劳动改变了自然的那些人吧。可为什么那些不做任何有用工作的寄生虫,那些虱子、臭虫和螨虫,却过着舒适的生活,而那些一天忙碌二十四小时的人却无衣无食呢?为什么在一个极其需要劳动力的国家里却发生了失业现象呢?所以,在殖民主义之前人们是怎么生产和分配财富的呢?从中可以获得什么教训呢?

但是这些历史教授非但没有给他这些答案,非但没有给他提供他苦苦渴求的金钥匙,却领他走进了殖民前时代,领他漫无目的地漫游了埃及,或者埃塞俄比亚,或者苏丹,结果,这场田园诗般的漫游却又因欧洲人的到来戛然而止。在这里,教授们让他突然站住,让他永恒地站住了。对于历史学家们知识渊博的大脑来说,殖民主义之前的肯尼亚历史就是一部漫游历史,就是一部各部落之间春秋无义战的历史。那些学者根本不愿意面对殖民主义或者帝国主义的意义。当他们触及这一题目时,他们不仅将暴力抵抗运动描述为恐怖的谋杀,甚至更有甚者,他们还要求给那些在抵抗运动期间叛变到敌人一方的人予以平反。有一位教授甚至大加赞赏地引用米切尔总督关于肯尼亚各族人民原始落后的话语,并且用实例来证明这种原始落后(或者用他的话说"欠文明")的历史渊源。教授最后的结论是,大自然对非洲人民简直太好了。卡雷加问自己:这么说,非洲人就该遭受殖民者残忍的欺侮、被一脚踢进我们的现代文明吗?在这种历史中没有任何自豪感可言:这些教授只是津津乐道地诋毁和贬低非洲人民在过去的斗争中所做出的各种努力。

他绝望地放下了这些历史书籍:也许这是因为他的无知,也许是因为他缺乏大学里的教育。那么非洲人民的抵抗运动哪里去了?整个黑人民族中那些轰轰烈烈的英雄哪里去了?难道只存在于他的想象当中?

他又试图阅读政治科学。但是在这里,他投入进了一个更为令他困惑的迷宫。在这里,教授们津津乐道地用有分量和丰满的语句来支持一个薄弱、衰败的思路,或者夸夸其谈功率方程式中的统计数字和数学。他们谈贫穷的政治对政治的不平等;传统的现代化对现代化中的传统;或者仅给出一个目录,显示地方政府和中央政府的官僚们如何在运作,或者是这个或那个政客所说的话对另一位政客所说的话。为了支持所有这些,他们援引了许多书和文章,并且都做了精心的注释。卡雷加在书海中到处寻找关于殖民主义和帝国主义的内容,但是却徒劳无获:偶尔他会发现一些关于机会不平等或者关于现代政府中种族成员结构均衡的抽象的话语。

虚构文学也是大同小异:作者们描写社会条件十分准确,他们似乎能够精确地反映出当代恐惧、压迫和剥夺的社会形势,但是此后,他们却带他走向了悲观主义、晦涩朦胧和神秘主义的路径。除了愤世嫉俗，难道就没有别的出路了吗？难道人民就该是无依无靠的牺牲品吗？

他把书籍包装好，附上了一张纸条，又寄回给了律师：他为什么寄给了他没有讲述肯尼亚人民的历史和政治斗争的书呢？这时，很有讽刺意味的是，他收到了律师写来的一封很长的信：

"是你让我寄给你由黑人教授们所纂写的书籍啊。我是想让你自己来做出判断。教育家，文学家，知识分子：这些只是发表的声音（不是中立的、脱离了肉体的声音），但却是属于真人的声音，属于群体、利益集团的声音。你是在追求由一个声音发出来内容的真理，所以你首先要看这个声音后面的群体。这个声音只不过是合理地说出了其拥有者、其主人的需要、怪念头和任性的想法。因此，你最好要知道这位知识分子为之服务的主人是谁，然后你就能够正确估价他说话内容的重要意义和形象比喻了。你为那些进行着斗争的人民服务，或者你为那些抢劫人民的人服务。在抢夺者与被抢夺者的这样一个形势下，在一个海上老人坐在辛巴德船上这样一种形势下，不可能有中立的历史和政治。如果你想学会如何看你的四周：你要选择立场。"

看四周？他这是什么意思呢？选择立场呢？他再也不需要任何主人，他只想知道真理。但是什么真理呢？难道他们不都是，难道他们不应该都是，站在黑人的立场上共同反对白人统治吗？

他向窗外望去，他看到了绿油油的庄稼，看到了新的生机：庄稼会开花，然后我们就要收割了，他自言自语地说，但是他的问题仍然没有答案：他和同学们一起罢课，就是为了追求那种非洲问题研究吗？

木尼拉不能理解局势的新动向，不能理解这场长途跋涉之后全村人的新的情绪。万佳和岭上的其他妇女组成了他们称为的恩德米-妮娅金娃合作组,她们一起耕田,一起除草,一起给庄稼培土,一个团队,共同为各家的地里干活。木尼拉和卡雷加忙于上课,但是在某些选定的日子里,全校师生也都加入到这种集体的劳动之中。最初,有些人持怀疑态度,但是当他们看到一个合作组在短短的几个星期之内竟然能够完成那么多的工作量,他们也就加入到了合作组中。

他们都感觉到了一个新生命的躁动,一种未知的力量在驾驭着恐惧和希望。村子里先前的那种确定性已然不在。现在他们知道,旱灾之外的某些势力构成了新型的威胁,但是没有人想说出他们新的恐惧。

他瞅了一眼万佳,看了一眼她的脸,对她那么全身心地投入到实际的劳动中感到很惊叹。他看了看她那指甲破损、皲裂的双手,简直不能相信她曾讲过的关于她在城市里生活和漂泊的故事。此刻他想要她,想拥有她,然而她对他敬而远之则让他感到痛苦。但是,她似乎对任何人都是敬而远之,这又让他感到了宽慰,让他等待时机的到来。而且此时他正有一种新的去发现新生事物的渴望。他读书的渴望也在逐渐回首眷顾他,他每次和卡雷加一起去鲁瓦伊尼领取薪水时,他们都到一家书店那里去买书。他正处在了解事情内幕的边缘,因此他感觉很好,总的来说也很愉快。

阿卜杜拉一个人在店里鲜活地回忆着希望与艰苦的经历。看见一个人可以如此迅速、如此频繁、没有任何征兆地变成另一个人,他真弄不懂到底该相信哪种心情。但是约瑟夫开始上学了却让他很高兴,他以忏悔的心情一遍又一遍地问自己:他之前为什么要阻止他去上学呢?他渴望地等待着晚上他们那疲惫的身影从学校、从田间归来,因为只有在这时,舒畅地倾听他们的闲聊、看着他们畅饮,他才能感到确信,他镇定的性格不会被过去的记忆所突然摧毁。他看着万佳的彻底变化,看着这个和他志趣相投的人,他觉得也许随着雨季、随着庄稼苗壮地成长和最后收割季节的到来,会有新的事情要发生的。

牧民们也返回了。他们述说着他们被太阳晒死的牛羊。他们述说着他们穿越平原的旅途。现在他们希望旱灾从此不再光顾。因为他们已经做出了如此慷慨的献祭,旱灾真的不要再来了。情形很快会以其正常的节奏来展开了。

但是很明显,在此之前,季节循环往复的模式被迟到的雨季打破了。比如,这个不规律的季节从十二月一直延续到了三月,而按着老的节奏,这应该是他们下一个季节的开始了。他们从城里归来之后的第一次收割并不丰厚,但是也可以让人苟延残喘了。

他们调整自己来适应这一新的模式,收割忙活完之后,他们再次开始养护土地,准备迎接新的雨季和新的播种季的到来,等到何时也得等了。

如此往复地,伊乌莫罗格的农民们再次等待着雨季的到来,心情总是伴随着担心和希望的交替。在伊乌莫罗格,似乎什么也没有改变。这次轰轰烈烈的都市之行似乎也变成了往事一件。

接着突然间,两辆大货车几乎是同时地来到了村口,从车上下来的人立刻开始修建教堂和警察局。这到底是怎么一回事儿呢?他们在纳闷儿。这就是他们许诺的开发计划吗?这个警察局里将来需要一个局长,有人告诉他们。

住在帐篷里的建筑工人们会时不时地来到阿卜杜拉的小店。他们说话的声音和外表衣着明显地表明他们不是本地人,又是一群外来者,这让伊乌莫罗格人民在自己中间感觉到了一种团结,一种亲密,这就是他们拒绝陌生人的一种方式。犹如这些外地工人是被那些曾经在城里羞辱过他们的那些势力所派而来。就连万佳、阿卜杜拉、木尼拉和卡雷加也站在了伊乌莫罗格的立场上来反对新的入侵者。

但是突然间，很快地，由于出现了新的活动，教堂和警察局的修建暂时被遗忘了。

六月里下起了雨。

这场雨是白天晚上不停地下，一直下了两个星期，下得人人都不能出屋。

建筑工人们收拾起了帐篷和工具，开车走了。

孩子们坐在门口一直在唱着歌：

> 姆布拉乌拉大雨倾盆溅
> 恩古廷吉拉屠牲把祭献
> 盖特戈一娃一头接一头
> 纳康吉牛犊后面站
> 卡里姆布吉铃铛脖子挂
> 卡拉，卡拉叮叮叮叮当。

两个星期之后，节奏发生了变化：大雨只是在夜晚下，接着就是一两天的阳光。雨，阳光。这从来都是预示着丰收和丰年的经典的模式。这一平衡的局面一直这样持续着，直到整个大地都被一层郁郁葱葱的绿色所覆盖，到处是五彩缤纷的美丽花朵。

所以，即使到了本季节末期，当建筑工人们返回了工地，重新开工建设派出所和教堂这两座建筑物时，伊乌莫罗格人的担心也不足以令他们烦恼了，因为他们心中对两个巨大的活动充满了期待。

他们从大都市回来之后的第二次收割将是伊乌莫罗格历史中

最大的丰收之一。这是前些年收成的大逆转,因为以前从三月份开始的收割季节总是收获最大的丰收季。此时差不多是年底的收割季节,所有的迹象都表明,这是一个重大的事件。木尼拉和卡雷加也让学生来到田里帮助收割。

收割季结束之后还将举行割礼仪式。一些牧童将经过这场成人仪式而变成男人。木尼拉孩提时经常偷偷跑出家门来倾听伴随割礼仪式的歌声。即使当他成为年轻老师之后,在希里阿纳学校的经历之后,他也曾一两次偷偷地来到这种仪式上。那都是在紧急状态期间跳舞被禁止之前的事情了。正是在其中的一次仪式上,他遇到了茱莉亚。她当时的名字叫万吉茹。她的声音,她的舞姿,她的全身心投入都吸引着他,他当时就确认,在这里他终于找到了能让他生命完美的女人。但是她后来改了名字叫茱莉亚,他希望耽于声色的一枕黄粱之梦在他们的婚礼床上就消失了。

也许那是对梦想的回忆,但是木尼拉正在思考在收割期间或者收割之后重新拥有万佳,一想到这儿,他就觉得自己的血液里奔流着兴奋。

3

收割的季节总能让人迸发出一股年轻人的精神,不管是收割玉米,还是收割豆类。孩子们在田地里欢快地各处跑动,女人们用各种嗓门近乎绝望地警告他们别浪费粮食。有时候,孩子们在成熟了的庄稼地里会惊吓着躲在巢穴里的一只兔子,或者一只羚羊。这时,他们就会迅速地放下手中拿着的任何东西,撒腿猛追这只动物,几乎要追遍了整个伊乌莫罗格,边追边喊:快抓住……快抓住……快抓住……快抓住吃肉! 就连老头子们也几乎变成了小孩子,他们的眼睛已经在田野里面跑动了,只不过他们在努力掩饰自己颤抖的激动,象征性地扛着或抱着一捆豆荚走到打谷场。但是当他们坐下来呷着啤酒,或者仅是谈天说地时,看着孩子们用细细的杆子竞相敲打一堆堆的豆荚,他们仍然饱含着兴奋:在杆子的挥动下,豆荚噼啪作响,豆粒儿从豆荚里滚落到地上,发出了欢快的沙沙声音。女人们在风中簸扬豆子也是一道亮丽的风景线:有时候微风会停下来,女人们就会骂几声,同时端着簸箕等待微风再次刮起。风好像在故意戏弄这些女人,谁让你们希望在天黑之前就簸扬掉所有的谷壳然后就完事大吉回家呢,我呢偏不配合你们。接下来还有牛儿们的节目:各家的牛都被放到了收割完的玉米地里,它们都尾巴翘上了天到处乱跑,后腿蹬起了尘土,用舌头尽情地享受着玉米美餐。有时候公牛会追逐一头年轻的母牛,根本不让它休息或者有时间吃食,因为它期待的是另一种收获。

一天晚上,在这繁忙的收获季节的最后阶段结束之后,木尼拉和阿卜杜拉坐在一起谈论即将到来的割礼节。卡雷加在教约瑟夫学习代数和。木尼拉对阿卜杜拉说,他一直都感觉到自己有一丝的不完美,因为他的割礼手术是在医院里服用了止痛药之后做的,所以他从来都不真正属于他的年龄组。这时,万佳突然出现在他们面前,裙子上挂着许多草叶类杂物。阿卜杜拉递给她一瓶啤酒。木尼拉调皮地责备她:我们的老板去哪里了啊? 卡雷加继续教他的代数和。万佳静静地坐在一个矮凳上,双腿微分,双手压在两腿中间的裙子上。她看过来的眼神似乎表明她处在一种沉思状。木尼拉想,这是从田野里归来的村姑,这时他又想起她们收割豆荚时皮肤上留下的刮伤。他们都沉浸在那种慵懒和放松的气氛中,那是源自于太阳底下长时间令人疲惫的掰玉米劳动,此刻,只要一瓶啤酒和一个火炉,他们就会进入梦乡。"她好像来自于另一个世界。"木尼拉继续沿着自己的思路往前走。她还能做些什么让她不那么迷人吗?她眼睛里闪烁着极度的兴奋,甚至当她对木尼拉眼中那种男性的关切发出爽朗的笑声时,她那种兴奋劲儿仍不衰减。接着她就开始几乎是自言自语起来:"现在我弄明白了,现在我弄明白了!我告诉你们,你们都不会相信的。但是我还是要告诉你们,因为你们看哈,难道我们不能贿赂一下以前骚扰我们的那些鬼魂,来救赎这个村庄吗?有时候记忆让人痛苦。难道我们不能给一个被遗忘的村落引入新鲜血液吗?腾溢塔这种植物只有老人们才谈论。这为什么呢?这很简单。那只是因为只有他们才听说过它或者知道它。这是一种生长在平原上的野生植物,牧民们认识它,也知道它在哪儿生长,但是他们不会告诉你。妮娅金娃说,在欧洲人来之前,牧民们就用它酿酒了。只有干完活儿了,他们才喝它,尤其是进行完了割礼节,或者婚礼,或者收割之后,更要喝它。正是当他们喝腾溢塔的时候,诗人和歌手才为丰收季节谱写了歌曲,预言者唱出了他的预言。这种习俗后来被殖民主义者宣布为是违法的。他说:这些人很懒惰。他们整天都喝腾溢塔。所以他们才不愿意去修铁路。所以他们才不愿意在我们的茶种植园、咖啡种植园和剑麻种植园干活。所以他们才不愿意当奴隶。妮娅金娃说,那是伊乌莫罗格战役之后的事情了,他们说,这些勇士一定是喝醉了,因为他们已经知道那些抵抗者的下场了,可他们为什么还要在殖民者面前吐舌头和秀肌肉呢?所以,现在只允许他们享用羽叶腊肠树上果实这种能量较低的食物。即使这种食品也只是允许部落头人和酋长享用,因为他们能够网罗到更多的人到欧洲人的农场上干活儿,因为,据她所说,在农场上干活儿的人都不断地逃走。整个一个民族的人怎么会离开自己的土地而去为陌生人打工呢？所以啊，酿制腾溢塔的工艺就丢失了，仅有少数几个人还知道。但这是吉昌蒂演奏者的精神；它也用于生育仪式上呢。"

卡雷加早已停下了帮助约瑟夫做功课，一直在听她的独白，这时问道：

"关于这场伊乌莫罗格战役，她说了什么？"

"啊哈！她总是闪烁其词。有时候你不问她，她也会给你讲一个故事，可是当你变得好奇起来时，她却戛然而止。你最好自己去问她吧。"

"那么腾溢塔呢？"阿卜杜拉问，"她告诉你怎么酿制了吗？"

"她说她会教给我们怎么去酿制的。腾溢塔……用一点点佳酿来祝福我们双手的劳动。"

"什么时候？"木尼拉问。

"很快。割礼节那天一定会准备好的。当村里的长者们喝着他们的'恩如海'时，我们就可以举起我们的'腾溢塔'和他们碰杯了。"

"太好了！一定要庆祝！以此来告别干旱季节，"卡雷加兴奋得像个孩子，"我们来庆祝一场大丰收！"

"告别我们生活中的干旱。"阿卜杜拉说。

"庆祝上帝播下更多的种子来孕育我们的大地。"木尼拉说。

"全村的一个节日。"阿卜杜拉赞同地说。

"还要庆祝我们余下的时光，因为那个警察局和那座教堂很快就要有人来入驻了。"卡雷加补充道。

他们以一种搞笑般的宗教热情开始实施他们的想法。妮娅金娃的房子就是此次活动的中心。老太太拿出一些小米种子，将其泡在水里,然后放在一个剑麻袋子里。每天五点钟时,他们都要路过老太太的房子,看那些种子是否开始了发芽。第三天时,他们看到妮娅金娃站在门口,示意他们快点儿过去。她像一个孩子那样急切地告诉他们,她看到了小芽儿。真的啊,无数个淡黄、淡绿色的赤裸裸的小东西穿透了剑麻袋子,似乎在窥探外部奇妙的世界:上苍看着我们吧。万佳将小芽儿倒在了一个托盘上,大家都帮忙将小芽摊开晾干。离万佳如此贴近,这令木尼拉的手指颤抖不已。主啊,吹口仙气吧,让我们的双手更有力量。他们又焦急地等待了三天。老太太现场指导,万佳具体操作,气氛庄严隆重。万佳双膝跪在地上,一块布料系在双乳之上,双肩裸露在外。这本身就是一种隆重的节日,孩子们跑来了,甚至男人们也过来了,他们围坐在四周观看着石头和研钵的碾压过程。她将一些小芽儿放在一块坚实的平面石头上,然后用一块小一点儿的石头碾压小米种子芽儿。在场的观众或坐或站,但是眼睛却都随着她那美丽的身体前后移动着,直到所有小芽都变成了一块柔软黏稠的面团状。这道工序完成时,她已经大汗淋漓,但是双目熠熠生辉,难掩兴奋。

此时老太太开始进行重要的环节了。她将炒熟了的玉米面掺进了碾压成糊状的小米芽儿里面,然后将这两者的混合物放在了一个陶瓷罐子里,慢慢加水搅动。她用另一个陶瓷罐将这个装有原装佳酿的罐子扣上,做盖子用的这个陶瓷罐儿被她钻了一个小孔。一根竹管儿插进了小孔里面,竹管儿的另一端放在了一个密封的坛子里,在坛子上面,她放了一小盆凉水。然后,她用牛粪将所有的开口处都封上,当一切活儿都做完之后,她后退了一步,审视着自己的科技工艺品。卡雷加叫道:"这可是化学原理啊。这是蒸馏过程。"老太太将陶瓷罐放在了壁炉旁边。

这道工序完成了之后,那就是等待此佳酿最后出罐儿了。她告诉大家,这得需要几天的时间。但是此时,人们的注意力都倾注在了为割礼节仪式做准备的工作上。人们已经开始一组组地唱起了歌,跳起了舞,为仪式举行的前夜在排练。这也将是畅饮腾溢塔和庆祝其再世的前夜。

卡雷加几乎不想等到星期六了。他一直都非常喜欢与割礼节仪式有关的舞蹈和歌曲,尤其喜欢有两三个优秀歌手到场,以对歌形式进行的表演。这时,他的心情就会被带到美丽的远方,想象那里的人们由一种共同的精神被团结在一起。

割礼节的主要场所安排在恩约古的家里,因为他的一个儿子,恩杨加,将进行割礼手术。他们说,准备挨刀的还有穆里乌吉和其他几个少年。

割礼节前夜的舞蹈吸引了山岭远近的各村村民来观看。就连那些建筑工人也来到了现场,所以,恩约古家的屋子里和院子里都挤满了人。卡雷加参加了比较一般的诸如满姆布罗之类的舞蹈。但是和木尼拉一样,他也不会跳模拟打斗的舞蹈。有时候舞蹈的场面看上去真的像有人要把另一个人扔进火堆里似的,这时,卡雷加的心就被一种期待的恐惧所揪着。但是尽管如此,他也被吸引进了跳舞的人群,过了一阵之后,他开始出汗了。

看到卡雷加笑声不断地跟着众人跳舞,完全沉浸在了这种氛围之中,万佳被逗笑了。卡雷加通常都很严肃,有时候万佳真想在他腋窝处胳肢他一下,就想让他笑出来,或者让他放松一下那张严肃的脸。

木尼拉很喜欢这些舞蹈,但是因为他不能加入到舞蹈群里,因为他一点儿也不熟悉歌词,而且他的身体很僵硬,这总让他感觉伤心。所以他只是观看,感觉了稍许的冷落,感觉自己是在别人家门口的一个陌生人。

而今天晚上，这座房子属于卡雷加、阿卜杜拉和妮娅金娃。尤其属于妮娅金娃。她歌曲唱得非常好，而且能够自如地唱出任何打情骂俏、赞美或者热烈庆祝的词语。根据任何人、任何事件，她都能够编造出合适的歌词，而又不跑调儿或者打乱节拍。大多数的舞曲都有一段副歌，这时任何人都可以加入到合唱中。但是在这场爱神歌剧中，提供戏剧性紧张气氛的却是恩巨古纳和妮娅金娃。这时，男女老幼全都围成了一个圈儿，随着歌曲的节奏转起圈儿来，踢起了阵阵灰尘。

在表演中，恩巨古纳是一位拜访者，他站在一家宅院的大门口。他夸赞了一番这座房子，但是他想知道这家的房主人是谁，这样，在房主人的允许下，恩巨古纳就可以像一头小犀牛一样，倒在他们家院子里的地上，在尘土中洗个澡。妮娅金娃回答他说，很欢迎他来，他可以感觉是宾至如归了。

  恩巨古纳：让我看新娘！

    让我看新娘！

  合 唱：我要穿过伊乌莫罗格——

  恩巨古纳：为了看新娘

    我的羊儿白天咩咩在喊娘

  合 唱：我要穿越伊乌莫罗格——

    迎接穆图利和年轻的勇士。

万佳被拉到了人群的中央。当妮娅金娃回答，这就是新娘时，所有人都用手指着她，"真的，这就是我们家的新娘，并不是另一个，那个属于另一个社区，而且因为她，我还受到了别人的辱骂。"

恩巨古纳的语气突然改变了。他的脸上显出了蔑视的表情。

  恩巨古纳：这就是新娘吗？

　　　　　　这就是新娘吗?

合　　唱:我要穿越伊乌莫罗格——

恩巨古纳:太黑了,太美了

　　　　　但是阴户却破碎了吗?

合　　唱:我要穿过伊乌莫罗格——

　　　　　迎接穆图利和年轻的勇士。

　　妮娅金娃的声音变得坚定起来,她接受了挑战,并发誓击败他,甚至击败他整个的家族。

妮娅金娃:可是你能得逞吗?

　　　　　可是你能得逞吗?

合　　唱:我要穿过伊乌莫罗格——

妮娅金娃:是你在呼喊着威胁我们

　　　　　可是却让新娘白白空等!

　　恩巨古纳口吐莲花,以一种很挑剔的情人的自豪和权威来反击。

恩巨古纳:我看见阴户叼着用香蕉叶子卷起的烟草,

　　　　　我看见阴户叼着用香蕉叶子卷起的烟草。

合　　唱:我要穿过伊乌莫罗格——

恩巨古纳:我不知道那个阴户

　　　　　你竟嗅了那么久。

合　　唱:我要穿过伊乌莫罗格

　　　　　迎接穆图利和年轻的勇士。

　　此时全场变成了一场由词语、手势和音调组成的全面的色情肉欲战争,含有众多的意义和场面。跳舞的人群变得越来越兴奋,

热切地等待看谁首先败下阵来,看谁在对方的辱骂和含沙射影的
攻击中做出让步。妮娅金娃此刻占了上风,并将自己的优势发挥
到了极致。

> 妮娅金娃:我甚至不把它给你
>
> 　　　我甚至不把它给你。
>
> 合　　唱:我要穿过伊乌莫罗格——
>
> 妮娅金娃:只是因为我发现了
>
> 　　　你在操墙缝。
>
> 合　　唱:我要穿过伊乌莫罗格——
>
> 　　　迎接穆图利和年轻的勇士。

恩巨古纳做出了让步。他问,为什么敌人都打到门口了,一个
母亲生下来的孩子们却还要相互争战呢?此时他在央求自己的母
亲。他真的是她凯旋疲惫的勇士:

> 母亲为我鸣唱!
>
> 母亲为我鸣唱!
>
> 难道您还让陌生人和外国人
>
> 为您儿子的归乡而鸣唱吗?

所有女人都唱起了专为新生男婴或者从前线光荣归来的儿子
而唱的五段恩格米歌。

木尼拉受到了这种热烈场面的感染,也突然来了一段自己认
为熟悉的歌曲。恩巨古纳和妮娅金娃对歌的时候如此轻松自如。
但是木尼拉刚唱了一半儿,就把歌词弄混了。恩巨古纳和妮娅金
娃此时联起手来向他进攻:

> 你打破了声音的和谐

> 你打破了声音的和谐
>
> 当仪式开始的时间一到
>
> 你一定会这样瞎胡闹。

但是阿卜杜拉出来救了场：

> 我没有打破温柔的声音
>
> 我没有打破温柔的声音
>
> 我停下来只是为了整理
>
> 这些歌手和舞者的衣襟。

此时飘进来了妮娅金娃的声音，那是一种调停安抚的音调，但是却象征着这种特殊的舞蹈即将结束。她用歌声问道：如果一根线断了，该把这断线扔给谁来接上呢？恩巨古纳转向了卡雷加，回答说：断线扔给了卡雷加，因为他是一个像恩亚姆巴·奈恩那样的大英雄。

人群一下子全都望向了卡雷加，希望他拿起断线。学校的孩子们哄堂大笑起来，不仅是因为他未能接受挑战，而且因为恩巨古纳提及了恩亚姆巴·奈恩。是阿卜杜拉为他救了场。他唱道，当一根旧线断了时，全体人民就该换另一个曲调了，然后纺织出一根新的、更结实的线来。

就这样，大家都很响应阿卜杜拉关于换一根新线的号召，这时都坐了下来。他们倾听妮娅金娃独唱吉提罗长调。最初，她用一种轻松愉快的好心情来唱，伴随着大家的笑声，述说了一番到场的人们。

但是突然间，人们被她声音里的颤抖所震慑。她在演唱他们最近的历史。她唱到了这两年雨季的迟迟不来；唱到了女儿们和老师们的到来；唱到了去大都市的那次长征。她唱到了她之前如何想象着城市里面是一片富有。但是她却发现了贫穷；她发现了残疾的乞丐；她看到了男人，许多男人，女人的儿子，被从一个大烟囱里面呕吐出来，那是一座巨大的房子，她很是害怕。是谁吞下了这土地上所有的财富？是谁？

这时，她唱的已经不是一年前的那场旱灾。而是过去几个世纪的无数次的旱灾，征程也是先辈们所走过的无数次征程，甚至唱到了神话中两张嘴的马力慕斯妖怪和进行着斗争的人类。她唱到了其他的斗争，其他的战争，殖民主义的到来，以及刚经过割礼节仪式的年青一代所发起的反对殖民主义的激烈斗争。是的，将外国鬼子赶出去，将埋藏在我们人民中间的敌人挖出来，这一直都是年青一代的责任；同所有的马力慕斯妖怪、同所有的两张嘴的妖魔战斗，这永远都是年青一代的责任，这就是割礼节上流血的意义。

唱完了这富有戏剧性的号召和挑战之后，她停下了下来。接着，女人们用四次呜呜的鸣唱给她赞誉。妮娅金娃让人们重新走了一遍历史。

就这样，这场割礼节前夜的仪式一直延续到了第二天凌晨。一切都是那么美丽。但是到夜晚结束时，卡雷加却感觉非常忧伤。这就像看到了一件美丽的遗物突然浮出了水面，也如同听一支孤独美丽的曲子，那是从一个正在死亡的世界偶然飘来的曲子。

后来，在伊乌莫罗格河畔的仪式之后，卡雷加和木尼拉来到了阿卜杜拉的店铺，一起等待万佳和老太太，以及那神奇的植物。万佳下午很晚的时候才过来叫他们。他们一起前往妮娅金娃的家。

"我们找遍了各处，最后终于找到了它繁茂生长的地方。"万佳解释说。

"难道你们没有去观看割礼仪式？"阿卜杜拉问。

"我们去了。他们都很勇敢地经历过来了。没有任何人表现出懦弱,所以我们没有机会打任何人。"

这棵植物非常小,有四片小小的红色花瓣儿。闻起来没有气味。

腾溢塔。佳酿。

妮娅金娃拆开了蒸馏设备。罐子里是满满的清澈白色的液体。

"这只是……这还根本不算什么,"妮娅金娃解释说,"这时候喝了会让你的脑袋和肠子中毒。将腾溢塔挤进去,才能是好酒。腾溢塔。这是一个梦想。这是一个愿望。它给予你洞察力,对于那些受上帝青睐的人来说,这酒能够让他们蹚过时间之河,与他们的祖先倾谈。它给予了预言者凌厉的唇舌;给予了诗人和吉昌蒂演唱者词汇;它还让不生育的女人变成了许多孩子的母亲。只不过,当你饮此酒时,你必须心怀信念和纯真。"

大家都围拢过来,看她将几滴微绿颜色的液体挤进了罐子里。液体发出了轻微的噬噬声,然后整个罐子里的液体变成了非常清澈的淡绿色。

"我们晚上可以尝一尝。万佳去请几位村里的老者,因为这东西不是孩子们该喝的。"

晚上,他们又聚到了一起。在割礼节仪式的这种坦率的心境下,他们感觉相互联系得很紧密,一个社区的人众都在分享一个秘密。他们按照年龄的大小围坐成了一圈儿。木尼拉发现自己坐在了恩巨古纳的旁边。万佳坐在阿卜杜拉和卡雷加的中间。他们都解去了领带,脱掉了鞋子,将任何可以束缚他们身体的东西都放下。她要求他们将口袋里的钱都掏出来,因为这种罪恶的金属虫子曾经拆散了多少家庭并将年轻人驱赶到了城市里。她将所有的钱都拿起来放到了仪式圈子以外的地方。然后她坐了下来。

小米,上帝的力量。

她将几滴酒倒在地上,并吟唱道:为了我们的前辈,为了我们的后代,一代又一代,前赴后继。

接着,她将一些酒倒进了一个牛角杯里面,继续吟唱着她对人们的告诫,看着人们,眼睛盯着人们的眼睛。

"现在,我的孩子们,"她双手举着小小的牛角杯吟诵道,"你们必须永远用一个公用的量器来饮酒。永远使用正确的量器,从你们中最年长的开始。这时你们就可以梦想实现你们的愿望,或者希望有什么样的梦想。谁知道呢?如果你幸运,如果你准备得最充分,你就可能是获得者。今天我就不喝了。但是我要闻一闻。"

她将酒端到鼻子下面,似乎在吸入什么东西。然后她品尝了一两滴。

"啊,我老了。我没有什么梦想了。那我的愿望是什么呢?我只有一个愿望了。到另一个世界和我的男人会面。你们知道吗?我们是在小米地里边驱赶小鸟边谈情说爱的。我的男人很懂得草药。当我们静静地躺着,听着和看着鸟儿们的叫声和飞翔,他告诉了我如何制作这种圣水。我们观察的每一天晚上,我们都要嗅嗅它,品尝一滴,之后我们四周就会变得一片宁静。小米的枝叶抚摸着我们的身体,哎,我说,恩巨古纳,你为什么不接过来,然后大家开始轮流尝酒呢?"

她的声音让大家的心情平静,尽管这时他们都在等待着轮到自己,但是大家已经感觉到自己成了这个整体的一部分。当轮到木尼拉时,他只嗅了嗅,这种稍微带有酸味儿的烈酒就从他鼻子里一直冲到了脑袋里。你必须得喝一口,他听到有人在说。他感到一股滚烫的热流冲进了他的嗓子里（那味道有点儿像治愈了约瑟夫疾病的那种桉树叶子），又从嗓子直接冲到了他肚子里。足足有几秒钟的时间，他只有肚子里和脑袋里燃烧的感觉。但是逐渐地，那股烈火开始减弱，这时他的肚子和脑袋放松了下来，却变得越来越温暖，越来越轻飘。或者说，有一种黎明前的宁静。他的眼睛有些沉重和困倦，但是他却能够看清楚任何细节。噢，光明的清晰。噢，主啊，光明的颜色。一场彩虹之梦中不断变幻的颜色。他此时变成了一只小鸟，往天空中飞翔，他同时看到了天堂和地面，过去和现在都展示在他的面前。由天地日月之精华、雨水风尘之灵性百炼成钢的这位老太太，是连接过去、现在和未来的唯一环节。他看到她身着庆祝仪式的黑色长袍，看到她在遥远的过去，又看到她在遥远的将来，这是一片广阔无垠、连续不断的巨大的时空，看到她和恩德米一起伐树开荒，一起战天斗地，一切都是为了她的孩子们。他渴望和他们在一起。在他们那里，过去、现在和未来融为了一体，他的孩子们上学是为了报效祖国，他们也在伐树，也在开荒，为人类的辉煌和人类创造性的天才开辟出一片新天地。逐渐地，他听到一个遥远的声音在呼叫：快告诉我们你的梦想和愿望。他想要什么呢？他的父母一生都是谨慎行事，而他，木尼拉，也一直都是站在岸边，看着河流小溪潺潺流过鹅卵石和岩石。他是局外人，一直都是局外人，一直都在观看着生活，观看着历史。他想说：万佳！再给我一次明月皎洁的茅屋夜晚，通过你，在你的身体里，我会在历史中获得再生，我会成为一个角斗士，一个演员，一个创造者，而不是这样，不是这样一种断离。但是当他说话时，他的声音却又异常地平静：我真的不知道我有什么愿望，我的梦想也很少。但是这件东西我却看到了，这是什么呢？我周围的这种活动具有什么意义呢？我似乎看到了昨天和明天的妮娅金娃！我看到她和恩德米在一起,但是这怎么可能呢?因为恩德米是很久以前的人物了。我也看到了她和那些勇士并肩作战:告诉我们,妮娅金娃,告诉我们,因为是您在前往大都市的长征路上说起的。他们看到了什么?他们看到了什么东西而我又突然看不见呢?

哎呀,我的孩子们……你问的问题太多了,而且我都说过了,我没有什么可以告诉你们的了。你上过学。你和这个小伙子是我们孩子们的老师。你们告诉孩子们什么呢?告诉他们我们一直都是这样,将来也永远是这样吗?还有你,我的孙女儿,难道你不是看到了更多的东西而又不敢说吗?还有这位阿卜杜拉不也是吗?他那半截腿里还藏有别的什么秘密吗?即将逝去的一代……但是有一天,他们会回来的,会让人们熟知他们的,到那时,上帝之国,人类之国,都将是他们的。恩德米留下了一个诅咒。他的孩子们绝不能抛弃这块土地:他们必须用鲜血来保卫这块土地,保卫这块土地所生产的所有果实。这并不是说我理解这所有一切的含义,你们看,尽管我们有长矛,尽管我们人多势众,但是他们却把我们打败了,打得我们望风而逃……我怎么能够理解丰收与颗粒无收、干旱与丰沛的雨水、夜晚与白昼、破坏与创造、生与死之间的交替呢?我不懂,有很多的事情我也是不懂的。

还有我的男人,你们还记得吗?他也在那伙给白人运送食品和武器的人员当中,当时白人之间发生了战争。他并没有像穆诺鲁那样选择做奴才。奉命为殖民主义者当警卫的那个头子当面索要十只绵羊和山羊的脂肪。我的男人很自豪。他拒绝了,并且对做奴才的人嗤之以鼻。所以他就被编在了穷人的组里,因为那些人穷得连被要求的脂肪都交不起。我的男人很富有,但是却很自豪。一些人被送到欧洲人的农场上劳动,因为那些白人都去打仗了。你们想想,他们被抓去给白人种地,而自己的土地却被撂荒在那里! 女人不可能一个人来做农田里所有的活儿。她怎么能够种原来属于男人种的甘蔗、山药和地瓜呢? 怎么开垦新地? 怎么打铁? 怎么做链子? 怎么拉线? 怎么摘蜂巢? 怎么盖粮仓? 除了这些之外,还有她自己该做的那份工作。另一些人排成一路纵队,头上顶着货物,向海边走去,在树林中开路,有时候沿着从前斯瓦希里和阿拉伯入侵者所走过的路前行。接着,还没等到他们抵达基布韦奇,他们就看见了地球上的这个庞然大物。那个野兽身体太长了,他们从来没有见过类似的动物,那样子太恐怖了,甚至比大海里那种让我们显得很渺小的巨兽恩达麻迪亚还要恐怖。它的眼睛能喷出光芒,它带叉的舌头喷出火焰和嘶嘶声,而他们呢,尽管经过了割礼节的洗礼,却如同被钉在了地上一般。一个声音对他们说:别碰这个在地上爬行的奇异动物。认真地研究它,为自己所有的孩子好好学习上帝送来的礼物,这个世界无止境啊。他们很疲惫。他们一天不停地走了很远的路,与瞌睡做斗争,甚至与那场更永久的沉睡做斗争。而此时,那只庞然大物却拦住了他们的去路。一个男子捡起一块石头朝着野兽砸了过去。那野兽瞬间昂起了头,口里吐出来的火光比闪电还要猛烈十倍,随着一声震天动地的嘶嘶声,它就爬走了。另一些人也来了血性。他们朝那只野兽扔石头,放声辱骂,甚至为自己这么轻易地获得解脱而大笑。听我说,孩子们,听我说,一定要敬畏主之道。碰触了那只野兽的人没有一个回来的。一些人倒在了德国人的枪炮下,一些人死于疟疾,另一些人死于奇怪的强烈的呕吐。加入了战争的那些人中仅有几个人回来了。

那么,您的男人呢? 有人问道。

他回来了。他全须全尾地回来了不错,但是他再也不是那个和我相濡以沫、被萌巴里基油和汗水黏合在一起的男人了。

她静默了一会儿。她再次搅动了一下腾溢塔酒罐,然后一只手轻轻地扶着那根搅棍。她的思绪也不和众人在一起,就像她刚才给他们讲述平原上的故事一样,此刻她遁入到了个人回忆和不确定的往事中。她就一直这样,单手扶着搅棍,头歪向一侧,目光望着地面,对于人们脸上的疑问表情不做任何回答。

卡雷加看着她那弯弯的身躯,也自言自语地重复了一遍:再也不是从前那个了。这句话他在脑子里转了好几遍,似乎单单这句话就能够解释所有的痛苦,解释她未讲完(也可以说,是他们未完的)故事中所有内在的含义。姆佳米离开之后,他就是这种感觉,他离开希里阿纳之后就是这种感觉,最近完成了那次长途跋涉之后,他也是这种感觉。此刻他想,确实是这样,即使回顾他自己人民的历史,他与希里阿纳学校的那场恩怨,以及伊乌莫罗格学校,情形都绝对不会一样了。此刻谈论的是谁的过去呢?是恩德米和马林迪到松海那些创造者的过去吗?是从暴风角到地中海那些创造者的过去吗?是那位律师谈论的其发展缓慢、黑人遍及全世界各地受着贪婪的利润之神驱使的这样一个断裂文明的过去吗?是房屋庄稼被烧毁、疾病遍及一个大陆的过去吗?是卢维杜尔、特纳、查卡、阿卜杜拉、瓜达雷尔、奥尔·马赛、吉玛蒂、马腾格等人的过去吗?是那些出卖了别人的宗族头人的过去吗?是那些背着利文斯顿和斯坦利、被欺骗误认为给白人服务其实就是给上帝服务的人的过去吗?是津扬巨伊、穆米亚、勒纳纳、储伊、杰罗德、恩德里·瓦·里艾拉的过去吗?非洲有的毕竟不是一个过去,而是许多个过去,而这些过去都是充满了无尽的斗争。图像是一批紧接着一批。他试图理解每一个图像,修改它,研究它,让它给出一直都在躲避他的那个秘密。接着,突然间,就在过去在他面前展开时,他看到了,或者说他想象他看到了,他哥哥的面庞！这怎么可能呢？因为他从来都没有见过他的。尽管如此,那张面孔却仍然在那里,倔强地在那里,难以捉摸,却表明已在那里许多个季节！他想起了阿卜杜拉在平原上给大家讲的一个故事,他就想,阿卜杜拉是否认识他的哥哥。阿卜杜拉毕竟也来自利穆鲁。这时,他想起了木尼拉:木尼拉认识他的哥哥,他很奇怪自己为什么没有多问问他关于恩丁古里的事情。但是他意识到,尽管他们在一起相处几乎两年了,而且住在一个院子里,令他惊讶的是,他们对各自的生活却了解得太少了。想到木尼拉,又让他的脑子里看到了姆佳米的脸庞。是腾溢塔酒在他的脑袋里作祟吗？但是,姆佳米的脸庞在他一生中都是挥之不去的。

很多次他都试图将他的感受用一种词语的形式固定住,将双手窝起放在心上祈祷。在腾溢塔酒的助力下,他似乎感觉到了他要说的词语。但是突然间,尽管她那张脸此刻生动地闪现在他的面前(他蹚过了时间之河了吗),他却想笑出来。他骤然想起弗劳德夏姆关于写作近似于宗教的话语:"孩子们,这是一种至高无上的行为,一种净化心灵的仪式。"耶稣和莎士比亚改变了英语语言。在学生们开始写作文之前,弗劳德夏姆就会严肃地训诫他们:孩子们,你们必须将你们的真实感受写在纸上。这并不是说,学生们相信他和他所说的关于写作是忏悔热烈激情和极度痛苦行为的话语。比如他,卡雷加,就会经常根据最简单的题目,编织一些令人难以置信的英勇事迹,并且糅进一点儿基督教的寓意。比如关于看望他姑妈的那篇作文。这时他想,那个虚构的姑妈,他去的每一所学校和每一个班级,她都紧紧跟随,他永远不能理解的是,不管是白人老师,还是黑人老师,不管是红种人老师,还是黄种人老师,他们为什么都那么痴迷人们的姑妈,人们最后的假期,人们的第一次进城。痛苦和激情。那多么荒唐啊,他想。他所真正感受到的东西,他生活中所发生的真人真事,都被禁止在他的笔下复生。有些事情是不能落在纸上的,有些事情只属于他一个人,他怎么能够为了多获得一两分,而向另一个人、向一个老师敞开心扉呢? 而且,假如他写了他没有去看望任何姑妈,也没有去过任何城市,而是每当日落时,他只是走上山岗俯瞰曼果沼泽地,等待她,希望她能够走过来,他们会相信他吗? 他就会祈祷,卡雷加真的就会祈祷,基督,上帝,主,上苍那里的任何神仙,求你们让她走出那座大房子,只走过那一片田野,或者指挥她走上山来,或者去曼果沼泽洗衣服什么的,求你们了!

"小米,上帝的力量!"轮到他开始许愿了。当装着酒的牛角杯传过来时,大家都沉默静候,他知道他该说了。这毕竟是他在自己的练习本上,在脑子里,在思想里,一遍又一遍地写了许多次的内容。

"不管我做什么,不管我去哪里,她都在我的心里,她都在我梦幻和欲望的边缘振动着翅膀,那是介于睡觉和醒来之间的感觉。只有上帝知道,在此之前,我似乎在另一个世界见过她,她留给了我一个记号,好让我以后能够认识她。

"我第一次真正意义上遇到她,是发现她在我们称之为哈姆塔布基山的采石场边缘坐着,在恩金巨·瓦·恩杜簇家附近,离奥马里·珠玛的家也不远,但是我们管后者叫作乌玛里·瓦·珠玛。她坐在采石场的边缘,双手往后支撑在泥土上,双腿游荡在令人目眩的悬崖下面。山坡下是一条柏油公路,据说那是由意大利战俘从山里凿出来的一条路。那条路总给我这样一种感觉,那就是突然间,汽车、自行车和行人都被呕吐了出来,或者是突然间被大地所吞噬了，因为那个弯儿拐得太急了。那个急转弯处我们称它为基姆恩亚弯路，对面是基埃亚山岭，山岭上是曼果学校。我被她的胆量所震撼，因为我只要一想到站在任何悬崖峭壁的边上，我就会感到眩晕的。尽管如此，我还是朝她走过去，她看到了我，邀请我过去，也可以说，是在激我也去坐在那里。就像她那样坐那儿。我犹豫了。她说，过来啊，这没什么可怕的。谁告诉你我害怕了？我装出生气的样子说。我就走了过去，因为她的激将法，也因为我不想让她看到我害怕了。尽管如此，我还是吓得够呛。我的心脏在怦怦地跳，我的双腿似乎自膝盖往下不听使唤了。我吓坏了。我吓坏了。但是这种恐惧却令我着迷，令我兴奋。那感觉非常奇怪：我正在走向生与死，我的两腿发软，可是，一股介于痛苦和快乐之间的东西注入了我那被恐惧所激活了的血液中，而且这种感觉很强烈。我想哭喊出来，但我还是往前走着，就像被磁铁吸住了一样，她那张面孔，她的笑容，她上牙中的小缝隙，所有这些我从前都见过，但是却从来没有真正注意过。

"我们坐在那里边说话，边看着达比里鸟随着夕阳西下而飞去。我当然认识她，因为我母亲在山那边儿她父亲的另一个农场上打工，那个农场遥望着利穆鲁小镇和殖民者居住区。

"她问我为什么不上学呢。我说我一直都想上学的，但这并非全是真话。她说她在卡曼杜拉上学。我当时就在心里发了誓，我一定要上学。

"第二个星期，我每天都到她父亲的除虫菊地里干活儿，采摘黄色的小雏菊。

"干那种活儿我很在行，但是在我心里却有一种新的亲密的投入，连我母亲都在纳闷我这干活儿的劲头。我要上学，我说。我要挣钱交学费。

"有时候她过来帮助我干活儿,她会给我讲更多关于她学校的故事。她也会带来熟透了的红李子,后来又带来非常甘美的梨子。

"这样,我就挣够了一个学期的学费。当母亲看到我的决心之后,她就帮我凑足了余下的学费。

"她把她学到的东西教给我,我进步也很快。学校的老师们让我跳了一两个年级,这样,在两年之后,我就和她差一级了。

"我母亲很害怕上帝,一有机会就嘟嘟嚷嚷地祈祷。但是她却从未能够让我也祈祷,或者理解祈祷文的意义。

"是姆佳米教会了我祈祷文。我做的第一个祈祷文(她告诉过我,不管你要求什么,上帝都会满足你的)是在上学的路上,在一棵雪松下,在一个我们叫作卡姆塔拉库瓦伊尼的地方。

"那天她没有来见我。我想她可能病了什么的。总之,一种我从没有体验过的情感突然向我袭来:我低下头,闭上了眼睛,我请求主治愈她的疾病,我还祈祷:主啊,如果您真的什么都能做到,那就让我,那就让我,那就让姆佳米是我的女人。

"在周末和学校放假期间,我就到她父亲的农场上干活儿,这时她还会过来帮助我。

"噢,我们经常一起蹚在曼果湖的绿色芦苇荡中,赶走达比里鸟,然后捡起它们的蛋。

"有时候在除虫菊地里,或者在外面的湖边,我们两人做摔跤游戏。她摔倒在地上,我也摔倒在她的身上,她就会哭,这时我赶紧爬起来,接着她站起来,将裙子上的泥土或者草叶弹掉,然后就笑话我说:你这个胆小鬼。接着我就追她,然后还是摔跤,她会突然脚瘸了一下,我就把她摔倒了,这时候我的血液里就会响起一首奇怪的歌曲,我感觉她要哭,并且骂我是流氓坏蛋。这时我就会走开,她就会笑话我,我心里有那么多的事情解释不了,这让我恨她。

"她去了坎耶鲁高中读书,我以为我们两人的世界就此别过了。一年之后,我也升学了,我去了希里阿纳高中。你们知道,这两所学校几乎就算是紧挨着,中间只隔了一道山谷。在那里,我们星期六继续会面,我们谈论我们的学校,我们的老师,我们的家,谈论乌呼噜,一切都很美好。

"学校放假期间我们也见面(这次不那么频繁了),也在教堂里见一两次。

"那是在她高中第四年、我高中第三年的时候,我开始注意到了她态度上的变化。她更爱发火了,好像见到我时她很生气,可是,如果我错过了和她一次见面的机会,她却会变得更加生气。我做什么都是不对,因此我想,好吧,这可能是因为考试焦虑症吧。

"在学校放假期间的一天,她路过了我们的家,我们在卡米利索村的茅屋,她告诉我,我们去教堂吧。我们沿着我们小时候上小学时走过的土路往前走。我们回顾了很多朋友和发生的事情。有一个名字叫'伊勾勾'的细高个儿男孩儿:男孩子们都戏弄他,管他叫'鹰钩鼻子',常把他逗哭。还有基姆恩娅的女儿,那是全世界最美丽的女人之一。我们来到了教堂里,很高兴地看到最受我们年轻人喜欢的牧师乔舒亚·马腾伊瓦在讲坛上。在整个教堂仪式期间,她都非常快乐轻松,从前她总是小心翼翼,恐怕和我在一起或者和其他某个男孩儿在一起被她父母发现,可是这次,她似乎全然不在乎。从教堂出来之后,我们走在了柏油路面上,穿过了恩盖尼亚,前往恩吉鲁比。我们躺着草地上,做着我们的各种大梦:高中毕业,上大学,结婚,生子,等等,我们甚至还争吵应该先要男孩还是先要女孩。她说先要男孩,我说先要女孩,我们就这样争论着,却忘记了时间的流逝。我们跑过吉托戈蒂,到了姆比拉的住所时，她突然说：让我们还像孩提时代那样淘气吧，到湖里去捡达比里鸟蛋！这简直是疯狂的想法，因为天就要黑下来了，但是那主意真的很好。我们蹚水往湖里走，鸟儿被吓得飞到了天上，绿色的芦苇和高高的水草缠住了我们的腿脚，减缓了我们往湖心走的速度。我们边走边捡了些鸟蛋。

"曼果湖的湖心处有两个土丘，不管下多大的雨都没有被水淹没过，它们似乎总是漂浮在水面上。后来我知道那是基希乌·姆威利一代的年轻人所建的一处水坝的遗址，当时的一位酋长穆考玛·瓦·恩吉力坚持让年轻人修建水坝是作为一个条件，建好之后才能允许他们通过成人仪式。但是……我们男孩子中间的传说却是另一样的，说那是两个在湖里生活的巨大的鲨鱼似动物的后背，芦苇应该是它们的阴毛。我们来到了其中一个土丘上坐下来。四周一片寂静。在这一片寂静中，我们看着鸟儿朝着太阳的方向飞去。我们数了数鸟蛋。我们两人一共捡了十枚鸟蛋。突然间，她轻轻地尖叫了一声，打破了这片宁静！我看见一只蚂蟥叮在了她的下巴上，正在吸吮她的血。我把蚂蟥揪下来，血也跟着出来了。我赶紧给她揉，并且告诉她别慌张。她告诉我打住，她可不是什么孩子了。我十分生气，她也十分生气，管我叫什么小破孩儿，我真想抽她的嘴巴，但是她却拉住了我的手，我们就开始摔起跤来。我们就这么摔着，我真的对她很是恼火。我把她摔倒在地上，并压在了她的身上。我感觉全身热血沸腾，激情穿流过每一根血管，她抱住了我。头顶一片黄昏，世界一片宁静，在轻柔的动作中是那么地宁静。

"后来我醒来时，我发现已经是夜晚，天边已经升起了月牙。

"姆佳米在坐着。她把鸟蛋都弄破了，蛋壳在她身边碎了一地。

"'你怎么弄的?'我问她,'你为什么都给弄破了?'

"这时我才发现她在哭泣。我抱住了她,告诉她别担心,她不会有事儿的,我反正要和她结婚的,不管发生什么。

"她抬起头来看着我,我想那是一种忧伤的目光,她说:

"'不是因为那个,根本不是因为那个。'

"'那是因为什么?'我关切地问,心里却担心我永远不会理解她,或者理解任何女人。

"她接下来问我的问题真的让我感到震惊,太出乎我的意料了:

"'你是不是有一个因什么而死亡的哥哥?'

"我对我哥哥总有一种模糊的感觉。我甚至有这样一种模糊的感觉,觉得在我很小很小的时候见过他。不会的,那是不可能的,可是肯定发生过什么事情,因为我们从她父亲农场上我们的住处搬到了一个村子里。所有这些事情在我的脑袋里完全弄混了。我一两次问过我的母亲(我想我肯定是听到了邻居们的某些传话),但是她不让我再问下去了,并说了那是因为他去了大裂谷见我父亲的缘故,因为我从来也没有见过我的父亲,我也就没有继续再问她任何问题。

"'我不知道,'我说,'也许……不会的,我想不会的。我是说,我所认识的那个人去了大裂谷。你为什么问?'

"'你看啊,我父亲已经发现了我们的爱情。他知道你是玛丽亚姆的儿子。他说你哥哥从前是茅茅党人……一定是他带领一帮歹徒闯进了我们的家园,并且在谴责了他给白人当帮凶、在教堂里祈祷诅咒茅茅党人之后,割掉了他的右耳朵。不管是不是乌呼噜,他是绝不会原谅那个耻辱的,他也绝不会让他的女儿嫁到这么一个家庭的,这么贫穷、有着如此罪恶历史的家庭。整个一个学期,

父亲都在告诉我要断绝和你的关系。我或是放弃你,或是再寻找另一个父亲和另一个家。'

"我们蹚着冰冷的湖水和芦苇,头上顶着静静的月亮,心里压着重重的忧郁。我送她到了她家的附近,就回到了卡米利索。我问起了我母亲关于我哥哥的事情。

"'请告诉我真实的情况。'我问她。

"'恩丁古里。他给抵抗战士运送子弹被处以了绞刑。别再问我了。我不是人类行为的裁判。我们都在上帝的手里。'

"后来,我再没有见过姆佳米。

"姆佳米,我的生命,就在我第一次遇到她的那个采石场跳崖了。还没有等到人们把她送到内罗毕的阿佳汗医院她的生命就结束了。"

4

这种敞开心扉的倾诉震撼了所有在场的人。老太太的目光一直盯着原地不动。但是她的手却在机械地越来越快地搅动着腾溢塔。万佳往他身边靠了靠。木尼拉叹了口气,那是介于一声咳嗽和压抑哭声之间的叹息。接着他站起身来走了出去。他不能理解突然袭上心来的那股仇恨。姆佳米是他的妹妹,是唯一站在他一边儿的家人。在他父亲和卡雷加之间,他不知道该怪罪谁。他在外面待了一会儿,觉得自己稍微镇定了些,就回到了屋子里,却发现场面更令他不可思议。

阿卜杜拉正抓着卡雷加的双肩,几乎在猛烈地摇晃他,同时在反复地重复着一句问话:"你,你,你是恩丁古里的弟弟?"那声音犹如一只被扼杀了的动物的喊叫声。

他的脑海里（可是他们怎么会知道呢？）掀起了一波波儿时和一个朋友在一起的回忆浪潮：在利穆鲁，他们出没在屠宰场和茶叶店周围，在利穆鲁，他们到玛努布海面包作坊的垃圾堆里寻找发霉的面包；悲苦、甜美、悲苦的上学之梦，他在殖民时期的肯尼亚却从来没有实现过；找一个像样工作或者行业的各种纷乱的记忆：在制鞋厂劳累的那些年，意识唤醒的那些年，还有更多的梦想自己成为黑人大卫王，只用一个投石器、一根长矛和一支偷来的步枪，就能战胜拥有雄厚资金和机关枪的白人歌利亚巨人；梦想彻底解放，这样，黑人就可以昂起头、挺起胸，有自己的祖国，能够上学，能够发扬光大自己的文化，还有更多的梦想和回忆……然而最没有想到的是……那个损失……那个未能雪耻的损失。

他不能将所有这些同时都说出来。他只是问："你？你？恩丁古里的弟弟？"

人们都等着看他下一步要做什么，等待他给大家一个解释。

阿卜杜拉在凳子上坐直了身子，迅速地咽下了一两滴腾溢塔。人们困惑的目光都集中在了他的身上，因为他那戏剧性的行为暂时把大家的注意力从卡雷加身上转移到了他的身上。他似乎在品味着腾溢塔的效果，接着眼睛望向了大家。他伸手拍下了一只在他右耳朵边上嗡嗡作响的苍蝇，然后将目光凝视在卡雷加的脸上。大家没有提出任何问题，场面十分安静，这时他开始用一种悲哀、吟诵的声音说起来。

"小米，上帝的力量！

"恩丁古里，玛丽亚姆的儿子。恩丁古里，我的童年。恩丁古里，他们中间最勇敢的人。没有人为他哭泣，没有人为他复仇，他就躺在一个公共墓穴的某个地方。那是一座万人坑。肯尼亚独立自由的无名战士，无人赞颂的战士……"

人们都感觉不舒服起来,甚至感到了无地自容。

这时,他镇定了下来,他的声音有些疲惫,不温不火,几乎没有任何情感。

"小米,上帝的力量。"他重复道。

"恩丁古里,玛丽亚姆的儿子。他很早就来到了我母亲的茅屋,我们一起喝母亲熬的小米粥。再过一两天就该轮到他进森林了。我还没有进行巴图尼宣誓,但是只要我成功地经历了这个仪式,我就可以加入游击队了。喝完小米粥之后,我们来到了院子里,我靠在土坯墙上晒晒早晨的太阳。尽管有太阳,而且没有风,但是天儿仍然很冷。我们轮流在这一亩地上干活儿,漫无目的地在豌豆花儿丛中这儿拔棵草,那儿拔棵草。我们朝地中央的那棵梨树扔石头子儿,看谁能先打下来一个梨子。但是这个游戏甚至打下来的果实都有点儿食之无味。后来到十点钟时,我们就溜溜达达地朝着印度购物中心走去。我们路过了基木楚·瓦·恩东古的家,这是一位支持茅茅党的富人,但是后来却被白人枪杀了。我们在这座新建的房子面前停了下来,这是一座用石头砌的房子,是这里远近八方唯一由黑人所拥有的石头砌的建筑。我们就问我们自己:所有肯尼亚人都能住得起这样体面房子的那一天能来到吗?恩丁古里说:正是因为这个缘故我才要加入吉玛蒂和马腾格的。在这家印度人经营的购物中心,我们要见一个人,一个我们的人,因为这个人与殖民警察有点儿神秘的联系,据他说,他能从警察那里弄到弹药,作为交换条件,他给他们带去漂亮妞儿。至少那是他说给我们的故事。不管怎么说吧,他的妹妹是恩丁古里的女朋友。他们来自恩盖查,或者是喀布库,或者是那个方向的什么地方,很可能是万吉吉,对了,我想是万吉吉,但是他却经常在利穆鲁出现。而且确实,他卖给我们一两次子弹,我们立即按照我们的团结誓言,将子弹送到了我们在森林里战斗的兄弟们的手中。今天,他将给我们带来更多的子弹,可能还有一支枪。恩丁古里,玛丽亚姆的儿子。他对于摆弄枪太兴奋了。我很了解他,我能从他的脸上看出来,尽管他试图掩饰。我开玩笑憧憬他当了战士的场面。'从前,有一个勇士到敌占区去战斗,'我对他说,'他回到家里开始向父亲描述他的战斗经历……''那个敌人朝我冲过来,一棍子打在了我的肋骨上。我倒下了。另一个敌人冲过来,朝我的脖子扎了一枪,却没有扎中。又有一个敌人将手里的棍子飞过来,正好砸中了我的鼻子……'他就那么口若悬河地不停地说着,却没有注意他父亲的脸色正阴沉下来。'我的儿子,我送你去打仗不是让你去打败仗和享受打败仗。这些故事……去给你母亲讲吧。'我们大笑起来。突然,他停在了路中央,将手指做成了手枪的样子,对准了我说:'站住!你们这些吸血鬼!站住!过来!趴下。趴直了,手臂伸直了。你,还有你,把手从口袋里拿出来……你们为什么要压迫黑人?你们为什么要抢夺我们的土地?你们为什么剥削我们的血汗、为什么奸淫我们的妇女?公子哥儿们,红发鬼们,向你们的上帝最后祈祷一次吧……不回答?罪大恶极……突突突突……突突突突……'此刻他手里的手枪变成了冲锋枪,而且他竟然在出汗。我摇晃着他的肩膀对他说,好了好了。他笑了,我也笑了,笑得都很不自然。我们回忆起很久以前的一个晚上在我奶奶的茅屋里,他和我对同一个女孩所做的事情,茅屋里圈着山羊和绵羊。我把她顶在墙上,她掀起裙子,我就那么干的她。山羊和绵羊在咩咩地叫着,有些在惊慌地乱跑。她在哭泣,不是真的哭泣,那是叹息、啜泣和忍着痛苦的混合声音,那感觉很好。当轮到恩丁古里的时候,女孩做了些反抗,请求让她歇一会儿。但是恩丁古里却不听那个,直接向她进攻。处在那种站立姿势,他发现很难进入她,她试图帮助他,不是那儿,往下点儿,太往下了,那儿,突然间,两个人都摔倒在了地上,浑身沾满了羊粪尿,但是恩丁古里却不想退缩。我们重复着她说过的话,然后大笑起来。当一切都结束之后,女孩站起身来,生气地说:看,你把我的裙子和衬衣都弄脏了,说完就跑出了茅屋。我们想,这位现在已经幸福地结婚并且有了两个孩子的女人是否还记得那个晚上。我们的谈话悄然转向了恩丁古里的现任女伴儿。正如我刚才说的那样,她是我们那位朋友的妹妹,其实,我们还是通过她才认识她的哥哥的。她告诉我们,最初,她哥哥不喜欢让她和恩丁古里相处,但是恩丁古里和我都把这归咎为兄长通常表现出的那种保护性的嫉妒心理。而且后来他真的变得友好了,他真的很会讲话,而且就是他漫不经意地说出了给我们提供'玉米粒儿'的可能性,'玉米粒儿'是我们对那些致命东西的叫法。我对恩丁古里说,他该和那个女人结婚,他说会的,那个女人已经答应等他到斗争结束之后,而且,不管怎样,他都需要有一个他能够真的为之战斗的女人在等他。我们就怀着这种心境很快来到了目的地,这里是一条后街,紧挨着一家叫作戈温吉-恩古恩吉的印度人开的商店。他在等待我们。我们握了握手,每一次握手都是传递玉米粒的过程。一切都是那么顺利,那么轻而易举,过程几乎不到一分钟,然后他就走了。我对恩丁古里说,还有枪呢,他忘了把枪给我们,他就试图追上他。但是接着我们又决定最好等到晚上或者等到第二天。这时,不知从什么地方出现了两名男子,他们拍了拍我们的肩膀。一股冷热交替的激流在我的胃里搅动。我明白了,而且我知道恩丁古里也明白了,我们这是被出卖了。恩丁古里从牙缝里挤出了几个字:那个混蛋!他背后突然被人踢了一脚,使他朝前趔趄了一下。一辆警车停在印度商店附近的海棠树篱旁边。两个便衣警察在挖苦讥笑我们,管我们叫元帅和将军。破裤子将军。我对自己的无能为力而感到愤恨不已,只能咬着牙听他们的讥讽。一个便衣搜了搜我的衣兜,却突然停了下来,表情很是困惑。东西藏哪儿了?他冲我喊叫。我也十分不解。突然,另一个正在搜查恩丁古里的便衣兴奋地叫了一声。我们都朝那边儿望去。他正高高地举着从恩丁古里口袋里搜出来的致命东西。这时我突然想到,搜我身的人并没有搜查我藏子弹的夹克衫的内侧口袋。当时就是瞬间的决定。我根本没有考虑。决定犹如是决定本身所下的。我只是服从了决定,突然间发疯了似的逃离他们。他们最初的反应是震惊。接着他们拉响了枪的扳机。我听到了枪声。但是当时的我感觉不是我了:我的内心怎么会如此的镇定呢?我跑到了印度孩子们的人堆里,警察只能朝天上开枪,同时向印度孩子们喊叫让他们帮忙。但是商人们可能是被这枪声吓住了,而孩子们却认为这可能是一场玩笑,因为他们都在喊叫、拍手,并呼叫我快跑,快跑!更多的孩子跑到了街上,这样场面更为混乱,我也就有了遮挡。我跑出了后街,跑上了格瓦-卡拉布附近的田野,向非洲人的容盖商店跑去。这时他们直接向我开了枪。我摔倒了,又爬起来。他们又开了一枪。我摔倒了又爬起来,越过了沟壑,山丘,穿过了草地,穿过了容盖市场,越过了铁路线,来到了巴塔工厂的工人居住区。这时,消息已经传到了巴塔。工人们把我藏了起来,接连转手,将我转移到了一条秘密的交通线,转移到了茶场,转移到了森林,最后到了朋友那里。

"恩丁古里,我阿姨的儿子。我再也没有见过他。一个星期之后,他们在吉图恩古里将他处以了绞刑。

"小米,上帝的力量。我祈祷:'饶恕我,饶恕我吧,噢,主啊,这样我就可以有一天亲手宰了那个叛徒。'

"可是,当我出来了之后我又做了什么呢?我,阿卜杜拉,忘记了我对主的誓言……我在忙着赚钱……我甚至来到了伊乌莫罗格隐藏了起来。"

他失声哭了起来,哽咽地哭泣,全然不顾在场的人了。卡雷加的眼睛盯着阿卜杜拉。妮娅金娃抬起头来,逐个地看了看每一个人,似乎只有她才能看到他们所看不到的东西,似乎只有她才能读懂茅屋里这神秘阴郁氛围中的各种迹象。

5

许多年之后,木尼拉仍然记得那个腾溢塔饮酒仪式的夜晚。后来在他的笔录中,他试图将那个场面描述下来,仅是把当时那些困惑的面孔简述一下,试图用语言捕捉万佳焦虑的声音,因为她打断了大家的思路,打断了大家在忏悔之下、回忆之中所掩饰的种种问题,以及内心里要与相对立冲动来角逐的痛苦;他还试图描述那天晚上他第一次接触最纯净白酒腾溢塔的经历。他当时在想,万佳是不是想通过改变话题的方式来救场呢?然而,她的救场却是再合适不过了,因为她问的是唯一能够在黑暗中给他们指出光明之路的人。

"快告诉我们,奶奶,快告诉我们:您的男人看到了什么才改变了他一生的?是什么让他变得和从前不一样了?他告诉了您他所看到东西的含义了吗?"

"在那种光明的映照下吗?"她问了一句,似乎她一直都在等待着这个问题,而且早已经准备好了来回答这个问题。"他在那种光明映照下所看到的东西嘛,许多次他都试图告诉我。但是每当他开始告诉我时,总有什么东西阻挡住了他,挡住了他的喉咙,接着他就说不下去了。但是后来发生了第二次大战,我们的孩子们,我们的儿子们,你的父亲也包括在内,都被征兵了,当他们回来时,我们却听到了一些很奇怪的名字:阿比希尼亚,巴马,印度,博博伊,恩基奥瓦尼,恩吉利马尼,等等。而且这次,我们的儿子们手中竟然有了枪,但是却不情愿地帮助他们进行人类屠杀。夜深的时候,我的男人就会悄悄地将这些事情告诉我,然后他就会出现一阵狂热,就会全身颤抖,我就会抱住他让他镇定下来。一天夜里,他把这件事情告诉了我,但是他的话语当时听起来却很奇怪,而且没有意义。即使这件事情,即使这场大屠杀本身,也不是我所看到的那样。我又试探着问他:告诉我你看到的东西,好吗?这么多年来,到底是什么让你如此困惑呢?是因为你的儿子?这时他再次发起抖来,我能看到他已经热泪盈眶了,我就紧紧地抱住他安慰他。他是这样告诉我的:你看,我的女人……当那只野兽,还记得吗,那只比巨兽恩达麻迪亚还要大的野兽,当这只野兽吐出光亮时,我认为我看到了数百年来黑人的儿女团结成一个人而站了起来,并且要控制住那个光明的力量,和我们在一起的白人被即将要发生的事情吓坏了,因为他知道当这种力量到了这些黑人上帝之手之后将要发生什么。他对我们耍起了花招,他将毒舌对准了我们:你还记得我们称之为'鹰隼'的那个白人瓦卡威吉吗?那家伙就会跑到吉库尤人那里,告诉他们马赛人就要过来抢你们的牛羊了,而且他们都是些武装到了牙齿的家伙,然后他又跑到马赛人那里,告诉他们吉库尤人就要过来抢你们的牛羊和女儿了,而且他们是武装到了牙齿的。你还记得我们当时几乎要相互杀戮起来了吗?就是那次在最后一分钟瓦卡威吉出来调停的那次?当他的调停最后仍旧失败了时,他就把他的枪支都送给了黑人孩子们,而我们的孩子们已经变得聪明起来,撤到了森林里和山上,来重新改编被破坏的战线。他们回来时再也不是瑟瑟发抖的奴隶了,而是背着大刀、长矛和枪支并且带有信念的勇士了。是的,我的女人,信念就是另一种光明。他们中间也出现了几个叛徒,那些人仍然想给白人看大门,仍然想给白人势力、白人的剥削充当爪牙。但是整体而言,他们却仍能团结在一起……他们流了很多血,很多人失去了母亲,很多人断了腿,很多家庭破碎,这一切的原因,都是因为有几个贪婪成性的饿鬼想把一切都据为己有。他们把产生于那种情形的道德作为人心的真正道德。他们搞慈善,表现出悲天悯人的姿态;他们甚至为那些被他们变成了孤儿的人、为那些被他们赶到了大街上的人制定了法律,规定了行为准则。告诉我,我的女人:假如没有穷人和可怜人让你去可怜和给予慈善,我们还需要可怜、慈善、慷慨和仁慈吗?当我们提供的这种力量足以让我们所有人都能够吃饱穿暖、让我们有了力量、有了无限的智慧和仁爱时,他们还会认为我们将继续接受他们的仁慈和慈善吗?所以就出现了痛苦的呻吟,我的女人,在这种惨烈的斗争中就出现了这种痛苦的呻吟。我的女人,那场面和声音看在眼里、听在耳朵里是那么令人恐怖,多少个夜晚都让我辗转反侧、难以入眠,我真的很害怕,不敢告诉你……"

此时阿卜杜拉真的在发出痛苦的呻吟,正是他痛苦的呻吟打断了她的男人传递给她的那种恐怖场面的描述。这种惨烈场面的含义在场的人都认为自己领悟了:难道这不是已经发生了吗?但是阿卜杜拉仍在痛苦中,他在咒骂那些只有他能够看到的面孔,大家都以为可能是对过去的回忆才让他这么激动的。万佳将手放在他的肩上,他停止了痛苦的蠕动,抬头看着她的眼睛;然后他又转过头去,脸上现出一种奇怪的令人难以理解的表情。万佳的脸上也现出些许的痛苦表情,她咬住了下唇,似乎在忍住不让自己继续流泪。

在腾溢塔酒罐旁一直坐着的老太太这时站起身来,她的目光停留在每一个人的脸上,木尼拉感到,在她那瘦削的脸上,闪现出一种意味深长的怜悯、温情和一种抚慰伤痛的渴望。"回家吧,孩子们。回家睡觉去吧。你们都读过善良上帝的那本书……复仇是我的责任,要我说呢,执行上帝的正义和复仇,这不是任何人的责任吗?睡觉去吧,顺其自然吧,顺其自然吧,因为我们中间还有很多这样的假圣人的。睡觉去吧。"

木尼拉愤愤地试图在理解:我在不住地问我自己,既然已经发生了,那天晚上她到底想要告诉我们什么呢?假如留心的话,不管是留心什么,那能阻止已经发生的事情吗?由谁来留心呢?他记得,阿卜杜拉是第一个走出去的,然后是万佳和卡雷加。万佳陪着阿卜杜拉走了一会儿,然后就回到了卡雷加站着的地方。木尼拉仍能清晰地记得他被其他人所排除在外的感觉。他倒不是怕被冷落在一边,这样他可以自己思考问题,但是万佳的行为却不知怎的加剧了他心中的闷火,更让他不知所措。他叫了她一声,她来到了他身边。他认为他应该把话憋回肚子里,但是那话却不由自主地从他的口里说了出来,表明了这许多个月来,她刻意远离他,玩弄他的情感、回忆和期待,给他带来的痛苦和绝望。

"你为什么要来伊乌莫罗格?你来之前这里是一片宁静的。"

"一切都不发生的宁静吗?"她反驳道,而他,木尼拉,就等待她继续说下去,再多说一些,但是她已经迈着轻盈的脚步走到了卡雷加的身边。

他们都站在一起,我却独自一个人走回了家,内心里在与我自己的思绪和焦虑博弈。腾溢塔……伊乌莫罗格……卡雷加的故事。当他讲述他的故事时,我的过去穿越过了我现在的这一道黑暗的深渊。犹如在今晚之前,我从来都没有了解过我的家人,我的过去。我记得最近我与父亲的对话,也记得他态度上明显的变化。我记得他少了一只耳朵。我向自己忏悔,我从来没有怎么在意过父亲,尽管我有些怕他。我的兄弟姐妹们我也根本不了解,他们大部分都娶到了富家女人,或是嫁到了豪门宅地。他们中甚至还有人留学到英国学习护理、医学和工程专业。我一直都是一个局外人,一个远处的观望者,我只能通过别人急切给出的暗示才能猜出在发生什么,而往往都是因为我来到了现场,他们热切的谈话却戛然而止。是啊,我父亲也曾经替我管过我的家,我妻子也都是等待着他下达指令和批准。现在令我痛苦的是,我不知道如何来形容这种感觉,即使在我的家里,卡雷加也比我更像个局内人。难道他不是已经影响了我们家的历史进程了吗?尽管我对妹妹的了解仅限于她是我妹妹、我的小学生,可是她与我是同一血脉啊,难道他不辞辛苦来到这里就是为了当着我的面再现我妹妹的死亡?难道这就是他来到伊乌莫罗格的真实目的?难道他过去曾是我的学生、难道他来找我寻求建议和帮助,这一切都是掩饰手段?在他叙述的语调里难道没有一丝胜利的语气?

我与我自己争论:我父亲毕竟是我父亲。我所感到的是一种奇怪的感觉,一种不舒服的怪异的直觉,这种感觉十分讨厌地闷在我的胸中,作为一个儿子,我竟然和那些诋毁我亲生父亲并给我的家庭带来了死亡的人在一起喝酒吃饭。在我的内心里,此时我不能为之辩护的正是这种感觉。我记得阿卜杜拉的话,他在祈求上帝有一天一定要让他直面那个杀害恩丁古里的真正凶手。我怎么这么快就忘记了妮娅金娃充满智慧和同情的话语呢?我在心里哭泣:给我力量吧,主,给我一个坚定的意志。愿上帝宽恕我们所有的人,我觉得我必须要走出重大的一步,这样才能够恢复我被篡夺的历史,恢复我被篡夺的遗产,将我与我的历史重新连接上。得有什么东西能够让我证明我父亲是我父亲。而卡雷加却像一道巨大的障碍赫然挡在我的面前。

　　说实话,我不知道,我不确信,我到底想为谁复仇:为我自己,为了姆佳米,还是为了我父亲?但是我感觉我只是受到一种欲望的驱使,我要做些什么来给自己一种归属感。我已经疲惫于当一名观众,疲惫于做一个局外人。

第八章

1

　　在黑夜里,卡雷加走在前面,似乎他单独一个人走路、有思绪作为他的影子伴侣他就很幸福。但是万佳一言不发地跟在他的后面。他的脑子里撑满了在妮娅金娃茅屋里所发生的种种事情。今天晚上,就是在今天晚上,他比一生之中任何时候所经历的冲突都要多。他失去了姆佳米,而且他发现,在他讲述这个故事时,他的痛苦和自责并没有随着这许多年的流逝而减弱。但是他也发现了他的哥哥,而从前,在他孩提时代的记忆中,他哥哥只是遥远的一个模糊影子。现在,他可以自豪地并心存感激地认自己的哥哥:他不是鼓捣过真的子弹、随时准备献身吗?那不正是对人民的解放事业表现出的最大的忠诚吗?与此同时,他不仅对哥哥感到了一丝的敬畏,也对阿卜杜拉感到了一丝的敬畏:当全世界都在嘲笑一个拿着生锈的大刀和一支土枪的农民队伍能够带来什么威胁时,他是从哪里来的勇气和自信呢?那种信仰和对正义的信念是如何而来、最后又如何如此地接近绝对的把握呢?此刻在卡雷加的眼里,阿卜杜拉已经成为整个社区里最优秀的人,成为肯尼亚最真实勇气的象征。而且,他努力将其作为浪漫探险主题所教的那门历史课,其黑人斗争历史的精髓总是被想象为某种可能性,可是今天晚上,这门历史课终于变成了有血有肉的真经。

他们周围的黑夜犹如充满了血液穿行的力量。他停下了脚步,似乎要等她跟上,但是这条路十分狭窄,容不下两个人并排走,所以他就继续走在前面。他不知道自己想告诉她什么,但是他还是感觉到,在他心里和脑袋里有许多难以捉摸的想法和情感,此刻用语言是很难表达出来的。他们朝着伊乌莫罗格山的方向走去,万佳内心里感到了惊讶,因为这又是在重复从前的一次经历。同时她内心里也有一种必然性的模糊感觉,似乎从前所有的事情、所有的巧合都在指向这个结果:可又是什么结果呢? 在内心里伸展挣扎着要诞生的,那是个什么动物呢? 他们肩并肩地站着,眺望着远方已经看不清楚的平原。卡雷加坐在了草地上,她也跟着坐了下来。她也有很多事情要告诉,要说,要问,然而此时却一个也没有说出来。

"你的家族里一定有叛逆的血液。"她说,没想到她已经碰触到了他思绪的心弦。

"为什么?"

"首先是你哥哥啊。他长得像你吗? 但是你当然没有见过他了。然后是你。在希里阿纳,你组织了两次罢课活动。"

"木尼拉也一样的。"他很是心不在焉地说,因为他正在想他的哥哥和阿卜杜拉,正在想在丛林里战斗那意味着什么。

"是的。但是他不一样。他说他只是一名观众,一个旁观者,正巧被卷进了混战和旋涡之中。"

"你怎么知道? 你又不在那里。"

"他告诉我们的。"

她就把当时木尼拉所讲的关于木尼拉和储伊的故事讲了一遍。

"他当时给我的印象,犹如那次事件留给他的记忆是冰封一样可怕。在路边,你曾试图将那些兜售羊皮和水果的人组织起来。在伊乌莫罗格,你建议并组织了那次进城的长途跋涉,将我们从饥荒中拯救了出来。难道这还不算什么吗?"

他喜欢听她那温柔可爱的充满活力的声音。她的手指偶尔碰触一下他的手指,随即令他从手指到全身都热血沸腾。但是他的脑海里在迅速地闪现着阿卜杜拉、妮娅金娃、姆佳米等所有一切事件的影子,只是不想考虑学校、罢课以及他在其中所扮演的角色,因为这些显得太渺小、太无关紧要了,而国家事件的舞台才是更大的,因为那些大事件创造了肯尼亚真正的永恒的精神。

"你认为他把一切都告诉我们了吗?"他问,依然还是为了说话而说话。

"谁?"

"阿卜杜拉。"

"正如妮娅金娃所说的那样:在他那条断腿里藏有更多的秘密。但是话又说回来,谁还没有点儿秘密呢?"

"你有什么隐藏的吗?"

"有。"她轻轻地说。

"为什么?你不是把一切都告诉我了吗?"

"也许我该告诉你我为什么也离开了学校。"

接着她就给他讲述了她的初恋:她四处寻觅以复仇,以及后来学校的诱惑。

他听完之后问道:"他就是……我们在进城路上所遇到的那个人吗?"

"是的。是的……但是我努力不去想得太多。那不算什么。"

"不算什么？万佳，不算什么？不对，没有什么不算什么！"

"但是我为什么要成为过去失败的囚徒呢？为什么总要把这件事作为我的污点呢？"

她抬高了些嗓门，对她认为他声音里的那种谴责表示抗议。他感到很惊讶，没想到她的抗议如此强烈：他是谁啊，他这么一个受害者，有资格去评价另一个受害者吗？

"我不是那个意思，"他说，"根本不是那个意思。毕竟你努力了，你经过了斗争。"他下意识地去摸她的手，似乎以此来安抚她。

她靠他更近了一些，想让他平复，想和他声音中那个他一生中的敌人去对决。她的温暖逐渐给他的肺和肋骨带来了力量：他生命的脉搏加快了。他感到了这种生与死、死与生的剧痛，他左手紧紧握住了她右手的手指。他感到她身体阵阵的颤抖也传递给了他，此刻想哭泣的倒是他了，因为他想起了姆佳米。他的这种情绪似乎也掺进了对万佳过去痛苦和苦难的理解，转而又掺进了他自己内心里的混乱。弗劳德夏姆曾经谈论过的那种话语的力量跑到哪里去了呢？现在，当话语已经逃跑了时，将他们联系到一起的就只有对过去苦难和失败的认识和意识了，使得他们感到了对相互的需要。卡雷加心里翻腾着一种无望的愤怒：他咬着嘴唇努力控制住自己，努力遏制认识到他们相互赤裸敞开心扉的冲动。但是这种愤怒和冲动驱使着他渴望要她，驱动着他将她抱紧，逐渐将她放到在草地上，自信地并有条不紊地脱去她的衣服，她的双手徒劳地做着抗议的手势，噢，卡雷加，请不要这样，而他却听到了她的声音里那种对需要和渴望的真正的恐惧，感到热血上涌，充满了全身，在贴身的挣扎中，他的身体寻找到了她的身体。他感到自己充血部位的前沿触到了她的湿润，他竟一时静止了下来。这时他已进入她体内，只听她嘤咛一声，温情脉脉地接受了他。之后他们慢慢地开始，几乎有些手足无措，互相探索，逐渐节奏一致，共同去寻找一个失去的王国，寻找失去的无辜和希望，愈加深刻地探索，他浑身燃烧着烈火，因为痛苦的渴望或者归属感而绷得很紧。她紧紧拥着他，她也渴望让这新开端的洪流冲刷掉往日的回忆，他感到自己拥有了这种力量，拥有了这种治愈创伤、战胜死亡的力量，无穷无尽的力量……突然，在片刻的闪电般光明的映照下，是她将他带到了新的视野、新的机遇的波澜壮阔的波涛的巅峰，噢，肉体结合的力量，然后是爆发，是销魂摄魄，然后两人没有任何言语，在黑暗中昏睡过去。

早晨醒来，他们的头发上、衣服上都沾满了露水，草地上也是露水，山上、平原上到处是露水，在日出之前，整个大地都呈现出一片柔柔的琥珀色。

"该醒了，万佳。"卡雷加叫她。

她听到了他的声音，也感觉到了寒冷，但是她仍闭着眼睛。

"快醒醒来看伊乌莫罗格黎明的美景。"他继续叫她。他们带着满身的晨露离开了山梁，回到了他们各自的住处。

2

伊乌莫罗格的黎明。新年快乐。一个人躺在床上。她彻底舒服地躺在床上。多么奇怪啊！疲惫至极之后却是彻底的放松。她正在享受一种以前从未体验过的内心的宁静和内心的轻松。她另外的几次恋情总是伴随着焦虑、苦涩，伴随着一种寻求缓解、寻求暂时胜利高于一切的需要，伴随着一种以血还血进行复仇、要获得利益的令她痛苦的需要。这次却全然不同。这次是平和。是圣洁。她的眼皮沉重,倦怠。她正陷入一种真空地带,但是却目不转睛地看着他的脸庞和眼睛。腾溢塔……美酒……上帝的小米力量……上帝的小米手指。丰收。玉米秆上毛刺儿带来的刺痛。片片草叶。粘在裙子上的草籽。播种时粘在手和脚上的泥土。征程。在地上的征程,在空中、逃跑时的征程。在利穆鲁她茅屋里的会议。在她母亲茅屋里的会议。很是奇怪。她正在端详的却不是他的脸庞。而是送给她一支铅笔和四周破损橡皮的青涩少年的脸庞。她很生气。将礼物扔还给了他。她要一封信……你听到了吗,她尖声喊道,如果你爱我,你就给我写一封信说你崇拜我……你就没别的能耐了吗!他赶紧捡起铅笔和橡皮。他用颤抖的手给她写了一封信……像大海里的沙子那样数不清,像天上星星和彩云那样数不尽……她身着闪闪发光的周末礼服……她从他手里抢过来那封信。她将信读给刚从城里来的表姐……伊斯特蕾……她回首望了望他那双祈求的眼睛,开始鄙视地大声朗读信的内容……但是她的表姐却不在那里……她坐在父亲的膝盖上,正试图读准确某些词语……有一些头韵的词语她还是读错了。她困惑地抬起头看着父亲。但是她父亲穿着军装正以一种苍凉充满活力的声音给她哼唱着歌曲……当年我年轻力壮,当兵为国王打仗,金童玉女记得我……当兵为国王打仗。

"你都去过哪里啊?"她边问着父亲,边想揪掉他头上印有的"国王的非洲来复枪部队"帽子。

"缅甸……印度……日本……都是遥远的地方,为国王打仗的士兵。"

"你都和谁打仗呢?"

"意大利人,德国人,日本人。"

"你和他们吵架了吗?噢,你一定是生气了。"

"没有。"

"那你为什么要和他们打仗呢？"

"当兵的是不能提问题的……他的天职就是服从命令和战死，为国王而战死。"

"哪个国王？国王也打仗吗？"

"噢，你给我打住，小娃娃。你问得太多了。咱们到院子里去玩儿吧……当兵为国王打仗。"

他们出了屋子，来到他的工作车间。这里有各种尺寸和长度的铁管子。他在火上给一些铁管子加热，然后把它们敲打成各种各样的形状。他的双手十分灵巧，头脑聪睿无比，可以将最坚硬的钢铁打造成他想要的任何形状。

"噢，爸爸，这些手艺你是从哪儿学的啊？"

"在战争里学的，我的女儿……那是对生命可怕的损毁……炸弹……飞机……那些白人，我的女儿，他们就差能够复制人的生命了。但我只是为国王而战斗的士兵。"

他开始哼唱。他这次唱的是圣歌。这时她的母亲也加入了哼唱。母亲……母亲，她总说，为了能够读懂上帝之书，并且不让别人替她读她的信件，她就自己学会了读书和写字。他们的歌声与打铁的声音交织在一起。父亲解释着水管工艺的复杂程序。万佳快乐地笑着，因为父亲从内罗毕给她买来了好东西。糖果，糕点。但是现在他已经不在军队里了。他穿着肮脏的长大衣，手里拿着沉重的干活儿工具，总是数着挣了多少钱，总是在那些欠他钱的人名字前面打个叉，在还了他钱的人名字前打个对号。突然，场面发生了变化。她已经长大了一些，母亲和父亲不再一起唱歌了，当他们在一起时，他们的谈话也总是演变成激烈的耳语和吵架声。

"咱们离开卡比特吧，离这座邪恶的城市远一点吧。"她央求道。

"你想搬到哪里去呢,老婆?"

"搬到伊乌莫罗格……到你母亲和父亲那里……我们的爹妈那里。自从战争结束之后,你只看过他们一两次。"

"再回到愚昧与落后的地方去?"

"你害怕他告诉你的事情了吗? 就是他在光芒里看到的东西?"

"你闭嘴吧,老娘们儿。"

她父亲在发抖,同时又在恳求。他在与母亲讲道理。

"听我说,老娘们儿。我参加过战争。我知道白人有多么强大。关于英国人,父亲知道什么呢? 他只是在一九一四年扛过枪。那时他就听说了'变成水、变成水'这个妖术,所以非洲人就起义来抵抗白人了。结果呢? 当他们还等待子弹变成水的时候,就已经都被消灭了。我当时在印度。印度人比我们聪明。他们被英国统治了四百年。父亲见过炸弹吗? 我却见过。我告诉你白人强大的真正秘密吧:金钱。金钱能推动世界。金钱就是时间。金钱就是美丽。金钱就是高雅。金钱就是力量。天啊,有了金钱,我就可以买下英格兰的公主。就是最近来这里的那位。金钱就是自由。有了金钱,我就可以为我们所有的人买来自由。我们应该向英国人学习如何赚钱,而不是发表这种自我毁灭性的言论,说什么让黑人们拿起枪来,团结宣誓,把白人赶出去。有了金钱,我们可以给黑暗带来光明。有了金钱,我们就可以消除我们的恐惧,就可以摒弃我们的迷信。再不需要讲什么巨兽恩达麻迪亚的故事了,再不需要讲什么神秘动物吐出火焰的迷信了。金钱,我的老婆,金钱。给我金钱,我就可以买来圣洁、仁爱和慈善,我就可以买到天堂之路,我一接近那里,那里神圣的大门就会向我敞开了。我们需要的就是这种力量。"

"什么样的钱让你在这场战争中变成了叛徒呢?"

此时她的母亲开始哭泣……不,他们两人都在教堂里面祈祷,都在祈求上帝宽恕他们过去的罪孽,宽恕那些擅用私刑并且挑战上帝给全人类圣旨的人的罪孽……阿门……但是尽管如此,家里的紧张气氛却有增无减,夜里吵架的次数越来越多了。因为她的母亲仍坚持去隔壁看望她的姐姐。此时他们都住在一个新的村庄里面,茅屋都是沿着大路和小路而建的。她姐姐据认为与森林里的游击战士有联系。

"你会把上帝的愤怒带进这个家里。"

"你是说白人的愤怒?"

"你的姐姐在帮助茅茅党人。难道你不能告诉她,难道你不能提醒她,她丈夫私藏土造枪被抓时是怎么被处决的吗?"

"至少他把自己的铁管制造手艺用到了正处。他不是胆小鬼。我姐姐和我一样也不是胆小鬼,因为我知道真相而且我不能面对这个真相。我见过不公正可是我不能说出来。我不能发誓,然而我并不觉得这有什么不对。所以我就躲避在上帝的教堂里,为他们传递情报做祈祷,但是我并不愿意自己亲自去进行这种传递。"

"你要记住《圣经》。你不许向神像鞠躬。你不许去杀人。你不许……"她父亲在警告她的母亲。

"然而你却崇拜金币,那刻在金币上的是上帝的形象吗?是一个叫作乔治的白人上帝吧?而且你也杀死过人。你是替白人杀人的。"她母亲说。

"那可不一样。"父亲说。

"不一样!不一样!难道杀人不是杀人吗?你为白种人杀人

勇敢又坚强,难道你没有留下一点儿勇气、没留下一点儿力量为你的人民、为你的族人做一点儿事情吗? 你父亲告诉你什么了? 在他的家族里没有懦夫,在他的家族里没有与人民为敌的叛徒。他的话吓着你了吧? 难道这不是你不回家的真正原因吗? 甚至当他被白人那么残忍地吊死了,你都没有回去! 可是那个白人就是你在战争里为其忠实效力的凶手啊!"万佳从来没有看到她母亲这样过。

"你这个混蛋老娘们儿……"她父亲喊了一嗓子,随手一记巴掌向她母亲打过去,挥手又打了过去,接着他犹如发疯了似的,对她拳打脚踢,简直怒不可遏……她母亲只是无助地哭喊着,而万佳则吓得说不出话来,这时她母亲突然尖声地喊叫起救命来……"快来人哪……快来人哪……失火了! 失火了! 房子烧着了……噢,噢,噢,噢,我的姐姐,我唯一的姊妹……"

她父亲怒目瞪着她母亲说:"我告诉过你。这是来自主的惩罚。"

这次是母亲无言以对了,因为她听到了她父亲所说的话而感到了恐惧和仇恨。那座茅屋仍在燃烧。这时万佳终于能够说出话来了,和刚从城里来的表姐一起用充满恐惧的声音喊叫:"救命啊! 救命啊! 救命啊! 卡雷加! 卡雷加! 救命啊!"

她醒来时仍在哭喊着卡雷加的名字来救火。她被自己脑袋里红色的火焰吓坏了,惊恐地朝四周望着。妮娅金娃正站在床边。

"你是怎么了,我的孩子? 你怎么了?"最初万佳说不出话来。逐渐地,她回忆起她在山岭上的光辉时刻。她不自然地笑了。她问:

"告诉我,求你告诉我,我父亲为什么不回来呢? 我的爷爷到底发生了什么? 他是怎么死的? 我想知道。"

3

在一个半的夜晚里,有了这么多的经历,有了这么多的发现。过去播下的种子到了收割的时间。身体的筋疲力尽。但是他内心里却十分轻松。他从内心里感到了伊乌莫罗格雄伟壮观、珠珠晨露黎明的力量。为什么和一个女人的某种接触就能给人以如此的平和,就能让人觉得和世间万物如此的和谐,就能打开巨大希望和无数机会的大门呢?他试图入睡。他的身体已经准备好了入睡。但是思绪却疾驰向前,迅速但却轻柔地驶过肉体你中有我、我中有你的记忆波浪。他意识到,他只是揭开了一个伟大、浩瀚未知和不可知世界的第一层,然而他却觉得他已经了解了万佳一生一世,以前所发生的只是一种必然的逻辑和节奏,最终引导他来到了这种肉体坦诚相见的时刻。他努力来理解这里的连接点,这种内在的连续性,但是这根线却丢失在遥远童年时代的迷雾中。但是某些场景和事件,以及人物的轮廓和影子,却开始从迷雾中形成,逐渐地,一个影子凸显出来,而且固执地停下来不走。他是一个在母亲身边玩儿沙子的小孩子。母亲叫道,噢,你这个小坏蛋,你把沙子扬进了我的眼睛。这时,手里拿着砍刀和绳子的妇女们来到了院子里,对妈妈说:玛丽亚姆,咱们去砍柴吧。他的妈妈玛丽亚姆转过身来对他说:去恩杰里的家里和他们一起玩儿,等我回来。他就愤怒地号哭。感觉被出卖了的眼泪从他的小眼睛里夺眶而出。其他的女人就笑话他。她们说:好乖乖啊,接着她们又安慰他称他是个男子汉:好了,好了,我们的男子汉,去和女孩们玩儿吧,她们都在等你呢,噢,噢,他是个小滑头,在女人面前可是个恶魔,是吧?他可是不好哄。他让她们走了一段儿距离。然后他就跟在她们后面一路小跑,下了坡,来到了木库鲁-伊尼,和卡米利索,然后又上了一个坡,又下坡来到了恩杰尼亚。她们到了一个拐弯处,然后向金奈尼走去,之后也许进入了丛林,因为他再也看不到她们了。他走进了<u>丛林</u>。他朝这个方向跑一下,又朝那个方向跑一下。他突然发现自己来到了一处绿色怪异的丛林中。他一下子恐惧起来。他喊叫妈妈的名字。他听到有人在几乎不断地模仿他的声音,接着那声音渐渐传进了密林的深处。他感到了绝望。这里的彻底宁静简直要把他吓死,而昆虫和鸟类的鸣叫又让这里的宁静显得更加宁静。孤独无助,在这个没有人类声音的世界里真是孤独无比。他哭喊着抗议这种彻底的隔绝,他似乎是在说:他感觉他要死了,他已经死了,他哭喊着寻求帮助,哭喊着能有一只手过来解救他,哭喊着能再有一次机会与其他孩子玩一次游戏。他很可能是哭着睡着了,因为当他醒来时,他发现自己躺在床上,他母亲坐在床边,他能够看到母亲眼睛里怜悯和温柔的目光。但是,母亲是真的坐在自己的床边,还是他的记忆搞错了呢?这是另一个时刻的另一个场面,因为母亲并不是在坐着,而是在弯腰看着一丛除虫菊,好像是在默默地祈祷。如此的寂静。他正忙着搓泥球,是自己撒了泡尿和泥搓的。这一片除虫菊田野属于姆佳米的父亲。当泥球搓累了时,他就抬起头来,看到母亲劳作突然停止的场面吓了一跳。他惊恐和绝望地用尽最大的力气喊着母亲的名字。她抬起了弯弯的腰,干干的嘴唇试图露出微笑。她说:我的头在旋转……咱们回家吧……没什么……但是从一个孩子的本能来看,他怀疑这可不是没什么……在灼热的太阳下面,她又饿又累。他们来到了他们在村子里的茅屋,他们是从什么时候开始不在姆佳米父亲的农场上住窝棚的?晚上,村里的女人们来看母亲,他听母亲的话,早早上了床,但是他的耳朵却仍在听。她们低声细语一直到夜里,他睡着了又醒来,发现她们仍在细语低声,他唯一能够听出来的词语就是吉图恩古里、子弹和自由。总之,她们都用奇怪的充满眼泪的眼睛看着他,玛丽亚姆让她们都跪下,一起进行祈祷并唱圣歌,然后又用一种低沉、单调的声音祈祷,这让他又重新回到了梦境……他越睡越沉,来到了一处雾气蒙蒙的地方……见到了更多熟悉的面孔和场面。因为真正在祈祷的是姆佳米,之后,他就和她站在一座山上,看着达比里鸟高高地飞在曼果沼泽地上空,然后又随着美丽的日落,如同一千团火焰一样,向西飞去……他们坐在曼果沼泽地中央的河马驼背上,他伸出手去碰她……但是她却飘离他而去。他感到十分惊奇:没有翅膀,她怎么会如此轻易地飘过芦苇荡呢?接着他意识到,她正和鸟儿们一起飞翔,他很是伤心:在咫尺距离时刻他如何能够失去她呢?啊,那根本不是她……那是万佳……但她是突然从哪里来的呢?她是不是比他吃过的盐要多呢?因为她其实就是妮娅金娃,而妮娅金娃知道恩德米,恩德米又……可是他一定是出了毛病了吧?他怎么会把自己的学生当作了万佳、姆佳米和妮娅金娃?他正在教室里呢。同学们,今天,我将用三句话把黑人先生的历史讲给你们。开始的时候,他拥有土地、头脑和灵魂这三位一体。第二天,他们把他的身体夺走,用于兑换银币。第三天,他们看他仍然在抵抗,就带来了牧师和教育者来束缚他的头脑和灵魂,这样,这些外国人就会更容易地夺走他的土地和农产品。现在,我来问你们一个问题:黑人先生做了什么才获得了他土地上的真正王国?将他的头脑、灵魂和身体一起带回到他的这块土地上吗?他们实际上是(多么奇怪啊)乘坐着一张由香蕉枝干做成的木筏漂过时间和空间的海洋的。他也不再是老师,而是率领各族酋长们抗击外国侵略者的查卡。他是卢维杜尔,他抛弃了舒适和富有,抛弃了房奴的虚假安全,将他的智慧和力量投入到了田间奴隶的脚下,因为这些田间的奴隶准备好了与人民团结起来,共同反抗喝人血、吃人肉的压迫者们。他高声说道:同学们,看看这个腿上没有镣铐、头脑没有束缚、灵魂没有羁绊、在三大洲都是笑傲江湖的勇士的新非洲人吧。他们看到了他越来越多的化身:瓜达雷尔、韦亚基、纳特·特纳、桑克、吉玛蒂、卡布尔、恩克鲁玛、纳赛尔、蒙德雷恩、马腾格,这些人都在释放一百万非洲人民的同一个信息,同样的机遇,同样的喊叫和希望……你们看:那个手里拿着三粒子弹、跟在后面的无名战士是谁呢? 那个人……同学们……你们知道我的哥哥吗……一个不知疲倦的劳动者,一个不知疲倦的工人,你们知道他吗? 恩丁古里……嚯,恩丁古里。他站住了。

"你们不认识我吗?"卡雷加焦虑地问。

"我认识你……要不我来这里做什么?"

"这很奇怪。你知道我们要来吗? 你真的知道我们那次长途跋涉吗?"

"知道。"

"这就更奇怪了。"

"为什么?"

"你想啊。我绝不会想到……"

"不会想到什么?"

"不会想到你会认识我。我的意思是说,我太小了……我一定是……我甚至可能还没有出生呢!"

"那有关系吗?"

"一奶同胞。亲属。玛姆比的孩子。恩于姆巴·亚·玛姆比。这确实有关系,难道说这没有关系吗?"

"你为什么乘着木筏漂流?"

"我要来找你……让你看我长大了……还有……还有……我知道你的秘密……我认识阿卜杜拉。"

"但你是谁啊?"

"我想你刚才说过你认识我并且知道我们的长征。"

"是的。我知道你们的长征。我知道我所有兄弟姐妹所经历过的这场寻觅和探索的长征。因为这条路难道不是我们一起走过来的吗?不是在自己出生的这块土地上漂流,这样的黑人你能给我说出来一个就行。但是你?我一时竟以为我认识你。听我说,我的兄弟们,玛姆比,缔造者之母玛姆比的真正子孙,是所有一手拿着锄头一手拿着三粒子弹的所有劳动的黑人,他们在抗争这数百年来的漂流,他们在目睹自己回到家乡。正是因为这个原因,我们才在一九五二年发了誓言。"

"你为什么要宣誓?"

"我们的土地……我们的汗水……我们的躯体……我们的头脑……我们黑人的灵魂。"他边说着,边跟上了这个大陆上其他的农民军队伍。

卡雷加在他后面喊道:"我要跟你去!你听见我的话了吗?让我们一起去长征。"

恩丁古里停了下来,此时他又疲惫又生气。

"你算什么老师?让你的学生们都随波逐流吗?弟弟,斗争始于你的工作。"

他消失在了时间的薄雾中。卡雷加感到了刚才最后一句批评的分量。我多么愚蠢……多么愚蠢……愚蠢的非洲人从不饮酒(芬达)……教师工会说卡雷加逃避责任(塔斯克啤酒)……多么愚蠢的回答啊。他看到更多的孩子举起手来要提问题。

"好,约瑟夫。"

"您给我们讲了黑人的历史。您还在给我们讲述我们的英雄们和我们光辉的胜利。但是大多数胜利似乎都是以失败而告终的。现在我要提的问题是……如果您说的是真的,那为什么一小撮欧洲人却能够征服一个大陆并统治了我们四百年之久呢?这怎么会可能呢?除非这是因为他们的大脑比我们的大,除非因为我们真的是哈姆的后裔,这是他们的基督教《圣经》里面说的。"

他顿时气得七窍生烟。他知道老师不能生学生的气,但是他却觉得这个问题真把他难住了。也许他们的征程很久远了,也许他们走过的大陆太多了,经过的时间太长了。

"你看,约瑟夫。你一直在阅读……那个……《美国儿童百科全书》和《圣经》。他们用《圣经》偷窃了永远露齿微笑的非洲人的灵魂和头脑,这些非洲人也开始衣冠规矩,口中祈祷,对那些标以援助、贷款、救灾品的小恩小惠发表感恩祷词,而人家那些大公司则忙于收集金银和钻石,同时我们却在窝里斗,说什么我是卢克人,我是罗奥人,我是卢赫雅人,我是索马里人……还有……还有……有些时候,约瑟夫,胜利就是失败,而失败也是胜利。"

由于够不到他们,他气得浑身发抖,他就咒骂了恩德里几句脏话,同时也咒骂了所有古德、利文斯通、罗德斯、迈内尔茨哈根、约翰逊和尼克松的追随者和扛枪者。如果让我追上他们,他喊着,突然醒来,出了一身汗。

他坐起身来朝四周看了看,发现只有木尼拉站在他的旁边,才感觉如释重负。

"我并不是要叫醒你……但是昨天你睡了一整天,接着又睡了一个夜晚。而现在已经是上午十点钟了。"

"是吗?我真的睡了这么久?"他打着哈欠问。

"是的。你甚至连门都没有插上。"

"这里还没有盗贼呢，否则的话，警察和教会的人就早已进驻他们刚建好的这两幢建筑了。"

木尼拉在屋子里踱了几次步，然后停了下来。他想说点儿什么，但是似乎又把想说的话咽了回去。

卡雷加对木尼拉的举动感到不解。他更加认真地看了他一眼。木尼拉又开始在屋子里踱步，双手背在身后，手指松开又握上。尽管因为长时间睡觉而感到了疲惫，但是卡雷加仍能感觉到木尼拉遇到了麻烦，所以他很是担心。

"你这是怎么了，老师？"他又打了个哈欠，"啊，你看我睡的。抱歉我一直哈欠连天。都是那个让你浮想联翩的腾溢塔酒所带来的后果。你不认为喝这东西很危险吧？我感觉挺好的，头脑清醒，身子也清醒。但是我做了一个可怕的噩梦。"

"没什么。真的没什么。我也是感觉良好。坚强，清醒。甚至没有宿醉的感觉。噢，不，我不认为这酒有危险。只不过是在那个你叫作噩梦里的时候，你不断地在喊着人的名字。有些名字很难听懂。但是有些却很清楚。"

"但愿我没有泄露什么秘密。"

"没有，没有，没有秘密。你在小声说着姆佳米和万佳……就是这些。"

木尼拉突然停止了他神经质的踱步。他靠墙而站。然后他又走到了书架前，拿起了一本书，《面对肯尼亚山》，翻开几页，又放了回去。他又拿起了一本书，《自由尚未成功》，仍是翻开几页，没有看就把书放回了书架。等情绪稳定了之后，他转向了卡雷加，并清了清嗓子。

"卡雷加先生！"他的开场白显得很唐突。这种语气让卡雷加抬起头来，心里激灵了一下。木尼拉似乎鼓足了勇气说了起来：

348

"卡雷加先生，我不知道怎么说才合适，但是，呃，你到这里来也差不多有两年了。但是我们可以说，你来的时候就是个难民，我是尽我最大的努力来欢迎你的。我们住在同一个院子里，我们之间发生了一些事情，有些事情愉快，有些事情不愉快。但是那件事情发生了之后……我是说……当你忏悔了关于我妹妹、我的家人等等内情之后，你不觉得现在我们该，哦，你不觉得我们还住在一个院子里，这有点儿强人所难了吗？"

"木尼拉先生，你是在说……但是我不明白你为什么会这么想……你是在说，我应该辞职不干了吗？"

"你这么说显得有些重了。但是你不会否认，你的忏悔让事情变得非常尴尬。我们毕竟都不能脱离我们各自不同的过去，尽管我们的过去相互之间有着联系。我是说，人都有记忆……人都有责任，尽管我们的责任只是为自己的自尊负责。好，不妨这么说，可以这么说吧，是你逼得姆佳米自杀了。"

"木尼拉！"

"哎，你吃的盐毕竟比她多。还有，卡雷加先生，这让我听起来很不舒服，尽管你只是在噩梦里说出来的，可是你却将我可爱的妹妹和一个……哦……和一个妓女相提并论，尽管她是一个'非常重要的妓女'！"

卡雷加跳下床，向木尼拉冲过去。木尼拉往旁边躲了一步，卡雷加几乎撞到了墙上。如同冲下床那样有如猛虎下山，这时，卡雷加的双手又硬生生地停在了空中，然后又将双手放下。但是他的眼睛仍然愤怒和憎恶得通红。他因为痛苦，因为自己不能够快意恩仇，而软弱了下来：这个人曾经是他的老师，当然年龄也比他大，即使出于这个原因，他也应该尊重他。他还曾欢迎他留下，甚至还给他找了份工作，但是他何曾知道，他却触及了卡雷加内心深处敏感的愧疚核心。因此,他只能是站着,努力地忍住要夺眶而出的热泪。

"假如你未曾……假如你未曾,假如你……"

他说不下去了。他又坐在了床上,因为愧疚、悲痛、内心的怒火和茫然不解而一时语塞。他只是朝木尼拉的那个方向看去,目光穿过门口,望向了校园及以外的地方,似乎在那里,他能够寻到答案,因为真正的生活是在那里演绎着,而不是在这个闲散、梦想和回忆的可悲角落里。这时他讲的一番话好像是对伊乌莫罗格之外世界的听众。

"仅在两个夜晚之前,我们一起喝了腾溢塔酒来庆祝丰收,以及伊乌莫罗格尤其困难一年的胜利结束。这真是一次大丰收,而且你也会同意我的观点,这种同甘共苦、团结合作的精神是非常罕见的。正因为如此,那位老太太才恰如其分地将其称为和平之饮。现在,它竟然演变成了冲突之饮。我想,尽管我仍然不理解,事情的结局也只能是这样。你来这里有你的理由,我来也有我的理由。你说,我们毕竟都不能逃离我们的过去,这一点我同意你。但是我们没有必要肆意地侮辱他人。我们都是娼妓,因为在这样一个人不为己天诛地灭的世界里,在这样一个不平等和不公正的世界里,在一个有人能吃饱、有人却只能卖苦力,有人能送孩子上学、有人却不能送孩子上学的世界里,在一个王公君主商人能坐拥数十亿而穷人却挨饿受冻、用头撞教堂的墙来感谢神圣救济的世界里,在一个有人从没踏上过这片土地却能坐在纽约或者伦敦的办公室里决定我可以吃什么、读什么、怎么想问题、怎么做事的世界里,他之所以有这样的决定权,是因为他坐拥着数十亿的资产,而他那些资产都是从穷人那里剥削而得的,总之,在这样一个世界里,我们都沦为了娼妓。因为只要有一个人还在监狱里,那就等于我也在监狱里，只要有一个人在食不果腹、衣不遮体，那就等于我也是食不果腹、衣不遮体。为什么要让一个受害者去侮辱另一个受害者呢？我们最不该做的就是恶意、刻薄地对待那些曾经对我们十分亲切的人，不能玷污我们对他们的回忆，因为这寥寥无几的几个人竟然能摒弃他们集团的阶级势利小人之心，因为他们有信念，有爱，有真理，有美丽，因为他们只想有自由、没有桎梏的人类联系和成长。"

接着又是一阵令木尼拉尴尬的寂静，因为他再次有了一种受审的感觉，他好像是被放在了一架道德的天平上，而且发现自己的分量确实不够。

"我父亲是教会里面的长老，所以，你可以想象得到，在这样的家庭环境里，人对于布道和道德的老生常谈会变得有些厌烦。"木尼拉说，对自己的回答感到些许的惬意。

"我知道他是……而且更多……"卡雷加说，这时他恨恨地看着木尼拉，那咄咄逼人的目光让木尼拉不由得往后退缩了一下，"但是我并没有试图去说教。我只是在想那些选择了一个事业并甘为自己选择的事业献身的人。但是我不会从这个学校辞职。我们在一起工作，这将是很困难的局面，但是我并不打算离开。"

"那等着瞧吧，那等着瞧吧。"木尼拉充满了恶意地说。

"不过，有一件事情你说对了，"卡雷加继续说道，"我一直觉得我在躲避着什么。你知道我最初为什么来找你吗？你是她的哥哥。你教过她。你教过我。而且，除了需要一点点帮助之外，我真诚地认为，你能够揭开希里阿纳学校之谜，让我懂得储伊个人行为及其为人之道的根源。但是在长途跋涉期间，我却看到了更多的储伊，这让我不敢确信，我是否还要继续去理解它。人必须要成长。毕竟历史不是潇洒英雄的画廊。但是我打算留在这里，四处查看。我要在未来的斗争中选择我的立场。"他说到这里时,想到了那位律师的来信。

"那就等着瞧吧,"木尼拉语气里威胁的意味更重了,"但是假如我是你的话,我就该开始考虑到别的地方去谋职了! 或者说更应该考虑到某个教师培训学院去提高提高水平了。"

第九章

1

新年快乐。青草丰沛。四处游荡的牧民们再次回到了伊乌莫罗格。雨将要从天而降。青草会更加茂盛。更多的庄稼将要生长。我们将尽情地吃喝,我们将忘掉上一年的干旱。但是我们不会忘记木尼拉、卡雷加、阿卜杜拉、万佳和那头驴子,是的,那是阿卜杜拉的驴子。他们拯救了我们。他们对城市的了解,他们在城里的联系,他们无私地参与到我们生活之中,所有这些都拯救了我们。阿卜杜拉的驴子四处游逛,女人和孩子们争先亲手喂食它玉米。这回没有人抱怨(甚至恩巨古纳也不抱怨)这头驴子的饮食习惯了。我们经常雇用这头驴子往来于村子和鲁瓦伊尼大市场之间驮运食品和器具等东西。因此,只用了一小笔费用,它成了我们共同的驴子。人们说阿卜杜拉是个好人。愿主祝福他。看看他为约瑟夫做了什么。送他上了学。而他,这位为我们自由而战的未被人赞颂的英雄,却拖着一条腿打理着商店的所有工作,而且从不抱怨。他有时候也沉默不语,而这一点我们都很理解。当他情绪轻松时,当他心情好时,他讲给大家的故事那又何止弥补了他沉默的时候呢,因为他讲的这些故事正在成为伊乌莫罗格口头传说的一部分。

是的,天是要下雨的。庄稼是要生长的。我们将永远记住我们中间的英雄们。愿主祝福这位老太太。但是那场旱灾将很快成为遥远风景上淡淡的一梦。我们说,一顿饱饭抵得上一千年的挨饿。让邪恶的想法和吓人的记忆都随着干旱滚蛋吧! 只有那次史诗般的长征。那次长征将永远值得记忆,可是我们的议员却从未来到这里给予任何解释。所以,新年伊始,我们就说,那就顺其自然吧。当时我们并不知道,在那一年之后,正如一位不让自己的慷慨被人类忘却的上帝一样,那次长征派出了过去的使节,让他们来彻底改造伊乌莫罗格,彻底改变我们的生活。伊乌莫罗格和我们都将得到彻底的改变。

那一变化即将发生。但是在当时,也就是在这重大变革时期的开始阶段,我们却在谈论、耳语和八卦那位警察局局长及其警察,因为他们会来到这个警察局待上一个星期左右,然后就又离开了。我们也笑话那些教会的人,因为他们大老远从城里甚至更远的地方来到这里,却向空空的座椅来布道。因为在伊乌莫罗格,没有人同意走进这座新的建筑物里面。

2

戈弗雷·木尼拉已经丢弃他的铁马很久了,但是有一天,人们却看见他骑着铁马疯狂地穿过伊乌莫罗格,他的衬衣没有掖进裤腰带里,随风鼓鼓地飘荡,如同风中鸟儿折断了的翅膀。大多数时间他都是落落寡合,甚至连去阿卜杜拉酒吧的时候都极少。

这一段时间,人们常常看到卡雷加和万佳在一起,心里不禁画了个问号:他和木尼拉老师之间发生了什么呢？这很奇怪,这非常奇怪,我们都默默地说,心里并不明白这到底是怎么一回事儿。

但是我们很快被眼前的这种如胶似漆、美丽绽放的青春爱情之花亮闪了眼睛,我们就窃窃私语:快看上帝送来的这神奇礼物。庄稼将吐穗繁茂生长。我们将吃饱穿暖,等到大丰收季节再痛饮腾溢塔。

3

之后,许多年之后,在伊乌莫罗格警察局,木尼拉在努力重塑伊乌莫罗格这个时期的感觉,因为这个时期的重头戏不是别的,就是万佳和卡雷加之间的全身心的投入。他使用的是同样的短语,几乎是在回答人们在等待和观看戏剧展现在眼前时所要提出的问题,甚至让老人都可以重新生活一遍他们的过去,在勒勒施瓦灌木下或者在小米的纤纤玉指下尽情做爱。

"是的,我是可以努力救他的。"他笔下缭乱地写着,试图借鉴这一时期的时间和事件来解释当时的事实。

也许我是可以救他。让我痛苦的正是这种感觉。我本可以救他的,因为他只是来寻求和平和事件之间的真实联系。可是我反倒更用力地将他推向了那个致命的拥抱,那个数百年里来毁掉了众多伟大男人的拥抱。我应该知道的。因为,我自己后来不也是被这同一种温馨的拥抱所陷住了吗?

我努力了,我挣扎着想摆脱自己但是却徒劳无益。记得吗,我曾观察到,自从卡雷加来到了伊乌莫罗格之后,她就逐渐地离我而去,走到了一个中立地带,在那里站了许久,对我们的求爱和寻求的目光全都敬而远之。我自我安慰,这没关系的。这对我绝对没有关系的,因为我难道不是已经过了受诱惑的年龄了吗?我是上帝的守望者,凝神伫立于睡眠与不眠之间的某个黄昏暗淡之处,难道我不该在那里休息,也不用执着的激情去打扰这黄昏的宁静吗?最初,我以为我只是对她的变化着了迷。她不再那么坐卧不宁,不再那样睁大了眼睛去审视品味别人,尽管那温柔目光的背后隐藏着不为人知的悲苦。当她与这片土地接触了一段时间之后,以及为那次进军大都市的长途跋涉做了准备之后,她的目光不再是那么刻意地明亮,而是有了节制,体现出了另一种温柔,不再是那么一见倾情如故。她不再是一个风韵雅致的尤物,而是一个生硬笨拙的漂亮村姑。让我痛苦的是,有一两次我想要她,就像那次圆月满天的夜晚那样地要她,但是她拒绝了我,或者说她破坏了我的雅兴。当时我却认为我理解了。因为,难道我不是听信了她过去的故事和最近她在城市里所受的苦吗?我安慰自己说,她需要时间,而且我认为,在前往城市的长征路上,我会有机会的。我等待……我等待的结果却是自己的脸上挨了重重的一记耳光,在饮腾溢塔美酒的那天晚上,我感到了震惊。足足有一天半的时间,卡雷加在他的屋子里酣睡如泥,我把这整个事情都想了一遍,最终确认我其实十分胆小,优柔寡断。我该采取主动了,我该走出一步了,不管这一步多么小,它都必须让事情动起来。我慢慢地让自己愤怒起来,慢慢地让我自己感觉,在姆佳米和我父亲的问题上,我是被冤枉了的。可是我该怎么办呢?我可以让过去复活、可以把自己连接到过去、将我自己嫁接在历史的花梗上吗?即使那仅是我家族的历史,即使我只是在我家族以外的环境中成长起来的。而且,那枝花梗真的能够生长吗?真的能够生出新的枝芽、真的能够让我成为这伟大的生命复苏中的一部分吗?但是我也知道,我并不想自我承认,我会因万佳的背叛受到很大的影响。我在说服自己，我毕竟从没有想过与她有超过肉体的接触。我太了解她的过去了，以至于我不可能和她那么放松和无拘无束。可是，可是我却想和卡雷加一决高下，而我的行为却让万佳更加离我而去。

在腾溢塔饮酒仪式之后，在我与卡雷加吵架之后，我就观察她。我看到她又发生了一个变化。这是雨后的一种青春、繁茂、郁郁葱葱生长的变化。

让我痛苦的是，这种繁茂的生长我却可望而不可即，我甚至吃不到我该吃的那一部分。

她离我越远，就越把我拉得离她越近，直到几个月之后，她把我的灵魂彻底地缠绕在了她的身上。我毕生黄昏般昏睡的安全和防守被连根砍断，我感到了疼痛，感到从多年沉睡之后醒来，我心脏的动脉和静脉都在滴滴流血。

我是情不自禁了，我开始监视他们，从我眼角的余光观察他们，而我所看到的东西却让我更加后悔，我悔不该那么着急地将他甩出了我的轨道。

一天傍晚，我看到他们一起跑过田野，跌跌撞撞地爬过藤蔓，跳过金黄色的野花，蹚过高高的草地，当他们回来的时候，衣服上前后左右到处都沾满了奶蓟草。他们会常常走过伊乌莫罗格山岭，落日余晖映衬着两个遥远的身影，最后消失在山后，回来时天色已黑或者明月当头。

他们的爱情似乎伴随着这一年的新庄稼而成长。

这件我不能描述的事情，这件我认为绝不会迷住我的事情，此刻却生了根发了芽，并且，很糟糕的是，已经开始绽放花朵。

她裙子的每一次摆动都是朝我内心里挥去的锋利一刀。然而，当我看不到她的裙子时，这把利刃却似乎扎得更深，更锋利。尽管如此，但是当我突然瞥见那摆动的裙子，看到那裙子在阳光下一闪而过,或者是映衬在夜晚凉爽的天空下,我就会感觉那不再是一把利刃,而是一千根细小的绣花针刺入了我的肚腹,刺入了我的肉体。我运目寻觅她的身影。她踩在沙子上的脚步声令我兴奋,她的出现会激起我雷鸣般的心悸,那是对不可能得到东西的渴望。真是折磨人的天使!

见到她成了一种需要。然而见到她又是一种快速的痛苦行为。我真恨我不能自控。我努力用一种平稳的声音和她或者和卡雷加说话,就是为了让我自己相信,我仍能够掌控自己。她为什么来到了伊乌莫罗格?卡雷加为什么来到了伊乌莫罗格?伊乌莫罗格能容纳下我们三个人吗?

我骑车去利穆鲁聘用更多的老师。这次我很幸运,聘到了两位拥有金约戈里哈兰比学校欧美交流项目证书的竞聘者,还有一位没有获得学校证书但是却获得了恩吉尼亚高中的三年级证书。一次就得到了三位新老师。

我匆匆地回来继续我的观察,此时感觉不再那么孤独。

他们依然漫步在伊乌莫罗格的乡间,总是一起在田野里,在山顶上,在平原,他们的爱情在风中怒放,犹如他们两个人都在重新再现他们过去那些断了线的浪漫。第二次机会。他第二次让我痛苦的机会。第一次那是姆佳米。现在是万佳。

我开始在他的教学中挑毛病,看他备课的程度如何,看他讲课的内容,看他给年轻的心灵选用了什么文学教材。但是说真话,所有这些都没什么可挑剔的。

我甚至开始将这件事儿提高到了道德的层面上,当然是在心里说喽,试问:他们这种未婚式的亲密联系对孩子们会产生什么影响呢?

庄稼熟了:新的收割季节到了。

一天下午，我邀请所有老师来到阿卜杜拉的酒吧喝一杯酒。此时是第三学期的期中。

我将大家的闲谈引到了学校和某些课程的教学上，比如历史和公民学等。

"你们看，孩子们的可塑性非常强。他们喜欢模仿。他们把老师的观点当作《圣经》一般的真理。正因为如此，我们才应该认真，你是不是也这样认为呢？"我转向了卡雷加问道。大家都在听着，我感觉到我自己的观点很有力度。

"在哪方面认真呢？"卡雷加问道，他问话的方式，那种装作不知道谈论什么的样子，真的令我恼火。

"在教学方面认真啊。我们教孩子们。比如说政治。宣传。我当然同意这种说法，这种课很有讲头，也不需要怎么准备。"

他没有回答。我越发侃侃而谈起来，用越来越大的权威性和信心把握，淋漓尽致地阐述了我的观点。

"你们看。学生们需要的是事实。再简单不过的事实。需要信息，这样他们就可以通过水平考试。是的，需要的是信息，而不是解释。以后，当他们上高中时，他们就可以学习更为复杂的东西了，我确信这几位先生会支持我的观点的。等到那个时候，他们就能学会如何思考，可以开始解释了。我说，让我们教孩子们事实，而不是向他们宣传关于黑人、关于非洲各族人民等等的东西，因为那是政治，而且他们也知道他们属于哪个民族部落。那是事实，不是宣传。"

我往后靠了靠身子，干了一杯啤酒，自我感觉良好。当然，我说的一些东西是从一份发给所有学校的通告上看到的，那是教育部里一位英国籍的语言及历史巡视员发下来的，他称自己是一位语言、文学和历史方面的科学家，但是那又有什么关系？

　　"我不同意那种方法，"卡雷加开始发表观点，我能看出他有点儿犯难，"我不能接受这种观点，说什么人类的成长期间有这么一个阶段，在这个阶段里，我们只需要知道所谓的事实和信息。人类从出生到死亡，都是一个能思维的动物。他看，他听，他触摸，他嗅闻，他品尝，然后将脑子里所有这些印象进行筛选，最后在他直接的生活经历中得到某个观点。有纯粹的事实吗？当我看你时，我能看到你多少，那取决于我在哪里站着或者坐着，还取决于这屋子里有多少光线，取决于我的视力如何，取决于我脑子里是否还有别的想法和什么方面的想法。我们教的那个从来没有见过大象的七个盲人的故事，确实具有教育意义。看和触摸，确实涉及解释的问题。即使假定有纯粹的事实，那么他们的选择又是怎样的呢？难道这个不涉及解释吗？我们被谴责教给孩子们的那个宣传内容到底是什么呢？当你刚才在讲话时，我觉得非常滑稽，让我想起了储伊。但那又是另一回事儿了。现在，让我们看看不是事实的宣传吧。黑人被压迫这是一个事实。非洲人被运送到世界各地，这是个事实。美国、加拿大、拉丁美洲、西印度群岛、欧洲、印度，世界各地都有非洲人，这是一个事实。非洲是最富饶的大陆之一，非洲拥有无限的机会来复兴和增长，这是一个事实。从红铜、黄金、金刚石、钴到铀，非洲什么矿物还没有被发现过呢？什么农作物没有种植过呢？我们的人民抗击阿拉伯贩奴入侵者，这是一个事实：阿卡姆巴人尽管和阿拉伯人进行象牙交易，但是却顽强地抵抗了他们的侵略，这是一个事实。我们的人民抵抗了欧洲人的侵略，这是个事实：我们和他们寸土必争，岭岭必夺，只是因为他们武器的先进，和我们中间出现的叛徒，我们才战败的。因此，肯尼亚人民拥有一个战斗和抵抗的历史，这是个事实。我们的孩子们必须要看到昨天使我们变得残疾的事情，也要看到今天正在使我们残疾的事情。他们也必须看到昨天塑造我们的事情,因为那些事情会带有创意地将我们塑造成一个新的人类,这个新人类的男男女女们将不害怕和别的土地上的孩子们联起手来,问心无愧地共同投入到一场斗争中,共同抗击那些阻碍我们发展的敌人。

"解放:孩子再小,也不会不考虑这个问题,因为当他恢复、打破,恢复、拒绝,同化并且努力发现自己时,这是他能真正体验自己的唯一方式。我们必须这样教我们的孩子们:恨那些阻碍他们去爱的东西,爱那些能让他们自由去爱的所有东西。"

我从来没有清晰地考虑过这些问题。我能看出,其他人也被他这种新颖的观点和话语背后纯粹的自信迷住了。我感觉很不舒服。我鼓起勇气来进行反击,然而却不知道如何去做。正在这时,万佳曼妙的身影赫然出现在门口。

她的眼睛寻觅到了他的眼睛。与其说是我的眼睛看到了,不如说是我紧张的身体感觉到了,他们的目光交织在一起,一秒钟,两秒钟,然后她才和大家打个招呼。

我不能忍受这种痛苦。

我不能抵御那邪恶的想法。

我骑车去了教育局。

第十章

1

这又是一年的年终。学校已经放假。木尼拉坐在办公室里撰写年度报告和对来年的规划。让他感到震惊的是,他已经在这里工作了五年。明年,学校将具有六个年级的学生,而且是全天教学。约瑟夫的进步最大。他的智商在整体水平之上。即使伊乌莫罗格小学没有通过毕业考试,首次成功地将一个孩子送往任何中学,他也确信,在该校第二次考试上,约瑟夫必将成功晋级,从此终于将伊乌莫罗格全天制小学扎实地画在了全国的地图上。

他关上了办公室的门,来到了外面。伊乌莫罗格乡野一片开阔,因为这又是丰收之后的景象了。那场大旱和那次进城的长征,似乎变成了传奇中的事件。被给予的许诺没有一个变为现实。伊乌莫罗格仍然是共和国某种被遗忘的边塞。就连那些教会的人和警察局局长与警察们也是每隔好几个月才来这里一次。但是莫奇戈确实来过这个学校一两次,他很快就会到阿卜杜拉的酒吧润润嗓子,然后就咒骂一通这该死的道路,再后就消失了。但是有些改进的地方,尤其是设备和建筑方面的改进,确实是他来访的直接结果。他还给他带来了一名老师，所以他们现在一共有五名老师了。

"来饮茶"运动似乎变成了很久、很久以前发生在另一个国度的事情。此时木尼拉想，他或许该回家一趟；但是他想，现在他既然已经知道了姆佳米是如何失去生命的，他怎么去看他的父亲呢？他想，这是无用的推测吧，因为他与他父亲的关系，他与自己过去的关系，以及他的挫败感，所有这些都与姆佳米的死亡没有任何关系。他取出自行车：他想去阿卜杜拉的酒吧痛饮一杯。

正当他欢快地吹着口哨时，他看到了狭窄的小路中央站着的她，几乎是五年前她和他打招呼并且问他滑稽但却充满敌意问题时，所站的地点一样。"噢，是您啊，老奶奶。"他高兴地打招呼，赶紧将车刹住。他此时感觉很好，因为，除了万佳离他而去之外，他几乎恢复了他英雄的地位，他还给孩子们带来了新的老师。从城里回来之后，他曾一度败给了卡雷加，但是现在……他的幸福完美度就只差万佳了。妮娅金娃眼睛看着地面，但是她的声音却清晰地传递了过来。

"那三位新老师，他们已经来好几个月了，是吧？"

"是的，是的。"他有些困惑地回答。

"他们工作得不错。"

"是的，但是为什么有这么一问呢？是孩子们抱怨老师了吗？"

"没有。孩子们说新来的老师也很好。和他们之前来的那两人一样好。是谁派他们来这里的呢？"

"塞里卡力。否则谁给他们开工资呢？"

"老师。为什么，他们为什么用右手给我们的东西，又用左手给拿了回去呢？这样做对孩子们公平吗？"

"我，我不明白。"他说。

"你明白。你只是知道不敢说而已。"

"我真的,真的不懂您这话背后的意思。"

说到这里时,他咳嗽了一声,并且转过了头去。伊乌莫罗格很安静,非常安静。他看见两个孩子在踢"足球",其实是两个黄色的米图拉苹果,两人在比赛看谁往后踢得最远。当我再次朝小路这边看时,那位老太太已经消失了。"就像那次一样。"他默默地想,脑子里在琢磨她说的话。他突然失去了兴致,不想去阿卜杜拉那里喝酒了。他不想再听什么谈论和八卦。他将自行车靠在房墙上。他站在门口,再次向老太太刚才站着的地方看去。他有些怕她,因为她在这一带的声望极高,遭到她的敌视可能意味着某人的受辱和垮台。

想到这儿他心里一惊。过去模式的重复总是让他感到害怕。过去就像是一个暴君,他总是避之唯恐不及。先是妮娅金娃,现在是万佳。接下来他明白了,第一次害怕的冲动有了替代者,那就是他新获得的权力所带来的欣快。

"你从没有学过礼貌待客。"她说,也是在回顾着过去。她坦然地看着他,他摸不清她对他是什么态度。"难道你不请我进屋吗?"

"请进,请进!"他笑得有些尴尬。但是内心里,他却享受着一缕温暖的阳光。

她从墙边拿过来一把折叠椅,打开坐在了上面。她打着一双赤脚,身上穿着一件简单花格的连衣裙。她没有佩戴任何首饰。她的身体发育得似乎更成熟了。她的目光坚定、透澈,再不闪烁着那种邪恶的诱惑。但是她的眼神却仍充满了生气,她率直的目光尽管没有敌意,却令他稍感不舒服。

"要不要来杯茶?"

"我不想喝茶,"她说,"但是我可以喝口水。"

"现在水很充足。"他给她端过来一杯水时,试图开个玩笑。他现在有了一个铝制的水箱,用以储存屋顶上的雨水。这几年来,他的居室也有了改善:椅子比过去多了,新添了一套沙发,用具也多了,书架上的书也更多了。她喝了一口水,然后小心地,几乎是小心翼翼地,将杯子放到了地上。

"你还记得那天晚上的腾溢塔饮酒仪式吗?"她突然问道。

"记得,我记得。怎么了? 很久的事儿了。一年前了。"

"我记得你问我:我为什么要来到伊乌莫罗格?"

"哦,人都有好奇心……但是我们做什么事情都是有原因的。我们不为人知的生活。"

"但是第二次,你一定知道了……我告诉你了……那次大火……那次茶会。"

"你为什么要重提过去呢?"他问道,此时感觉更加不舒服了。接着,他补充说,"我不知道我有没有告诉过你,当时我本人也是刚从那次茶会回来的。"

"是吗? 不管怎么说吧,你并没有告诉我。但是这没有关系。当时你为什么想知道我来这里的原因呢? 我想你说的是第一次。"

"听我说,万佳。你不想告诉我的事情你不必告诉我。我当时一定是因为腾溢塔烈酒上头了的原因才问起的。那东西真有劲儿,我们大概都是酒后吐真言了。"

"但是我要告诉你,"她带着讽刺的微笑说,"我特意来你这里一趟的目的就是为了告诉你,所以我必须告诉你。我告诉过你许多次。我是什么人,我以前是什么人,我从来都没想向你隐瞒过。但是有一件事我确实没有和你说过。我一直都担心我不能生育,担心我不能有孩子。这一直是压在我心头的一块重重的石头。因为不管我们多么忽视怠慢孩子,可是孩子却能让一个酒吧女招待感觉自己是人类。如果你是个母亲,谁也不会剥夺你这个权利。我努力过。我甚至去过蒂奇欧巴拉巴纳那里。他用草药治疗名气很大,尤其是关于妇科疾病和生育方面的疾病……"

"请原谅,"木尼拉打断了她的话,"我想你告诉过我,你告诉过我你曾经有个孩子,你曾经怀过孕。"

"是这样的。"她眼睛看着地面很久,咬着下嘴唇似乎是让自己坚强些。

"孩子死了,"她说,顿了下又继续说道,"但是其实是那之后很久了,我才发现我自己有这个需要。我必须说,即使我还在上中学的时候,只要一见到孩子,我就会心跳加快,那是一种渴望的快乐,我就想为他们做些事情。这种需要变得更强烈了。所以我就来到了这里。来见我的奶奶。首先认真地考察我父亲是在哪里出生的,再就是来咨询。奶奶把我领到了穆瓦迪那里……"

"可是他们说,不到一定年龄的人他是不见的。"

"那倒是。他们让我站在外面。那院子很大,四周是一圈儿带刺儿的荨麻和海棠果树篱。当我进去时,我只听到他的声音。他问了我几个问题。现在我不想细说了。但是他劝我在某一天,在新月下,在旷野中。我没有听懂他的指令。反正我不相信什么月亮学说。其余的你都知道了。那就是我的一生。那就是我的不幸。我接受了。"

"你为什么要告诉我这个?"他有些痛苦地问道。这么说,当时她只是在利用他,按照江湖医生的说法做什么实验?

"因为我想让你明白,伊乌莫罗格对我意味着什么,卡雷加对我意味着什么。我告诉你这个请你不要受伤,我和大多数男人相处都是有目的的。我喜欢友谊这没错。但是我知道,最初我那么做,是要忘却我以前的关系。忘却那伤疤。后来,我都是怀有这一希望……有时候我只和已婚男人交朋友,只和那些有孩子的男人交朋友。相信我,那种滋味一直都是很孤独的。即使和你在一起,我也在希望,但是却没有成功。和他在一起却不一样了。我想要他。我真的想要他。我就是他的。有生以来第一次,我感觉被需要了……感觉是一个人了……再不觉得耻辱……堕落……被人践踏……你懂吗? 这是可遇而不可求的:对于一个女人来说,这是第二次机会,她是一个人了,不再需要什么'除了这个之外'或者'除了那个之外'等等前缀……再没有羞愧。他唤醒了我已经窒息的女性,我少女的身份,我感觉我就要含苞待放……"

她停了下来,眼睛却坚定地盯着他。她的眼神在闪耀。在她这种赤裸裸、疯狂挑战的目光下,他感觉更加不舒服。这目光中有一种可怕的美丽……母狮子的那种美丽。

"我之所以告诉你所有这些,木尼拉,是因为我知道是你让卡雷加倒下的,是你让他丢掉这份工作的。"

他刚要说些什么,刚要做出某种弱弱的反驳,把责任归咎于莫奇戈,但是她却继续说了下去,而且抬高了嗓门:

"我需要他回到这个学校里。我要他回来,我们都要他回来继续教我们的孩子。不管你做什么,他都不能离开伊乌莫罗格。你看着办……木尼拉……我可是个不好惹的女人……有人得付出代价,或是现在,或是以后。我要让你明白:结果将是……我不知道具体会怎样……但是,假如他没有了好下场,那么你或者莫奇戈,或者你们两个人都……"

她站起身来,很快地走出了屋子,似乎她害怕她的努力和言语会将她窒息,或者让她的双腿走不动步。但是对于戈弗雷·木尼拉来说,她的这番话却不祥地停留在空中,他之后很久都不会忘记那个声音里所蕴藏的力量,她身体的美丽,她心中那份承诺的纯洁,她愤怒眼神中的那种月光般光辉,所有这些,在那一刻,都终于并且危险地将他与她永远地捆绑在了一起。"我迷失了……我们都迷失了……但是她却……她一定是……眼神狂怒的母狮子。"

他知道她已经征服了他。但是他也知道,关于卡雷加丢掉了工作这件事儿,他现在什么也做不了。覆水难收了……而且那就是因为你,我的月光母狮子,他自言自语地说。

2

现在只求上帝帮助我吧,别让他走了,万佳望着平原对面远处的东岳山,自己在喃喃自语。离山顶不远的天空,两片飘浮的白云组成了两个形状,很像瘦骨嶙峋的嘴巴,正在往外吐薄雾和光芒。两张嘴巴越来越小,直到消失融为一根飘动的黑蓝色的羊毛。她跟着羊毛缓慢的飘动向前移动,试图寻找上帝留下的指印。这样,她就可以不去思考他们目前的使命。但是这个想法却是挥之不去:如果他离开伊乌莫罗格……如果他离开伊乌莫罗格……那她也得离开。她打了一个冷战:此刻她真的害怕在这乡村之外的世界她会遭遇到什么。她已经把她的过去甩到了身后:就让那过去留在那里吧,留在伊乌莫罗格的城墙之外吧。但是在伊乌莫罗格这里,没有了他,她能做什么呢?跟他去……一想到这里之外的世界,她不禁又打了个寒战。我的伤疤……留在这里却没有……

"你可以在我的店里打工,"阿卜杜拉再次向卡雷加发出邀请,"我们可以成为全面的合作伙伴。"他感到自己这个小店十分羸弱,它能够容纳下他们这些人吗?这却是他的全部资产了。

万佳看着阿卜杜拉，想起了五年前他曾给予她的同样邀请。在四周一片寂静中，在这庄重严肃的场合，这些话语，连同伊乌莫罗格山上的一阵凉风，使她的身体绷得很紧，这个建议听起来滑稽，她很想笑出来。听上去很怪，甚至轻率，但是她却知道这句话背后的情感。

卡雷加听到了这些话，却没有听懂其中的意思。因为他知道而且也认为，他们大家都能够看到，在伊乌莫罗格再也没有他能够做的事情了，根本没有了。木尼拉和教育视察员对他的处理给他带来了悲愤和怨恨，此刻他对周围所有事情的第一反应，除了悲愤和怨恨之外，没有别的。他就是不明白，将他从这个开始给予他生命和意义的岗位上就这么粗暴地给开除了，这背后的原因到底是什么呢？在给孩子们讲课时，他感到了一种职业使命，那是每天都能与他内心深处的自我进行对话的使命，因为他也在努力理解孩子们，在努力地理解这个塑造他们的未来和他们生活机遇的世界。他已经开始怀疑作为人民彻底解放工具的那种正式的教育，但是他还没有准备好要离开，还没有准备好要去闯荡伊乌莫罗格学校以外的世界。毕竟他的第一次探险让他进了监狱。但是现在怎么办？再回到马路边向游客们兜售羊皮、李子和梨吗？难道他的一生仅仅是一条漫长的小路，其间充满了欲望和梦想的挫折，只不过偶尔掺进了某些冒险，比如来到诸如伊乌莫罗格这类的地方？他只是在寻觅，只是在追求真理、美丽和理解，他怎么会干扰了另一个人的和平和舒适？木尼拉怎么会这样对待他？因为卡雷加并不接受木尼拉对妹妹死亡和父亲失去耳朵的那种公然的关切。他并不知情木尼拉喜欢万佳。而且，即使他知情，他也不会理解。他还太年轻。他少不更事。他还不知道，那些怀疑是需要认可的激情来压抑的，如果没有得到压抑，那些怀疑可以让中年人狠下毒手，以期由他自己来证明、来自信,自己并没有真的失败。难道弗里兹－基尔比勋爵不是带着枪炮和火药跟着他那位优美的夫人来到非洲的吗?而那些枪炮和火药最初只是为了对付原住居民和动物的。所以,卡雷加只能认为木尼拉的这种复仇行为背后并没有什么动机。不过,关于木尼拉他还是想不明白:在他的思想背后,不管这思想是恶意的还是善意的,是公正的还是不公正的,他仍然感到一种尴尬,一种空空的期待滞胀感,和当年他们的英雄储伊来到希里阿纳并努力战胜弗劳德夏姆时他的感觉一样。好吧……演员们……英雄们……相信人民有什么意义呢?他这是找错了英雄,或者说,他是到了一个不可能找到演员和英雄的地方,来寻找演员和英雄了。所以,在那个绝望的时刻,他几乎犯了一个致命的错误:他几乎失去了对人民的信任,几乎不相信,在一个人民每天都在为面包和饮用水而挣扎的世界里,还会存在着真理、美丽和理想。但是,当他突然感觉自己已经步入一种万劫不复之地时,他却听到了万佳和阿卜杜拉叫他的声音。阿卜杜拉邀请他做自己的生意伙伴,其声音里的那种真情关切令他感动。他转向了阿卜杜拉:

"说真的,你为什么来到了伊乌莫罗格呢?"他问他。

这是阿卜杜拉避之而唯恐不及的问题,然而这也并非是他意外之举:难道他不也曾问过自己好几次吗?他看着太阳逐渐落下了远处的东岳山,他伸手打了一只在他耳朵旁嗡嗡叫的苍蝇。

"我被捕之后被送到了曼亚尼拘留营。我是最后一批被释放的。那是在独立的前夜,因此,你可以想象,对于我来说,那是充满了情感、记忆和希望的。我对自己说,如果恩丁古里和奥尔·马赛等所有人都在这里看到这一切,那该多好啊!信仰之花在绽放……集体艰苦斗争的至高荣耀。现在将要发生变化了。我再也不用看着白人嘲笑我们努力的那张脸了。再也不用听那个印度人的满口脏话了……库曼约克……他也得滚蛋了。工厂、茶园和咖啡园都将属于我们了。属于我们肯尼亚人民了。我记得所有那些每天都阻挠我们斗争的人。我记得所有那些叛徒:那些为亨德森工作的人。主说,复仇在我,但是我管不了那么多了,我不介意帮助主做一点儿复仇工作,至少铲除那些寄生虫……那些同流合污者。这一次,我不禁怀着胜利的期待唱了起来:

> 你们这些黑人的叛徒,手中徒有矛戟,
>
> 当大地的勇敢者返回故里,
>
> 一路宣传我们斗争的辉煌和胜利,
>
> 你们还能逃到哪里?
>
> 我们没有害怕暴雨
>
> 我们没有害怕死亡
>
> 我们没有害怕恐怖的狮子
>
> 我们没有害怕寒风的凛冽来袭
>
> 我们没有害怕帝国主义分子
>
> 因为我们知道
>
> 肯尼亚是我们黑人的国家土地。

"那之后的几个星期乃至几个月的时间里,我都一直满怀期待地唱着这首歌。

"我等待着土地改革和重新分配。

"我等待着工作。

"我等待着吉玛蒂雕像的竖起,以此悼念牺牲的勇士。

"我等待着。

"我对自己说:让我把我的一亩地卖掉一半儿吧。我卖掉了一半儿,用这笔钱买来了一头驴和一辆车子。我在市场上给人拉货。驴子不喝汽油或者煤油。

"我仍在等待。

"我听说他们正在发放贷款,让人们去买断欧洲人的农场。我不明白我为什么要去买那些已经被人民的鲜血买下来的土地。尽管如此,我还是去了那里。他们告诉我:这是新肯尼亚。没有免费的东西。没有钱你买不了土地;而没有土地和财产,你又不能获得贷款来开始做生意或者购买土地。这不合乎情理。因为当我们战斗时,难道我们要求了只有那些拥有财产的人才应该打仗吗?

"我说,也许,也许……这是一个总体的规划……

"我等待着。

"我想好吧,我可以成为哑巴。我可以成为聋子。我观看着事情的发展。看着各种事件的发生。我看到黑人与黑人之间的关系愈加趋于紧张。紧张的关系还出现在这个社区和那个社区之间。存在于地区之间。甚至存在于这个山岭和那个山岭之间,存在于这个家庭和那个家庭之间。这时我就想起了我们的斗争,我们的战斗,我们的歌曲:因为,我的这条断腿不就是战争的记忆吗?我说:为什么发生了这种和那种现象?为什么我们人民之间发生了这样的矛盾?此刻的白种人,难道他不会笑啊笑,直到像故事里面讲的那个虱子一样,他的鼻子笑得断裂成了两半吗?

"我说:关于死者,为什么人们都这么安静?关于这场运动,为什么人们都这么安静?

"我说:让我逐个到所有的办事处去询问。我要回到我之前工作过的那个工厂。我只需要有一份工作。"

"我到了一个办事处。

"哦,我就说:我只需要一份工作。

"他们说:一个瘸子也要工作?

"我说:瘸子怎么了？瘸子不也得吃饭吗？

"他们相互看了看。

"他们说:有耳朵的人都应该听到,有眼睛的人都应该看到。

"这是新肯尼亚。

"没有免费的东西。

"空手套白狼可没门儿!

"如果你想要免费的东西,那你该去坦桑尼亚或者中国。

"我悲愤地笑了出来。因为,即使我去坦桑尼亚或者去中国,我也得需要路费啊。

"我困惑无比地站在办事处的外面。我正在叫天天不应,叫地地不灵的时候,我看到一个身穿黑色西装的人从一辆奔驰车上下来,走进了办事处。所有的工作人员都立即站起身来,满脸堆笑地迎接他……"

阿卜杜拉若有所思地停了下来。他伸手挥打一只在他左耳朵边上嗡嗡叫的苍蝇。接着,他似乎忘却了这码事儿,目光继续望过大平原,茫然地凝视着远方。

"我的朋友们……今天,不会有什么事情令我惊讶了。木尼拉曾经是你的老师。他本人也是被希里阿纳学校所开除的。和你一样。现在,因为一点儿个人恩怨,他让你丢了教书的这个饭碗,你却纳闷儿得不得了。你觉得我会惊讶吗?明天,我的朋友们,明天,你们也会背叛我。我不会哭泣。甚至约瑟夫都会欺负我,可是我不会哭泣。但是当那天到来时会怎么样呢?我将会对你们说什么呢?说我没有被感动过?我究竟能告诉你们什么呢?除了说……除了说,说所有的惊讶我都吃过了,再不会感到惊讶了。

"走进办事处的那个人就是出卖了我和恩丁古里的那个家伙。后来我了解到,他和那家公司签有合同,负责将该公司的货物运往各地。当他走进去之后,那里的工作人员都在说:自由真的来到了。在国家独立之前,除了作为劳动者之外,非洲人都不许碰该公司的货物。现在,基莫里亚先生经手着价值数百万的货物!

"我像钉子似的站在那里一动不动。这么说,基莫里亚正在吃着自由的胜利果实!

"我回到了村子里,将剩下的半亩地也卖掉了。我把仅有的几条毯子收拾好,赶着驴车,跟着太阳,四处游荡。我想走到乡村最深最深的腹地,这样,我就永远不要想起我曾被人出卖的痛苦。

"你可以称这为逃跑行为。

"但是那时,我的精神已经死过一次了:只是最近,我的血液才开始在我的血管里流动。啊! 这个该死的苍蝇!"

他突然开始拍打苍蝇,没有打中苍蝇,却打在了自己的脸上,随着嘴里嘟囔了一句什么。然后,他转向了卡雷加,说:

"正是因为这个原因,我才让你别走。因为,若是走,你能去哪儿呢? 留在这里种地吧。买一小块地,像万佳那样在这里种庄稼。或许一两颗庄稼会发芽呢,或许会结出一两个果实呢!"

他们听到万佳抽噎起来。他们转过身去看她。

"怎么了? 怎么回事儿?"阿卜杜拉问道。这时他想起来,是因为卡雷加就要离开这里了,也许……

"你刚才说基莫里亚?"

"是的。"

"他出卖了你?"

"是的。"

"他额头上是不是有一小块伤疤?"

"是的。"

"那就是他了。"

"谁？你在说什么？"卡雷加问她。

"就是他引诱我离开家的，"她说，"他自己称自己是：霍金斯·基莫里亚。"

他们都互相看了看。卡雷加感觉自己的嗓子哽住了。

"他，也是他！"他痛苦地说了出来，因为他也想起来，自己的哥哥也是被那家伙出卖的。

"是的，是的。只不过工人们称呼他为霍金斯先生。"万佳说，这时想起了在前往大都市的长征途中，她遭受到基莫里亚的最后一次磨难。

卡雷加另外还感觉到了一种痛苦：这么说，他一直在和杀他哥哥的凶手的女人在睡觉吗？

阿卜杜拉被他们的话弄得有些糊涂。这时，万佳告诉了他，在蓝山扣留她、恩巨古纳和卡雷加的那个人也是基莫里亚！

可是，还没等万佳和卡雷加回答更多的问题来平息阿卜杜拉的惊讶，他们就突然听到了空中的一阵轰鸣声。他们以为天在打雷。最初轰鸣声从远处响起，随后变得越来越震耳欲聋。是一架飞机。飞机低低地掠过了他们的头顶，在空中盘旋了几圈儿，似乎在寻找丢失在空中的什么东西。飞机一会儿离他们很近，一会儿又飞向平原的远端，然后在空中再兜一个圈子。这时，他们听到飞机的轰鸣声突然停止了。飞机又兜了回来，然后又快速地飞走。咕噜咕噜，呜呜呜，嗡嗡嗡，然后所有声音都彻底停了下来，飞机直接朝着他们飞过来。这飞机出毛病了。他们站起身来。飞机在他们头顶上停留了片刻，然后就直接朝他们俯冲下来。此刻他们意识到，飞机即将朝着他们摔过来。他们被恐惧所震慑，万佳紧紧地抓住卡雷加，发出了悲鸣。上帝啊！上帝啊！阿卜杜拉喊道：趴下！趴下！赶紧趴下！

他们紧紧地匍匐在地面,听着飞机在空中飞速冲过来,差一点撞到他们。在离他们半英里的地方,飞机强行着陆。

"好悬!几乎把我们的脑袋削掉。"卡雷加说。他们胡乱地爬起来,朝着飞机降落的地方走去。

飞机是安全着陆的。一个身穿卡其衬衫和裤子的欧洲人和三个穿着类似服饰的非洲人双手叉腰,站在离飞机几步远的地方,在审视着飞机并庆幸着自己的好运气。

"哎呀!这是一架小型飞机,"万佳叫道,"就像我们在威尔逊机场看到的那些飞机一样。"

他们绕着飞机走了一圈儿。离他们几步远的阿卜杜拉发出了一声痛苦的呻吟:"我的另一条腿,我的另一条腿啊!"卡雷加和万佳赶紧来到他的身边。他们相互看了一眼,但是都不知道说什么好。

没出一个小时,飞机迫降的消息就传遍了远近的各处山岭和村寨。人们成百成百地蜂拥过来围观。后来,即使天黑了下来,人们仍然举着灯笼火把长途跋涉过来看飞机。

他们把飞机当成了俘虏,里里外外、密密麻麻将飞机围了个水泄不通,对飞机的每一个部位都仔细地观察并且品头论足,感觉犹如是自己的力量将飞机给弄了下来。

这一天,这两天,这两个星期,都成了喜庆的节日,远近的学校租用了卡车将好奇的孩子们送到了这里,来观看这匹长着翅膀的飞马。最近刚来到这里警察局的两名警察过来守卫这架飞机。

是万佳将阿卜杜拉从痛苦的回忆中拉了回来。

"这事儿我想过了。但是这个主意其实是我昨天晚上才想起来的。我们不要向悲伤和绝望低头。这个节日看样子还要持续好几天。甚至好几个星期。这些人得需要吃的。我们做食品来卖吧。再来点儿腾溢塔就着食品下肚……还有……我们各自也可以借酒消愁。"

这主意很简单,而且又很漂亮! 阿卜杜拉感觉这个主意、这个想法太有创意了! 如果说塔斯克啤酒卖得很好,腾溢塔为什么不能呢? 而且腾溢塔更便宜,酿制更简单。如果全共和国各地的夜总会可以销售"香佳""基露露"和"步酒",为什么伊乌莫罗格不能销售自己的腾溢塔呢?

顷刻间又成功了一把! 到这个周末,人们来这里不仅是为了观看飞机,而且也是为了来品尝一下腾溢塔。腾溢塔顿时名声大振,说它能够治愈女性的不孕不育,亦能够恢复年老男人的雄风,简直传得神乎其神。

舞蹈团体应运而生;饮酒聚会纷至沓来:一夜间,伊乌莫罗格的名声传遍了远近的山岭,唱响了整个大平原,而往昔的平原上,只有牧民和上了年纪的农民才游荡其中,对着土地和象草哼唱,抬头望天期盼太阳和雨露。

伊乌莫罗格再次成为全国性的新闻。恩德里·瓦·里艾拉被任命为一个由政府官员和航空专家组成的委员会中的一员,他们一起负责调查并报告这起飞机坠落的原因。一条关于这个委员会人员构成的新闻,不仅刊登在了所有的报纸上,而且出现在了广播中。一家报纸刊载了一篇附有这架飞机和在场人群照片的特写:

"上个星期,一架四座的飞机载着一组勘测人员和测光师,坠落在赤利区的一个农牧小村伊乌莫罗格,现在,该架飞机不仅成为政府的一个委员会的调查对象,而且成为该地区的一种奇怪异教的主题。因为新的'横贯非洲公路'项目预计很快将路经这一地区,所以这架飞机在执行一项航拍勘测任务。而这项筑路项目反过来也会影响整个地区的小麦和牧场开发计划。

"沿着这些线路加速开发,是两年前被派到伊乌莫罗格的一组专家所准备的一份秘密报告中的主要内容,究其原因,是因为当时发生的一场旱灾和饥荒威胁到了数千人的生命。同时,由于该地区精力充沛的议员,非洲人格和黑人真实文化的伟大倡导者,全国卡姆温文化组织的领导人之一,尊敬的恩德里·瓦·里艾拉先生的不懈努力,伊乌莫罗格也被视作一个极具潜力的旅游目的地。

"总之,我给这位议员带来了好消息。

"游客们已经开始川流不息地拥入这一地区。

"也许他们没有美元在身。但是他们却从四面八方带来了一毛一角的硬币。所有这一切,归根结底都是因为这架飞机。即使这架飞机被运走之后,这史无前例的参观人群有可能还要继续下去。

"因为现在它成了一种异教的主题。这种异教与一种传说中的地球上神秘的动物有关。据说,这只动物将给这一地区带来力量和光明。他们说,真正将那架飞机弄下来的,正是那只动物。

"人群围绕着飞机载歌载舞。他们边唱歌,边喝着一种叫作腾溢塔的奇怪的混合液体,据报道,这种饮品能够让不孕妇女怀孕,能够让疲软的男人雄风再现。腾溢塔代表着力量。一些人产生迷幻感觉:他们说自己看见了一种幻象,说飞机以及其他物体的后面追着那只奇怪的地球动物,口中吐着火焰和光芒……"

但是对于万佳、阿卜杜拉、罗洛、恩巨古纳、妮娅金娃以及伊乌莫罗格全日制小学的学生们来说,最大的话题与其说是那架飞机,或者那些蜂拥而至的观光人群,或者食品和饮料销售的激增,不如说是阿卜杜拉那头驴的死亡,即这次飞机坠落事件中唯一的遇难者,和卡雷加离开了伊乌莫罗格。

卷四：再一次……斗争要继续下去！

那些年轻小伙子的尸体

那些绞刑架上挂着的烈士

那些被灰色铅弹射穿的心

他们似乎都冰冷而且静止

然而他们却生活在别处

永远不死，充满生机

他们生活在其他小伙子中间，噢，是国王们！

他们生活在兄弟们中间，再次准备好来抗拒你！

                        ——沃尔特·惠特曼

如果我们是兄弟，这不是我们的过错或者责任

但如果我们是同志，这就是一场政治战斗。

……同志加兄弟那是最好不过。

                        ——阿米尔卡·卡布拉尔

第十一章

1

公正地说，将内罗毕和伊乌莫罗格与我们大陆许多城市连接在一起的"横贯非洲公路"，是非洲大陆上有史以来最著名的公路之一。这条公路是对那些过来人的一种象征性的献礼，尽管这份献礼并非是其初衷。那些过来人目睹了号称文明的犯罪、背叛和贪婪所带来的可怕的破坏，也目睹了由手掌干裂、指甲断裂和心里流血的劳动者所掀起的抵抗运动，他们发出了自己梦想幻觉的声音，不顾讥讽怀疑，不顾指责疯狂、指责求长生不老术和暴君永久的傲慢。他们看到，他们抵抗运动的弱点，与其说是缺少意志或者决心或者武器，不如说非洲人太过于宽容而被分裂成了不同的区域、不同的语言和方言，太过于迁就原来殖民主义主人的意愿了，因此他们就喊道：非洲必须团结起来。

诺里威的查卡再生吧！海地的杜桑·卢维杜尔再生吧！"鹰隼眼睛"的夸瓦姆再生吧！还有，让瓦·赤乌里的儿子吉玛蒂永生吧！

当然，有些人很害怕这种灼热刺痛的前景，因为他们感觉，不假思索地重复主人说的话语更有自信些:先修路,再计划生育,如此等等的实际需要,可行的目标,贸易……其余的都是腾溢塔酒鬼们的梦想了。所以,这条路就建了,与其说是给这个大陆的前景增加内容和现实感,不如说是表明,我们是准备好了相信国外一位现实主义者实用的建议。这位大师曾经巧妙地设计了众多的藩属封地,也疯狂地反对过非洲的团结,此刻他却拍手点头,愿意贷出钱来支付进口技术和设备的费用。因此,这条路偏离了团结统一非洲的前景,淡化了非洲人民集体斗争的内涵,仅仅是把陆地表面给团结了起来;现在,非洲大陆的所有地方都成了国际资本主义掠夺和剥削轻易进嘴的肥肉。这就是实用的团结。

好吧,好吧……此刻我们光说这条路了,这个美好远景的一部分是实现了,这是其美丽的一部分,然而,至于说空谈和许诺不兑现,这条路也是一个见证。

人们,也就是新伊乌莫罗格的居民们,常常坐在路边观看一家石油公司赞助的汽车比赛,看着选手们驾驶着汽车轰鸣怒吼、声嘶力竭地越过中部非洲的七个城市,他们就默默地想,为了那么几个银元,人怎么会以机械化自杀团队的方式作死呢? 他们还看到重型的油罐车压着柏油路面唏哧作响,排着长队从面前驶过,去为千万台饥渴的机器和发动机填充燃料,这时他们就嘟囔着说:在这条路修建之前,在这只地球动物出现之前,我们是生活在新耶路撒冷吗? 他们左右摇着头,心中知道答案,但是却秘而不宣;除非发生奇迹,他们都要等待走妮娅金娃所走过的路:

也许这也算不错

但是

小孩子们!

　　小男孩儿们和小女孩们却不受老年人们的那种记忆与怀疑、困惑与绝望的烦扰,在路边的缓坡上蹦蹦跳跳,并且努力地拼出油罐车边上除了"危险"之外其他的名字:伦罗集团(伦敦与罗得西亚矿业及土地有限公司)、壳牌石油公司、埃索石油公司、道达尔、阿吉普石油公司。他们尖声地歌唱着这条路,认为这条路一定会将他们带到非洲的所有城市,与其他国家的孩子们拉起手来。非洲,他们的非洲!

　　　　越过泥土

　　　　越过柏油

　　　　越过空气

　　　　从卢旺达到内罗毕

　　　　从莫桑比克到开罗

　　　　从达尔到利比亚

　　　　我们相互帮助

　　他们不停地唱着,只是偶尔将非洲城市的名字变换一下。非洲,他们的非洲!

　　好吧,这就是孩子们仍然在歌颂的梦想。这是有远见的人和信仰者的梦想,是所有保持信念的追求者的梦想。

　　但愿永远是这样。

　　永远是这样。这样非常美妙。

　　我们伊乌莫罗格的人民如是说:这条路给我们带来了一座新的城镇,一下子把我们弹射到了现代社会。新伊乌莫罗格。新耶路撒冷。这有关系吗? 我们都将走,都即将走妮娅金娃所走过的路。

　　但是孩子们将怎样呢?

噢,是的,孩子们的歌声。我们的孩子们!

伊乌莫罗格如何从一个被遗忘的小村子突然崛起,成为一座钢筋混凝土和光鲜玻璃建筑并且拥有一两家霓虹灯夜总会的无计划发展的城镇,这已经成为我们时代的一个传奇。已经被编进了歌曲:现实与虚构,混合在丰富的想象力当中。你无论如何也要听阿卜杜拉唱这首歌,等他喝了一两杯酒之后,或者是当他在出售橙子时,他就会唱起,在坎耶基伊尼车库,飞机被修理好并飞走了之后,伊乌莫罗格是如何神奇般地突然崛起。

> 我来唱一首一座小镇的歌
> 唱一首万佳开始传奇的歌:
> 她如何将一个肮脏渺小的村落
> 变成了腾溢塔佳酿的小镇一座。
> 我记得当她最初来到伊乌莫罗格,
> 我说:那个来让我心情沉重,
> 让我的村子心情沉重的少女,
> 她是谁?
> 现在,你们这帮嚼舌头的家伙
> 睁开眼睛四处看一看
> 看她的勤劳所带来的收获。
> 我们向你致敬,万佳·卡西伊,
> 我们用呜呜长调向你致敬。
> 谁说的一个家庭里只有男孩儿
> 才配得上享用大宴上公羊的头?
> 你的美丽不是把飞机给弄到了地上吗?
> 你吹的一口气不是给我们带来了一座城市?

　　这座城镇！我们怎么会知道,万佳给阿卜杜拉的商店增添了一项业务,却开创了一番伟业? 即便我们看到人们不顾长途跋涉来到这里,仅仅是为了吃上一顿烤羊肉,再美美地享受一杯腾溢塔佳酿,我们仍以为那只是一种暂时的繁荣,以为是那架飞机坠落所带来的某种奇迹所致。

　　一个月之后,我们目睹了更为神奇的事情。勘测人员拖着叮当作响的金属链子来到这里,在地里插上了红色的木签。就像许多年前来的那拨人一样。但是这次很快又接踵而至许多履带式重型车辆,还有一支欢呼雀跃的由各民族组成的工人队伍。我们围住他们,听他们唱些荒谬的劳动号子:

> 我的父亲很勇敢,恩亚姆巴·亚·阿瓦,
>
> 吃饱了肚子好干活儿,维拉·尼·恩达,
>
> 人不能被劳动吃掉,瓦诺拉嘎呜呜?
>
> 除非他是带着空肚子把活儿干。
>
> 我抡起大镐来刨土
>
> 我甩起铁锨来挖土!
>
> 很久以前我们唯一的路是林间的小路
>
> 你听到空中的鸟儿在说唱它吗?
>
> 这条路
>
> 嘎——伊——基亚恩古
>
> 瓦——希伊——库
>
> 这条路
>
> 嘎——伊——基亚恩古
>
> 瓦——希伊——库
>
> 这条路
>
> 嘎——伊——基亚恩古

瓦——希伊——库

阿卜杜拉的地方,或者说,万佳的地方,成为人们交谈的中心:
筑路工人们来这里喝酒吃烤肉,并且谈天说地。伊乌莫罗格集市,
从前都是根据需要,是一种时有时无的小集市,现在则是每天都盛
装出场了,这厢边,女人们在这里卖洋葱、土豆、玉米和鸡蛋,那厢
边,那些陌生男人边喝酒边讲故事,边用撩拨的眼神看着她们。我
们问:东岳山那边很远很远的地方是什么样子?这些履带式重型
车、D4型和D8型,是否要以同样攻无不克的力量,也把地平线以
外的地方挖出路来呢?建筑工程部的那些人所说的事情:这条路
将通往扎伊尔和尼日利亚,并且穿越红海连接到白人的地方,这是
真的吗?这时,筑路工人们就会抬高了嗓门儿,压住那些挖土机的
轰鸣声:

> 阿卡姆巴兄弟是这样唱的:
> 屋顶掀翻尘土扬起
> 噢噢穆图米亚·瓦·基贝蒂——伊伊伊
> 让我们全力以赴把活儿干起
> 穆图米亚·瓦·基贝蒂——伊伊伊
> 孩子们等待看我们把路修起
> 穆图米亚·瓦·基贝蒂——伊伊伊
> 让我们加劲儿干吧
> 穆图米亚·瓦·基贝蒂——伊伊伊
> 我们是开路先锋
> 这是好事儿?
> 还是坏事儿?
> 两个都是的。

姆瓦纳·瓦·加西姆比利——伊

　　这些重型推土机在泥土里嘶叫、怒吼地来回蹚着路,清理掉灌木和草丛,偶尔也将拦在路上的茅屋草舍夷为平地。

　　我们就一直这么站着,观看着那些重型推土机怒嚎着向穆瓦迪的房舍撞去。我们说:这不可能吧。但是那些大家伙仍然朝着房子撞去。我们说:它们将被穆瓦迪的烈火烧成灰烬。你就等着吧。你就等着吧。但是那辆重型推土机连根拔起了篱笆墙,接着它又撞向了第一所茅屋,将其撞倒,我们都屏住了呼吸,等待着推土机被炸掉。即使当美国人登上了月亮,我们都以为地球会颤抖或者什么的,可那时我们都没有像现在看到穆瓦迪的房子被夷为平地时这样害怕过。两所茅屋被推倒了。可是穆瓦迪在哪儿呢?没有穆瓦迪啊? 他一定是消失了,我们说,我们都等待他回来复仇。也许他从来都没有在过那里,我们说,而有可能出手相助的那位长者穆图利,这时面对着这种亵渎的行为,竟突然变得又聋又哑。但是推土机所翻出来的东西却让这些工人停下了手里的活儿,他们打电话给内罗毕,那边立即派人带着书籍、照相机和各种测量仪器赶到这里。穆瓦迪是一位守护神——他一直守护在古代文物的旁边:指环,金属器皿,长矛,熔炼制品,等等。这里圈起了一道铁丝网,后来又竖起了一个很大的标记:伊乌莫罗格考古遗址。穆瓦迪的神力还是显灵了。公路避开了这处遗址。可是穆瓦迪是谁呢? 我们不断地在问这个问题。这个事件之后不久,穆图利就离开了人世,随他而去的还有伊乌莫罗格守护神的秘密。现在,这座守护神的遗址只是那些对过去好奇的人才感兴趣的地方,他们甚至在考究着远在东部非洲与中国和东印度群岛通商之前的历史。

　　当这条公路继续往前延伸,穿越了平原和群山很远之后,当筑路工人拔寨易地很久之后,阿卜杜拉的生意仍不断地在发展着,成为使用这条柏油公路的重型卡车和汽车的"停车点"。司机和副驾驶们会经常在这里过夜,喝上一杯腾溢塔,产生一点儿印度大麻的感觉过过瘾!

阿卜杜拉和万佳又增添了一些新的经营项目。现在这里有了一个商店,一个肉食店,一个酒吧,一个兼作舞厅的啤酒厅,还有五间客房,那些需要在这里过夜的人可以留宿在这里,但是要付费。

商店。肉食店。酒吧。住宿。所有这一切的发生似乎都是根据某个看不见的预先计划进行着。

即使这时,我们还是认为,这只是一种临时性的产物,这种异类的产物会很快消失,之后,仍然会把我们送回到飞机坠落之前的日子里。

但是这条路,这是我们的路。

我们怀着自豪却又模糊的期待心情,为这条公路的伊乌莫罗格段的通车仪式做准备。天啊!政府的一位部长将来伊乌莫罗格为通车剪彩!我们这辈子都没有见到过什么部长。我们都来帮助打扫阿卜杜拉的营业中心。增添了新老师的学校还组织了合唱队。

结果,没有什么部长来这里:这并不是什么通车典礼,而是由恩德里·瓦·里艾拉和他的两个助手,很早以前曾经来过我们村子的"大肚子"和"昆虫",陪同一组政府高官的一次视察。恩德里给我们讲了话,并对给大家造成的不便和不切实际的期望表示了道歉。但是,他说的话却足以安抚我们没有看到一名真正部长的失望心情。他谈到了卡姆温文化组织,并说,如果人们听他的忠告,这个组织可以为这一地区做很多的事情。

他开始论证国会议员的功过是非,说评判议员的唯一标准,就是看他给一个地区带来了什么样的发展,并且还要带来什么样的发展。他,恩德里,通过修建一条通过伊乌莫罗格的公路,已经做到了这一点。现在,人们再也不用赶着驴车,像从前那样,在干巴巴和危险的平原上走好几英里的路程了;现在有了出租车,有了公共汽车和大货车。这条路还给这一地区带来了商业:公路两旁接连建起了小型的购物中心。为了避免贫民窟式的茅草屋的泛滥,他提议(那些规划确实在进行当中)赤利县政务委员会在伊乌莫罗格修建一座设计精良、带有下水道系统的购物中心。当然,为了达到这个目的,得从农民手里征下来几亩地,但是县政务委员会会支付足够的补偿。由于他与中央政府的交涉和博弈,最终决定,整个这一地区将发展成为牧场和小麦种植地。还要建立一个旅游中心,和一个野生动物保护区,这个野生动物保护区将要圈起来,牧民将不得入内。不管是牧民还是普通的农民,都将获得贷款来开发自己的土地和牧场。但是首先,人们必须给自己的土地登记注册,才能获得房地产契据,这个房地产契据在银行可以作为抵押。他承诺,他将给伊乌莫罗格带来发展。这条路仅仅是个开始。

时代的变化是多么大啊!我们简直不敢相信我们的耳朵,没有人能够完全领会自己所听到的内容。但是,他是我们的议员,而且我们也确实看到了勘测飞机飞来飞去,我们看到了拿着丈量尺子和经纬仪的勘测员,而且现在,这条路也真的实现了。我们为什么不该相信他呢?

选举期就要到了,他提醒我们,明智的男人和女人知道如何投票,投谁的票。人们应该给予他机会来完成已经开始的事业。

与恩德里前进!"大肚子"喊道,我们也用歌声回敬:

跟着恩德里!

跟着恩德里致富!

跟着恩德里展翅高飞！

跟着恩德里走在崭新的大道上！

这一年是变化和进步的一年！

我们为什么曾经怀疑过他？

我们都非常快乐，除了那位老太太。老太太妮娅金娃感觉什么地方有点儿不对劲儿，她告诉我们，她还说不准那是什么东西，因为那东西现在还不清楚。她说，也许是那些筑路工人所唱的歌词在我耳朵里停留得太久了，但是我却觉得我的胃在发抖，肚子里感觉到一阵小小的颤抖！

进步！是的，伊乌莫罗格确实得到了发展。各家的农场都被割出了地块儿，用以建设一座购物中心。店铺已经规划好了，人们根据要求，可以向县政务委员会提出申请来获得建筑场地。一辆流动车（非洲经济银行）开到了伊乌莫罗格，给农民和牧民提供咨询，如何来获得贷款。人们聚集在这个人的周围，既被他讲话时上下移动的喉结所吸引，同时也被扩音器里圆润的声音所吸引。分界线。房地产契据。贷款。在地里竖起篱笆。铁丝网。精选一两头牛。其他的牛或是屠宰，或是卖掉，或是杂交繁育。农民营销合作社。比如，有没有听说过在其他地区很成功的奶农合作社呢？非洲经济银行在这里也可以经营类似的业务。牛奶。KCC。财富。从这里，你可以以很低的利息偿还银行的贷款。不是一次性付清。噢，不是的。分期偿还可以延续好几年的时间。普通的农民根本不会感到有任何压力。只有一个条件：偿还必须是定期的。很容易。这一年是希望之年。莫奇戈也造访了这一地区。学校规模将扩大，入学也更容易了。新的教学楼。新的班级。新员工住宅。更多的员工接受了培训。真的，这又是伊乌莫罗格怀有希望的一年,除了恩巨古纳之外,因为他几乎被毁了。他的四个儿子突然间都回来了,而且他们都要求得到这个十亩地农场自己该得的一份儿。他剩下的那两亩地能做什么呢?他的二儿子用房地产契据做抵押获得了一笔贷款,在内罗毕开了一个营业摊位。后来,他又回到了伊乌莫罗格,开了一个营业摊位,让老头子给他站位,后来又建了个店铺,让老头子给他看店。但是在这分地划界之年,他的几个儿子都撕破了脸,几乎要拳脚相加,恩巨古纳十分伤心。公路。商业。进步。我们看到地块儿的新主人采办了石头和混凝土。我们看着人们挖地沟,令我们高兴的是,伊乌莫罗格至少有我们两个人,万佳和阿卜杜拉,弄到了一块儿地,可以让外人看看,就连伊乌莫罗格也有人能够建造石砌房子。我们土地的花朵。恩德里·瓦·里艾拉万岁!我们投了他的票:我们等待着花朵盛开。

2

他们借助防风灯(他的电源被断了)的灯光谈论着,屋里人影晃动,木尼拉在努力让他详细介绍这分开的五年时间。发生了很多的事情。发生的事情太多了。伊乌莫罗格发生了变化,人人都发生了变化,发生了彻底的变化。

有谁能够想到他会回来呢?只有那个保留着信念的老太太才说他会回来的。她坚持说他一定会回来的。然而,到这里来看他的人中却唯独没有她:也许她在人间地狱的边缘看着他呢。

他靠在椅背上,将双手放在他们之间的桌子上。

五年了,木尼拉在想,自从他离开伊乌莫罗格并留下了一个诅咒之后,已经过去了五年时间,好像他知道,随着他的离开,旧的伊乌莫罗格也会离开的。他的脸庞瘦削,手指在桌子上不停地活动,

似乎他十分不耐烦且又很神经质。眼睛里充满了光芒和热情。然
而他的面部却静止不动，静止但却坚毅，皮肤绷得紧紧的。他去了
很多地方，见闻更广博，也更加成熟，但究竟是什么让他回到这里，
木尼拉却说不出。他提的问题都简单实际，没有任何啰唆的辞藻，
他听人说话时十分认真留意，犹如每个细节都很重要，而且他还要
将其与其他的细节来做比较。

　　根据木尼拉的讲述，所有的事情似乎都是按着时间和地点整
齐的顺序所发生的。然而，木尼拉所经历的事件和变化，对于他来
说，那可都是里里外外的一片混乱，而他，作为一名滑稽的观众，徒
有一个老年人的滑稽激情，却不能去做任何事情。只有在喝腾溢
塔的时候，他才能找到他个人的现实，也只有在这时，他才能审视
他那如燃尽了烟卷般的生命，他那些幻想，他的欲望。因此，在给
纹丝不动坐着的(尽管其手指在不停地挪动，似乎在寻找着什么)
他讲述时，他知道他是在伪造历史。但是，他又如何来叙述他自己
这五年来堕入了万佳脚下这种地狱般的生活呢？

　　不知怎的，万佳魔住了他，控制了他，冲昏了他的头脑，让他的
心痛苦地、悔恨地跳一千次。她正在复仇：她正在毁掉他。她在观
察，在监督，既高冷，又超然，可是不知怎的，她似乎又总是那么脆
弱，在他的眼前轻盈地掠过，然而却可望而不可即。他的心就会咯
噔一下子，噢，可怕的空虚，他就会再喝腾溢塔来梦想天堂。

　　卡雷加走了之后，她就将全部的精力和时间投入到了工作之
中。她迸发出了一种魔鬼般的工作狂精神，酿酒，销售，管账，为她
和阿卜杜拉合伙贸易/生意的发展，制订更多的规划。逐渐地，她
又雇用了三个酒吧女招待，卡姆巴、吉库尤、卡伦津，这三位女招待
的眼睛、手指和动作似乎都在讲同样的语言。她还租用了(太有
创意了!)一支由肯尼亚各民族女性组成的乐队，使得更多顾客蜂

拥而至,目睹她们的表演。所有这一切的总管都是万佳:她有钱有势力,男人和女人都怕她。人们议论她,歌唱她,那么多人开着车子来到这里,不仅是为了吃烤羊肉,欣赏女性温柔手指弹奏出来的音乐,碰触酒吧女招待的酥胸(她们则故作惊讶实则心里很喜爱地发出抗议声),也是为了来看这位著名的女老板。但是她始终保持着高冷的态度,微笑,那也是对待客人的职业式的微笑,千般业务,一切尽在运筹帷幄之中,但是,一千只饥渴的眼睛,无数根想碰触她肌肤的手指,任何跳动着热血欲望的心,都不敢越雷池一步,不敢有任何造次。

筑路工人的到来,给她和阿卜杜拉赢得了先机。实际上,她和阿卜杜拉是伊乌莫罗格唯一成功获得一块儿建筑场地并开始付诸实施的当地人。所有其余的人,或是将自己加强版的土地分割成若干个小块儿,或是成功地获得了一小块儿地,后来又将地卖给能够盖得起房子的外来人。建筑者们、木匠、石瓦匠、土地拥有者、承包商,所有人都在为腾溢塔生意添砖加瓦。有一两个人模仿他们的样子,也建起了"香佳"和"基露露"酒吧,但是这两种酒却没有流行起来。什么也敌不过腾溢塔了。

木尼拉曾想过,因为卡雷加的离开,他和万佳从前的那种心心相印之情可以重新点燃。他努力重新做出联系,重修旧好,但是他所碰到的眼神表明,他并不受欢迎。失败激发起了他更大的努力,却又导致了更多的挫败。她那样子怎么离阿卜杜拉那么近啊!木尼拉感觉自己就像是学校里的一个校霸,被逐出了圈外,此刻眼巴巴地徘徊在其边缘,渴望重新被接纳。被抛弃,被排斥在赚钱的节日盛宴之外,他感到了无比的孤独,过去的影子总是挥之不去。一个局外人。一名观众。

腾溢塔酒他更是爱不释手:借酒消愁,他可以暂时将自己剥离出自己的躯壳,游弋在徒劳期待的升腾云端。从高高的云端望向她,他被撩拨得欲火更加强烈。他等待着某个迹象,某个手势,某个温柔迷人的微笑,等待着她的召唤。然而什么都没有。她玉洁冰清,冷漠淡然。她的生意风生水起。伊乌莫罗格的新建筑如雨后春笋,拔地而起。

腾溢塔。致命的水莲。一位老朋友。经常的伙伴。喝酒给他带来的麻烦就是,他感觉为了返回到昨天的正常状态,他每次都需要多喝那么一点点,因此,为了不让双手颤抖,为了让双手端起杯子时稳定如常,他则需要再多喝一点儿。腾溢塔。不二的佳酿。爱的梦想重回身旁。

他确实得病了。要是穆瓦迪的遗址没有被夷为平地那该多好啊!那他一定会去那里,去求一剂春药,或者别的什么灵丹妙药,来治愈他的相思病。

他开始研究星际图表和天宫图,甚至到老旧、破损的报纸杂志里面去寻找来读。他仔细地研究弗朗西斯·恩哥姆贝、叶海亚·侯赛因和奥穆洛等人的事迹和预言。他甚至想给他们写信,请他们来伊乌莫罗格开设一家咨询处。他不知道自己的出生日和月,但是他所读过的每样东西似乎都是跟他说的一样。他读到了:

摩羯座,12月22日至1月20日:你会很快对那些优秀独特的人感兴趣。

他认为自己一定是摩羯座的时间内出生的或者被怀上的。

射手座,11月23日至12月21日:因为你倾向于恋上爱神,所以,有时候你或多或少地看不到许多情形和人物的真实一面,这也不足为奇;当遇到恋情时,你往往会幻想联翩,你倾向于将你自己大部分的爱情和性体验来一番幻想。

他确信自己出生于射手座期间。

双子座,5 月 22 日至 6 月 21 日:一旦你对某人产生了情感,你就会坚持不懈地追求下去,直到你完全被接纳,或者彻底被拒绝。

双子座真的是他的星座。

这样,根据自己情绪的变化,他也在变化着自己的想象,他可以在每一个星座期间出生或者被怀上:似乎每一句预测,每一个忠告,都是在说他。有时候他会尝试不同的星座图解,希望至少会有一个星座被证实是准确的预言。但是,似乎什么也没有发生。万佳仍旧冷若冰霜,拒他于千里之外,只是辗转忙于她在老伊乌莫罗格的生意,和她在新伊乌莫罗格渐有起色的石砌建筑。

他决定坚守一个星座。他选择了狮子座。他读到:

这个星期重要的内容是,土星活动到了你的知识和情感的太阳九宫之内。在这双重的影响下,你倾向于选择的道路,既具有挑战性,又蕴含着天堂的快乐。保持微笑。浪漫或许就会到来。

他保持着微笑。他等待着。浪漫或许就会到来。

狮子座,莉莲,我的星座!

他看到她朝他走过来,他的心在剧烈地跳动。这能是真的吗?他倾听她那不太可能的故事。她说,某人从埃尔多雷特让她搭车回来,却把她抛弃在了伊乌莫罗格。木尼拉冲她微笑。他认识她,他见过她。他嘴里哼着她在鲁瓦伊尼曾经演奏过的一支曲子。她也回以微笑。他们聊了起来。他提醒她很多年前的某一天,在鲁瓦伊尼的弗拉哈酒吧,她在为奥法法杰里丘合唱队演唱的一首宗教圣歌伴奏。万佳给了她一份工作。她非常喜爱或唱或哼着宗教的曲子,尤其是喝了一两杯酒之后。她会用一种沙哑的嗓音歌唱,目光松散,仰头朝上,期待天堂的赐福:

更接近上帝更接近你,

更接近你,更接近你,

尽管我有罪孽在此,

我也要更加接近于你。

她熟练于遣词造句,即兴编造歌词,然而听起来又是那么天衣无缝,轻而易举。但是,尽管她拥有如此的语言天才和嗓音,她却绝不愿意参加什么乐队,或者唱她所说的那种非宗教歌曲。她只管一首接一首地演唱圣歌,演唱她自己填词的圣歌,可是那些歌词听起来却是那么具有诱惑力:

来吧,来吧,耶稣,来我这里,

我时时刻刻在此等待于你。

快过来吧,耶稣,快来这里,

让你神圣的精神充满我的躯体。

木尼拉一时被她所迷住,几乎忘却思恋万佳所带来的痛苦。莉莲,她真是个不一般的女孩,即使当他已经进入她之后,她仍然坚持说她还是个处女,她尖叫,她抓他的后背,她咬他的手,她狂喜地哭泣,她高兴地哭泣:快啊,快啊,我的主,快进入我!

木尼拉曾希望,他与莉莲的恋情会激起万佳的嫉妒。但是她却似乎无动于衷。他放弃了星座图表。"处女"莉莲并不能代替万佳。

他又恢复了在穿越伊乌莫罗格山岭的独自一人的散步。此时的伊乌莫罗格山岭已经被"横贯非洲公路"一分为二。他看着汽车一辆辆地驶过山梁那边,他甚至心里数着汽车的数量来消磨时间。学校放学之后,他会经常走到建筑工地,会一时间融入在脏水、石堆、锤子敲打石头的哭叫声、钉子钉在木头上的叮咚声、泥瓦匠们粗俗下流的谈话中间。困倦的伊乌莫罗格正在发生什么?三胞胎男孩儿们歌唱的故乡、以摇篮曲铺路睡觉的故乡,那儿发生了什么? 他停下来揉了揉眼睛:穆里乌吉的母亲,娃姆布伊,正在步履蹒跚地推着一辆装满了石头的独轮车艰难地行进。划界分地,竖起围栏,这种政策剥夺了许多农民和牧民原来使用和耕作的无可争议的权利。现在,他们只能靠出租自己的劳动力来挣工资了。娃姆布伊,此刻正在卖苦力干活儿! 她和一些人被吸引到了伊乌莫罗格的劳务市场上,在靠汗水和体力来挣钱。他迅速地往前走,只是到了万佳-阿卜杜拉的建筑物面前,他才停了下来。这里将很快成为新腾溢塔中心。他正在绞尽脑汁、搜肠刮肚地想如何能够让万佳喜欢自己,这时他突然有了主意。这里很快就要开张了。甚至还会有更多的酒吧经营场地要相继开张。他可以帮助她提高腾溢塔的销售量。他可以为她拉来更多的顾客!

木尼拉一直都很喜欢看广告。但是现在,他劲头更加十足地读起了广告。因为他有使命在身。他细细琢磨这些广告的用词和语言结构,耐心品味这些用语给读者和听者预期效果和可能效果之间的差异。他收集了几则:

将一只老虎放进您的油箱里。健康的头发意味着美丽的头发。每一次都是茶歇。做一个淡金黄色秀发的美女;做一个红色头发的美女:用100%进口纯手工制作真人头发,让您成为全新的您。加入新非洲人行列:加入阿姆毕人民。美丽的人还没有出生吗? 您在开玩笑吧。戴着光泽如丝美丽假发的人们天天在这里。男人会迷失的。

他动了动脑筋,自己编写了几则广告词。也许他可以将广告词卖给那些想在新伊乌莫罗格创业的人。木尼拉:美丽广告和广告词的卖家。您想进入议会吗? 那您就买一则广告词吧! 要成功! 买广告词! 他会给万佳量身定做一则广告词。无偿提供。那广告词将让腾溢塔变得家喻户晓,让万佳成为腾溢塔女王。到那时,她就必须要注意到他。注意到她名气的设计师。

您这里有成功的秘诀吗? 喝腾溢塔啊! 让您雄风再现,喝腾溢塔啊! 美丽的人,美丽的想法,美丽的爱情:喝腾溢塔。加入太空时代:喝腾溢塔。同阿姆斯特朗一同登月:喝腾溢塔。三个腾字:腾飞啊,与腾溢塔一起腾飞。

现在他已经准备好了。他把最后一则广告词在几位客人面前试了试。在乐队演奏的间歇期间,他突然在人群中站起身来,大声喊道:喝三个腾字的佳酿,让您雄风再现! 腾飞啊,与腾溢塔一起腾飞! 他又喊了一遍,然后将杯子举到了嘴边。人们都看了过来,以为他喝醉了。他们笑了一阵,然后接着喝酒。万佳看了他一眼,耸了耸肩膀。但是这则广告词却开始被人启用了,是作为笑话启用的。

那天晚上,他把莉莲领回了家里。当她装作她是被强迫的良家处女时,他揍了她。两人闹掰了。莉莲离开了伊乌莫罗格。他又是孑然一身。腾溢塔。

他将永远记住那一年,因为从那年开始,在一连三年的时间里,他都是毫无掩饰地痴情于心中的她。新伊乌莫罗格购物中心的落成与开业,似乎也目睹了木尼拉,这位从前受孩子们尊敬的老师,彻底被打回了原形的过程。他能够看到这一切;他以一个旁观者、一个局外人的身份,观看着这个衰落过程,然而他却无能为力。或者说,他是在为自己的另一种失败,而惩罚自己吗?

也正是这一点,他不能如实地告诉他,因为在某种程度上来说,是他致使他沦落到了这个地步。

但是卡雷加的目光坚韧不拔,他整个人似乎都在等待对一个偌大问题的回答,可是这个问题他却仍然没有提出来。这和他们的第一次见面的情形非常相似。当时，木尼拉曾经断言，只有当鬣狗长出了犄角时，伊乌莫罗格才能修上柏油公路。他真想收回他曾经的断言。因为，他们之所以能够在这种变化了的形势下见面，这在某种程度上来说，也是因为这柏油公路所致。"横贯非洲公路"。学校甚至也发生了变化：教室现在是砖石结构了，班级学生全员，教师编制全员，校长是新来的具有现代感的校长，莫奇戈也经常莅临这里，部分原因是来视察学校，但是主要原因则是来照顾他在新伊乌莫罗格的生意。莫奇戈、恩德里·瓦·里艾拉、杰罗德牧师等，他们在伊乌莫罗格这里都有自己的生意实体店。

"约瑟夫的情况怎么样？"卡雷加问道。

"他考试很好。三个 A。他去希里阿纳读高中了！"

"希里阿纳？"

"是的，希里阿纳。"

木尼拉说完这个消息之后，两个人都沉默了片刻，也许他们都想起了自己在希里阿纳所经历过的遭遇。被焦虑压得很难受的木尼拉注视着卡雷加的表情，然而卡雷加却始终盯着一个地方，目光聚焦，手在挥动，但是脸上却始终没有微笑。木尼拉瞧不出，对约瑟夫的成功，卡雷加是高兴还是不高兴。但是看样子，他或许有些燃眉的问题，他毕竟离开伊乌莫罗格已经五年了。

"那位老太太情况怎么样了？"卡雷加问道，似乎在完成自己与自己所进行的一次内心对话。

木尼拉感觉如释重负，因为那个大问题没有被提出来。但即使这个问题也很难回答，因为这里的一切都发生得那么快，如同喝醉了酒做梦的混乱情形一样。妮娅金娃。那位老太太。就连木尼拉都不希望有这段记忆，都不愿意去想她的命运。此刻，关于妮娅金娃和他自己，他能够说些什么而又不哭泣呢？

他回忆起了当时的情形（但是并没有告诉他），那时他正在苦苦思索一个口号，一句抓人的广告词，这样或许能让万佳对他有好感，哪怕仅有好感一个晚上。他翻遍了所有的报纸，不是去看新闻，而是阅读广告。当然，他也看了关于那位律师和律师在议会上怒发冲冠讲话的新闻，看了有关他呼吁设立土地所有制最高限制及其他改革的提案。但那只是因为那个名字勾起了他的回忆。他的主要兴趣还是在广告上，他必须得想出广告词来，想出绝顶之作，想出最后能够赢回来万佳的杰作。

他会永远记住他读到关于妮娅金娃的新闻的那天晚上，让他充满了痛苦……当时他已醉眼惺忪，但是当他突然看到这条消息时，他脑子里所有的腾溢塔都蒸发得干干净净。他的双手和报纸同时颤抖起来。他立刻变得清醒，赶紧往下看这篇通告。这不可能。这怎么会可能呢？

> 卡努阿卡尼尼公司
> 估价员及勘测员，拍卖商
> 土地，资产及管理代理商
> 根据威尔逊、沙赫、穆拉吉和奥莫洛等律师
> 所下达的指令
> 代表他们的顾客，非洲经济银行，
> 被授予了销售的权力。
> 我们将通过公开拍卖的形式
> 出售位于新伊乌莫罗格……
> 属于妮娅金娃的财产的……
> 全部那块土地……

遇此遭遇的不仅是她：旧伊乌莫罗格所有被诱惑借了贷款的

人,所有受了诱惑在自己的土地周围竖起了围栏的人,所有受了诱惑购买进口化肥却又偿还不起贷款的人,所有这些农民和牧民都受到了相类似的影响。没有多少劳动力,没有机械,没有与旧的习俗和观念决裂,而且没有多少人帮他们出主意,他们的土地没有打下足够的粮食,所以,他们不但自己的口粮不够,而且连贷款也没有还上。有些人用这笔钱给孩子交学费了。现在,无情的铁律要将他们赶出这片土地了。

木尼拉将报纸叠起来,前往万佳的地方去告诉她这一消息。他很同情万佳和妮娅金娃。他并不期待获得什么好感,只希望将这一消息带给她。并且进一步了解这方面的情况。万佳并不在她的腾溢塔基地。阿卜杜拉告诉他,万佳去妮娅金娃的茅屋了。木尼拉走到了妮娅金娃的茅屋,发现那里已经有了些人。拍卖土地这一可怕的消息一定也传到了他们的耳朵里。人们来这里是为了安慰老太太以及其他受到类似影响的人,相对啜泣,互相抚慰。他们感到困惑不解:银行怎么会拍卖他们的土地呢?银行也不是政府,因为政府才有这个权力。或者说,银行也许就是政府,一个看不见的政府,有人议论说。他们都转向了木尼拉。可是他却回答不了他们的问题。他只是谈到了大家都签了名字的那一张纸,和他们都交给了银行的另一张纸,那张满是红点儿的房地产契据。但是,他们声音中和脸上的那种悲愤的怀疑,他却不能解答,也安抚不了。将如此大的权力揽于一身,将千年的生活连根拔起,这家银行是何等的魔鬼啊!

他又回到了酒吧,要了一杯腾溢塔,但是酒已经没有了那种味道。他想起最近看到娃姆布伊推着装满了石头的小独轮车,为了挣一天的口粮而疲于奔命,他很难想象,这位老太太将会沦落到何种地步。按她的年龄,她已经不能到劳动力市场去卖苦力了。

"那位老太太？妮娅金娃？"木尼拉缓慢地重复了一遍卡雷加的问题。"她死了！她死了！"他刚从回忆中缓过神儿来，快速地补充了一下，语气听起来很生硬。

卡雷加的面部似乎动了动。

老太太妮娅金娃试图来一次绝地反击。她挨家挨户地动员伊乌莫罗格的农民们，呼吁他们团结起来去战斗。他们看了看她，都摇起了头：现在他们和谁战斗？和政府？和银行？和卡姆温文化组织？和政党？和恩德里？是啊，说真的，他们要和谁战斗呢？但是她却努力地说服他们，这些组织和人其实都是一家，所以，我们就要和他们战斗。她的土地绝不会让陌生人来染指。这位老太太的行为中体现了某种磅礴大气、某种桀骜不驯的性格，她那羸弱的身体，竟然在努力动员伊乌莫罗格即将被夺去土地的人们起来进行抗议。但是她的努力却令人唏嘘怜悯。那些土地还没有受到威胁的人们，尽管也很紧张，但总的感觉则是事不关己高高挂起。有一两个人甚至还恶意诽谤，说这个老太太脑袋进水了。其他人则认为，长途跋涉去鲁瓦伊尼或者去内罗毕真的没有意义，这让她感到千里之行，难以开始。他们对她说，她不可能一直走到那里的。但是她说："我一个人去……我的男人和白人打过仗。他付出了鲜血的代价……我就是单枪匹马……单枪匹马……也要和这些压迫黑人的家伙做斗争……"

什么样的命运会降临到她的身上呢？木尼拉在想。

其实他倒不必为她担心了。

在银行威胁要拿土地做抵押的消息传过来之后几天，妮娅金娃就安静地在睡眠中离开了人世。人们谣传说，她告诉了万佳关于那必须要进行的新的长征：她说了，她甚至都不敢想象被埋葬在别人的土地上，因为，当她在另一个世界里见到她男人时，她男人该说她什么呢？人们等待着看银行过来拍卖她的土地。但是,就在拍卖的那一天,万佳赎回了这块土地,成为新伊乌莫罗格和旧伊乌莫罗格的女中豪杰。

木尼拉事后才了解到这些事情。

但是在当时,只有阿卜杜拉才真的知道她付出的代价:万佳提出将她与阿卜杜拉共同拥有的新建筑的自己那一部分卖给阿卜杜拉。阿卜杜拉没有这笔现金,因而建议,他们俩共同将整个建筑卖给第三方,然后再分钱。

这样,万佳就回到了自己最初的状态。

而莫奇戈则成了伊乌莫罗格这家企业新的自豪的所有者。

3

经历了最近这次损失之后,万佳完全像换了一个人似的。有一段时间,她仍然是老腾溢塔酒店自豪的所有人。她这里仍然是烤肉中心。舞池里的舞步仍然能将灰尘掀到屋顶,尤其是当人们按着自己喜欢的曲调跳舞时。

> 我的爱人,你是那么的美丽!
> 你圆圆的大眼睛是那么的温柔,我的甜蜜!
> 你是什么样的尤物啊,躺在那里,
> 遮在雪松树荫里!
> 可是,噢,亲爱的,
> 剧毒却在你两腿间的那里!

但是万佳的心不在这里。她在她那块儿田地的下方,开始建造一座巨大的带有外廊的木制平房,离阿卜杜拉的商店、旅店和烤肉中心周围正在形成的棚户区有一段距离,在高雅的新伊乌莫罗格建筑之花对面,这座木房子更显自然,甘愿做绿叶。人们说,她赎回了她奶奶的田地之后,将剩下的钱投资在了一座房子上,这种做法是很明智,可这是为了什么呢? 在这块儿田地的上方,她已经有一个茅屋,周围是厚厚的一层天然灌木篱笆,将新伊乌莫罗格的噪声和好奇的眼睛遮挡在外面。她只顾自己房子的建筑,不与任何人敞开心扉。但是很显然,房子是按照生活居室的风格建造的,因为里面有好几间宽敞的房间。后来,她搬了进去,在房子四周种了许多花草,而且还安装了电灯。一切都很美丽,在她两次损失之后,这是一次很勇敢的行为,人们说。

一天晚上,乐队演奏起了他们第一次来这里时所谱的歌曲。他们演奏时,曲调和歌词似乎变得越来越新鲜,观众们鼓掌,吹口哨,高喊着鼓励的话语。乐队又增加了新的变化,他们的声音如同施了魔法,将人带到了一种极其自然、无忧无虑的境界。

> 这个种田的女孩
>
> 她是我的亲爱,
>
> 告诉我她与我一见钟情。
>
> 我为她抢过银行,
>
> 我为她蹲过监狱,
>
> 可是当我回来时,
>
> 我发现她已经是贵妇人,
>
> 丈夫是大腹便便的有钱老男人。
>
> 她告诉我,
>
> 这个种田女孩告诉我,
>
> 不! 我的天!
>
> 思君苦矣

政府的人都是流氓无赖

政变吧!

演奏演唱赢得了雷鸣般的掌声和跺脚的声音。万佳突然站起身来,请他们再表演一遍。她走到舞池里,独自跳起舞来。人们都十分吃惊。他们看着她的身体翩翩旋转,倾诉着快乐与痛苦,记忆和希望,损失和收获,未得圆满的渴望和欲望。乐队回应着众多激动的心脏,演奏得既委婉忧伤,又疯狂奔放,如同在安抚她的孤独和孑然一身的奋斗。她舞步缓慢,刻意地跳向了木尼拉,令他想起那年他在卡米利索镇的"游猎远行"酒吧里看到她跳舞的情形。她的舞蹈戛然而止,如同她开始跳时一样突然。她走到舞台的乐队面前,全场一片寂静。客人们知道,一定是发生了什么大事儿。

"对不起,我亲爱的顾客们,我宣布,今天是伊乌莫罗格老酒吧和烤肉中心最后的一天营业,也是伊乌莫罗格酒吧自己的'阳光乐队'最后的一天演出。赤利县政务委员会说,我们必须关门。"

她说不下去了。人们看着她走过土面的舞池,来到了木尼拉坐着的地方。她停了下来,突然一转身,对乐队高声喊道:"演奏!演奏!继续演奏。大家都起来跳舞!跳啊!"说完她就坐在了木尼拉的旁边。

"木尼拉,明天晚上你不想来看看我的新家吗?"

木尼拉几乎不能自已。这么说,终于等到了这一时刻。这么说,这漫长的等待岁月结束了。这就像昔日卡雷加来到这里之前,在公路修建之前,在变化打破了伊乌莫罗格的宁静之前,那田园诗般的美好时光一样。那时,他是一名老师。

第二天,他没有心思讲课。他不能讲话。他简直是在一个地方站也不是,坐也不是。当时间到了时,他怀着激动的心,颤抖的手,来到了她的地方。他还没有进过她的新房子,他感觉很荣幸,因为从这么多人中,她只选择了他。

他敲了敲门。她在里面。在蓝色灯光映照下,她站在屋子的中间。他一时间以为自己来错了地方,看错了人。

她身着迷你短裙,可以说是春光泄露得一览无余,这让他立时感到血脉偾张。她的双唇涂着浓艳的口红,她的眼眉描得蓝光熠熠。她的头上戴着火红的假发。他想,这是在玩儿什么游戏?他想到了他从前曾经收集的一段广告词:做一个银白色头发的女郎,用100%的进口纯手工真人头发制作,成为全新的您。万佳真的成了全新的她。

"看你的样子很是吃惊啊,老师。我还以为你一直都想要我呢。"她说,声音里带着一种故作诱惑的意味。接着,她又稍微改变了一下声音,听起来比较自然的声音(这声音他能认出来),补充说:"正是为了这个缘故,你才将他赶走了,不是吗?正是为了这个缘故,你才将他开除的,不是吗?你看现在。他们甚至连我酿酒的权利,应该说,我们酿酒的权利,都给剥夺了。县政务委员会说,我们的营业执照连同新楼一起售出了。他们还说,我们目前的营业场所怎么说都是很不卫生!这里将要建立一个旅游中心,说我们这样的地方有可能将游客们赶跑。你知道我们的腾溢塔酿酒公司的新主人是谁吗?你知道新伊乌莫罗格文化中心的主人是谁吗?算了,不提那个了!"她又改变了声音,说:"我说,你还等什么呢?"她向后退去;他跟着她来到了另一个房间,里面有一张双人床,粉红色的灯光温馨浪漫。他陶醉了。他犹如被催了眠。他张口结舌,说不出话来,为此他很生自己的气,可是他又被自己偾张的血脉和打鼓的心脏所驱使,向她走去。然而,归根结底,总而言之,在他的内心深处,他因自己的情不自禁而感到羞愧,感到恶心。

她不紧不慢,一件接一件地将身上的穿戴都脱了下去,然后跳上了床。

"快来,快来,我亲爱的!"她从被子下面哝哝地说。

他刚要跳上床,将她抱在怀里,这时,她却突然变得冷若冰霜,她的声音听起来也十分吓人。

"不行,老师。在肯尼亚没有免费的东西。如果你想得到高等级的待遇,先在桌子上放一百个先令。"

他以为她在开玩笑,但是当他正要碰她时,她更给他雪上加了一层霜。

"这是新肯尼亚。你想要我,就得花钱,这里包括床钱、电费、我的时间,以及我事后要给你提供的饮料,和明天早上的早餐。所有这一切,只收费一百个先令。仅对你这么优惠。因为我们有旧时的情谊。对于其他人来说,费用就要高些了。"

他十分震惊,对这种没有料到的羞辱感觉受到了伤害。但是他没有了退路。她的大腿在向他招手。

他拿出了一百先令交给她。他看着她数了一遍钱,然后把钱放到了床垫下面。此刻他感到了一阵恐慌。他的那话儿已经缩了回去。他站在那里,努力回想着昔日的万佳,回想着那个用舞蹈表达痛苦和快乐的万佳,回想着那个曾经在茅屋里悄悄洒进来、十分警觉的月光下哭泣的万佳。她冷冷地、狠狠地看着他,紧接着,她又突然换了一种做作的、既含糊又诱惑的声音:

"来吧,亲爱的。我会让你感到温暖的。今天晚上,你是阳光旅馆的客人。"

她的语气里有一种可怜的、伤感的、痛苦的东西。但是木尼拉却听从了她的声音。他慢慢地脱去了衣服,躺在了她的身旁。尽管他身体里的欲火和饥渴正在得到满足,可是,她声音里的那种可怜的语调仍然悬浮在空气中,回荡在他的心中,在这个房间里无所不在。

这是新肯尼亚。这是新伊乌莫罗格。没有免费的东西。但是在很长的时间内,在未来的好几年中,他都忘不了这一时刻给他的震惊和羞辱。这几乎就像很久以前,当他还是个懵懂少年时,他第一次时的感觉一样。

4

伊乌莫罗格确实发生了变化,这些变化将旧的伊乌莫罗格赶出了历史舞台,将一个新的伊乌莫罗格迎进了我们的生活中。而且,谁也说不清,真的说不清,这些变化是怎么发生的,只不过它就那么发生了。在新伊乌莫罗格购物中心落成之后一年左右的时间,整个平原地区到处都变成了小麦田和牧场:牧民们或是已故,或是被撵到了更远、更干旱的地区,但是有少数的牧民却在麦田里和牧场上成了打工仔,而从前在这一片土地上,他们曾经自由自在地游牧放羊。新的主人都是些财团大亨,腰缠万贯,诡计多端,他们只是周末来到这里,或是开着路虎,或是驾驶揽胜,根据当前汽车业流行的豪华品牌而定。他们在这里的农场或者牧场都交给了专门聘请的人来管理。伊乌莫罗格的农民也发生了变化。有些人经受住了这种剧变的打击。他们可以雇用一两个人手来自己的小农场上干活。但是大部分人都加入了打工仔的行列,成为新伊乌莫罗格不断增长人口中新的一员。可是他们属于哪一个新伊乌莫罗格呢?

此时已经有好几个伊乌莫罗格了。一个是高档住宅区,这里住着农场经理,县政务委员会的官员,公共事业管理人员,巴克莱银行、渣打银行和非洲经济银行的经理们,以及政府机构的公务员和其他财团的员工。这个伊乌莫罗格叫作开普敦。另一个伊乌莫罗格叫作耶路撒冷,是一个棚户区,里面住着打工仔,季节工,失业人群,妓女和小五金小商贩。在新耶路撒冷和开普敦之间,离穆瓦迪曾经居住并守护过镔铁业和本土草药秘密的地方不远,就是诸圣教会,此刻教会的牧师是杰罗德·布朗。还有一处几乎和这个教会齐名的,就是万佳著名的阳光旅店,也位于这两个城镇之间。

购物和商业中心主要有两个特征。该中心的外围,是一个旅游文化村,其拥有者是恩德里·瓦·里艾拉,和一家恰如其分地叫作"伊乌莫罗格非洲钻石文化与教育之行"的西德公司。很多游客来到这里都是为了过一个文化节日。也有少数的嬉皮士来到这里寻找腾溢塔植物,因为据说,这种植物的叶子晒干之后,吸起来和大麻的味道一样。另一个特征就是腾溢塔酿酒公司,这家在莫奇戈拥有的地面上所起家的公司,这时已是一家拥有六百名工人的大型工厂,而且还有许多科研人员以及化学工程师。该公司在平原上还拥有一块土地,在那里进行着各种类型的腾溢塔植物和小麦的实验。他们酿制了许多类型的腾溢塔酒:从出口用的纯杜松子酒,到适合工人和失业人群的廉价但却浓烈的酒,样样齐备。有些酒他们用小塑料袋包装,按重量分成一个先令、两个先令和五个先令的价格出售,这样,这些小袋子的毒品就可以很方便地让顾客揣在口袋里了。所有的塑料或玻璃容器上面都打上了著名的广告,通过他们的销售货车、报纸和传单,这则广告已经在全国大部分地区家喻户晓了:让您雄风再现! 腾飞啊! 与腾溢塔一起腾飞! 雄起=3腾。

酿酒公司的所有者是一家英美集团公司,当然还有非洲的董事,甚至还有股东。四位主要本土名人中的三位是:莫奇戈、储伊和基莫里亚。

新伊乌莫罗格万岁!贸易与进步的伙伴关系万岁!

5

"阿卜杜拉……怎么了……万佳……怎么了?"卡雷加打断了木尼拉所叙述的各种变化,急切地问道。

终于……他所害怕的问题终于来到了。是不是因为要问这个问题,他才从五年的默默流放返回来的呢? 他能不能仍然还保留着一点火花,保留着对过去时光的记忆? 保留着对她的火花记忆呢?

"她是全伊乌莫罗格最有权势的女人。她所拥有的房子从这里到内罗毕一路上都是。她拥有的土地也大得没边儿。她还拥有庞大的大货车运输队。她就是时隔一段时间,涅槃再生的那只凤凰。"

突然间,木尼拉想起了自己被作为实验品时所感到的震惊和羞辱。悲愤的心情再次袭来。为什么要放过他?

"你想……你想不想去看看她?"

"现在?"

"是的,现在。"

"是不是有点儿晚了?"

"哦……对她来说……这不晚……不过,如果你想给她打个电话这也不妨。"

他们走过霓虹灯照耀的街道。对于卡雷加来说,这里的一切都以一种奇怪的方式让他感到熟悉：他在肯尼亚全国各地都见过类似的城镇。不管怎么说，内罗毕、锡卡、基苏木、纳库鲁、蒙巴萨，那些城市都有新伊乌莫罗格的影子，只不过它们更大些，历史更悠久些罢了。但是两个人都想到了很久以前，他们走到万佳茅屋时的经历：此刻想起，那貌似很久远的事情了！木尼拉时不时地打破两人之间的沉默，告诉他这是谁谁谁的地方；似乎在这个国家里，每个知名人士现在都在伊乌莫罗格这里拥有了点儿什么：从大工厂到工人居住的棚户区，到处都是名人们的地盘儿。"是的……"木尼拉在告诉他，"就连这些东倒西歪的工人住宅区……房东们来这里收房费会让你吃惊的……不知羞耻……他们开着大奔驰来……他们曾将可怜的工人们赶出了屋子。镇政务委员会也偶尔来一场大清扫、大烧毁运动……但是令人惊讶的是……被夷为平地的总是失业工人和农民工所盖起来的棚户房。还有，你看见路边的那些售货亭子了吗？一年前，关于这些售货亭子，发生了一件很大的丑闻。县政务委员会里的一些人和官员分到了这些亭子……是免费分到手的……之后，他们却以五万多先令的价格卖给了别人，然后这些人又租给了妇女小商贩……现在，我领你穿过我们的新耶路撒冷。"木尼拉继续做着他的介绍。

他就像一位导游员，而且他又貌似很喜欢这个角色。卡雷加一声不响地走在他的身旁，脑子里琢磨着他的各种评论。他在倾听的这个故事，正在被他亲眼所见的残酷事实所证明着，然而这个故事却包含着一个熟悉的主题，一个与他在共和国所有其他地方所见到的相似的共同的主题。然而，这里让人沮丧的程度不亚于任何其他地方。木尼拉突然在一处像营房似的土坯房子面前停了下来。这所房子被间隔成了好几个单独的房间，每个房间都有自己的门。

414

"这里……这里是阿卜杜拉的地方,"他说道,"你能看出来,这里正好是新耶路撒冷的中心。你想不想进去和他打声招呼,然后我们再去万佳那里?"

"进去打个招呼吧。"卡雷加说。

木尼拉敲了敲门,大声招呼了一嗓子,里面的阿卜杜拉用醉酒的声音回应了一句。他们听到了门闩吱嘎的声音。阿卜杜拉推开门,但是却并没有表现认出他们来以示欢迎的样子,反而在抱怨说什么"有人总是吵醒和打扰和平的居民"。这时,他才看到眼前站着的是木尼拉。

"嚯,是你啊……我的朋友……进来,进来。我有几袋五先令装的腾溢塔。腾飞啊,与腾溢塔一起腾飞。哈!哈!哈!进来。"

他坐在了床上,让木尼拉坐在屋子里唯一的椅子,那把折叠椅上。

"小心,别把防风灯碰翻了。"阿卜杜拉接着说。这时,他注意到木尼拉并不是一个人来的。

"噢!噢!你还带了客人来。让他坐在那把椅子上吧。你,木尼拉,我的朋友,来坐在床上。你可得小心坐。我床的弹簧是用橡胶带子做的。你知道吗,不久前,我一下子坐狠了,橡胶带子一下子绷断了。我一下子被弹了起来,然后又蹾到了地上。我说,你带来的客人是谁啊?他也喝腾溢塔吗?老师的方子。雄起=3腾。喝这三个腾字的美酒。"

"你不认识他了吗?"当他们都坐下时,木尼拉问他。

"谁?这么安静的家伙?"

"卡雷加……"

"卡雷加?"

"是的。"

"卡雷加！卡雷加。恩丁古里的弟弟……可是怎么……你真的长了不少。快赶上我这个年龄的样子了……你只需再长几根灰头发……可是，你是从世界里的哪个角落蹦出来的？"

卡雷加简短地解释了一下。但是他能看出，阿卜杜拉并没有真的听他的介绍。他的样子变了：空虚疲惫的眼睛深陷在深深的眼眶里。他们试着谈论这个或者那个题目，但是他们的谈话似乎很不流畅。

"不管怎样，欢迎你来到这个光棍角落里，"阿卜杜拉重复道，"与我原来的老地方有些不同了！但那时候是老伊乌莫罗格啊。他们让我们把房子拆了。可现在你看他们让我们住的地方。"

"那这座房子是谁的呢？"卡雷加问。

"这座……还有另外几座，都属于一个非常有权有势的人。"

"你是说，他？这座房子？"卡雷加问。

"是的。这一个房间他就收费一百个先令。所以，整个这座大房子，他每个月就收费一千个先令。而且他拥有大约十座这样的大房子。那就是一万个先令。仅仅是竖起了几根柱子，再用泥土糊上。他每次都是开着揽胜过来，把车子停在路边。他让他的司机兼保镖过来收房费。"

"可是他来这里……他为麦克米兰糖业公司运输糖浆和装备器皿，每天都能挣六万多先令。而且，这还不算他在政府当官儿的薪水！"

"好吧。那就是六万加上一万，一共是七万先令。"阿卜杜拉说。

"当今就是这个世道，"木尼拉补充说，"也许在其他城市他也拥有这样的棚户区。在我们的肯尼亚，你做任何事情都可以赚钱。甚至是恐惧。看看在我们国家那个拥有并管理保安人员的公司吧。每座房子，每家工厂，现在都有了保安人员站岗。他们应该在政府里设立一个恐惧部。"

"再设立一个'棚户区管理及按棚户区标准适当维修部'就更好了。"阿卜杜拉加了一句。他转向了卡雷加。"你离开时，我是个开店的。我现在仍然是个开店的，一个露天开店的。我在路边卖橙子。"

"木尼拉告诉我，约瑟夫去希里阿纳上中学了，"卡雷加突然说道，似乎想摆脱这种沉闷的谈话题目，"这消息真是太好了。他是个非常好的学生。希望他别走木尼拉和我所走过的路。"

"对于我们穷人来说，所有的路最终都是一条路。"阿卜杜拉解释道，"噢，我忘了给你们拿喝的了。腾溢塔。我还有一两袋。"

他俯身在床的另一侧够到了一袋腾溢塔。"你有没有尝过这酒，卡雷加？"

"尝过。在蒙巴萨尝过一次。看到外地有卖这种酒让我很惊讶……但是那味道并不一样。当时我一直在想，这酒怎么会变得商业化了。"

"那就再喝一次。这酒几乎成就了我……应该说，几乎成就了我们。但是这酒也毁了我们。"

"我认为，这些酒是用来让人们喝醉了，麻痹自己的大脑，这样人们就不提问题了，或者对自己的苦难生活就不求思变了。"卡雷加若有所思但却大声说道，脑子里掠过了他去过的所有地方，以及那些地方所酿制的各种烈酒：香佳，伉佳俪，"给我来个痛快的"，以及池布库，最后那种酒的经营者，是一家伦敦罗得西亚公司里一位非洲裔的董事。

"这正像我说的那样，"阿卜杜拉继续按着自己的思路说着，"穷人所走的各条道路都变成了一条路。这就是走向更加贫穷、更加苦难的单行线交通。贫穷就是罪孽。可是你想啊，为了贫穷这种罪孽负责的却是穷人，给穷人的惩罚就是将他们送到地狱去。去他妈的地狱吧！哈！哈！在这个地狱里，我唯一的亮点一直都是约瑟夫。正是因为这个亮点，我才认为还有希望。要知道啊，他并不是我的亲弟弟。"阿卜杜拉突然爆了料，这让两个人都惊讶地站起身来。

"不是你的弟弟？"卡雷加重复了一遍。

"什么？你在说什么？"木尼拉同时也问道。

"对。他不是我亲弟弟。应该说他更像我的儿子。可他又不是我的儿子。但是这又有什么关系呢？"阿卜杜拉问。他的声音，他的表情，都发生了变化，他更像是在反思，语气里没有了那种玩世不恭与愤世嫉俗的成分，在他们眼前，犹如出现了完全不同的另一个阿卜杜拉。

"在你离开伊乌莫罗格之前，我告诉过你我从拘留中心出来的事情……好吧，我并没有把一切都告诉你。我父亲在利穆鲁的荣盖市场开过一家店铺。那个地方名气很大，因为我父亲有一台收音机，在紧急状态时期的早期，人们都聚拢在店铺的里里外外，收听由穆万吉·马特莫广播的新闻。我父亲属于肯尼亚板球协会（KCA），他总是津津乐道地讲，他们是如何蔑视殖民政府，把肯雅塔送到英格兰的，他们又是如何募集资金，好让他在英格兰舒服地生活，目的就是让他更好地为我们的国家赢得道义上的支持。总而言之，当我刑期未结束我就被迫逃进了深山老林之后，我和他保持着一定的联系。你们知道我们在金耀格里地区的地点吧。那里离殖民者定居点不远，我们常常躲藏在茶树丛中。但是，当他们被移送到基辛果的集中营之后，我和他就失去了联系。所以说，你们看，在我被拘留期间，我真的非常想家，我一直渴望我能回家的那一天。我们全家团圆的那一天。这么说吧,那一天却一直没有来到。或者应该说,那一天确实来到了。当我看到利穆鲁的土地,当我看到基辛果山,当我看到曼果峡谷,看到这绿色的大地,我浑身颤抖了。我来到了那个新的村子。我急切地询问关于我父亲、我母亲和我兄弟们的情况。人们都把目光甩向一旁。我急于了解情况,我的心那个痛苦地跳啊,可是他们就是不告诉我,只是到了最后,一个女人才抽冷子来了一句:'你是个爷们儿,你受苦了……但是你能忍受这个的!''忍受什么?'我问道,感觉事情不妙。'在挖沟期间……有一天晚上……他们都被杀掉了……英国士兵和内务部队的走狗们……'我不知道如何去忍受,那之后,一连好几天好几个星期,我跌跌撞撞地到处打听,脑子里只旋转着一首歌:这么说他们杀了我的全家,就剩下了我自己。我想……啊!但是有什么用呢……有什么用呢……这时我想到,吉玛蒂失去了他的兄弟们,他的母亲精神失常了,他本人后来也被杀害了,而所有这些都是为了我们的斗争……但是尽管如此……那创伤……那太难忍受了,只是怀着这样一种信念,我们为之而战的美好明天,很快就会实现的……蜂蜜美酒之乡……这个信念才让我勉强活着。总之,你们知道,我们的国旗升起来之后的情形……那很美好,我是说我们的国旗,可是……不管怎么说吧,我买了那头驴……我用驴车将女性用品运到市场,就在那家大型制鞋公司倾倒垃圾的地方,也是从印度商人手里接管过来商店的店主人们倾倒垃圾的地方,反正就是在那个地方,有一天,我发现了他。他是个孩子……正在垃圾堆里寻找吃的。他捡到了一块面包,这时,其他孩子围了上来,声称他是从他们垃圾专属角落里捡到了这块面包……他向他们求情,他们追赶他,他就朝利穆鲁锯木厂的方向跑去。我的驴子险些将他撞倒……这样,我把他扶住了,其他孩子都跑掉了。他给我讲了这场争斗的原因之后,我问他:'你叫什么名字?''我没有名字,我是说,我不知道……''那你父亲和母亲呢?''他们走了。''你的兄弟们呢?''他们也走了。'谁也没有回来,但是他却一直希望他们会回来的!我想,不对,我甚至连想都没有想,可是这句谎话却显得那么自然,我脱口而出,而且说得那么自信,那么天衣无缝。甚至包括名字。'约瑟夫・恩吉雷尼,'我扳着他的肩膀大声说,'我的小弟……我就是你的大哥,那个走了的哥哥,我回来了……'我把他带回了家,他也没怎么反对,但是我一直不确定,他有没有相信我。几个星期之后,我有了些疑虑……但是我希望,鉴于我只剩下这一条腿的状况,他会对我有用的……替我去这儿去那儿地跑跑腿儿……那种状况一直延续到了万佳的出现,是万佳让我改变了对他的看法……现在我必须说,我从来没有后悔过……至少这最后的日子里没有后悔过……"

他们接着去万佳那里。他们并没有讨论阿卜杜拉讲的那个不一般的故事。

万佳的木制大房子确实很壮观,简直把阿卜杜拉的陋室比没了。房子四周是一圈修剪得十分整齐的松树、攀缘植物、叶子花以及其他花朵。院子里新割的草坪散发着一股清新的芳香,草坪上的图案是几个大字:爱就是毒。一个女孩打开门,将他们领进了一个十分宽敞的客厅。她推着饮料车送过来了各种饮料:塔斯克啤酒、皮尔森啤酒、腾溢塔杜松子酒、威士忌、肯尼亚雄蚕蛾酒。卡雷加拿了一瓶威士忌,木尼拉拿了腾溢塔。他设计的广告词被别人利用了,这一直都让他很痛苦,但与此同时,每当他在报纸上和标签上看到这一句广告词时,他又感到了一种作家的窃喜。女孩坐了下来,告诉他们,"妈妈"很快就会来接见他们,并问他们,要不要听些音乐？吉姆·里夫斯……吉姆·布朗……中国功夫/炫酷随机音乐……阿里·沙福尔……腾溢塔扭摆曲……应有尽有……也不等他们选择,她就放了由埃利亚·姆布鲁作的曲子《带着吉他的小混混》:

> 带着吉他的小混混,
>
> 我再也不和他们亲近。
>
> 好心请他们来派对,
>
> 他们却气得我要了命。
>
> 他们抢走了我女友,
>
> 我那可爱的心上人。
>
> 带着吉他的小混混,
>
> 我再也不和他们亲近。

墙上挂着英国乡村的古旧油画……题词是:"基督是一家之主"……玛撒在给基督涂油。桌子上摆着阿卡姆巴的木雕长颈鹿和犀牛。唱片刚一结束,那个女孩就消失了,这时,万佳穿着一件几乎透明的连衣裙站在了他们的面前。她涂抹的口红不像从前那样鲜艳,与她的面庞颜色更和谐了,她的非洲假发和她那庞大的身躯相得益彰。她发福了。她体重增加了不少,这使得她更显威风凛凛,大权在握。

足有几秒钟的时间,她和卡雷加相互注视着。她就那样一动不动地站着,除此之外,她并没有显露任何的惊讶。至于卡雷加,他却没有料到这个陌生人……这位女士。木尼拉并没有给他任何提示。至于木尼拉,他似乎很愉悦这种场面……他很乐于看到两个人都试图掩饰的窘迫。她坐在沙发上,同时面对着他们两个人,她的第一句话是对着木尼拉说的。

"老师……你该……至少你该提前告诉我。"

"大约六点钟他才来。"

"都怪我,"卡雷加解释说,"我……我以为……这不太晚呢。"

"这当然不晚……你好吗?我该说,你给我了一个惊喜。过去的鬼魂出现了。"

"我也以为他是个鬼呢……看他那样子……长得……完全变了样子。"

"你都去了什么地方啊?但是你一定饿了。老师给你弄吃的了吗?"

还没等对方回答,她就回手按了一个铃,又一个女孩突然出现在门口。

"露西……"

"是,妈妈。"

"去做点儿吃的……要快点儿。"

这里是一个梦幻般的仙境,卡雷加还有些摸不着头脑……她又问了一遍。

"什么地方……共和国的各地……我和那位律师工作了……一段儿时间……"他的声音低沉沙哑,但是却很坚毅。

"他现在是著名的政客了……"万佳说。

"事实上,我正是因为这个才和他工作的。在那之前,我在城里到处游荡,到处打个临时工。后来我加入了他的竞选运动。棚户区的人们一直记得他给予那些穷人的帮助。我认为,很久以前,我们那次凶多吉少、长途跋涉去大都市的长征,最终让他扭转了乾坤,这让他名气大增,即使那些没有见过他的人都知道他了。尽管那个卡姆温文化组织的全部机器都在阻止他,但是他还是赢得了选举。"

"穷人的捍卫者……"木尼拉补充说,"他应该小心谨慎……他那么大肆宣讲土地所有权的限制……对'齐心协力'项目的那么多的贡献……那可不是每一个人都会高兴的。"

"慈善……慈善……"卡雷加突然狠狠地说,"我不断地提醒他这个词,因为正是他,当我们在都市里找到他时,他首先使用的这个词。我们的分歧很大。当他说话时,我能看出,他看到的全部都是阴暗面。他可以用一种形象将其全部捕捉在脑子里。他的口才特别好。你们可以阅读他在议会里的讲话。错误的东西他一眼就能看到,而且十分清楚地看到,这样,当别人看不到这些错误的地方时,他就感到很痛苦。但是过了一段时间之后……我想……他太过于相信自己的信念了,那就是努力让人们看到这些错的地方并且忏悔……他非常虔诚,你知道吗……但是,对于他称之为的那个魔鬼所创造的那些圣殿,他有太多的信念。他的观点是,他的那些贡献……这么说吧……那都只是一种姿态……我对自己说:'一定还有另一条路……一定还有另一种力量能够足以匹敌这个魔鬼及其天使们。人类能够创造的,人类就能够改变,但是被哪些人类改变呢?'最后我离开了他。他不能理解我,我也不能理解他。但是他开阔了我的视野,这一点我很感激他……我来到了蒙巴萨……海港工人……"

"蒙巴萨?那些船还来吗?那些海员呢?椰子……沙滩……耶稣堡……我真想……那是很久以前了……"万佳兴致勃勃地说。

"我们就是装船卸船……经手那些财富……在火烤一样的太阳底下,我们赤裸着身体,汗水哗哗流淌。"

"可是工资很高啊……码头工人是所有工人当中工资待遇最好的……他们的工会领导人一直都很负责任,那是他们的优良传统。"

"工会领导人负责任？这我可不知道。我们工会的问题就是，领导人往往都是生意人……都是雇主。雇主怎么会领导一场反对雇主的战斗呢？你不可能同时为资本和劳工的利益来服务。你不可能服务于两个敌对的主人……一个主人输掉了……这次是劳工……工作……高温……桌子上的面包屑……我离开了……我光靠两只脚……从蒙巴萨走出来……到农业种植园里找打工的机会……但是我不能在一个地方工作超过两个月……奴隶……奴隶制……他们每个月的工钱是一百个先令……可是为此，他们却要付出全家人的劳动……丈夫、妻子、孩子……都住在一间茅屋里……被迫去采摘剑麻、茶叶和咖啡……我就坐下来想啊，我想了很多次，我们人民……我们建设了肯尼亚。一八九五年之前，是阿拉伯奴隶主在破坏我们的农业。一八九五年之后，又来了欧洲殖民主义者：他们先是偷走了我们的土地，接着又偷走了我们的劳动力，之后又偷走了我们的牛羊等财富，再之后，又用征税的方式偷走了我们的资本……所以，我们是建设了肯尼亚，可是从我们用汗水所建设的肯尼亚中，我们得到了什么呢？

"律师说得对，那个魔鬼所要求的汗水越来越多，可是，从它所要求得到的东西中，它所给出的却非常少。我和种植园里的其他工人谈起我的想法。他们就说：我们被炒鱿鱼了怎么办……我就说……工人团结起来……汗水团结起来……汗水的力量……这话就会传到种植园非洲拥有者的耳朵里……我就被开除了，接着我就继续挪动地方……这样，我就不停地挪动地方，这里干点儿，那里干点儿，在这个农场干点儿，在那个农场干点儿，我似乎在寻觅着我父亲的足迹，直到我发现自己来到了肯尼亚西部。我很幸运。我在一家制糖加工厂找到了一份工作。我在仓库做管理员，介于传递信息与仓库配货员之间的一种工作。

"我的工作很简单,就是给那些装配工、车工、电焊工以及其他的技工提供农场机械的零部件。水泵和发动机总是出毛病。他们需要不断地修理和维护。仓库也给欧洲人和上层社会的非洲人提供家庭用具、卫生纸、煤气等东西。但是也有机器运转很长时间都不出毛病的时候,这时,我就有时间四处转转,到处看看,想想问题。这家制糖厂的拥有者是英国麦克米兰公司的一家糖业工厂,其业务经营范围极其广泛,比如南非……苏丹……尼日利亚……圭亚那。这家公司的糖料作物种植园是在独立之后不久开建的……目的是开发这一地区……是提高生活水平。为了给该公司的核心庄园腾地方,许多农民被赶出了自己的土地。没有被赶出自己土地的农民,该公司鼓励他们在自己的小块儿地上种植糖料作物,而不是种植粮食。但是该公司购买糖料作物的价格却由他们自己随意来定!这些糖料作物的种植农没有组织起来进行抗议和讨价还价。所以,他们的生活很是悲惨。有些人甚至连孩子的学费都交不起……

"噢,对了……该公司有一位非洲人经理……奥乌奥拉·乌奥德·奥姆奥尼先生……事实上,有几位本地人也拥有该公司的股份。比如,公司的货物,包括糖料作物和滚轴,都由一个非常重要的权力人物所掌控着,我认为他一半儿属于马赛人,一半儿属于卡伦津人……他的名字很长……朗戈绍克·奥尔·龙加姆拉克·天真无邪先生……所以你们看,非洲人的参与是很广泛的。中层的管理岗位都是由非洲人来做。此外,所有顶层的技术工作都是来这里工作的欧洲专家,其实,要我说,他们只是些学生,却在这里指手画脚,吆喝着非洲裔糖料作物技术专业的毕业生。

"工人分成两类。一类工人在工厂里面工作。另一类工人在核心庄园里打工。其中有来自乌干达的农民工。他们干的活儿特别重,可是收入却他妈的低得可怜。但是在地里干活儿的人,他们的境遇最糟糕了。他们经常挨打受骂,挨欧洲工头甚至是非洲工头的打骂。他们组织不起来的原因是,管理层设法将他们按照部落和宗教信仰,甚至按照工作地点,分成了组别。那些在工厂里干活儿的人觉得他们比在地里干活儿的人有特权。但是在工厂里干活儿的人似乎组织得更好些。管理层是否是非洲人,或者说董事来自于他们自己的地区或者部落,他们似乎不太在意,他们要抗议还是抗议,该捍卫自己的权利时,还是照样起来捍卫。

"总之,一切我都看在眼里。我看到欧洲专家们专横跋扈的样子。我对自己说,我绝不会在自由的肯尼亚,让欧洲人或者什么老板对我无礼,而我又无动于衷。一次,当我正在给一位非洲实习技术员打下手时,那个欧洲专家技术员就来了。他要求我立刻为他打下手。他要我递给他一卷手纸。我告诉他这应该有先来后到。他说了句'蠢猪'!我拿起一个轴承向他砸去,正好打在了他的脸上。我被叫到了非洲经理和几个白人老板面前。那位非洲实习技术员为我做了证明。可是,他们非但没有斥责那个混蛋,反而将我解雇了……没有回旋余地……所以我就对自己说,那我就回伊乌莫罗格吧,看看那里发生了什么!"

"这可是一位流浪汉的正传……"他们都客气地做些评论,避免提及现在,避免提及他们共有的过去,推迟一些问题的问答。木尼拉和万佳能看出卡雷加变了,但是却说不出变化发生在什么方面。他们能够看到的就是,他与他们不一样了。露西又推来一辆小推车,送过来了肉食。他们静静地吃了起来。

"你在伊乌莫罗格打算做什么?还是仅是路过?"万佳问道。他刚才描述的肯尼亚西部制糖厂的事情,让他们想起了最近所发生的一件类似的事情。

"一个工人没有固定的家园……到处都是他的家,到处又都不是他的家。我在这里得到一份工作,我就在这里做工……我随身带着我唯一的财产,这就是我的劳动能力,我的双手,走到哪里带到哪里。买者愿意……卖者必须……这就是这种制度下的生活。"

"是的……这是生活。"木尼拉重复了一遍,但是并没有完全搞懂这句话的含义。

他们静静地吃着饭。卡雷加和万佳相互回避着对方的目光。她劝他们再来一杯酒。她又为他们斟满了各自选择的酒:腾溢塔和威士忌。酒喝完之后,卡雷加说他们该走了。木尼拉表示同意。万佳什么也没说。她脑袋里反复想着卡雷加讲的故事,其中的一些特征似乎就是伊乌莫罗格所发生事情的最基本内容。他们起身告辞。她站起身来送他们。这时,她的目光碰触到了卡雷加的目光,目光中闪现出……片刻无奈的相认。

"再坐一会儿,"她请他们再次坐下,"请……"他们又都坐了下来。她又给他们斟满了酒。她给自己倒了一杯加奎宁水的杜松子酒。

"我不喝酒……"她慢慢地,有些犹豫地说,"但是我要陪你们喝一杯。这么说吧,我也需要陪伴……见到你我真的非常高兴……我总是想起你。我曾一度以为你已经死去了,或者发生了什么。我的奶奶……她一直都确信你会回来的。我猜她绝不会知道,你会来找我的,哦,是在这种情况下找的我,我们大家见的面。你给我们讲述了一些你自己的情况……你的颠沛流离生活。毫无疑问,你也在想我们都怎么样了。我来告诉你,从某个角度来告诉你,为了你,我得和盘托出。我能看出……这个……你关心别人的那种特点在你身上从来没有消失过。你的眼睛里有烈火……火花……幻想。你可以责备我……我不祈求怜悯，或是宽恕，或者任何可以理解的借口。这个世界……这个肯尼亚……这个非洲，它们只知道一个规则。或者你吃掉别人，或者你被别人吃掉。或者你骑在别人脖子上，或者别人骑在你的脖子上。和你一样，我也在游荡，我不知道我要寻找什么，但是我却在徒劳地追求两件事：我在拼命地追求有个孩子……有个自己的孩子……你知道一个女人没有孩子是什么感觉吗？当穆瓦迪在这里时，我去找了他。他在隔间后面的声音说……女人，你犯了罪孽：忏悔吧！我不能告诉他，我绝不能告诉他，我曾经怀过孕，我曾经有过一个孩子……突然间，对于一个刚刚离开学校、一个刚刚离家出走的女孩来说，这个世界变得如此之大，如此可怕……我……我……我真的把自己的孩子扔掉了，把我刚生下来的孩子，扔进了厕所里……看！我终于说了出来……我从没有告诉过其他任何人。"

木尼拉和卡雷加都感觉有些惊讶。他们之所以惊讶，是因为他们完全没有料到她会告诉他们这个秘密。场面一时寂静得有些尴尬。他俩都回避她的目光。但是她仍然用同样的声音继续说下去。

"当时我很年轻。我并不是说我那么做是对的。只是当时那似乎是我唯一的出路：因为，我问我自己，我怎么能够照顾这个孩子呢？我到哪儿去给孩子弄吃的和穿的呢？后来，这个罪恶压得我透不过气来。每天夜晚……有时候甚至是今天，我都能够听到那个孩子柔弱的哭声……我曾试图为此赎罪……我向上帝祈祷再给我一次机会……再给我一次机会……可是一直没有成功……我甚至试图解脱这种生活……天知道我努力过……可是每次都发生一些事情，阻挠了我解脱的欲望。

"我也追求过爱情……可是爱情却离我而去……除了……除了……我得说出来……不要认为我在祈求或者要求什么……除了和你之外。那时我感觉我又成为真正的女人了。我感觉我是作为女人被接受了……做爱时,我第一次感觉到了没有负罪的压力,也没有了寻找的负担……后来你走了……我独处一处,不与任何人交往……苍天做证,我说的都是实话……我要诚实地生活,做诚实的生意,如果可能,赚诚实的利润。腾溢塔……人们对这酒也有着记忆……

"后来发生了变故……我的奶奶离世了……我必须得赎回这块地……我觉得那么做是对的……我把房子卖了……我仍然酿制腾溢塔……接着,有一天,我去了一趟他们建设了这个文化村的地方。你去过那里吗?你该去看看。女人们去那里给白人游客唱跳本地的歌曲和舞蹈……她们是收费的……好吧……那是另一个故事了……不管怎样,我到那里,发现了恩德里·瓦·里艾拉……还有我曾在内罗毕遇到过的那个德国人。那天夜晚的恐惧和颤抖再次降临我的心里……我几乎尖叫出来……直到我意识到,他并没有认出我。他是这个旅游文化村的拥有者之一,村子是按照他们的想象,在欧洲人来之前,我们茅屋的样子建设的。我们的文化……一座博物馆……供游客观光。我离开时,仍想着这次奇怪的遭遇。后来,我去见了莫奇戈。一项地方法规规定,所有酿酒商都必须领取执照。我以为莫奇戈会帮助我,因为我们毕竟把房子卖给了他。而且,不管怎么说,伊乌莫罗格也能容得下两个酿酒商的。他感觉非常不舒服……总是闪烁其词。接着,他让我看一份文件……我的英语不太好……但是我能看懂墙上写的东西的大意。

赤利县政务委员会(以下称"执照颁发方")与国际酒业

制造商（肯尼亚有限公司）（以下称"执照持有方"）签署协定即日起生效。协定如下……

鉴于按如下规定所支付的专利使用费，执照颁发方遵照专利发明第 ROB10000 号文件的精神，准许执照持有方生产腾溢塔的唯一执照。

"肯尼亚有限公司的董事有莫奇戈、储伊和基莫里亚。我几乎不能接受命运的这种突然变化……我甚至不知道我是如何回到这里的……但是我也开始了思考……基莫里亚，这个家伙凭借内务部卫队的关系，靠运输被英国人杀死的茅茅人尸体发了财，这时他仍在发财……这个基莫里亚，他曾经毁了我的一生，后来又侮辱了我，在我们的长征途中设法逼着我和他睡觉……还是这个基莫里亚，此刻他又成了伊乌莫罗格新经济发展的受益者之一。为什么？为什么？我问我自己，这是为什么？为什么呢？难道他的罪孽比我少吗？一天晚上，我就是这么充分地意识到了这条法则。吃别人，或者你被别人吃掉。如果你有个屁，请原谅我的语言，但是这似乎就是亚当的女人夏娃对所有那些生来就有这个器官的女人的诅咒，如果你生来就有这个洞，这个洞就不会给你带来骄傲，所以你的命运就是，要不嫁人，要不就为娼。你吃别人，或者你被别人吃掉。多么真实的道理啊，让我发现了。我决定行动起来，我就迅速地盖起了这座房子……这里没有免费的东西……这里有许多房间，很多处门，有四个院子……我雇用了年轻女孩……这不难办到……我承诺给她们安全……作为交换……她们让我交换她们的身体……你在种植园里流大汗，在工厂里出苦力，或者躺在别人身底下，这有什么区别吗？对各种类型的男人，我都有合适的女孩。有些人喜欢娇小的，有些人喜欢高大的，有喜欢母爱型的，有喜欢信教的，有喜欢有同情心的，有喜欢粗俗的，有喜欢厉害的，有喜欢异国情调的……我这里应有尽有……那我呢？我也做！我不能让自己闲着……迄今为止，那是我能够报复储伊、莫奇戈和基莫里亚的唯一手段……现在我和他们都亲近……我让他们相互吃醋……这很容易，因为我只通过预约才接他们……如果发生了冲突，我这帮女孩子……她们知道如何处理这种情形……而且，奇怪的是……他们还肯花钱……为了拥有我，他们竞相出高价……每个人都想让我成为他唯一的女人……

"对我来说，这就是游戏……一场金钱的游戏……你吃别人，或者被别人吃掉……现在我哪儿都能去……甚至可以去他们最昂贵的俱乐部……让人看见和我在一起，他们感到很自豪……即使就一个晚上……他们肯花钱……我必须得把心肠狠下来……这是唯一的路……唯一的路……看看阿卜杜拉……竟然沦为水果贩子，靠卖点儿橙子……卖点儿羊皮……维持生计……不，我绝不再回到任人宰割的羊群里……绝不……绝不……"

最后一句话她是用恶狠狠、尖叫般的语气说出来的，犹如她在回答她内心的疑虑。卡雷加感觉到了她的疑虑，更仔细地看着她的表情。她面孔变得十分坚毅，令他此刻捉摸不透。他感觉到了她说的话里如针扎般的残酷的硬道理：你吃别人，或者被别人吃掉。他被学校开除之后，难道他没有见过这残酷的现实吗？在蒙巴萨、内罗毕、在海上和咖啡种植园，难道他本人不也是挣扎在这残酷的现实中吗？在小麦和糖料作物种植园和制糖厂里，难道不是这样吗？这个社会他们在建设：自从国家独立的时候起，他们就在建设这个社会，可是在这个社会里，少数的黑人同欧洲的其他利益集团联合在一起，却在继续玩儿那场殖民主义的游戏，剥削别人的血汗，剥夺他人在空气和阳光下正常生长的权利。

突然，他正在看的，正在注视的，并不是她的脸庞，而是全共和国许多地方无数的脸庞。你吃别人,或者被别人吃掉。你靠别人把你养肥,或者你成了别人养肥的饲料。为什么?为什么?他的内心深处有一种东西在反抗:他不能接受她的立场和声明的残酷逻辑。不能接受吗?或者接受?在一个猛兽和猎物的世界里,你或是捕猎,或是成为猎物。但是有一些人,事实上有许多人,不能获得,甚至永远不能获得用以捕猎的獠牙和爪子。可是,对她所说的真理,还有别的选择吗?

"不对,不对,"他发觉自己把想法说出了口,"还有一条路,必须还有其他的路径。"就在这一刻,他脑子里闪过了他所去过的所有地方,他突然间看清楚了他所一直在追寻的那种力量,那种可以改变世界、可以创造新秩序基础的力量。

"在这个世界里?"她有些轻蔑地问。

"难道我们非得要这个世界吗?难道就只有一个世界吗?因此,我们就必须创造另一个世界,创造出一个新的地球。"他脱口而出,这话是对从基林迪尼到中部一直到西部地区,所有他见过并且工作过的无数的脸庞所讲过的。

"嗬!另一个世界!"她低声说。

"是的,另一个世界。另一个新的世界。"他重申了一遍。

"我们得走了!"木尼拉突然喊道,然后站起身来,向门口走去,然后跑到了外面,犹如后面有魔鬼在追赶他。

卡雷加也站起来,走到门口,然后犹豫了一下,回头看了看万佳。

她没有站起身来,也没有抬起头。她仍一动不动地坐在那里,在灯光照耀下,她有如一位女王,她的头部稍微前倾,在她所布置的微蓝色灯光下,她所积累的财富在重重地压着她的头部,她脖颈上珠宝饰品将她和她的影子坠到了地上,坠得她起不来和他们说再见,或者来关门。

卡雷加走了出去。到外面已经找不见木尼拉,但是他却坚定地向镇中心、向伊乌莫罗格的心脏走去,在那里,灯火与烟云以及遥远机器的轰鸣声在告诉外界,上夜班的工人们在继续着接力棒,为的是让工厂将自豪与力量咆哮在伊乌莫罗格上空。

木尼拉回到家里,躺在床上重复着这句话:另一个世界,另一个新的世界。这能是真的吗?这可能吗?

第十二章

1

"哦,这段……这个……这句很有诗意的话是什么意思,木尼拉先生?"

木尼拉俯在桌子上往前探了探身子,看警官在木尼拉写的所有这些内容中,到底指出了什么。令木尼拉如释重负的是,几乎经过了九天的隔离之后,他和警官终于面对面了。

"噢,一个新的地球,另一个世界?"木尼拉也重复了一遍这句话,然后往回靠了靠身子,实实地坐在了硬硬的长凳上,细细地端详对面的警官,对他脸上的那层粗俗的无知表情报以极大的怜悯,似乎那张脸与木尼拉所认识到的情形毫无关系:难道他们把他关在这里,不就是让他赶紧大大方方地接受罪恶和拯救吗?

"是的。"警官说,眼睛里显示出冷漠、宽容和无聊,"那天晚上,这句话对你意味着什么?"

木尼拉想了想。他脑子里片刻间闪现出两年前,卡雷加突然回来的那天晚上,万佳屋子里蓝色灯光下的情形:他当时觉得那个浑身珠光宝气、兜着迷你短裙的身体似乎非常遥远,非常孤独,可是此刻，那个身体却蕴藏着撒旦魔鬼的力量，当时他似乎觉得那魔鬼就要抬起头来，就要戳入他那软弱的外表，冲破他那脆弱的防线。是我，是我，噢，主啊，他听到内心里的一个声音在喊叫，他感觉安全多了，感觉能够面对警官了。这是他在拘留所的第十天了。确实，他一直都在心怀忐忑地期待着这第二次询问，但是有时候却疯狂地期待这次询问，疯狂地渴望自己被释放，可是，当这第二次询问时间到来时，他感到很惊讶，他竟然想再推迟一天这最后的面对面。吃过每天一成不变的用搪瓷杯子装的稀粥之后，他看到，警察并没有像往常那样，将他关回到牢房里，或者让他去操场上放风，而是直接将他领到了他们称之为办公室的只有四壁和桌子长凳的地方。木尼拉不满地说，他还没有完成那份稿子，但是他只是轻声地表达了抗议，因为他对这一切已经厌烦了。戈弗雷督察没有理睬他的反对，已经开始了他的提问，例行公事般地翻阅起他的监狱回忆录。

"这个……呃……这个新世界……那是什么？你在稿子不断提及这个词……"

木尼拉努力做了回答。对于他本人来说，这似乎一直都非常清楚，只是当他努力将这一念头讲述给别人时，事情就不那么清楚了。而现在，随着他绝望的加剧，他意识到他面前的任务该有多么困难：你怎么能够让一个腐败世界里腐败法律的执行者明白，换取更高境界的法律，换取纯洁、永恒、绝对、恒定法律的那种压倒性需要和必要性呢？在这个世界的王国里，甚至最聪明的人都看不到连小孩子都能看到的事情，这是为什么呢？改变了他生活和世界观的那支曲子在他灵魂的神经中枢震荡着：

　　一旦我们不再有罪，善的王，

　　哪怕我们死去，再次统治我们吧，

哈利路亚,哈利路亚,

哪怕死去,再次统治我们吧。

他想大声唱出来,但是令他诧异的是,他却心情平静地描述起了他的新大陆。

"你懂的,这并非是心血来潮的事情。只是,这些话从他的嘴里说出来,是在那充满了香气的肮脏场所说出来的,而且是在流放和流浪了五年之后说出来的,这确实令人心里不安,不安得令人奇怪。是从婴儿的口中说出来的,主说。而且是在那个犯有罪孽女人讲的故事之后,讲了她那个饱受磨难自我忏悔的故事之后,他说出来的。我现在相信,上帝揭示给我们的话语,并不是通过我们选择的背景来实现的。同样也是这些话语,我曾听老校长艾恩芒格说过,听我母亲说过,听我妻子说过,但是从他们的嘴里,这些话根本没有产生什么影响。一个新的地球。另一个世界。我脑子里和心里都不停地思考这些话语。从那之后,我再喝腾溢塔时,心情就平静不下来了。喝了五年的腾溢塔,我的身体已经对它产生了依赖,但是喝酒时,我的心却不在那里。在万佳的故事和经历的本质层上,那是一种不合乎情理的不公正。现在我知道了她的故事,然而……然而……教学工作变得更加无聊乏味。我怎么能够继续教孩子们如何进入一个连我都开始否定的社会呢?怎么能够教他们融入一个从根本上讲不符合逻辑并且邪恶万分的世界呢?老校长艾恩芒格被坎布里奇·弗劳德夏姆所取代了,弗劳德夏姆又被储伊所取代了,储伊在伊乌莫罗格拥有一家工厂,储伊是万佳的情人之一,储伊销售啤酒,而这个品牌啤酒的广告词是我最初设计的,以上这些现象我又怎么来解释呢?万佳逃离了基莫里亚的魔爪,可是……她怎么又……怎么又……更加灾难性地投入了他的怀抱呢?基莫里亚现在也是她的情人之一。还有莫奇戈……还有卡雷加……还有，我所了解的伊乌莫罗格被分割成了碎片……种种这些现象我又如何解释呢？所有这一切都说不通。阿卜杜拉为了国家的独立而战斗……可是他现在却靠向游客卖橙子和羊皮为生，每天借酒消愁，靠喝腾溢塔来忘却他商店被强制推倒所带给他的痛苦。是的。所有这一切都说不通。教育。工作。我的一生。各种事故。我本人就是一场事故。我是一个错误，我注定是一个旁观者，注定要在高楼上的一扇窗户向外看。我开始去教堂。这座新伊乌莫罗格英国圣公会教堂的建造资金，来自于肯尼亚基督教徒的捐赠，来自于国外教堂的捐赠，这建筑甚是壮观，离穆瓦迪·瓦·穆格曾经骄傲一时的宅地灰烬只有几米远，现在你能看到，那宅地的灰烬之处是一个考古博物馆。杰罗德·布朗牧师是伊乌莫罗格这个新的英国圣公会教区的主持和精神领路人。外面停着许多小轿车，全世界各地的品牌，应有尽有。我听着他朗诵准备好了的布道文，严正地批评人们酗酒，离婚太多，开车太快，不来教堂做弥撒，以及其他不检点的行为和罪行。祈祷文的内容没有任何变化，只是他们现在用'总统'一词，替换了原来'国王'一词。有一次，我曾想走上前去告诉他：我是某某人，是某某人的儿子，曾经被饿着肚子赶出了你的家。现在，我不饿了，不需要世俗的食品了，我正在地狱之火里面煎熬，请你帮助我。但是我想起了我在蓝山他家里时的遭遇，认为他很有可能用同样的方式来告诉我，我更需要的是精神食粮。我继续上教堂做礼拜。我被一种沉重的负罪感所累，似乎是我导致了万佳的堕落和这个世界的邪恶，我真的太需要被宽恕了。我甚至给我妻子写过信。我说，我正在开始看到她的生活方式才是正确的方式。在信的结尾，我说，一直按照你的路走下去吧，然后，突然间，我又把信撕掉了。我也会时常到阿卜杜拉那里去，他每天靠在'横贯非洲公路'旁向过往行人和游客兜售橙子、羊皮和蘑菇为生。可怜的残疾人。万佳曾经说过,我们都和阿卜杜拉一样,但是我们残疾的不是肢体,而是灵魂。

"正是在这个时候,我们听到了噩耗:那位律师被谋杀了。他在一家高档酒店被劫持,拉到了离蓝山约一英里远的地方,被用枪打死,扔给了鬣狗撕咬。好长时间里第一次,我、卡雷加、万佳、阿卜杜拉和恩巨古纳聚在了一起。我们并没有计划这次聚会:我们都是碰巧走到了恩巨古纳的铁屋脊房子那里。他妻子招待我们喝牛奶,但是我们都没有喝。我们无所不谈,只是不触及律师被谋杀这件事情。除了恩巨古纳之外。那句话似乎偷偷地溜出了他的嘴唇:'而且,律师遇害的那个山口,就是我们长征曾经路过的地方。'

"没有人接他的话。我不停地问我自己:他们怎么能够谋杀一个只是帮助了穷人的人呢?在这块土地上所有同心协力的努力中,他都做出了贡献。他拥有财富,但是他却努力将财富分给其他人,不管他们是什么阶级、什么宗教和部落。怎么会?为什么?我们各自都回到了自己的陋室。我仍然在扪心自问:我作为一名老师,站在所有事情的门外,难道还让这个错误继续下去吗?我即将做出一个决定。那个星期日,我没有去教堂。我突然憎恶起杰罗德的声音来,憎恶他的布道和祈祷。我从家里向伊乌莫罗格山岭的方向走去,准备用另一起事故结束这起事故。这个游戏不能继续下去了。这时,突然间,我看到了那伙人。他们穿着白色的服装,并且敲着鼓。他们被一群好奇的孩子围着,还有几个女人和男人。我停下来听他们说什么。一个女人在布道,她的声音令我十分熟悉:我们都犯有罪孽,所以我们得不到主的光辉普照。我不敢相信自己的眼睛:这个女人竟然是莉莲,一个改变了的莉莲,她正在领着一伙男女进行祈祷和布道,而且说的是特殊的灵言。她说到了一个新的地球,谈到了另一个世界,说在这个新的世界里,只要人们接受上帝永恒的法则,这个世界就不分什么阶级和部落,穷人和富人都将融为一体。不用教堂,不用学习,无须立场,无须好的作品,只需要接受,接受信念,你看啊,就有了一个全新的天地!这太简单了。然而,然而,还有别的什么能是真的呢?还有别的什么能够说得通呢?我们都犯有罪孽,所以我们得不到主的光辉普照。她的声音里蕴含着众多从前声音的力量,蕴含有众多未来声音的力量,亦蕴含有一个未来世界的力量。只需要接受!只需要接受!我的心与她的声音和声音后面无上的快乐跳在一起。不用学习,无须财富,无须好的作品,只需要接受。法则。永恒的法则。现在,你愿意接受这个和基督在一起的新生活吗?这个问题犹如是在对我而发:似乎她能够读懂我的心。就在那天,就在那一时刻,我遇到了莉莲,这是多么神奇啊!我看着她,看着她的眼睛,看着她的变化,我就问我自己:前些日子还用这同一宗教手段和我调情做爱添料的她,是怎么获得了这样的力量呢?就在那一刻,一切都揭示了给我。而且我真的看到了一个新的地球,因为此刻,基督就是我个人的救世主了。他能够移山填海,他能够将撒旦摔到地上,他能够征服这个邪恶的世界。和基督在一起、怀着对基督信念的新生活。我接受了法则。我的双腿颤抖。我跪倒在地上,喊道:‘我接受,我接受。’我发觉眼睛里流出了感激和幸福的泪水。我多年的痛苦和怀疑、多年追求世俗快乐的日子结束了……”

木尼拉声音里的某种安静但又坚定的信念竟然让戈弗雷督察听得津津有味。以前戈弗雷督察在审讯木尼拉时通常都表现得无聊得要命,然而这次却迥然不同。在无聊的表面后面,当然是一颗质问和计算的脑袋,那颗脑袋在过滤着词语,在储存着短语、表情和手势,同时也在寻找一条主线,一个关键点,一个线索,一个链

接,一个图像,所有这些或许能够将一切捆绑在一起。这时,他叹了口气,靠在了椅背上,脸上又表现出了那种无聊的表情:

"有趣儿,非常有趣儿。然而,木尼拉先生,我相信,人们总是看见你或是和卡雷加在一起,或是和万佳在一起,或是和阿卜杜拉在一起……我以为你,请原谅我的好奇,但是你已经不属于这个邪恶世界了……哦……这个……你就该抛弃这个世界,就该和那个神圣的……比如说,和莉莲待在一起啊。"

"你不明白。我们的使命是让其他人也看到这道光明。我想让每一个人都发现这个新的世界……"

"木尼拉先生……难道这不是真的……如果我有点儿搞混了,还是请你原谅……卡雷加也常和工人们谈起什么新的世界,难道这不是真的吗?"

"正是,"木尼拉兴奋地说,"这回你跟上趟了,你开始看明白了。我曾经想挽救他……我曾经想首先挽救他不受……"

戈弗雷督察突然双手抓住桌边,几乎沙哑着嗓子打断了他:

"不受……什么……你说的这个是什么意思?"

"不受他梦想的蛊惑……不受他魔鬼的梦想和幻觉的蛊惑……挽救他不去犯那种不可宽恕的罪孽……"

"什么罪孽?木尼拉先生,请你不要光用寓言说话!什么计划?什么罪孽?请你告诉我……而且要快点儿告诉我。"

警官的下嘴唇在颤抖。他犹如一只警犬嗅到了踪迹。木尼拉看了看他,看了看他那充满了血丝的眼睛,说:

"听我说啊,那就是骄傲自大的罪孽。那就是认为他和他的工人们,能够改变这个邪恶的……能够改变这个世界的罪孽……"

警官长出了一口气,顿时显得疲惫不堪。他丢掉了踪迹,真想在办公室的外面把这个宗教狂似的老师揍一顿。

"除了煽动罢工、消极怠工、工人至上等等那些共产主义的胡说八道之外,他有没有说,他打算如何改变这个世界呢?"

"我在说的是他的骄傲自大。他太骄傲自大了,甚至认为,不通过上帝和基督父子的帮助,他本人就可以改变这个世界,就可以改善这个世界。"

"你的那个挽救他不受什么什么的,现在我明白了。但是我相信,这仅是最初的……你还打算挽救他免受什么邪恶呢?"

"就是她!"

"谁?"

"万佳。"

"这是什么意思?"

"他又开始秘密地看她了。这我十分肯定。"

"你怎么知道的?"

"我看到过。"

"什么时候?"

"大约在大火之前一个星期。他们是在她的旧茅屋会的面。但是阿卜杜拉……"

警官又站起身来。他的嘴唇在颤抖。他紧紧地盯着木尼拉:

"你确信吗,非常确信吗?"

"是的。我看见他们了。我看见他们了。"他轻声说,随着一丝怀疑闪过脑海。他想,假如,他刚要补充点儿什么,这时,警官突然站起身来,向门口跑去。他又寻觅到了踪迹,这次他决心不再将其丢掉。木尼拉冲他喊叫。

"站住……等一下……我还没说完。"

警官回过头,脚步停了下来,但是却随时准备去追踪猎物。

"你们对他怎么了？你们对卡雷加怎么了？"

"你个蠢货！"警官怒喝道，随即又大声地发布命令，"把他带回去……等我下次提审他。"接着就急匆匆地朝其他牢房走去。

2

十天之前，对于卡雷加来说，那天上午他的被捕让他愤恨不已，因为，他刚刚听过早晨六点钟的新闻播报，听到的消息却是，由于基莫里亚、储伊和莫奇戈被谋杀之后，伊乌莫罗格的形势趋于紧张，所以，他们原先计划的罢工被禁止了。他愤怒地想，他们总是站在雇主一方。我就知道他们会利用这次纵火案为借口，来禁止罢工，然后对新兴的工人运动再次予以打击。

他一个人在一个囚房里被关了一天一夜。他在寻思，他们会用什么样的虚假罪名来指控他。之前他只被捕过一次：那次是他和木尼拉以及阿卜杜拉率领着一个"驴子"代表团长途跋涉进城的时候。当时多亏律师使他们免遭牢狱之灾。他想，那是很久以前的事情了。而且律师也被害身亡了。当时他并不十分理解律师：他真挚地热爱人民，他能够看到发生的事件并对其加以分析，他的这种独特的能力没有几个人具备；然而……他同时又似乎很着迷于这种能力给他带来的财产、社会力量和权威。他曾向卡雷加解释："你看，他们不能指责我受过的教育，不能指责我的职业资格，也不能指责我参与斗争。我在少年时代参加了巴图尼宣誓，并经常为交战各方做调停工作。我会穿上童子军的服装，这样，我所到之处就不会受到骚扰。他们不能指责我的财产。他们不能说我是搞虚拟游戏的卡佳。"说到这个双关语时他笑了一声，"所以，我能够毫无畏惧地为穷人说话，为土地和财产改革说话，比如限制人财富的积累……一个人，一个售货亭子，这类事情。一个人，一块地，这类事情。一个人，一件工作，这类事情。"律师被残忍地杀害，这一噩耗不仅使他感到震惊，也使全国感到了震惊。如此优秀的一个人……尽管他有这样或那样的缺点，可是他却是全肯尼亚有产阶级里勇敢、无私的人物中最优秀和最勇敢的代表。纵观肯尼亚的现代史，有产阶级中不乏勇敢和无私的人物。在二十世纪初，一些封建领主尽管受到了珠宝、棉布甚至白人保护权力的贿赂与诱惑，但是他们却没有站在殖民侵略者的一方，而是选择了和人民一起战斗而牺牲，还有，二十世纪三十年代和五十年代，一些有产阶级的人尽管受过高等教育并拥有万贯家产，却并没有背叛人民来换取英国人的小恩小惠。噢，那是很久以前了，在沉思中又闪现出了律师如何解救他们脱困于中央警察局和法院的镜头。此时，那些场面如同另一个遥远国度的模糊的景色一样。就连自己这个空想家形象，他也很难辨认出来了，而从前，他这个空想家曾大谈特谈非洲过去的辉煌，非洲伟大的封建文化，犹如有了这些知识就足以治愈一天的饥饿感，就足以解除一个小时的口渴感，或者足以给一个赤身裸体的孩子带来衣衫。英国的商业巨头和传教预言家们毕竟也曾经殖民和羞辱过中国，曾经逼迫中国人吸食鸦片，而当中国人拒绝进口这种毒品时，他们又诉诸了武力侵略中国，英国的学者们尽管在口口声声地赞颂着中国伟大的封建文化，但是却盗走了黄金、艺术和羊皮纸古书等珍品并将其运回了伦敦。埃及也是同样的命运。印度也是。叙利亚，伊拉克……上帝诞生于巴勒斯坦，甚至这样的事实……也没阻止欧洲商人军阀们的入侵步伐。拯救中国的，不是那些赞颂古代伟大文化的歌唱家和诗人，而是为了今天更美好生活而进行着独特斗争的工人们。不，那不仅仅是一个民族过去的辉煌，而且还是这些人民今天为了拨乱反正而进行斗争的辉煌,因为今天的乱,仅让少数人笑开了怀,却让大多数人哭出了伤心的泪。在听了妮娅金娃讲述的伊乌莫罗格过去的成就之后,他深受感动,然而现在,伊乌莫罗格的成就已经不再。仅仅才十年时间(他想,真的是时间如梭啊),伊乌莫罗格的农民就没有了自己的土地:一些人加入了工人大军,另一些人成了半工半农,一只脚在一小块土地上,另一只脚在工厂里,还有一些人变成了小商贩,住在"横贯非洲公路"沿线上甚至不属于自己的棚屋里,还有一些人变成了罪犯和妓女,他们靠着偷来的枪支和用得透了支的身体,从所有人(管你是工人、农民、工厂老板,黑人还是白人)那里谋得可怜的生计,过着吃了上顿不一定有下顿的日子。还有一些人试着制造炒锅炒勺,储水盒,喂鸡饲料的槽子;有的做了鞋匠、木匠;但是他们还能苟延残喘多久呢?看那条组织更严密的大规模生产线正在逐渐将他们挤出这些行业。牧民也遭到了类似的厄运:有些已经死去;有些被赶到了更远、更干旱的地方,远离那些新圈起来的供游客参观的野生动物保护公园;还有一些成了打工族,在富有农民的麦田或者农场上,面朝红土背朝天。在促成所有这一切的背后,就是那条横贯非洲的公路,和那座两层楼高的非洲经济银行有限公司,犹如是对所有这些变化的见证。

在他回来的最初日子里,他已经注意到并且辨识了这些变化,因为他深深地了解着妮娅金娃时代的伊乌莫罗格,深深地了解着神秘的穆瓦迪时代的伊乌莫罗格,深深地了解着恩巨古纳和罗洛时代的伊乌莫罗格。但是当他回首这些他曾经来过的地方时,他却发现了同样的格局:在一些地方变化迅速,在另一些地方变化缓慢,但是在所有这些地方,无时不在发生着变化。他没有别的地方可以投奔。继续读书?他已经失去了机会,况且,除了他亲眼所见、亲身经历的事情之外,还有什么可学的吗?土地?已经没有了土地,他出生在一个没有土地的家庭。但是,就连那些拥有土地的人,他们还能维持多久呢?因为他们的土地将会继续被分割成小块儿,之后再继续被分割成更小的小块儿,这样,家里的每个儿子才能都拥有一小块儿土地。可是为什么,为什么土地非得由个人来拥有呢?肯尼亚毕竟是由土地所构成的。肯尼亚和肯尼亚的土地归人民所共有,几个子女拥有土地并以此来支配自己的父亲或者母亲,这是不对的,那么只有几个人,或者一部分人,或者仅仅一个民族,来继承人民所共有的土地为自己所用,难道这就对吗?他最好接受眼前的这种形势,因为现在他唯一拥有的,就是自己的一双手了,他可以想办法将自己创造性的劳动卖给愿意买的人,然后与其他的劳动双手团结在一起,至少保证他们在数千根手指所创造的成果中,得到自己应该得到的那份。

至少他不愿意接受,他也不能接受,万佳逻辑中的那种死气沉沉的场面。那场面太过于残酷,其结果只能导致绝望和自我毁灭或者相互毁灭。因为,一个人只有靠把自己的屎尿和其他肮脏物抹在别人身上,他自己才能保持干净,这样的世界有什么意义呢?一个人只有靠让别人患上麻风病,他自己才能够健康,这个世界又有什么意义呢?一个人将别人逼良为娼之后,才能让自己圣洁道德,诚实正直,这个世界又有什么意义呢?总而言之,为什么那些少数人的洁净、健康、圣贤和财富所造成的受害者,非得总是接受自己的命运呢?历史的真正教训是:所谓的受害者、穷人、被践踏者、普通大众,这些人一直都在使用长矛和弓箭斗争着,一直都在用双手、唱着勇敢和希望之歌斗争着,他们斗争的目的就是终结这种压迫和剥削;他们会不断地斗争,直到实现一个人类的王国:这里的真善美、力量和勇气不取决于你多么狡猾,不取决于你拥有多少压迫他人的权力,而取决于你为创造一个更为人性的世界做出了多少贡献,在这样一个王国里,各个时代和地区文化与科技人类所继承下来的创造天才,将不是仅仅几个人的垄断,而是为全人类所用,这样,各种不同颜色的鲜花都会盛开并结果。之后,这些果实的种子将被种在地里,种子将再次在阳光雨露滋润下发芽开花。如果说阿卜杜拉能够认一个干弟弟,我们为什么不可以也这样呢?为什么不能在汗水、劳动和斗争中选择兄弟姐妹,相互支持,并且为那个美好的王国而努力奋斗呢?

在他腾溢塔酿酒公司做会计员的六个月时间里,他的这些想法成熟了起来。他的工作是将生产线上下来多少瓶酒的数量记录下来。他也参与计数往客户的货车上装了多少箱酒。他们管他叫"安静的家伙",因为工作时他总是非常安静,他只是观察,做编号,偶尔和一两个工人争执几句,但是仅此而已。他也把酒戒掉了,因为酒精削弱了他的精力,降低了他的集中力。但是他却经常去酒吧那里,在自动点唱机里塞进一两个先令,听他喜欢的歌曲,同时也是为了追最新的歌手和诗人。自动点唱机完全抢走了现场演奏乐队的生意。在一两个地方,他遇到了他从前的一些学生,此时已经是风华正茂的青年人了。他们仍然称呼他为老师,但是他劝他们不要这样称呼。他唯一回避去的酒吧,就是储伊或者基莫里亚或者莫奇戈可能去的酒吧,因为他们在视察完工厂里的工作之后,喜欢在这几家酒吧里待得很久。他去过旅游村一两次。他喜欢老一代的歌曲和舞蹈。但是当他看到恩德里·瓦·里艾拉及其德国和希腊的管理集团将表演者几乎包装成了木乃伊,将他们所有的情感和意义完全剥离掉了时,当他看到手里拿着照相机、嘴里嚼着口香糖、戴着猎装帽子的肥胖游客为这些毫无内涵的杂技表演鼓掌欢呼时,他感到十分厌恶,就发誓再也不来这个地方。他观察到工人们中间十分不团结。在他们的谈话中,他能够看到,有些工人对自己的内部行话、家族和地区十分自豪,并且就自己家族和地区的人在分配工作上的利与弊等问题,很快就会有人出头为之博弈。男人似乎认为自己比女人更富有一些,因为他们的工资待遇要稍好些,在选择某些工作上更具有优势。他们似乎认为,女人就应该低工资并且做繁重的工作。他们吵闹嬉笑地争辩,女人的真正工作就是,躺在床上劈开腿,容男人走向快乐的王国。

现在他对自己如何开展工会的工作台词已经烂熟于心。如果他们想成功地被人承认,并获得应有的劳动成果,他们就必须结束这种自我分割的状态。传单似乎开始神奇般地出现了,而且所有传单似乎都载有一个相同的主题:工人们都是机器和这条新公路的孩子。在这场剥削的游戏中,那些机器的拥有者们根本不在乎工人从哪里来。但是机器和新公路又是工人们的孩子,因为是工人们用汗水建设了这条路和工厂,也是他们用自己的能量和消费维持了整个这个综合体。机器是工人们的父亲,这不亚于工人们是机器的父亲,而且未来斗争的焦点将是由谁来拥有及控制机器和产品:是那些用汗水转动机器的人,还是那些权力来自于银行的人。而这些银行权贵最初没有犁地,也没有种地,此时却来收割丰收的果实。每一次争议都是在资本剥削劳动者的背景下发生的,而资本本身又是从劳动者那里所偷去的。为什么这些少数人掌握着劳苦大众的生杀大权呢?

六个月之后,人们突然间意识到,工厂里正在发生着什么事情。工人们会三三两两地在一起争论或者讨论着什么。每一张传单都是热烈讨论的主题,每一张传单都会秘密地在工厂里手手传递。除了内部核心的几个人之外,谁也不知道这些传单都是从哪里来的。但是传单上说的都是真话,所以工人们并不担心传单的来源。工人们第一步决定成立一个工会。董事们和管理层对此感到十分惊讶:几天前,这些工人还乖顺得如同绵羊,将工资花在腾溢塔上,而且内部争斗不息,可是他们现在为什么这样吵闹喧哗呢?

第一次斗争发生在腾溢塔酿酒公司工人联合会的承认和注册上。工人们站在了一起。他们举行了罢工。董事会做出了让步:全国各地其他的工会毕竟都被资方有效地管控了。但是他们必须要找一个替罪羊。卡雷加被炒了鱿鱼,尽管从理论上讲,他只是工会委员会成员之一。资方不知从哪里挖出了他的历史。但是他被炒掉这一事实,却提高了他的知名度,使得他更受欢迎,并立刻被选举为工会全职的、带薪水的秘书长。

酿酒公司工人联合会的胜利对伊乌莫罗格迄今温顺有加的工人们产生了极大的影响。突然间,就连酒吧女招待也想成立自己的工会。女舞蹈演员们组成了旅游舞者工会,为自己的演出要求更多的报酬。农业工人也纷纷效仿。伊乌莫罗格正在发生着某种大事情,企业的老板们十分震惊和担心。

这时,卡雷加真正的麻烦开始了。资方千方百计地挑拨离间。他们鼓吹什么本民族和本地区至上主义的论调。当这一伎俩没有奏效时,他们又晋升了一些工人,尤其是那些更仗义执言者,并给他们贴上了管理层的标签。根据法律,这些人不允许罢工。他们也鼓励一些工人购买公司的一两个股份,这样,这些工人就会觉得公司是他们自己的了。尽管如此,但是因为讨论机会的增加,学习小组和传单数量的增加,工人联合会仍然十分强大。

但是最大的威胁来自于一个新的灵恩宗教运动,这个新崛起的运动非常讲究平等主义。该运动反对有组织教会的虚伪。对于他们来说,穷人与富人之间,雇佣者与被雇佣者之间,没有任何区别……唯一需要接受的就是基督。耶稣拯救人类。仁爱是他们唯一需要遵守的法则。他们的目的是避免这个世界里的冲突与斗争。这个世界是另一个世界扭曲了的形象。扭曲的罪魁祸首就是撒旦。因此，唯一有意义的斗争就是与撒旦进行的一场精神战斗。他们举行集会，女孩子们声称她们能够用宗教灵语讲话，能与耶稣交流，用信念给人治病。莉莲就是她们的领袖。

一时间，这股浪潮令许多工人陶醉。一些工人甚至退出了工会，因为他们认为上帝的王国就在身边。

卡雷加知道，他必须要与这场运动做斗争。他经常引用"把现世交给现世君王，吾辈须要尽公民之义务"的诗句，目的是告诫人们要区分世俗斗争与宗教斗争之间的区别，告诫人们在进行一场斗争的同时，不能排除另一场斗争。但是内心里他知道，宗教，任何派别的宗教，都是制约工人的一种武器！

木尼拉尤其令他厌烦。他简直不放过卡雷加，利用一切机会劝他放弃世俗斗争的道路，并且首先要改变人们的心。如果所有的雇佣者都能够皈依基督，那么，自私自利的欲望就会终结。他曾一两次直白地告诉他离他远点儿，但是木尼拉却不气馁。他反而更加不遗余力地劝说他，这令卡雷加开始怀疑，木尼拉是否是被雇来专门跟踪他的。后来卡雷加了解到，整个这场运动的资助方是美国的一些教会，这些教会要求其教众将自己工资的十分之一捐给教会，从而经费十分充足。其中的少部分经费以后会返还给捐赠者，作为美国母体教会运动对"齐心协力"教会建设努力的资助。教众被鼓励阅读的书目十分有趣：理查德·沃姆勃朗特的《为基督而磨难》、比利·格雷厄姆的《燃烧的世界》，以及在美国出版的并且宣称共产主义就是魔鬼的其他小册子。这些书籍也警告世人，基督会立即再度降临，来根除自由世界的全部敌人。

一天晚上，万佳让他过去一趟。短信上只是简单地说，他们将在原来的茅屋里见面,他必须要到场。他奇怪她为什么要叫他过去。两年来他们都没怎么说话……可是现在她却叫他过去……

那几乎是那场致命案子发生的一个星期之前……

卡雷加在牢房里等待案情大白时,他在想她现在怎么样了,比如说,她是否从大火中恢复了过来。

被捕之后三天,警官开始提审他。他对情况似乎了如指掌。卡雷加不知情的是,戈弗雷督察所使用的是木尼拉的笔录。这位督察想把他和纵火案联系在一起,这一点卡雷加立即看了出来。首先,他似乎对卡雷加过去的某些事情尤其感兴趣。比如,他是怎么失去了他哥哥的?他解释说,他并不了解情况,那些具体情况都是阿卜杜拉告诉他的。

"这是否会让你产生一些怨恨呢?"

"那是很久以前发生的事情了。况且,在一场斗争中,你必须得站在某一个立场上。没有人会是墙头草。斗争就是一种形式的战争。一方或是胜利,或是失败。但即使是获胜一方也会牺牲一些人的。"

"你对斗争似乎很是在行。"

"这是常识。"

"告诉我:你为什么离开了希里阿纳?"

"我是……我是被赶出学校的。"

"什么原因?"

"我参与了某种罢课。"

"是这样。当时校长是谁?"

"储伊。"

"就是腾溢塔酿酒公司那位已故的董事?"

"正是。"

"是这样。这是否会让你产生一些怨恨呢?"

"听我说。你为什么要问我这些问题?"

"坐下,卡雷加先生。我不和你隐瞒什么。你来这样看问题。三个执行董事都在一个女人的房子里被烧死了,而据知,这个女人又对你非常好。你是个什么长……我是说……你是一个要求提高工资的工会的秘书长。董事们开会研究你们的要求。他们最终达成一致意见,认为你们提出的要求太高;假如你们宣布罢工,你们所有这些人都将被开除,他们将另外雇用新的工人。就在这同一天晚上,这几位董事就被烧死了。我是一位警官。我和法官不一样,我开始的假设就是,人人都可能是嫌犯,甚至包括我自己。"

"但是我已经告诉过你了,当时我正在通宵开会,在为我们号召的罢工确定具体的策略。"

"我知道。我知道。我不是在说……我不是在断言什么。我的工作就像……像医生那样,根据排除法来确诊。我再问你一个问题:你曾经是这个学校的老师吧?"

"对!"

"你为什么突然间放弃了教书工作?"

"我是被开除的。"

"被谁?"

"莫奇戈!"

"就是那位已故的……"

"你知道。为什么还要问我?"

"我必须要确信我们两人说的是同一件事情。告诉我你和万佳的关系!"

"我认识她。那是在过去。"

"你突然返回来之后,和她恢复亲密关系了吗?"

"没有。我们生活在两个不同的世界。"

"你们从没见过面?"

卡雷加犹豫了一下。

"没有。两年来,我们从没真的见过面。"

"是这样。我来给你播放点儿东西。"

他走到墙边,按了一个按键。一盘磁带或者录音开始播放起来。卡雷加听到了自己的声音。那是在工会执委会的上一次会议上,他在说:我们现在可以奠定一个新世界的基础。

"你们……你们怎么敢……"他真的感到了震惊,寻思到底是谁出卖了他。警官摆手让他闭嘴,然后把录音关掉。

"你看,卡雷加先生,我们有我们自己的工作方法。"突然,戈弗雷猛地一拍桌子,目不转睛地盯着卡雷加,犹如在向他施以催眠术,"告诉我:是谁杀害了基莫里亚、莫奇戈和储伊? 是谁下的命令?"

"我以为你们有你们自己的工作方法。"卡雷加讥讽地说,感觉到对方其实什么也没有拿准。

接下来之后连续八天,他们都在玩这个游戏。有时候他们两天不让他睡觉。接着,戈弗雷督察就会突然向他发问。他会用十分尖锐的评论刺激他,有时候他会嘲笑卡雷加信奉的工会主义,有时候他会直接发出威胁。到第十天时,警官脸上挂着既残酷又胜利的笑容来到他的牢房。

"卡雷加先生……"

"听我说。我十分疲惫。我被你们扣留在这里不知道有多久了,而且在回答你们一成不变的愚蠢问题。我告诉过你,我对纵火案什么也不知道。我不会装作我生气了,伤心了或者怎么的了,只不过,这个事件给了你们和雇佣者们一个消灭工会的机会。但是这与我没有任何关系。我不认为消灭某些人有什么好处。这个国家里有很多基莫里亚和储伊。他们都是一种制度的产品,正如工人是一种制度的产品一样。需要改变的是这个制度……而且只有肯尼亚的工人和农民能够做到这点。"

"噢,说得好,卡雷加先生。但是等我审理完你之后再看情形怎么样吧。现在,我只问你两三个问题。如实地回答我,我就再也不来烦你。我向你保证。你一直在告诉我,这两年来你真的从来没有和万佳见面。"

"是的,除了我刚回来的那天晚上之外。"

"你当时知道吗,我们之间不必掩饰这些东西,你当时知道她和这三位先生都发生了风流韵事吗?"

"那是众所周知的事情。"

"你说你再也没有见过她?"

"是的。"

"秘密见面也没有?"

"没有。"

"在恩巨古纳的家里那次……那是在那位律师死后,你怎么说?"

"是的。但是那不算是见面。"

"你认识那位律师吗?"

"认识。"

"为他打过工?"

"是的。"

"你有没有产生过一点儿……但是这不重要了。现在,卡雷加先生,我要求你好好想一想。在这场大火之前一个星期,你去见万佳了吗?"

卡雷加稍微犹豫了一下。然后他说：

"是的。"

"是这样。你为什么要隐瞒这点？"

"那不重要。"

"为什么？"

"是私人之间的事情。"

"卡雷加先生，那天晚上你们讨论了什么？"

"这我不能告诉你。那是私人之间的事情。"

"你还开过其他的秘密会议吗？"

"没有。"

"现在我该不该相信你呢？"

"你可以选择相信什么，选择不相信什么。"

"是这样。卡雷加先生，阿卜杜拉有没有偶然地参加了这些秘密的私人会面呢？"

"我告诉过你那只有一次。而且阿卜杜拉并不在场。"

"卡雷加先生，你是谎话连篇啊！"他突然暴怒起来，给了卡雷加两记耳光。卡雷加嘴里流出了血。戈弗雷冲着看守喊了起来。

"把他带下面去，到那个红屋子里。给他用一点儿药，先尝尝我的手段。你听过那著名的'七根带子鞭'吗？工人领袖！我亲自来收拾你，牛皮鞭子一滴一滴地蘸着盐药水，直到你说话，直到你最终后悔沿着这条'横贯非洲公路'来到了伊乌莫罗格的工厂里。把他带出去！"

3

阿卜杜拉蜷缩着身子坐在一个角落里。尽管经过了九天的审讯,被逼着做一个接一个的笔录,偶尔还遭到了粗暴的对待,但是他心里仍然感觉出奇地轻松和镇定。他感觉在他目前的处境下,上帝的手在指引他,上帝突然间给他解脱了(他似乎是这样感觉的)多年的重负,很显然,有人践行了阿卜杜拉自己的愿望、幻想和宏图,因此从某种意义上说,不仅是在一个方面拯救了他。唯一令他心神不安的是对万佳的牵挂:她有没有从震惊中恢复过来?她有没有从休克状态中苏醒过来,或者出了院?除此之外,他的头脑十分清醒,而且能够不带有任何怨恨情绪地看待自己的一生,而从前则不然,他看待事情,评价自己的过去和当前,总是被那种怨恨情绪所模糊了判断。他从这场斗争中到底期待什么呢?他的期待一直都是以一种美丽的梦想展现的,是一种模糊的温柔的许诺,是一种达到更高远、更崇高、更神圣境界的召唤,是一种他可以多次为之献出生命的事业。现在,他的这个梦想已经逐渐破灭,结果,在伊乌莫罗格,他那美梦光辉的火焰已经化为灰烬。当年在老伊乌莫罗格,有那头驴作为他的另一条腿时,他只是想恢复一下往昔的情形(只要稍微恢复),即使仅拥有一家商店,就像他父亲在老利穆鲁容盖市场上所拥有的那个商店一样。那是在商店被强行关闭之前的事情了,当时发生了一件大事:拉嘎,一位臭名昭著的与敌人狼狈为奸的叛徒,在基亚姆布医院被人用枪打死了。在昔日的伊乌莫罗格,有一段时间,那段时间确实很短,当卡雷加谈起过去四百年中非洲英雄们抗击欧洲侵略者的事迹时,他心里的灰烬曾经燃起了希望,他觉得那余烬似乎并没有真的灭掉,似乎有一丝火花在闪耀。但是随着卡雷加从伊乌莫罗格的突然离开,就连这点儿火花也灭掉了。阿卜杜拉又重新开始他的复兴计划,然而他却痛苦地怀念他那头驴子,真的如同失去了自己孩子一般地痛苦。唯一一件不断给他带来快乐的事情,就是约瑟夫在学校的进

步。当学校进行的首次水平考试成绩出来之后,约瑟夫名列榜首,
而且可以升到希里阿纳高中了!他不禁想到,在这一系列事件发
生之后,这种奇怪的巧合和历史的重复,肯尼亚还真是个很小的
世界!

在他那悲苦愤恨、许诺被打破的荒野中,更有肯尼亚战士为保
卫国土和捍卫自由而流血但是仍被出卖了的绝望中,另一个能给
他带来快乐的就是万佳了。自从她来到老伊乌莫罗格之后,她一
直都是无条件地接受了他,不像许多人那样对他表现出怜悯施舍,
而这种怜悯施舍又是婉拒的代名词。她让他的生活变得容易,让
他期待第二天黎明的到来。和她一起在腾溢塔项目上工作时,他
曾经感到:也许情形会改变的……也许攒了一点儿钱之后……这
里攒点儿,那里攒点儿……也许……过去的记忆就不会那么痛苦。
金钱可以作为一种羽绒垫子来缓解任何磕磕碰碰。也许……也
许……这就是他们所有人真正为之而战斗的吧……机会……机
遇……除此之外,人类还能需要什么呢?就是一个机会……其余
的都将由他个人工作的努力程度和情商来决定了。这样,他把问
题就想明白了,然后就是努力地工作,完全信任万佳的务实精神和
严格的管理。在她不懈的指引下,伊乌莫罗格似乎突然间扩大了:
新修的公路,工人的大量拥入,银行,专家,舞者以及无数的小商贩
和手工艺作坊。他看到这些变化好像是万佳用魔法给变出来的一
样。好一个了不起的女人!真是千里挑一啊!对于他来说,万佳
似乎就是所有这些无数活动的真正中心,而所有这些活动又都是
乖乖地遵循一条隐形法则在运作着。接着,正当成功和胜利似乎
近在咫尺,好像他立即就能够伸手抓住时,灾难再次降临到了他的
生活中。万佳不惜重金将家里的土地赎了回来,他对万佳的这种
无私的荣誉之举热烈鼓掌。但是他担心这会对她产生影响。因为

突然间，她犹如失去了那种牢牢的掌控，失去了与那条隐形法则的和谐共存。当时他希望，把那座工厂建筑卖掉之后，他们仍然可以在他们的老厂址继续赚钱，然后再买地建造一座新的工厂。就是嘛！他们甚至可以继续沿着"横贯非洲公路"向前发展。他一直都对这条公路怀有某种个人的情感，这不仅是因为公路使他的活动变得容易了，而且还因为，他感觉他的那头驴就是对这条路落成的献祭。不管他在公路附近什么地方设立新的营业点，他都总是觉得驴子回家了。但是命运却朝着相反的方向发展了。新伊乌莫罗格的开张，就是老伊乌莫罗格的覆灭。此刻，基莫里亚的影子再次撞到了他。

在下达关闭他们肮脏的工厂之后的一个星期时间里，阿卜杜拉就待在他的商店，达拉马沙商店里，绞尽脑汁地冥思苦想，然而脑子里却想不出什么确切的连贯的东西。也许恩丁古里在阴间诅咒他，怪他没有信守诺言为他的被出卖和牺牲报仇雪恨。假如在那个星期和第二个星期，基莫里亚来到了伊乌莫罗格，阿卜杜拉一定会把那个混蛋给杀了。他会毫不犹豫地出手的。但是基莫里亚已经是一个非同寻常的大亨，他的许多企业买断和财产交易谈判都是通过银行、保险公司和房地产代理商经办的。一个星期之后，阿卜杜拉来到了万佳的地方，也就是她的妓院。他知道她已经发生了变化。对她这种似乎铁了心的最终沦落风尘的行为，他本身感觉受到了羞辱。这伤害了他，但是他又理解。他站在门口，然后进屋坐了下来，开门见山地和她谈这个问题。他有些结巴，思维有些混乱，但是他目的明确。"听我说。求求你。别干这行了。我有一点儿钱。在最近那次销售的所得中，我那份儿还分文未动。嫁给我吧。我这样子倒是没什么可看的，但这就是命运。"他说完了，尴尬得最后一句话几乎没有说出来。她站起身来，转身走进了一间里屋。之后她又镇静地走了出来。"我对我的所作所为,我的心已经没有眼泪。你知道我努力过。这些曾经是老腾溢塔酿酒厂员工的女孩子,我往哪儿甩她们呢?难道要甩给那些也想从她们身上赚钱的人吗?不,为了她们我也不能停下来。从现在开始,一条永远的原则就是:万佳第一个上。我一直珍视你的友谊。我希望我们仍然是朋友。但这是我酿的苦酒,我必须得把它喝下去。"他料到了会是这种结果,但是他仍然还是很痛苦。

他试着自己做各种不同的生意。他非法酿制香佳酒和腾溢塔酒。但是这个地区已经设立了一个警察局,他几次被抓,都是花了大把的钞票才没有被定罪。接着他尝试在新伊乌莫罗格租了一座房子。他将他与万佳合伙鼎盛期间所积累的钱几乎都投了进去。但是许多工人买东西都是赊账,付款并非总是那么及时,所以他的现货非但没有增加,反而在减少。附近又开了家超市,他根本不是人家的竞争对手。他把店关了,又回到了街上,几乎成为乞丐。他看着新的腾溢塔综合楼拔地而起,觉得这是命运在嘲弄他和他的同类人。他所剩下的钱只够买橙子,然后到路边卖给过路的司机。他兜售橙子,偶尔也兜售羊皮。他不停地想,看到命运对他的这般捉弄,卡雷加会怎样嘲笑我啊。

他开始酗酒,就是为了喝醉。他什么也不想知道,或者说什么也不想记住,或者,对于他周围所发生的任何事情,他既不想去思考,也不想有什么感触。他卖橙子收入可怜,但是不管挣的钱有多少,他都给自己买酒喝。周末时,他会去新伊乌莫罗格酒吧和饭店,因为那里是基莫里亚及其一伙人偶尔来伊乌莫罗格时,来饮酒和吃烤羊肉的地方。酒吧的老板是一名前政府官员,他雇用的女招待们水亮性感,一直都很吸引顾客。阿卜杜拉并不想杀死基莫里亚,或者骂他。他只是想好好看看这个命运如此眷顾的人到底

是什么样子。采用其他的世界观或者姿态有什么用呢？基莫里亚
是对的。他做出的选择很明智。阿卜杜拉再次成了著名人物，但
是这次，他是以醉鬼和橙子及羊皮贩子的身份出的名。他的名气
真是太大了，就连基莫里亚也曾一两次朝他这个方向点头示意，当
然，他并不知道他到底是谁。阿卜杜拉唯一从来不做的事情就是
让别人请他喝酒。深夜回到自己的破屋里，他躺在床上，在孤独与
黑暗中，他就开始嘲笑、讥讽恩丁古里，并冲他做出各种蔑视的表
情：你以为我能为你报仇。哈哈哈！看来你比我还愚蠢。你有什
么权利去死？死了！死了！死了一次又一次，孤独地死了，别期待
我或者别人给你举行葬礼。我，阿卜杜拉，要活着，要享受腾溢塔。
我要腾飞，要与腾溢塔一起腾飞。看看现在。我们拒绝了木尼拉
的广告语，可是现在，这句话却成了闻名全国的广告。木尼拉，那
个傻瓜，但是他人不坏。不坏，一点儿也不坏。我们一起喝酒，一
起开玩笑，他也不介意我提醒他，当年堆在他校园里的那一大摊屎
尿。你笑了？笑吧。但是现在我知道了，骑在人民头顶上拉屎的
这种生活更美好些。我要享受自由的果实：腾溢塔、香佳。我破
烂、肮脏的衣服？只要我能喝酒，并且能够自食其力，我衣衫褴褛
这又有什么关系呢？让基莫里亚、莫奇戈和储伊享受我的商店吧。
那商店不是他们偷去的。只是他们很有智慧，至少基莫里亚很有
智慧。他拥有智慧这我不怪他。不会的，不会的，我阿卜杜拉是不
会怪他的。也让他吃他那份儿吧，吃自由的果实，包括万佳。万佳
啊！恩丁古里，你在地下有知吗？你能想象她又回到了他的怀抱
吗？她曾经说过基莫里亚对她犯下了滔天的罪行。她也很有智
慧。都是因为钱……都是因为钱……恩丁古里……你给我钱，我
就能给你报仇雪恨一千次。我口袋里没有硬币，要想报仇就没有
力气。这时，他就会捶打自己的胸膛……别，别太往心里去。我为

祖国事业失去了一条腿,我这不是也很愚蠢吗?我说:母亲们有什么权利把儿子们送到战场上,因为本该让他们给欧洲屠夫们做些讨厌的跑腿儿活计,那岂不是更有智慧?一群蠢货。他们都该向万佳学一学。

他很少见她,却时常地撞见她,撞见这位淑女。但是在他面前她从不摆淑女的架子,每次见到他,她真的总是热情地和他打招呼。有一次她还试图给他钱让他买衣服。那是在一条街上。他努力地用一条腿站稳,接过第一张钞票,将其撕成碎片,然后就一瘸一拐地走了。用她的钱来买衣服穿,那他不成狗了?因为那钱很可能是基莫里亚给的。但是后来他为自己的行为感到了羞愧。他十分清楚,是她在为约瑟夫交着学费。不管怎样,他并不怪她:她走的路也是这个世界所倾斜的路。

一次,在她罕见的公众露面的一个场合上,他见到了她。他不得不承认,在她选择的这个游戏中,没有几个女人能够胜过她。那是一个欢庆会上。那个欢庆会有两层意思:庆祝一家新高尔夫俱乐部球场的落成,并欢迎为腾溢塔项目投资的母公司,盎格鲁-美利坚杜松子酒业公司的总经理斯沃洛·布拉德奥尔勋爵。这次的合资企业是外商与本地人最成功的合作项目之一。到场的名流荟萃:欧洲人、亚洲人、非洲人,包括恩德里·瓦·里艾拉议员,以及他在卡姆温文化组织的哼哈二将"大肚子"和"昆虫"。伊乌莫罗格的老百姓可以从两条绳子拦起来的围栏外面观看。万佳也在场。她身着长长的酒会礼服,头上戴着大号的非洲假发,手指上戴满了戒指和廉价的宝石。她可以让所有在场的人都六神无主,她一会儿和这个人耳鬓厮磨,同时漫不经心地靠在另一人肩上,一会儿又冲一个人莞尔,同时却将圆月般美丽的眸子抛向了另一个人。当斯沃洛·布拉德奥尔勋爵致辞,说高尔夫球和板球创造了一种投资所必需的稳定和相互友好的气氛时，人人都为其鼓掌。全体在场人士还站起身来，长时间鼓掌，并为外国资本和专业技术与当地具有市场和政治形势敏锐度的商人之间，更健康美好的合资未来干杯。

阿卜杜拉转身走开了。

在那段时光里，他最好的伴侣就是木尼拉了。他们会一起喝酒，阿卜杜拉也偶尔会放声歌唱，赞美万佳，详细诉说新伊乌莫罗格的诞生。

接着，卡雷加归来，木尼拉变成了宗教的狂信者。阿卜杜拉此时无人为伴。木尼拉整天会如影随形地缠着卡雷加，和他讲述与基督在一起的新世界。有一次，当他与卡雷加争论关于茅茅战争（是否仅是为了要求将白色高地归还给黑人所有者，并且终结在大酒店和商业圈里种族隔离问题，还是为了有更多的要求）时，卡雷加本人也谈论起新的世界来。两个愚蠢的家伙。根本没有什么别的世界。只有现在这一个世界，而且他，阿卜杜拉，将继续在这个唯一的世界里，边喝廉价的腾溢塔酒边唱歌。

所有这些他都是如实相告，目的就是让警官明白，他已经失去了所有复仇的想法。除了在命案发生的那天，因为在那一天，他所有的情感都如河水倒流，变成一股不可抗拒的力量。但是他却不能告诉他，这是因为他，仅在一个星期之前，也发现了他自己的世界，一个新的世界。

那是在一个星期五。他收到了一封信，他顺手将信塞在了口袋里，只是到了晚上他就要睡觉时，才掏出来看信。信是约瑟夫写来的。肯尼亚英语考试模拟考试的成绩出来了，约瑟夫领先六分。阿卜杜拉不知道"模拟"是什么东西，也不知道这六分意味着什么。但是他知道，约瑟夫在希里阿纳高中是优秀学生，在他这阴郁的生活中,突然间出现了这么喜庆的事情,他感到了非常温暖和快乐。他想把自己的喜悦与人分享,这时,万佳进入了他的脑海。他想起了那天他把她给的钱撕毁的情形,现在是一个机会来表明他非常感激她及时的帮助。他朝着她那座木制的妓院走去,但是在路上,他遇到了卡雷加。卡雷加和他打了招呼,并告诉他万佳在昔日的茅屋里。他来到茅屋时,发现她在哭泣。但是当他告诉了她关于约瑟夫的消息时,她突然停止了哭泣,在泪花中发出了笑声。就像从前那样,他们谈到了深夜。但是这次,他要了她,她并没有反对。这次轮到他感觉旧世界轰然离去了。

正是因为如此,在发生命案的那个星期六,他醒来时感觉好极了,简直是空气中都弥漫着快乐。他那种幸福的感觉已经持续了一个星期。他甚至连酒都没有喝。万佳再次赋予了他生命,他认为自己没有理由将生命浪费在腾溢塔上。更让他兴奋的是,今天晚上她还要他去见她。地点并不是昔日的茅草屋,但是他并不介意她的另一个住处。如果时机合适,他甚至可以规劝她放弃这种红楼生意,因为现在她已经十分富有(她甚至可以将木房子烧掉),然后再盖一座石砌建筑。他吹着口哨哼着歌:他怎么会嘲笑了木尼拉所谈论的另一个世界呢? 只是,此时此刻对他来说,一个女人就是真实的另一个世界:她轮廓的曲线,峡谷河流,小溪山丘,峻岭高山,悬崖峭壁,陡坡缓路,而且最为重要的是,秘密生命之源的运动。尽管她的倾慕者众多,但是有哪一个探索者敢于声称,他触摸到了那个世界的每一个角落,饮到了她每一条溪流的甘甜清水呢? 别人嘛,就让他们待在自己的世界里吧:平淡,灰暗,没有轮廓的曲线,没有急转弯,没有惊叹不已,一切尽在意料之中。一个女人就是一个世界,就是整个世界。他剃了胡须,把自己所有的衣服都试穿了一遍,看看哪件衣服脏得差些,褴褛程度低些。在夜晚开始第二次探索旅程之前,他不知道该怎么打发自己。中午,他到街上去散散步。他步履蹒跚地走进了新伊乌莫罗格酒吧和饭店去点几首曲子。接着,当他俯身向楼下看时,他看见了基莫里亚的奔驰车和他的专职司机。同时他也看到了莫奇戈和储伊的车子。今天是董事会成员开会的日子,他们要讨论决定如何回答腾溢塔工会所提出的要求。他脑子里犹如突然卷过来一股热浪一样,闪过一个念头。假如可以用语言的形式来表达,那么这个念头或许该是这样的:今天晚上,基莫里亚可能要去万佳那里。

他感到一阵眩晕。他的脑袋在转啊转,世间的混乱和不公平都闪现在他的周围。他觉得自己可能要摔倒,就紧紧地抓住了阳台。足足有几秒钟时间,无数的场面接踵而至,似乎他已经失了控,好像他什么也不是了,犹如一具空壳。不,他是一只呼呼喘气的狗,湿湿的鼻子,伸出的舌头流着涎液。他正回应主人的招呼在不断吠叫。不。他不是狗。他是正在和尼克松总统拥抱的蒙博托总统,在寻求援助的访问中,他的样子非常快乐,而尼克松总统则在向美国的商人和伞兵部队做出各种表情,让他们快点儿把扎伊尔的石油、黄金、黄铜和铀统统卷走。他是阿明,在推翻了奥博特政权之后,他受到了女王的接见。不,他就是自己的那头驴,正在傻傻地叫着,但是却忠实地为主人驮着沉重的货物。除了不是自己,他是那么多的东西,是那么多不同的人。与此同时,他感到了柔弱,似乎连最后一点儿男人的气概都没有了。他奋力控制自己,坚定自己的意志,紧紧地扶住阳台,努力地掌控着这些场面,将这些场面归拢理清,绝不能让它们在他周围张牙舞爪地恐吓他。一位女招待路过时问他:你怎么了,阿卜杜拉?他没有回答,他不能回答。他的独腿逐渐恢复了力气,太阳热浪熔化大脑的感觉消失了。他一瘸一拐地下了楼梯,经过了那几辆等人的豪华车,回到了自己的住处。他坐在一个盒子上,掏出来那封星期五约瑟夫寄来的信,又读了一遍。然后把信放回口袋里。一滴眼泪,一滴泪珠,流下他的脸颊。他很不耐烦地将泪珠擦去。他将水,将一个杯子里的凉水,倒入手中,洗了一把脸。他内心突然变得十分清醒和镇定。一层长达十六年的迷雾终于散去。他并没有妒忌或者别的什么感觉。他只是在内心深处知道,今天晚上,这个星期六,基莫里亚即将完蛋。只有到那时,他才能够重新获得称呼自己为男人的权利。

他不知道这是什么。他只知道,今天晚上,他,阿卜杜拉,将去杀死基莫里亚,如果不杀死基莫里亚,他将再无颜面对万佳,或者卡雷加,或者木尼拉,或者约瑟夫,或者他自己。不是明天……不是后天……只有今天。他非常确信,思路非常清晰,简单,符合逻辑。他并没有因为愤怒或者什么情绪而颤抖。他甚至都没有从前那种为了出师有名而产生的义愤填膺感。你可以称其为正义,或者公平,或者妒忌,或者复仇,随便你叫什么。但是他已经做出了决定:时间、日子和地点他主宰不了,但是付诸行动却是他的自由。他还没有想使用什么武器或者用什么方式,但是他知道,他可以离几步远,就能够飞刀穿心毙敌。他曾经用他这种著名的飞刀绝技杀死了许多敌人,甚至动物。或者他可以把房子烧掉,不留任何痕迹。是的,他可以办到。用哪种方式不重要,重要的是他要去做。

他已经恢复了体力,而且心中目标明确,他又来到了街上。从前的伊乌莫罗格如同一幕幕电影那样在他脑海里闪过。他看见自己十二年前赶着驴车来到这里。之后又来了木尼拉、卡雷加,以及卡雷加带来的那种血气方刚、刨根问底却又天真无邪的性格。每一幅画面,万佳的画面,妮娅金娃的画面,干旱的画面,飞机的画

面,新公路的画面,整个新伊乌莫罗格的画面,轮廓都是那么鲜明,
场景都是那么鲜活。他走到了一群工人当中,这些工人正在等待
董事会所公布的任何决定。如果不涨工资,他们都将出来参加罢
工,连续罢工八天。挎着照相机的记者们都严阵以待,随时准备抓
拍董事们。他现在有了闲暇来赞叹卡雷加。如此镇定自若。如此
投入到了工会运动中。他自言自语地说,那是骨子里的东西,因为
他想起了年轻气盛时的恩丁古里。然而,站在那里又让他感觉格
格不入,因为他又想起了他与卡雷加之间的争执和分歧。此刻他
想,这些由卡雷加所领导的工人之所以聚集在这里,也有可能是在
反对他和万佳。让他感到惊讶的是,仅在几年前,他也曾经当过老
板,尽管规模很小。卡雷加和他们斗争也能发扬那种痛打落水狗
的精神吗?他等得有些不耐烦,他们涨了工资毕竟与他卖橙子关
系也不大。或许,他们会多买些橙子,但是他也确信,他们也会喝
更多的腾溢塔酒。他想,董事们不给他们涨工资,那简直就是傻
瓜,此刻他又对工人们和老板们都产生了一种宽宏大量之感。工
人们毕竟还要把钱花在工厂上。他开始朝伊乌莫罗格酒吧及酒店
的方向走去。他知道,开完会之后,他们肯定会来酒吧这里。他沿
着主街往前走,经过了市场附近堆积如山的垃圾场,里面有腐烂的
橙子以及其他腐烂的食品。他站在那里,看着一群群半赤身裸体、
肚子凸出的孩子在争夺着地盘,激烈地争吵说哪块儿地方的垃圾
应该归哪伙人所有。他摇了摇头。在这物产丰富的地方,竟然有
这种永恒出现的赤贫与剥削的循环!他又重新朝着他所选择的命
运方向走去。

　　果然,大约在七点钟时,他们都来到了这里。他们很显然表现
出了自我感觉很胜利的样子。先是储伊看了看手表,首先找个借
口走了。之后,过了好一会儿,莫奇戈也借口有事儿走了。阿卜杜

拉此刻被一个不可抗拒的魔鬼附了身。他觉得他要向基莫里亚说话。他觉得自己有这个力量和权威,因为他已经判处了他死刑。基莫里亚被本地的名流们簇拥着。阿卜杜拉顺着台吧往前挪动了一步,然后大声地喊道。

"基莫里亚·瓦·卡米亚·恩雅!"

整个酒吧里立刻一片寂静。基莫里亚吃了一惊,因为他不喜欢他父亲的名字。他在不同的地方叫着不同的名字:比如在蓝山,他只叫作霍金斯先生。在伊乌莫罗格有谁会知道他的过去呢?

"基莫里亚,是我啊。你好吗?"

"噢,是你啊……阿卜杜拉……我很好。"他狐疑不决地回答了一句。

"你还记得我吗?"人们发出了笑声,以为这是一个落魄之人喝醉了之后的胡闹之举。

"当然啊……阿卜杜拉……来喝一杯。招待!给我的朋友阿卜杜拉一杯酒。"

"我不是你的朋友。我不喝你的酒。你还记得……你还记得在蓝山你家里你曾经逮捕过的人吗?从伊乌莫罗格来的人?"

啊!基莫里亚松了口气:原来他是在那里见过这个家伙的……这个家伙也许是在那里知道他父亲名字的!尽管如此,他也不想出现更多的家丑外扬。

"那件事?那只是开了个玩笑。男人之间的玩笑!哈哈哈!"

"哈哈哈!"阿卜杜拉也跟着笑了起来,这样,两人都在放声大笑。酒吧里的人们尽管不知道他们两人之间的玩笑是什么,却也开始附和着大笑起来,因为毕竟没有发生什么不愉快的事情,这样他们如释重负。但是这时,阿卜杜拉继续说道:

"你很喜欢开玩笑吧,博瓦基莫里亚先生。男人之间的玩笑。

你还记得你曾经给你妹妹的情人……恩丁古里……开的玩笑吗……你曾经卖给他子弹……男人之间的玩笑代价会很昂贵的。"

基莫里亚心里在发抖。他想立刻逃走,但他还是硬着头皮逼着自己稳稳地坐在椅子上。他动作夸张地将手伸进口袋里去掏手绢,掏出了一块儿手绢连同一把手枪,一把很小的手枪,擦了擦鼻子,然后将手绢和手枪都放回了口袋里。他又要了一杯酒。他的动作保持得很酷。但是谁也不是傻子。他们都等待着阿卜杜拉的下一个举动。但是阿卜杜拉只是笑了笑,转身开始离开,他的内心里有一个声音在说:把我看仔细了,即使等你死后,你也会记得我的。

他缓慢地一瘸一拐地走了出来。酒吧里又重新充满了喧嚣。但是他知道人们在观看他。他故意地朝自己的住所走去。他依然保持着必胜结果的那种清醒的头脑。他怎么会,他怎么可能,不害怕这件事情的后果呢?基莫里亚将去万佳的住所。这一点他也十分确信。基莫里亚是宁肯被抓住时,一切都自己独吞,也不愿意留几个果实给别人的那种货。他拿出一把刀和一盒火柴。然后,他慢慢地一瘸一拐地朝着万佳的房子走去,与他选择的命运会师。他站在一个邻居家的门外,倾听里面播放的新闻。此刻是九点钟。因为通货膨胀,工人们提出的涨工资的要求没有得到满足。接着是一条关于石油输出国组织准备提高原油价格会议的新闻。接着又有一条关于石油公司利润提高的短新闻。这个世界啊!他继续往前走。现在他可以看到万佳的房子了。一辆梅赛德斯-奔驰开走了。那很可能是基莫里亚的车子。但是他仍然没觉得担心。在万佳的住处这很正常。大人物都有专职司机来回接送。然后专职司机离开,在指定的时间返回来接老板。不管怎样,他都不担心。一只无形的命运之手在指引着他。他即将手里握着利刃走进万佳的房子,或者,更好的方法是……更好的方法是……

最初,他竟然没敢相信自己的眼睛。难道这是他脑子里的活动? 难道这是因为他大脑又中了暑,以至于他所看到的东西只是一种幻觉? 万佳的房子里蹿出了红色的火舌。他如同钉在了地上一样。但那只是片刻。因为他突然听到了从屋子里传出来的令人毛骨悚然的尖叫声。他开始移动,边移动边咒骂自己不能跑。他一瘸一拐,一瘸一拐,尽自己最快的速度往前移动。这时,人们已经很快地从自家的屋子里跑了出来,并很快超过了他。但是他却发现,这些人只是站在大火前,争论着怎么做才是最好的行动。他是阿卜杜拉,此刻如同在朗格诺森林和肯尼亚山的生死关头做着决定。他用手中的拐杖打碎了客厅窗子的玻璃。他将手伸进去,将窗栓拉开,然后奋力跃起身子,摔进了屋内。他手脚并用地四处摸索,直到他在门口附近碰到了一个人的身体。他再次在这令人窒息的浓烟和热浪中摸索,找到了门锁,打开门,同时在这烟火的炽热中拉动那个人的身体。他并没有停下半分来寻思这是谁的身体:这甚至也许是基莫里亚或者其中某个女孩的身体。他不在意。他拽着这个身体,同时双手爬行,当他滚到门外时,刚好逃离喷出来的火舌。但是,外面杯水车薪般扑火的人群,看到了这滚在一起的两个人的身体,迅速将他们拖到了安全的地方。

在他被捕之后的第十天,阿卜杜拉看见警官破门而入,来到了他的牢房里,他就知道对方充满了敌意。但是阿卜杜拉心如明镜,镇定自若,对任何结果都做好了准备。之前对于所有提出的问题,除了最亲昵的事情之外,他都毫不隐瞒地给予了回答。警官并没有来个什么开场白,而是开门见山地直入主题:

"阿卜杜拉先生。迄今为止,你的回答一直都非常真实。你甚至还主动给我们提供信息。你并没有掩饰你对基莫里亚的仇恨，以及想要杀死他的意图。你还让我看了那把刀和那盒火柴。那我和你也开诚布公。我有一种感觉，你可能在庇护着某个人，其中的原因也只有你知道。现在我想再问你几个问题。"

"我没有什么可掩饰的，也没有庇护任何人。我把所知道的一切都告诉了你。"

"我想让你把记忆往回倒一倒。你到底有没有和卡雷加在万佳的茅屋里开什么秘密会议？"

"没有。没有在那里开会，没有在任何地方开会。卡雷加和我并非总是观点一致，尤其是当他在外面流浪了五年返回来之后，我们的分歧更大了。"

"为什么？你们的分歧在哪里？"

"我当时认为他太过于强调工人团结的重要性了，并且强调还必须有小农的支持。工人团结重要，那么失业人群呢？那么小商贩呢？我当时认为，而且我也告诉了他，必须是耕者有其田；贷款连小人物都有权利获得；任何人都不应该拥有太多的企业，总而言之，这叫作机会公平分配。但是他总是和我争执，说什么贷款只能加速小生意人的毁灭，加速小农财产的转让……工人的力量越来越大，未来属于工人，以及……"

"很有趣儿……但是我认为，等我们手头上有更多的时间时，我们可以再上这门课。现在，我只想让你把记忆倒回到纵火案之前的一个星期。你到底去没有去见万佳？"

"我去了。"

"在她的妓院吗？"

"不是。"

"在哪儿？"

"在她的茅屋。"

"卡雷加在那儿吗?"

"不在……我不知道……我只是从来没有问过这个。"

"你这是什么意思?"

"这个……我想见万佳的原因是……反正我就是想见她。但是在我去她那里的路上,我遇到了卡雷加。我们相互打了招呼。他问我这么晚了要去哪里。我告诉了他。他告诉我,她就在茅屋里,但是我却从来没有想到要问他他是怎么知道的。"

"是这样。你们讨论了什么?"

"哦,这个……那是私人之间的事情。"

"很有趣。非常有趣。你为什么不早告诉我这些?"

"我并没有觉得那很重要。况且,那真的是非常私人的事情。"

"私人!私人!私人!"他几乎是在喊叫,同时在小小的牢房里来回踱步。这时他突然停了下来,正视着阿卜杜拉:

"你为什么要庇护卡雷加?"

"我没有……他有什么好庇护的?"

"没有什么好庇护的? 我们走着瞧吧。看守! 看守! 给他吃药……"他向外面的红色屋子走去。

4

只是到了第十天,万佳才恢复了清醒的神志,说话时眼睛里才没有了那种狂野的恐惧。之前,每当她醒来,眼睛里就会赫然现出火舌与烟雾的场面,她就会尖叫:看哪! 看哪! 快扑火! 快……扑……火……! 这场惨案带给她的震撼,双手上的烧伤,缺少睡眠,使得她的身体非常虚弱。到第十二天时,警官经过允许可以来见她。他确信,他们三人之间的某个点上就是本案的答案,他也决心把答案弄到手。他已经发现了一系列的线索:比如,万佳特意邀请了莫奇戈、基莫里亚和储伊那天晚上去她那里,她给了她的守门人和女孩子们放了一天一夜的假,而现在,阿卜杜拉也声称,她也邀请了他过来!但是她为什么想要烧死她自己并且毁掉自己的房子呢?因为他能够看出,任何人都能看出,她的颤抖是真实的,即使现在仍闪现在她眼睛里的那种恐惧绝不会是装出来的。他轻声对她说:

"你很快就会好起来的。别为这个太担心。我们将把此案弄个水落石出。我们一定会抓住罪犯的。目前案情进展得还算不坏。只差一两个环节了。也许你能够帮助我们。"

"我不愿意谈那天晚上。但是如果我必须要谈的话,那请你给我时间恢复一下,内心的恢复。"

"此时此刻让你触及旧伤,我真是抱歉得很,但是,你理解,这个案子非常严重。这是纵火案。是谋杀。你该看看媒体的报道。全国的形势都很紧张。我们怀疑这里面有政治动机。你要理解,尽管我非常不愿意旧事重提,但我还是需要你的回忆。我必须做一个笔录,尤其是关于两天晚上的笔录。"

"问吧。"

"首先,你有没有什么怀疑对象?"

"没有……没有怀疑对象……一直都没有怀疑过谁。"

"这是什么意思?"

"我的意思是这并不重要。但是失火是我家里的一个噩梦。我的姨妈死于纵火案。我离开了波里波酒吧,就是因为我租的一个房间被烧毁了。所以你看,我是逃离了一场火灾,却又跳进了一场更大的火灾。"

"是这样。在这次大火之前的一个星期,卡雷加来见你了吗?"

"是的。我想见他。"

"在你的地方……"

"在我的茅屋。"

"之后阿卜杜拉,他也去了那里。"

"是,也不是。"

"意思是……?"

"……卡雷加先来的。后来是阿卜杜拉。那是一个……一个奇怪的巧合。"

"也许你不妨做个解释。卡雷加和阿卜杜拉两个人都毅然决然地拒绝了回答关于那个星期五的问题。他们说那是私人之间的事情。但是你必须理解,再私人之间的事情,也不能妨碍纵火案和谋杀案的真相调查。"

"是吗?我想,这确实是私人之间的事情,可其实没有什么可隐藏的。"

然而,当她努力告诉警官关于那个星期五的事情时,她却发现有很多事情需要隐藏。她努力地告诉了他主要的事实,只是省略了亲昵的细节。在年轻时代,她曾和几个警察打过交道,了解他们对哪怕是最轻微的细节都会怀疑并且执着地追踪,尤其是当他们已经建立了一个理论之后,而且不管这个理论有多么荒谬,他们都会锲而不舍。她也知道,阿卜杜拉和卡雷加可能会很固执,本来没有什么,却也可能会让自己掉进麻烦中。所以,她就一边编辑,一边叙述。知道该说什么细节,该省略什么细节,叙述时的思路毕竟就能清晰且符合逻辑了。

即使是她本人,她也说不清楚,为什么那个晚上她要见卡雷加,而不是其他哪个晚上,尤其是,她为什么选择了在她的那个茅屋。也许那是因为他们过去亲密所带来的那种温馨回忆。或者就她的妓院问题,她对他感情的尊敬。她没有涂抹口红,也没有佩戴假发,她只是佩戴了珠子,和手腕上的镯子。在她等待他到来时,她发现自己的心脏在激烈地跳动,犹如是处在某种模糊的期待。她感到很惊讶:到这个年龄了,她仍然还有这种感觉。她已经习惯于的心跳,是当金钱流进她的纤纤玉指时,是当她掌控局面所表现出的睿智时,是当她能够读懂一个男人的脸,犹如阅读一部翻开的书本时,这时,她已经清楚地知道男人的什么错觉该受到恭维,男人的什么烦恼该得到解决,而且还有被证明正确时男人的兴奋……她已经太习惯于这种激动,所以她认为,对于其他的可能性,她的身心已经死去。

当他来到并且站在门口时,这让她想起了所有昔日的缠绵。只是此刻的他,已经变得高大坚毅,在本地区名声大噪,而且她想,在全国也该是赫赫有名。他的到来给她带来的纯粹快乐其实让她感到痛苦,因为这种感觉犹如挣扎着要诞生、挣扎着要奔向光明,然而其背景却是垃圾场里的一片灰烬、衰败和肮脏。

卡雷加也有一种回到了昔日的错觉。他注意到,床还是那张床,被褥还是那些被褥,台灯还是那盏台灯,家具还是那些家具。他心里所留下的印记,她一直分毫不差地保留着:时空片刻的定格。伊乌莫罗格发生了变化,人人都发生了变化,新的势力已经诞生,战斗各方的阵线已经更加清晰可辨。尽管如此,看着眼前的万佳,他不禁赞叹,不管在多么不同的时间,多么不同的地点,多么不同的情形下,她都能够与众不同。他想,这就是她不断成功的秘诀,她竟然能在不同的时代吸引如此众多、如此不同的人物,似乎每一个人在她身上都能看到自己存在的状态。他也不禁叹息，如此一个天才就这样浪费掉了。

"这勾起了我许多关于妮娅金娃和我们第一次喝腾溢塔酒那天晚上的记忆。"说着，他坐在了他曾经很喜欢坐的折叠椅上。

"是的，"她说，"要喝茶吗？"

"好的。就来一杯茶吧。"

他看着她双膝跪在地上，给炉子加温，她手腕上的镯子和珠子随着她动作的节奏发出了声响。她完全沉浸在这一动作中，真的，她真的很美丽。这样的一个女人怎么会将一个孩子，一条生命，扔进了厕所里呢？这样的一个女人怎么会用其他女孩的身体做交易呢？他没有权利来评判她，但是，这些突然出现的不愉快想法却打断了他对她的赞赏。

"你为什么还保留着这个茅屋？"他问道，显然是没话找话。

"我不想忘记昔日的伊乌莫罗格。我将永远不会忘记'横贯非洲公路'将伊乌莫罗格切割成两半之前，我们是如何生活的。"

"这毫不相关吧？"

"你的变化真是太大了。你从前总是争论，说过去对于今天很重要什么的。"

"是的……但是只能作为今天活的教材。我是说，我们不能仅是为了作为博物馆，才将过去保存下来；而必须带有批判眼光来研究它，不带有任何错觉地研究它，看我们能从中吸取什么教训，来用于我们今天为了将来和现在而进行的战斗。但是若说崇拜它，那倒不至于。也许我以前是那样，但是我不想继续在没有柏油路面、没有电饭锅的历史殿堂里做什么崇拜了，因为那个世界完全是听天由命的世界。"

"你真是太……你真是个传教士，如此虔诚！可是你从前就是坐在我奶奶和其他老人的膝下，你总是不断地提出问题：后来发生了什么？后来发生了什么？接着你就会陷入深深的沉思……为她的声音和叙述所陶醉……"

"她是个伟大的女人。听到他们如何将她逼死的噩耗，我真的十分伤心。这是因为有吃人和被人吃掉的制度存在。"

她将茶水倒进杯子里，仍是原来他们使用的茶杯，然后她坐了下来。

"奶奶总说你会回来的……即使在她临终前……很奇怪的……她叫我过去，我们连续说了两天的话，或者说，是她在说话，她让我重新回到了我的童年时代，还说了很多很多其他的事情。她将手放在我的头上，目光并没有在我身上，她说：你的眼睛里和心里装着太多的忧伤和苦楚……我知道你为什么痛苦……但是他会回来的，他会回来的，只不过我担心，你也许不在那里迎接他……我对奶奶说：我绝不会离开伊乌莫罗格。她没有回答。我等着她继续说下去，但是她却不再谈论这个题目……换句话说，她并没有谈论未来和现在。她却不停地说起了我的爷爷。这时，我问了一遍我曾经问过她的那个问题：'告诉我爷爷是怎么死的，好吗？'

"'他是个爷们儿，他是那种无人能及的男子汉。我深知这一点：难道不是他在小米地里要了我，让我感受到了他的力量，把我从一个女孩变成了一个女人吗？难道我们不是一起酿制腾溢塔美酒吗？那美味可不是你和阿卜杜拉拿来糊弄人的那种勾兑酒所能比的。但他总是被过去的记忆和对将来的担心所累。他告诉我，那是因为，当他少年时代，在他即将成为成年人之际，他的亲眼亲耳所闻所见。他曾经听说过在伊乌莫罗格市场上所发生的事情。他也听说过其他的事情，但那都是在遥远国度所发生的。那个年代我们与外来人的战斗正酣。你知道,当时整个达戈雷迪一方都是由崴亚基所领导的伊通噶蒂人所主宰:如果你穿过万吉吉,从右侧的可因南奇走向山岭,你就会来到吉希嘎,那是穆尼乌的宗族,也就是你母亲来的地方。所有这些他都听说过,但是却认为这些事情在伊乌莫罗格绝不会发生。可事情还是发生了。妇女和儿童都藏在了山洞里和森林里。伊乌莫罗格的年轻人立下誓言,他们决不让敌人趁他们熟睡时摸上来,他们将永远遵守恩德米的诅咒,保护自己的牛羊和土地。你的爷爷……他藏在一个牲口棚里……他拒绝和妇女及其他的男孩子逃跑。他痛哭流涕,因为他还没有经过割礼,还不能参加保卫土地的战斗。他告诉我,他看到我们一千名勇士的长矛在午后的骄阳下气势如虹,犹如一座燃烧的房子上所写的名字那样变得火红……他们朝着敌人前进。一千名勇士慷慨走向死亡,被敌人枪杆子里面喷射出来的火舌和噪声所扫倒……但是他们还是冲上了敌人的阵地,毫不畏惧地呐喊,直到敌人被迫逃跑……但是在阵地上,却散落着伊乌莫罗格男人们血色花瓣……他哭泣……恨自己不能去帮助……他发誓……下次……下次……但是下次,他已经年迈……而这时他只是一名勤杂工……正是在这个工作上,他听到了传闻,说在一个叫作俄国的地方,农民拿起了长矛,夺下了枪炮,赶走了敌人。他们也像他一样是黑人吗?他们赶走的敌人是欧洲人吗?在一个营地,他偷了点儿东西……他发誓下次……可是下次,被抓的却是他的儿子们。但是他却严守秘密,甚至都没有告诉我……他已经老迈……梦想令他困惑……地球上的野兽……他认为你父亲会感兴趣的,因为他参加过世界大战……而且,其他的年轻人也在谈论在印度、在中国所发生的战争。可是你的父亲却跑了……这使他很伤心……而且对于他来说,似乎没有了下一次,而且他的梦想让他夜不能寐,他会为之痛苦而呻吟……他已经放弃,他告诉了我那个秘密……忘记你的愚蠢吧,我对他说。我以为他忘记了。这时,那个白人胖子瓦蒂纳,知道吗,就是那个让人们自掘坟墓的人,他来到了这里……他想知道,是谁在帮助由奥尔·马赛领导的组织……我们都被召集到了一起。这时他说,他要做出个样子来让我们看,然后就选了两个年轻人:他们将要被杀死。他说,两个老者将为这两个年轻人挖掘坟墓。他要求志愿者出来做这件事情……可是当时,我们都以为他疯了,可是你的爷爷却站出来做了志愿者。我感觉受到了莫大的羞辱:我感到了前所未有的莫大的羞辱,所以我泪水涟涟:原来我的男人毕竟还是一个娘们! 去寻找一把锄头来为年轻人挖掘坟墓? 这么说,之所以有这许多梦想,那完全是因为他骨子里就有那种肮脏的东西吗? 我们都看着他走进了茅屋……走进了牲口棚,出来时,肩上扛着一把锄头……女人们就会冲着他尖叫……我知道她们会这样的,所以我想阻止他这种背叛行为……这时……我永远不会忘记那一时刻……他扔下锄头,将秘密从毯子底下取出,将其指向瓦蒂纳……瓦蒂纳浑身颤抖,我们看到一个白人颤抖了,我们都等待那一声巨响……你真应该亲临现场……我非常自豪,我太自豪了,此刻,我可以在女人堆里昂起头了……是这样……那支枪没有搂着火……那支枪太旧了……他使劲儿地拉枪栓……这时,他们把他抓了起来,给吊死了……但是他从没有说一句后悔的话,没有喊叫饶命……他是个爷们儿,我的爷们儿……他是个真爷们儿!'

"那天晚上她死了……我永远不会忘记她说过的自豪和快乐的话语……'我就过来和你会合了,我的勇士……'说完她就闭上了眼睛。"

卡雷加的感觉如同亲临了现场,目睹了万佳爷爷慷慨就义的壮举,那是老人在信守上个世纪他年轻时代所做出的承诺。

"那时我才明白,为什么爸爸总也不回来,为什么爸爸和妈妈总是吵个不停,并把他们的紧张关系重负传给了我们孩子……告诉我,卡雷加,告诉我,我怎么能够让这块土地被非洲经济银行给拿去呢?就是把我这个人卖了多少遍,我也不能让这块地丢掉。"她愤恨地说。

他感到了昔日火焰的一闪……他伸出手去摸她……她悬着一颗心在等待他……但是手抬到中途……他觉得这么做毫无用处,就用手挠了挠头,似乎在找什么合适的话要说。

"这就是我们可以从过去学到的教训……学会了可以指导我们的行动……我们还应该吸取的教训就是,不能像你爷爷那样,单枪匹马地做什么英雄……"

两人之间那根魔幻的线终于绷断了。

他真后悔说了那句话。让她感到伤害的,与其说是他那种陈腐式的说教,不如说是他语气和手势的双重打击。

万佳突然感觉到了释怀。她也感觉到并且知道,他们之间结束了:当他回来时,她并没有在那里迎接他,她也不会为此而哭泣。让他去吧,让他去给工人们和大众去说教吧。她曾经怀有一个梦想:此时梦想已经不再。她拿出一副公事公办的口吻说:

"也许你还在想我为什么叫你过来。我就是想让你小心些。他们发誓要杀了你……发誓要把你干掉……就像他们对待律师那样。所有反对卡姆温文化组织的人都必须干掉。就像律师那样。"

"谁?"

"基莫里亚……储伊……莫奇戈……他们都……这个我知道。别问我这是怎么回事儿。这是一个很大计划的一部分。他们要鼓励组成各种不同部落的组织。每个部落组织都有约束自己成员的誓言，以死明志，要求其绝对忠诚于该组织。各部落组织的领导人再组成一个全国阵线，其中卡姆温文化组织是主要势力。每个部落组织的责任就是消除异己分子，其借口是，这些异己分子在背叛自己的部落，背叛自己部落的未来，背叛自己部落能够给予其他部落的财富。"

"想当组织领导人需要什么条件？"

"财产……但是我认为他们还没有拿出具体的细节。不过卡姆温文化组织却是一个很好的样板。其领导人都是拥有财产的人。"

卡雷加沉默了一阵。然后他说，更像是自言自语：

"他们一定会失败的。你看不见吗，我们，工人们，贫苦的农民们，普通的老百姓，广大的群众，这些人都已经觉醒，不会再上当受骗，什么部落忠诚，什么地区大会，辉煌的过去，从前的文化，等等，我们都不会再上当了，因为这时，我们不是在忍饥挨饿、没有了工作，就是工资低得可怜。你认为我们能让那些外国公司、银行、保险公司以及各种外国机构，和本地拥有腾溢塔酿酒公司的富豪、拥有大片土地股份和众多房屋的黑人地主们……你认为我们的人民能够让这两个阶级的人，以及他们在议会、大学、中小学、教会的发言人，再加上保护他们利益的军队和警察，你认为我们能让这些盗取了人们血汗的人继续在我们的头上作威作福、直到永远吗？不会的……已经太晚了，万佳……我们再也不能让那些不劳而获的家伙继续抢摘我们的劳动果实，再也不能让他们不出任何汗水就把我们的金钱卷入他们的银行……告诉他们这一点：对于每十个基莫里亚，就有一百万个卡雷加在和他斗争。他们可以杀死律师或者十个这样的律师。但是穷人、被剥夺者、几百万工人和贫苦的农民就是他们自己的律师。拿起枪炮、刀剑和借助组织的力量，他们就能也一定能改变他们被压迫的现状。他们将夺回那本来就属于他们的财富。看哪，我们的周围都在发生着这样的革命，莫桑比克，安哥拉，津巴布韦。刚才你以为我没有被你爷爷的故事所打动。我会十次选择你爷爷所做的选择……而不是你父亲的选择……绝不！肯尼亚的工人和农民已经觉醒了。"

他站起身来准备离开。"但是谢谢你提醒我。我是真心感谢你的。这让我感动……只是我很惋惜，非常惋惜，你站在了他们的一面。卡姆温文化组织和帝国主义一样，都是代表富人反对穷人的。他们剥夺穷人，所以他们极其不愿意看到穷人组织起来，而你却是在帮助他们。"

她站起身来正视他，眼睛里闪着怨恨，声音里含着愤怒，然而，整个的仪态又是那么地自豪。

"不是的……不是这样，不是这样。我已经努力地与他们战斗，这是我唯一能够的方式。那么你呢？我现在这个样子，都是你造成的。那时你走了，你离开了。我求过你，我流过泪，但是你还是走了，可是现在你却敢来责备我。"

接着，如风骤起，如风骤停，她的声音起了变化，变得温柔多情。

"我一直感觉非常孤独……非常非常孤独，这些财富太沉重了，压得我头都抬不起来。今晚请你留下……就一个晚上，就像我们从前那样……"

然而她又发生了变化，这次，她朝着卡雷加的身后喊叫，朝着远方喊叫，那是一种带有野性的抗议的喊叫：

"噢，这不是真心话。这不是真心话。我一直热爱生活！生活！生活啊！卡雷加，给我生活吧……我就要死了……就要死了……可是却没有孩子……没有孩子啊！"

他没有看她。他的感情已经死了，但是对于他来说，这也是唯一的选择。此刻他非常坚定并且信心满满！

"不管你是什么，你已经选择了立场。我不恨你，我不指责你……但是我知道，如果我们和基莫里亚在一个窝里，我们就不能和他们战斗……如果我们加入了他们的组织，我们就不能和他们战斗……那个游戏我们赢不了……不能，我们要的是这样一个世界，我们为之而斗争的必须是这样一个世界：这里没有基莫里亚和储伊，在这里，我们土地的财富将属于我们全体，在这里，没有寄生虫统治我们的生命，在这里，我们都将为各自的幸福和健康而快乐地工作。"

他离开了，她仍站在门口，后来阿卜杜拉来时她仍站在那里。

在接下来的几天里，万佳一直在想着所发生的事情。似乎所有这一切都是注定要发生的：她与卡雷加的最终分手，她和阿卜杜拉的结合。卡雷加严厉谴责了她之后不久，阿卜杜拉就带来了约瑟夫在希里阿纳高中优异成绩的消息，这让她感到了相当的自豪，并觉得有了一丝的希望。对于她来说，这似乎是她有生以来所做过的唯一一件好事儿，至少是唯一一件她发起的而又没有对她自己生活产生负面影响的事情。而她的生活又是怎样的一种生活呢？她是在一个破罐子里面承载着自己的梦想。回首往事，她甚至看不到一丝那消失的梦想和期待的痕迹。在她的罐子里钻了一个洞的罪魁祸首正是基莫里亚。确实是这样。但那是她让他那么做的。她做出的选择。此刻，这一点她连自己都隐瞒不了。卡雷加说得对。她已经做出了选择，而且她不能怪她的父母，也不能怪基莫里亚。至少她可以选择在不同的立场上战斗。她的爷爷做出了选择。她的父亲做出了选择。卡雷加做出了选择。人人都是做出了或是接受或是不接受的选择。这种选择就将你摆放在了战场上交战双方的这方或者那方。对于她来说，她似乎一直是故事中的勇士，回到家里来历数自己的失败，不知羞耻，却充满了骄傲，如同失败本身就是一种成就。她，万佳，选择了杀死自己的孩子。杀死了自己的孩子，就等于谋杀了自己的生命，此刻她将自己埋葬在了财产和堕落之中，并视其为光辉的成就。她试图冷静地看待这个问题，这次不迁怒于任何人。

此刻，她已经无法回到原来无辜的状态。但是就她目前的状况，她倒是可以做些事情。她不知道该做什么，她只是觉得自己该做些什么。首先，她与基莫里亚之间的关系她可以做个了断。是的。她必须要了断。但是这次，了断的条件该由她来定。时间、地点和氛围该由她来选择。她要复仇。她越想越觉得这是个好主意，很快地，这个主意令她着了魔，竟然挥之不去。似乎了断的方式要比行为本身更重要。她选择了阿卜杜拉作为她复仇的工具，她并不觉得有什么矛盾。既然她已经接受他进入了自己的生活，这似乎是很自然的选择。这个主意很简单。她将邀请莫奇戈、储伊和基莫里亚一同前来，接着，她将衣衫褴褛的阿卜杜拉介绍给他们，说这才是她真正的男人。然后，她将当众揭穿基莫里亚。她制订好了计划。她将遣散所有的女孩子们和守门人，因为她真的下定了决心要结束她现在的生活方式和谋生手段。以后她会想办法再聘用这些女孩到她其他的企业里去工作。但是在她的复仇之夜，她们必须要离开。她的计划是在阿卜杜拉到来之前，她让莫奇戈、基莫里亚和储伊都各自待在不同的房间里。她相信自己的能力，她有着长期的经验和口才，能够既单独又同时地娱乐她的客人们。这将是一场盛大的闭幕式，她将以此来告别一段被人践踏的生涯,一种无尽的耻辱和堕落的职业。

直到最后一天,一切都是按照计划进行的。储伊第一个来到。她安排他到了一个房间,和他闲聊了一阵,然后借口出来说要准备晚饭,然后小心地将门锁上。她走进厨房,开始将肉切成小肉丁。她切够了四个人份儿的,将其放在锅里。莫奇戈第二个到达,她把他安排了另一个房间里,和他聊了一会儿之后,就借口说要去厨房做饭。做饭和厨房成为这场戏剧里最为重要的环节,她开始为其而陶醉。至于说为什么她不让女孩子们来做饭这个问题,她的回答都是相同的:对于他和她来说,这是一个特殊的夜晚。否则的话,要想娱乐他们是很困难的:储伊谈起南非、英格兰和美国时,喜欢她静静地倾听。他也喜欢很随意地蹦出其他大人物的名字。"那天,我和某某某谈了一会儿……"或者"那天,在某某饭店吃羊肉……告诉你吧,假如一颗炸弹扔了过来,全肯尼亚的精英就会全都报销了。"他最喜欢的反应是,当他谈起他去过的地方时,对方表现出赞叹不已的表情,当他说起他睡过的那些英国女孩时,对方表现出一点点嫉妒的样子。莫奇戈则喜欢用诋毁的方式谈论汽车,似乎汽车,尤其是梅赛德斯-奔驰,是世界上最邪恶的东西。他最喜欢的赞誉是,用开坏了多少辆车来炫耀成功。基莫里亚喜欢被弄得一丝小嫉妒,之后他就会许诺送给她上好的礼物来将她赢回自己的怀抱。他时而也谈起与大人物们的聚会:在他所有的聚会上,人们只是一轮又一轮地整瓶地买着香槟酒和威士忌。"知道吗,那么大个儿的瓶子,差不多是一百个先令一瓶。"犹如那些聚会的高贵之处,就是瓶子的体积和价格。这时她等待基莫里亚有些不耐烦了。她突然发现自己的心跳得快了起来,担心是否哪里会出现差错。她再次回顾起自己的一生,思忖假如她早期没有遇到基莫里亚,她的一生是否会不一样。她的思绪转移到了她的爷爷:假如她的父亲和她的爷爷一样,情形会不会有所不同呢?
思来想去,想去思来,当她爷爷的形象生动逼真地站在她的脑海里
时,基莫里亚敲响了门。她为他打开了门,他满面春风地走了进
来,时刻准备着做爱。她手里仍然握着切菜的菜刀……他冲她一
笑……她领他来到了他的房间。正当她准备去看阿卜杜拉是否到
来时,她突然看见了升腾起来的烟火,她尖声喊叫起来,拼尽全力
喊叫救火,之后就昏厥在地。

整体来说,以上这些就是她告诉戈弗雷督察的内容。而且这
些都是事实。她没有告诉警官的,她将永远不会告诉任何人的
(因为她仍然还活着,而且证据已经烧毁),那就是杀死基莫里亚
的凶手就是她……她用手中的菜刀砍死了他。

5

"木尼拉先生,你告诉我……你很了解储伊。"戈弗雷督察说。
他身心都非常放松。他脸上无聊和讥讽的表情已经不再。他的眼
神很顽皮,里面闪耀着真正的好奇。

"我已经告诉过你,他和我都曾经在一所学校读过书。我们
也都是被开除的。我想那是在一九四六年,因为那年的年龄组叫
作'黑市'。"

"黑市年龄组?"

"是的。因为那是二战之后,物品极其短缺。就是在那个年
代,那个叫作卡鲁戈的司机名声大振的。他从殖民占领区将货物
和玉米运输到非洲预备部队那里,任何警车都追不上他。"

"所以他们才说:做人要做卡鲁戈?"

"是的。"

"非常有趣。"

"今天,同样的事情被叫作睁眼闭眼……但是这次运输的是象牙、红宝石、玉米和木炭。只不过,警察不会追赶其中的一些罪犯。"

"哈哈哈!木尼拉先生,你似乎了解一点儿你们的文化。但是我相信你的父母是基督徒吧?"

"是的。"

"而且你的弟弟们都很富有。其中一个现在是一家石油公司的大人物,是不是这样?"

"是的。"

"而且你的父亲仍然是……他是一位大财主吧?"

"是的。"

"你和你父母之间的关系怎样? 亲切吗?"

"可以说很紧张。"

"你怎么来形容你自己? 一个失败者? 一个怪人? 一个其他方面都是白人式家庭里的害群之马?"

"对于那些信奉基督而重生的人来说,没有失败一说。这个世界不是我的家。"

"十分正确。但是你告诉我……你在希里阿纳高中的小小冒险之后,有没有再次见过储伊?"

"没有……没有见过。"

木尼拉停下来,思考了片刻。然后他笑了起来,似乎突然间被内心的思考给逗笑了。

"不对。实际上……你看,我在伊乌莫罗格见过他几次。我想过来做个自我介绍。但是我却没有,或者说,我这个决定一直在往后推迟。后来有一天,我拿定了主意。那情形很滑稽。那是在伊乌莫罗格高尔夫球俱乐部的落成典礼上。我们这些老师也被邀请到场了。这次我直接朝他走去。一开始，他没有想起来我。我和他谈起了那个会踢球的储伊。我管他叫乔·路易斯-莎士比亚。他放声大笑。他一手摸着自己肥肥的大肚子，另一只手里端着香槟酒。'你好吗，我的朋友？哈哈哈！我猜今天他们该管我叫穆罕默德·阿里，或者李小龙，或者贝利了。这么说你当了老师？和我一样？那个弗劳德夏姆……你参加他的葬礼了吗？'我们谈论了几句关于艾恩芒格、弗劳德夏姆，还有我们那个时代的希里阿纳高中。'今天学校的……这些学生……和我们当年根本不一样。'他说。他问我在喝什么酒。问我为什么不腾飞，为什么不和腾溢塔一起腾飞呢？难道我不知道现代代数吗？不知道雄起＝3腾吗？'新数学。'他说着就哈哈笑了起来，用手拍打了几下我的肩膀。那天我不想喝酒，我就说我喝的是姜汁无酒精饮料。'瞧你，瞧你，葡萄酒这东西，如果使用得当，那可是个好伙伴儿。'他鼓励我喝葡萄酒，又使劲儿地拍了一下我的肩膀。我仍然坚持喝我的姜汁无酒精饮料，并且引用了一句话。'噢，尔等酒精无形，若无名字示人，吾辈称汝魔鬼。''如此说来，你记得比利·莎士比亚先生。'他说着又笑了起来。我们展开了争论。姜汁无酒精饮料到底'能不能提神醒脑'，还是干脆教师就是那种'迂腐得从来不饮酒'的群体？他说，这玩意儿或许会产生酒精的效果，那要看是谁在饮用。他讲了一个故事，说在他蓝山家里举行的一次派对上，一位女士喝姜汁无酒精饮料确实醉了。她走到门口处尖声叫喊，然后昏迷了，后来声称她见到了鬼……"

"是这样。非常有趣。那么基莫里亚呢？你以前认识他吗？"

"不认识……不太认识……不过我知道，他毁掉了万佳的一生，并且出卖了卡雷加的哥哥。"

"那么卡雷加呢……他说话时有没有流露出可能表明……嗯?"

"什么?"

"愤恨。或者说,他将如何带来这个新的世界?他有没有想过要加速这个新世界的到来呢?"

"我告诉过你当时的情形,我当时并不相信人的……"

他停了下来。警官在用一种奇怪的方式看着他。戈弗雷督察突然改变了语气……他再也不是那种全神贯注的旁观者了。

"木尼拉先生……纵火案发生之后的星期日上午,你在伊乌莫罗格山上做什么?"

木尼拉看着警官。他读到了他眼睛里的一切。

"这么说你知道了?"他轻声地问。

"是的,木尼拉先生……每个世界的统治者都有自己的法律,有自己的警察,有自己的法官和……还有法律的执行者……难道不是吗?很遗憾啊,木尼拉先生,我只是这个世界的一名警察。现在,我要正式起诉你纵火烧了万佳的房子并导致了三人死亡。我可以警告你,你说的任何事情都可能在法庭上被用来指证你。告诉我:你为什么要这样做?"

"我,我想挽救卡雷加。"木尼拉说。

木尼拉已经确信,这个世界出了错,这个世界本身就是一个错误,他想让自己所有的朋友都看到这点并及时地逃离。正是基于这个原因,他才紧追不舍地纠缠卡雷加。最后,这种纠缠行为变成了一种强迫症。他跟踪万佳;他跟踪阿卜杜拉;他跟踪卡雷加。但是他最感兴趣的还是卡雷加。这就如同在他的脑子里存有一种质疑,而只有卡雷加改变了,他的这种质疑才能消除。但是在那个关键的星期五他看见了卡雷加的影子,那纯属巧合。他就尾随在他的后面。他看到他走进万佳的茅屋。"这么说,他们一直还在秘密约会,"他脑袋里突然间透了亮,"这么说他们一直还在这个茅屋里面见面!"他在黑暗中等待,冥思苦想。他回忆起他最初来到伊乌莫罗格的情形:他记得万佳是如何颠覆了他的世界,而那个世界却是他自己所创建的。他记起并且重温了他与她的热恋场景,以及他后来堕入懒散和酗酒的颓废状态,可是她的样子却是那么令人欲罢不能,犹如老园里的果实令人垂涎欲滴。凭空一个声音对他说:她就是一个荡妇,卡雷加永远逃脱不掉她邪恶的怀抱。在黑暗中,这个信息清晰明确:一定要将卡雷加救出她的淫威。否则,他就得像木尼拉自己那样,坠入到一个深渊而不能自拔,而木尼拉之所以得到解脱,都是因为卡雷加和莉莲的返回。要救他……一定要救他,那个声音在不停地提示他。木尼拉知道他必须遵循这个声音的指令。基督毕竟打败了那些破坏上帝庙宇的商贩。重要的不是仅仅被动地遵守法律,而是积极地遵循上帝的宇宙法则。这是一个巨大的启示。他看见卡雷加走了出来。他在考虑是否今晚就动手而且具体如何来行动。正当他要尾随卡雷加时,他却再次发现了阿卜杜拉来到了这里,并且也进了茅屋。"就连他也……"木尼拉边想着边抽身离开。

整整一个星期,他都在祈求上帝示以他方法。那个星期六的晚上,他买了汽油……他走到了万佳的大房子处。这并不是他木尼拉在做。他只是在积极遵循宇宙法则。那个法则命令他烧掉这个妓院,因为它在嘲笑上帝在地球上的作品。他往所有的门上都倒了汽油,然后点起一把大火。他离开此地走向伊乌莫罗格山。他站在山上看着妓院燃烧,从房子四角升腾起来的火舌组成了血色花瓣,将黑暗的天空变得如同黎明一般。他,木尼拉,已经下了决心并且付诸了行动。他双膝跪下祈祷的时候,感觉到自己再也不是一个局外人,因为他终于确定了自己与法则的统一。

第十三章

1

戈弗雷督察坐在一等车厢靠窗的一个座位上,看着身边的田野迅速逝去:山坡上、峡谷里和山梁上的咖啡和茶叶种植园修整得整齐美丽。他的心思并没有完全放在从鲁瓦伊尼到内罗毕的波澜起伏的田野上,而仍旧在新伊乌莫罗格上。此时,他应该体验的,是破了一桩案子如同把一个七巧板智力拼图游戏做完了时有的那种内心的满足感,非但不是,他却感到了一种内心的不安和轻微的烦躁。他为自己的这种心境感觉有点儿惊讶,因为这种不安与他平时安之若素的性格格格不入,因为他从来都是习惯于稳如泰山地审视着洪流般的社会与政治事件的发生。这并非是因为他对卡雷加等这类人感兴趣。对于这种毁灭秩序的人,他没有任何情感。戈弗雷督察是靠自我努力成功的人,因为他受到的正规教育就是小学二年级,然而,他当前所处的社会地位,他当前所攀爬到了的高度,这都是通过学习、实际运用并且对搅乱深潭怀有一种本能恐惧的心理,才得以实现的,所以,他从小就认定,私有财产是神圣不可侵犯的。对于他来说,私人所有制、生产资料、交换与分配制度,如同太阳、月亮和星星那样,都是自然规律的事情,似乎都是天穹中固定永恒的东西。任何人如果干扰这种上天安排的固定和永恒的规律,那么他就得不到宽恕:假如某个愚蠢的宇航员把太阳或者月亮给弄得偏移了,那他不是在招致天下大乱吗?像卡雷加那种带有工会主义和共产主义激进思想的人,对资本主义的结构绝对是个威胁:可以说,他们比谋杀犯还要可恶。戈弗雷总是觉得自己对这个社会有一种保护的义务。这许多年来他获得的很少,对此他并不介意。尽管如此,对于这个结构,他仍觉得自己有一种高贵主人的意识:警察难道不是保证这个结构稳定的力量吗?因为只有警察才使得财富毫无障碍地得到了积累。每一个社会成员,即使那些结盟在卡姆温文化组织麾下的百万富翁们,他们当前的社会地位也完全归功于警察。他一直都觉得,警察部队是现代肯尼亚的真正缔造者。那些卡雷加之类的人应该被放逐到坦桑尼亚去!

但是真正让他感到不安的却是木尼拉这样的人。木尼拉怎么会拒绝接受他父亲那笔巨大的财产呢?难道财产、财富、地位、宗教,再加上教育,都不能维系一个家庭吗?一个人还想要什么呢?戈弗雷督察确认,那是宗教狂热在作祟!然而据他在警察部队里的经验,这种宗教狂热一般都是在穷人中间出现。人类啊,永远没有知足的时候!

可是,从某个方面来看,木尼拉又是对的。这个资本主义和资本主义民主的制度,如果要想生存下去,那就需要进行道德上的净化。他在新伊乌莫罗格所遇到的这些丑事儿,还不能完全放在道德净化的标签儿下面。当然,他在内罗毕、蒙巴萨、马林迪、瓦塔穆等其他地方也见过类似的或者近似的事情,但是从前他却从来没有就此多想过,因为,至少他现在这样认为,他从来没有遇到过像木尼拉这样的人,从来没有遇到过像他这样以净化道德的名义去准备谋杀的人。戈弗雷督察在思考的并不是万佳的阳光旅馆。他思考的是另外一些地方,比如伊乌莫罗格的乌塔马都尼文化旅游中心。表面上看,它的宗旨是娱乐来自美国、日本、西德以及西欧其他国家的游客。但是在其掩盖下,却进行着其他邪恶的勾当:走私宝石、象牙以及动物皮毛,甚至人皮。那是一个掠夺该国资源和人民财富的中心。妇女、年轻女孩,被征来以满足游客肉体的需要。那些更有前途的人,那些似乎见过世面并且能够说一点点英语或者德语的女孩,被吸引到了欧洲,成为来自于非洲的性奴隶!戈弗雷督察毫不怀疑,这项肥得流油的黑色象牙贸易,是在该地区议员恩德里·瓦·里艾拉的知情下进行着的,因为,这个中心的拥有者难道不是他吗?和他一起经营这个中心的合伙人,还有那个来自西德的所有者。黑色象牙供出口:一流的创汇大户,但是,戈弗雷督察想,我们是否可以不这样做呢?因为他想起了数年前,在瓦塔穆湾一起类似的少女人肉走私生意被揭发所引发的那场风暴。也许他应该向上级汇报这件事情,也许他可以将他准备的另一份报告呈递给他的上级。但是,他又想到如果这样做,该有多少位大人物可能会牵扯进乌塔马都尼旅游中心的丑闻里,他又断了这个念头。他将保留这份报告,并且保守这个秘密。如果他临危受命再来拼凑一次犯罪七巧板拼图游戏,这份报告或许能用得上。他是刑事侦探,不是什么道德与不道德运动的领袖!旅游业毕竟是全国最大的行业之一,如果没有几件负面的东西,那就没有什么好的东西了。他作为警察的职责就是帮助维持稳定和治安,因为这是所有行业和国外投资顺利增长的根本。他暗自笑了出来。他感觉好多了。他多么愚蠢啊,竟然让自己卷进了质疑这个、质疑那个的道德论战中。他是不是随着年龄的增长而意志力变得薄弱了呢？他向后靠在了椅背上，脑子里回闪着这起致基莫里亚、储伊和莫奇戈死亡的纵火谋杀案，回味着在这个案子的调查中，让人感觉更舒服的有条理的提问。万佳、木尼拉、阿卜杜拉，甚至卡雷加的形象，一一闪过他的脑海……此时的火车载着他越来越接近大都市，而与这座大都市相比较，新伊乌莫罗格只不过是一个小小的、小小的小弟弟……

2

她想到了自己的父亲：到底是什么原因使得人们在一场斗争中采取不同的立场呢？有些人站在人民的立场上，有些人为了国外的利益做了叛徒，而有些人则骑墙观看随风倒呢，这都是为什么呢？回想到阿卜杜拉、卡雷加、木尼拉、她的爷爷，以及所有在她生命中交汇过的人，她认定，也许所有事情的发生都只不过是爱与恨的起因。爱恨情仇，这是暹罗连体双胞胎，在人心中背对背地紧紧相连。因为你爱了，你也就恨了；而且因为你恨了，你也就爱了。你的所爱，决定了关于你所爱中你必须的所恨。你的所恨，决定了关于你所恨中你可能所爱的可能性。而一个人怎么能够知道他爱什么，恨什么呢？想到自己生命中的各种事件，她再次回到了做选择这一问题上。通过你的所作所为，通过你选择的立场，你知道爱什么，恨什么。比如，你和殖民主义者沆瀣一气地压迫人民，你就不能说你爱着人民。在斗争中你骑在墙头上，你就不能说你站在了与邪恶战斗的人民的立场上。她父亲是想赚钱和积累财富：他选择了中立，如果有谁建议他要站在人民一边，他就会恶从心生，因为那有可能毁掉他赚钱的机遇。说起父亲的悲剧，由于父亲选择了中立立场，他实际上选择了殖民主义者的立场。尽管他出卖了同胞,尽管他否定了自己和父亲,他的结局仍然是尽毁三观,周围的世界分崩离析。他作为水暖工的行业与周围巨型企业相竞争,犹如蚍蜉撼树。她能够清晰地看到这点,那是因为她亲身经历了这种低微的运输行业,她深切地知道,小商贩、面包车司机、公交车车主、店主,以及所有辛劳工作的人所面对的压力。所以,她自己的立场和她父亲的立场之间又有什么区别呢?难道她不是和父亲以前所做的一样,在斗争中选择了立场吗?那都是因为她不久前选择了她所爱的东西:金钱和如何去赚钱。那么,她就选择了肯尼亚后独立时代基莫里亚之流的立场:她怎么还有理由怪罪她的父亲?此刻她真的希望她该了解自己的父亲,她真的希望她和父亲有过某些长谈!但是他们能谈些什么呢?难道她不是在父亲的耻辱柱上,又给他雪上加霜了吗?现在看,她是回天无力了。但是,她是否有过可以直言相劝的机会呢?她想起她想回家的多次努力,以及她所有的失败。她曾经打过包裹,告诉女孩子们她肯定不干这行了。第二天,她却发现,她所有的衣服都被偷走了。她害怕空着双手回家。她的父亲曾经骂她是个妓女,曾经虚张声势地将她从家里骂跑了!也曾经,那位律师劝她回家。但是当她接近家门时,她却突然改变了主意。深深刺痛她的,不仅是因为她双手空空,而且因为她与父亲上次照面的记忆。那个记忆伤害了她……现在仍在伤害她。在她第一次来到伊乌莫罗格之前,她曾经决定和父母和好,并且求得他们的祝福:谁知道父母咒骂的力量会有多么大的效果呢?她当时就是这么想的。中午时分,她回到了家里,发现父亲躺在牲口棚旁边的草地上。从他那瘦削的脸庞,她可以看出父亲病得很厉害。她突然间感觉和父亲很亲。他身边没有任何人。他很艰难地和她说话。他让她给他拿水来。她走进屋子里,往一个杯子里倒了水,然后端给他。他的双手颤抖不停。

他抬头看着她，然后慢慢地摇了摇头。"你和你母亲年轻时一模一样。"他说，他的声音十分温柔。也许，她当时想，也许父亲记起了可能有爱的时刻。在那一时刻，她真的也想起了儿时的情景，她坐在父亲的膝盖上，听着父亲给她唱歌。在她着魔似的想赚钱之前，那是她孩提时代一个非常阳光的瞬间。此刻她的心里充满了女儿对父亲的爱。她想坦白她所有的失败并请求他宽恕。他又看了看她，说："你有钱吗？五个先令？二十个先令？"她拿起了手提包。她看到他脸上突然绽放出了笑容，他那骨瘦如柴的双手因期待而颤抖。他开始用极其夸张的语气赞扬她，说他一直都知道，到他年老时，她就会成为他的依靠。他向她抱怨她母亲对待他如何不好，如何把他的钱都骗走了。而且骗他的不仅仅是她的母亲，似乎所有的邻居都合起伙来剥夺他在肯尼亚该获得的金钱。只有万佳没有骗他。突然，当她正要从钱包里拿出一张钞票时，她的双手僵住了。这么说，在他看来，只有金钱，不管这钱是怎么挣来的，才能将她救赎吗？她当时就想……她不能用钱来买回他的爱，或者用钱来换来他的祝福，或者用钱来买通回家之路。她说："我没有钱！"然后把手提包合上。这时他就开始咒骂所有的人：他早就知道他的孩子们都是白痴……她离开了他，来到最近的酒吧，啜泣不已，将所有的钱都花在了酒上。后来她听说了父亲死去的消息，她并没有哭泣。父亲死于癌症。

她躺在茅屋里的床上，脑袋里闪回着这些情形……过去的这些剪影……这些在她的生命中和记忆中永远烧不去的印象。她需要一个新的生活……干净的生活……她觉得这才是她最近侥幸脱险的意义。她已经感觉到了一个新人出现之前的躁动……她毕竟经历了大火的洗礼。而且想一想，竟然是木尼拉和阿卜杜拉两次客观上帮她死里逃生，帮她获得机遇去重新走向人生、尝试新的机会！然而,对于她来说,还有更好的机会吗？不管发生什么,想到那一刻,她都会永远颤抖……她仍然感到纳闷,她是从哪里来的力量做了她做过的那件事情……

有人敲响了门。能是谁呢？又敲了一下,接着门开了……

"妈妈!"万佳惊讶不已。

"我的孩子……又是大火!"此时已经苍老的母亲叫道。她们相拥而泣,也许是因为各自不同的记忆而哭泣。

"整整一个月了,可我还不知道。只是那天,我才从一个陌生人那里听到了这个消息!"

妈妈解释说,一个熟人向她问询万佳的身体状况,问她是否已经从大火中康复。万佳的母亲立刻感觉到一阵天旋地转,她之所以还能站立,还能走动,那完全是因为她对基督怜悯和永恒公正的信念。

接下来的几个星期里,她们都在促膝长谈,轻声细语地长谈,小心翼翼地触及过去,但却从未将其公开化。她们唯一谈得详细的事情,就是她们都拒绝了去参加茶会。万佳在想:也许没有人能够逃脱自己的命运。生命也许就是一系列的初始错误,而一旦发现了这些错误并纠正了这些错误,人就会重新聚集起能量,重新迈出新的步伐。突然,她再也不能向母亲隐瞒自己的恐惧和希望:

"我想……我……我想我怀孩子了。不,我非常确信我怀上了,妈妈。"

她母亲静默了片刻。

"谁的……是谁的孩子?"

万佳拿出一块木炭和一张薄纸板。足足一个小时左右,她完全沉醉在一个人物的素描中。突然间,她感到自己的灵魂得到了升华,她感到了以前从未有过的一波波情感袭来。薄纸板上的人物开始显露峥嵘。这是一个综合体:有她在内罗毕律师的家里所看到的那尊雕塑的样子,也有吉玛蒂在胜利、放声大笑、悲伤和恐惧各个瞬间的形象,但是缺少一条腿。当素描结束时,她感到了万分的镇定,那是内心的某种确信,她确信自己拥有了一种新力量的诸多可能性。她将画作递给母亲。

"是谁……这是谁啊……脸上……脸上怎么有那么多痛苦和磨难?可是他同时又为什么在笑呢?"

3

阿卜杜拉和约瑟夫坐在新耶路撒冷他们棚屋的外面说着话。约瑟夫此时已经是一个身材高高的英俊少年,穿着整洁的卡其布衬衣和短裤校服。他手里拿着一本乌斯曼·塞姆班的小说《上帝的木头碎片》,但是他并没有怎么在阅读。太阳照得新伊乌莫罗格灿烂温暖,但是也让屎尿和腐烂垃圾的气味儿被风吹到了他们坐的地方。但是他们已经习惯于这些气味儿了。约瑟夫说他对考试信心满满。他本想转到另一所学校以便获得他的高等学校证书,但是因为他还没有申请转学,所以目前还不可以。阿卜杜拉的脑袋里想的是别的事情。他很高兴他救了万佳一命。但是他仍然不知道如何来理解这场经历。这么说,木尼拉能够做出这样的壮举?他不知道该赞美他,还是生他的气:憎恶他那种跟踪人的懦夫行为,还是夸赞他的勇气。毕竟,他做出了他,阿卜杜拉,计划着要做却还没有做的事情。约瑟夫仍在说他的话:

"真的很奇怪,"他说,"储伊在被杀死的时候,他已经死了,这真的很奇怪。"

"为什么?"阿卜杜拉漫不经心地问。但是约瑟夫的回答还是让他吃了一惊。

"因为学生们再次计划准备罢课。"

"还要罢课？为什么？"

"储伊遥控管理学校的地方是高尔夫俱乐部和各个公司的董事会会议室，因为他是这些公司的董事，要不就是在大裂谷地区无数的小麦田里。学校的青年员工们也准备加入我们的罢课行动。有一两位老师也很同情我们。老师们也有抱怨，工资低，工作条件差，储伊不作为……这次我们将要求学校该由学生及教职工委员会来管理……但是，我们怀有更大的决心，一定要废除整个的年级长制度……还有，我们所有的课程内容都应该和我们人民的解放事业息息相关……"

约瑟夫仍在喋喋不休地历数希里阿纳学校的弊端，可是阿卜杜拉已经失去了兴趣。他正在回顾自己的人生。他回忆起他在金佑戈里的孩提时代，想起了常来到他家里长谈至深夜的诸多老人、男人和女人。恩刚嘎·瓦·里乌恩哥。约翰纳·基拉卡。纳夫塔里·米楚基。扎波拉·恩迪里。都是肯尼亚真正的爱国者。他们会低声细语深谈到午夜，纵观利穆鲁的历史，谴责诸如卢卡那为外国白人利益而出卖自己同胞的败类，但是却赞美那些奋起抗击殖民主义者侵略和蚕食的勇士。他们谈论说，等几年之后，这里所有的土地都将归还给利穆鲁的领主们，归还给这片土地的孩子们。KCA。KAU。他们就那么兴致浓浓地谈啊谈，最后，他们就会唱起希望之歌和斗争之歌。阿卜杜拉是多么喜欢听那些歌曲啊！它们让他感动，让他憧憬伟大的辉煌！他看见了恩丁古里，他回顾了他的九死一生，他逃亡向森林，他的被捕和监禁，他返回家园一无所有却又有某种所获。突然间，阿卜杜拉感到，他应该告诉约瑟夫关于自己的过去。当他想起他如何咒骂约瑟夫，如何将自己的绝望心情向这个小孩子发泄,而这个小孩子却一忍再忍,始终以为他就是他回归的哥哥,这时,他心里就充满了愧疚感。让他感到奇怪的是,约瑟夫从来没有问过他关于"他们的"父母的事情,从来没有提及他的孩提时代,除了在长征路上,他发烧产生幻觉期间。也许他知道真情。也许……

"约瑟夫,"阿卜杜拉突然说道,犹如他根本没有听希里阿纳中学学生罢课的事情,"如果过去我对你不好,请你原谅我吧。"

"为什么?没有什么原谅不原谅的,"约瑟夫回答,对阿卜杜拉突然间改变话题和说话的语气感到很惊讶,"我对你为我所做的一切一切都非常感激。我还要感激木尼拉、万佳和卡雷加。等我长大了,等我读完大学,我就想和你一样:我想因为我为我们的人民做了些事情而感到骄傲。你为我们国家的政治独立而战斗过,我也想为我们国家人民的解放做出贡献。我阅读了许多关于茅茅运动的书籍:我希望有一天,我们能够让吉玛蒂出生的地方卡鲁纳伊尼,J.M.出生的地方奥萨雅,成为全国的朝圣地。再建一座剧院来纪念吉玛蒂,因为,作为一名老师,他在特图组织了吉查姆戏剧运动……我阅读了许多关于其他国家工人和农民运动的书籍。我读过关于中国人民革命的书籍,关于古巴、越南、柬埔寨、老挝、安哥拉、几内亚、莫桑比克等国家人民运动的书籍,是的,我还读过列宁和毛主席的著作……"

阿卜杜拉想,他说话就像卡雷加一样,但是他什么也没说。他想,也许……也许历史就是上帝巨大舞台上的一曲舞蹈。你扮演了你的角色,不管你选择了什么角色,然后你就离开了舞台,被新的舞步浪潮卷下了舞台,被舞蹈中新的运动赶下了台。其他的舞者,更年轻、更聪睿、更有创造力的舞者,来到了舞台之上,他们的技艺更高,舞蹈的动作更复杂,然后也被他们所帮助创造的巨大浪潮冲下了舞台,接踵而至的,是另一拨舞者,他们的舞技发挥到了极致,其境界和可读性是上一代人连做梦也没有想到的。随它去吧……随它去吧……他的时代结束了。他的命运就是现在做一个濒于毁灭的小水果商贩。但是他很高兴,因为他正要去杀一个人的时候却救了一条生命,如果知道万佳幸福,如果知道万佳有时候会想到他,他也会幸福的。

4

在审判即将开始之前,木尼拉的父亲、母亲和妻子在杰罗德牧师的陪同下,过来看他。他们都感觉很难找到一个合适的话题和他谈话。木尼拉看着身材高高的父亲,已经七十五岁高龄的父亲,尽管经历了肯尼亚的殖民历史,但是却仍然很结实、很健康。他到底怎么看待这个世界呢?曾经看到了殖民前时代封建领主和建筑衰败和倒塌的父亲,曾经目睹了传教士来临,铁路的修成,第一次和第二次世界大战,茅茅运动的风起云涌,后独立时代的审判——品脱、莫伯雅、昆古·卡鲁姆巴、J. M. 等谋杀案,史库库、塞隆尼的监禁,保护财产的宣誓,曾经目睹了所有这些的父亲,他怎么看待这个世界呢?木尼拉问了问关于弟弟和妹妹们的情况,那感觉似乎他们和他都没有任何血缘关系,他们和他目前的状况没有丝毫的联系。

"孩子们怎么样?"他问。他们的表情很尴尬。木尼拉生气地皱起了眉。他哼了一声愤然道:"你们不让他们来看自己的父亲,一个失败者,嗯?"他母亲突然抽泣起来。

"你为什么要这么做?你怎么能做这种事情啊?"她问。

母亲打破了不谈这一题目的禁忌。杰罗德牧师插话说:

"知道你一直待在这里而我却没有……我也许会帮上忙的。"

木尼拉为他的虚伪姿态感到了震惊,比以往任何时候都还要震惊。他想到了戈弗雷督察的直率,人家至少还清楚他为之服务的法律,这时他对那位侦探以及侦探独特的办案方法产生了好感。

"回到正路上……转向光明吧……"木尼拉低声吟诵道,他在俯视着他们,突然对他们充满了怜悯和愤怒。除了瓦维鲁之外,在场的人都相互看了看。瓦维鲁站在一旁,似乎在深思他自己的过去。

"您,我的父亲——"木尼拉语气中带有一种权威。

"怎么?"

"一个问题,我只问您一个问题。您还记得在一九五二年,您拒绝了参加茅茅运动中为非洲土地和自由的宣誓吧?"

"那与你的……有什么关系?"瓦维鲁突然一惊,想到了新的撒旦的诱惑。

"可是在一九六几年,在独立之后,您却参加了宣誓,将肯尼亚人民分割开,并且保护少数人手中的财富。那有什么区别?难道誓言不是誓言吗?跪下吧,老人,请求基督宽恕你吧。在天堂,在上帝的眼中,没有穷人,没有富人,没有这个或者那个部落,所有忏悔者在他的眼中都是平等的。您也是,牧师……"

"他的脑袋怎么了?"他母亲害怕得再次哭了起来。

"您记得吗,在蓝山时,您曾接待过来自伊乌莫罗格的一些人吧……"

"我……这个……记不太清了。"他说,同时在寻思接下来会有什么问题。

"其中有一个瘸子,记得吧?那年是干旱,记得吧?"

"是的……啊……记得。"

"其中也有我,可是你却没给他们一口水、没给他们一粒粮食就将他们赶走了。"

"当时我并不知道……假如我知道……可是……"

木尼拉咳嗽了一声,他清了清嗓子,然后戏剧般地将一根手指指向他们:

"法则……你们服从了唯一上帝的法则了吗？……离开我吧,你们这些被诅咒的人,到为魔鬼和他的随从们所准备的永恒之火里去吧;因为我当时饥肠辘辘,你却不给我食物,我口渴,你却不给我水喝,我是个陌生人,你不欢迎我,我衣不蔽体,你却不给我衣服,我患病入监,你们不来看我。主啊,这时他们也会回答,我们什么时候看见过你饥渴难耐、衣不蔽体、病榻呓语或者锒铛入狱时,没有关照过你呢？这时,他就会回答他们:我实实在在对你们说吧,因为你们没有关照他们中间最弱小的一个人,你也就等于没有关照我。因此,他们将受到永久的惩罚,但是有情有义之人将进入永生。"

他们离开时为他而哭泣。在伊乌莫罗格圣公会教堂,他们双膝跪下,一起为木尼拉祈祷。

"正是这些教会复兴派的狂热者才声称他们能够说灵语并且创造奇迹的。这太过分了……必须要禁止他们……"杰罗德牧师伤心地说。

"是的……"木尼拉的父亲附和着说。但是他却在思考卡雷加和玛丽亚姆,在想着那个女人如何能够通过她的两个儿子,给了他两次打击。也许……那是因为他曾试图要去通奸而犯下了罪孽……肉欲的作祟……但是这怎么可能呢？因为他毕竟没有……而且他已经忏悔了。这时他想起了最近的一次偶遇。那个在一九二〇年曾经把卡古恩达所有的土地都卖给了他然后消失在大裂谷地区的坎约希,此时已是一个半瞎的老人,回到这里请求他的帮助。埃泽基艾利·瓦维鲁先生通过自己的关系和朋友,给他在城市教会所办的救济院里找了个地方……上帝用神奇的方式来实施他的奇迹,埃泽基艾利喃喃自语。他现在知道了该如何写自己的遗嘱……他怎么能够质疑上帝的智慧呢?

5

卡雷加听到了消息,可是他脸上仍然没有任何表情。但是尽管他努力地控制着自己,一滴眼泪还是流下了他的左脸颊。他看着这滴泪水落到了水泥地面上。因为被殴打了多次,被用了电刑,还有精神上的折磨,他的身体很虚弱。这些他都能够忍耐。但是母亲死了,母亲不在了!他怎么去忍耐?他再也见不到她了……他没有为母亲做过任何事情……母亲一生都是一个自己没有土地只能寄人篱下给人打工的穷人:在欧洲人的农场上,在木尼拉父亲的田野里,母亲就是一个现代的没有土地、没有房屋的农业工人,任谁给她不至于饿死的寒酸报酬,她都会为他打工的!"为什么?为什么呢?"他内心里痛苦地呻吟。"我失败了。"他感到又有一滴眼泪落到了水泥地面上。这时,他突然将拳头砸向了牢房的墙壁,徒劳地表示抗议。肯尼亚所有的玛丽亚姆该怎么办?新殖民主义的非洲该怎么办?仍旧被帝国主义压迫着的所有女人、男人和儿童都该怎么办?接下来的两天里,他拒绝吃任何东西。

第三天,将母亲死去噩耗告诉他的那个监狱看守又来了。

"卡雷加先生……有个人过来看你……你最好出来一下……卡雷加先生,我……我们想让你知道,尽管发生了这些事情……我们中的一些人很高兴地知道了你为我们工人所进行的斗争……我们的心和你在一起……只是我们必须要吃饭才能坚持……"

为我们工人……卡雷加心里重复了一遍。他的母亲一生都是为了少数有财产的人,脸朝红土背朝天地辛苦劳作:是黑色皮肤还是棕色皮肤,这有什么区别吗?他们喝老百姓血汗的贪婪性,不会因为想到了同种皮肤或者同种语言或者同一地区,而降低的!尽管她坚持自己应该有基本的权利,可是她却从未有过太多的抱怨,因为她相信,也许上帝会纠正所有的错误。但是还没等到上帝纠正任何错误,她却已然离开了人世。她为之而斗争和战斗所要得到的东西,还是没有得到。也许万佳说的是对的:吃别人或者被别人吃掉?

他看到远处有一个女孩,寻思她该是谁呢?当他接近铁丝网时,她的面庞似乎有些淡淡的熟悉。这时他想起,他在工厂里见过她:她的工作是看护腾溢塔酿酒所用的小米种子,比如将种子晾晒在太阳底下之类的活儿。她很害羞,讲的是斯瓦希里语。

"我是被派来看望您的。我一直在请求让我来看望您。这位看守帮了我的忙。"

"你叫什么名字?"

"阿金伊。他们派我来……"

"谁?"

"其他的工人……让我告诉您,他们和您在一起……而且,他们……我们,正在计划再次举行罢工,并在伊乌莫罗格游行示威。"

"但那是谁呢……?"

"是伊乌莫罗格工人的运动……不仅仅是酿酒厂的工会。伊乌莫罗格所有的工人和失业者都将加入我们。还有小农场主……甚至一些小商贩……"

他一动不动地站着。工人运动……这一定是新生事物……一定是在他被监禁期间开始的什么活动。

她又和他说了一些在他被捕的那个星期日,工人们抗议和造反的活动,还告诉了他关于受伤工人们的状况。她告诉了他一个非常重要的权威人物的死讯……

"真的?"他问道。

"是的。在内罗毕。在伊斯特雷,他在车里等人的时候,被人用枪打死了,就在马瑟雷峡谷外面。他在等待他的司机兼保镖给他取来房租……"

"他盘剥穷人获利不少。也许杀他的是强盗,但是不管怎样……"

"不是强盗。据鲁玛·蒙加所说,事情不是那么简单。他们留下了一张纸条。他们称自己是'同一个世界解放协会'……他们还说,是斯坦利·马森奇从埃塞俄比亚归来,准备结束他和吉玛蒂开始的战争……有传言说他们要重新回到森林和山上……"

马腾格回来了?他在脑子里反复琢磨着这件事儿。这是不可能的。但是这有什么关系呢?新的马腾格们……新的瓜达雷尔们……新的吉玛蒂们……新的派尼·奥瓦丘斯们……在人民中间,这些英雄每天都在诞生……

"他们准备把您怎么样?"她打断了他的思路。

"拘留我……我被怀疑在内心里是一名共产主义者。"

"您会回来的。"她说,突然抬起头来勇敢地看着他。

她的声音通过不断的揭示,更激发了无数鲜活的形象。帝国主义,资本主义,地主,蚯蚓。这个制度滋养了一群群圆滚滚肚子的螨虫和臭虫,视寄生性和互相残杀为其在社会中最高的目标。这个制度及其唯利是图的诸神和帮凶们逼死了他的母亲。这些寄生虫永远都在要求工人大众献祭自己的鲜血。少数人出卖了整个土地，将国土交给了外国人，并让其彻底地剥削本国人，而他们却边喝着人民的鲜血，边说着虚伪的献祭祈祷词，说着什么为同一肤色和国粹主义奋斗，而可怜的骷髅们却走向孤独的坟墓。这个制度及其诸神和帮凶们，得需要所有劳动人民有觉悟地、长期地、坚决地与其斗争！从克瓦塔雷尔，到康伊瑟，到吉玛蒂，进行斗争的一直都是农民，再加上工人、小商贩和小地主的帮助，斗争的道路是所有这些人走出来的。明天，将是工人和农民一起来领导这场斗争，来夺取权力，来推翻这个制度及其所有嗜血成性的诸神和帮凶，结束少数人对多数人的统治，终结喝血和吃人肉的时代。那时，只有到那时，男人和女人的真正王国才能真正开始，他们才能在自己创造性的劳动中充满了欢乐和仁爱……他一时为展现在所有肯尼亚工人和农民大众面前的这些光辉前景和希望所陶醉，他竟然忘记了身边的这个女性。

"您会回来的。"她又说了一遍，语气轻轻，但是对最终的胜利信念坚定。

他目不转睛地看着她，然后越过她，看着曼果沼泽地的姆佳米，然后又看着妮娅金娃，他的母亲，甚至越过了眼前这个女孩阿金伊，望向了未来！他在痛苦中露出了微笑。

"明天……明天……"他喃喃自语。

"明天……"他知道，他不再孤独。

埃文斯通—利穆鲁—雅尔塔
1970 年 10 月—1975 年 10 月

致　谢

感谢：

尼雅姆布拉，见第 378—381 页的三首歌；

埃利亚·姆布鲁，见第 412 页《带着吉他的小混混》；

东非加达蒂长老会唱诗班，见第 196 页的一首圣歌；

DK，见第 147—148 页的一首歌；

乔什·怀特，见第 237 页的一首歌；

李女士和科瓦尔女士录入文稿。

同时感谢：

苏维埃作家联合会，是他们让我使用雅尔塔的房屋来完成本书的写作；

塞缪尔·基比楚博士，是他引我领略文学的乐趣，尤其是小说的乐趣；

史蒂芬·希罗先生，如果没有他过去的努力，我也许永远不会写作。

还要感谢：

其他许多人

与我们的人民
在斗争中团结如一人
为彻底解放
哪管斗争长久又艰苦
坚信胜利终将来到。